BESTSELLER

Bernard Minier (Béziers, 1960) pasó su infancia al sur de los Pirineos y en la actualidad reside en París, donde se dedica a la escritura. Es autor de diez novelas, entre las que destacan *Bajo el hielo* (Premio Polar en el Festival Polar de Cognac, Premio de l'Embouchure y adaptado a una serie de televisión emitida con gran éxito en M6 y Netflix), *El Círculo* (Premio de las Bibliotecas y Mediatecas de Cognac), *No apagues la luz*, *Una maldita historia* (Premio Polar en el Festival de Cognac), *Noche*, *Hermanas* y *Lucía*. Traducido a veinticinco idiomas, Minier se ha convertido en una referencia imprescindible del thriller francés y europeo, y las ventas de su obra ascienden a más de cinco millones de ejemplares.

BERNARD MINIER

El Círculo

Traducción de
Dolors Gallart

DEBOLS!LLO

Papel certificado por el Forest Stewardship Council®

Penguin
Random House
Grupo Editorial

Título original: *Le Cercle*

Primera edición en Debolsillo: mayo de 2025
Primera reimpresión: agosto de 2025

© 2012, XO Éditions
© 2014, 2025, Penguin Random House Grupo Editorial, S. A. U.
Travessera de Gràcia, 47-49. 08021 Barcelona
© 2014, Dolors Gallart, por la traducción
Diseño de la cubierta: Penguin Random House Grupo Editorial / Claudia Sánchez
Imagen de la cubierta: © Clayton Bastiani / Arcangel

Printed in Spain – Impreso en España

ISBN: 978-84-663-7923-6
Depósito legal: B-4.657-2025

Compuesto en M. I. Maquetación, S. L.
Impreso en Liber Digital, S. L.
Casarrubuelos (Madrid)

P 379236

«Los individuos civilizados, los que se ocultan detrás de la cultura, el arte, la política… e incluso la justicia, de ellos es de quienes hay que desconfiar. Aunque llevan un disfraz perfecto, son los más crueles. Son los individuos más peligrosos de la Tierra».

MICHAEL CONNELLY,
El último coyote

Prólogo
En la tumba

Su mente era un mero grito, un lamento.

En su fuero interno gritaba de desesperación, vertía en un aullido su rabia, su sufrimiento, su soledad... todo aquello que, mes tras mes, la había desposeído de su humanidad.

También suplicaba.

«Por compasión, por compasión, por compasión... déjeme salir de aquí: se lo suplico...».

En su fuero interno gritaba y suplicaba y lloraba. Lo hacía en su fuero interno tan solo, porque en realidad, de su garganta no brotaba sonido alguno. Un buen día, se había despertado casi muda. «Muda...». Ella, que siempre había sido tan expresiva, ella, que tenía tanta facilidad de palabra, que era tan pronta para la risa...

En medio de la oscuridad cambió de postura para aliviar la tensión de los músculos. Estaba sentada contra la pared de piedra, en contacto directo con el suelo de tierra batida. A veces se tendía allí mismo; otras se iba al mugriento colchón del rincón. Pasaba casi todo el tiempo durmiendo, acurrucada. Cuando se levantaba, hacía estiramientos o bien caminaba un poco... cuatro pasos de ida y cuatro de vuelta tan solo, porque su prisión medía dos metros de lado. Reinaba allí un calor agradable; hacía mucho que había deducido que detrás de la puerta debía de haber una sala de calderas, no solo por el calor sino también por los zumbidos, tintineos y silbidos que oía. No llevaba ropa alguna. Estaba desnuda como un animal desde hacía meses, años tal vez. Hacía sus necesidades en un cubo y recibía dos comidas al día, salvo cuando él se ausentaba. Entonces podía pasar varios días sola, sin comer ni beber, atormentada por el hambre, la sed y el miedo a morir. La puerta tenía dos mirillas, una abajo, por donde le llegaba la comida, y otra en el medio, por donde él la observaba. Incluso cerradas, aquellas mirillas dejaban entrar unos delgados rayos luminosos que perforaban la oscuridad de su prisión. Sus ojos se habían acostumbrado hacía mucho a aquellas tinieblas mitigadas y distinguían en el suelo y en las paredes detalles que nadie más habría podido ver.

Al principio había explorado su jaula, atenta al menor ruido. Había buscado la manera de evadirse, el fallo en su sistema, el más mínimo descuido por su parte. Después había dejado de preocuparse por aquello. No había ningún fallo ni esperanza. Ya no recordaba cuántas semanas y meses habían transcurrido desde su secuestro, desde su vida de antes. Alrededor de una vez por semana, poco más o menos, él le ordenaba pasar el brazo por la mirilla y le aplicaba una inyección intravenosa. Resultaba doloroso, porque él obraba con torpeza y el líquido era espeso. Perdía el conocimiento casi al instante y, al despertar, se encontraba sentada arriba en el comedor, en el pesado sillón de respaldo alto, con las piernas y el torso atados al asiento. «Lavada, perfumada y vestida…». Hasta el pelo le olía a champú, y su boca, normalmente pastosa, y su aliento, que sospechaba era pestilente el resto del tiempo, estaban impregnados de aroma a dentífrico y mentol. En el hogar crepitaba el fuego, en la mesa de oscura madera reluciente como un lago ardían las velas y de los platos se desprendía un delicioso aroma. El equipo de música emitía siempre música clásica. Obedeciendo cual animal a un reflejo condicionado, en cuanto oía la música, veía la luz de las llamas y sentía el contacto de la ropa limpia en su piel, la boca se le hacía agua. Y es que antes de dormirla y sacarla del calabozo, él la dejaba veinticuatro horas en ayunas.

No obstante, por los dolores que sentía en el vientre, sabía que había abusado de ella mientras dormía. Al principio, horrorizada solo de pensarlo, había vomitado sus primeras comidas dignas de tal nombre en el cubo al volver a despertar en el sótano. Ahora aquello ya no la afectaba. A veces él no decía nada, otras hablaba sin parar, pero ella casi nunca lo escuchaba. Su cerebro había perdido la costumbre de seguir una conversación. Las palabras «música», «sinfonía», «orquesta» se repetían sin embargo como un *leitmotiv* en su charla, y también un nombre: Mahler.

¿Cuánto tiempo llevaba encerrada? No había día ni noche en su tumba. Porque eso era el sitio donde se encontraba: una tumba, una tumba de la que había comprendido que nunca saldría viva. Hacía mucho que había perdido la esperanza.

Evocaba la época maravillosa y simple en que era libre. La última vez que había reído, que había estado con amigos, visto a sus padres; el olor de una barbacoa de verano, la luz del ocaso en los árboles del jardín y los ojos de su hijo con la puesta de sol. Caras, risas, juegos... Se acordaba de cuando hacía el amor con hombres, con uno en particular... De aquella existencia que había creído banal y que en realidad era un milagro. Cuánto lamentaba no haberla saboreado más. Ahora tomaba conciencia de que incluso los momentos de pena o de dolor no eran nada comparados con aquel infierno, con aquella existencia anulada, sepultada en un lugar que no merecía tal nombre, al margen del mundo. Aunque sospechaba que tan solo la separaban de la verdadera vida unos cuantos metros de piedra, de cemento y de tierra, habría dado lo mismo que si hubieran interpuesto cientos de puertas, kilómetros de pasillos y rejas.

Un día, sin embargo, había tenido el mundo y la vida muy cerca. Por un motivo u otro, él se había visto obligado a cambiarla urgentemente de sitio. La había vestido a toda prisa, le había atado las muñecas a la espalda con unas esposas de plástico y le había cubierto la cabeza con un saco de tela. Después le había hecho subir unos escalones, tras lo cual se había hallado al aire libre. «Al aire libre...». Por poco no se había vuelto loca de la emoción.

Al sentir la tibieza del sol en los brazos y hombros desnudos, vislumbrar su luz a través del saco, respirar el olor de la tierra, los campos todavía húmedos y el perfume de las flores de los setos, oír el escándalo de los pájaros en el amanecer, a punto había estado de desmayarse. Había llorado tanto que había empapado la tela del saco de lágrimas y mocos.

Después él la había acostado sobre una superficie metálica y ella había respirado un olor a gas de tubo de escape y gasoil a través de la tela. Pese a que era incapaz de gritar, había tenido la precaución de ponerle algodón en la boca y esparadrapo encima. También le había atado las muñecas y los tobillos juntos para impedir que diera patadas en la chapa. Notó la vibración del motor y luego el vehículo avanzó dando tumbos por un accidentado suelo antes de llegar a la carretera. Después de que acelerase, al oír el ruido de los numerosos automóviles que pasaban al lado, comprendió que circulaban por una autopista.

Lo peor había sido el peaje. Oía voces, música, ruidos de motores a su alrededor, muy cerca… justo al lado, detrás de la chapa. Había decenas de seres humanos, mujeres, hombres, niños… ¡a unos centímetros tan solo! ¡Los oía!… La inundó una avalancha de emociones. Esas personas reían, hablaban, iban y venían, libres y vivas. No sabían nada de su presencia, tan cerca de ellas, de su muerte lenta, de su existencia de esclava… Sacudió la cabeza hasta golpear el metal y la nariz le comenzó a sangrar sobre el grasiento suelo.

Luego oyó que su verdugo decía «gracias» y el vehículo se puso de nuevo en marcha. Le dieron ganas de ponerse a dar alaridos.

Ese día del traslado, tuvo la certeza casi absoluta de que la vegetación estaba en flor. «La primavera…». ¿Cuántas estaciones más le quedaban por delante? Antes de que él se cansara de ella, antes de que la invadiera la locura, antes de que la matara de una vez… De repente tuvo la certidumbre de que sus amigos, sus familiares, la policía la daban ya por muerta. Solo había un ser en el mundo que sabía que estaba aún viva, y era un ser demoniaco, una serpiente, un íncubo. Jamás volvería a ver la luz del día.

VIERNES

1
Muñecas

Allí estaba, en el jardín sombreado,
la sombra del asesino fríamente emboscado,
sombra superpuesta a otra en la hierba menos verde que
roja con la sangre de la noche.
En los árboles, la siringa de un ruiseñor
desafiaba a Marsias y Apolo.
Al fondo, una glorieta de nidos y de
bolas de muérdago
componen un agreste decorado…

*O*liver Winshaw detuvo, parpadeando, la pluma. Algo había atraído —o más bien distraído— su atención en la periferia de su campo visual. Por la ventana había percibido un relámpago, igual que el flash de una cámara.

La tormenta se abatía sobre Marsac.

Aquella noche, como todas las noches, permanecía frente a su escritorio. Escribía un poema. Su estudio estaba situado en la planta de arriba de la casa que había comprado treinta años atrás con su mujer, en el suroeste de Francia. Era una habitación revestida de madera de roble, tapizada casi por completo de libros, en su mayor parte de poesía británica y americana de los siglos XIX y XX. Coleridge, Tennyson, Robert Burns, Swinburne, Dylan Thomas, Larkin, E. E. Cummings, Pound…

Sabía que jamás llegaría ni a la suela del zapato de sus dioses lares, pero le daba igual.

Nunca le había enseñado a nadie sus poesías. Se aproximaba al invierno de su vida e incluso el otoño quedaba ya atrás. Muy pronto haría una gran hoguera en el jardín a la que arrojaría los ciento cincuenta cuadernos de tapas negras. En total había más de veinte mil poemas, uno por día a lo largo de cincuenta y siete años. Aquel era probablemente el secreto mejor guardado de su existencia. Ni siquiera su segunda mujer había tenido derecho a leerlos.

Después de todos aquellos años, aún no se explicaba de dónde le había venido la inspiración. Cuando repasaba su vida, veía una larga sucesión de días que concluían siempre con un poema escrito por la noche en la paz de su estudio. Todos estaban fechados. Podía localizar el que había escrito el día del nacimiento de su hijo, el que había escrito el día en que murió su primera mujer, el del día en que había abandonado Inglaterra para ir a vivir a Francia… No se acostaba antes de haber terminado, aunque le dieran a veces la una o las dos de la mañana, incluso en la época en que trabajaba. Nunca había necesitado dormir mucho y tampoco tenía un trabajo físico. Era profesor de inglés en la universidad de Marsac.

Oliver Winshaw iba a cumplir noventa años.

Era un apacible y elegante anciano conocido por todos. Cuando se instaló en aquella pintoresca pequeña ciudad universitaria, le pusieron el mote del Inglés. Aquello fue antes de que sus compatriotas se abatieran como una bandada de saltamontes sobre todo edificio antiguo de la región susceptible de ser restaurado, momento en el cual su sobrenombre quedó un tanto diluido. A aquellas alturas era uno más entre los cientos de compatriotas instalados en la comarca, aunque con la crisis económica, los ingleses se iban marchando uno tras otro hacia otros lugares de destino más atractivos desde el punto de vista económico, como Croacia o Andalucía, de modo que Oliver se preguntaba si viviría el tiempo suficiente para volver a ser el único inglés de Marsac.

En el estanque de los nenúfares,
la sombra sin rostro se desliza,
con la enjuta y taciturna cara afilada,
cual filo de hoja perfectamente aguzada.

Paró de nuevo.

Música… Le parecía oír música por encima del regular bisbiseo de la lluvia y los incesantes ecos de la tormenta que se respondían de una punta a otra del cielo. No podía ser Christine, desde luego, porque dormía desde hacía rato. Sí, venía de afuera. Era música clásica…

Oliver esbozó una mueca reprobatoria. El volumen debía de estar al máximo para que él lo oyera hasta en su despacho a pesar de la tormenta y de la ventana cerrada. Trató de concentrarse en su poema, pero no hubo manera.

Irritado con aquella condenada música, dirigió de nuevo la mirada a la ventana. El resplandor de los relámpagos atravesaba las persianas. Por las ranuras percibía los cordones de agua que formaba la lluvia. La tormenta parecía concentrar su furia sobre la pequeña ciudad, encerrándola en un caparazón líquido, aislándola del resto del mundo.

Corrió la silla y se levantó.

Fue hasta la ventana y separó las láminas de las persianas para mirar la calle. El arroyo central se desbordaba sobre los adoquines. Por encima de los tejados, la noche estaba estriada por unos finos rayos que parecían seguir el trazado de luminiscentes sismógrafos.

En la casa de enfrente había luz en las ventanas. Quizá celebraban una fiesta. Aquella vivienda, una casa de ciudad con un jardín al lado, separada de la calle y protegida de las miradas por un elevado muro, la ocupaba una mujer soltera. Era profesora del instituto de Marsac, guapa, delgada, de pelo oscuro y elegante porte, por encima de los treinta años. A Oliver le habría gustado si hubiera tenido cuarenta años menos. Algunas veces la espiaba discretamente cuando tomaba el sol en verano en la hamaca, al abrigo de las miradas —con excepción de la suya, puesto que el jardín se encontraba justo debajo de la ventana de su despacho, al otro lado de la calle y de la pared—. Allí ocurría algo raro. Los cuatro niveles de la casa estaban iluminados y la puerta de entrada, que daba a la calle, permanecía abierta, con el reluciente umbral mojado resaltado por un farolillo.

Detrás de las ventanas no veía, sin embargo, a nadie.

Por el lado, las puertas vidrieras que comunicaban el salón

con el jardín, abiertas de par en par, se bamboleaban con el viento, y la inclinación de la lluvia era tan acusada que seguramente debía de estar mojando el suelo del interior de la casa. Oliver la veía rebotar en las losas de la terraza y doblegar la hierba del césped.

La música debía de provenir sin duda de allí... Sintió que se le aceleraba el pulso mientras desplazaba, despacio, la mirada hacia la piscina.

Medía once metros por siete. Estaba rodeada de una franja de losas pardas y tenía un trampolín.

Experimentó una sombría excitación, esa que lo embarga a uno cuando algo fuera de lo habitual interrumpe la rutina diaria, una rutina que, a su edad, constituía lo esencial de la existencia de Oliver. Escrutó el jardín en torno a la piscina. Al fondo empezaba el bosque de Marsac, con sus 2.700 hectáreas de árboles y senderos. Por ese lado no había pared, ni siquiera una verja, solo un compacto muro de verdor. La caseta, una pequeña construcción de hormigón mucho más reciente que lo demás, se elevaba al otro extremo de la piscina, a la derecha.

Centró la atención en la piscina. Su superficie se rizaba ligeramente, batida por el chaparrón. Oliver entornó los ojos. Primero se preguntó qué veía. Luego comprendió que había varias muñecas que se balanceaban encima del agua. Sí, eso era... Pese a saber que eran tan solo muñecas, sintió que lo recorría un inexplicable escalofrío. Oliver y su esposa habían ido una vez a tomar café a casa de su vecina de enfrente. La esposa francesa de Winshaw, que había ejercido como psicóloga antes de jubilarse, tenía una teoría sobre aquella profusión de muñecas en la casa de una mujer sola de más de treinta años. Al volver, le había explicado a su marido que su vecina era probablemente una «mujer niña» y él le había preguntado a qué se refería con eso. Entonces había empleado expresiones como «inmadura», «que elude las responsabilidades», «solo se preocupa por su placer personal», «víctima de un trauma afectivo»... Oliver se había batido en retirada: siempre había preferido los poetas a los psicólogos. En todo caso, no comprendía qué hacían aquellas muñecas en la piscina.

«Debería llamar a los gendarmes —pensó—. Pero ¿para decirles qué? ¿Que hay unas muñecas flotando en la piscina?». Entonces tomó en cuenta algo más. Aquello no era normal... Toda la casa iluminada, sin que se viera a nadie, y aquellas muñecas... ¿Dónde se había metido la dueña de la casa?

Oliver Winshaw hizo girar la manecilla de la falleba y abrió la ventana. Una oleada de humedad se coló en la habitación. Con la cara azotada por la lluvia, parpadeó observando la extraña escena compuesta por las caras de plástico de estática mirada.

Para entonces, distinguía perfectamente la música. La había oído ya, aunque no se trataba de Mozart, su músico preferido.

¿Qué representaba aquel montaje, por todos los demonios?

Un relámpago hendió la noche, seguido del ensordecedor restallido de un trueno. El ruido hizo temblar los cristales. Como la brutal irrupción de un proyector, el rayo le reveló que había alguien sentado en el borde de la piscina, con las piernas del pantalón sumergidas en el agua. Al principio había pasado inadvertido porque lo engullía la sombra del gran árbol del centro del jardín. Era un hombre joven... Contemplaba, inclinado, la marea flotante de las muñecas. Aun situado a unos quince metros, Oliver adivinó su mirada perdida, extraviada, y su boca abierta.

El pecho de Oliver Winshaw no era ya más que una cámara de resonancia en la que golpeaba, como un endiablado percusionista, su corazón. ¿Qué estaba pasando allí? Se precipitó hacia el teléfono y lo descolgó con violencia.

2
Raymond

—Anelka es un inútil —dijo Pujol.

Vincent Espérandieu miró a su colega preguntándose si su crítica se debía a las malas actuaciones del delantero o a sus orígenes y al hecho de que provenía de una barriada popular del extrarradio parisino. A Pujol no le gustaban nada esas barriadas, y menos aún sus habitantes.

Espérandieu debía reconocer, no obstante, que por una vez Pujol tenía razón. Anelka era un cero a la izquierda, un desastre. Como el resto del equipo, por otra parte. Aquel primer partido había sido un tormento. Al único que parecía darle igual era a Martin. Espérandieu volvió la mirada hacia él y sonrió. Estaba seguro de que su jefe ignoraba hasta el nombre del seleccionador sobre el que toda Francia venía vertiendo copiosos abucheos e injurias desde hacía meses.

—Domenech es un perdedor de mierda —añadió Pujol en ese momento, como si su cerebro hubiera captado los pensamientos de Vincent—. Si en 2006 llegamos a la final, fue porque Zidane y los otros se pusieron a dirigir el equipo.

Como nadie le negó la razón al respecto, el policía se abrió paso entre el gentío para ir a buscar más cervezas. El bar estaba repleto. Era el 11 de junio de 2010, día inaugural con los primeros partidos del Mundial de Fútbol de Sudáfrica. En ese momento transmitían en la televisión Uruguay-Francia, con un resultado de empate a cero en el descanso. Vincent observó una vez más a su jefe. La mirada de este, fija en la pantalla, estaba, no obstante, extraviada. El comandante Martín Servaz no veía en realidad el partido, solo lo fingía y su ayudante lo sabía.

Servaz no solo no veía el partido, sino que se preguntaba qué diantre hacía allí.

Había querido complacer a su grupo de investigación acompañándolos. Hacía semanas que el Mundial de Fútbol acaparaba casi todas las conversaciones en el departamento de Investigación. Oyendo los comentarios sobre la forma de los jugadores, los calamitosos partidos amistosos —como la humillante derrota contra China—, las decisiones tomadas por el seleccionador o el excesivo precio del hotel, Servaz se planteaba si les habría llegado a causar más inquietud la perspectiva de una tercera guerra mundial. Tras llegar a la conclusión de que seguramente no, se dijo esperanzado que quizá los delincuentes harían lo mismo y que los índices de criminalidad bajarían tal vez por sí solos sin necesidad de que nadie interviniera.

Cogió el vaso de cerveza fría que Pujol acababa de dejarle delante y se lo acercó a los labios. El partido se había reanudado en el televisor. Los hombrecillos de azul se afanaban con la misma estéril energía que antes; corrían de una punta a otra del campo sin que Servaz encontrara la menor lógica a sus desplazamientos. Aun sin ser un especialista, le daba la impresión de que los delanteros actuaban con especial torpeza. Había leído en alguna parte que los gastos de desplazamiento y alojamiento de ese equipo le iban a costar más de un millón de euros a la Federación Francesa de Fútbol. Le picaba la curiosidad saber de dónde sacaba esta sus ingresos y si él mismo iba a tener que poner una participación de su bolsillo. Pese a ser contribuyentes puntillosos por lo general, sus vecinos parecían en cambio menos preocupados por dicha cuestión que por la ausencia crónica de resultados. Servaz intentó de todas formas interesarse por lo que ocurría en la pantalla, pero del aparato surgía de continuo un desagradable zumbido, como el de un gigantesco enjambre. Le habían explicado que era el ruido producido por los millares de trompetas de los espectadores sudafricanos presentes en el estadio. Él no entendía cómo podían producir y, sobre todo, soportar tamaño estrépito, cuando incluso allí, atenuado por los micros y los filtros de la técnica, el sonido resultaba particularmente exasperante.

De repente, las luces del bar vacilaron y un coro unánime de exclamaciones brotó cuando la imagen de la pantalla se contrajo y desapareció para volver a aparecer enseguida. Era la tormenta, que se arremolinaba sobre Toulouse como un revoloteo de cuervos. Servaz esbozó una sonrisa imaginando a todo el mundo sumido en la oscuridad y privado del partido.

Su pensamiento distraído derivó, sin precaverlo, hacia una zona familiar pero peligrosa. Hacía dieciocho meses que Julian Hirtmann no daba señales de vida... Dieciocho meses ya, pero no transcurría ni un día sin que el policía pensara en él. El suizo se había escapado del instituto Wargnier durante el invierno de 2008-2009, tan solo unos días después de que Servaz lo hubiera ido a visitar en su celda. En el curso de aquella entrevista, había descubierto con estupefacción que el antiguo fiscal de Ginebra y él tenían una pasión en común: la música de Mahler. Y después, uno de ellos había vivido la evasión... y el otro la avalancha.

«Dieciocho meses», pensó. Quinientos cuarenta días con sus correspondientes noches en el curso de las cuales había sufrido un número incalculable de veces la misma pesadilla. La avalancha... Estaba sepultado en un ataúd de nieve y de hielo, y empezaba a faltarle el aire mientras el frío le entumecía cada vez más los miembros, cuando por fin una sonda lo tocaba y alguien se ponía a retirar con ímpetu la nieve encima de él. Entonces percibía una luz cegadora en la cara, una bocanada de aire fresco que aspiraba con fruición, con la boca abierta, y en la abertura aparecía enmarcada una cara. Era la de Hirtmann... El suizo estallaba en risas, decía «Adiós, Martin» y volvía a tapar el agujero...

Exceptuando algunas variantes, el sueño se acababa siempre más o menos de la misma forma.

En la realidad, había salido con vida del alud, pero en sus pesadillas, moría. Y en cierta manera, una parte de él había muerto allá arriba aquella noche.

¿Qué haría Hirtmann en ese preciso instante? ¿Dónde estaría? Servaz evocó con un escalofrío aquel paisaje nevado, majestuoso hasta lo inimaginable... Las vertiginosas cumbres que protegían un valle perdido... El edificio de recias murallas... El ruido de los cerrojos que resonaba en los pasillos desiertos... Y luego la última puerta detrás de la cual se elevaba una música familiar: Gustav Mahler, el compositor preferido de Servaz... y también de Julian Hirtmann.

—Ya era hora —dijo Pujol a su lado.

Servaz dedicó un somero vistazo a la pantalla. Un jugador abandonaba el campo y otro lo sustituía. Creyó comprender que se trataba del tal Anelka. Miró la esquina de arriba de la pantalla: minuto 71 y el marcador seguía 0-0. A ello se debía sin duda la tensión que reinaba en el bar. A su lado, un gordo individuo que debía de pesar unos ciento treinta kilos y que sudaba copiosamente bajo una barba pelirroja le dio un golpecito en el hombro como si fueran amigos íntimos, antes de exhalarle su aliento impregnado de alcohol a la cara.

—Si yo fuera el seleccionador, les daría una buena patada en el culo para que espabilen un poco esos mamones. Joder, si no son capaces de moverse ni siquiera para un Mundial.

Servaz se preguntó si su vecino debía de moverse mucho, como no fuera para llegar hasta allí o ir a buscar paquetes de cerveza a la tienda de la esquina.

También se preguntó por qué no le gustaba ver deporte por la tele. ¿Sería porque, a diferencia de él, su exmujer, Alexandra, no se perdía ni un partido de su equipo favorito? Habían formado durante siete años una pareja de la que Servaz siempre había pensado, desde el primer día, que no iba a durar mucho. A pesar de ello, se habían casado y habían aguantado siete años. Aún no sabía cómo habían podido tardar tanto tiempo en reconocer lo evidente: que pegaban tanto como un talibán y una libertina. ¿Qué quedaba para entonces de su unión, aparte de una hija de dieciocho años? De su hija estaba orgulloso, con todo. Sí, estaba orgulloso. Aunque no se hubiera acostumbrado todavía a su aspecto, a sus *piercings* y a sus cortes de pelo, Margot seguía sus pasos, no los de su madre. Como a él, le agradaba leer, y, como él, se había matriculado en los *prépa* —cursos preuniversitarios— literarios más prestigiosos de la región, en Marsac. Allí acudían los mejores estudiantes en un radio de más cien kilómetros a la redonda, desde Montpellier y Burdeos incluso.

Pensándolo bien, debía reconocer que a los cuarenta y un años tenía tan solo dos centros de interés en su existencia: su profesión y su hija. Y los libros, aunque los libros eran algo distinto. Más que un centro, eran el pilar de su vida.

¿Sería suficiente? ¿A qué se reducía la vida de los demás? Observando el fondo del vaso de cerveza, donde solo quedaban los restos de espuma, resolvió que ya había bebido bastante por esa noche. Aquejado por unas urgentes ganas de orinar, se abrió paso hasta la puerta del baño. La suciedad alcanzaba un grado repugnante allí dentro. Servaz oyó el ruido que produjo contra la porcelana del urinario el chorro proveniente de un individuo calvo situado de espaldas a él.

—Vaya equipo de negados —dijo este cuando el policía se desabrochó a su lado—. Es una vergüenza ver esto.

Se cerró la bragueta y se fue sin tomarse la molestia de lavarse las manos. Servaz se frotó bien con jabón las suyas, se secó con el aire caliente y luego, en el momento de salir, se cubrió la mano con la manga antes de asir la manecilla que había tocado el hombre.

Le bastó una breve ojeada para averiguar que no había habido cambios durante su ausencia, pese a que el partido tocaba a su fin. La masa de espectadores era un volcán de frustración. Pronosticando que si la cosa seguía así iban a producirse disturbios, Servaz regresó a su puesto.

—¡Venga! —vociferaban sus vecinos—. ¡Pasa la pelota de una vez, coño!

—¡A la derecha! ¡A la dereeecha!

Lo estaba interpretando como un indicio de que algo ocurría cuando sintió una vibración en el bolsillo. Sacó el móvil. No era un smartphone, sino un viejo Nokia. La pantalla iluminada indicaba que algo ocurría también en el aparato. La llamada había sido transferida al buzón de voz.

Servaz marcó el número y se quedó petrificado.

Aquella voz… Tardó medio segundo en reconocerla, medio segundo que duró una eternidad. Era como si el espacio-tiempo se hubiera contraído, como si los veinte años que lo separaban de la última vez que la había oído pudieran franquearse en lo que tarda en latir dos veces el corazón. Incluso después de tanto tiempo, sintió un vacío en el estómago al oírla.

Tuvo la impresión de que la sala comenzaba a girar a su alrededor. La algarabía, los gritos de aliento, el zumbido de las *vuvuzelas* retrocedieron y se perdieron en la niebla. El presente se contrajo hasta volverse minúsculo.

—¿Martin? —decía la voz—. Soy yo, Marianne... Llámame, por favor. Es muy importante. Te lo suplico, llámame en cuanto oigas el mensaje.

Una voz surgida del pasado... en la que se traslucía el miedo.

Samira Cheung tiró la chaqueta de cuero encima de la cama y observó al gordo que fumaba, arrellanado en las almohadas.

—Tendrás que largarte. Me tengo que ir a trabajar.

El hombre que había sentado en su cama tenía treinta años más que ella, un manifiesto exceso de peso en el abdomen y pelos blancos en el pecho, pero a Samira no le importaba. Era bueno follando y eso era lo que contaba en su opinión. Ella misma tampoco era una beldad. Desde el instituto, sabía que la mayoría de los hombres la consideraban fea... o más bien que encontraban fea su cara y singularmente atractivo su cuerpo. Con el extraño sentimiento ambivalente que les inspiraba, la balanza se decantaba a veces de un lado y a veces de otro. Samira Cheung lo compensaba acostándose con la mayor cantidad de hombres posible. Había comprobado desde hacía tiempo que los más guapos no son necesariamente los mejores amantes, y lo que ella buscaba eran amantes de buen rendimiento, no un príncipe encantador.

La espaciosa cama crujió cuando su barrigudo amante sacó las piernas de debajo de las sábanas y se inclinó para coger la ropa que tenía plegada en una silla, cerca de un espejo de cuerpo entero en el que se reflejaba una parte de la buhardilla. Las telarañas, el polvo, una araña barroca con solo la mitad de las bombillas en funcionamiento, alfombras de junco, una cómoda y un armario españoles comprados de segunda mano ocupaban el resto del espacio. Samira se puso unas bragas y una camiseta antes de desaparecer por la trampilla del suelo.

—¿Licor o café? —preguntó desde el piso de abajo.

En la cocinilla pintada de rojo que por su exigüidad recordaba el pañol de un barco, encendió la cafetera. Exceptuando la bombilla desnuda que brillaba encima de ella, la gran casa estaba completamente a oscuras. Samira había adquirido aquella ruina situada a veinte kilómetros de Toulouse el año anterior. La restauraba poco a poco (seleccionaba a sus amantes ocasionales entre los representantes de diferentes oficios, como electricistas, fontaneros, albañiles, pintores, techadores…) y por el momento solo ocupaba una quinta parte de la superficie habitable. Todas las habitaciones de la planta baja estaban sin muebles, tapadas con cubiertas de plástico, con andamios en las paredes, botes de pintura y herramientas, y lo mismo ocurría con la primera planta, de modo que mientras tanto había instalado su dormitorio en el desván.

En la pared roja había pintado con estarcido en grandes letras plateadas: Prohibido el paso a toda persona ajena a la obra. En la camiseta, a través de cuya tela despuntaban sus menudos pechos, lucía el lema: I Love Me. El hombre bajó pesadamente los peldaños de la escalera, empinada igual que la de un barco. Ella le tendió café humeante y dio un mordisco a una manzana empezada que comenzaba ya a oxidarse. Luego desapareció en el cuarto de baño. Al cabo de cinco minutos, se desplazó al «vestidor». Toda su ropa estaba colgada de manera provisional en unos largos bastidores metálicos, protegida con fundas transparentes; la ropa interior y las camisetas estaban guardadas en muebles de cajones de plástico y las decenas de pares de botas componían una línea a lo largo de la pared.

Se puso un vaquero agujereado en las rodillas, unos botines de tacón plano, otra camisa y un cinturón de cuero con tachuelas. A ello añadió la funda con su arma de servicio y una parca de estilo militar para la lluvia.

—¿Aún estás ahí? —dijo al volver a la cocina.

El gordo cincuentón se limpió la mermelada adherida a los labios. Después la atrajo hacia sí y la besó posando las regordetas manos en sus nalgas, a través del vaquero. Ella se dejó manosear un momento, antes de soltarse.

—¿Cuándo te vas a ocupar de mi ducha?

—Este fin de semana no. Mi mujer vuelve de casa de su hermana.

—Encuentra un día entre semana.

—Tengo la agenda completa —arguyó él.

—Si no me haces de fontanero, no hay cama —anunció ella.

El hombre arrugó el entrecejo.

—Quizás el miércoles por la tarde. No es seguro.

—Las llaves estarán en el sitio de siempre.

Samira iba a añadir algo cuando en algún sitio empezó a sonar una mezcla de *riffs* de guitarra eléctrica y de alaridos de película de terror. Eran los primeros compases de una pieza de Agoraphobic Nosebleed, un grupo americano de *grindcore*. Para cuando hubo localizado el móvil, los alaridos y los decibelios habían cesado. Miró el número del remitente: Vincent. Iba a llamarlo cuando el teléfono se puso a vibrar.

«Llámame», decía el SMS.

Obedeció sin demora a la demanda.

—¿Qué ocurre?

—¿Dónde estás? —preguntó él sin responder.

—En mi casa. Iba a salir. Esta noche estoy de guardia. —En una noche como aquella, todos los hombres de la brigada que habían podido darse de baja lo habían hecho—. Y tú, ¿no estás viendo el partido?

—Ha habido una llamada…

Una urgencia. Seguro que era el sustituto de guardia de la fiscalía. Mala suerte para los aficionados al fútbol. En los juzgados también debían de estar pendientes de la tele. A ella misma le había costado encontrar un amante para esa noche. Estaba claro; en una ocasión así, el fútbol tenía prioridad sobre el sexo.

—¿Han llamado de la fiscalía? —preguntó—. ¿De qué se trata?

—No, no es la fiscalía.

—Ah, ¿no?

—Ya te lo explicaré —repuso Espérandieu, con una tensión inhabitual en la voz—. No vale la pena que vayas a la central. Coge el coche y reúnete con nosotros. ¿Tienes papel para apuntar?

Sin prestar atención a su invitado, que daba muestras de impaciencia a su lado, abrió un cajón de la cocina y sacó un bolígrafo y un post-it.

—Espera… Sí, ya está.

—Te doy la dirección adonde tienes que ir.

—Vale.

Enarcó una ceja mientras anotaba, pese a que él no la podía ver.

—¿Marsac? Eso está en el campo… ¿Quién os ha llamado, Vincent?

—Ya te lo explicaremos. Vamos de camino. Acude en cuanto puedas.

Un relámpago iluminó el cielo detrás de la ventana.

—¿Con quién estás?

—Con Martin.

—De acuerdo. Ahora mismo voy.

Apagó el móvil con la sensación de que allí había algo extraño.

3

Marsac

*L*a lluvia repiqueteaba sin parar contra el techo del coche, bailaba delante de los faros, inundaba el parabrisas y la carretera, obligaba a los animales a buscar refugio en sus guaridas y aislaba unos de otros a los escasos vehículos que entonces circulaban. Había llegado por el oeste, como el ejército que se abate sobre un nuevo territorio. Después de las violentas ráfagas de viento y los relámpagos que le sirvieron de heraldos, había comenzado a ensañarse con los bosques y las carreteras. Aquello no era una mera lluvia, sino un diluvio. A duras penas alcanzaban a distinguir la carretera y las franjas de árboles que la flanqueaban. De vez en cuando, los rayos hendían el cielo, pero el resto del tiempo solamente veían la bola de luz salpicada de chispas y cercada de tinieblas que desplazaban consigo. Era como si un cataclismo hubiera anegado las tierras habitadas y ellos se movieran en el fondo del océano. Servaz mantenía la vista fija en la carretera. La pulsación del limpiaparabrisas repetía como un eco la de su corazón, que se contraía y dilataba a un ritmo demasiado rápido en su pecho. Hacía poco que habían dejado la autopista y ahora circulaban entre las colinas sumergidas en la negra noche del campo, lo cual equivalía, para un individuo de ciudad relativamente joven como Espérandieu, a hundirse en una fosa abisal a bordo de un artefacto submarino. Y menos mal que su jefe no había elegido la música. Vincent había puesto un CD de Queens of the Stone Age y, por una vez, Martin no había protestado.

Estaba muy ensimismado.

Espérandieu despegó una fracción de segundo la vista de la carretera y vio cómo se reflejaban la luz de los faros y el vaivén del limpiaparabrisas en las negras pupilas de su jefe. Este escrutaba el asfalto como miraba antes la pantalla del televisor: sin verlo. Su ayudante volvió a pensar en la llamada de teléfono. Desde que la había recibido, Martin estaba transformado. Vincent había creído comprender que había ocurrido algo en Marsac y que la persona que lo llamaba era una vieja amiga suya. Servaz no había especificado nada más. A Pujol lo había animado a seguir viendo el partido y a él le había pedido que lo acompañara.

Una vez en el coche, le había dicho que llamara a Samira. Espérandieu no entendía nada de lo que pasaba.

La lluvia amainó un poco en el momento en que el Scénic pasó bajo el túnel de plátanos situado en la entrada de la ciudad. Luego, traqueteando sobre los adoquines, se adentraron por las callejuelas del centro.

—A la izquierda —indicó Servaz cuando llegaron a una plaza con una iglesia.

Espérandieu reparó maquinalmente en el gran número de pubs, bares y restaurantes. Marsac era una ciudad universitaria. Tenía 18.503 habitantes y los estudiantes doblaban esa dicha cifra. Contaba con una facultad de Letras, otra de Ciencias, otra de Derecho, Economía y Gestión y unos cursos de *prépa* muy prestigiosos. Los periódicos, siempre ávidos de imágenes espectaculares, la apodaban «la Cambridge del Suroeste». Examinada desde un punto de vista estrictamente policial, aquella afluencia de estudiantes debía de representar un problema recurrente de conducciones en estado de ebriedad o bajo la influencia de estupefacientes, de tráfico de cannabis y de anfetaminas y algún que otro desperfecto de carácter más o menos reivindicativo. Nada que entrara, en cualquier caso, dentro de las competencias de la brigada de homicidios.

—Parece como si se hubiera ido la luz.

Las calles estaban sin iluminación y hasta las ventanas de los pubs y los bares estaban oscuras. Detrás de los cristales se atisbaban algunas luces, de linternas sin duda. «Será la tormenta», pensó Vincent.

—Rodea la plaza y coge la segunda calle a la derecha.

Se alejaron de la plaza por una estrecha callejuela pavimentada que subía entre altas fachadas. Al cabo de unos veinte metros, distinguieron el haz de los faros giratorios a través de la cortina de agua. Los gendarmes... Alguien los había llamado.

—Pero ¿qué es esto? —preguntó Espérandieu—. ¿Tú sabías que la gendarmería estaba al corriente?

Aparcaron detrás de un Renault Trafic y un Citroën C4, pintados con el color del cuerpo de policía rural. La lluvia rebotaba con tal fuerza en las carrocerías que los techos de los vehículos aparecían erizados. En vista de que su jefe no respondía, Vincent se volvió hacia él. Martin parecía más tenso que de costumbre. Después de dedicar una mirada perpleja y reticente a su ayudante, bajó del coche.

En menos de cinco segundos, el cabello y la camisa se le quedaron empapados. Varios gendarmes permanecían estoicamente bajo el diluvio, protegidos con chubasqueros. Un gendarme se encaminó hacia ellos y Servaz sacó su placa. El hombre enarcó las cejas para expresar su asombro al ver que la brigada de homicidios se presentaba en el lugar antes incluso de que la fiscalía se hubiera hecho cargo del caso.

—¿Quién dirige las operaciones? —preguntó Servaz.

—El capitán Bécker.

—¿Está adentro?

—Sí, pero no sé si...

Servaz rodeó al gendarme sin dejarlo acabar.

—¡Martin!

Volvió la cabeza hacia la izquierda. Un poco más lejos, en el callejón, había aparcado un Peugeot 307. Detrás de la puerta abierta, del lado del conductor, se encontraba una persona a la que no había pensado volver a ver nunca hasta esa noche.

El agua que caía a cántaros, los faros y las luces giratorias que los cegaban, las caras encapuchadas con los chubasqueros, todo quedaba borroso. Aun así, habría reconocido su silueta entre mil. Llevaba un impermeable con el cuello subido y, en un abrir y cerrar de ojos, sus cabellos rubios y rizados, separados por una raya bien definida, quedaron, junto con el mechón que le caía del lado izquierdo de la cara, empapados. Era, efectivamente, ella. Se mantenía erguida, con una mano en la puerta del coche, con la barbilla alta, tal como la recordaba. Aunque en su cara habían causado estragos el miedo y el dolor, no había renunciado a su orgullo.

Eso era lo que le había gustado en otro tiempo a él, ese orgullo que al final se erigió como una muralla entre ambos.

—Hola, Marianne —dijo.

Ella soltó la puerta y tras rodearla, se precipitó hacia él. Al cabo de unos segundos se había pegado a su pecho. Servaz notó la minionda sísmica de los sollozos que la sacudían. Juntó los brazos en torno a ella, sin estrecharla, con un gesto más protocolario que íntimo. ¿Cuántos años habían transcurrido? ¿Diecinueve? ¿Veinte? Ella lo había expulsado de su vida, se había ido con otro y había encontrado la manera de endosarle la culpa a él. La había querido, mucho, sí, quizá más que a ninguna otra mujer, pero aquello había sucedido en otro siglo, hacía tanto tiempo…

Ella se apartó un poco y lo miró, acariciándole de paso la mejilla con el pelo mojado. Una vez más, sintió un pequeño seísmo, de magnitud cuatro en la escala de Servaz, al ver tan de cerca aquellos ojos suyos, dos lagos verdes y relucientes en los que leyó una gran cantidad de emociones contradictorias. Por una parte estaban el dolor, la pena, la duda, el miedo, pero también el agradecimiento y la esperanza. Aquella esperanza, tímida y minúscula, era la que depositaba en él. Desvió la mirada para calmar los latidos de su corazón. Después de diecinueve años estaba casi igual, exceptuando las finas arrugas de los ojos y las comisuras de la boca.

Recordó lo que le había dicho por teléfono: «Ha ocurrido algo terrible…». Al principio había creído que hablaba de ella, de algo que había hecho, hasta que comprendió que se trataba de su hijo: «Hugo… Ha encontrado a una mujer muerta en su casa… Todo lo acusa, Martin… Van a decir que ha sido él…». Hablaba con la voz tan entrecortada por los sollozos y la garganta tan oprimida que no había entendido la mitad de lo que le contaba.

«—¿Qué ha pasado?

—Me acaba de llamar... Lo han drogado... Se ha despertado en la casa de esa mujer y estaba... muerta...».

Lo que le contaba era absurdo. No tenía ni pies ni cabeza. Se preguntó si no habría bebido o tomado algo.

«—Marianne, no entiendo nada. ¿De quién hablas? ¿Quién es esa mujer?

—Una profesora. De Marsac. Una de sus profesoras».

Marsac. El mismo sitio donde estudiaba Margot. Incluso por teléfono, le costó disimular su turbación. Después se dijo que, entre la universidad y el instituto, en Marsac debía de haber un centenar de profesores. ¿Cuántas posibilidades había de que aquella mujer hubiera tenido precisamente a Margot de alumna?

«—Lo van a acusar, Martin... Él es inocente. Hugo es incapaz de hacer algo así... Tienes que ayudarnos, te lo ruego...».

—Gracias por haber venido —le dijo entonces—. No sé...

—Ahora no. —La contuvo con un gesto—. Vuelve a tu casa. Me pondré en contacto contigo.

Ella le clavó una mirada de desesperación y, sin aguardar una respuesta, Servaz dio media vuelta y se encaminó a la casa.

—¿Capitán Bécker?

—Sí.

Exhibió su insignia por segunda vez, aunque en el interior de la casa era difícil distinguir algo.

—Comandante Servaz, de la policía judicial de Toulouse. Este es el teniente Espérandieu.

—¿Quién les ha avisado? —inquirió sin prolegómenos Bécker.

Era un hombre achaparrado, de cincuenta y pocos años, que debía de dormir mal, a juzgar por las bolsas que tenía bajo los ojos. También parecía muy afectado por lo que había visto, y de un humor de perros. «Otro a quien han interrumpido el partido de fútbol».

—Un testigo —repuso sin precisar—. ¿Y a usted, quién lo ha avisado?

Bécker resopló, como si le repugnara compartir aquella clase de información con desconocidos.

—Un vecino, Oliver Winshaw. Un inglés... Vive allí, al otro lado de la calle. —Señalaba un punto a través de la pared.

—¿Qué ha visto?

—La ventana de su despacho da al jardín. Ha visto a un joven sentado al borde de la piscina y un montón de muñecas flotando en el agua. Le ha parecido raro y nos ha llamado.

—¿Muñecas?

—Sí. Ya verá a qué me refiero.

Se encontraban en el salón de la casa, sumida en la oscuridad como todas las de Marsac. La puerta de la calle estaba abierta y la única iluminación de la sala provenía de los faros de los vehículos aparcados afuera, que proyectaban sus haces sobre las paredes. En la penumbra, Servaz vislumbró una cocina americana, una mesa redonda encima de cuyo vidrio danzaba una guirnalda de flores, cuatro sillas de hierro forjado, una vitrina y, detrás de un pilar, una escalera que subía al piso de arriba. El aire húmedo circulaba por las vidrieras abiertas que daban al jardín. Oyendo el crepitar de la lluvia y el roce del follaje azotado por el viento, Servaz se dijo que alguien debía de haberlas bloqueado para evitar que dieran portazos.

Un gendarme pasó cerca de ellos y sus siluetas quedaron un instante recortadas por el haz de su linterna.

—Estamos instalando un grupo electrógeno —anunció Bécker.

—¿Y el chico? —preguntó Servaz.

—Está en el furgón, bien vigilado. Lo vamos a llevar a la gendarmería.

—¿Y la víctima?

El gendarme señaló el techo con el dedo.

—Allá arriba, en el último piso, en el cuarto de baño.

Por su voz, Servaz adivinó que aún se hallaba conmocionado.

—¿Vivía sola?

—Sí.

Por lo que había visto desde la calle, la casa era grande, de cuatro pisos, si se contaban el desván y la planta baja, aunque cada nivel no medía más de cincuenta metros cuadrados.

—Una profesora, ¿verdad?

—Claire Diemar, de treinta y dos años. Era profesora de no sé qué en Marsac.

Servaz cruzó una mirada con el capitán en la penumbra.

—El chaval era uno de sus alumnos.

—¿Cómo?

Un trueno había amortiguado las palabras del gendarme.

—Decía que el chico asistía a una de sus clases.

—Sí, estoy al corriente.

Servaz observaba a Bécker en la oscuridad, absorto como él en sus pensamientos.

—Supongo que usted está más acostumbrado que yo —dijo por fin el gendarme—. De todas maneras, le aviso que no es nada agradable... Nunca había visto nada tan... asqueroso.

—Disculpen —intervino alguien desde la escalera.

Ambos se volvieron hacia el punto de donde venía la voz.

—¿Puedo saber quién es usted?

Alguien bajaba los escalones. Un individuo alto surgió despacio de la sombra para acercarse a ellos y entrar en su campo de visión.

—Comandante Servaz, de la brigada de homicidios de Toulouse.

El hombre le tendió una mano enguantada. Debía de medir poco menos de dos metros. Servaz atisbó en lo alto de ese cuerpo un largo cuello, una curiosa cabeza cuadrada de orejas despegadas y pelo cortado al rape. El gigante le aplastó la mano todavía húmeda entre el flexible cuero de sus guantes.

—Roland Castaing, fiscal del tribunal de Auch. Acabo de hablar con Catherine por teléfono. Me ha dicho que iba a venir. ¿Puedo saber quién lo ha avisado?

Se refería a Cathy d'Humières, la magistrada que estaba al frente de la fiscalía de Toulouse y con la cual Servaz había trabajado varias veces, en especial en la investigación más notable de su carrera, la que lo había conducido al Instituto Wargnier dieciocho meses atrás.

—Marianne Bokhanowsky, la madre del joven —respondió Servaz tras un leve titubeo.

El fiscal guardó silencio un instante.

—¿La conoce?

El tono de su voz expresaba una leve sorpresa y también recelo. Tenía una voz grave y profunda que pronunciaba las consonantes con un áspero roce, como una carreta que rodara por un pedregal.

—Sí, un poco, aunque hacía años que no la veía.

—En ese caso, ¿por qué ha recurrido a usted? —quiso saber el gigante.

Servaz vaciló de nuevo antes de responder.

—Seguramente porque mi nombre salió en la portada de los periódicos.

El hombre calló un instante. Servaz sintió que lo examinaba desde su imponente altura. Adivinando que sus dos ojos lo enfocaban en medio de la oscuridad, se estremeció. Aquel individuo le recordaba a una estatua de la isla de Pascua.

—Ah sí, claro... Por los asesinatos de Saint-Martin-de-Comminges. Claro... Era usted... Qué historia más increíble, ¿no? Un caso así debe de dejar huella, ¿verdad, comandante? —En el tono del fiscal había algo que le resultó soberanamente molesto a Servaz—. De todas maneras, no me explico todavía qué hace aquí...

—Ya se lo he dicho. La madre de Hugo me ha pedido que viniera a echar un vistazo.

—Que yo sepa, nadie le ha confiado aún la investigación —replicó, tajante, el magistrado.

—Así es.

—Esto queda en la circunscripción de Auch y no de Toulouse.

Servaz estuvo a punto de replicar que en Auch no disponían ni de una modesta brigada de investigación y que, en el curso de los últimos años, no les habían atribuido ni una sola investigación criminal, pero se contuvo.

—Ha realizado un largo trayecto para venir hasta aquí, comandante —señaló Castaing—, y supongo que, como todos nosotros, ha tenido que renunciar a ver el partido. Vaya pues a echar un vistazo arriba, pero le advierto que no es nada agradable... De todas formas, usted ya ha visto cosas parecidas, a diferencia de nosotros.

Servaz se limitó a asentir con la cabeza, con la repentina certeza de que no debía permitir bajo ningún concepto que aquella investigación se le escapara de las manos.

Las muñecas contemplaban el cielo nocturno. Servaz pensó que un cadáver flotando en la piscina habría tenido más o menos la misma mirada. Las figuras se balanceaban y sus pálidos vestidos ondulaban todos al mismo ritmo, entrechocándose levemente a veces. Él y Espérandieu se encontraban de pie al borde de la piscina. Su ayudante había desplegado un paraguas del tamaño de un parasol sobre ambos. La lluvia rebotaba encima, al igual que sobre las losas y la punta de sus zapatos, para después precipitarse contra la viña virgen de la pared de atrás bajo el embate del viento.

—¡Hostia! —dijo simplemente su ayudante.

Aquella era su palabra preferida cuando había que resumir una situación que le resultaba incomprensible.

—Ella las coleccionaba —dedujo—. No creo que el que la ha matado las haya traído consigo. Ha debido de encontrarlas en la casa.

Servaz asintió mientras las contaba. Diecinueve... Otro relámpago iluminó los mojados rostros de juguete. Lo más chocante eran esas miradas estáticas. Consciente de que arriba los aguardaba una mirada parecida, se preparó de antemano.

—Vamos.

Una vez en el interior, se pusieron en silencio guantes, gorros para el pelo y fundas para los zapatos. Estaban asimismo envueltos en el velo de la noche, pues el grupo electrógeno no funcionaba todavía, a causa, al parecer, de un problema técnico. En ese momento, ni Vincent ni él tenían ganas de hablar. Servaz sacó la linterna de bolsillo y la encendió, y Espérandieu tomó igual precaución. Después comenzaron a subir las escaleras.

4
Iluminaciones

*E*l resplandor de los relámpagos filtrado por los tragaluces iluminaba los escalones que crujían bajo sus pasos. Con la luz de las linternas que esculpía desde abajo sus caras, Espérandieu veía los ojos de su jefe, relucientes como dos guijarros negros, mientras este buscaba, cabizbajo, las huellas de pasos en la escalera. Subía procurando poner los pies lo más cerca posible de los zócalos, separando las piernas como hacen los jugadores de rugby del equipo neozelandés All Black durante el ritual del *haka*.

—Esperemos que el señor fiscal haya hecho lo mismo —dijo.

Alguien había dejado en el último rellano un farol que proyectaba un indeciso cerco de luz que abarcaba la puerta.

La casa seguía gimiendo bajo los embates de la tempestad. Servaz se detuvo ante el umbral y consultó el reloj: las once y diez. Un relámpago de una intensidad particular iluminó la ventana del cuarto de baño y se imprimió en sus retinas en el momento en que entraban, seguido de un estrepitoso trueno. Dieron un paso al frente, barriendo la buhardilla con la luz de las linternas. Debían darse prisa. Los técnicos no tardarían en llegar al escenario del crimen, pero por el momento, estaban solos. Debajo del tejado, la habitación estaba sumida en la oscuridad, exceptuando la pirotecnia que estallaba detrás de la ventana… y la bañera, que formaba hacia el fondo un rectángulo de pálida claridad azul contrastada con la negrura.

Era como una especie de piscina, iluminada desde el interior…

Sintiendo la violencia del pulso en la garganta, Servaz paseó meticulosamente el foco de la linterna por el suelo. Después no tuvo más remedio que acercarse a la bañera sin despegarse de la pared. No era fácil, con la profusión de frascos, velas y muebles bajos, además de la pila, el toallero y el espejo. La bañera estaba enmarcada por una cortina doble, separada. Servaz distinguía ahora el espejeo del agua contra el esmalte, y una sombra.

En el fondo había algo… algo o más bien alguien.

La bañera era antigua, de hierro colado con patas. Medía poco menos de dos metros y era profunda, tanto que Servaz debía franquear el último metro que le separaba de ella para ver el fondo.

Dio un paso de más. Luego reprimió un impulso para retroceder.

Allí estaba, mirándolo con sus grandes ojos azules abiertos, como si lo esperase. También abría la boca, de tal manera que parecía a punto de decir algo. Era, sin embargo, imposible, porque aquella mirada era la de una muerta.

Bécker y Castaing tenían razón. El propio Servaz había visto raras veces un espectáculo tan difícil de soportar, comparable tan solo quizás al del caballo decapitado en la montaña. A diferencia de ellos, empero, él sabía controlar sus emociones. A Claire Diemar la habían atado con una cuerda larguísima que se enrollaba multitud de veces en torno al torso, las piernas, los tobillos, el cuello y los brazos; pasaba bajo las axilas, entre los muslos y le aplastaba el pecho, formando una considerable cantidad de vueltas, curvas y toscos nudos que mordían con su rasposa superficie la piel. Espérandieu avanzó para mirar por encima del hombro de su jefe. Inmediatamente le vino una palabra a la cabeza: *bondage*. Los nudos y las ataduras eran tan abundantes en ciertas zonas, tan complejos y tupidos, que Servaz se dijo que el forense iba a necesitar horas para cortarlos y después examinarlos en el laboratorio. Jamás había visto semejante madeja. Embutirla de esa manera había debido de llevar sin duda menos tiempo, porque el que lo había hecho había actuado con brutalidad antes de acostarla en la bañera y abrir el grifo.

Lo había cerrado mal, porque todavía goteaba.

En la silenciosa habitación sonaba un ruido agudo cada vez que una gota chocaba contra la superficie del agua.

Tal vez la había golpeado antes. Servaz lamentó no poder hundir una mano en la bañera, sacar la cabeza del agua y levantar el cráneo para palpar el occipital y el parietal —dos de los ocho huesos planos que componen la caja craneal— a través de la larga cabellera morena. No podía porque aquello era competencia del forense.

El brillo de su linterna rebotaba en el agua. Entonces la apagó y solo quedó la luz proveniente del agua, que parecía constelada de lentejuelas.

Servaz cerró los ojos y contó hasta tres antes de volverlos a abrir. La luz no provenía de la bañera, sino de la boca de la víctima. Le habían hundido en la garganta una pequeña linterna, que no debía de tener más de dos centímetros de diámetro. La punta que emergía de la orofaringe y la úvula alumbraba el paladar, la lengua, las encías y los dientes de la muerta, al tiempo que su haz se difractaba en el agua circundante.

Era como una lámpara de pantalla humana…

Servaz se preguntó, perplejo, cuál era el significado de aquel último gesto. ¿Una especie de firma? Su inutilidad en el modo operatorio en sí y su indiscutible valor simbólico daban que pensar. Habría que encontrar el símbolo. Reflexionó en lo que veía y en las muñecas de la piscina, tratando de determinar la importancia de cada elemento.

El agua…

El agua era el elemento principal. Percibiendo materia orgánica en el fondo de la bañera, olfateó el aire. Al identificar un leve olor a orina, concluyó que efectivamente había muerto en aquella fría agua.

El agua allí y el agua afuera… Llovía… ¿Habría esperado el asesino a esa noche de tormenta para pasar a la acción?

Se acordó de que no había visto ninguna huella especial en la escalera al salir. Si el cuerpo hubiera sido atado en otra habitación y luego arrastrado hasta allí, había grandes posibilidades de que hubiera dejado arañazos en los zócalos y rasguñado o ajado la moqueta. Pediría a los técnicos que examinaran bien las escaleras y tomaran muestras, pero ya conocía de antemano la respuesta.

Volvió a mirar a la chica y lo asaltó el vértigo. Aquella mujer tenía un futuro. ¿Quién merecía morir tan joven? La mirada sumergida en el agua le contaba una parte: había tenido miedo, mucho miedo antes de morir. Había comprendido que se había acabado, que todo su crédito se había agotado antes incluso de saber qué era envejecer. ¿En qué habría pensado? ¿En el pasado o en el futuro? ¿En las ocasiones desperdiciadas, en las segundas oportunidades que ya no iba a tener, en los proyectos que nunca se iban a hacer realidad, en los amantes o en el gran amor? ¿O bien en la supervivencia tan solo? Se había debatido con la ferocidad de un animal caído en una trampa, pero para entonces se hallaba ya encerrada en su estrecha prisión de cuerda y había sentido cómo el nivel del agua subía, de manera lenta e inexorable, a su alrededor, contra su piel. Aunque el pánico aullaba como un huracán en su cerebro impeliéndola a gritar, la pequeña linterna se lo había impedido con mayor eficacia que una mordaza. Solo había podido respirar por la nariz, con la garganta dolorida, inflada en torno a aquel objeto extraño, y el cerebro apenas irrigado de oxígeno. Seguramente había exhalado un hipido en el momento en que el agua le había entrado por la boca. Luego el pánico se había transformado en puro terror cuando el agua había penetrado por la nariz, recubierto la cara, sumergido la córnea de aquellos ojos abiertos como platos...

De repente volvió la luz y ambos tuvieron un sobresalto.

—¡Mierda! —exclamó Espérandieu.

—Explíqueme por qué debería confiarle el caso a usted, comandante.

Servaz levantó la cabeza para mirar a Castaing. El fiscal sacó un cigarrillo y se lo encajó entre los labios. Al encenderlo, la brasa chisporroteó bajo las gotas. El hombre tenía el aspecto de un tótem, plantado bajo la lluvia entre la luz de los faros, mirando de arriba abajo a Servaz desde lo alto de su estatura.

—¿Por qué? Porque todo el mundo prevé que lo haga. Porque es la opción más razonable. Porque si no lo hace y esta investigación fracasa de manera estrepitosa, le van a preguntar después por qué no lo hizo.

Bajo los prominentes arcos de las cejas, los ojillos chispearon sin que Servaz alcanzara a determinar si era por un sentimiento de cólera, de hilaridad o de ambas cosas a la vez. Era asombroso lo mucho que costaba descifrar la gestualidad de aquel hombre.

—Cathy d'Humières siempre se deshace en alabanzas hacia usted. —El tono expresaba sin ambigüedad una buena carga de escepticismo—. Dice que su grupo de investigación es el mejor con el que ha trabajado nunca. No es un cumplido cualquiera, ¿verdad?

Servaz optó por guardar silencio.

—Quiero que me tenga al corriente de todos sus movimientos y de los avances de las pesquisas. ¿Queda claro?

Servaz se limitó a asentir con la cabeza.

—Transfiero el caso a la policía judicial regional y ahora mismo llamo a su director. Regla número uno: nada de tapujos ni de desviaciones con el reglamento. O sea, que no se va a tomar ninguna iniciativa sin mi consentimiento previo.

Desde sus cuencas, los ojos de Castaing buscaron un gesto de acatamiento. Servaz asintió con la cabeza.

—Regla número dos: todo lo relacionado con la prensa lo gestionaré yo. Usted no hablará con los periodistas. Me encargaré yo.

Vaya, él también quería disfrutar de su cuarto de hora de gloria. Andy Warhol había sembrado la discordia con su frase y ahora todo el mundo quería ser protagonista con focos antes de irse de este mundo: los árbitros que se excedían un poco en los campos de deporte, los sindicalistas que tomaban como rehenes a los patronos para defender sus puestos de trabajo, pero también para salir por la tele, y los fiscales de ciudades de provincia en cuanto se encendía una cámara.

—Seguramente habría preferido trabajar con Cathy d'Humières, pero va a tener que adaptarse a mi presencia. Lo nombro para lo que dure la detención en incomunicación. Mandaré abrir un expediente judicial no bien se efectúe la presentación del sospechoso. Si no estoy satisfecho con su trabajo, si la fase de detención no avanza lo bastante deprisa o si considero que no rinde como debería, haré que el juez lo destituya en favor de la sección de investigación de la gendarmería. Mientras tanto, tiene carta blanca.

Giró sobre sí y se alejó hacia el Skoda que tenía aparcado un poco más lejos.

—Estupendo —ironizó Vincent—. El nuestro es un oficio realmente agradable.

—Al menos sabemos a qué atenernos —intervino Samira a su lado—. ¿Qué clase de juzgados tienen en Auch?

Había llegado cuando bajaban del piso de arriba, atrayendo como no podía ser de otro modo la atención de los gendarmes con su parka militar que llevaba impresa en la espalda la leyenda Zombies vs Vampiros.

—Un tribunal de segunda instancia, de alcance departamental...

—Mmm.

Adivinaba adónde quería ir a parar: probablemente aquel era el primer caso de cierta envergadura con que se enfrentaba el señor fiscal. Para compensar su falta de experiencia, afirmaba su autoridad. La justicia y la policía avanzaban a veces de común acuerdo, pero otras era como si cada una tirase de uno de los extremos opuestos de una cuerda.

Volvieron a la casa. Los técnicos de identificación judicial habían llegado; habían tendido cintas de balizamiento, encendido varios proyectores, desenrollado metros y metros de cables eléctricos y colocado señales en plástico amarillo para identificar posibles indicios. Para entonces barrían las paredes con sus lámparas especiales a fin de localizar posibles restos de sangre, de esperma o sabía Dios qué más. Iban y venían entre la planta baja, la escalera y el jardín embutidos en sus monos blancos, sin hablarse, concentrados cada cual en la labor concreta que les correspondía.

Servaz pasó del comedor al jardín. Aunque se había calmado un poco la lluvia, aún sintió el golpeteo de las gotas en la cabeza. En sus oídos todavía resonaba la voz de Marianne en el teléfono. Según ella, Hugo la había llamado para explicarle que acababa de despertarse en la casa de su profesora, con la voz alterada por el pánico. No tenía la menor idea de por qué estaba allí ni de cómo había llegado. Le había contado entre sollozos que primero había revisado el jardín porque las vidrieras estaban abiertas y había descubierto con estupefacción la colección de muñecas que flotaban en la piscina. Después se había sentido en la obligación de revisar la casa, cuarto por cuarto. Creyó que se desmayaría al descubrir el cuerpo de Claire Diemar arriba de todo, en la bañera. Marianne había explicado a Servaz que, durante cinco minutos o más, su hijo había sido incapaz de decir algo coherente, ahogado por el llanto. Después se había serenado y había seguido relatando lo ocurrido. Había cogido a Claire en el agua, la había sacudido para despertarla, había intentado deshacer los nudos, pero estaban demasiado prietos, y de todas maneras, no cabía duda de que estaba muerta. Había salido aturdido de la casa y se había ido bajo la lluvia hasta la piscina. Ignoraba cuánto rato había permanecido allí, alelado, sentado al borde del agua, antes de llamar a su madre. Le había contado que se sentía raro, medio grogui. Esa era la expresión que había empleado, como si lo hubieran drogado… Después, todavía no se había despejado cuando los gendarmes habían llegado y lo habían esposado.

Servaz se acercó a la piscina. Un técnico estaba recogiendo las muñecas con ayuda de un salabre. Después de cogerlas, las iba metiendo una a una en unas grandes bolsas precintables que le tendía un compañero. La escena tenía algo de irreal. Las blancas caras de las muñecas resplandecían bajo la violenta luz de los proyectores que habían enchufado también allí, al igual que sus miradas, azules y estáticas. La diferencia radicaba, pensó con un escalofrío Servaz, en que al contrario de la mirada de Claire Diemar, que tenía todo el aspecto de la muerte, las de las muñecas parecían extrañamente vivas. Más concretamente, presentaban la apariencia de una viva hostilidad… «Bobadas», se dijo Servaz, arrepentido de albergar tales pensamientos.

Rodeó despacio la piscina, con cuidado para no resbalar en las baldosas mojadas. Tenía el presentimiento de que había algo en el comportamiento o la actitud de la víctima que había atraído al predador, de la misma manera que, en la naturaleza, el animal se forma una imagen de su presa y no caza al azar.

Aquella puesta en escena dejaba a las claras que tampoco en ese caso la elección de la víctima se debía al azar.

Se paró delante de la pared que separaba el jardín de la calle y levantó la vista. Desde allí se veía el piso de arriba de la casa de enfrente. Una ventana daba directamente a la piscina. Había sido sin duda desde allí por donde el vecino inglés había reparado en Hugo y en las muñecas. Si Hugo hubiera estado sentado al otro lado de la piscina, al abrigo de la pared, nadie lo habría visto, pero se había sentado del lado donde se encontraba entonces Servaz. Quizá no había pensado en eso, quizás estaba demasiado azorado, demasiado desorientado después de lo que acababa de ocurrirle para preocuparse por otra cosa. Servaz frunció el entrecejo, con el cuello encogido bajo el martilleo de la lluvia que se colaba por su nuca. Había algo muy extraño en todo aquello.

5

La caza del snark

Oliver Winshaw era un anciano con una mirada igual de vivaracha que la de un pez recién salido del agua y, a pesar de la hora tardía, no parecía nada cansado. Servaz advirtió que, aunque no había pronunciado ni una palabra, su mujer no dejaba de mirarlos y no se perdía ni un detalle. Al igual que su marido, no parecía ni de lejos dormida. Eran dos viejos con la mente alerta y la cabeza clara, que habían llevado sin duda unas vidas interesantes y que tenían intención de seguir haciendo funcionar sus neuronas el mayor tiempo posible.

—Una vez más, para que quede bien claro: ¿no se había percatado de nada fuera de lo habitual últimamente?

—No, nada. Lo siento.

—Aunque solo fuera un individuo que merodea, alguien que llama a la puerta de su vecina, un detalle al que no habría prestado atención en su momento, pero que, en vista de lo ocurrido, podría parecerle sospechoso ahora. Le pido que se concentre, es importante.

—Yo creo que somos bastante conscientes de la importancia del asunto —dijo con firmeza la mujer, abriendo por primera vez la boca—. Mi marido trata de ayudarlo, comisario; ya lo ve.

Servaz observó a Oliver, cuyo párpado izquierdo se había puesto a temblar de manera imperceptible.

—Señora Winshaw, ¿podría dejarnos a solas un momento a mí y a su marido? —pidió, sin molestarse en corregir lo de «comisario».

La mirada de la mujer se endureció mientras entreabría los labios.

—Oiga, comisario, yo…

—Christine, por favor —intervino Winshaw.

Servaz vio que la esposa daba un respingo. No debía de estar acostumbrada a que su marido asumiera las riendas. En la voz de Oliver Winshaw había un matiz inconfundible: le había gustado oír cómo alguien ponía a su mujer en su sitio, y también le agradaba la perspectiva de encontrarse a solas entre hombres. Servaz se volvió hacia sus dos ayudantes y les indicó que se fueran también.

—No sé si usted tiene derecho estando de servicio, pero yo me tomaría con gusto un whisky —dijo alegremente el anciano cuando se encontraron.

—Pues no me voy a hacer de rogar —repuso, sonriente, Servaz—. Sin hielo, gracias.

Winshaw le dedicó una sonrisa que evidenció la amarillenta marca de la teína. Tenía una mirada tranquila y maliciosa y un cabello largo y ralo. Servaz se levantó y se acercó a la estantería. *El paraíso perdido*, *La balada del viejo marinero*, *Hyperion*, *La caza del snark*, *La tierra baldía*… Allí se sucedían metros y metros de poesía inglesa.

—¿Le interesa la poesía, comandante?

Servaz tomó la copa que le ofrecía. El primer trago descendió como fuego. Era bueno, con un regusto ahumado muy marcado.

—La latina solamente.

—¿Hizo estudios universitarios?

—De letras, hace mucho.

Winshaw asintió vigorosamente con la cabeza en señal de aprobación.

—No hay nada como la poesía para expresar la incapacidad del hombre para aprehender el sentido de nuestro paso en esta tierra —dijo—. Aun así, si le dejan libre elección, la humanidad siempre preferirá el fútbol a Victor Hugo.

—¿No le gusta ver el deporte por la tele? —lo provocó Servaz.

—Pan y circo. No es ninguna novedad. Los gladiadores al menos arriesgaban la vida. Daban un espectáculo de otra dimensión que esos chicos en pantalón corto corriendo detrás de un balón. El estadio no es más que la versión en grande del patio de recreo.

—«Tampoco es bueno desdeñar los ejercicios físicos», nos dice Plutarco —señaló Servaz.

—A la salud de Plutarco entonces.

—Claire Diemar era guapa ¿verdad?

Oliver Winshaw dejó en suspenso la copa a varios centímetros de los labios y su plácida mirada pareció perderse lejos de aquella habitación.

—Mucho.

—¿Tanto?

—Usted la ha visto, ¿no? A no ser que… No me diga que… ¿que le han…?

—Digamos que no estaba en su mejor día.

La mirada del anciano se veló.

—Jesús… Estamos bromeando y riendo… Con lo que acaba de ocurrir aquí mismo…

—¿La miraba?

—¿Cómo?

—Por encima de la pared, cuando estaba en su jardín, ¿la miraba?

—¿A qué se refiere, por Dios?

—Tomaba el sol. Tiene la marca del bañador. Debía de pasearse por el jardín, tumbarse, bañarse en la piscina, imagino. Una mujer guapa… Seguro que había momentos en que la veía, sin hacerlo a propósito, al pasar delante de la ventana.

—¡Tonterías! No se ande por las ramas, comandante. ¿Quiere saber si hacía de *voyeur*?

A Oliver Winshaw no le daba miedo nombrar las cosas por su nombre, reconoció para sí con un encogimiento de hombros.

—Pues le diré que sí, que a veces la miraba… ¿Y qué? Tenía un trasero imponente, si es eso lo que quiere oír. Y ella lo sabía.

—¿A qué se refiere?

—Esa chica tenía sus horas de vuelo, créame, comandante.

—¿Recibía visitas?

—Sí, algunas.

—¿De personas que usted conociera?

—No.

—¿Ninguna?

—No. No se relacionaba con la gente de aquí. Aunque a ese chico ya lo había visto.

—¿Quiere decir que la había visitado antes?

—Sí, eso es.

—¿Cuándo?

—Hace una semana. Los vi juntos en el jardín, charlando.

—¿Está seguro?

—No estoy senil, comandante.

—¿Y alguna otra vez? ¿Lo había visto otras veces?

—Sí. Lo había visto antes.

—¿Cuántas?

—Una docena de veces, diría… Sin contar las que debió de estar sin que lo viera. Yo no estoy siempre delante de la ventana.

Servaz estaba, con todo, convencido de lo contrario.

—¿Siempre se veían en el jardín?

—No sé… No creo, no… En un par de ocasiones debió de llamar a la puerta y se quedaron adentro. Pero no vaya a pensar que estoy insinuando nada.

—¿Qué tipo de comportamiento tenían? ¿Daban la impresión de tener un trato… íntimo?

—¿Como amantes, se refiere? No… Puede… Francamente, no lo sé. Si busca información jugosa, va a tener que recurrir a otro.

—¿Cuánto tiempo se quedaba?

El anciano se encogió de hombros.

—¿Sabía que era uno de sus alumnos?

Esa vez los ojos del anciano se animaron con un brillo de sorpresa.

—No, lo ignoraba.

Tomó un sorbo de whisky.

—¿No le parece un poco raro que un estudiante vaya a ver a su profesora sola a su casa? ¿Una profesora tan guapa?

—No me corresponde a mí juzgar eso.

—¿Habla con sus vecinos, señor Winshaw? ¿Corrían rumores sobre ella?

—¿Rumores? ¿En una ciudad como Marsac? ¿Está de broma? ¿Y usted qué cree? Yo hablo poco con los vecinos. Es Christine la que se encarga de eso. Es mucho más sociable que yo, ya me entiende. Habría que preguntarle a ella.

—¿Habían estado alguna vez en su casa, usted y su mujer?

—Sí. Cuando se instaló aquí, la invitamos a tomar café en nuestra casa. Ella nos devolvió la invitación, pero solo una vez, por pura educación sin duda, porque la cosa quedó ahí.

—¿Recuerda si coleccionaba muñecas?

—Sí. Mi mujer era psicóloga. Recuerdo muy bien que, cuando volvimos, formuló una hipótesis sobre la presencia de tantas muñecas en la casa de una mujer sola.

—¿Qué clase de hipótesis?

Winshaw se lo explicó.

Por lo menos, la cuestión del origen de las muñecas quedaba zanjada. Servaz, que no tenía ya más preguntas, reparó en un pequeño mueble encima del cual había, abiertos, una Tora, un Corán y una Biblia.

—¿Le interesan las religiones? —inquirió.

Winshaw sonrió. Luego tomó un trago con un malicioso brillo en los ojos.

—Son fascinantes, ¿no? Las religiones, quiero decir… ¿Cómo es posible que semejantes mentiras puedan cegar a tanta gente? ¿Sabe cómo llamo a ese mueble?

Servaz enarcó una ceja.

—El rincón de los cabrones.

6

Amicus Plato sed major amicus veritas

Servaz introdujo una moneda en la máquina de bebidas calientes y accionó la tecla «café largo con azúcar». Había leído en alguna parte que, contrariamente a lo que solía creer la gente, había más cafeína en los cafés largos que en los expresos. El vaso cayó de través, la mitad del café se fue por el lado y el azúcar y la cucharilla no bajaron.

Aun así, apuró hasta la última gota del brebaje.

Después aplastó el vaso y lo tiró a la papelera.

Por fin, empujó la puerta.

Como la gendarmería de Marsac no disponía de ninguna habitación destinada a los interrogatorios, habían reservado para la ocasión una pequeña sala de reuniones del piso de arriba. Servaz reparó enseguida en la ventana y torció el gesto. El principal peligro en ese tipo de situaciones no era tanto una tentativa de evasión sino de suicidio, si el sospechoso se sentía acorralado. Pese a que un intento de defenestración desde el primer piso le parecía harto improbable, no quería correr ningún riesgo.

—Cierra el postigo —indicó a Vincent.

Samira, que había abierto su ordenador portátil, introdujo el atestado de detención indicando la hora de su inicio. Después encaró el aparato hacia el lugar donde se iba a sentar el sospechoso, para filmarlo con la *webcam* integrada. Servaz se sintió desfasado una vez más. Sus jóvenes ayudantes le hacían sentir cada día la velocidad con la que cambiaba el mundo y su grado de inadaptación. Cualquier día los coreanos o los chinos inventarían unos robots investigadores y se desharían de él. Estos estarían provistos de detectores de mentiras, de analizadores vocales y láseres capaces de detectar la más mínima inflexión de voz y el más ínfimo movimiento ocular. Serían infalibles, sin traba de emociones, aunque los abogados encontrarían sin duda la manera de prohibir su presencia durante los interrogatorios.

—Pero ¿qué están haciendo? —preguntó con irritación.

En ese momento, la puerta se abrió y Bécker entró con Hugo. El muchacho no estaba esposado; el gendarme había tenido un buen detalle en eso. Servaz lo observó. Parecía absorto y cansado. Tal vez los gendarmes habían tratado de interrogarlo por su cuenta.

—Siéntate —dijo el capitán.

—¿Ha visto un abogado?

Bécker negó con la cabeza.

—No ha pronunciado ni una palabra desde que lo han detenido.

—¿Pero le han informado de que tenía derecho a disponer de uno?

El gendarme le dirigió una mirada colérica al tiempo que le tendía una hoja mecanografiada sin dignarse a responder. Servaz leyó: «No pidas abogado». Luego se sentó a la mesa, frente al muchacho. Bécker se fue a colocar cerca de la puerta. Servaz pensó que, puesto que la madre de Hugo estaba ya al corriente, no tenía necesidad de avisar a nadie, conforme a las normativas relativas a la detención, que eran las mismas para un adolescente de diecisiete años que para un mayor de edad.

—Te llamas Hugo Bokhanowsky —empezó— y naciste el 20 de julio de 1992 en Marsac.

Como no hubo reacción, Servaz leyó la línea siguiente, y experimentó un sobresalto.

—Estás en segundo año de los cursos literarios de *prépa* del instituto de Marsac...

Le faltaba un mes para cumplir dieciocho años y ya estaba en la clase de preparación para la Escuela Normal Superior de letras. Un chico inteligente... No estaba en la misma clase de Margot —que cursaba el primer año—, pero iban al mismo centro. Era muy probable, por lo tanto, que Margot hubiera tenido de profesora a Claire Diemar. Más tarde se lo preguntaría.

—¿Quieres un café?

Tampoco hubo reacción. Servaz se volvió hacia Vincent.

—Ve a buscarle un café y un vaso de agua.

Espérandieu se levantó y Servaz escrutó al joven. Mantenía la mirada gacha, las manos metidas entre las rodillas, apretadas a la misma altura donde un agujero de los vaqueros permitía ver sus piernas bronceadas, en una evidente postura defensiva.

«Está muerto de miedo».

Tenía una cara bonita que debía de gustar a las chicas, un pelo tan corto que formaba una especie de vello claro y sedoso encima del cráneo, reluciente bajo la luz de los fluorescentes. Llevaba una barba de tres días y una camiseta con una inscripción en inglés alusiva a una universidad americana.

—¿Eres consciente de que todas las apariencias están en tu contra? Te han encontrado en la casa de Claire Diemar cuando acababa de ser víctima de una agresión de extrema barbarie. Según el informe que tengo aquí, estabas sin margen de duda bajo los efectos del alcohol y de la droga en ese momento.

Observó al joven. No se movía. Quizás experimentaba todavía el influjo de los estupefacientes. Quizá no había tocado tierra del todo.

—Tus huellas han sido detectadas prácticamente por toda la casa...

—...

—Hay restos de barro y de hierba en tus zapatos después de que hayas salido al jardín.

—...

Servaz lanzó una mirada de interrogación a Bécker, que respondió con un encogimiento de hombros.

—Unos restos idénticos en la escalera y en el cuarto de baño donde han encontrado muerta a Claire Diemar...

—...

—De tu teléfono móvil se desprende que llamaste dieciocho veces a la víctima solo en el curso de las dos últimas semanas.

—…

—¿Para hablar de qué? Sabemos que era tu profesora. ¿Le tenías aprecio como tal?

Tampoco hubo respuesta.

«Mierda, no vas a sacar nada».

Pensó un instante en Marianne. Su hijo mostraba todos los indicios de un culpable y se comportaba como tal. Por un momento se planteó llamarla para pedirle que lo convenciera para que cooperase.

—¿Qué hacías en casa de Claire Diemar?

—…

—¡Joder! ¿Estás sordo o qué? ¿No te das cuenta del lío en que estás metido?

La voz de Samira había surgido, áspera y chirriante como una sierra. Hugo se estremeció. El chico levantó la mirada un instante y pareció algo confuso al descubrir la gran boca, los ojos saltones y la minúscula nariz de la francochino-marroquí. Para acabar de empeorar el conjunto, Samira tenía tendencia a abusar del rímel y la sombra de ojos. La reacción no duró, sin embargo, más de una fracción de segundo antes de que Hugo volviera a encorvarse sobre las rodillas.

En el exterior seguía la tormenta y en el interior se había instalado el silencio. Nadie parecía con ganas de interrumpirlo.

Servaz intercambió una mirada con Samira.

—No estoy aquí para agobiarte —dijo por fin—. Solo queremos esclarecer la verdad. *Amicus Plato sed major amicus veritas.*

«Me gusta Platón, pero todavía me gusta más la verdad».

¿Habría sido por la fórmula en latín? Lo cierto era que aquella vez había provocado una reacción.

Hugo lo miraba…

Tenía unos ojos muy azules. «La misma mirada de su madre», pensó Servaz, pese a que ella tenía los ojos verdes. Por lo demás, reconocía en el perfil de los labios y la forma de la cara los genes de Marianne. Aquel parecido físico lo turbó.

—He hablado con tu madre —dijo de repente, sin reflexionar—. Ella y yo fuimos amigos hace tiempo, muy buenos amigos.

—…

—Fue antes de que conociera a tu padre…

—Nunca me habló de usted.

La primera frase pronunciada por Hugo Bokhanowsky había caído como un hachazo. Servaz tuvo la impresión de recibir un puñetazo en el estómago.

Sabía que Hugo decía la verdad. Se aclaró la garganta.

—Yo también estudié en Marsac, como tú —añadió—. Y ahora, mi hija estudia aquí. Se llama Margot Servaz. Está en primer curso.

Aquella vez había captado de pleno la atención del joven.

—¿Margot es hija suya?

—¿La conoces?

—¿Quién no conoce a Margot? —contestó con un encogimiento de hombros—. No pasa inadvertida en Marsac… Es una chica estupenda. No nos ha dicho que tenía un padre policía.

Hugo había concentrado en él su mirada azul y no la desviaba. El policía se dio cuenta de que se había equivocado. El chico no tenía miedo. Simplemente había decidido que no iba a hablar, y aunque solo tenía diecisiete años, parecía mucho más maduro.

—¿Por qué te niegas a hablar? —prosiguió con cautela—. ¿No te das cuenta de que así no haces más que agravar tu situación? ¿Quieres que llame a un abogado? Primero te entrevistas con él y después hablaremos.

—¿Para qué? Yo estaba en el lugar del crimen cuando ella ha muerto o poco después… No tengo coartada… Todo me acusa… Por consiguiente, soy culpable, ¿no?

—¿De verdad lo eres?

La mirada azul se clavó en la suya. Servaz no percibió en ella ni culpabilidad ni inocencia. En aquella mirada solo se podía captar una espera.

—En todo caso, es lo que usted piensa… ¿Qué más da entonces que sea verdad o no?

—Hay una gran diferencia —señaló Servaz.

Era consciente, sin embargo, de que se trataba de una mentira. Las cárceles francesas estaban llenas de inocentes... y los culpables pululaban por las calles. Pese a sus virtuosas poses y a sus discursos sobre la moral y el derecho, lo cierto era que tanto jueces como abogados aceptaban el sistema a sabiendas de que generaba ingentes cantidades de errores judiciales.

—Has llamado a tu madre para decirle que te habías despertado en esa casa y que había una mujer muerta dentro. ¿Es así?

—Sí.

—¿Dónde estabas cuando te has despertado?

—En el comedor, abajo.

—¿En qué parte del comedor?

—En el sofá, sentado.

Hugo miró a Bécker.

—Ya se lo he dicho a ellos.

—¿Y después qué has hecho?

—He llamado a la señorita Diemar.

—¿Te has quedado sentado?

—No. Las vidrieras del jardín estaban abiertas y la lluvia entraba en la casa. He salido por allí.

—¿No te has preguntado dónde te encontrabas?

—He reconocido la casa.

—¿Ya habías ido allí?

—Sí.

—O sea que has reconocido el lugar. ¿Ibas a menudo?

—Bastante.

—¿Qué significa «bastante»? ¿Cuántas veces?

—No me acuerdo...

—Procura recordarlo.

—No sé... puede que diez... o veinte...

—¿Por qué ibas a verla tan a menudo? ¿Y por qué la llamabas tanto por teléfono? ¿Acaso la señorita Diemar recibía de esta manera en su casa a todos los alumnos de Marsac?

—No, no creo.

—¿Entonces por qué a ti? ¿De qué hablabais?

—De lo que escribo.

—¿Cómo?

—Estoy escribiendo una novela. Le había hablado de ello a Clai... a la señorita Diemar. Estaba muy interesada y me había pedido si podía leer lo que escribía. Hablábamos a menudo de eso. Por teléfono también.

Un escalofrío asaltó a Servaz mientras observaba a Hugo. También él había emprendido la redacción de una novela cuando era alumno en Marsac. La gran novela moderna... El glorioso sueño de todo aprendiz de escritor... La que dejaría admirados a editores y lectores. Era la historia de un hombre tetrapléjico que solo vivía a través del pensamiento, pero cuya vida interior, intensa y exuberante como una selva tropical, era mucho más rica que la de la mayoría de la gente. Había parado el día después de que se suicidara su padre.

—¿La llamabas Claire? —preguntó.

—Sí —reconoció, tras un breve titubeo.

—¿Cuál era la naturaleza de vuestras relaciones?

—Se lo acabo de decir. A ella le interesaba lo que yo escribía.

—¿Te daba consejos de escritura?

—Sí.

—¿Encontraba bueno tu trabajo?

Las pupilas de Hugo relumbraron con un destello de orgullo.

—Ella decía... decía que hacía mucho que no había leído algo así.

—¿Puedo saber el título?

Viéndolo dudar, Servaz se puso en su lugar. El joven escritor no tenía seguramente ningún deseo de confiar ese tipo de cosas a un desconocido.

—Se titula *El Círculo*.

A Servaz le dieron ganas de preguntar de qué iba, pero se reprimió. Sentía una profunda y creciente perplejidad y también un movimiento de empatía con respecto al joven. No se quería engañar. Sabía que era porque le recordaba a la persona que él había sido veintitrés años atrás. Y quizá también porque era el hijo de Marianne. Aun así, se preguntaba si era posible que hubiera matado a la única persona capaz de comprender y apreciar su trabajo.

—Volvamos a lo que has hecho a continuación, después del jardín.

—He entrado en la casa. La he llamado y he mirado por todas partes.

—¿No se te ha ocurrido llamar a la policía en ese momento?

—No.

—¿Y después?

—He subido; he mirado en todas las habitaciones, una por una... Hasta el cuarto de baño... Y allí... la he visto.

La nuez de Adán le subió en el cuello.

—Me ha entrado el pánico... No sabía qué hacer. He intentado sacarle la cabeza del agua, le he dado varias bofetadas para despertarla, he gritado... He intentado deshacer los nudos, pero había demasiados. Estaban muy apretados y no podía, y se habían hinchado con el agua. Enseguida he comprendido que era demasiado tarde...

—¿Dices que has intentado reanimarla?

—Sí, eso es lo que he hecho.

—¿Y la linterna? —Servaz se percató del imperceptible aleteo de los párpados de Hugo—. Has visto la linterna que tenía encendida en la boca, ¿no?

—Sí, claro...

—Entonces ¿por qué no has intentado... retirarla?

Hugo vaciló un momento.

—No sé... seguramente porque...

—...

—Porque me repugnaba meterle los dedos en la boca...

—¿Quieres decir en la boca de una muerta?

Servaz vio que Hugo abatía los hombros.

—Sí. No. No solo por eso. En la boca de Claire...

—¿Y antes? ¿Qué ha ocurrido antes? ¿Qué quieres decir con eso de que te has despertado en casa de Claire Diemar?

—Exactamente eso. He recobrado el conocimiento en el comedor.

—¿Quieres decir que habías perdido el conocimiento?

—Sí... Bueno, supongo... Ya he explicado todo eso a sus colegas.

—Explícamelo a mí. ¿Qué hacías en el momento en que has perdido el conocimiento, lo recuerdas?

—No... en realidad no... No estoy seguro. Hay una especie de... de laguna...

—¿Una laguna en tu agenda de actividades?

Servaz se percató de que Bécker lo miraba a él y no a Hugo. La mirada del gendarme era elocuente. También advirtió que Hugo acusaba el golpe. Era lo bastante inteligente para comprender que aquella laguna no era beneficiosa para él.

—Sí —concedió a desgana.

—¿Qué es lo último que recuerdas?

—Lo último es cuando estaba en el Dubliners con unos amigos.

Servaz tomaba notas en taquigrafía. No se fiaba de la *webcam*, ni de los aparatos en general.

—¿El Dubliners?

Conocía ese sitio. Ese pub existía ya en su época. Servaz y sus amigos se pasaban horas allí.

—Sí.

—¿Qué hacíais allí? ¿Qué hora era?

—Veíamos el partido inaugural del Mundial de Fútbol, esperando el de Francia.

—¿Esperando? ¿Quieres decir que no recuerdas haber visto jugar a Uruguay contra Francia?

—No... puede que sí... Ya no sé qué he hecho en el transcurso de la velada. Aunque parezca raro, no sé cuánto tiempo ha durado... ni en qué momento preciso me he desmayado.

—¿Crees que te han golpeado? ¿Es eso?

—No, no creo. Lo he comprobado... no tengo ningún chichón y tampoco me duele la cabeza. Cuando me he despertado, sin embargo, me sentía grogui, con la impresión de tener una neblina...

Se estaba hundiendo. A medida que hablaba, se daba cuenta de que todo apuntaba hacia él.

—¿Crees que te han drogado?

—Sí, es posible.

—Lo comprobaremos. ¿Dónde? ¿En el pub?

—¡No lo sé!

Servaz cruzó una mirada con Bécker. Este transmitía sin ambigüedad la sentencia: culpable.

—Entiendo. Puede que te vuelva a la memoria. Si fuera el caso, no dudes en hablarme de ello. Es importante.

Hugo sacudió la cabeza con amargura.

—No soy idiota.

—Tengo una última pregunta. ¿Te gusta el fútbol?

—Sí, ¿por qué? —contestó, sorprendido.

—Se te va a enfriar el café —dijo Servaz—. Tómatelo. La noche será probablemente larga.

—Una mujer sola en una casa sin haber echado el cerrojo —señaló Samira.

—Y ninguna señal de que hayan forzado la puerta —abundó Espérandieu.

—Ella debió de abrirle. Al fin y al cabo, era su alumno y no tenía motivos para desconfiar de él. Él mismo ha dicho que ya había estado allí. Y la había llamado dieciocho veces durante las dos semanas anteriores... ¿Para hablar de libros? ¡Bobadas!

—Es él —dictaminó Vincent.

Servaz se volvió hacia Samira, que confirmó su opinión inclinando la cabeza.

—Estoy de acuerdo. Lo han detenido en casa de la víctima. Y no hay ninguna huella de la presencia de otro individuo. No hay nada, en ningún sitio, ni la menor prueba de que una tercera persona haya estado allí. Sus huellas, en cambio, están por todas partes. La prueba de alcoholemia ha revelado que tenía 0,85 gramos de alcohol en la sangre. El análisis nos dirá si había tomado también estupefacientes, cosa probable en vista del estado en el que lo han encontrado, y en qué cantidades. Los gendarmes aseguran que, cuando lo han detenido, tenía las pupilas dilatadas y estaba totalmente postrado.

—Él mismo dice que lo han drogado —señaló Servaz.

—Sí, claro... ¿Y quién ha sido? Han encontrado su coche aparcado un poco más allá. ¿No ha sido entonces él quien lo conducía? Admitiendo que hubiera sido otra persona, dice que se ha despertado en la casa. ¿Eso quiere decir que el verdadero asesino se habría arriesgado a sacar a Hugo del coche y cargar con él hasta la casa de Claire? ¿Sin ser visto? ¡Eso no se lo cree nadie! Hay varias casas que dan a la calle, tres de ellas adosadas delante de la de la víctima.

—Todo el mundo estaba viendo el fútbol —objetó Servaz—, incluso nosotros.

—No todo el mundo. El viejo de delante sí lo vio.

—Pero no lo vio llegar, precisamente. Nadie lo vio entrar. ¿Por qué se habría quedado allí esperando a que fueran a buscarlo si había sido el autor?

—Tú conoces las estadísticas tan bien como nosotros —contestó Samira—. En un quince por ciento de los casos, el autor de un crimen se entrega él mismo a las fuerzas del orden; en un cinco por ciento avisa a otra persona que avisa a la policía y en un treinta y ocho por ciento espera calmadamente en el escenario del crimen la llegada de la policía sabiendo que algún testigo les habrá avisado. Eso es lo que ha hecho el chico. En realidad, casi dos terceras partes de los casos se resuelven en las primeras horas gracias a la actitud del criminal.

Servaz conocía, en efecto, esas cifras.

—Sí, pero después no aseguran que son inocentes.

—Estaba drogado. Cuando ha empezado a despejarse, ha tomado conciencia de lo que había hecho y de lo que tenía alrededor —dijo Espérandieu—. Simplemente trata de salvar el pellejo.

—Lo único que cabe plantearse ahora —añadió Samira— es saber si la agresión era premeditada.

Los dos ayudantes lo observaban, aguardando una reacción.

—También hay que tener en cuenta que el asesinato se ha presentado con toda una escenografía que se sale de lo común, ¿no? —replicó Servaz—. Las cuerdas, la linterna, las muñecas... son detalles que no corresponden a un crimen ordinario. Habría que evitar las conclusiones precipitadas.

—El chico estaba drogado —insistió Samira, encogiéndose de hombros—. Seguro que ha tenido una crisis delirante. No sería la primera vez que un drogata comete una chifladura por el estilo... Ese chaval no me parece limpio. Además, todo lo acusa a él. Joder, jefe... en cualquier otra circunstancia, llegaría a las mismas conclusiones que nosotros.

—¿A qué te refieres con eso? —replicó.

—Usted mismo ha dicho que conocía a su madre. Y ha sido ella la que ha llamado pidiendo ayuda, si no me equivoco.

Servaz acusó con irritación el sobreentendido. Aun así, seguía convencido de que algo no encajaba. «La puesta en escena, la linterna, las muñecas... —pensó—. Y también la cronología de los hechos...». Había algo raro en la elección del momento. Si el chico había perdido la razón, ¿por qué precisamente esa noche en que todo el mundo veía la televisión?

¿Era el azar, una coincidencia? En los dieciséis años que llevaba en la profesión, Servaz había aprendido a borrar esa palabra de su vocabulario. A Hugo le gustaba el fútbol. ¿Acaso iba a elegir esa noche para matar a alguien una persona que disfruta viendo deporte en la tele? Solo lo haría si quería sustraerse a la atención general. Hugo, sin embargo, se había quedado allí mismo y se había dejado sorprender sin tomar medida alguna para esconderse.

—Esta investigación ha terminado antes de haber empezado —concluyó Samira chascando los dedos.

—No del todo —disintió Servaz—. Volved allá y comprobad si los técnicos han examinado bien el coche de Hugo. Pedidles que le apliquen cianocrilato.

Le habría gustado disponer de una cabina para analizar al milímetro el interior y el exterior del coche, una cabina de pintura parecida a la que utilizaban para las carrocerías, equipada para hacer evaporar, calentándolo, el cianocrilato. Los vapores de esta sustancia, una especie de *Super Glue*, reaccionan en contacto con la grasa depositada por los dedos, haciendo visibles las huellas, que adquieren un color blanco. Por desgracia, no había ninguna cabina de esa clase disponible en más de quinientos kilómetros a la redonda, y no cabía ni soñar en que un honesto artesano les prestara la suya para sus experimentos. Los técnicos debían conformarse, por consiguiente, con recurrir a unos difusores portátiles llamados *cyano shots*. De todas maneras, lo más probable era que la violencia del aguacero hubiera limpiado la carrocería.

—A continuación, interrogad a los vecinos. Recorred todas las casas de la calle, una por una.

—¿Hacer una labor de vecindario… a esta hora? ¡Pero si son las dos de la mañana!

—Pues sacadlos de la cama. Quiero una respuesta antes de que volvamos a Toulouse. Si alguien ha visto algo, oído algo, reparado en algo, esta noche o los días anteriores, algo que hubiera parecido raro, algo fuera de lo habitual, lo que sea… incluso si no guarda relación con lo que ha ocurrido esta noche.

»¡A trabajar! —ordenó, afrontando sus miradas de incredulidad.

7
Margot

*H*abían circulado entre las colinas. Era septiembre y aún hacía calor. El verano seguía desplegado a su alrededor y, como el aire acondicionado no funcionaba, Servaz había bajado las ventanillas. Había puesto un disco de Mahler y se sentía de excelente humor. No solo hacía un tiempo espléndido y viajaba en compañía de su hija, sino que la llevaba a un lugar que conocía bien, aunque hacía mucho que no había vuelto allí.

Mientras conducía, se había acordado de la alumna mediocre que había sido Margot en primaria. Después había pasado la crisis de la adolescencia. Todavía entonces, con sus *piercings*, sus tintes estrafalarios y sus cazadoras de cuero, su hija no tenía en absoluto el aspecto de una de las primeras de la clase. Ahora, no obstante, pese a su indumentaria *punkie*, Margot sacaba muy buenas notas. Los cursos de *prépa* de Marsac eran, además, los mejores de la región y los más exigentes. Para ser admitido en ellos había que tener un nivel excelente. El mismo Servaz lo había conseguido veintitrés años atrás, por la época en que aspiraba a ser escritor. En lugar de ello, había acabado siendo policía. Esa mañana, conduciendo a través del paisaje estival, se sentía henchido de un orgullo que lo inflaba como una pompa de jabón.

—Es muy bonita esta zona —había dicho Margot, quitándose los cascos de las orejas.

Servaz había lanzado una breve ojeada en derredor. La carretera serpenteaba a través de verdes colinas, risueños bosques y dorados trigales. Cuando reducía velocidad para doblar una curva, oían los trinos de los pájaros y el chirrido de los insectos.

—Un poco tristón, ¿no?

—Hombre… ¿Y cómo es Marsac?

—Una ciudad pequeña y tranquila. Supongo que aún hay los mismos pubs para estudiantes que en mi época. ¿Por qué elegiste Marsac y no Toulouse?

—Por Van Acker, el profesor de letras.

Aun después de tanto tiempo, el nombre de Van Acker provocaba en él una reacción semejante a un impulso eléctrico que estimulaba una zona del corazón inactiva desde hacía mucho. Pese a ello, había procurado adoptar un tono de voz distante.

—¿Tan bueno es?

—El mejor en quinientos kilómetros a la redonda.

Margot sabía lo que quería, no cabía duda. Recordó lo que le había dicho el amante casado de su hija, la única vez que lo vio, unos días antes de Navidad, en la plaza del Capitole: «Bajo su apariencia rebelde, Margot es una chica formidable, inteligente e independiente, y mucho más madura de lo que usted parece pensar». Fue una conversación desagradable, agria, llena de recriminaciones, pero le permitió comprender por fin que la conocía muy mal.

—Habrías podido hacer un esfuerzo con tu indumentaria.

—¿Por qué? A ellos lo que les interesa es mi cerebro, no mi ropa.

Una réplica muy propia de Margot, aunque no era seguro que ese argumento fuera a convencer al profesorado. Habían atravesado el extenso bosque de Marsac, con sus kilómetros de arbolado provistos de paseos para ir a caballo, senderos y aparcamientos. Después habían entrado en la ciudad por la larga recta bordeada de plátanos que Servaz había recorrido cientos de veces durante su juventud.

—¿No te molesta estar interna de lunes a sábado? —preguntó mientras circulaban por las callejuelas flanqueadas de bares y tiendas.

—No sé. —La joven miraba por la ventana—. No he pensado en eso. Supongo que voy a conocer gente interesante aquí, distinta de esos idiotas del instituto. ¿Cómo era en tu época?

La pregunta lo pilló desprevenido. En realidad, no tenía ganas de hablar de eso.

—Estaba bien —respondió.

En las calles había muchas bicicletas, montadas por estudiantes en general, aunque también se veían algunos profesores con carteras de cuero repletas de libros delante del manillar. Marsac albergaba varias facultades: de Derecho, Ciencias, Ciencias Humanas… Aquella ciudad parecía aquejada de una preponderancia juvenil. A excepción de en las vacaciones, la mitad de la población tenía menos de veinticinco años. Servaz y Margot salieron del casco urbano por el norte, donde se extendía una verde llanura, con un horizonte de tupidos bosques al fondo.

—Allí —anunció él.

A la derecha, un poco apartado de la carretera, al borde de una pradera, había un edificio alto y largo de aspecto muy antiguo, con tejados erizados de chimeneas, ventanas provistas de parteluces y una compleja arquitectura. En torno al venerable edificio se erguían varias construcciones bajas y modernas de cemento, dispuestas encima del campus a la manera de una incongruente composición de dominó. Invadido por los recuerdos, volvió a ver, detrás del edificio, las pensativas estatuas y los estanques de verdes aguas, los bosquecillos colonizados por el muérdago, las pistas de tenis que se recubrían de hojarasca en noviembre, la pista de atletismo, la arboleda por la que le gustaba ir a pasear, hasta llegar a una gran colina de suave falda en cuya cima se disfrutaba, por encima del relieve bajo, la magnífica panorámica de los Pirineos, coronados de blanco de otoño a primavera.

Una oleada de nostalgia le oprimió el corazón con su gélida tenaza.

Maquinalmente, sus dedos apretaron el volante. Durante mucho tiempo había soñado con tener otra oportunidad, hasta que por fin comprendió que no la habría. Él había dejado pasar la suya. Acabaría su vida de adulto tal como la había empezado: como policía. A fin de cuentas, sus sueños habrían demostrado tener tan poca consistencia como las nubes.

Por suerte, la sensación duró solo un instante.

Dejaron la carretera para tomar la avenida asfaltada. Esta discurría entre una valla pintada de blanco que los separaba de la pradera y del edificio principal, situada a la izquierda, y una hilera de viejos robles que se erguían al otro lado de la cuneta, a la derecha. Sin querer, pensó en la investigación que lo había ocupado durante el invierno de 2008-2009.

—Persigue tus sueños hasta el final —dijo de improviso, con voz estrangulada.

Margot volvió la cabeza, sorprendida, y él lamentó no poder disimular las lágrimas que le empañaban los ojos.

—Esta clase de *prépa* os va a ofrecer una formación de gran exigencia. Va dirigida a alumnos muy motivados con una gran capacidad de trabajo. Los dos años que vais a pasar aquí fomentarán una maduración y un aprendizaje fecundos, encuentros y experiencias sin precedentes. El saber que dispensamos no descuida el factor humano. A diferencia de otros centros, nosotros no estamos obsesionados con las estadísticas —había explicado con una sonrisa el director.

Servaz estaba, sin embargo, convencido de lo contrario. Por la ventana abierta detrás del orador, percibía la hiedra, el ruido de una máquina cortacéspedes y martillazos. Sabía que el despacho del director se encontraba en lo alto de una torre circular y que su ventana daba a la parte posterior del conjunto, porque conocía aquel lugar como la palma de su mano.

—No se aceptará que nadie repita el primer año, salvo en caso de accidente o de enfermedad graves justificados por un certificado médico y tras decisión del director del centro y del consejo de clase. La dificultad de las oposiciones de ingreso a las escuelas normales superiores hace, en cambio, que a menudo sea necesario repetir el segundo curso. Dicha posibilidad está al alcance de todos los estudiantes que hayan demostrado a lo largo de los dos años las cualidades requeridas.

Un rayo de sol había acariciado la carpeta marcada con el nombre de Margot cuando el director la abrió para sacar una hoja que se puso a examinar.

—Pasemos ahora a la cuestión de la elección de las opciones. Se trata de un asunto muy serio que no hay que tomarse a la ligera, jovencita. En realidad, aunque las opciones para la oposición no se eligen hasta el comienzo del segundo curso, vendrán condicionadas por las que vaya a elegir en primero. Le desaconsejo que multiplique las opciones con el objetivo de cubrirse, por así decirlo. La carga de trabajo es importante y un exceso de opciones sería perjudicial para su calidad.

»El primer año, tiene ya cinco horas de francés —prosiguió, contando con las yemas de los dedos—, cuatro horas de filosofía, cinco de historia, cuatro de lengua viva 1, tres de lenguas y culturas antiguas, dos de geografía, dos de lengua 2 y dos de educación física y…

—Ya he escogido las opciones —lo interrumpió Margot—. Módulos de especialidades latín y griego, nivel superior. Y teatro. De lengua viva 1, he elegido inglés. De lengua viva 2, alemán.

—Muy bien. —El bolígrafo del director arañaba el papel—. Estas opciones deberá mantenerlas durante el curso entero, ¿de acuerdo?

—Sí.

Luego se volvió hacia Servaz con una radiante sonrisa.

—He aquí una persona que sabe lo que quiere.

8

Música

Servaz regresó a la habitación. Eran las dos y media de la madrugada, y la fatiga y el miedo eran patentes en el rostro del muchacho. Servaz percibió de inmediato un cambio en el ambiente. Con la presión y el miedo acumulados, se acercaba la hora de las confesiones. Estas podían ser espontáneas, falsas, verídicas, fantasiosas, forzadas... «Confieso porque eso me alivia el peso de la culpabilidad, confieso porque estoy harto, porque estoy demasiado cansado, porque me siento impotente, porque tengo unas ganas irresistibles de ir a mear, confieso porque ese tipejo de allá no para de dirigirme su infecto aliento contra la cara, confieso porque me vuelve loco con sus gritos y porque me da miedo, confieso porque eso es lo que todos quieren, en el fondo, y porque al final me va a dar un ataque al corazón, un infarto de miocardio, una hipoglucemia, una insuficiencia renal, una crisis de epilepsia...». Encendió un cigarrillo y lo tendió a Hugo, pese al letrero fijado a la pared. El joven aspiró la primera calada con el agradecimiento del náufrago a quien ofrecen una cantimplora de agua dulce, dejando bajar el veneno por la tráquea y los pulmones. Servaz se percató de que, aunque no se tragaba el humo, después parecía sentirse mucho mejor. Hugo lo observaba en silencio. Afuera la lluvia repiqueteaba con estrépito contra una hilera de cubos de basura.

Estaban solos, como sucede siempre cuando, en un grupo de interrogadores, parece que se produce una corriente de comunicación mejor entre uno de ellos y el detenido. Tanto daba que se tratara del superior o de un subordinado: lo importante era establecer el diálogo.

—¿Quieres otro café?

—No, gracias.

—¿Algo de beber? ¿Otro cigarro?

El joven rehusó con un gesto.

—Había dejado de fumar —dijo.

—¿Hace cuánto?

—Ocho meses.

—¿No te importa si continuamos?

—Creía que habíamos terminado —contestó, con expresión inquieta, el joven.

—No del todo. Me quedan por esclarecer algunos puntos —dijo Servaz, abriendo el cuaderno—. ¿Quieres que lo dejemos para más tarde?

—No, no. Está bien.

—Muy bien. Una hora o dos más y después podrás ir a dormir.

—¿Adónde? —preguntó, abriendo los ojos—. ¿A la cárcel?

—A una celda de detención por ahora. Pero vamos a tener que llevarte a Toulouse. La investigación queda a cargo de la policía judicial regional.

Percibió un asomo de desánimo en la mirada de Hugo.

—Querría llamar a mi madre…

—Nada nos obliga a hacerlo. Pero podrás llamarla en cuanto hayamos terminado, ¿de acuerdo?

El joven se recostó en la silla y colocando las manos detrás de la nuca, estiró las largas piernas.

—Trata de recordar si ha habido algo esta noche que te haya parecido raro.

—¿Como qué?

—No sé… lo que sea… Un detalle… Algo que te haya dejado una impresión de malestar, por ejemplo… Algo que estaba fuera de lugar… Todo lo que te venga a la cabeza.

—No, no sé.

—Haz un esfuerzo. ¡Es tu vida la que está en juego!

Servaz había elevado la voz. Hugo lo miró, sorprendido. Afuera volvió a retumbar un trueno.

—La música…

Servaz lo escrutó.

—¿Cómo? ¿La música?

—Sé que suena idiota, pero usted me ha pedido que...

—Ya sé lo que te he pedido. ¿Sí? ¿Qué es eso de la música?

—Cuando he recobrado el conocimiento, en el equipo de música sonaba algo...

—¿Eso es todo? ¿Y qué tiene de extraño?

—Pues... —Hugo se tomó un momento para reflexionar—. Claire ponía a veces música cuando yo estaba allí, pero... nunca de esa clase...

—¿De qué clase era?

—Clásica.

Servaz lo observó. Clásica... Notó un escalofrío que le recorrió la columna.

—¿Ella no escuchaba normalmente música clásica?

Hugo confirmó con la cabeza.

—¿Estás seguro?

—No que yo sepa. Ponía jazz o rock, o incluso hip-hop, pero no recuerdo haber oído nunca música clásica en su casa antes de esta noche. Recuerdo que en ese momento, cuando me he despertado, enseguida me ha parecido... raro. Esa música siniestra que sonaba, la casa abierta y sin nadie que respondiera. No era para nada su estilo.

Servaz empezaba a sentir una sorda inquietud, algo vago y difuso que crecía en su interior.

—¿Nada más?

—No.

Música clásica... Se le había ocurrido una idea, pero la desechó porque se le antojó ridícula.

Cuando volvió a la casa de Claire Diemar, aún reinaba un gran ajetreo allí. La calle estaba abarrotada de furgones y vehículos y los medios de comunicación también habían entrado en danza, a pesar de la hora, con sus micros, sus cámaras y su agitación profesional. A juzgar por la presencia de una furgoneta coronada por una antena parabólica, los comentarios futbolísticos no iban a ser los únicos temas que ocuparían el telediario del día siguiente. Servaz estaba, sin embargo, convencido de que el asesinato de la profesora de lengua y cultura antiguas quedaría relegado mucho después del lamentable rendimiento de la selección nacional de fútbol.

Se levantó el cuello de la chaqueta, que a esas alturas ya tenía el apresto de una bayeta, y atravesó rápidamente el resbaladizo pavimento de adoquines escudándose con la mano para protegerse de los flashes.

En el interior, solo quedaba libre un estrecho corredor delimitado por los acordonamientos de la policía científica entre la puerta de entrada y las vidrieras del jardín. Servaz reparó en el equipo de música, pero los de la científica estaban trabajando por allí con sus pinceles y reveladores, de modo que resolvió examinar primero el jardín. Las muñecas habían desaparecido. Unos técnicos plantaban marcas numeradas en la hierba, entre los árboles, para señalar unos hipotéticos indicios. La caseta estaba iluminada. Servaz se acercó y encontró a los técnicos vestidos con monos blancos encorvados en su interior. Aparte reparó en un fregadero, unas tumbonas plegadas, varios salabres, juegos y bidones de productos de tratamiento para la piscina.

—¿Han encontrado algo?

Uno de ellos se volvió a mirarlo a través de sus gruesas gafas naranja y negó con la cabeza.

Servaz rodeó a continuación lentamente la piscina. Después atravesó el empapado césped en dirección a la densa muralla verde que componía en su extremidad el bosque. No había valla, pero la vegetación era tan densa que servía de barrera natural. Reparó, sin embargo, en dos estrechos boquetes que inspeccionó. El interior estaba oscuro como boca de lobo y la lluvia que se abatía con estrépito sobre la espesura no alcanzaba a penetrar allí. El primer pasadizo se prolongaba unos metros, pero no tenía salida. Probó en el segundo. Una falla casi imperceptible entre los troncos y los arbustos, en la que solo pudo entrar a base de contorsiones, se prolongaba con obstinación en las tinieblas como un filón de plata en la roca de cuarzo. Al amparo casi de la lluvia, la linterna de Servaz hendía el ramaje, que parecía quererlo retener. Sin que el túnel se ensanchara, se adentró una decena de metros sobre un lecho de hojas y leña seca que lo obligaba a mirar dónde ponía los pies, hasta que al final dio media vuelta con la intención de regresar de día. Estaba a punto de alcanzar la salida cuando, en medio de la oscuridad casi absoluta, vislumbró algo blanco en el suelo y encaró la linterna en esa dirección.

Encima de la tierra y la hojarasca había un montón de pequeños cilindros claros.

Eran cigarrillos...

Se inclinó e identificó una media docena de colillas.

Alguien había estado fumando allí un buen rato. Servaz levantó la cabeza. Desde donde se encontraba, veía claramente el lado de la casa que daba al jardín, las vidrieras e incluso el interior del comedor iluminado por los proyectores de la policía científica. En una ventana del piso de arriba se entreveía el mobiliario de una habitación detrás de las cortinas. Aquel era un punto de observación ideal...

Sintió cómo se le erizaba el vello de la nuca. La persona que había permanecido allí conocía bien el lugar. Trató de pensar que debía de tratarse de un jardinero, o incluso de la propia Claire Diemar, pero no tenía sentido. No veía que hubiera ningún motivo razonable para quedarse allí, entre esas matas, fumando un cigarrillo tras otro, si no era para espiar lo que hacía la joven.

Servaz siguió reflexionando. Hugo había llegado por delante y había dejado el coche en la calle. ¿Por qué habría espiado a Claire desde el bosque? Había reconocido que había estado allí otras veces. ¿Habría sentido además la necesidad de entregarse al voyerismo en otras ocasiones?

De repente tuvo la desagradable sensación de asistir a una sesión de prestidigitación, de esas en las que el ilusionista retiene la atención por un lado mientras lo esencial se produce en el otro. Una mano en la luz para los espectadores, al tiempo que la otra actúa en la sombra. Alguien quería obligarlos a mirar por el lado que no era... Había dispuesto el escenario, elegido el decorado, los actores... y tal vez incluso los espectadores... Le pareció atisbar una sombra oculta que se desplazaba sin que nadie lo sospechara, detrás de ese drama, y la inquietud lo invadió de nuevo.

Regresó a la casa sin prestar ya atención a la lluvia. Al entrar se limpió en el felpudo las suelas mojadas. En la zona del sofá, los técnicos habían terminado con el equipo de música.

—¿Quiere echar un vistazo? —le preguntó uno de ellos, tendiéndole unos guantes de látex, fundas para los zapatos y uno de esos ridículos gorros que infligían a todos los polis de la criminal la apariencia de clientes de una peluquería femenina.

Servaz se los puso antes de levantar la cinta.

—Hay algo extraño —comentó el técnico.

Servaz lo miró.

—Han encontrado el teléfono móvil del chico en su bolsillo, pero no hay ni rastro del de la víctima. Y eso que lo hemos registrado todo.

Servaz sacó el bloc y tomó nota. Mientras subrayaba dos veces la palabra «teléfono», recordó que habían descubierto dieciocho llamadas dirigidas a la víctima desde el móvil de Hugo. ¿Por qué habría hecho desaparecer el de Claire Diemar y no el suyo?

—¿Y allí, no han encontrado nada? —preguntó, señalando con la barbilla el equipo de música.

—Nada en especial. Huellas en el aparato y en los CD, pero son las de la víctima.

—¿No había ningún CD en el lector?

El técnico lo miró, extrañado, preguntándose seguramente qué importancia podía tener aquello. Luego cogió una de las bolsas transparentes que esperaban encima de un mueble para ser trasladadas al laboratorio y se la entregó sin hacer ningún comentario.

Servaz miró la caja del interior.

La conocía.

Gustav Mahler…

Las *Kindertotenlieder* (Canciones para los niños muertos), en la versión de 1963 dirigida por Karl Böhm, con Dietrich Fischer-Dieskau. Servaz tenía exactamente la misma en su casa.

9
Blanco

$\mathcal{H}$ugo había hablado de la música, pero no había precisado cuál. A él aquella música lo remitía a la investigación de 2008-2009, la nieve, el viento, el color blanco. Sí, el color blanco en particular, tanto afuera como adentro. El color de la muerte y del duelo en Oriente, el color también de los ritos de pasaje. Él vivió uno ese día de diciembre de 2008, en que subieron a aquel valle recubierto de nieve, entre abetos, bajo la indiferente mirada de un cielo gris como una lámina de acero.

Después descubrió aquel lugar aislado de todo, el Instituto Wargnier. Tenía aquellos recios muros de piedra típicos de esa arquitectura de montaña de principios del siglo xx propios tanto de los hoteles de la época como de las centrales hidroeléctricas, una época en la que se construía para que las cosas durasen y en la que se creía en el futuro. Adentro estaban los pasillos desiertos, las puertas blindadas y las medidas de seguridad biométricas, las cámaras y los guardianes. Tampoco eran tantos, de hecho, si se tomaba en cuenta la peligrosidad y el número de internos. Y rodeándolo todo, la montaña, enorme, hostil, perturbadora como una segunda prisión.

Por fin conoció al hombre al que iba a ver.

Julian Alois Hirtmann, nacido cuarenta y cinco años atrás en Hermance, Suiza romanda. Servaz y él solo tenían un punto en común: la música de Mahler. Ambos eran expertos en la obra del compositor austriaco. El parecido se limitaba a eso: uno era un policía de homicidios y el otro un asesino en serie que se había escapado dos inviernos atrás. Hirtmann era un antiguo fiscal del Tribunal de Ginebra que organizaba orgías en su casa a orillas del lago Lemán, al que habían detenido por el doble asesinato de su mujer y del amante de esta en la noche del 21 de junio de 2004. Luego descubrieron en su casa documentos que daban pie a creer que el suizo podía ser autor de unos cuarenta asesinatos cometidos a lo largo de un periodo de veinticinco años, lo cual lo convertía en uno de los asesinos en serie más temibles de la era moderna. Había estado internado en varios centros psiquiátricos antes de ir a parar al Instituto Wargnier, un lugar único en Europa donde estaban encerrados asesinos monstruosos declarados irresponsables por la justicia de sus países. Servaz había participado en la investigación que había precedido —y en cierto modo, provocado— su fuga. También se había entrevistado con Hirtmann en su celda, poco antes de que escapara.

Después, el suizo se había evaporado, desaparecido en una nube de humo como el genio de la lámpara. Servaz siempre había estado convencido de que acabaría por volver a aparecer. Sin tratamiento apropiado, sus pulsiones y sus instintos de cazador se despertarían tarde o temprano.

Aquello significaba que sería fácil atraparlo.

Tal como había destacado Simon Propp, el psicocriminólogo que había colaborado en la investigación, Hirtmann no era solo un manipulador y un sociópata inteligente: representaba un caso aparte incluso entre los asesinos organizados. Pertenecía a esa rara categoría de asesinos en serie capaces de mantener una vida social intensa y gratificante en paralelo a sus actividades criminales. Lo más frecuente era que los trastornos de personalidad que sufrían afectasen de un modo u otro las facultades intelectuales y la vida social de los asesinos compulsivos. El suizo, por su parte, había logrado ocupar durante veinte años un puesto de responsabilidad en el Tribunal de Ginebra, al tiempo que secuestraba, torturaba y asesinaba a más de cuarenta mujeres. La búsqueda de Hirtmann se había erigido en una prioridad. Varios policías consagraban buena parte de su tiempo a ella tanto en París como en Ginebra. Servaz ignoraba en qué punto se hallaban sus investigaciones, pero tenía los números en alguna parte.

Evocó la vez que vio a Hirtmann en su celda. Vestido con mono y camiseta de un blanco que viraba al gris a fuerza de lavados, con el cabello muy moreno pero la piel muy pálida, traslúcida casi, flaco y sin afeitar y, sin embargo, cortés, sonriente y sumamente educado. Servaz estaba seguro de que, incluso viviendo como un vagabundo, Hirtmann habría conservado aquel aire de educación y de refinamiento. Jamás había visto a nadie que pareciera menos un asesino en serie que él. Había, con todo, la mirada, electrizante como un táser, ajena a todo parpadeo. Su cara tenía a la vez un toque de severidad punitiva y de hedonismo que afloraba en la parte inferior, en la boca sobre todo. Habría podido ser un predicador hipócrita en 1692, en Salem, Massachusetts, de aquellos que enviaron a mujeres a la hoguera con la acusación de brujería, un miembro de la Santa Inquisición o un acusador en los procesos estalinianos... o lo que había sido: un fiscal con fama de inflexible pero que organizaba en su casa veladas sadomasoquistas en el curso de las cuales su propia esposa se veía sometida a los caprichos de hombres poderosos y corruptos. Aquellos hombres insaciables buscaban, como él, emociones y placeres situados fuera de los márgenes de las convenciones y la moralidad pública. Eran hombres de negocios, jueces, políticos, artistas, hombres influyentes y ricos cuyos apetitos no conocían límites.

Servaz pensaba en Hirtmann. ¿Qué aspecto tendría entonces? ¿Habría recurrido a la cirugía estética? ¿Se habría limitado a dejarse crecer la barba y el pelo, teñírselos y ponerse lentillas de contacto? ¿Habría engordado, modificado la manera de andar y la dicción, encontrado un empleo? Qué de interrogantes... Si el suizo hubiera pasado a unos centímetros de él en medio de una multitud, caracterizado y vestido de una forma totalmente distinta, ¿lo habría reconocido?, se preguntó por fin con un escalofrío.

Devolvió al técnico la bolsa con el CD, pestañeando a causa de los proyectores.

Sintió un nudo en el estómago.

Aquel era el fragmento de música, las *Kindertotenlieder*, que Julian Hirtmann había elegido la noche en que había asesinado a su mujer y a su amante. Servaz previó que, una vez concluidas las primeras comprobaciones y las pesquisas en el vecindario, iba a tener que realizar diversas llamadas telefónicas, ponerse en contacto con varias personas. Aunque no comprendía cómo habían podido encontrar a la vez en el escenario de un crimen al hijo de una mujer de la que había estado enamorado y una música que evocaba al más temible asesino que se había cruzado en su camino, sí sabía que él no era solo el detective que habían nombrado para el caso, sino que estaba directamente implicado en él.

Regresaron a Toulouse bajo una lluvia que no cejaba, en torno a las cuatro de la mañana, y encerraron a Hugo en una de las celdas de detención del segundo piso. En el edificio de la policía, las celdas estaban alineadas al otro lado del pasillo, frente a las oficinas. De ese modo, los detenidos solo tenían que caminar unos pasos para acudir a los interrogatorios. En lugar de rejas, tenían unos gruesos vidrios traslúcidos. Servaz miró la hora.

—Bueno, lo dejaremos descansar —dijo.

—Y después, ¿qué hacemos? —preguntó Espérandieu, reprimiendo un bostezo.

—Todavía tenemos tiempo. Anota bien las horas de reposo en el registro de detención y en el atestado y asegúrate de que las firme en el margen… y pregúntale si tiene hambre.

Servaz se volvió. Samira estaba descargando la munición en una especie de papelera metálica acolchada y blindada con Kevlar. Para evitar los accidentes, al volver de una misión los agentes vaciaban allí las armas. A diferencia de la mayoría de sus colegas, Samira llevaba la pistolera a la altura de las caderas. Servaz encontraba que aquello le daba cierto aire de *cowboy*. Que él supiera, jamás había tenido que hacer uso de su arma, pero tenía excelentes resultados en los ejercicios de tiro, al contrario de él, que no habría acertado ni a un elefante en un pasillo y que tenía desesperado a su instructor. El hombre hasta había llegado a ponerle el apodo de Daredevil. En vistas de que Servaz no parecía comprender, el instructor le había explicado que Daredevil era un superhéroe de cómic muy intuitivo, pero ciego. Servaz, por su parte, nunca había utilizado el contenedor balístico. En primer lugar, porque cada dos por tres se olvidaba de coger su arma y, en segundo, porque se contentaba con guardarla cerrada con llave cuando volvía de servicio y porque, en la mayoría de ocasiones, el cargador estaba vacío.

Atravesó el pasillo y entró en su oficina.

Faltaba mucho para que se terminara la noche. Se deprimía solo de pensar en el papeleo que debía cumplimentar. Se acercó a la ventana y miró el canal que se alargaba bajo la lluvia, más allá de uno de los tres torreones de ladrillo que adornaban la fachada del edificio de la policía judicial. Afuera la noche palidecía ya, pero todavía no había amanecido. Lo que percibió en el vidrio fue un reflejo: el suyo. La frente, la boca y los ojos se veían borrosos, pero antes de que le diera tiempo a componer el semblante, le sorprendió una expresión que no le agradó nada. Era la de un hombre tenso e inquieto, un hombre a la defensiva.

—Una persona quiere hablar contigo —anunció alguien detrás de él.

Al volverse, vio que era uno de los policías de guardia.

—¿Quién?

—El abogado de la familia. Pide ver al chico.

—El muchacho no ha solicitado la presencia de un abogado y ya ha pasado la hora de visita —dijo—. Él debería saberlo.

—Lo sabe, pero pide un favor. Quiere hablar cinco minutos contigo. Eso es lo que ha dicho, y también que lo manda su madre.

Servaz se tomó un momento. ¿Debía acceder a la demanda del abogado? La angustia de Marianne era comprensible. ¿Qué le habría contado con respecto a su relación?

—¿Dónde está?

—Abajo, en el vestíbulo.

—De acuerdo. Ahora bajo.

Al salir de los ascensores, Servaz sorprendió a los dos agentes de guardia mirando fijamente un pequeño televisor situado detrás del mostrador semicircular. Percibió un fondo verde en la pantalla y unas minúsculas figuras vestidas de azul que corrían de un lado a otro. Dada la hora, debía de tratarse de una redifusión. Suspiró pensando que había países enteros al borde del colapso y que, bajo los nombres de «economía», «política», «religión» y «agotamiento de los recursos», los cuatro jinetes del Apocalipsis cabalgaban a rienda suelta, pero que el hormiguero seguía bailando encima del volcán, apasionándose por cosas tan insignificantes como el fútbol. Servaz se dijo que el día en que el mundo acabara colapsado por una acumulación de catástrofes climáticas, quiebras bursátiles, masacres y revueltas, habría tipos tan imbéciles como para marcar goles y otros más imbéciles aún para ir a animarlos a los estadios.

El abogado estaba sentado en uno de los asientos del solitario vestíbulo. Durante el día eran muy codiciados por cuantos tenían algún motivo u otro para hallarse allí. Nadie va por placer a una comisaría y los agentes debían enfrentarse a una multitud de personas desesperadas, furiosas o asustadas. A esa hora, sin embargo, el hombrecillo estaba limpiándose las gafas bajo la tamizada luz de las lámparas, con la cartera encima de las rodillas. Al otro lado de los ventanales, seguía lloviendo.

El abogado, que había oído el ruido de las puertas del ascensor, se volvió a colocar las gafas y dirigió la mirada hacia él. Servaz lo invitó a acercarse con un ademán y el hombrecillo rodeó el mostrador de información con la mano tendida. Después de darle un blando apretón de manos, se alisó la corbata, como si se limpiara la mano.

—Usted ya sabe que no tiene nada que hacer aquí —declaró sin preámbulos Servaz—. El chico no ha pedido su presencia.

El letrado, que debía de tener sesenta y pico años, le asestó una mirada inquisidora que lo puso inmediatamente en guardia.

—Ya sé, ya sé, comandante, pero Hugo no estaba en posesión de todas sus capacidades cuando se lo ha preguntado. Se hallaba bajo los efectos de la droga que le han administrado, tal como demostrarán los análisis. Por eso le pido que se replantee la cuestión y vuelva a preguntárselo ahora que quizás ha recobrado sus facultades.

—No hay nada que nos obligue a hacerlo.

—Concedo que así es —asintió el abogado con un breve destello en la mirada—. Por eso voy a apelar a su… humanidad y a su sentido de la justicia, más allá de cuáles sean las normas.

—¿A mi humanidad?

—Sí. Esas son las palabras exactas que ha empleado… la persona que me envía. Ya sabe, evidentemente, a quién me refiero.

El hombre mantuvo la mirada clavada en él, aguardando una respuesta.

Sabía lo de Marianne y él…

Servaz sintió un acceso de ira.

—Le desaconsejo, señor letrado…

—Como puede suponer —lo interrumpió el hombre—, está muy afectada por lo que ocurre. «Afectada» es poco decir… Está desesperada, hundida, aterrorizada. Solo le pido un pequeño gesto, comandante. No es mi intención ponerle palos en las ruedas. No he venido para complicarle las cosas. Solo quiero verlo. Ella le suplica que acceda a mi demanda. Esa es también la expresión que ha usado ella. Póngase en su lugar. Piense en qué estado se encontraría si su hija se encontrase en la situación de Hugo. Una entrevista de diez minutos tan solo.

Servaz lo miró fijamente y el hombre le sostuvo la mirada. El policía trató de percibir en sus ojos desprecio, aflicción o confusión, pero no halló nada.

—Diez minutos.

SÁBADO

10
Recuerdos

Como si el cielo descargara bilis más que lágrimas, como si desde lo alto alguien escurriera un estropajo sucio sobre ellos, la lluvia se abatía sin tregua sobre las carreteras y los bosques desde un cielo que presentaba el mismo color gris amarillento de un cadáver en descomposición. El aire era denso, pegajoso y húmedo. Aún no eran las ocho de la mañana del sábado 12 de junio y Servaz se dirigía de nuevo a Marsac.

Había dormido apenas dos horas en una de las celdas de detención. Se había lavado las axilas y la cara en los lavabos y secado con las servilletas de papel, y le pesaban los párpados.

Con una mano al volante y sosteniendo con la otra un termo de café tibio, pestañeaba con el mismo ritmo soñoliento que los limpiaparabrisas. Con la mano del termo lograba asimismo asir un cigarrillo al que daba vigorosas caladas. Todo volvía a su cerebro con una aguda conciencia, una asombrosa lucidez, como en un incendio de la memoria. Sus años de juventud habían estado impregnados del sabor de aquella campiña que atravesaba. Las hojas otoñales, que se desperdigaban a su paso en los bordes de las carreteras mientras él ponía la música a todo volumen; los largos pasillos, siniestros y silenciosos, bañados por la grisácea luz de las interminables semanas de lluvia del mes de noviembre; y luego, la blanca iluminación de la primera nevada de diciembre, el rock resonando alegremente en los dormitorios por las fechas cercanas a Navidad, las yemas de las plantas en primavera y las flores, que se abrían por doquier como un canto de sirenas, un paraíso perdido, que los invitaba a abandonar ese lugar en el momento en que el ritmo de trabajo se intensificaba con la proximidad de los exámenes escritos de abril y de mayo. Y al final, el sofocante calor de los días de junio, el cielo azul, aplastante, la luz tan intensa y el zumbido de los insectos...

Las caras también.

Las volvía a ver por decenas... con sus expresiones juveniles, honestas, astutas, espirituales, fervientes, concentradas, afables, rebosantes de esperanza, de sueños y de impaciencia. Y también Marsac, con sus pubs, su cine de arte y ensayo donde pasaban películas de Bergman, Tarkovsky y Godard; sus calles y sus plazas. Cómo había disfrutado aquellos años... Los había saboreado, aun cuando por aquella época los hubiera vivido con una especie de inconsciencia en la que se habían alternado asombrosos momentos de dicha y depresiones tan violentas como borracheras de ácido.

La peor llevaba por nombre Marianne...

Veinte años después, aquella herida que nunca pensó que fuera a cicatrizar se había cerrado, y ahora podía rememorar aquella época con el interés y desapego de un arqueólogo. Cuando menos así lo creía hasta la noche anterior.

Enfiló la larga recta bordeada de plátanos, en la entrada de la ciudad, y luego el Cherokee se puso a traquetear sobre el viejo empedrado de las calles. La población presentaba un aspecto muy distinto del que tenía la noche anterior, cuando la atravesaron a oscuras. Todo surgió ante su mirada. Las lozanas caras de los estudiantes protegidos con relucientes chubasqueros, las hileras de bicicletas, los escaparates de las tiendas, los pubs, las fachadas, los toldos de las terrazas; todo se le manifestaba como si nada hubiera cambiado desde hacía veinte años, como si el pasado lo hubiera estado acechando, a la espera, durante todo ese tiempo, para saltarle a la yugular y sumergirlo de cabeza en sus recuerdos.

11
Amigos y enemigos

Bajó del coche y, mirando el grupo de estudiantes de instituto que pasaban trotando bajo el chaparrón, capitaneados por un profesor de gimnasia de duro semblante, se acordó de un maestro parecido, al que le gustaba humillar y curtir a sus alumnos. Servaz subió la escalinata observando los caballos que pastaban, impasibles, en la extensa pradera.

—Soy el comandante Servaz —anunció a la secretaria que permanecía sentada en el despacho contiguo al vestíbulo—. Vengo a ver al director.

La mujer miró con suspicacia su ropa mojada.

—¿Tiene cita?

—Investigo la muerte de la profesora Diemar.

Servaz advirtió que a la mujer se le empañaban los ojos detrás de las gafas. Esta descolgó el teléfono y habló en voz baja. Después se levantó.

—No se moleste. Conozco el camino —dijo él.

Vio que vacilaba un segundo, antes de tomar asiento, con el ademán de quien necesita expresar algo.

—La señora Diemar... —dijo—. Claire. Era una buena persona. Espero que castiguen al que hizo eso.

No había dicho «encuentren», sino «castiguen». No cabía duda de que en Marsac todo el mundo estaba enterado de que habían detenido a Hugo en el escenario del crimen. Se alejó. En aquella parte del instituto reinaba el silencio; las clases se daban en otra zona, en los cubículos de hormigón que se alzaban entre el césped y en el ultramoderno anfiteatro que no existía en su época. Llegó sin resuello a lo alto de la escalera de caracol que rodeaba la torre circular. La puerta se abrió casi de inmediato. El director había compuesto una grave expresión de circunstancias, pero la sorpresa echó a perder su esfuerzo.

—Yo a usted lo conozco. Es…

—El padre de Margot, sí. También soy la persona encargada de la investigación.

—Qué historia más horrible —exclamó, ensombreciendo la expresión—. Además, hay que tener en cuenta la mala fama que eso va a dar a nuestro centro. ¡Una profesora asesinada por un alumno!

«Evidentemente…».

—No sabía que el caso estuviera resuelto —señaló Servaz, adentrándose en la oficina—, ni que se hubieran hecho públicos los detalles de la investigación.

—A Hugo lo detuvieron en casa de la señorita Diemar, ¿no? Bueno, hay que rendirse a la evidencia. Todo lo acusa.

Servaz le asestó una mirada tan fría como el nitrógeno líquido.

—Comprendo que tenga ganas de que el caso se cierre lo antes posible por el interés del centro…

—Exacto.

—Pero primero déjenos hacer nuestro trabajo. Como comprenderá, no puedo darle más precisiones.

El director asintió vigorosamente con la cabeza, ruborizado.

—Sí, sí, por supuesto… Claro… Desde luego, desde luego.

—Hábleme de ella —le pidió Servaz.

—¿Qué? ¿Qué quiere saber? —inquirió, alarmado, el hombre.

—¿Era una buena profesora?

—Sí… Bueno… No siempre estábamos de acuerdo con sus métodos pedagógicos… pero los alumnos… los alumnos… eh… la apreciaban.

—¿Qué relación tenía con ellos?

—¿Cómo?

—¿Mantenía con ellos un trato cordial? ¿Era distante? ¿Severa? ¿Afable? ¿Demasiado cordial para su gusto tal vez? Acaba de decir que ellos la apreciaban.

—Una relación normal.

—¿Hay algún alumno o profesor que pudiera estar resentido con ella?

—No comprendo el sentido de esta pregunta.

—Era una mujer guapa. Pudo haber recibido proposiciones de alguno de sus colegas o incluso alumnos. ¿Nunca le confió nada así?

—No.

—¿Nada de tratos poco recomendables con alumnos?

—Mmm. No que yo sepa...

Advirtiendo la diferencia de talante de ambas respuestas, Servaz resolvió profundizar más adelante aquella cuestión.

—¿Puedo ver su despacho?

El hombre fue a buscar la llave en un cajón y regresó con pesado caminar a la puerta.

—Acompáñeme.

Bajaron al piso inferior y tomaron un pasillo. Servaz se acordaba de dónde se encontraban los despachos de los profesores. Nada había cambiado. El mismo olor a cera, las mismas paredes blancas, el mismo parquet que crujía bajo los pasos.

—¡Oh! —exclamó de improviso el director.

Servaz siguió la dirección de su mirada y descubrió un montículo multicolor al pie de una de las puertas del pasillo, compuesto por ramos de flores, notas redactadas a mano o impresas en papeles plegados en cuatro, algunos envueltos con cintas de colores, y unas cuantas velas encendidas en el suelo. Se miraron y, por un instante, se instaló un clima de solemnidad. Servaz dedujo que la noticia se había propagado por todos los dormitorios. Inclinándose, cogió uno de los papeles y lo desplegó. Había un mensaje escrito con tinta violeta: «Una luz se ha apagado, pero para nosotros nunca dejará de brillar. Gracias». Nada más... Curiosamente emocionado, renunció a leer otros. Ya confiaría esa labor a otra persona.

—¿Qué le parece? ¿Qué debo hacer con esto? —consultó el director, más molesto que conmovido.

—No toque nada —respondió Servaz.

—Pero ¿durante cuánto tiempo? No creo que a los otros profesores les guste mucho.

«Es sobre todo a ti a quien no le gusta, viejo de corazón reseco», pensó el policía.

—Mientras dure la investigación... Forma parte del escenario del crimen —repuso con un guiño—. Ellos están vivos y ella muerta. Con eso deberían conformarse de sobra.

El hombre se encogió de hombros y abrió la puerta.

—Es aquí.

Como el director no parecía tener muchas ganas de entrar, Servaz se adelantó, sorteando los ramos y las velas.

—Gracias.

—¿Todavía me necesita?

—Por ahora no. Creo que encontraré la salida.

—Ah. No se olvide de devolverme la llave cuando haya terminado.

Inclinó la cabeza antes de alejarse, seguido por la mirada de Servaz. Este se puso unos guantes y cerró la puerta. En aquella habitación blanca reinaba un tremendo desorden. El escritorio del centro estaba enterrado bajo una montaña de hojas, de botes rebosantes de bolígrafos, rotuladores, lápices, carpetas y blocs de post-it de colores, y de entre todo ello sobresalía una lámpara y un teléfono. Detrás de la mesa había una ventana compuesta por seis vidrios alargados, tres grandes y tres pequeños encima. Servaz vio los árboles de los dos patios de recreo, el de los alumnos de instituto y el de los estudiantes de *prépa*, los bosques y los campos de deporte barridos por la lluvia. La pared de la derecha estaba ocupada por tres estanterías blancas, llenas de libros y carpetas. A la derecha de la ventana, en el rincón, reposaba un voluminoso ordenador de los de antes. La pared de la derecha estaba recubierta en su totalidad por decenas de dibujos y reproducciones de obras de arte, colgados sin solución de continuidad, solapados en ocasiones, que conformaban una especie de piel escamosa y abigarrada. La mayoría las conocía.

Recorrió lentamente la habitación con la mirada. Después se colocó frente al escritorio y se sentó en el sillón.

¿Qué buscaba? En primer lugar, comprender a la persona que había vivido y trabajado allí. Un despacho es también un espejo de la personalidad de su ocupante. ¿Qué veía allí? A una mujer a quien le gustaba rodearse de belleza. Había elegido asimismo la oficina que contaba con una mejor panorámica de los bosques y los campos de deporte. ¿Habría sido para impregnarse de otro tipo de belleza?

La belleza será convulsiva o no será.

La frase estaba escrita en letras grandes en la pared, en medio de las reproducciones y los cuadros. Servaz conocía a su autor: André Breton. ¿Qué habría visto Claire en esa frase? Se levantó y se acercó a los libros de la otra pared. Literatura grecorromana (territorio conocido), autores contemporáneos, teatro, poesía, diccionarios y un montón de libros sobre historia del arte: Vasari, Vitruvio, Gombrich, Panofsky, Winckelmann...

De repente, pensó en las lecturas de su padre, tan parecidas a las de Claire...

Aquello era como tener una punta de metal hundida a la altura del corazón no tan profunda como para matar pero lo bastante como para causar dolor. ¿Cuánto tiempo debía arrastrar un hijo la sombra de un padre muerto atada a sus pasos? Pese a que concentraba la vista en las hileras de libros, miraba un punto muy lejano. Durante su juventud, creía haberse librado de aquello, creía que aquella clase de recuerdo se iría mitigando con el tiempo y acabaría volviéndose inocuo, como los demás. Poco a poco, se había dado cuenta no obstante de que la sombra seguía siempre allí, aguardando a que volviera a la cabeza. Ella tenía la eternidad ante sí, a diferencia de él, y le decía sin ambages: «No te voy a soltar jamás».

Había tomado conciencia de que uno se puede desprender del recuerdo de una mujer a la que ha amado, de un amigo que lo ha traicionado, pero no de un padre que se ha suicidado y que lo ha elegido a uno para descubrir su cadáver.

Servaz volvió a ver, por centésima vez, la luz rasante del atardecer que entraba por la ventana del estudio acariciando los lomos de los libros, como en una película de Bergman, y el polvo que flotaba en el aire. Oyó la música de Mahler. Vio a su padre muerto, sentado en su sillón, con la boca abierta por la que salía una espuma blanca que le resbalaba hasta el mentón. Veneno... Igual que Séneca, que Sócrates. Había sido su padre quien le había transmitido la afición por aquella música y aquellos autores, por el tiempo en que todavía era un profesor sobrio y apreciado por sus alumnos. Su padre había sobrevivido a la muerte de su madre; más concretamente a la violación y asesinato de su madre, acaecidos allí mismo, ante su vista... Había sobrevivido durante diez años de lento descenso a los infiernos, diez años en los que se castigó por no haber podido hacer nada mientras permanecía atado a una silla, suplicando que parasen a aquellos dos lobos hambrientos que se habían presentado en su casa una tarde de julio... Y después, un buen día, su padre había decidido acabar de una vez por todas, terminar aquel lento suicidio de alcohólico. Eligió un final a la antigua, con veneno. ¿Por qué había previsto las cosas de tal forma que fuera su hijo quien lo encontrase? Servaz nunca había hallado una respuesta satisfactoria a aquella pregunta. En cualquier caso, unas semanas después de haber descubierto el cadáver, había dejado los estudios y se había inscrito en las oposiciones de la policía. «¡Concéntrate! —se dijo, reaccionando—. ¿Qué es lo que buscas aquí? ¡Concéntrate, por Dios!». Comenzaba a vislumbrar una parte de la personalidad de Claire Diemar. Una persona que vivía sola, pero no solitaria; una persona amante de la belleza, elitista, original y un poco bohemia. Una artista frustrada que había acabado en la enseñanza.

De repente, advirtió un cuaderno abierto encima del escritorio y se inclinó para leer:

«Amigo» es a veces una palabra desprovista de sentido,
«enemigo» nunca.

Estaba escrito en la primera página.

Pasó las otras. Estaban en blanco... Se acercó el cuaderno a la nariz. Nuevo... Todo indicaba que Claire Diemar acababa de comprarlo. Releyó la frase, perplejo. ¿Qué habría querido decir con aquella frase? ¿A quién iba destinada? ¿A ella misma o a otra persona?

Tras anotarla en su bloc, volvió a acordarse del móvil de la víctima.

Si Hugo fuera el culpable, no tenía ningún motivo para hacerlo desaparecer, teniendo en cuenta que todo lo demás estaba ya en su contra: su presencia en el lugar de los hechos, su estado y también su propio teléfono, que había conservado en su bolsillo y que atestiguaba las numerosas llamadas que había dirigido a Claire. Era absurdo. Y si el asesino no era Hugo y había hecho desaparecer el móvil de la víctima, la conclusión es que era un idiota, porque tanto con el teléfono como sin él, en cuestión de horas, los técnicos de comunicaciones les suministrarían la lista de las llamadas que había efectuado y recibido la joven. Bueno, también era verdad que la mayoría de asesinos eran imbéciles. Lo que no encajaba era que, suponiendo que a Hugo lo hubieran drogado y colocado allí para servir de chivo expiatorio, el asesino no podía ser tan estúpido como para haber cometido un error tan burdo.

Cabía una tercera posibilidad, que Hugo fuera efectivamente el culpable y el teléfono hubiera desaparecido por motivos que no guardaban relación con el crimen. En las investigaciones había a menudo un pequeño detalle pertinaz que seguía importunando como una espina clavada en el pie de los detectives, hasta que se daban cuenta de que no tenía absolutamente nada que ver con lo demás.

Agobiado por el calor acumulado en la habitación, abrió la ventana central. Un soplo de humedad le acarició la cara. Se instaló delante del ordenador. El vetusto aparato gimió y rechinó un instante antes de que cobrara vida la pantalla. No había necesidad de contraseña, pero cuando accionó el icono de la cuenta de correo, sí le reclamó una. Consultando sus notas, probó varias combinaciones con la fecha de nacimiento y las iniciales del derecho y del revés. No obtuvo resultado. Escribió la palabra «muñecas» y tampoco. Puesto que Claire enseñaba lengua y cultura grecorromanas, pasó media hora introduciendo nombres de filósofos y poetas griegos y latinos, títulos de obras, nombres de dioses y personajes mitológicos... e incluso términos como «oráculo» o «retras», que designaba la respuesta dada por un oráculo, y cada vez le salía «contraseña incorrecta».

Iba a renunciar cuando miró de nuevo la pared cubierta de imágenes y la frase prendida entre ellas. Escribió «André Breton» y la lista de mensajes se abrió por fin.

Estaba vacía. Ante sí tenía una pantalla en blanco, sin ningún mensaje.

Apretó en «Mensajes enviados» y en «Papelera». Lo mismo. Se recostó en el sillón.

Alguien había vaciado el buzón de correo electrónico de Claire Diemar.

Aquello confirmaba su intuición de que el caso era menos sencillo de lo que parecía. Había un ángulo muerto, demasiados hechos que no encajaban. Sacó el móvil y llamó al servicio de huellas tecnológicas. Una voz le respondió casi enseguida.

—¿Había un ordenador en casa de Claire Diemar? —preguntó.

—Sí, un portátil.

A aquellas alturas era ya una práctica rutinaria analizar las comunicaciones y los discos duros de las víctimas.

—¿Lo han examinado?

—Todavía no —respondió la voz.

—¿Puedes echar un vistazo a los mensajes?

—De acuerdo. Acabo una cosa y lo miro.

Se encorvó por encima del viejo PC y desconectó todos los enchufes. Luego hizo lo mismo con el teléfono fijo, después de haber levantado una montaña de papeles para seguir el trayecto del cable. Guardó el cuaderno abierto en una bolsa para pruebas que llevaba en la chaqueta.

Entonces fue a abrir la puerta del despacho, volvió y, colocando el teléfono fijo y el cuaderno encima del ordenador, se lo cargó entre el pecho y los brazos. El aparato era pesado y voluminoso y tuvo que efectuar dos paradas para depositarlo en las escaleras antes de llegar abajo. Después recorrió el largo pasillo en dirección al vestíbulo.

Tuvo que empujar la puerta con la cadera para salir a la escalinata, donde volvió a desprenderse un momento de su carga para sacar el mando electrónico de su coche. Una vez desbloqueada la puerta, se apresuró hacia el automóvil viendo cómo las gotas se abatían sobre la bolsa hermética en la que había guardado el cuaderno. Iba a confiar el ordenador y el teléfono al servicio de huellas tecnológicas y mandar examinar la libreta al departamento de identificación judicial. No bien los hubo dejado en el asiento de atrás, se enderezó y encendió un cigarrillo.

La lluvia le había empapado el cuello de la chaqueta y de la camisa, pero no se percataba de ello. Estaba demasiado absorto en sus pensamientos. Dio una calada al cigarrillo y la estimulante caricia del tabaco se manifestó en sus pulmones y en su cerebro. La lluvia depositaba en su cara un fino velo de frescor. La música… La volvía a oír. Los *Kindertotenlieder*… ¿Cómo era posible?

Miró en torno a sí, como si él pudiera encontrarse allí, y de repente, percibió un atisbo.

Había alguien.

Una silueta, envuelta en un chubasquero de color verde botella. Bajo la sombra de la capucha, vislumbró un rostro juvenil.

Era un alumno.

Observaba a Servaz desde un montículo situado a una decena de metros, bajo una agrupación de árboles, con las manos hundidas en los bolsillos de su capa plastificada. En sus labios flotaba una tenue sonrisa. Como si se conocieran, se dijo el policía.

—¡Eh, tú! —lo llamó.

El joven dio tranquilamente media vuelta y se encaminó sin prisa a la zona de aulas.

—¡Eh, espera! —gritó Servaz, corriendo tras él.

El estudiante se volvió. Era un poco más alto que Servaz, con un mechón y una barba rubias que brillaban en la sombra de la capucha. Tenía los ojos claros, de mirada inquisitiva, y una boca de labios finos. Servaz se preguntó de manera instantánea si Margot lo conocía.

—Perdón. ¿Me habla a mí?

—Sí, buenos días. ¿Sabes dónde puedo encontrar al profesor Van Acker? ¿Da clases el sábado por la mañana?

—En la sala 4, en ese cubículo de allá… Aunque yo, en su lugar, esperaría a que acabe. No le gusta que lo molesten.

—Ah.

Servaz observó, divertido, al joven, que le dirigió una franca sonrisa.

—Usted es el padre de Margot, ¿verdad?

Servaz puso cara de sorpresa. En su bolsillo vibró el móvil, pero no lo quiso consultar.

—Y tú, ¿quién eres?

El joven sacó una mano de la capa y se la tendió.

—David. Estoy en los cursos de *prépa*. Encantado.

Servaz le dio la mano, mientras deducía que estaba en la misma clase que Hugo. El chico se la estrechó con gesto franco.

—¿Así que conoces a Margot?

—Aquí la conoce todo el mundo. Margot no pasa inadvertida.

La misma frase que Hugo.

—Pero tú sabes que yo soy su padre.

El joven clavó su mirada dorada en la del policía.

—Yo estaba presente el día en que vino por primera vez con ella.

—Ah, entiendo.

—Si la busca, debe de estar en clase.

—¿Tú tenías de profesora a Claire Diemar?

El joven tardó un momento en responder.

—Sí. ¿Por qué?

—Me encargo de la investigación sobre su asesinato —explicó, mostrándole la insignia.

—Ay, vaya por Dios. ¿Es policía?

Lo dijo sin animosidad, con estupor más bien.

—Exacto —confirmó Servaz, sonriendo.

—Todos estamos muy afectados. Era una profe muy simpática. Todo el mundo la apreciaba, pero…

El joven bajó la cabeza, posando la mirada en sus zapatos. Cuando la levantó, Servaz advirtió en sus ojos un brillo familiar, el mismo que solía tener la mirada de los allegados de los inculpados: una mezcla de nerviosismo, de incomprensión y de incredulidad, como si se negaran a admitir lo impensable.

—No puedo creer que Hugo haya podido hacer eso. Es imposible. Él no es así.

—¿Lo conoces bien?

—Es uno de mis mejores amigos —respondió con los ojos húmedos, casi a punto de llorar.

—¿Estuviste anoche con él en el pub?

—Sí —confirmó David, mirándolo con franqueza.

—¿Te acuerdas más o menos de a qué hora se fue?

El joven lo miró con más prudencia esa vez y se tomó un momento antes de responder.

—No, pero recuerdo que estaba indispuesto, que se sentía… raro.

—¿Eso fue lo que dijo? ¿Raro?

—Sí. No se encontraba bien.

Servaz contuvo la respiración.

—¿No os dijo nada más?

—No. Solo que se sentía mal y que… que prefería irse. Todos nos quedamos… sorprendidos, porque el partido estaba a punto de empezar.

El muchacho había titubeado al final, consciente de que aquella información podía perjudicar a su amigo. A Servaz aquello le planteó una disyuntiva: ¿Se trataría de un pretexto que había utilizado Hugo para ausentarse e ir a casa de Claire Diemar… o bien se encontraba realmente mal?

—¿Y después?

—¿Cómo después?

—Después de que se fuera, ¿no lo volvisteis a ver?

El joven vaciló de nuevo.

—Sí, así es…

—Muchas gracias.

Advirtió que David estaba inquieto, preocupado por la interpretación que pudiera darse a sus palabras.

—No es él —afirmó—. Estoy convencido. Si lo conociera tan bien como yo, lo sabría también. —Servaz asintió con la cabeza—. Es muy inteligente —insistió con fervor, como si con aquello pudiera ayudar a Hugo—. Es una persona entusiasta y llena de vida, un líder, alguien que cree en su buena estrella y que sabe contagiar sus aficiones. Es un amigo fiel y no tiene problemas psicológicos. ¡Es imposible que él tenga algo que ver con lo que pasó!

El joven se enjugó la gota que despuntaba en su ojo y después giró sobre sí para alejarse cabizbajo.

Servaz lo siguió con la vista un momento.

Sabía lo que había querido decirle David. Siempre había habido un Hugo en Marsac: un individuo todavía más dotado, más brillante, más eminente y más seguro de sí mismo que los demás; una persona que atraía las miradas y que disponía de una corte de admiradores. En su época, ese individuo se llamaba Francis Van Acker.

Viendo que le habían llamado los del servicio de huellas tecnológicas, devolvió la llamada.

—Su contraseña está registrada —dijo la voz—. Cualquiera habría podido ver su lista de mensajes. Y alguien la vació.

12

Van Acker

Se detuvo cerca del cubículo de hormigón y sacó otro cigarrillo del paquete, apoyándose en un árbol. Por las ventanas abiertas le llegó, inalterado, el sonido de su voz. Era la misma que quince años atrás. Bastaba con oírla para saber que se trataba de alguien ingenioso, temible y arrogante.

—Lo que leo aquí son las deyecciones de una banda de adolescentes incapaces de ver más allá de su minúsculo universo emocional. Pedantería, sentimentalismo, masturbación y acné. ¡Buenos estamos! ¿Os creéis unos ases, o qué? ¡A ver si espabiláis! No hay ni una sola idea original en todas estas páginas.

Servaz encendió el cigarrillo y aguardó a que Francis Van Acker hubiera agotado su impulso declamatorio.

—La próxima semana empezaremos a estudiar tres libros: *Madame Bovary, Ana Karenina* y *Effi Briest,* tres novelas publicadas entre 1857 y 1894 que definieron el molde del género. ¿Habría por milagro alguien que hubiera leído las tres? ¿Existe acaso esa *rara avis*? ¿No? ¿Alguien tiene al menos una idea de lo que tienen en común esos tres libros?

Se produjo un silencio, que quebró alguien.

—Son tres historias de mujeres adúlteras.

Servaz se estremeció. Era la voz de Margot.

—Exacto, señorita Servaz. Bueno, veo que hay al menos alguien en esta clase que no dejó de leer después de *Spiderman.* Tres historias de mujeres adúlteras, que tienen la particularidad de haber sido escritas por hombres. Tres maneras magistrales de tratar un mismo tema. Tres obras capitales, con lo cual queda demostrado que lo que decía Hemingway de que hay que escribir solo sobre lo que se conoce era una bobada, una de las tantas fórmulas erróneas de nuestro querido Ernest. Bueno, ya sé que algunos de vosotros debéis de tener proyectos para este fin de semana y que el año escolar está prácticamente terminado, pero quiero que leáis esos tres libros antes de finales de la semana próxima. Y no olvidéis tampoco que espero vuestras disertaciones para el lunes.

Oyendo el roce de sillas, Servaz se ocultó detrás de la esquina del edificio. No quería encontrarse con Margot entonces; ya iría a verla más tarde. La vio alejarse entre otros alumnos, hablando con dos chicas. Luego abandonó su escondite en el momento en que Van Acker bajaba los tres escalones de cemento abriendo el paraguas.

—Buenos días, Francis.

Van Acker tuvo una leve reacción de sorpresa. El paraguas giró sobre sí.

—Martin... Supongo que debería haber previsto tu visita después de lo ocurrido.

Los ojos azules mantenían la misma mirada penetrante. La nariz carnosa, la boca fina pero sensual, la barba cuidadosamente recortada... Francis Van Acker seguía igual que en su recuerdo, resplandeciente. Solo le habían aparecido algunas canas en el mentón y en el mechón de pelo castaño que le caía sobre la frente.

—¿Y qué debemos decirnos en un caso así? —ironizó—. ¡¿Cuántos años sin vernos!?

—*Fugit irreparabile tempus* —contestó Servaz.

—Siempre fuiste el mejor en latín —comentó Van Acker con una radiante sonrisa—. No te imaginas lo mucho que me exasperaba.

—Ese es tu punto débil, Francis. Siempre quisiste ser el mejor en todo.

Van Acker calló, endureciendo levemente la expresión. El nubarrón pasó enseguida, sin embargo, y la sonrisa provocadora de antes se volvió a instalar en su cara.

—Nunca volviste por aquí. ¿Por qué?

—¿A ti qué te parece?

Van Acker lo miraba fijamente. Pese al bochorno, llevaba la misma chaqueta de terciopelo de color azul oscuro que Servaz le había conocido siempre. Nunca lo había visto vestido de otra manera. En su época de estudiantes, aquello había suscitado multitud de comentarios jocosos: Francis Van Acker tenía un armario lleno de chaquetas azules idénticas y de camisas blancas de una famosa marca americana.

—Sí, los dos sabemos por qué, Edmundo Dantés —dijo.

Servaz sintió que se le secaba la garganta.

—Igual que el conde de Morcerf, yo te robé a tu Mercedes, con la diferencia de que yo no me casé con ella.

Durante una fracción de segundo, la ira se encendió en el vientre de Servaz. Después la ceniza de los años recubrió de nuevo la brasa.

—He oído decir que Claire murió de una manera espantosa.

—¿Qué es lo que se dice en Marsac?

—Ya conoces Marsac. Aquí todo se acaba sabiendo. Los gendarmes han estado bastante… locuaces. Después ha continuado la difusión de boca en boca. Que murió atada y ahogada en su bañera, eso cuentan. ¿Es verdad?

—Sin comentarios.

—¡Jesús! Era una chica estupenda, brillante, independiente, tenaz, apasionada. Sus métodos pedagógicos no eran del agrado de todo el mundo, pero a mí me parecían bastante… interesantes.

Servaz asintió con la cabeza. Habían empezado a caminar junto a los sucios cristales de los edificios de hormigón.

—Qué muerte más atroz… Hay que estar loco para matar a alguien de esta manera.

—O muy enfadado —rectificó Servaz.

—*Ira furor brevis est.* «La ira es una breve locura».

Para entonces bordeaban las solitarias pistas de tenis, cuyas redes colgaban desmayadas como las cuerdas de un ring bajo el peso de un boxeador invisible.

—¿Qué tal va Margot? —preguntó Servaz.

—La manzana nunca cae lejos del manzano —repuso Van Acker con una sonrisa—. Margot tiene un gran potencial. Le va bastante bien, aunque su rendimiento será aún mejor cuando comprenda que el anticonformismo sistemático no es más que otra forma de conformismo.

Servaz sonrió entonces por el comentario.

—Así que eres tú el que se encarga de este caso —dijo Van Acker—. Nunca comprendí por qué te metiste en la policía. —Levantó la mano para prevenir cualquier intento de réplica—. Ya sé que tuvo que ver con la muerte de tu padre y, remontándonos aún más, con lo que le ocurrió a tu madre, pero podrías haber sido otra cosa, por favor. Habrías podido ser un escritor, Martin. No uno de esos escritorzuelos, sino un auténtico escritor. Tenías alas, tenías el don. ¿Te acuerdas de ese texto de Salinger que siempre citábamos, uno de los más hermosos que se hayan escrito jamás sobre la escritura y la fraternidad?

—*Seymour, una introducción* —respondió Servaz, tratando de no dejarse embargar por la emoción.

—«Mi personaje principal —comenzó a recitar con voz lenta su acompañante, acompasando los pasos al ritmo de las palabras—, al menos durante los momentos en que podré obligarme a permanecer sentado y a mantener la calma, será mi difunto hermano mayor, Seymour Glass, que, a la edad de treinta años, se suicidó en Florida durante las vacaciones junto con su mujer».

—«Para nosotros —lo relevó, tras un breve titubeo, Servaz— él encarnó diversos personajes reales. Fue nuestro unicornio a rayas azules, nuestra lupa de doble lente, nuestro genio asesor, nuestra conciencia portátil, nuestro sobrecargo y nuestro único verdadero poeta y, como no podía ser de otro modo, creo yo, también fue nuestro "místico" más notorio…».

Cayó en la cuenta de que, aunque llevaba años sin releer el texto, las palabras habían acudido sin esfuerzo. Las frases se mantenían intactas, grabadas a fuego en su memoria. En otro tiempo, aquella había sido su fórmula sagrada, su mantra, su contraseña.

Van Acker había parado de andar.

—Tú eras mi hermano mayor, mi Seymour —confió de improviso con sorprendente emoción en la voz— y, para mí, ese hermano mayor se suicidó en cierto modo el día en que ingresaste en la policía.

Servaz sintió un nuevo acceso de cólera. «Ah, ¿sí? ¿Entonces por qué me la quitaste? —le dieron ganas de contestar—. A ella precisamente, con todas las que podías tener y con todas las que tuviste... ¿Y por qué la abandonaste después?».

Habían caminado hasta el linde del bosque de pinos, donde se ofrecía ante la vista, en los días despejados, el horizonte de los cuarenta kilómetros que mediaban hasta los Pirineos. Ese día, no obstante, las nubes y la lluvia cubrían las colinas de fumarolas y niebla. Era un sitio al que solían ir antaño, Van Acker, él y... Marianne... antes de que ella se erigiera como un obstáculo entre ambos, antes de que los separase el desgarro de los celos, la rabia y el odio. Quién sabía, quizá Van Acker seguía yendo allí, aunque Servaz dudaba mucho de que lo hiciese en recuerdo de los viejos tiempos.

—Háblame de Claire.

—¿Qué quieres saber?

—¿La conocías?

—¿Quieres decir personalmente o como colega?

—Personalmente.

—No. Poco. Marsac es una pequeña ciudad universitaria, parecida a la corte de Elsinor. Todo el mundo se conoce, se espía, se apuñala por la espalda, se critica... Todo el mundo se esfuerza por tener algo que decir de su vecino, por obtener informaciones, a ser posible jugosas y corrosivas. Todos estos universitarios han elevado el arte de la maledicencia y del cotilleo hasta los más altos niveles. A veces coincidíamos en fiestas y charlábamos sin más.

—¿Corrían rumores sobre ella?

—¿Crees que en nombre de nuestra antigua amistad te voy a contar todos los rumores y comadreos que circulan?

—O sea, que hay muchos.

El ruido de un coche que avanzaba por la pequeña y sinuosa carretera, al pie de la colina, quebró el silencio.

—Rumores, conjeturas, cotilleos... ¿En eso consiste la labor de vecindario? Aparte de ser una mujer no solo independiente y atractiva, Claire tenía unas ideas muy definidas sobre una multitud de cuestiones. Tenía tendencia a ser un poco demasiado… «militante», a veces durante las cenas y reuniones.

—¿Y aparte de eso? ¿Circulaban rumores sobre su vida personal? ¿Sabes algo en ese sentido?

Van Acker se inclinó para recoger una piña que arrojó a lo lejos, sobre la pendiente.

—¿Y tú qué crees? Una mujer guapa, soltera, inteligente… Los hombres giraban a su alrededor, desde luego. Y ella tampoco salía de un convento…

—¿Te acostaste con ella?

Van Acker le lanzó una mirada impenetrable.

—Vaya por Dios, Maigret, ¿es así como trabajáis en la policía? ¿Precipitándoos sobre las primeras pruebas que os caen en las manos? ¿No habrás olvidado la diferencia entre exégesis y hermenéutica? Te recuerdo que Hermes, el mensajero, es un dios engañador. La acumulación de pruebas, la búsqueda del sentido oculto, el descenso hasta las insondables estructuras de la intencionalidad, las parábolas de Kafka, la poesía de Celan, la cuestión de la interpretación y de la subjetividad en Ricœur: todo eso era un fértil campo para ti, en otros tiempos.

—¿Había recibido alguna amenaza? ¿Te hacía confidencias? Como colega o amiga, ¿te había hablado de alguna relación complicada, de una ruptura, de algún tipo que la acosara?

—No, no me confiaba ese tipo de cosas. No éramos tan amigos como para eso.

—¿Nunca te habló de llamadas o de e-mails extraños?

—No.

—¿No hubo pintadas sospechosas que la concernieran dentro del instituto o en las proximidades?

—No que yo sepa.

—Y Hugo, ¿qué clase de alumno era?

En el rostro de Van Acker asomó una leve sonrisa.

—Diecisiete años, en *prépa*, y primero de la clase. ¿Entiendes lo que quiero decir? Y para postre, muy guapo. Tiene a casi todas las chicas rendidas. Hugo es el chico que sueñan ser los demás. —Calló un instante, mirando fijamente a Servaz—. Deberías ir a ver a Marianne…

Se produjo una especie de ínfimo desplazamiento de aire... o quizá se trató del efecto del viento en los pinos.

—Ya tenía pensado hacerlo, en el marco de la investigación —respondió con frialdad Servaz.

—No me refiero solo a eso.

Escuchó el murmullo de la lluvia contra la alfombra de agujas de pino. Al igual que su vecino, tendía la vista sobre el horizonte de colinas difuminadas de gris.

—Siempre has estado demasiado lejos de la ataraxia, Martin, con tu agudo sentido de la injusticia, tu rabia, tu maldito idealismo... Ve a verla. Pero no vuelvas a abrir las viejas heridas. —Marcó una breve pausa—. Todavía me odias, ¿verdad?

De improviso, Servaz se preguntó si era cierto, si odiaba a aquel hombre que había sido su mejor amigo. ¿Era posible odiar a alguien durante años, sin perdonar nunca? Sí, era posible, se respondió. Tomando conciencia de la presión con que se clavaba las uñas en las palmas de las manos, en el interior de los bolsillos, dio media vuelta. Se alejó pesadamente aplastando las piñas bajo sus pasos. Francis Van Acker no se movió.

Margot caminaba hacia él, entre el tropel de alumnos que abarrotaban los pasillos. Parecía agotada. Servaz percibió su cansancio en la manera en que inclinaba los hombros y cargaba los libros. Al verlo sonrió, sin embargo.

—¿Así que te han encargado a ti la investigación?

El comandante cerró la taquilla de Hugo, en la que solo había encontrado material de deporte y libros, y se esforzó por sonreírle a su vez. La besó en medio del gentío, bajo la presión de los empujones de los jóvenes que pasaban en torno a ellos, rozándose y llamándose a voces. No eran más que unos chiquillos, pensó. Pertenecían a un planeta bautizado con el apelativo de «juventud», un planeta tan lejano y peculiar como Marte, un planeta en el que no le gustaba pensar en las noches de soledad y de nostalgia porque le recordaba que la edad adulta es una maldición.

—¿A mí también me vas a interrogar como testigo? —dijo la joven.

—Ahora mismo no. A no ser que tengas que hacerme alguna confesión, claro está.

Le dirigió un guiño y vio que se relajaba. Luego ella miró el reloj.

—No tengo mucho tiempo. Tengo clase de historia dentro de cinco minutos. ¿Te vuelves a ir o te vas a quedar todo el día por aquí?

—Aún no lo sé. Si sigo aquí esta noche, quizá podríamos cenar juntos, ¿qué te parece?

—De acuerdo —aceptó con una mueca—. Pero tendrá que ser rápido, porque tengo que terminar una disertación para el lunes y tengo mucho trabajo.

—Sí, ya lo he oído. No ha estado mal tu intervención de esta mañana.

—¿Qué intervención?

—En la clase de Van Acker.

—¿De qué hablas?

—Estaba allí y lo he oído todo, por las ventanas.

Margot agachó la mirada.

—¿Te… te ha hablado de mí?

—¿Francis? Oh, sí. Todo han sido elogios. Yo que lo conozco, sé que es raro en él. Ha dicho, textualmente, que «la manzana nunca cae lejos del manzano».

Viendo cómo se ruborizaba de placer, tomó conciencia de que su hija era igual que él a esa misma edad, aquejada con la misma ansia desesperada de reconocimiento y aprobación. Y también como él, ocultaba aquella debilidad detrás de una actitud de rebeldía y una fachada de independencia.

—Me voy —dijo ella—. ¡Que te vaya bien la caza, Sherlock!

—¡Espera! ¿Tú conoces a Hugo?

Su hija se volvió con expresión endurecida.

—Sí. ¿Por qué?

—No, por nada. Él también me ha hablado de ti.

—¿Crees que es culpable, papá? —preguntó, acercándose.

—Y tú, ¿qué crees tú?

—Hugo es una buena persona, eso es lo único que sé.

—Él ha dicho lo mismo de ti.

Advirtió que resistía la tentación de hacer más preguntas.

—¿Y Claire Diemar? ¿La tenías de profesora?

Margot asintió con la cabeza.

—¿Qué tal era?

—Sabía hacer interesantes las clases... Los estudiantes la apreciaban. ¿No podríamos hablar en otro momento? Voy a llegar tarde.

—Pero ¿cómo se la veía?

—Alegre, exuberante, entusiasta, muy guapa. Un poco loca, pero supersimpática.

Él asintió y ella giró sobre sí, pero su padre advirtió que de nuevo tenía la espalda y los hombros caídos.

Siguió por el pasillo hasta el vestíbulo. Mientras se abría paso entre la multitud, dedicó una ojeada a los paneles de corcho cubiertos de anuncios, de avisos, propuestas de trueque u ofertas de servicios, que tampoco diferían mucho de los de su época... aunque no estaba seguro de si todavía eran frecuentes los anuncios divertidos y poéticos que se podían encontrar antes. Cuando salía, el móvil vibró en su bolsillo. Miró el número de la pantalla: era Samira.

—¿Sí? —contestó.

—Es posible que hayamos encontrado algo.

—¿De qué va?

—Nos has recomendado que no nos centrásemos en el chico, ¿no?

Sintió que se le aceleraba el pulso.

—Desembucha de una vez.

—Pujol se ha acordado de un caso del que se había ocupado hace varios años, la agresión y violación de una joven en su casa. Ha localizado la identidad del agresor y ha recuperado el procedimiento de los archivos.

Sí, los archivos gestionados con un programa antediluviano a través del cual introducía la policía todos los atestados, un *software* pesado hasta lo indecible que deberían haber cambiado hacía mucho. Servaz aguardó la explicación observando los caballos que se desplazaban bajo la luz gris, elegantes y etéreos como criaturas celestes.

—Un tipo condenado varias veces por agresión sexual contra mujeres jóvenes e incluso por una violación en domicilio, en Tarbes, en Montauban y en Albi. Se llama Elvis

Konstandin Elmaz. Tiene un historial de lo más completo. A los veinticinco años ya acumulaba una docena de condenas por tráfico de estupefacientes, violencia con agravantes, robo… En la actualidad tiene veintisiete. Es un predador que usa un método escalofriante. Tenía por costumbre conectarse en sitios de encuentros en busca de sus futuras presas. —Servaz se acordó de la lista de mensajes vacía de Claire—. En 2007, se dio así cita con una de sus víctimas en un lugar público de Albi, la llevó a su casa amenazada con un cuchillo, la ató a un radiador, la amordazó y le quitó la tarjeta de crédito después de obligarla a confiarle el código. También la violó y amenazó con tomar represalias si lo denunciaba. En otra ocasión, agredió a una mujer en un parque de Tarbes, de noche, la maniató y la metió en el maletero de su coche, aunque luego cambió de idea y la abandonó entre unas matas. Es un milagro que aún no haya matado a nadie… —Se interrumpió—. Bueno, si no tomamos en cuenta… El caso es que salió de la cárcel este año.

—Ajá.

—Hay, sin embargo, una pega…

Oyó el tintineo de una cuchara contra una taza.

—Parece ser que nuestro Elvis local tiene una coartada de peso para anoche. Tuvo una pelea en un bar.

—¿Y eso es una coartada de peso?

—No, aparte de que lo trasladaron a Rangueil en ambulancia. Ingresó en urgencias hacia las diez de la noche. A estas horas aún sigue en el hospital.

A las diez de la noche… En ese momento, Claire ya estaba muerta y Hugo permanecía sentado al borde de la piscina. ¿Le habría dado tiempo a Elvis Elmaz de volver a Toulouse y provocar una pelea para procurarse una coartada? ¿Dónde habría, en tal caso, encontrado el tiempo y la ocasión para drogar a Hugo?

—¿Se llama de verdad Elvis?

La oyó carcajearse en el teléfono.

—Sí, señor. Me he informado y parece que es un nombre bastante corriente en Albania. En cualquier caso, con ese bruto estamos más en la sintonía de *Jailhouse Rock* que de *Don't Be Cruel.*

—Mmm, mmm —murmuró Servaz, sin captar muy bien el sentido de la frase.

—¿Qué hacemos, jefe? ¿Voy a interrogarlo?

—No te muevas, que ahora voy. Asegúrate tan solo de que los del hospital no lo suelten.

—No se preocupe. Me voy a pegar como una lapa a ese cabrón.

INTERMEDIO 1
Esperanza

*L*a esperanza es una droga.

La esperanza es un psicotrópico.

La esperanza es un excitante más potente que la cafeína, el *khat*, el mate, la cocaína, la efedrina, el EPO, el *speed-ball* o las anfetaminas.

La esperanza le aceleraba el ritmo cardiaco, le aumentaba la frecuencia respiratoria, le elevaba la presión sanguínea y le dilataba las pupilas. La esperanza le estimulaba la secreción de las glándulas suprarrenales y le amplificaba las percepciones auditivas y olfativas. La esperanza le contraía las vísceras. Su cerebro ebrio de esperanza lo captaba de repente todo con una agudeza que jamás había experimentado.

Un dormitorio…

No era el suyo. Por espacio de un brevísimo instante había creído que se había despertado en su casa, que aquellos interminables meses pasados en el fondo de aquel sótano había, sido tan solo una pesadilla, que la mañana había llegado, devolviéndola a su vida de antes, a su maravillosa y banal rutina cotidiana… pero aquel dormitorio no era el suyo.

Era una habitación desconocida, que nunca había visto.

La mañana. Volvió un poco la cabeza y vio el raudal de luz cada vez más intensa que atravesaba los visillos, cerca de la cama, entre las cortinas. Los números rojos del despertador de la mesita marcaban las 6.30. En el otro extremo de la habitación había un armario de luna. Al levantar la cabeza, vio en el espejo sus pies, sus piernas y, entre ellas, su propia cara, semejante a la de un animalillo inquieto, aterrorizado, en medio de la penumbra.

Había alguien dormido a su lado...

La esperanza regresó. ¡Se había dormido y había olvidado volverla a bajar al sótano antes de que se disiparan los efectos de la droga que le había administrado! No se lo podía creer. Un error, un error por fin al cabo de todos aquellos meses de cautiverio. ¡Aquella era su oportunidad! Tuvo la impresión de que el corazón se le desprendía, que estaba a punto de sufrir un infarto.

La esperanza —una esperanza delirante— estalló en su cerebro. Volvió con prudencia la cabeza hacia él, consciente del ensordecedor latido de su sangre en los oídos.

Dormía a pierna suelta. Observó con una absoluta neutralidad su largo cuerpo tendido, desnudo, a su lado, sin odio ni fascinación. Hacía mucho que había superado ese estadio. Hasta el color rubio artificial de su pelo cortado al rape, su perilla oscura y sus brazos negros de tatuajes que lo perfilaban como una segunda piel escamosa habían dejado de llamarle la atención. Al ver unos cuantos filamentos de esperma seco en los pelos de sus muslos se estremeció, pero no fue nada en comparación con las náuseas y las arcadas que la asaltaban al principio. En aquel sentido, también había superado ese estadio.

La esperanza renovaba sus fuerzas. De repente, sentía un ardiente deseo de abandonar aquel infierno, de ser libre. Las emociones se superponían, contradictorias. Era la primera vez desde el inicio de su cautividad que contemplaba la luz del día, aunque solo fuera a través de una ventana y unos visillos, la primera vez que se despertaba en una cama y no sobre el duro suelo de su sótano, en la oscuridad. Aquel era el primer dormitorio que veía desde hacía meses, quizás años...

«No es posible. Ha ocurrido algo».

No debía distraerse, sin embargo. La luz se iba incrementando en la habitación y él acabaría despertándose. Nunca volvería a presentársele una ocasión así. El miedo regresó de inmediato.

Había una solución. Matarlo, allí, sin dilación, partirle el cráneo con la lámpara de la mesita. Sabía, con todo, que, si no lo conseguía a la primera, él la reduciría al instante. Era demasiado fuerte para ella, que era tan débil. Tenía dos opciones más: localizar un arma... un cuchillo, un destornillador, un objeto pesado o puntiagudo.

O bien huir...

Ella tenía preferencia por la última alternativa. Estaba tan debilitada, le quedaban tan pocas energías para enfrentarse a él... Pero ¿adónde podría huir? ¿Qué había afuera? La única vez en que la había cambiado de lugar había oído trinos de pájaros, un gallo que se desgañitaba y había adivinado los olores propios del campo. Debía de ser una casa apartada.

Con el corazón en un puño, convencida de que se iba a despertar y abrir los ojos de un momento a otro, levantó la sábana, abandonó la cama y dio un paso hacia la ventana.

El corazón dejó de latirle.

No era posible...

Veía un claro bañado por el sol y el linde de los árboles. Como en los cuentos de hadas de su infancia, la casa estaba aislada en medio del bosque. Veía la hierba alta, campanillas, amapolas y mariposas amarillas que revoloteaban por todas partes. Oía el bullicio de los pájaros que saludaban la llegada del día, incluso a través del cristal. Durante todos aquellos meses de infierno bajo tierra, la vida más simple y más hermosa se hallaba allí, tan cerca.

Miró la puerta de la habitación, que la atraía de manera irresistible. La libertad estaba también allí, justo detrás. Desvió la mirada hacia la cama. Él seguía dormido. Con la impresión de que el pulso se le desbocaba, dio un paso y luego otro... rodeando la cama donde yacía su verdugo. La manecilla de la puerta giró sin hacer ruido. No se lo podía creer. La puerta se abrió a un pasillo, estrecho y silencioso. Había varias a derecha e izquierda, pero siguió recto y fue a salir al espacioso comedor. Reconoció al instante la gran mesa de madera oscura como un lago, el aparador, el equipo de música, la inmensa chimenea, los candelabros. Ante sus ojos desfilaron los platos y las rutilantes velas, en sus oídos resonó la música y en su nariz revivió el olor de los platos. Las náuseas se manifestaron de nuevo. «Eso nunca más...». Aunque los postigos estaban cerrados, el sol proyectaba desde afuera amplias franjas de luz a través de las rendijas.

El vestíbulo y la puerta principal quedaban justo allí, a la derecha, en la zona de sombra. Dio dos pasos más y notó que aún no habían cesado del todo los efectos de la droga que le había administrado. Era como si se desplazara en el agua, como si el aire tuviera una densidad que le oponía resistencia. Sus movimientos eran torpes y pesados. Se detuvo de pronto. No podía salir como estaba, desnuda. Se volvió a mirar atrás y se le encogieron las entrañas. Cualquier cosa con tal de no volver a esa habitación. Una manta de viaje en el sofá… La cogió y se la echó encima de los hombros. Luego se acercó a la puerta de entrada. Era antigua, como el resto de la casa, de basta madera. Levantó el pestillo y empujó.

La luz del sol la cegó. El canto de los pájaros estalló como un choque de címbalos, las moscas la asaltaron con su zumbido, el perfume de la hierba y de los árboles le agredió el olfato, el calor le acarició la piel. Aquejada de un momentáneo mareo, pestañeó, sin resuello. La embestida del calor, la luz y la vida le producían vértigo. Estaba ebria de libertad, pero el miedo regresó enseguida. Disponía de poco tiempo.

A la derecha había un edificio, una especie de granero medio hundido que dejaba asomar las vigas. Debajo vio un fárrago de viejos electrodomésticos, herramientas, un montón de leña y un coche…

Se dirigió hacia él, hollando descalza la tierra que ya comenzaba a calentar el sol. La puerta del lado del conductor se abrió con un chirrido y por un instante temió que el ruido lo despertara. El interior olía a polvo, a cuero y a aceite de motor. Palpó con mano trémula, pero no había llave. Buscó en la guantera, debajo del asiento, por todas partes, en vano. Volvió a salir. Debía huir, sin perder más tiempo… Miró en torno a sí y vio una pista forestal. No, por allí no. Después percibió el vago perfil de un sendero en el claroscuro del bosque. Sí. Echó a correr en aquella dirección y se dio cuenta de lo débil que estaba, de lo mal que le respondían las piernas. Debía de haber perdido entre diez y quince kilos en el sótano. La esperanza le insuflaba, con todo, una nueva energía, al igual que ese aire cálido y vibrante, esa luz acariciadora, esa naturaleza rebosante de vida.

Bajo los árboles hacía más fresco, pero los ruidos no se acallaron. Corrió por el sendero y aunque las aristas de las piedras y las espinas le lastimaban los pies, no acusó el dolor. Traspasó un puentecillo que mediaba entre las orillas de un riachuelo y las planchas vibraron bajo sus pasos.

Después empezó a sospechar que allí había algo raro…

Vio algo en el suelo, en medio del camino, un poco más allá…

Era un objeto oscuro. Aminoró la marcha, acercándose. Era un viejo radiocasete, con un asa para transportarlo… Del aparato surgía música. La reconoció de inmediato, estremecida de horror. La había oído cientos de veces… Exhaló un hipido. Aquello era injusto, infinitamente cruel. Podía soportar cualquier cosa, menos aquello.

Se inmovilizó, con las piernas flaqueantes. No podía seguir por allí, ni tampoco podía volver sobre sus pasos. A su derecha había un barranco demasiado ancho y profundo, en el fondo del cual discurría el riachuelo.

Se precipitó hacia la izquierda y tras franquear un ribazo, se alejó corriendo por una imprecisa senda trazada en medio de los helechos.

La siguió jadeante, mirando de vez en cuando hacia atrás, sin ver a nadie. Sobre el fondo de los trinos de pájaros, la siniestra música se elevaba a su espalda, transportada por el eco, como una omnipresente amenaza.

Creía haberla dejado lejos cuando tropezó de bruces con un cartel clavado en el tronco de un árbol, en el punto en que la senda se bifurcaba en dos, formando una T entre los helechos. En él había pintada una doble flecha que indicaba las dos posibilidades que se le ofrecían. Encima había dos palabras: LIBERTAD por un lado, MUERTE por el otro.

Le volvió a dar hipo. Se inclinó para vomitar en los helechos al borde del camino.

Enderezándose, se limpió la boca con una punta de la manta, que olía a encerrado, a polvo, a muerte y a locura… Ahora se daba cuenta. Tenía ganas de llorar, de echarse al suelo y no moverse más, pero debía reaccionar.

Sabía que era una trampa, uno de sus juegos perversos. «Muerte o libertad...». ¿Qué ocurriría si elegía «libertad»? ¿Qué clase de libertad le ofrecería? Sin duda no sería la de recuperar su vida de antes. ¿La liberaría de su prisión matándola? ¿Y si elegía «muerte»? ¿Era una metáfora? ¿De qué? ¿La muerte de su sufrimiento, el final de su calvario? Se precipitó por ese lado, calculando que, en la mente de aquel enfermo, la oferta más tentadora en apariencia era seguramente la peor.

Corrió todavía un centenar de metros antes de avistar una forma oscura y alargada que pendía en vertical a la altura de un metro por encima del camino.

Redujo de nuevo la marcha, corriendo más despacio y caminando después... hasta detenerse cuando comprendió de qué se trataba, con el corazón en la boca. Había un gato colgado de una rama. La cuerda que lo estrangulaba le apretaba el cuello de tal forma que pronto se lo iba a segar. Del blanco hocico asomaba una punta de lengua rosa y el cuerpo estaba rígido como una tabla.

Aunque ya no le quedaba nada en el estómago, la aquejaron las arcadas mientras el gusto de la bilis le invadía la boca y un miedo cerval le recorría la columna.

Exhaló un gemido. La esperanza menguó en ella como la llama de la vela que se apaga. En lo más profundo de su ser, sabía que aquellos bosques y aquel sótano serían los últimos lugares que iba a ver, que no había salida, ni ese día ni los otros. Aun así, quería creer que tenía una mínima posibilidad.

¿Nadie se paseaba por aquel condenado bosque? De repente se preguntó dónde se encontraba: ¿en Francia o en el extranjero? Sabía que existían países donde uno podía caminar durante horas y días sin encontrar un alma.

Titubeó antes de tomar una dirección. En todo caso, no pensaba elegir la que aquel tarado había escogido por ella.

Se lanzó entre los matorrales y los árboles, lejos de cualquier indicio de sendero, tropezando con las raíces y las irregularidades del terreno. Con los pies ensangrentados, al poco trecho llegó a otro arroyo, con el lecho cubierto de árboles. Aquellos abedules y avellanos abatidos por alguna tempestad constituyeron una horrible barrera. Unas ramas aceradas como dagas le desgarraron las pantorrillas y los dedos de los pies se le torcieron sobre las incisivas piedras y los pedazos de madera seca.

Al otro lado partía otro sendero. Sin resuello, decidió continuar por allí. Aún mantenía la esperanza de encontrar a alguien y caminar por la maleza la agotaba demasiado.

«No quiero morir».

Corría, tropezaba y volvía a acelerar.

Corría para salvarse, con el pecho encendido, el corazón a punto de estallar y las piernas cada vez más flojas. A su alrededor la espesura se volvía cada vez más densa y el aire más caliente. Los aromas del bosque se mezclaban con el olor agrio de su propio sudor, que le escocía en los ojos. Oía el ruido del agua de otro riachuelo, y nada más. Tras ella reinaba el silencio.

«No quiero morir…».

Aquel pensamiento acaparaba el espacio que dejaba en su cerebro el miedo, un miedo abyecto, inhumano.

«No quiero… no quiero… no quiero…».

«Morir…».

Sentía las lágrimas amargas que resbalaban por sus mejillas y el latido del pulso en el cuello y el pecho. Habría matado a su madre y a su padre para poder escapar de aquella pesadilla.

De repente, el corazón le dio un brinco. Había alguien, allá abajo…

Se puso a dar voces.

—¡Eh! ¡Espere! ¡Espere! ¡Socorro! ¡Ayúdeme!

La persona no se movía, pero la distinguía claramente a través del velo de las lágrimas. Era una mujer. Llevaba un vestido veraniego abotonado. Lo raro era que estaba completamente calva. Recurrió a sus últimas fuerzas para llegar hasta ella, que seguía quieta. La sangre se le fue helando en las venas a medida que se acercaba y comprendía.

No era una mujer…

Era un maniquí de plástico. Estaba apoyado en un tronco de árbol, inmovilizado en una pose artificial como en un escaparate. Reconoció el vestido que llevaba. Era el suyo, el que llevaba la noche en que… Aunque ese estaba salpicado de pintura roja…

Tuvo la impresión de que le abandonaban las fuerzas, de que alguien las aspiraba de su cuerpo. Estaba segura de que él había llenado aquel maldito bosque con un montón de trampas más, igual de siniestras. Ella era el ratón del laberinto, su objeto, su juguete… y él estaba allí, muy cerca… Sintió que las rodillas le flaqueaban y perdió el conocimiento.

13
Elvis

*T*ras dejar el coche en el aparcamiento inferior, Servaz se encaminó al bloque de hormigón del centro, el que albergaba los ascensores. El centro hospitalario universitario de Rangueil se elevaba como una fortaleza en lo alto de una colina, al sur de Toulouse. Para llegar desde el aparcamiento situado en mitad de la pendiente había que tomar un ascensor y luego una larga pasarela suspendida varios metros por encima de los árboles, donde se disfrutaba de una impresionante panorámica de los edificios de la universidad cercanos y de las afueras de la ciudad. Atravesó el terraplén en dirección a la fachada, revestida de una efectista malla metálica. Como ocurría a menudo, la estética exterior había primado sobre las estructuras interiores. Pese a que el hospital contaba con dos mil ochocientos médicos y diez mil empleados y acogía cada año a ciento ochenta mil pacientes, el equivalente de la población de una ciudad mediana, Servaz había advertido que no disponía de servicios aparte de los médicos.

Pasó rápidamente por delante de la cafetería donde coincidían trabajadores, visitas y pacientes con uniforme de hospital y enfiló los largos pasillos que conducían a los ascensores interiores. Unas pinturas de artistas contemporáneos, fruto de una donación, trataban en vano de alegrar las paredes: el arte tiene sus límites. Servaz se fijó en la puerta de la capilla, donde se informaba de las horas de visita del capellán, y se preguntó cómo encontraba Dios su lugar en aquel universo donde el ser humano se veía reducido a un circuito de cañerías, desmontado y montado a la manera de un motor y en ocasiones enviado al desguace, no sin antes haber recuperado algunas piezas que servirían para reparar otros motores.

Samira lo esperaba delante de los ascensores. Sintió la tentación de encender un cigarrillo, pero su mirada se detuvo en un letrero que prohibía fumar.

—*Crash* —dijo en la cabina.

—¿Qué? —inquirió Samira, que atraía una multitud de miradas con el arma colgada en la cadera.

—Una novela de J. G. Ballard. La conjunción de la cirugía, de la mecánica, del consumo de masas y del deseo.

Viendo que lo miraba con gesto de incomprensión, se limitó a encogerse de hombros. Cuando se abrieron las puertas, oyeron gritos.

—¡Pandilla de imbéciles! ¡No tenéis derecho a retenerme en contra de mi voluntad! ¡Llamad a ese cabrón de médico! ¡Quiero verlo ahora mismo!

—¿Es Elvis? —preguntó Servaz.

—Es muy probable.

Giraron a la derecha y luego a la izquierda. Una enfermera les cerró el paso y Samira blandió su identificación.

—Buenos días, buscamos a Elvis Konstandin Elmaz.

Con mala cara, la mujer señaló una puerta de vidrio opaco situada al fondo del pasillo, más allá de una litera en la que aguardaba un anciano con un tubo en la nariz.

—Necesita reposo —advirtió con severidad.

—Sí, ya se oye —ironizó Samira.

La mujer les dedicó una mirada cargada de desprecio y se marchó.

—¡Joder, solo faltaba la pasma! —exclamó Elvis cuando entraron en la habitación.

En el interior reinaba un calor bochornoso pese al cansino ventilador que giraba en un rincón. Elvis Konstandin Elmaz estaba sentado con el torso desnudo en la cabecera de la cama, mirando un televisor sin sonido.

—*One for the money / Two for the show* —tarareó Samira, esbozando un contoneo y un paso de baile—. Hola, Elvis.

Elvis reparó en la joven y frunció el entrecejo como si estuviera viendo una aparición: ese día, Samira lucía media

docena de collares encima de una camiseta que proclamaba
LEFT 4 DEAD, el nombre de unos violentos videojuegos.

—¿Quién es esa, hostia? —dijo, dirigiéndose a Servaz—.
¿Así va la policía hoy en día? ¡Joder, adónde hemos ido a
parar!

—¿Elvis Elmaz?

—No, Al Pacino. ¿Qué quieren? No vienen por mi denuncia, ¿no?

—En efecto.

—No, claro. No hay que observarlos mucho para adivinar que son de la KFC.

KFC era el acrónimo de Kentucky Fried Chicken, la célebre cadena de restaurantes de comida rápida especializada en
pollo frito, y que los delincuentes usaban como apodo para
referirse a la policía judicial. Elvis Konstandin Elmaz era
bajo y muy robusto, con un cráneo liso y reluciente, una
barba tupida en torno a una ancha mandíbula y una minúscula circonita en la oreja, que también podía ser un dia-
mante. Su musculoso torso estaba rodeado con varias vueltas de venda, del vientre al diafragma, y también tenía
vendado el bíceps derecho.

—¿Qué le ha pasado? —preguntó Servaz.

—Como si no lo supiera… Me clavaron varios navajazos,
tío, tres en la barriga y uno en el brazo. Ha sido un milagro
que no me mandaran al otro barrio esos maricones. «No hay
ningún órgano afectado. Se ha salvado de una buena, señor
Elmaz», va y me dice el memo del médico. No me quiere soltar hasta mañana con la excusa de que si me muevo demasiado se puede volver a abrir. Él sabe más, que es médico, pero
yo tengo un hormigueo en las piernas y aquí la comida es
peor que en la trena.

—¿Esos maricones? —inquirió Samira.

—Eran tres, unos serbios. No sé si lo sabrán, pero esos
maricas de serbios y los albaneses no nos llevamos nada
bien. Los serbios son todos gentuza.

Samira inclinó la cabeza. Había oído la misma canción en
sentido contrario. Aunque no lo dijo, ella tenía también un
poco de sangre bosnia en las venas, y probablemente también
sangre italiana. Su familia había viajado bastante.

—¿Qué ocurrió?

—Nos liamos dentro del bar y después seguimos en la acera. Yo estaba un poco colocado, hay que reconocerlo. —Los miró primero a uno y después al otro—. Lo que yo no sabía era que ese alfeñique tenía dos colegas adentro. Se me echaron encima como perros rabiosos sin dejarme reaccionar y después escaparon como ratas. Y yo me quedé tumbado en la acera, chorreando sangre. Esta vez sí que por poco la diño. Es como para creer que también hay un Dios para los malos, ¿eh, cariñito? ¿No tendrás un cigarro? Me cargaría hasta a mi madre por poder fumarme uno.

Samira reprimió las ganas de inclinarse y hundirle un dedo en las costillas a través del vendaje.

—¿No has visto los avisos? —replicó con mala idea—. Prohibido fumar… ¿Cuál fue el motivo de esas diferencias?

—Esas diferencias… ¡Joder, cómo hablas, cariñito! Ya te lo he dicho. Yo soy albanés y ellos eran serbios.

—¿Eso es todo?

Vieron que dudaba.

—No.

—¿Qué más?

—Pues una chavala, que me iba detrás.

—Ah, ¿iba con ellos?

—Pssí.

—¿Guapa?

La cara de Elvis Konstandin Elmaz se iluminó como un árbol de Navidad.

—¡Guapísima! ¡Una auténtica bomba! Y con clase, además. No sé qué hacía con esos tres pringados. A mí se me iban todo el rato los ojos hacia ella, hostia. Al final se dio cuenta y vino a darme palique. Igual tenía ganas de provocarlos, no sé. Igual estaba de mala hostia o tenía «diferencias» con ellos, como dicen ustedes… Pues de allí arrancó todo.

—¿O sea que llegó a urgencias anoche, ha pasado por el quirófano después y desde entonces no lo dejan salir?

Los ojos marrones se iluminaron con un destello.

—¿Qué importancia tiene? A ustedes les importa un comino lo mío, ¿no?… Lo que les interesa es lo que pasó después. Debió de pasar algo.

—Señor Elmaz, usted salió de la cárcel hace cuatro meses. ¿Es así?

—Exacto.

—Lo condenaron por delitos de robo con violencia, rapto, secuestro, agresiones sexuales y violación...

—¿A qué viene esto? Yo ya cumplí la pena.

—Cada vez eligió a mujeres jóvenes, morenas y guapas.

—¿Y eso a qué viene? Fue hace mucho. —Hizo girar en redondo los ojos—. ¿Qué fue lo que pasó anoche? Que agredieron a una tía, ¿a que sí?

La mirada de Servaz topó con el periódico que reposaba encima de la mesa con ruedas al lado de la cama. Tardó medio segundo en comprender lo que leía y solo una fracción más para perder el color de la cara.

ASESINATO DE UNA JOVEN PROFESORA EN MARSAC
El policía que resolvió el caso de Saint-Martin
encargado de la investigación.

¡Dios santo! Sin prestar más atención a las preguntas de Samira ni a las respuestas de Elmaz, Servaz cogió el periódico y pasó las páginas buscando el artículo.

Ocupaba tan solo unas cuantas líneas, en la página 3. Explicaba que «el comandante Servaz, de la policía judicial de Toulouse, el mismo que llevó a cabo la investigación de los asesinatos acaecidos en Saint-Martin durante el invierno del 2008-2009, el suceso criminal más destacado que se ha vivido en los últimos años en la región Midi-Pyrénées, ha sido elegido para dirigir las investigaciones en relación con el asesinato de una profesora de Marsac, titular en un instituto que acoge a la élite de la zona». Un poco más adelante, el autor del artículo precisaba que la joven había sido encontrada en su casa, «atada y ahogada en su bañera». Por lo menos, el servicio encargado de las relaciones con la prensa había omitido el detalle de la linterna, seguramente para poder coger en falta a todos los chalados que iban a llamar a lo largo de las horas siguientes. Sí habían dado, en cambio, su nombre como pasto para los periodistas. Fantástico. Le habría gustado tener delante al estúpido que había filtrado la información, pensó con un acceso de cólera. ¿Sería una filtración involuntaria u orquestada por alguien, como por ejemplo Castaing?

—¿A qué hora se produjo el altercado? —preguntaba Samira.

—A las nueve y media o las diez…

—¿Hubo testigos?

Elvis soltó una ronca carcajada que le provocó unas toses.

—¡Un montón!

—Y antes, ¿qué hacías?

—¿Están sordos o qué? ¡Estaba bebiendo y echando el ojo a la chica! ¡Les digo que me vio un montón de gente! Ya sé que cometí errores hace un tiempo, pero hostia, ¿qué hacían esas chicas a las que agredí, de noche por la calle, eh? En Albania, las mujeres no salen por la noche. Son respetables…

Samira eligió un lugar al azar para hundir el índice en el costado del albanés. Apretó con fuerza a través de la venda. Servaz vio la mueca de dolor de Elvis y se disponía a intervenir cuando Samira retiró el dedo.

—Más te vale que tu coartada se sostenga —le dijo con dureza—. Tú tienes un problema seguro, Elvis. ¿No serás impotente algunas veces? ¿O un homosexual y no lo reconoces? Sí, eso es… Claro que es eso… ¿Qué, disfrutaste mucho en las duchas, en la trena?

Servaz vio cómo se transformaba la cara del hombre. Le vio la mirada, que se volvía negra como una charca de petróleo y los ojos opacos. A pesar del calor que hacía, tuvo la sensación de que le bajaba un chorro de agua helada por la columna. Tragó saliva, con el pulso acelerado. Ya había sido testigo de una mirada como aquella, hacía mucho tiempo, cuándo tenía diez años. El niño que persistía en su interior era incapaz de olvidar. Volvió a pensar una vez más en los hombres que se habían presentado en el patio de la casa familiar un atardecer de julio. Eran dos, dos hombres parecidos a aquel, unos lobos, unos seres perdidos de miradas extraviadas… Pensó en su madre, que había gritado y suplicado; en su padre atado a una silla. Pensó en sus manos y en sus brazos de rapaces, que la apresaban y la mancillaban… Y en el pequeño Martin, encerrado en el trastero de debajo de la escalera, que lo oía todo, que lo adivinaba todo… en la cantidad de veces que se había cruzado con seres semejantes desde que había ingresado en la policía. De repente, tuvo una necesidad perentoria de aire, de salir de aquella habitación, de aquel hospital. Echó a correr hacia los lavabos antes de verse sometido por las náuseas.

—No es él.

Servaz asintió. Recorrían los pasillos en dirección al vestíbulo principal. Tenía unas ganas terribles de fumar, pero los carteles pegados aquí y allá le recordaban que estaba prohibido.

—Ya sé —dijo—. Su coartada se sostiene y, de todas maneras, no veo cómo habría podido vaciar el buzón de correo de Claire Diemar en el instituto ni por qué motivo habría seguido y drogado a Hugo.

—Ese tipo no debería estar en la calle —afirmó Samira en el momento en que pasaban delante de la cafetería.

—No hay ninguna ley que permita meter en la cárcel a alguien por su «peligrosidad» —señaló él.

—Tarde o temprano volverá a las andadas.

—Ya purgó la pena.

Samira sacudió la cabeza mientras cruzaban el vestíbulo.

—La única terapia que funciona con esa clase de individuos es rebanarles los testículos —decretó.

Servaz observó a su ayudante. Aparentemente, no bromeaba. Vio con alivio la proximidad de las puertas y metió la mano en el bolsillo, pero todavía estaba prohibido fumar al otro lado. Le dio la impresión de que volvía a ser aquel adolescente que, con los pulmones inflamados, se decía que nunca llegaría a franquear los veinte últimos metros de la pista de atletismo.

Las puertas se abrieron por fin y el calor y la humedad se abatieron sobre ellos. Servaz se puso rígido. Sus pulmones reclamaban su dosis de nicotina, pero había algo más… ¿Qué? Desde hacía rato, desde que había leído el primer cartel de prohibición, su inconsciente estaba trabajando, pero no conseguía precisar nada.

—Si no es él, volvemos a estar como al principio —comentó Samira.

—¿Qué?

—Hugo...

Servaz se las arregló para consultar el reloj mientras sacaba un cigarrillo.

—Volvemos a la comisaría. Tú presiona a los del servicio de huellas tecnológicas. Quiero un resultado antes de que acabe el día. Si es Hugo, explícame: ¿por qué habría vaciado el ordenador de Claire y no su propio teléfono móvil?

Samira levantó las manos admitiendo su ignorancia cuando él ya se alejaba para atravesar el terraplén en dirección a la pasarela. Una ambulancia llegó precedida del aullido de la sirena y se detuvo a esperar que se levantara la barrera.

De pronto, se esclareció el misterio y entendió por qué lo tenían tan obsesionado aquellos carteles.

Caminando por la larga pasarela suspendida por encima de los árboles, sacó el móvil, buscó el número de Margot y accionó la tecla de llamada. Una música bárbara, a base de guitarras eléctricas y de eructos guturales, le contestó, provocándole una mueca de disgusto. Aunque le alegró comprobar que Margot apagaba el móvil durante las clases, aquello le suponía un contratiempo. Escribió un SMS con un dedo:

¿Hugo fuma? Llámame. Importante.

Apenas había acabado cuando su teléfono vibró.

—¿Margot? —respondió al llegar junto a los ascensores.

—No. Soy Nadia —dijo una voz femenina.

Nadia Berrada dirigía el servicio de huellas tecnológicas. Buscó el botón del ascensor.

—Los ordenadores han cantado —anunció.

—¿Sí? —inquirió, expectante.

—Alguien vació, efectivamente, el buzón de correo. Hemos recuperado los mensajes, tanto recibidos como enviados. El último es del mismo día en que murió. Es la colección normal de e-mails dirigidos a los colegas de trabajo, mensajes privados, convocatorias para reuniones pedagógicas o de seminarios, publicidad...

—¿Algún e-mail enviado o recibido de Hugo Bokhanowsky?

—No. Ninguno... Sí aparece, en cambio, un interlocutor de manera regular: «Thomas999». Sus mensajes tienen un aire más bien... digamos, íntimo.

—¿Hasta qué punto?

—Con un grado de intimidad como para escribir —se interrumpió para leer—: «La vida será en adelante muchísimo más excitante porque nos queremos». «Enorme. Total. Increíble, cómo te añoro». «Yo soy el candado y tú eres la llave; soy toda tuya para siempre, tu ardilla, ahora y para la eternidad...».

—¿Quién escribía eso, ella o él?

—Los dos. Bueno, ella en una proporción del setenta y cinco por ciento... Él me parece un poco menos expresivo, pero bien enganchado de todas formas. ¡Uf, era muy apasionada esa chica!

Por el tono de su voz, dedujo que lo que había encontrado en el buzón de mensajes había dado que pensar a Nadia. Se acordó de Marianne y de él... En aquella época no había e-mails ni mensajes de texto. Se habían escrito cientos de cartas de ese estilo, exaltadas, líricas, ingenuas, fervientes y divertidas, a pesar de que se veían casi cada día. Ellos habían conocido aquella intensidad, aquel ardor. Allí había un detalle importante, lo sentía. «Esa chica era muy apasionada...». Nadia había encontrado las palabras precisas. Observó las copas de los árboles agitadas por la lluvia bajo la pasarela.

—Pide a Vincent que efectúe una movilización de urgencia —dijo—. Necesitamos lo antes posible la identidad de ese Thomas999.

—Ya nos hemos encargado. Esperamos la respuesta.

—Perfecto. Ponme al corriente en cuanto la tengas. Y Nadia, ¿podrías, por favor, ir a echar un vistazo a la lista de las pruebas?

—¿Qué quieres saber?

—Si entre los objetos localizados en los bolsillos del muchacho había un paquete de cigarrillos.

Esperó. Las puertas del ascensor se abrieron, pero no subió, por temor a que las paredes metálicas impidieran el paso de la señal. Nadia volvió a ponerse al teléfono al cabo de cuatro minutos.

—Ni paquete, ni cigarrillo ni porro —informó—. Nada por el estilo. ¿Te sirve de algo?

—Es posible. Gracias.

Mientras imaginaba a Nadia revolviendo en el montón de pruebas, se le había ocurrido algo en relación con el cuaderno que había encontrado encima del escritorio de Claire y la frase que había escrita en él.

«Amigo» es a veces una palabra desprovista de sentido,
«enemigo» nunca.

Sintió una especie de hormigueo en la base de la espina dorsal. Claire Diemar había escrito aquella frase en un cuaderno nuevo poco antes de morir y lo había dejado abierto encima de su escritorio. ¿Tendría conciencia de que sobre ella pesaba una amenaza inmediata? ¿Se habría ganado algún enemigo? ¿Tendría siquiera algo que ver aquella frase con la investigación? La idea se precisó, animándolo a efectuar otra llamada.

—¿Estás delante de tu ordenador? —preguntó cuando Espérandieu descolgó.

—Sí. ¿Por qué? —contestó su ayudante.

—¿Podrías escribir una frase en Google?

—¿Una frase en Google?

—Eso es lo que he dicho.

—¿Una especie de cita?

—Ajá.

—Espera… Ya está, dime, te escucho.

Servaz le repitió la frase.

—¿Qué es eso? ¿Es para un concurso de televisión? —bromeó su ayudante—. Un momento… Vaya, ¿no eres tú el que hizo una carrera de letras?

—Suéltalo.

—Victor Hugo.

—¿Cómo?

—Es efectivamente una cita, de Victor Hugo. ¿Me lo puedes explicar ahora?

—Más tarde.

Guardó el móvil. «Victor Hugo…». ¿Podría tratarse de una coincidencia? Claire Diemar no había escrito nada más en aquel cuaderno y lo había dejado bien a la vista. Allí hablaba de un «enemigo»… ¿Hugo? Servaz no olvidaba que el lugar era Marsac, una ciudad universitaria, tal como había señalado Francis, que la había comparado a la corte de Elsinor, un lugar donde la gente tenía el sentido de la discreción igual de desarrollado que el de la maledicencia, donde la gente se apuñalaba, pero con elegancia, con refinamiento… y donde cualquier acusación directa podía pasar por una imperdonable falta de gusto. Era muy consciente de que tenía que habérselas con eruditos, con personas aficionadas a los enigmas, las alusiones, los sentidos ocultos, a demostrar sutileza, incluso en circunstancias tan dramáticas como aquella. Esa frase no había sido escrita en el cuaderno porque sí.

¿Era posible que Claire hubiera dado, de manera alusiva, indirecta u oblicua, el nombre de su «enemigo»… e incluso el de su futuro asesino?

14

Hirtmann

*D*e regreso a los locales de la policía judicial, se fue directo a la oficina de Espérandieu.

—¿Cómo está el chico?

Su ayudante se quitó los cascos, en los que el cantante de Queen of the Stone Age cantaba *Make It Wit Chu*, y se encogió de hombros.

—Tranquilo. Me ha preguntado si tenía algo para leer. Le he dado unos cómics manga y no los ha querido. Te recuerdo que la detención termina dentro de seis horas.

—Ya sé. Llama al fiscal y pide una prolongación.

—¿Con qué motivo?

—No sé —respondió Servaz—. Invéntate algo. Recurre a tus reservas de ingenio.

Una vez en su despacho, rebuscó un momento en los cajones antes de localizar lo que buscaba: un número de teléfono de París. Lo contempló, pensativo. Hacía mucho que no había llamado a ese número. Había confiado no tener que volverlo a hacer, haber dejado atrás aquella historia.

Miró la hora antes de marcar el número. Cuando le contestó una cansada voz masculina, se identificó.

—Cuánto tiempo —replicó con ironía el otro—. ¿A qué debo el honor, comandante?

Le contó lo que había ocurrido la noche anterior y terminó con el descubrimiento del CD de Mahler. Servaz temía que el hombre le dijera: «¿Y por eso me ha llamado?», pero se equivocaba.

—¿Por qué no me llamó de inmediato? —le preguntó.

—¿Por un simple CD encontrado en el escenario del crimen? Seguramente no tiene nada que ver.

—¿Un escenario del crimen en el que, como por azar, se encuentra el hijo de una de sus antiguas conocidas, en el que es muy probable que se adjudique el caso a la policía judicial de Toulouse y en el que la víctima es una joven de unos treinta y pico años con el mismo perfil que las otras víctimas? ¿Y como remate, la pieza que Julian había puesto la noche en que mató a su mujer aparece en el equipo de música? ¿Está de broma?

Servaz se percató del uso del nombre de pila «Julian», como si, a fuerza de buscar al suizo, sus perseguidores hubieran acabado por confraternizar con él. Retuvo la respiración. El hombre tenía razón. Él había tenido la misma intuición exacta al descubrir el CD la noche anterior, y luego había pasado a otra cosa. Mirados desde ese ángulo, los elementos encajaban de una manera turbadora. Se hizo la reflexión de que, para haber deducido eso en menos de tres segundos, su interlocutor tenía que ser muy bueno.

—Siempre ocurre lo mismo —se lamentó el hombre—. Nos informan cuando disponen de tiempo, cuando se han guardado el ego en el bolsillo o cuando todas las pistas se han enfriado.

—Y por su lado, ¿tienen alguna novedad?

—Le gustaría que le respondiera que sí, ¿verdad? Siento decepcionarle, comandante, pero tenemos tantas informaciones que nadamos en ellas, nos ahogamos. La mayoría son tan descabelladas que ya no las comprobamos, otras exigen una verificación pese a todo y eso requiere muchísimo tiempo. Lo han visto aquí y allá; en París, en Hong-Kong, en Tombuctú... Un testigo está seguro de que trabaja de corredor de apuestas en el casino de Mar del Plata donde juega todas las noches, otro lo ha visto en el aeropuerto de Barcelona o en el de Dusseldorf, una mujer sospecha que su amante es Hirtmann...

Captaba el desánimo y la lasitud extrema en la voz de su interlocutor. De repente, sin embargo, el tono cambió, como si acabara de ocurrírsele algo.

—Toulouse, ¿no es así?

—Sí. ¿Por qué?

El hombre no respondió. Servaz lo oyó hablar con otra persona. La mano colocada encima del micrófono volvía inaudible lo que decía. Se puso de nuevo al aparato al cabo de unos segundos.

—Últimamente ha ocurrido algo —informó, con un tono de voz distinto—. Pusimos su retrato en Internet. Utilizamos un programa de retoques de imagen para modificarlo y presentar una decena de versiones diferentes: con barba, bigote, pelo largo, pelo corto, moreno, rubio, narices de diversa forma, etc. Ya ve de qué va. Bueno, pues hemos recibido centenares de respuestas. Las examinamos todas, una por una, lo que representa un auténtico trabajo de hormiga... —El desfallecimiento volvió a hacerse manifiesto—. Entre ellas destaca una más interesante: es de un tipo que se encarga de una estación de servicio en un área de autopista que afirma que se paró allí para llenar el depósito y comprar la prensa. Según el hombre, iba en moto, se había teñido el pelo, dejado crecer la barba y llevaba gafas de sol, pero afirma sin margen de duda que se parecía a uno de los retratos puestos online. La estatura y la talla corresponden, y el individuo en cuestión hablaba con un ligero acento extranjero, quizá suizo, según el testigo. Por una vez, tuvimos suerte. Pudimos visionar las grabaciones de las cámaras de seguridad de la tienda. Y el gerente estaba en lo cierto: podría ser él, sí, podría...

Servaz notó que comenzaba a latirle el corazón con la contundencia de un tambor.

—¿Dónde está esa área? ¿Cuándo fue eso?

—Hace dos semanas. Le va a gustar, comandante: el área es la del bosque de Dourre, en la A20, al norte de Montauban.

—¿Quedó filmada la moto? ¿Tienen la matrícula?

—No sé si fue por casualidad o hecho a propósito. El caso es que aparcó la moto lejos de las cámaras, pero volvimos a encontrar su huella en uno de los peajes, más al sur, en la dirección Paris-Toulouse. La imagen no es muy nítida. Disponemos del principio de la matrícula y estamos trabajando sobre esa base. ¿Comprende ahora por qué es tan importante lo que me cuenta? Si realmente era Hirtmann el que iba en esa moto, es muy probable que se encuentre en su sector en estos momentos.

Servaz contemplaba, aturdido, el resultado de su búsqueda en Google. Había introducido las palabras JULIAN HIRTMANN y había obtenido ni más ni menos que 1.130.000 resultados.

Se recostó en el sillón, pensativo.

Tras la fuga del suizo, había estado pendiente de toda suerte de información que tuviera que ver con él. Había escudriñado periódicos, comunicados, boletines, efectuado decenas de llamadas telefónicas, atosigado a la unidad encargada de seguir su pista, pero se habían sucedido los meses, las estaciones —primavera, verano, otoño, invierno, primavera de nuevo…— y al final había renunciado. Había pasado página. Aquel ya no era asunto de su incumbencia, punto. Había procurado ahuyentarlo de su pensamiento.

Recorrió mentalmente la página de resultados que aparecía en la pantalla. Sabía que la libertad de expresión era uno de los caballos de batalla de los internautas y que a cada cual le correspondía filtrar, seleccionar y armarse de espíritu crítico. Aun así, lo que descubría en la Red lo llenaba de incredulidad. El suizo tenía miles de fans y las páginas consagradas a su gloria eran numerosas. Algunos artículos eran relativamente neutros. Presentaban fotos de Hirtmann tomadas durante su juicio y otras, robadas, en las que se le veía antes en compañía de su encantadora esposa… la misma a la que había electrocutado en el sótano de su casa en compañía de su amante después de haberlos obligado a desnudarse y haberlos rociado de champán. Se comparaba a Hirtmann con otros asesinos en serie europeos, como José Antonio Rodríguez Vega, que había violado y matado a dieciséis mujeres de edades comprendidas entre los sesenta y uno y los noventa y tres años entre agosto de 1987 y abril de 1988 en España, o Joachim Kroll, *el Caníbal del Ruhr*. En las fotos, Hirtmann lucía un semblante firme, bien perfilado, algo severo, de rasgos regulares y mirada intensa, bien distinto del hombre pálido y fatigado que había conocido en el Instituto.

Servaz era capaz de asociar a esa cara una voz. La suya era una voz profunda, agradable, pausada, una voz de actor, de tribuno, la de un hombre acostumbrado a ejercer la autoridad y a expresarse en las salas de audiencias.

También podía asociarle los rostros más o menos difuminados de cuarenta mujeres, jóvenes y no tan jóvenes, desaparecidas a lo largo de veinticinco años, unas mujeres de quienes jamás se volvió a encontrar rastro pero cuyos nombres constaban, acompañados de multitud de detalles, en los cuadernos del antiguo fiscal. En algún lugar existía un colectivo de padres de víctimas que reclamaba a voces que se obligara a hablar a Hirtmann. Para ello se proponían métodos como el suero de la verdad, la hipnosis, la tortura. Los exaltados habituales de la Red planteaban mil y una soluciones, como enviarlo a Guantánamo o enterrarlo al sol, con la cabeza untada de miel, delante de una colonia de hormigas rojas.

Servaz sabía que Hirtmann no hablaría nunca. Libre o encarcelado, detentaba más poder sobre aquellas familias del que llegaría a poseer nunca ningún maléfico dios. Él sería para siempre su verdugo, su pesadilla. Ese era el papel predilecto del suizo, a quien caracterizaba, como todos los grandes perversos psicópatas, una total ausencia de remordimientos y de culpabilidad. Tal vez habría acabado cediendo si lo hubieran sometido al *waterboarding*, la picana o la clase de torturas que habían infligido los japoneses a los chinos en 1937, pero eran muy escasas las posibilidades de que se desmontara en un interrogatorio policial o una entrevista psiquiátrica… eso suponiendo que llegaran a detenerlo, cosa que Servaz dudaba mucho.

ARE YOU READY? / ¿ESTÁ LISTO?

Servaz dio un respingo.

La frase acababa de aparecer en su pantalla.

Por un instante, creyó que Hirtmann había logrado entrar de un modo u otro en su ordenador.

Luego comprendió que acababa de apretar sin querer en el recuadro de la dirección de una de las numerosas páginas presentes en la lista. La frase desapareció enseguida y entonces vio en la pantalla la imagen de una densa multitud y de un escenario de concierto bañado en la luz de los focos. Un cantante se acercó al micro, con los ojos ocultos tras unas gafas oscuras pese a que era de noche, y arengó al público, que se puso a gritar el nombre del asesino. Incrédulo, con el pulso acelerado, Servaz se apresuró a salir de allí.

Los tres enlaces siguientes eran simplemente sitios de información incluidos en las listas. Había otros dos dedicados a los asesinos en serie. A continuación venían catorce foros en los que se hacía algún tipo de alusión al nombre del suizo y que Servaz renunció a visitar. La propuesta siguiente, en cambio, atrajo de inmediato su atención:

El valle de los ahorcados de gira por los Pirineos.

Al hacer clic en el ratón, se dio cuenta de que le temblaba la mano. Cuando acabó de leer, alejó el sillón del ordenador, cerró los ojos y respiró hondo.

Lo único que había comprendido era que el invierno próximo iban a filmar una película, inspirada en la investigación que él había llevado a cabo en los Pirineos y sobre todo en la fuga del suizo del Instituto Wargnier. Aunque habían cambiado los nombres, el argumento de la película no dejaba margen de duda. Se barajaba la participación de dos actores de renombre para interpretar al *serial killer* y al «comisario» (sic). En eso consistía ahora la sociedad de consumo, se dijo asqueado, en una pura exhibición mercantilista acompañada de voyerismo. De forma inevitable, se acordó de la frase de Debord: «Toda la vida de las sociedades en las que reinan las modernas condiciones de producción se presenta como una inmensa acumulación de espectáculos». Aquella clarividente previsión había sido formulada hacía ya cuarenta años...

A su enojo, se añadió el miedo. Toda aquella agitación... y, mientras tanto, se ignoraba el paradero del suizo. ¿Qué debía de estar tramando? Julian Alois Hirtmann podía encontrarse tanto en Camberra, en Kamchatka o en Punta Arenas como en un cibercafé de la esquina. Servaz evocó la fuga de Yvan Colonna. Los medios de comunicación, la policía, los servicios de lucha antiterrorista lo creían en América del Sur, en Australia o en cualquier lugar remoto, cuando en realidad el corso estaba escondido en un corral a solo una treintena de kilómetros del lugar donde se había cometido el crimen por el cual lo perseguían.

¿Era realmente posible que Hirtmann estuviera en Toulouse?

Contando el área urbana, la ciudad tenía un millón de habitantes. En aquella población multiforme se cruzaban una multitud de destinos, de dramas individuales y de pulsiones colectivas. En su dédalo de calles, plazas, carreteras, periféricos, intercambiadores y enlaces, convivían individuos de decenas de nacionalidades distintas... franceses, ingleses, alemanes, españoles, italianos, argelinos, libaneses, turcos, kurdos, chinos, brasileños, afganos, malienses, kenianos, tunecinos, ruandeses, armenios...

¿Dónde era más fácil ocultar un árbol? En un bosque...

Encontró su número en el listín. Aunque no había tomado medidas para no aparecer en él, tampoco había llegado a hacer constar su nombre: M. Bokhanowsky. Dudó un momento antes de marcarlo. Ella respondió al segundo casi enseguida.

—¿Diga?

—Soy Martin —dijo. Titubeó medio segundo—. ¿Podríamos vernos? Querría hacerte unas preguntas... en relación con Hugo.

Marianne permaneció callada un instante.

—Quiero que me digas ahora mismo la verdad. ¿Tú crees que fue él? ¿Crees que mi hijo es culpable?

La voz vibraba, igual de tensa y frágil que el hilo de seda de una telaraña.

—No por teléfono —repuso Servaz—. Aunque si quieres saberlo, cada vez tengo más dudas sobre su culpabilidad. Ya sé lo difícil que es para ti, pero tenemos que hablar. Podría estar en Marsac dentro de hora y media más o menos. ¿Te va bien, o prefieres que lo dejemos para mañana? —Aguardó, adivinando que ella lo estaba sopesando—. ¿Marianne? —dijo, al ver que no respondía.

—Perdona, estaba pensando… En ese caso, ¿por qué no te quedas a cenar? Iré a comprar algo.

—Voy a serte franco, Marianne. No sé si, en mi calidad de investigador…

—No pasa nada, Martin. Tampoco estás obligado a pregonarlo por ahí. Y así podrás hacerme al mismo tiempo las preguntas. Después de un par de copas de vino estoy mucho más locuaz.

La tentativa de aligerar la tensión cayó en saco roto.

—Ya sé —dijo.

Al instante lamentó haberlo admitido. No quería evocar el pasado y menos aún que ella imaginara que tenía otras motivaciones más allá del ámbito profesional, sobre todo en ese momento.

Después de darle las gracias, colgó y miró la dirección escrita en la guía: número 5, Domaine du Lac. No había olvidado la geografía de la localidad. Marianne vivía en la parte oeste de Marsac, el barrio donde estaban construidas las casas más lujosas, en la orilla norte de un pequeño lago. Tenían nombres como Belvedere, la Abundancia o Villa Antígona y estaban en su mayoría rodeadas de vastas extensiones de césped que se prolongaban en suave pendiente hasta un embarcadero junto al que flotaba un balandro o una barca con motor fueraborda. En verano, los hijos de los ricos habitantes del lago aprendían a hacer esquí náutico o vela. Sus padres trabajaban en Toulouse, en puestos importantes del sector de la aeronáutica, la universidad o la electrónica. Casualmente, los otros habitantes de Marsac habían bautizado esa zona como «la pequeña Suiza».

Su móvil empezó a sonar. Se apresuró a sacarlo del bolsillo y a abrirlo. Era su hija Margot.

—¿A qué viene esa pregunta? —dijo—. ¿Por qué necesitas saber eso?

—No tengo tiempo de explicártelo. ¿Fuma o no?

—No. Nunca lo he visto fumar.

—Gracias.

Le quedaban unas horas libres, que podía aprovechar para dormir un poco. Después se dijo que seguramente no lo iba a conseguir. Volvió a pensar en Hirtmann. No podía quitárselo de la cabeza.

15

Orilla norte

*E*ran las ocho y tres minutos cuando llegó al borde del lago, en el punto donde el restaurante-café-concierto Le Zik hundía sus pilotes en las verdes aguas. Servaz rodeó la orilla este en dirección al norte. El lago de Marsac tenía la forma de un hueso o de una galleta para perro de siete kilómetros de largo, dispuesto en sentido este-oeste, y estaba rodeado en gran parte de densos bosques. La única zona urbanizada era la del lado este, aunque «urbanizada» era mucho decir, ya que cada mansión disponía de tres a cinco mil metros cuadrados de terreno a su alrededor.

La dirección correspondía a la última casa de la orilla norte, situada justo antes del bosque y de la parte central, en la que el lago se estrangulaba para después volver a ensancharse un poco más allá. La construcción debía de tener por lo menos cien años, con sus aguilones, sus balcones, sus chimeneas y su viña virgen. Era una casa demasiado grande y difícil de mantener para una madre y su hijo, pensó Servaz. Accedió a la avenida de grava por la puerta abierta entre altos abetos y llegó hasta las escaleras, pero, cuando las hubo subido, oyó que Marianne lo llamaba desde el otro lado y atravesó la sucesión de habitaciones hasta la terraza.

La lluvia seguía barriendo el lago. Los martines pescadores planeaban sobre la erizada superficie antes de abatirse violentamente sobre ella para luego remontar con igual rapidez, con la cena en el pico, formando un arco de agua. A la izquierda, más allá de las otras fincas, se divisaban los tejados de Marsac y su campanario, difuminados por la neblina. Al frente, en la otra orilla, había unos sombríos bosques y lo que la gente de allí llamaba, de manera un tanto pomposa, «la Montaña», un macizo rocoso que culminaba a varias decenas de metros por encima de la superficie del lago.

Marianne estaba poniendo los cubiertos. Se detuvo un instante para mirarla desde la zona de sombra. Llevaba un vestido tipo túnica caqui abotonado por delante con dos bolsillos en el pecho y un fino cinturón trenzado que le confería un aire casi militar. Servaz reparó a su pesar en sus piernas desnudas y bronceadas y en la ausencia de joyas en torno a su cuello. Solamente llevaba un somero toque de pintalabios. Se había desabotonado un botón a causa del calor.

—Qué tiempo —comentó—. Pero no nos vamos a dejar abatir, ¿verdad?

Hablaba sin convicción, con una voz tan hueca como una lata. Cuando lo besó en la mejilla, él aspiró de manera inconsciente su perfume.

—He traído esto.

Ella cogió la botella y, tras observar un instante la etiqueta, la dejó en la mesa. Después volvió a reanudar su labor.

—El sacacorchos está allí —añadió al cabo de un momento, cuando él se había quedado inmóvil, con los brazos colgando.

Luego desapareció en el interior y él se planteó si no había cometido un error al aceptar aquella cena. Sabía que no debería estar allí, que aquel abogado de mirada intensa lo utilizaría si llegaban a declarar culpable a Hugo. Por otra parte, sentía que la investigación acaparaba su pensamiento y que le resultaría difícil hablar de otra cosa. Habría debido interrogar a Marianne de acuerdo con el procedimiento, pero no había podido resistirse a la invitación. Después de tantos años... Se preguntó si Marianne era consciente de lo que hacía al invitarlo. De repente, sin saber por qué, se puso en guardia.

—¿Por qué?

—¿Por qué qué?

—¿Por qué no volviste nunca?

—No sé.

—Ni la más mínima carta, ni el más mínimo e-mail, ni un SMS, ni una llamada… en veinte años.

—Hace veinte años no había SMS.

—Esa no es la respuesta correcta, señor policía.

—Lo siento.

—Tampoco es una respuesta.

—Es que no hay respuesta.

—Por supuesto que la hay.

—No sé… Fue… hace mucho…

—Una mentira piadosa, pero mentira al fin y al cabo.

Siguió una tregua de silencio.

—No me lo preguntes —pidió él.

—¿Por qué no? Yo te escribí varias cartas. Nunca me respondiste.

Lo sondeó con su mirada de cambiantes tonos verdes que brillaban en la sombra de su cara, igual que antaño.

—Fue por lo que pasó con Francis, ¿no?

Él optó por callar.

—Respóndeme.

La miró mudo.

—Era eso, pues… ¡Por Dios santo, Martin! ¿Todos esos años de silencio fueron a causa de lo que pasó con Francis?

—Es posible.

—¿No estás seguro?

—Sí. Estoy seguro. Por Dios, ¿qué más da ahora?

—Quisiste castigarnos.

—No, quise pasar página. Olvidar. Y lo conseguí.

—Ah, ¿sí? ¿Y esa estudiante a la que conociste después de mí? ¿Cómo se llamaba?

—Alexandra. Me casé con ella, y después nos divorciamos.

Era extraño que una vida pudiera resumirse en unas cuantas frases. Extraño y deprimente.

—Y ahora, ¿estás con alguien?

—No.

—Ah, entonces a eso se debe esa pinta de oso descuidado —comentó ella tratando de bromear. Tras un minuto de silencio—: Pareces un solterón, Martin Servaz.

Había efectuado el comentario con aire falsamente distendido, y él le agradeció que se esforzara por relajar la tensión. La penumbra de la noche los aureolaba, sumada a la ínfima distorsión de los sentidos provocada por el vino.

—Tengo miedo, Martin —dijo ella de pronto—. Estoy aterrorizada, muerta de espanto… Háblame de mi hijo. ¿Lo vais a inculpar?

La voz se le había quebrado casi al final. Servaz advirtió su expresión atormentada y el miedo patente en sus ojos. Comprendiendo que aquella era la única cuestión que realmente le importaba desde el principio, marcó una pausa para elegir las palabras.

—En este momento, si presentáramos el caso al juez, habría muchas posibilidades de que así fuera.

—Pero tú me has dicho por teléfono que tenías dudas…

Dijo aquello con el tono de una súplica casi desesperada.

—Escucha. Aún es demasiado pronto. No puedo hablar de eso. Pero necesito ciertos datos. Y tiempo también… Hay un par de cosas… No quiero hacerte concebir falsas esperanzas.

—Te escucho.

—¿Hugo fuma?

—Lo dejó hace varios meses. ¿A qué viene esa pregunta?

—Tú conocías a Claire Diemar —prosiguió, aunque aquella vez no se trataba de una pregunta.

—Éramos amigas. Bueno, amigas pero no íntimas. Conocidas más bien. Ella vivía sola en Marsac y yo también. Éramos esa clase de amigas.

—¿Te hablaba de su vida privada?

—No.

—¿Pero tú sabías cosas?

—Sí, claro. A diferencia de ti, yo no me fui de Marsac. Conozco a todo el mundo y todos me conocen a mí.

—¿Qué clase de cosas?

Vio que ella titubeaba.

—Rumores… sobre su vida privada.

—¿De qué clase?

Marianne vaciló de nuevo. Desde siempre detestaba los cotilleos, pero en ese caso era la libertad de su hijo lo que estaba en juego.

—Decían que Claire coleccionaba a los hombres, que los utilizaba y luego los tiraba como pañuelos usados, que se divertía con ellos y que había roto más de un corazón en Marsac.

La observó, pensando en los mensajes que había en el ordenador. Estos expresaban un amor sincero, violento, absoluto y total, que encajaba mal en ese retrato.

—Pero lo hacía con discreción, en todo caso. Y si quieres nombres, no puedo darte ninguno.

«¿Y tú? —le dieron ganas de preguntar—. ¿En qué andas tú, en ese sentido?».

—¿Te suena de algo el nombre de Thomas?

Ella lo miró fijamente dando una calada al cigarrillo y luego negó con la cabeza.

—No. En absoluto.

—¿Estás segura?

Exhaló el humo.

—Ya te lo he dicho.

—¿Claire Diemar escuchaba música clásica?

—¿Cómo?

Le repitió la pregunta.

—No tengo la menor idea. ¿Es importante?

De repente, a Servaz se le ocurrió otra posibilidad.

—¿Has percibido algo anormal últimamente? ¿Un tipo que merodeara por la casa? ¿Qué te hubiera seguido por la calle? ¿Algo, lo que sea, que te hubiera causado una sensación de malestar?

Le lanzó una mirada cargada de incomprensión.

—¿Estamos hablando de Claire o de mí ahora?

—De ti.

—No. ¿Habría motivos?

—No lo sé... Si hay algo que te llame la atención, ponme al corriente.

Ella lo miró intensamente, pero no hizo más comentarios.

—Y tú —le pidió de improviso él—, háblame de ti, de lo que ha sido tu vida durante todos estos años.

—¿Es todavía el policía el que pregunta?

Bajó la cabeza y la volvió a erguir.

—No.

—¿Qué quieres saber?

—Todo… Estos veinte años, Hugo, tu vida desde…

Advirtió que su mirada se cubría de un tenue velo bajo la declinante luz. Ella se tomó unos minutos para evocar los recuerdos, y para seleccionarlos. Después inició su exposición con unas cuantas frases bien sopesadas. No había nada melodramático en ellas y, sin embargo, el drama estaba allí, profundo y oculto. Se había casado con Mathieu Bokhanowsky, uno de los miembros de su pandilla. Bokha, pensó Servaz con estupor. Bokha el cernícalo, Bokha el palurdo, Bokha el amigo un poco molesto —siempre hay alguno así— que mostraba un ostensible desprecio hacia las chicas y hacia toda forma de efusión romántica. Bokha con una persona como Marianne. Era algo inimaginable en su época. No obstante, contra toda expectativa, Bokha se había revelado como un hombre bueno, tierno y afectuoso.

—Como alguien bueno de verdad, Martin —insistió ella—. No fingía.

También había dado muestras de poseer cierto sentido del humor.

Servaz encendió un cigarrillo mientras ella proseguía. Había sido feliz con Bokha, feliz «de verdad». Con su bondad, su increíble energía y su sencillez, Mathieu se había manifestado como una persona capaz de mover montañas y casi había logrado hacerle olvidar las cicatrices dejadas por el dúo Servaz-Van Acker.

—Os quise. A los dos. Dios sabe que os quise, pero vosotros erais inaccesibles, Martin. Tú con la carga del recuerdo de tu madre, el odio hacia tu padre y esa rabia que todavía conservas en tu interior; y Francis con su ego.

Mathieu era un bálsamo, que no pedía nada a cambio de lo que daba. Estaba simplemente presente cada vez que lo necesitaba.

La escuchó mientras desenrollaba el ovillo de todos aquellos años. Seguro que había multitud de omisiones y retoques embellecedores, aunque ¿no es eso lo que hacemos todos? Por la época en que eran amigos, nadie —ni la misma Marianne— habría apostado un céntimo por el porvenir de

Bokha, y sin embargo había resultado ser un individuo no solo extremadamente dotado para las relaciones humanas, sino provisto de una inteligencia práctica que brillaba por su ausencia en el periodo en que Francis y Martin se pasaban la vida hablando de libros, música, cine y conceptos abstractos. Bokha había estudiado economía, montado una cadena de tiendas de informática y acumulado una pequeña fortuna tan inesperada como rápida.

Mientras tanto nació Hugo. Bokha, el mediocre, el palurdo, el currito de la pandilla, tenía todo lo que un hombre podía desear: dinero, reconocimiento, la mujer más guapa de la ciudad, un hogar y un hijo.

Demasiada felicidad, sin duda... Esa era al menos la opinión de Marianne, y él pensó, sin decirlo, en esa *hybris*, esa desmesura que era considerada un pecado capital en la Grecia antigua. Sobre aquel que lo cometía recaía la culpa de querer más de lo que le correspondía, con lo cual atraía sobre él la cólera de los dioses. Mathieu Bokhanowsky se había matado en un accidente de coche una noche, al volver de la inauguración de la enésima tienda. El incidente suscitó diversos rumores. A decir de algunos, presentaba un índice de alcoholemia exorbitante. Según otros, habían encontrado también restos de cocaína en el coche. También contaban que no iba solo, sino acompañado por su guapa secretaria, quien simplemente había sufrido algunas contusiones.

—Calumnias, mentiras, envidia —precisó Mariane con vehemencia.

Había pegado las rodillas al pecho y los dedos de sus pies se plegaban como garras en torno al borde del sillón. Servaz observó un instante aquellos bonitos pies bronceados, con la gruesa vena que corría en diagonal por el empeine. La lluvia seguía cayendo sobre el lago con desesperante regularidad.

—También corrieron rumores según los cuales Mathieu estaba arruinado. Eran falsos. Había invertido el dinero en seguros de vida y en carteras de valores, pero yo busqué un trabajo para no tener que vender la casa. Decoro interiores para personas que carecen de gusto, diseño páginas web para empresas, colectivos... Eso queda lejos de nuestros sueños de artistas, aunque no tanto como... —Calló, pero él tuvo la certeza de que había estado a punto de decir: «No tanto como lo de ser policía»—. He criado sola a Hugo desde que tenía once años —concluyó aplastando el cigarrillo en el cenicero—. No lo hice mal, me parece. Hugo es inocente, Martin… Si lo inculpas, no solo enviarás a la cárcel a mi hijo, sino a un inocente.

Comprendió el mensaje implícito. Ella jamás se lo perdonaría.

—Eso no depende solo de mí —repuso—. Será el juez quien decida.

—Pero eso depende de lo que le digas tú.

—Volvamos a Claire. En Marsac debe de haber personas que desaprobaban su estilo de vida, ¿no?

—Desde luego. Los cotilleos no faltaban. Yo también fui víctima de los comadreos después de la muerte de Mathieu, cuando me visitaban hombres casados.

—¿Te visitaban hombres casados?

—Sin que hubiera nada de malo en ello. Tengo algunos amigos aquí, Francis te lo habrá dicho quizá. Ellos me ayudaron a superar esto. Eso es nuevo en ti, esos modales de poli…

Aplastó la colilla en un cenicero.

—Deformación profesional —se justificó.

Marianne se levantó.

—Deberías olvidar tu profesión de vez en cuando.

El tono lo fustigó como un latigazo, aunque ella aligeró el ataque posándole una mano en el hombro. Luego encendió la luz de la terraza. El cielo se oscurecía. Servaz oía las ranas. Los insectos se concentraron alrededor de la lámpara mientras en la superficie del lago comenzaban a aparecer franjas de bruma.

Marianne volvió con otra botella. Él se encontraba a gusto, distendido. Se preguntaba, empero, adónde los iba a conducir aquello. Tomó conciencia de que sin querer seguía con la mirada cada uno de sus movimientos, que la manera que ella tenía de ocupar el espacio ejercía sobre él el efecto de un imán. Ella descorchó la botella y volvió a llenarle la copa. Aunque ninguno de los dos sentía ya la necesidad de hablar, ella le lanzaba frecuentes miradas por debajo de su mechón rubio. De repente, comprendió que algo se desplegaba en sus entrañas: la deseaba. Aquel deseo, violento, nada tenía que ver con lo que habían vivido. Era un deseo inspirado por aquella mujer que tenía ante sí, la Marianne actual, con sus cuarenta años.

Era la una y diez de la madrugada cuando regresó a su apartamento. Se tomó una ducha bien caliente para liberarse del cansancio que le agarrotaba los músculos y puso la *Cuarta sinfonía* de Mahler al mínimo volumen en el equipo del comedor. Pensaba en todo lo que había averiguado en veinticuatro horas, tratando de organizar las ideas.

A veces se preguntaba por qué le gustaban tanto esas sinfonías. Probablemente se debía a que eran universos completos en los que se podía perder, porque en ellos encontraba las mismas violencias, gritos, sufrimientos, caos, tormentas y presagios fúnebres que existían afuera, en la calle. Escuchar la obra de Mahler era como seguir un camino que va de la oscuridad a la luz y viceversa, de un gozo ilimitado a las tempestades que sacuden la barca de la existencia humana hasta volcarla. Los mejores directores de orquesta se habían medido con aquel Everest del arte sinfónico. Él coleccionaba las interpretaciones como otros coleccionan los sellos raros o conchas: Bernstein, Fischer-Dieskau, Reiner, Kondrashin, Klemperer, Inbal...

La música no le suponía, con todo, traba para pensar, sino al contrario. Era imprescindible que durmiese, cinco o seis horas, lo justo para recargar las pilas, pero sabía que no se quedaría tranquilo hasta haber clasificado y puesto orden en los hechos e impresiones dispersas de que disponía y definido una línea de indagación para el día siguiente.

Aunque sería domingo, no le quedaba más remedio que reunir a su grupo de investigación, puesto que el plazo de detención en incomunicación de Hugo concluiría al cabo de unas horas. En vista de los elementos del dosier, Servaz sabía que el juez no dudaría ni un segundo en solicitar la detención provisional. Marianne quedaría devastada y el muchacho perdería su inocencia. Bastarían unos días en el trullo para que no volviera a ver el mundo como antes. La urgencia fustigaba la sangre de Servaz, que cogió el bloc y se puso a recapitular los hechos:

1) Hugo descubierto sentado al borde de la piscina de Claire Diemar; esta muerta en su bañera.

2) Sostiene que lo drogaron y que se despertó en el comedor de la víctima.

3) Ninguna huella de la presencia de otra persona.

4) Su amigo David dice que abandonó el pub Dubliners antes del partido Uruguay-Francia: le dio tiempo de sobra para desplazarse a casa de Claire y matarla. También dice que Hugo no se encontraba bien: ¿pretexto o realidad?

5) Se hallaba de manera manifiesta bajo los efectos de la droga cuando lo encontraron los gendarmes. Dos hipótesis: lo drogaron / él mismo se drogó.

6) Las colillas. Alguien espiaba a Claire. ¿Hugo u otra persona? Según Margot y Marianne, Hugo no fuma.

7) La música preferida de Hirtmann en el lector de CD.

8) ¿Quién vació la lista de mensajes de Claire? ¿Por qué se habría tomado la molestia Hugo cuando dejó tal cual su propio teléfono? ¿Quién hizo desaparecer el de la víctima?

9) La frase «"Amigo" es a veces una palabra desprovista de sentido, "enemigo" nunca» ¿se refiere a Hugo? ¿Es importante?

10) ¿Quién es Thomas999?

Después de subrayar los dos últimos interrogantes, Servaz se puso a mordisquear el lápiz, releyendo lo que había escrito. Dentro de poco, el servicio de huellas tecnológicas le aportaría una respuesta a la pregunta n.º 10 y la investigación daría entonces un salto significativo. Repasó despacio los hechos, estableciendo una cronología: Hugo había abandonado el pub poco antes del partido Uruguay-Francia; al cabo de una hora y media más o menos, un vecino lo había visto sentado al borde de la piscina de Claire Diemar y los gendarmes lo habían encontrado poco después aturdido y manifiestamente bajo el influjo del alcohol y la droga mientras la joven profesora yacía en el fondo de su bañera. El chico afirmaba que había perdido el conocimiento y que se había despertado en el comedor de la víctima.

Servaz se recostó para reflexionar. Había una contradicción entre el carácter aparentemente espontáneo y accidental del crimen y la elaboradísima puesta en escena. Volvió a evocar la imagen de Claire Diemar envuelta con cuerdas en la bañera, con una linterna en la garganta, y de repente tuvo el convencimiento de que quien la había matado no era un novato. Aquella manera de actuar apuntaba a un asesino experimentado. También era un síntoma de una personalidad altamente perturbada. Aquello era como una especie de rito y la presencia de un rito indicaba casi siempre un sistema psicológico que comportaba la amenaza de una serie... ¿La serie acababa de empezar o se había iniciado ya?, se preguntó. Ya había tenido la misma idea al descubrir el cadáver, pero la había descartado porque los asesinos en serie son raros, salvo en las películas y las novelas, y porque ningún policía de la criminal piensa espontáneamente en ellos. La mayoría nunca había conocido ninguno. ¿Hirtmann? No, era imposible. No obstante, la cuestión número 7 lo inquietaba sobremanera. Le costaba mucho creer que el suizo pudiera tener algo que ver con ese asunto; era demasiado rocambolesco... y aquello habría significado que Hirtmann conocía muy bien su vida y su pasado. Se acordó, con todo, de lo que le había comentado su interlocutor de París esa misma mañana y del episodio del motorista de la autopista... Aquello también era difícil de creer. ¿No sería que, a fuerza de tanto perseguir fantasmas, los miembros de la célula encargada de dar con el paradero del suizo habían acabado por confundir sus deseos con la realidad?

Se fue detrás de la barra de la cocina americana, cogió una cerveza de la nevera y corrió la puerta vidriera del balcón.

Desde la barandilla, escrutó la calle, como si el suizo hubiera podido encontrarse por allí, bajo la lluvia, espiando hasta sus más ínfimos movimientos y gestos. Un escalofrío le recorrió la columna. La calle estaba desierta, pero él sabía que las ciudades nunca duermen por completo, ni siquiera por la noche. Como si quisiera darle la razón, un coche de policía pasó por debajo de su casa, paralelo a las hileras de coches aparcados a unos centímetros unos de otros, antes de desaparecer mientras el ruido de la sirena se fundía poco a poco con el permanente zumbido de la ciudad en su fase «quietud».

De regreso al interior, encendió el ordenador para consultar su correo, tal como hacía todas las noches antes de acostarse. Unos anuncios le proponían viajes por tren a bajo coste por toda Europa, hoteles en la costa a precios imbatibles, casas en alquiler en España, encuentros para solteros… De repente, su mirada se detuvo en un e-mail titulado «Saludos».

Servaz sintió que la sangre se le helaba en las venas. El remitente era un tal Theodor Adorno.

Desplazó el ratón para abrirlo.

De: theodor.adorno@hotmail.com
Para: martin.servaz@infomail.fr

Fecha: 12 de junio
Asunto: *Saludos*

¿Se acuerda del primer movimiento de la *Cuarta*, comandante? *Bedächtig… Nicht eilen… Recht gemächlich…* ¿El fragmento que sonaba cuando usted entró en mi «habitación» aquel célebre día de diciembre? Hace tiempo que pensaba escribirle. ¿Le extraña? Seguro que me creerá si le digo que he estado muy ocupado últimamente. La libertad, igual que la salud, solo se aprecia en todo su valor cuando se ha estado privado de ella.

Pero no voy a importunarle más, Martin. (¿Me permite que lo llame Martin?). A mí mismo me horrorizan los importunos. Pronto le daré noticias mías. Aunque dudo que sean de su agrado, estoy seguro de que suscitarán su interés.

Afectuosamente, J. H.

16
Noche

*L*a luna se hizo visible un momento y después volvió a desaparecer, engullida por las nubes. El repiqueteo de la lluvia entraba por la ventana abierta, la humedad se le adhería a la piel como un trapo mojado y las gotas chocaban contra el suelo a sus pies, pero Margot seguía inmóvil allí delante, aspirando el humo del tabaco. El calor era asfixiante en su pequeña buhardilla.

Estaba prohibido fumar, pero le daba igual. La blusa se le pegaba a la piel, el sudor le resbalaba entre los omoplatos y bajo las axilas. Miró el reloj: las doce y diez. Su compañera de cuarto dormía a pierna suelta, y además roncaba, como de costumbre.

Margot se preguntó quién hacía más ruido, la lluvia de verano o ella. Le caía bien aquella chica un poco rechoncha y tímida, pero sus ronquidos nocturnos la exasperaban. Por suerte, el iPod vertía en sus oídos *Welcome to the Black Parade*, de My Chemical Romance. La migraña le taladraba las sienes. Un cuarto de hora antes, todavía estaban concentradas en su disertación de filosofía.

Inclinada hacia fuera, tendió la vista hacia la vieja torre circular recubierta de hiedra y coronada por un puntiagudo techo, situada en la esquina de los dos edificios, exponiendo la cara y los hombros al aguacero. Había luz en el despacho del director, en lo alto de la torre, como sucedía a menudo a aquella hora. Margot sonrió. El Gordo Asqueroso debía de estar bajando vídeos porno mientras su parienta sobaba, pensó con hilaridad.

Lo había sorprendido más de una vez mirando con disimulo las piernas de las chicas y estaba segura de que tenía la cabeza repleta de imágenes guarras.

De pronto, alertada por un centelleo en el límite de su campo de visión, desplazó la mirada hacia el parque. La luz volvió a brotar, una vez, dos veces… Después, no la vio más.

«Joder, Elias —pensó—. ¡Estás realmente chalado!».

Arrojó por la ventana la colilla, que dibujó una parábola incandescente en la noche. Después cerró la ventana y también el ordenador portátil, cuya pantalla brillaba encima de la cama. Luego se puso un pantalón corto, se abrochó la gruesa hebilla plateada del cinturón con tachuelas y se puso unas zapatillas de color fluorescente.

En la pared, encima de su cama, tres pósteres de películas de terror representaban: 1) el personaje principal de *Noche de brujas*; 2) Pinhead, el cenobita de cabeza erizada de agujas de *Hellraiser. Los que traen el infierno*; 3) Freddy Krueger, el coco de rostro quemado que habitaba las pesadillas de los adolescentes de Elm Street. Le encantaban las películas de terror. También tenía debilidad por la música *heavy metal* y las novelas de Anne Rice, de Poppy Z. Brite y de Clive Barker. Sabía que tanto sus lecturas como sus gustos musicales y cinematográficos desentonaban en Marsac y que no cabía la más mínima posibilidad de que ninguno de aquellos autores constara en el programa de literatura moderna. La propia Lucie, que por lo demás hacía muchos esfuerzos por complacer a su compañera de habitación, había protestado un poco cuando eligió aquellos pósteres que tenía delante de la vista antes de dormirse cada noche. También había manifestado su contrariedad con la costumbre que tenía Margot de fumar allí, incluso con la ventana abierta.

Se inclinó sobre el pequeño lavabo para lavarse la cara con agua fría y refrescarse los brazos.

Después se miró en el espejo. Los dos *piercings* de color rubí, uno en el arco de las cejas y el otro bajo el labio inferior, brillaban como dos diminutos astros rojos bajo la luz del fluorescente. Morena y delgada, de piernas musculosas, con media melena, no se parecía nada a las otras chicas de Marsac y se enorgullecía de ello.

La puerta del armario chirrió un poco cuando la abrió para coger el impermeable y Lucie protestó débilmente en sueños.

El pasillo estaba oscuro y solitario. Al fondo, había un resquicio de luz proveniente de las puertas de los alumnos de *prépa* de ciencias. En algunas habitaciones permanecería encendida hasta las tres de la mañana. En el pasillo no había sin embargo ni un amago de movimiento. Lo recorrió hasta la escalera sintiendo en los hombros hasta el peso del alma de aquel edificio que tenía casi tres siglos de existencia.

Tras bajar las escaleras, acogió la tormenta del exterior con un gozo infantil. La tibia lluvia crepitaba sobre la capucha del impermeable mientras bordeaba la pared de los antiguos establos. Después siguió a través de la empapada hierba hasta llegar al primer seto, yendo de sombra en sombra, eligiendo un itinerario que la volvía invisible. Se detuvo entre el seto, el tronco de un cerezo y una gran estatua encumbrada en un pedestal. Levantó la cabeza. Inclinada sobre ella, la estatua la miraba con ojos inexpresivos.

—Hola —le dijo Margot—. Un tiempo horrible incluso para ti, ¿no?

Las amplias hojas del cerezo vertían su carga de gotas sobre ella. Volvió a ponerse en marcha bordeando el seto. La entrada del laberinto se encontraba un poco más allá. La dirección del instituto se había planteado cerrarlo e incluso arrasarlo, porque adentro se habían dado varios casos de novatadas y también de «comportamientos inadecuados» entre alumnos de ambos sexos, pero al estar catalogado como monumento histórico, al igual que el edificio principal, no había nada que hacer. La única medida adoptada había sido la colocación de un letrero que decía: PRIVADO. PROHIBIDA LA ENTRADA A LOS ALUMNOS. La advertencia solo tenía efectos disuasorios para los más obedientes, desde luego. Margot, que no se contaba entre ellos, se encorvó para pasar por debajo de la cadena.

A aquella hora, bajo la lluvia, el laberinto no era un sitio muy halagüeño, se dijo con un escalofrío, maldiciendo a Elias.

—¿Dónde estás? —gritó para hacerse oír entre el ruido de la tormenta.

—¡Aquí!

La voz había brotado justo delante de ella, pero al otro lado del elevado seto que le cerraba el paso. La primera avenida del laberinto se desplegaba hasta sus dos esquinas, tanto a derecha como a izquierda.

—Bueno, o me dices por dónde tengo que pasar o me voy.

—A la izquierda —respondió él.

Se puso en marcha y sonó una carcajada.

—No, a la derecha.

—¡Elias!

—A la derecha, a la derecha…

Dio media vuelta. La tela del impermeable crujía con cada uno de sus movimientos. Tenía la impresión de estar metida en una burbuja. Se desvió al final de la avenida. Dos metros más allá, había una nueva bifurcación en ángulo recto a la izquierda y, justo después, otra más a la derecha… A continuación, venía un cruce que ofrecía tres posibilidades: seguir recto, a la derecha o a la izquierda.

—¿Por dónde?

—¡A la izquierda!

Obedeció la indicación y después de doblar dos esquinas más, lo vio por fin, sentado en un banco de piedra roído por el musgo, con las interminables piernas extendidas ante sí. Elias no llevaba capucha y tenía el moreno cabello pegado al cráneo y casi la totalidad de la cara cubierta por un largo y chorreante mechón.

—Elias, ¿sabías que estás loco de remate?

—Ya sé.

—¡Joder, cualquiera que nos viera pensaría que estamos majaras!

—Tranquila, que no vendrá nadie.

—¡Sí, eso seguro!

Elias y Margot estaban en la misma clase. Al principio ella apenas había prestado atención a ese chico desgarbado que parecía arrastrar como un estorbo su cuerpo y que se escondía detrás de su mechón de cabello como si fuera una cortina. Durante los recreos, pasaba casi todo el tiempo apartado de los demás, fumando y leyendo, sentado en un rincón del patio. No dirigía la palabra a nadie salvo cuando no tenía más remedio y su misantropía había suscitado enseguida abundantes miradas de reojo, comentarios hirientes y pullas. «Asocial», «chiflado», «pirado» eran los calificativos que se le atribuían con más frecuencia. Las chicas también lo tildaban de «núbil» y «virginal». De todas maneras, a Elias no parecía importarle lo más mínimo lo que pensaran de él. Aquello era probablemente lo que había acabado intrigando a Margot y lo que la había impulsado a acercarse a aquel grandullón. Había notado las miradas que se concentraban en ellos cuando emprendió las primeras maniobras de aproximación en el patio, pero, al igual que a Elias, le tenía sin cuidado lo que los otros pensaran y, a diferencia de él, había sabido crearse una sólida red de amistades en el instituto.

—Ten cuidado —le había advertido él de entrada—. Podría contagiarte mi enfermedad si te acercas demasiado.

—¿Qué enfermedad?

—La soledad.

—No me impresiona tu fachada de misántropo.

—¿Entonces a qué has venido?

—Intento captar.

—¿El qué?

—Si eres un genio, un estúpido o solo un tipo que se da aires.

—Pues te has colado, guapa. No me hagas perder el tiempo con tus clases de psicología barata.

Así había comenzado su relación. Aunque no sentía ninguna atracción física por Elias, le gustaba la manera que tenía de asumir sin complejos su diferencia.

Margot levantó la cabeza. La luna asomó un instante en el cielo, entre una rendija de nubes, para esfumarse enseguida. Elias le ofreció su paquete de cigarrillos y ella cogió uno.

—¿Estás enterado de lo de Hugo?

—Claro. Todo el mundo habla de eso.

—Entonces sabes que lo encontraron colocado a más no poder al borde de la piscina de la señorita Diemar —dijo él.

—¿Y?

—He oído decir que es tu padre el que lleva la investigación…

Paró de toquetear el mechero, que se resistía a encenderse.

—¿Quién te ha dicho eso? Creía que no hablabas con nadie aparte de mí.

—Unas chicas hablaban del tema esta mañana a mi lado. Las noticias corren rápido aquí. No hay más que alargar las antenas —agregó, abriendo las manos en torno a la cabeza.

—Bueno. ¿Adónde quieres ir a parar?

—Yo estaba en el Dubliners anoche, antes de que pasara aquello… Hugo y David estaban también.

—¿Y qué? He oído decir que el pub estaba hasta los topes, por el partido de Uruguay contra Francia…

—Hugo se fue del pub antes de que empezara el partido, más o menos una hora antes de que mataran a la señorita Diemar.

—Sí, todo el mundo sabe eso. Es otro rumor que circula.

—No es un rumor. Yo estaba allí. Nadie se fijó en él entonces porque todos estaban pendientes del dichoso partido. Todos menos yo.

Margot esbozó una sonrisa pensando en su padre.

—A ti no te interesa para nada el deporte, ¿verdad, Elias? ¿Y entonces qué hacías mientras tanto? ¿Hacías de *voyeur*? ¿Leías *Los hermanos Karamazov*, o qué?

—¿Y si nos concentráramos en las cosas importantes? —la cortó él.

Estuvo a punto de soltarle alguna insolencia, pero se contuvo.

—¿Y qué es lo importante?

—Que David también se fue del pub…

Margot aguzó aún más el oído. Las nubes volvieron a abrirse sobre un fondo de luna, como una cremallera encima de un pecho blanco, para volver a cerrarse a los pocos segundos.

—¿Cómo?

—Exacto. Unos segundos después.

—Quieres decir que…

—Que David tampoco se quedó al partido. Nadie se dio cuenta porque todos estaban embobados con esa idiotez del fútbol…, a excepción de Sarah quizá.

—¿Sarah estaba con ellos?

—Sí, en la misma mesa. Es la única de los tres que se quedó. Después, David volvió a la mesa, pero no Hugo, como ya sabes.

Margot estaba ya en vilo, con todos los sentidos alerta.

—¿Cuánto tiempo?

—No sé. No lo conté. Como supondrás, no me imaginaba lo que estaba ocurriendo. Solo me fijé en que David volvió a la mesa en un momento dado, y ya está.

Sarah estaba en la misma clase que David y Hugo. Era sin duda la chica más guapa del instituto. Le gustaba llevar sombreros ladeados sobre su cabello rubio, que llevaba cortado un poco a lo chico. Ella, David, Hugo y otra chica llamada Virginie —una morena bajita, con gafas, de mucho carácter— eran casi inseparables.

—¿Por qué me cuentas todo eso? ¿Para que le sugiera a mi padre que interrogue a Sarah?

—¿No te apetece saber más? —contestó él, sonriendo.

—¿A qué te refieres?

—De tal palo, tal astilla, ¿no es así? Lo que quiero decir es que nosotros estamos en una posición ideal para realizar una pequeña investigación en el interior del instituto.

—No hablarás en serio.

Elías se levantó. Le sacaba más de un palmo.

—Por supuesto que sí.

—¡Coño, Elías!

—La situación es la siguiente: tenemos a Hugo acusado de asesinato, que ha sido hallado en el lugar del crimen; tenemos a David que sale unos segundos después de él; tenemos a Sarah que lo vio todo, pero que calla; y tenemos a los cuatro mejores alumnos de segundo curso (o lo que es lo mismo, los cuatro jóvenes cerebros más brillantes en varias decenas de kilómetros a la redonda), que forman un cuarteto inseparable. Tienes que reconocer que, así mirado, el asunto se vuelve interesante, ¿no? Bueno, el caso es que entre todo esto hay un problema por resolver.

—¿Y tú quieres que nosotros nos pongamos a indagarlo? ¿Por qué?

—Piensa un poco. Aparte de esos cuatro: ¿quiénes son los alumnos más brillantes de este instituto?

Margot sacudió la cabeza con incredulidad.

—Y suponiendo que yo estuviera de acuerdo, ¿qué haríamos?

—Si uno de ellos tiene algo que ver con lo que pasó, va a desconfiar de tu padre, de la pasma, de los profes… de todo el mundo menos de los otros alumnos —respondió Elias con una sonrisa de oreja a oreja—. En eso radica nuestra fuerza. Nos turnaremos para vigilarlos y ya veremos qué pasa. El responsable se delatará por fuerza en un momento u otro.

—No me había dado cuenta de tu grado extremo de chaladura.

—A ver, piensa, Margot. ¿No te parece extraño que un tipo como Hugo se haya dejado coger tan fácilmente?

—Y en primer lugar, ¿para qué iba a ayudarte yo?

—Porque sé que a ti te gusta —respondió en voz baja, mirándose los pies—. Y porque ningún inocente merece dormir en la cárcel —añadió con una gravedad inhabitual en él.

Había dado en el clavo… Margot observó con inquietud el laberinto que los rodeaba. Un relámpago rasgó la noche por encima de los sombríos setos. Un pensamiento surgió en su cerebro, igual de pálido y cegador que un rayo.

—¿Eres consciente de lo que eso implica? —planteó con la voz alterada.

Él la miró con aire interrogativo.

—Si no fue Hugo, entonces es que hay algún enfermo suelto.

DOMINGO

17

Ubik Café

—Cafeína —dijo Servaz.

—Cafeína —dijo Pujol.

—Cafeína —dijo Espérandieu.

—Pues yo tomaré... un té —anunció Samira Cheung antes de salir de la sala de reuniones para servirse en la máquina de bebidas calientes situada cerca de los ascensores, mientras Vincent se levantaba para poner en marcha la cafetera.

Eran las nueve de la mañana del domingo 13 de junio. Servaz observó discretamente a sus ayudantes. Aquella mañana Espérandieu llevaba una camiseta bastante ceñida, que realzaba con moderación sus pectorales y deltoides, y un vaquero lleno de bolsillos con remiendos. A Servaz le había costado acostumbrarse a los atuendos de su ayudante al principio (aún no estaba seguro de haberlo hecho). Luego había llegado Samira Cheung y la vestimenta de Vincent le había parecido de repente casi... razonable. Ese día, no obstante, se había moderado bastante: se había puesto un chaleco de lentejuelas encima de una camiseta que pregonaba DO NOT DISTURB, I'M PLAYING VIDEOGAMES, una minifalda de tela vaquera con un cinturón de hebilla grande y un par de botas camperas marrones. A Servaz, de todas maneras, le interesaba menos el aspecto de sus investigadores que lo que tenían en la cabeza y, desde la llegada de Vincent y Samira, su grupo presentaba el mejor promedio de elucidación de casos de la brigada de investigación, en un momento en que, detrás de la fachada oficial que se vanagloriaba de su calidad de vida, su patrimonio y su dinamismo, la Ciudad Rosa presentaba unos índices de delincuencia superiores a la media.

Servaz solía decir que bastaba con soltar una viejecilla con un bolso por sus calles a medianoche para ver llegar a la mitad de las motos de la ciudad para quitárselo, y que hasta era probable que los ladrones se mataran entre sí para hacerse con él. Tampoco había que esperar a que se hiciera de noche, además. Toulouse era una ciudad por cuyas venas circulaba, con un continuo flujo, el veneno de la delincuencia. La policía debía afrontar un torbellino de delitos, agresiones, robos y tráficos que no cesaba de aumentar. Como en otros sectores económicos, el credo de la delincuencia era el crecimiento y la satisfacción de los accionistas. Las curvas estadísticas no solo tenían tanta importancia para los truhanes como para los ediles, sino que, dado el contexto de crisis, las suyas eran mejores que las de la competencia del sector legal.

Para atajar aquella delincuencia, el ayuntamiento había tenido una brillante idea que por sí sola proclamaba su ceguera en materia de criminalidad: había creado una Oficina de la Tranquilidad. ¿Y por qué no una oficina de la libertad sexual para luchar contra las violaciones, ya puestos? ¿O una oficina de la vida sana para combatir el tráfico de droga? La podrían haber abierto no lejos de allí, en una plaza en la que los policías y aduaneros efectuaban redadas periódicas que solo servían para dispersar a los traficantes y revendedores de tabaco de contrabando durante unas cuantas horas. Después volvían, exactamente al mismo lugar... como hormigas que han huido un momento a consecuencia de un puntapié.

«La ley natural —pensó Servaz levantándose—. La supervivencia del más fuerte. Adaptación. Darwinismo social». Se alejó por el pasillo. En los baños de hombres, se acercó a la hilera de lavabos. Ojeras, párpados enrojecidos, cara de muerto: el espejo le devolvía la imagen de una máscara de sudor y cansancio. Se mojó la cara con agua fría. Después del e-mail había dormido muy poco y toda la cafeína que corría ya por sus venas le producía náuseas. Había parado de llover. El sol entraba por los tragaluces encima de los urinarios provocando un baile de polvo en suspensión. Detectando el olor a producto de limpieza industrial que flotaba en el recalentado aire, Servaz se preguntó si también pasaban a limpiar el domingo. El vasto espacio vacío que quedaba tras de sí le causaba malestar. Era un síntoma de miedo. Reconocía muy bien su caricia eléctrica en la nuca.

Al volver a la sala, comprobó que Samira y Vincent ya habían abierto los ordenadores portátiles, la primera con los cascos colgados del cuello. Servaz efectuó furtivas cábalas sobre la edad a partir de la cual empezaría a tener problemas auditivos cuando advirtió que hasta Pujol había adquirido un smartphone y suspiró mientras sacaba su bloc y su lápiz bien afilado.

A sus cuarenta y nueve años, Pujol era el veterano del grupo. Era un policía de la vieja escuela, un tipo duro, partidario de los métodos «contundentes». Era un individuo forzudo de físico imponente, con una espesa mata de pelo entrecano en la que hurgaba cuando discurría, cosa que no hacía lo bastante a menudo a juicio de Servaz. Su experiencia hacía de él un buen elemento, pero determinados aspectos de su personalidad no eran del agrado de Martin, como sus bromas racistas, su comportamiento rayano en lo ofensivo con los elementos femeninos recién salidos de la escuela de policía y su machismo y su homofobia soterrados. Ambas tendencias habían salido claramente a la luz con la llegada de Espérandieu y de Samira Cheung a la brigada. Junto con otros policías, Pujol había multiplicado las vejaciones y humillaciones contra los dos nuevos, hasta el día en que Servaz decidió ponerle freno. En aquella ocasión tuvo que recurrir a métodos que no eran de su agrado y se atrajo más de una enemistad, pero se ganó a cambio el eterno reconocimiento de sus dos jóvenes ayudantes.

El café se acabó de filtrar y Espérandieu se ocupó de servirlo. Los otros dos estaban absortos en la lectura de los e-mails.

—¿Le dice algo Theodor Adorno, jefe? —preguntó Samira.

—Theodor Adorno es un filósofo y musicólogo alemán, gran conocedor de la obra de Mahler —confirmó.

—El compositor preferido de Julian Hirtmann, pero también el tuyo —señaló Espérandieu.

—Son millones las personas que aprecian la música de Mahler —replicó a la defensiva.

—¿Cómo sabemos que no se trata de una broma? —planteó Samira con la taza en la mano—. Hemos recibido decenas de llamadas ficticias desde la fuga de Hirtmann y a la policía judicial han llegado un montón de e-mails igual de fantasiosos.

—Este llegó a su ordenador personal —precisó Espérandieu.

—¿A qué hora?

—Hacia las seis de la tarde —repuso Servaz.

—La hora de envío consta ahí —indicó Espérandieu, señalando con una mano la parte superior de la hoja mientras sostenía el café con la otra.

—¿Y eso qué demuestra? ¿Hirtmann tenía esta dirección? ¿Usted se la había dado, jefe? —preguntó Samira.

—Por supuesto que no.

—Entonces eso no demuestra nada.

—¿Han rastreado el origen? —preguntó Pujol, recostándose en la silla para estirarse y hacer chascar los dedos.

—La célula informática está en ello —informó Espérandieu.

—¿Cuánto van a tardar? —quiso saber Servaz.

—No sé. En primer lugar, es domingo… y han hecho venir expresamente a un técnico. En segundo, ha refunfuñado un poco y ha hecho notar que ya le habían dado trabajo con el disco duro de Claire Diemar. Ha querido que le precisaran cuál era la prioridad. En tercer lugar, ellos tienen una prioridad distinta, que pasa por encima del resto de obligaciones. La gendarmería y la seguridad pública están trabajando sobre una red de pedófilos cuyos miembros intercambian fotos y vídeos no solo en la región, sino también en el resto de Francia y de Europa. Eso supone que hay que verificar cientos de direcciones electrónicas.

—Y yo que creía que un asesino en serie a punto de reincidir también era una prioridad…

El comentario produjo un perceptible descenso de la temperatura en la habitación. Samira tomó un sorbo de té y, a juzgar por su expresión, lo encontró amargo.

—Sí lo es —dijo en voz baja—. Pero eso de los niños, desde luego, jefe...

Servaz notó que se ruborizaba.

—Vale, vale —contestó.

—Si se trata de Hirtmann —puntualizó Pujol.

—¿Qué quieres decir? —replicó.

—Estoy de acuerdo con Samira —declaró Pujol, para estupefacción de todos—. Ese e-mail no demuestra absolutamente nada. Seguro que hay por ahí muchas personas capaces de conseguir tu dirección electrónica. Todo el mundo sabe que eso de la confidencialidad en Internet es una farsa. Mi chaval tiene trece años y sabe diez veces más que yo sobre el asunto, hostia. Por lo que dicen, entre los *hackers* y los genios de la informática hay bastantes bromistas.

—¿Cuántas personas sabían qué pieza de música sonaba en la celda de Hirtmann el día en que yo entré con los demás, según vosotros?

—¿Estás completamente seguro de que ningún periodista se enteró de eso? ¿Que esa información no apareció en ninguna parte? En ese momento hurgaron mucho. La prensa habló con todos los protagonistas de ese suceso. Quizás alguno habló más de la cuenta. ¿Seguro que has leído todo lo que publicaron sobre el tema?

«Por supuesto que no», pensó con enojo. Se habían publicado montones de artículos. Además, había hecho todo lo posible para no leerlos, y Pujol lo sabía.

—Pujol tiene razón —apoyó Samira—. Seguro que es un gilipollas con un poco más de luces que los otros. Hirtmann nunca ha dado señales de vida desde su fuga. ¿Por qué lo haría ahora?

—Una buena pregunta. Y yo tengo otra: ¿qué ha estado haciendo mientras tanto?

Era Espérandieu el que había planteado aquel nuevo interrogante que los dejó fríos.

—¿Qué hace, en vuestra opinión, alguien como él una vez que ha recobrado la libertad? —dijo Servaz.

—De acuerdo, ¿cuántos creen que es él?

Servaz levantó la mano para dar ejemplo y vio que Espérandieu dudaba, pero que al final mantenía la suya bajada.

—¿Y cuántos piensan lo contrario?

Pujol y Samira, un poco incómoda, levantaron la mano.

—Yo no tengo una opinión —respondió Espérandieu, en reacción a las miradas de interrogación de los demás.

Servaz sintió que lo invadía la ira. Creían que era paranoico. ¿Y si así fuera? Bobadas. Los miró uno a uno y puso la mano en alto para reclamar silencio.

—En el equipo de música de Claire Diemar había un CD, un CD de Mahler —explicó—. Esta información, sobra decirlo, no debe salir de aquí y aún menos filtrarse a la prensa. —Vio que los tres lo observaban, sorprendidos—. Y he llamado a la célula de París.

Una vez que les hubo detallado la conversación, quedaron en silencio.

—Es posible que el CD sea una coincidencia —opinó, sin dar el brazo a torcer, Samira—. Y esa historia del motorista filmado en la autopista huele a falsa. Esos tipos de París tienen que justificar de algún modo la existencia de su unidad. Ocurre lo mismo que con los cazadores de ovnis. Si el día de mañana se demuestra que se trata tan solo de sondas meteorológicas, de drones y de prototipos militares, su existencia ya no tendrá razón de ser.

A Servaz le dieron ganas de estallar. Eran como esos investigadores que analizan los resultados de sus experimentos según lo que quieren descubrir. Como no les apetecía ver a Hirtmann mezclado en la investigación, no querían ni siquiera oír hablar del asunto. Se habían persuadido de antemano de que toda información relacionada con él tenía que ser fantasiosa o poco digna de crédito. En su descargo, había que reconocer que se habían visto inundados de mensajes y llamadas de personas que aseguraban haberlo visto aquí o allá, y que todos habían resultado falsos o imposibles de verificar. Parecía como si el suizo hubiera desaparecido de la faz de la tierra. Algunos habían planteado incluso la tesis de su suicidio, pero Servaz no creía en ella. Si hubiera querido, habría podido acabar fácilmente con su vida en el Instituto

Wargnier. En su opinión, Hirtmann solo aspiraba a dos cosas: recobrar la libertad... y reanudar sus actividades.

—De todas maneras, voy a llamar a París y les transmitiré el e-mail —declaró.

Iba a añadir algo cuando una voz se elevó en la habitación de al lado.

—¡Ya está! ¡Ya lo tenemos!

Servaz levantó la nariz del bloc. Todos habían reconocido la voz de uno de los informáticos. Un joven alto y delgado, que parecía un cruce entre Bill Gates y Steve Jobs con sus gafas, su largo cuello y sus vaqueros, efectuó una triunfal entrada en la sala con un papel en la mano.

—¡Hay novedades! —anunció, agitándolo—. He localizado el origen del e-mail.

Servaz miró discretamente en torno a sí. Todos estaban pendientes del recién llegado, presas de un nerviosismo y excitación palpables.

—¿Sí?

—Lo enviaron desde aquí. Desde un cibercafé de Toulouse...

Servaz advirtió que la fachada del Ubik Café, de la calle Saint-Rome, estaba flanqueada por una sandwichería y una tienda de ropa femenina. Se acordó de que, cuando él era estudiante, había una librería allí, una cueva de Alí Babá donde se respiraba el olor a papel y a tinta, a polvo y al inagotable misterio de la palabra escrita. El único vestigio de ese tiempo eran las dos arcadas en las que se inscribía el escaparate del cibercafé y la fachada de ladrillo rosa. Servaz se fijó en los horarios del local: el local cerraba los lunes pero estaba abierto los domingos por la mañana.

El interior estaba dividido en dos por una invisible frontera. A la izquierda había un espacio de bar, con un mostrador y varias mesas, y a la derecha, un espacio multimedia, que recordaba una peluquería con su hilera de salones. Frente a las pantallas, dos clientes hablaban por los micros de unos cascos. Servaz los observó como si Julian Hirtmann pudiera encontrarse entre ellos. La mujer de detrás del mostrador

—«Fanny», según la etiqueta que tenía prendida en el pecho— lucía una somera sonrisa y un buen escote. Espérandieu le enseñó su tarjeta y le preguntó si se encontraba allí el día anterior en torno a las seis de la tarde. Ella se volvió entonces hacia el fondo de la sala y llamó a un tal Patrick, que se puso a rezongar y se tomó su tiempo para acudir. Era un corpulento individuo de unos treinta y pico años, vestido con camisa blanca arremangada y pantalones negros. Al ver la recelosa mirada que les dedicó a través de las gafas, Servaz lo catalogó en la categoría de «poco cooperativo». Patrick tenía unos ojillos claros y fríos y una expresión de terquedad.

—¿De qué se trata? —preguntó.

Espérandieu se acercó, enseñando de nuevo su tarjeta. Servaz prefirió mantenerse en un segundo plano. Su ayudante era un *geek*, una persona muy familiarizada con el universo cibernético, mientras que a él aquella avasalladora moda de los teléfonos móviles, las redes sociales y las tabletas le causaba alergia. Espérandieu, además, no tenía pinta de policía.

—¿Es usted el dueño?

—Soy el gerente —rectificó prudentemente el gordo individuo.

—Ayer por la tarde, hacia las seis, se envió cierto e-mail desde aquí. Querríamos saber si se acuerda de la persona que lo mandó.

El gerente enarcó las cejas por encima de las gafas, dirigiéndoles una mirada que significaba: «¿Y tú que crees, hombre?».

—Todas las tardes pasan por aquí unas cincuenta personas. ¿Cree que yo estoy detrás de ellas mirando lo que hacen?

Espérandieu y Servaz llevaban la foto del suizo, pero habían decidido no mostrarla porque si el hombre reconocía al asesino en serie que había salido varias veces en la portada de los periódicos, era probable que se lo contara a todo el mundo y la noticia de que estaba en Toulouse y se entretenía enviando e-mails a la policía saldría en la prensa en menos tiempo del que tarda Usain Bolt en recorrer una pista de cien metros.

—Un tipo muy alto y delgado —describió Espérandieu—. De unos cuarenta y tantos años… Quizá llevaba peluca. Quizá le llamara la atención por algún tipo de comportamiento algo… raro. Una persona que hablaba tal vez con un ligero acento extranjero.

El gerente desplazaba la vista de uno a otro en un constante vaivén, como un espectador de Roland-Garros, con cara de considerarlos unos estúpidos totales.

—¿Un tipo con peluca y acento extranjero? ¿Es una broma? Eso son muchos «quizá», ¿no les parece? No me dice nada, no.

Luego pareció acordarse de algo.

—Un momento…

Advirtió sus miradas y calló de repente. Los ojillos de color azul claro descolorido brillaron detrás de las gafas y Servaz comprendió que el hombre se deleitaba agudizando su interés y su impaciencia.

—Sí, vino alguien, ahora que lo dicen…

Sonrió, fingiendo rememorar, y aguardó su reacción. Servaz notó cómo crecía su exasperación.

—Tienen un bonito bar —comentó Espérandieu como si no le interesara seguir con el asunto—. ¿La red local que usan es wifi?

El hombre pareció desconcertado por aquel repentino desinterés, pero halagado por los elogios dirigidos al local.

—Eh… no, he mantenido la conexión por cable… Con treinta ordenadores, hasta el mejor router wifi se satura pronto, por los juegos en red sobre todo.

Espérandieu asintió con ademán aprobador.

—Mmm… Sí, claro. ¿Así que vino alguien?

Esa vez, el gerente sintió la necesidad de reavivar un poco su entusiasmo.

—Sí, pero no el tipo que me ha descrito. Una mujer…

Los dos policías manifestaron un interés casi nulo.

—¿Y qué relación tiene con el hombre que buscamos?

El gerente volvió a sonreír.

—Ella me dijo que ustedes vendrían… Me dijo que unos tipos vendrían a verme para hacerme preguntas sobre un e-mail que ella había enviado, pero no me dijo que serían de la policía.

Bingo. Servaz y Espérandieu concentraban de nuevo toda su atención en él, expectantes.

—Y eso no es todo…

«Será imbécil…», pensó Servaz. Como aquello durara un minuto más, lo iba a agarrar por el cuello y le iba a hacer tragar algo.

—Dejó esto…

Lo miraron mientras se desplazaba a la parte posterior del mostrador y abría un cajón para coger algo.

Un sobre.

Servaz sintió un escalofrío en la columna.

Patrick tendió el sobre de papel de estraza a Espérandieu, que se había puesto ya unos guantes.

—¿Quién lo ha tocado aparte de usted?

—Nadie.

—¿Está seguro?

—Sí. Fui yo quien lo cogió y lo guardó ahí.

—¿Tiene un abrecartas? ¿O unas tijeras?

Después de buscar en un cajón, el hombre le tendió un cuchillo para el pan. Espérandieu abrió con cuidado el sobre y hundió dos dedos en el interior. Servaz observó cómo la mano enguantada sacaba un disco metálico, brillante, entre el índice y el pulgar. Espérandieu lo examinó por ambas caras. El disco era virgen: no tenía ninguna inscripción ni huella digital.

—¿Podemos leerlo? —preguntó al gerente.

El hombre les mostró los ordenadores alineados en el espacio multimedia.

—No, aquí no. En un sitio más discreto.

Patrick volvió a pasar al otro lado de la barra y tiró de una cortina roja. Detrás había un exiguo cuarto sin ventana, lleno de cajas de material informático y botellas, con una vieja cafetera averiada y, en un rincón, un escritorio con un ordenador y una lámpara.

—La mujer que le entregó el sobre, ¿iba sola? —preguntó Servaz.

—Sí.

—¿Qué impresión le causó?

Patrick reflexionó un instante.

—Era bonita, me acuerdo. Aparte de eso, más bien austera… Ahora que lo dicen, me dio la sensación de que llevaba una peluca, sí…

—¿Y le pidió que nos diera eso? ¿Por qué no llamó a la policía?

—Porque en ningún momento se habló de policía ni de nada que fuera ilegal. Ella me dijo solo que varias personas vendrían a hablarme de ella y que tenía que darles este sobre.

—¿Y por qué aceptó? ¿No le pareció un poco sospechoso?

—Es que iba acompañado de dos billetes de cincuenta —confesó el hombre con una gran sonrisa.

—Pues aún resulta más sospechoso ¿no?

Patrick optó por callar.

—¿No le llamó la atención ningún otro detalle aparte de la peluca?

—No.

—¿Tienen una cámara de vigilancia?

—Sí, pero solo se activa por la noche, una vez que se ha cerrado el local, a partir de un detector de movimiento.

El gerente pareció regocijado ante la visible decepción de Servaz. Por lo visto, no le preocupaba mucho la suerte de sus conciudadanos, aunque sí era muy quisquilloso para no facilitar mucho la labor de la policía. Seguramente era un lector de George Orwell, de las teorías sobre el Gran Hermano, convencido de que su país era un estado policial.

—¿Aún tiene los billetes?

—No —contestó, sonriente, el hombre—. El dinero circula rápido aquí.

Servaz miró a su ayudante, que se inclinaba hacia un ordenador. El gerente no se movía.

—¿Quién es ese tipo al que buscan?

—Puede retirarse —le dijo Servaz, muy sonriente—. Le llamaremos si lo necesitamos.

Patrick los miró de arriba abajo antes de encogerse de hombros y dar media vuelta. Una vez que se halló del otro lado de la cortina, Espérandieu introdujo el disco en el aparato. Una ventana se abrió en la pantalla y el programa de lectura se puso en marcha de forma automática.

Servaz se tensó de manera instintiva, pensando en qué podía ser. ¿Un mensaje de Hirtmann? ¿Un vídeo? ¿Y quién sería esa mujer de la que hablaba el gerente? ¿Una cómplice? Servaz reparó en el oscuro triángulo que formaba el sudor en la camiseta de su ayudante, que no se debía tan solo al calor que reinaba en el cubículo. De la sala llegaba un guirigay de voces amortiguadas.

El silencio se eternizaba, quebrado tan solo por la crepitación de la electricidad estática de los altavoces. Espérandieu había subido el volumen.

De repente, una música terrorífica brotó con violencia de ellos, a la manera de un disparo.

—¡Joder! —exclamó Espérandieu, precipitándose para bajar el sonido.

—¿Qué es eso? —preguntó Servaz, con el corazón desbocado, mientras seguían sonando, ya más bajos, aquellos horrendos ruidos.

—Marilyn Manson —respondió Espérandieu.

—¿Hay gente que escucha esto?

Espérandieu no pudo reprimir una sonrisa, pese a la tensión. La canción continuó hasta el final. Aguardaron unos segundos más y la lectura se interrumpió.

—Se ha acabado —constató Espérandieu, mirando el cursor de la pantalla.

—¿No hay nada más?

—No, eso era todo.

En la cara de Servaz, la inquietud había dado paso a la perplejidad y a la decepción.

—¿Tú qué crees que significa?

—No sé. Salta a la vista que se trata de una broma. De lo que no cabe duda es de que no era Hirtmann.

—No.

—Entonces tampoco fue Hirtmann el que te envió ese e-mail.

Servaz captó enseguida la indirecta.

—Creéis que estoy paranoico, ¿verdad? —replicó con enojo.

—Escucha, cualquiera podría estarlo. Ese chalado anda libre por ahí. Toda la policía de Europa lo busca, pero nadie ha encontrado el menor indicio. Por lo que sabemos, podría estar en cualquier sitio. Además, ese loco se confió a ti antes de desaparecer.

Servaz miró a su ayudante.

—En todo caso, yo estoy seguro de algo…

En el momento en que las pronunciaba, tomó conciencia de que aquellas palabras podían ser aprovechadas como un argumento de más para tildarlo de paranoico.

—Un día u otro, ese chiflado va a volver a aparecer.

18
Santorini

*I*rène Ziegler bajó la vista para mirar el buque fondeado en la caldera, cien metros más abajo. Desde allí, el gran barco parecía un precioso juguete blanco. El mar y el cielo tenían un intenso azul casi artificial, que contrastaba con el blanco cegador de las terrazas, el ocre rojo de los acantilados y el negro de los islotes volcánicos que despuntaban en el centro de la bahía.

Después de tomar un sorbo de dulzón café griego, dio una larga calada a su cigarrillo. Eran las once de la mañana y ya hacía calor. Abajo, al pie del acantilado, un ferry depositaba su contingente de turistas. En una terraza cercana, una pareja de ingleses tocados con sombreros de paja escribía postales.

En otra, un hombre de unos treinta años le dirigió un discreto saludo amistoso sin parar de hablar por teléfono. De estatura mediana, porte atlético y rasgos marcados, vestía pantalón corto blanco y camisa azul deportiva pero cara. Llevaba un reloj Tag Heuer en la muñeca y tenía una incipiente calvicie. Era un agente de bolsa alemán, soltero y forrado de dinero. Lo había visto volver varias veces al hotel bastante achispado, en compañía de una chica distinta en cada ocasión. Con una tarifa de 225 euros por noche en temporada baja, el hotel recibía una clientela acomodada. Por suerte, no era ella, con su sueldo de gendarme, la que había pagado la habitación.

Le respondió y se levantó. Llevaba una camiseta sin mangas de color rojo anaranjado y una falda blanca de tela ligera. Una suave brisa marina combatía el naciente calor, pero aun así sentía un hilillo de sudor que resbalaba por su espalda.

—No te muevas —le dijo alguien al oído cuando entró por la puerta de vidrio.

Ziegler se sobresaltó. La voz estaba cargada de amenaza.

—Si haces el menor gesto, te vas a arrepentir.

Notó que le ataban las muñecas por la espalda y se le erizó la piel de los brazos a pesar del calor. Después se le oscureció la visión cuando le taparon los ojos con una venda.

—Camina hasta la cama. No intentes nada.

Obedeció. Luego una mano la empujó y la hizo caer sin miramientos de bruces contra la cama. A continuación, le retiró la falda y el bañador.

—¿No es un poco temprano para eso? —preguntó ella, con la cara pegada a las sábanas.

—¡Cállate! —le ordenó la voz, antes de soltar una carcajada ahogada—. Nunca es demasiado pronto —añadió la voz, en un francés con un leve acento eslavo.

Se vio obligada a volverse mientras le quitaban la blusa. Un cuerpo igual de desnudo y cálido que el suyo se acostó encima de ella. Unos labios húmedos le besaron los párpados, la nariz y la boca y luego una lengua le recorrió el cuerpo. Entonces se liberó las muñecas, se quitó la venda de los ojos y observó la cabeza de morenos cabellos de Zuzka mientras descendía hacia su vientre, su espalda bronceada y sus musculosas nalgas. Una oleada de deseo estalló en su interior. Con los dedos entrelazados en el pelo negro y sedoso de su compañera, se arqueó y gimió, frotándose contra ella. Después la cara de Zuzka volvió a subir y la besó, con el duro y liso pubis pegado al suyo.

—¿Qué es ese gusto tan raro? —preguntó de repente Irène entre beso y beso.

—*Yaourti mé méli* —respondió la voz—. Yogur con miel. Chist…

Irène Ziegler contempló el cuerpo de Zuzka tendido a su lado. La eslovaca solo llevaba puesto un sombrero de paja colocado encima de la cara y unas sandalias de tiras de cuero en los pies. Estaba dormida. Tenía un bronceado uniforme y olía a sol, a sal y a crema protectora. Sus pechos eran más voluminosos que los de Irène, sus areolas más amplias, sus piernas más largas y su piel más dorada. Solo le faltaba un tatuaje, pensó con una sonrisa Irène mirando el que ella tenía cerca del pubis y que representaba un pequeño y estilizado delfín, en un lugar en el que, hasta el día anterior, no había nada. Se lo había hecho en la tienda de un tatuador de Fira —la «capital» de la isla— para acordarse de aquellas inolvidables vacaciones. El delfín era uno de los motivos recurrentes de la iconografía griega y su nido de amor se llamaba hotel Delfini. Había esperado al último día de vacaciones porque estaba desaconsejado bañarse con un tatuaje a medio cicatrizar, y se había aplicado encima una protección solar de factor 60.

Durante tres semanas, habían estado saltando de una isla a otra en ferry y desplazándose por las Cícladas en moto: Ándros, Mikonos, Paros, Naxos, Amorgos, Serifos, Sifnos, Milos, Folégandros, Íos y, para terminar, Santorini, donde se habían dedicado a bañarse, a hacer submarinismo y a tomar el sol en las playas de arena negra, a caminar por las pintorescas callejuelas blancas y azules, en las que había casi tantas tiendas como en Toulouse, y a encerrarse en la habitación del hotel para hacer el amor. Sobre todo hacer el amor... Al principio, también habían frecuentado locales como el Enigma, el Koo Club o el Lava Internet Café, pero pronto habían prescindido de ir a los pubs de la isla, donde los hombres tenían tendencia a transpirar en exceso y las mujeres a embeberse de alcohol hasta que la mirada se les ponía vidriosa y comenzaban a hablar con más incoherencia que de costumbre. De vez en cuando, no obstante, iban a tomar un marvin gaye al Tropical, justo antes de que llegara la avalancha de juerguistas histéricos. Entonces aprovechaban para vagar por las calles más tranquilas, cogidas de la mano, se besaban bajo los porches y los rincones oscuros o se subían a la moto para ir a disfrutar de alguna playa con la luz de la luna, aunque incluso allí era difícil escapar a los borrachines, a los plomazos y a los punzantes ecos de la música tecno.

Ziegler se levantó sin hacer ruido para no despertar a su compañera y abrió la nevera para sacar una botella de zumo de fruta. Después de beber un vaso, se fue al cuarto de baño y se metió en la ducha. Era su último día. Al día siguiente, volarían hacia Francia y cada una reanudaría su vida de antes: Zuzka en la empresa de la que era gerente y principal bailarina de *striptease*, en cuyo local la había conocido Irène dos años atrás, y Ziegler a su nuevo lugar de destino: la brigada de investigación de Auch.

No se podía considerar realmente como una promoción cuando se venía de la sección de investigación de Pau...

La investigación del invierno 2008-2009 había traído consecuencias. Lo paradójico era que el comandante Servaz y la policía judicial de Toulouse se habían puesto a su favor y que había sido su propia jerarquía la que la había sancionado. Cerró un instante los ojos recordando la siniestra sesión en el curso de la cual, alineados en uniforme de gala, sus superiores habían detallado los cargos. Contraviniendo las reglas, ella había querido actuar sola y había omitido informar a los miembros de su equipo de datos que les habrían permitido encontrar más deprisa al último miembro de un club de agresores sexuales. También había disimulado determinados aspectos de su pasado relacionados con las pesquisas y había hecho desaparecer una prueba importante en la que aparecía su nombre. Si no la habían sancionado con mayor dureza, había sido gracias a la intervención de Martin y de aquella fiscal, Cathy d'Humières, que habían argüido que ella había salvado la vida del policía y también arriesgado la suya para capturar al asesino.

Como consecuencia de todo ello, a su regreso reanudaría sus funciones en la brigada de investigación de una capital de departamento de 23.000 habitantes. En teoría era una nueva vida, un punto de partida desde cero. Sabía, con todo, que los casos de los que se iba a ocupar no tendrían mucho que ver con los que le confiaban anteriormente.

El único consuelo era que asumiría el mando del servicio, puesto que su antecesor se había jubilado tres meses atrás. Auch tenía menos peso que Pau y ya había podido constatar, en el curso de las primeras semanas pasadas allí, que los casos más delicados los transferían de manera sistemática al servicio regional de policía judicial, al servicio de seguridad departamental o al servicio de la gendarmería de Toulouse. Abandonó la ducha con un suspiro y, envuelta en una toalla, volvió a salir a la terraza, donde recuperó las gafas de sol antes de inclinarse por encima del antepecho de piedra y argamasa pintada de blanco.

Se quedó abstraída contemplando los barcos que surcaban el mar.

Se estiró como un gato al sol. Aquel era el momento idóneo para hacer provisión de recuerdos.

Se preguntó dónde estaría Martin y qué estaría haciendo en ese momento. Le caía bien, y aunque él no le hacía caso, a su manera velaba por su persona. En cuanto volviera, se informaría de sus actividades. Después su pensamiento volvió a derivar. ¿Dónde estaría Hirtmann? ¿Qué debía de estar haciendo en ese momento? En lo más profundo de sí, se despertaron la impaciencia y el instinto de caza. Una voz le decía que el suizo había vuelto a las andadas, que nunca iba a parar. De improviso se dio cuenta de que tenía prisa por que se acabaran las vacaciones. Tenía prisa por volver a Francia… y por reemprender la caza…

Servaz pasó el resto del domingo ordenando un poco la casa, escuchando Mahler y reflexionando. Hacia las cinco de la tarde, sonó el teléfono. Era Espérandieu, que estaba de guardia. Sartet, el juez de instrucción, había ordenado el ingreso provisional en prisión de Hugo. La noticia ensombreció a Servaz. Temía que el muchacho quedara marcado por aquella experiencia. Iba a pasar al otro lado del espejo, entrever lo que se ocultaba detrás del hermoso escaparate de nuestras sociedades democráticas. De todos modos, quiso mantener la esperanza de que fuera lo bastante joven todavía para olvidar lo que viera.

Volvió a pensar en el cuaderno de Claire. Había algo extraño en la presencia de esa frase. Era a la vez demasiado evidente y demasiado sutil. ¿A quién iba destinada?

—¿Sigues ahí? —preguntó.

—Sí —confirmó su ayudante.

—Ingéniatelas para encontrar una muestra de la letra de Claire, y pide una comparación grafológica con la frase del cuaderno.

—¿La cita de Victor Hugo?

—Sí.

Salió al balcón. El bochorno se mantenía y el cielo volvía a pesar, amenazador, como una sombría losa, sobre la ciudad. Oyendo el lejano y atenuado eco de los truenos, le pareció como si el tiempo estuviera suspendido. El aire estaba cargado de electricidad. Pensó en un predador anónimo que se desplazaba entre una multitud, en las víctimas de Hirtmann a las que nunca habían encontrado, en los asesinos de su madre, en las guerras y en las revoluciones, y en un mundo que agotaba todos sus recursos, incluidos los de la salvación y la redención.

—La última noche en Santorini —dijo Zuzka, levantado la copa del margarita.

Delante de su mesa, las blancas terrazas matizadas de azul por la noche se sucedían en vertiginosa pendiente hacia el borde del acantilado, presentando un auténtico desafío a las leyes del urbanismo y a los terremotos, como un Lego de balcones y de luces apiladas por encima del vacío. Abajo de todo, la bahía se hundía lentamente en la noche y el islote volcánico del centro no era ya más que una negra sombra. Todavía anclado enfrente, el buque relucía como un árbol de Navidad.

Una brisa salada llegada de alta mar agitó los negros cabellos de Zuzka, que se volvió para mirar a Ziegler. Bajo la luz de las velas, sus iris eran de un pálido azul rodeados de una circunferencia más oscura, tirando a violeta. Llevaba una camiseta de tirantes azul, con lentejuelas en el escote, un pantalón corto vaquero, un cinturón de cuero y un montón de colgantes en la muñeca derecha. Irène no se cansaba de mirarla.

—*Cheers to the world* —anunció, levantando la copa.

Después se inclinó por encima de la mesa y dio un morreo a la gendarme, suscitando una viva curiosidad en sus vecinos. Su lengua sabía a tequila, naranja y limón en la boca de Irène. Ocho segundos duró el beso y, al final, hubo algunos aplausos.

—Te quiero —declaró Zuzka en voz alta, sin hacerles caso.

—Yo también —respondió Irène, con las mejillas encendidas.

Nunca había sido muy efusiva. Aunque tenía una moto Suzuki GSR600, un diploma de piloto de helicóptero y una pistola y le gustaba la velocidad, el submarinismo y los deportes mecánicos, al lado de Zuzka tenía la impresión de ser una persona tímida y torpe.

—No te dejes comer el tarro por esos machistas gilipollas, ¿de acuerdo?

—Puedes estar segura.

—Y quiero que me llames todas las noches.

—Zuzik…

—Promételo.

—Prometido.

—Al menor signo de… *depresia*, me presento allí —anunció, con tono conminatorio, la eslovaca.

—Zuzik, tengo una vivienda que va con el trabajo… en un edificio lleno de gendarmes.

—¿Y qué?

—Pues que ellos no están acostumbrados a este tipo de cosas.

—Me pondré bigotes postizos, si es eso lo que te preocupa. No nos vamos a pasar la vida escondiéndonos. Tendrías que cambiar de oficio, ¿sabes?

—Ya hemos hablado de eso… A mí me gusta este trabajo.

Debajo de su terraza, las calles se iban llenando de una compacta multitud de turistas y noctámbulos.

—Es posible, pero a él no le gustas tú. ¿Y si vamos a dar una vuelta por la playa, para aprovechar nuestra última noche en Grecia?

Ziegler asintió con la cabeza, abstraída en sus pensamientos. El fin de las vacaciones suponía el regreso al punto de partida, a sus funciones de gendarme en la región del sudoeste. ¿Era tan seguro que le gustaba su trabajo? Muchas cosas habían cambiado desde aquel invierno de 2008. De improviso, evocó la escena ocurrida dieciocho meses atrás, allá arriba en la montaña, y revivió el momento en que al verse arrollada por la avalancha lanzó una desesperada mirada hacia Martin justo antes de que desapareciera de su vista. Se acordó por centésima vez de aquel hospital psiquiátrico perdido en la nieve, de sus largos pasillos y sus cerrojos electrónicos, del hombre enigmático, pálido y sonriente que había permanecido encerrado allí... y de la música de Mahler.

La luna llena brillaba sobre el mar Egeo, dibujando un triángulo plateado en la superficie del agua. Iban cogidas de la mano, sosteniendo las sandalias con la que quedaba libre, mientras caminaban descalzas en el límite de las olas. La brisa marina soplaba con más fuerza allí, acariciándoles la cara. De vez en cuando, llegaban hasta sus oídos retazos de música provenientes de las tabernas que bordeaban la inmensa playa de Perisa. Después el viento cambiaba y el rugido del mar volvía a predominar.

—¿Por qué no lo has dicho antes, cuando yo he dicho que deberías cambiar de oficio? —preguntó Zuzka.

—¿El qué?

—Que yo también debería cambiar de trabajo.

—Eres libre de hacer lo que quieras, Zuzka.

—A ti no te gusta lo que yo hago.

—Fue gracias a tu trabajo que nos conocimos.

—Y es precisamente eso lo que te da miedo.

—¿Cómo dices?

—Sabes muy bien a qué me refiero... ¿Te acuerdas de esa noche en que yo hacía *striptease* y llegasteis tú y ese otro gendarme? ¿Crees que he olvidado tu mirada? Aunque procurabas disimularlo, no podías despegar la vista de mi cuerpo, y sabes perfectamente que ese es el efecto que causo en los otros clientes.

—¿Y si cambiáramos de tema?

—Desde que estamos juntas, solo has vuelto a poner los pies en el Pink Banana una vez, esa noche de diciembre en que te dejé esa nota para decirte que te dejaba —prosiguió, haciendo oídos sordos, la eslovaca.

—Por favor, Zuzka…

—No he acabado. ¿Y sabes por qué? Tienes miedo de encontrar tu mirada en otros clientes. Tienes miedo de que me fije en una, tal como me fijé en ti. Pues en eso te equivocas. Ya te encontré a ti, Irène. Nos encontramos la una a la otra y nadie puede interponerse entre nosotras. No tienes nada que temer. Para mí solo existes tú. Lo único que pueda interponerse entre ambas es tu trabajo.

Ziegler guardó silencio. Con la vista fija en el triángulo de plata posado sobre el mar, se acordó de la primera vez que vio desvestirse a Zuzka en el escenario del Pink Banana, de la increíble flexibilidad de su columna vertebral y del dominio con que transformaba su cuerpo en un instrumento a su servicio.

—Eres demasiado sensible para ese trabajo —declaró Zuzka, sin dejar de caminar—. No quiero volver a vivir lo que he pasado estos meses en los que ha influido en tu vida privada, en los que he soportado malos humores, silencios y miedos. Porque si no consigues separar tu vida privada de tu jodido trabajo, si no consigues desconectar cuando estamos juntas, no es de una tortillera que haya venido a mirarme de lo que tienes que tener miedo, sino de ti misma. Tú eres la única persona que nos puede separar, Irène.

—En ese caso, no tienes por qué preocuparte. Donde voy a estar, solo tendré que ocuparme de algunos robos de bolsos y de peleas de borrachos —aseguró con cierto hastío en la voz.

Zuzka la cogió por la mano para hacer que se detuviera.

—Voy a ser sincera contigo. Para mí, es una excelente noticia.

Ziegler no respondió. La eslovaca la atrajo hacia sí, la besó y la estrechó entre sus brazos. Irène tomó conciencia del olor de su piel y su cabello, de su tenue perfume, de la brisa que giraba en torno a ellas, como si el dios del viento quisiera unirlas, y sintió que el deseo volvía a aflorar en ella. Jamás había experimentado aquello antes de conocer a Zuzka, no con aquella intensidad.

—*Hey, girls, this is not Lesbos island!*[*]

[*] ¡Eh chicas, que no estamos en la isla de Lesbos!

Unas groseras carcajadas corearon el comentario. Se separaron y se volvieron hacia el reducido grupo que acababa de surgir de la penumbra. Eran tres jóvenes británicos, borrachos... la plaga de muchas playas del Mediterráneo.

—*Look at those fucking dykes!*[*]

—Hola, chicas —dijo el más bajo, adelantándose un paso.

Ellas guardaron silencio. Ziegler dio un vistazo a su alrededor y comprobó que no había nadie más en la playa.

—Bonito claro de luna, ¿eh, chicas? Superromántico. ¿No os aburrís un poco las dos solas? —espetó, volviéndose hacia sus compañeros.

Los otros dos estallaron en risas.

—Largo de aquí, capullo —replicó con frialdad Zuzka en perfecto inglés.

Ziegler posó con sobresalto la mano en el brazo de su compañera.

—¿Habéis oído eso, chicos? ¡Parece que no son de las que se dejan! Eso está bien. Tomad, ¿queréis un trago?

El pelirrojo cogió la botella de cerveza que llevaba su vecino y se la tendió a Irène en la penumbra.

—No, gracias —respondió esta en inglés.

—Como quieras.

El tono era demasiado conciliador. La gendarme sintió cómo se tensaban todos los músculos de su cuerpo mientras vigilaba, de reojo, a los otros dos.

—¿Y tú quieres, gilipollas? —preguntó, con voz sorda, el pelirrojo a la eslovaca.

Irène crispó la mano en el brazo de Zuzka. Esta calló, consciente del peligro.

—¿Te has quedado sin lengua? ¿O es que solo la usas para insultar a la gente y para tocar las pelotas?

Unos compases de música llegaron desde una de las tabernas. Ziegler pensó que, aunque gritaran, nadie las iba a oír.

—Pues sí que estás buena para ser lesbiana —dijo el pelirrojo, recorriendo con la mirada el cuerpo de la eslovaca.

Ziegler observó a los otros dos, que permanecían inmóviles, a la expectativa. Eran de los que siguen la corriente, o

[*] ¡Mirad a esas bolleras de mierda!

tal vez estaban demasiado borrachos para reaccionar. ¿Cuántas horas llevarían bebiendo? Considerando inútil demorarse en tales interrogantes, volvió a centrar la atención en el cabecilla. Era un inglés un poco entrado en carnes, feo, con un mechón de pelo que caía sobre sus ojos, unas gruesas gafas y una larga nariz puntiaguda que le daba un aire de ratón. Llevaba un pantalón corto blanco y una ridícula camiseta del Manchester United.

—Igual podrías variar de menú por una vez. ¿Ya se la has chupado a un tío, guapa?

Zuzka no reaccionó.

—¡Eh, que te estoy hablando!

Irène, por su parte, ya había comprendido que aquello no iba a parar. Evaluó en silencio la situación. Los otros dos eran mucho más altos y corpulentos, pero parecían más bien lentos y pesados, y si llevaban varias horas bebiendo, debían de haber perdido reflejos. Su conclusión fue, de entrada, que el idiota del mechón era el más peligroso.

Lamentando haber dejado su spray lacrimógeno en el hotel, se preguntó si tenía algún objeto cortante, como un cuchillo o un cúter en el bolsillo.

—Déjala tranquila —dijo para desviar su atención de Zuzka.

Cuando el inglés se volvió hacia ella, vio un destello de furor en sus ojos. El alcohol velaba, sin embargo, su mirada. Tanto mejor.

—¿Qué has dicho?

—Que nos dejes tranquilas —repitió, en un inglés aproximativo, Ziegler.

Tenía que atraerlo más cerca de ella.

—¡Cierra el pico, gilipollas! No te metas.

—*Fuck you, bastard* —replicó.

La cara del inglés se deformó de manera casi cómica mientras abría la boca. En otras circunstancias, su mueca habría sido para partirse de risa.

—¿Qué has dicho?

La voz del pelirrojo silbaba como una serpiente. Temblaba de ira.

—*Fuck you* —repitió, elevando la voz.

Vio que los otros dos se movían y en su cabeza se encendió una señal de alarma. Cuidado: quizá no estaban tan borrachos como parecían. En todo caso, había notado que la situación estaba tomando otro giro.

El gordo bajito también se puso en movimiento, avanzando un paso hacia ella. Sin saberlo, acababa de entrar en su zona. «Haz un gesto —pensó, con tanta intensidad que creyó haberlo dicho en voz alta—. Haz un gesto…».

El individuo levantó una mano para golpearla. A pesar del alcohol y de su sobrepeso, era rápido. Además, contaba con el efecto sorpresa. Aquello le habría dado sin duda resultado con cualquier otra, pero no con ella. Irène lo esquivó fácilmente y lanzó un puntapié hacia la parte más vulnerable de todo representante del sexo masculino. ¡Bingo, le acertó de pleno! El pelirrojo dio un grito y cayó de rodillas en la negra arena. Irène vio que uno de los otros dos se abalanzaba hacia ella, e iba a ocuparse de él cuando Zuzka le vació su spray lacrimógeno en la cara. El segundo inglés soltó un alarido y se dobló de dolor, con las manos en la cara. El tercero dudaba en implicarse, calibrando la situación. Ziegler aprovechó para desviar la atención hacia el primero, que ya se estaba levantando. Sin esperar a que estuviera de pie, lo cogió por la muñeca y efectuó un movimiento de rotación que había aprendido en la escuela de gendarmería, hasta torcerle el brazo en la espalda. No se conformó con ello, consciente de que si les dejaba recuperarse, tenían las de perder. Sin detener el impulso, lo torció hasta el momento en que sonó el crujido de un hueso. El pelirrojo emitió un rugido de fiera herida.

—¡Me ha roto el brazo! ¡Esta bollera me ha roto el brazo, hostia! —gimoteó, cogiéndose el brazo lastimado.

Ziegler percibió un movimiento a su derecha. Se volvió justo a tiempo para ver un puño que acudía a su encuentro. El impacto le echó la cabeza atrás y, durante un instante, tuvo la impresión de que se la hundían bajo el agua. El tercero en discordia se había puesto en acción. Cayó en la arena, aturdida, y enseguida recibió una patada en las costillas. Rodó hacia un costado para amortiguar el choque.

Esperaba recibir más golpes, pero extrañamente, no hubo más. Cuando levantó la cabeza, vio que Zuzka había saltado sobre la espalda del tercero y se aferraba a ella. Con una breve ojeada, Irène vio que el segundo empezaba a recobrarse, aunque aún pestañeaba y le lloraban los ojos. Entonces se enderezó y se apresuró a socorrer a su compañera, descargando un puñetazo en el plexo solar de su adversario. El individuo dobló las rodillas, sin resuello. Zuzka lo empujó contra la arena para desprenderse de él y poder ponerse de pie.

El bajito, que no había renunciado del todo, se precipitó contra Ziegler. Esa vez, empuñaba un cuchillo en la mano del brazo ileso. Ella vio el momentáneo destello de la hoja y lo esquivó sin problema. Luego cogió al inglés por el brazo roto y estiró.

—¡Aaah! —chilló este, cayendo por segunda vez de rodillas.

Lo soltó y cogió a Zuzka de la mano.

—¡Venga, larguémonos!

Huyeron corriendo a toda velocidad hacia las luces, la música y la moto que habían dejado aparcada cerca de las tabernas.

—Se te va a poner el ojo a la virulé —dijo Zuzka, acariciándole el arco de la ceja.

Ziegler se examinó en el espejo del cuarto de baño. Le estaba saliendo un chichón que viraba del amarillo mostaza al violeta y el contorno del ojo había comenzado a adoptar los colores del arcoíris.

—Justo lo que faltaba para volver a empezar a trabajar.

—Levanta el brazo izquierdo —indicó Zuzka.

Obedeció con una mueca de dolor.

—¿Te duele ahí?

—¡Ay!

—A lo mejor te has roto una costilla —aventuró la eslovaca.

—Que no.

—En todo caso, en cuanto lleguemos vas a ver a un médico.

Ziegler asintió con la cabeza mientras se ponía trabajosamente la blusa. Volvieron a la habitación. Zuzka fue a la nevera y sacó dos botellines de vodka Absolut y dos botellas de zumo de fruta.

—En vista de que por estos pagos no se puede salir sin que te ataquen unos gamberros, vamos a beber aquí. Eso te calmará el dolor. La que esté menos borracha, que lleve a la otra a la cama.

—Trato hecho.

El teléfono lo despertó. Se había adormilado en el sofá, con la ventana abierta. Durante una fracción de segundo creyó que era el ruido de la lluvia lo que lo había despertado. Luego el aparato volvió a sonar. Incorporándose, tendió el brazo hacia la mesa donde el móvil zumbaba y vibraba como un maléfico insecto, junto a un vaso donde quedaba un fondo de Glenmorangie.

—Servaz.

—¿Martin? Soy yo… ¿te despierto?

La voz de Marianne… Una voz extenuada, la voz de alguien que está al borde de un ataque de nervios y que además ha bebido.

—Han puesto a Hugo en prisión preventiva. ¿Estás enterado?

—Sí.

—¿Entonces por qué demonios no me has llamado? —preguntó con patente rabia.

—Iba a hacerlo, Marianne… te lo aseguro… y luego… me he olvidado…

—¿Olvidado? ¡Joder, Martin, meten a mi hijo en la cárcel y a ti se te olvida avisarme!

No era del todo cierto. Había querido llamar, pero había estado dudando un buen rato y al final se había dormido de agotamiento.

—Oye, Marianne, yo… yo no creo que sea él… Yo… Debes confiar en mí. Voy a descubrir al culpable.

—¿Confiar en ti? Ya no sé ni dónde tengo la cabeza… Me hago un lío de tanto pensar, me vuelvo majara imaginando a Hugo de noche en esa cárcel. La idea me vuelve loca y tú… tú te olvidas de llamarme, no me dices nada, haces como si no ocurriera nada… ¡y dejas que el juez envíe a mi hijo a la cárcel mientras que a mí me dices que lo crees inocente! ¿Y quieres que confíe en ti?

Le dieron ganas de replicar algo, de defenderse, pero sabía que sería un error. No era el momento. Había un momento idóneo para la discusión, para las justificaciones… y otro para el silencio. En otras ocasiones había cometido el error de quererse justificar, de querer imponer su punto de vista a toda costa, de tener la última palabra, y sabía que no daba resultado. Nunca daba resultado. Había aprendido, de modo que optó por callar.

—¿Me estás escuchando?

—Eso es lo que hago.

—Buenas noches, Martin.

Le colgó.

LUNES

19
Vértigos

*E*l lunes por la mañana, Servaz tenía cita en el depósito de cadáveres para informarse del resultado de la autopsia. Caminó por largos, frescos y sonoros pasillos de vidrios traslúcidos impregnados de olor a detergente. Detrás de una puerta sonó una carcajada y después, el silencio. Se encontró de nuevo consigo mismo mientras bajaba hacia el subsuelo.

Un niño bailaba y corría alrededor de su madre en su recuerdo. Bailaba y reía bajo los rayos de sol. Su madre reía también.

Ahuyentando el recuerdo, traspasó las puertas batientes.

—Buenos días, comandante —lo saludó Delmas.

Servaz lanzó una ojeada hacia la gran mesa elevadora en la que reposaba el cadáver. Desde su perspectiva, veía el bonito perfil de Claire Diemar. Lo malo era que la caja craneal estaba serrada con toda meticulosidad y que distinguía la masa gris de su cerebro, que relucía bajo la luz de los fluorescentes. Lo mismo ocurría con el torso, hendido en forma de Y, bajo el que afloraban las vísceras rosadas en la superficie del abdomen. En un escurridero había unas muestras guardadas en tubos herméticos. Lo demás había ido a parar a un cubo de basura destinado a restos anatómicos.

Servaz pensó en su madre, que había corrido la misma suerte, y desvió la mirada.

—Bueno —dijo el hombrecillo de tez rosada y ojos azul claro—, ¿quiere saber si murió en la bañera? De entrada le diré que los casos de muerte por ahogamiento son complicados y, cuando se trata de un ahogamiento en una bañera, aún es peor.

Servaz lo interrogó con la mirada.

—Las diatomeas son unas algas muy abundantes en los ríos, los lagos y los océanos —explicó Delmas—. Cuando se inhala el agua, se difunden por todo el organismo. Hasta la fecha, son el mejor indicador de ahogamiento vital que se conoce. El problema está en que el agua de los conductos urbanos es muy pobre en diatomeas, ¿entiende? —El forense se quitó los guantes y, arrojándolos a un cubo, se acercó al dispensador de desinfectante—. Además, las huellas dejadas por los golpes en el cuerpo son difíciles de interpretar a causa de la inmersión. Por suerte, no permaneció mucho tiempo en el agua.

—¿Hay huellas de golpes? —preguntó Servaz.

Delmas realizó un gesto para indicar su propia nuca, con sus rosadas y gordezuelas manos llenas de jabón bactericida.

—Un hematoma a la altura del parietal y un edema cerebral, a consecuencia de un violento golpe descargado con un objeto pesado. Yo diría que el pronóstico vital podría haber peligrado a partir de ese momento, pero creo que murió ahogada.

—¿Lo cree tan solo?

El forense se encogió de hombros.

—Ya le he dicho que el diagnóstico nunca es fácil en caso de ahogamiento. Los análisis nos aportarán quizás alguna información más, como el estroncio sanguíneo, por ejemplo. Si la concentración es muy distinta de la concentración habitual en la sangre y muy próxima a la del agua en la que se la ha encontrado, se sabrá casi con certeza que murió en el momento de la inmersión en esa dichosa bañera…

—Ah.

—Lo mismo ocurre con las lividices cadavéricas. La inmersión ha retrasado su formación. Y por otra parte, el análisis histológico no ha revelado gran cosa… —añadió el forense con contrariedad.

—¿Y la linterna? —inquirió Servaz.

—¿Cómo la linterna?

—¿Qué piensa al respecto?

—Nada. La interpretación es un trabajo suyo. Yo me limito a los hechos. En cualquier caso, es seguro que vivió momentos de pánico, que forcejeó tanto que las ligaduras le dejaron unas marcas muy profundas en la carne. La cuestión que queda por descifrar es en qué momento lo hizo. Eso excluye casi del todo la hipótesis del golpe mortal en el cráneo...

Servaz comenzaba a cansarse de las precauciones oratorias del forense. Le constaba que Delmas era una persona competente, y precisamente porque lo era, demostraba aquella extrema prudencia.

—Me gustaría una conclusión un poco más...

—¿Precisa? La tendrá cuando se hayan efectuado los análisis. Mientras tanto, yo diría que existe un noventa y cinco por ciento de posibilidades de que la hubieran metido viva en esa bañera y que hubiera muerto ahogada allí. No está mal, ¿no? Teniendo en cuenta las circunstancias...

Servaz pensaba en el pánico experimentado por la joven, en la explosión de miedo que debió de sentir en el pecho a medida que subía el agua, en esa horrible sensación de ahogo que él mismo había vivido aquel día de diciembre en que había estado a punto de morir asfixiado por una bolsa de plástico. También pensaba en la insensibilidad de la persona que la había mirado morir de esa forma. El forense tenía razón: la labor de interpretación le correspondía realizarla a él. Su intuición le decía que no se hallaban ante un asesino cualquiera.

—¿Ha leído el periódico? —preguntó Delmas.

Servaz lo miró con circunspección. Todavía guardaba la memoria del artículo leído en la habitación de Elvis. El forense cogió *La Dépêche* y se lo tendió.

—Seguro que le va a gustar. Página 5.

Servaz pasó las páginas tragando saliva. No tuvo que buscar mucho. La noticia venía con grandes titulares: HIRTMANN ESCRIBE A LA POLICÍA. ¡Por todos los diablos! El artículo, que ocupaba solo unas cuantas líneas, aludía a un e-mail enviado «al comandante Servaz de la policía judicial» por alguien que se presentaba como Julian Hirtmann. «Según una fuente judicial, aún no ha sido posible esclarecer si se trata del asesino suizo o de un impostor...». El autor del artículo repetía, al igual que el precedente, que el comandante Servaz era «el mismo que se había encargado de la investigación de los asesinatos de Saint-Martin en el invierno del 2008-2009».

Servaz no se lo podía creer. Estaba invadido por la cólera.

—Genial, ¿no? —comentó el forense—. Me gustaría saber quién es el idiota que les ha pasado la información. En todo caso, debe de venir de la policía.

—Me tengo que ir —anunció.

Espérandieu escuchaba *Knocked up*, de los Kings of Leon, cuando Servaz entró en la oficina.

—¡Joder, qué cara traes!

—Sígueme.

Espérandieu miró a su jefe y comprendió que no era momento para preguntas. Se quitó los cascos y se levantó. Martin ya había salido y caminaba a grandes zancadas hacia la puerta de acceso al pasillo que conducía a la oficina de la dirección. Después de cruzar la puerta cortafuegos pasaron delante del rincón que hacía de sala de espera, con sus sofás de cuero, y del escritorio de la secretaria.

—¡Está reunido! —advirtió esta al verlos.

Haciendo caso omiso, Servaz siguió hasta la puerta y llamó.

—... abogados, notarios, peritos tasadores... actuamos con sumo tacto, pero sin dejar de insistir —decía Stehlin a varios miembros de la brigada de asuntos financieros—. Martin, estoy reunido.

Servaz se acercó a la gran mesa, saludó a los congregados y depositó el periódico abierto en la página 5 delante del director del servicio regional de la policía judicial. Stehlin se inclinó y al ver el titular, levantó la cabeza con las mandíbulas comprimidas.

—Señores, terminaremos esta discusión más tarde.

Los cuatro hombres se levantaron y salieron, dedicando perplejas miradas a Servaz.

—El soplo tiene que venir de aquí —afirmó este sin preámbulos.

El comisario de división Stehlin estaba en mangas de camisa. Había abierto todas las ventanas para dejar entrar el aire todavía templado de la mañana y el estrépito de la avenida invadía la sala. El aire acondicionado estaba averiado desde hacía días. Con la cabeza señaló los asientos situados frente a su escritorio.

—¿Tienes una idea de quién puede ser? —preguntó.

En un rincón, un fax escupía mensajes; el comisario lo mantenía permanentemente encendido. Servaz guardó silencio. En el tono de la pregunta había captado una advertencia: cuidado con acusar sin pruebas. De manera automática comparó a su nuevo jefe con su predecesor, el comisario de división Wilmer, con su impecable perilla y su eterna sonrisa, adherida a sus labios como un herpes tenaz. Wilmer siempre lucía el no va más en cuestión de trajes y corbatas. Para Servaz, el hecho de que él mismo hubiera ocupado aquel cargo era la prueba de que un imbécil puede trepar hasta considerables alturas si hay otros imbéciles por encima de él. En la celebración de su despedida, el ambiente había sido frío y protocolario y, cuando Wilmer pronunció su discurso de agradecimiento, los aplausos fueron escasos. Stehlin se había mantenido al margen, sin corbata, en mangas de camisa igual que ese día. Con su apariencia de policía raso, había estado observando con atención a su futuro grupo. Servaz también lo había observado a él y había llegado a la conclusión de que su nuevo jefe había comprendido, ya en ese instante, toda la labor que le esperaba para reparar los estragos provocados por su predecesor. A Servaz le caía bien Stehlin. Era un buen policía que había conocido el trabajo de base, no un tecnócrata que abría el paraguas al menor chaparrón.

Stehlin se volvió para coger algo que tenía detrás. Era el mismo periódico. Lo colocó encima del suyo. No había aguardado a Servaz para leerlo.

—De una cosa estoy seguro —dijo este—. No puede venir ni de Vincent ni de Samira. Tengo absoluta confianza en ellos.

—Eso reduce mucho las posibilidades —señaló Stehlin.

—Sí.

Stehlin cruzaba, con expresión sombría, los dedos encima de la mesa.

—¿Qué propones?

Servaz se tomó un instante para reflexionar.

—Lancemos una información de la que solamente se enterará él, una información falsa… Si mañana aparece en el periódico, habremos matado dos pájaros de un tiro: tendremos la certeza de que es él y podremos desmentir de manera formal la noticia y así desacreditar al periodista y a su informante.

Todavía no había dado ningún nombre, pero sabía que tanto el comisario como él pensaban en la misma persona.

—Una idea interesante… ¿Y qué información se te ocurre?

—Tiene que ser lo bastante creíble para que trague el anzuelo, y lo bastante importante para que la prensa quiera hablar de ello.

—Ya que vienes del depósito de cadáveres —sugirió Espérandieu—, podríamos dar a entender que el forense ha encontrado un indicio de importancia capital, un indicio que demostraría la inocencia del chaval.

—No, no podemos hacer eso —disintió Servaz—, pero sí podemos decir que han encontrado un CD de Mahler en casa de Claire Diemar.

—Pero si es la verdad… —objetó Stehlin, perplejo.

—Precisamente. Ahí está la trampa. No daremos el título correcto. En su momento, podremos decir con toda sinceridad que es totalmente falso, que no se ha encontrado la *Cuarta sinfonía* en ese lugar, sin precisar, claro está, que se ha encontrado otro CD.

Servaz sonrió con malicia.

—De este modo, cubrimos de ridículo lo relativo a la pista Hirtmann en el caso Diemar y el periodista que publique la noticia quedará desacreditado para una buena temporada. ¡Reunión dentro de cinco minutos con el grupo de investigación!

Se dirigía a la puerta cuando la voz de Stehlin lo detuvo.

—¿Has dicho «la pista Hirtmann»? ¿Es que hay una pista Hirtmann?

Servaz miró a su jefe y se encogió de hombros con fingido aire de ignorancia antes de salir.

Lejanos retumbos, calor, aire inmóvil y cielo gris. Hasta el propio campo parecía instalado en la expectativa de algo, paralizado como un insecto preso en la resina. Los pajares y los campos parecían abandonados, desiertos. Hacia las tres, se paró a desayunar en un restaurante de camioneros cuyos clientes hablaban a voces del rendimiento de la selección nacional de fútbol y de la competencia de su seleccionador. Servaz creyó entender que en el próximo partido se iba a enfrentar a México e incluso estuvo tentado de preguntarles si era una buena selección, pero desistió. Sorprendido por aquel súbito interés por la competición, comprendió que albergaba la secreta esperanza de que eliminasen lo antes posible a aquel equipo para que pudieran por fin concentrarse en otra cosa.

Entró ensimismado en las calles adoquinadas de la pequeña ciudad, casi sin darse cuenta. Repasando la conversación de los camioneros del restaurante, de repente cayó en la cuenta de que todo había ocurrido en cuestión de pocas horas un viernes por la noche, durante un partido de fútbol que tenía pegado a las pantallas de los televisores a la totalidad del país. Era en esa cronología donde debían indagar. Debían concentrarse en lo que había pasado justo antes y reconstruir minuciosamente el desarrollo cronológico. Debía empezar por el punto de partida: el pub que Hugo había abandonado unos minutos antes de que se cometiera el crimen. Estaba cada vez más convencido de que la persona que buscaban no había elegido aquel sitio ni aquel momento al azar. Todo indicaba que el cronometraje era esencial. Aparcó el coche en el aparcamiento de la plazoleta, bajo los plátanos, y miró la terraza del pub. Estaba abarrotado de estudiantes, chicos y chicas. Igual que en su época, el noventa por ciento de la clientela tenía menos de veinticinco años.

Margot Servaz se sirvió un insípido café en la máquina del vestíbulo y, tras añadir una dosis suplementaria de azúcar recogido en el comedor, se caló los cascos en las orejas —una

señal con la que proclamaba «no me vengáis a molestar»—
y dedicó una discreta ojeada al trío David-Sarah-Virginie,
que se encontraban en el otro extremo del ruidoso y concu-
rrido vestíbulo. Se habían reunido en el recreo. Margot se
mordió el labio mientras los espiaba, fingiendo interesarse
por el cartel de anuncios en el que destacaban, entre decenas
de carteles, uno que anunciaba el Baile de fin de curso
organizado el 17 de mayo por la Asociación de Estudiantes de Marsac y otro que decía Francia-México, proyección por pantalla gigante. Jueves 17 de junio, 20.30 h,
residencia f de la facultad de Ciencias. No faltéis.
¡Cerveza y pañuelos gratis! Alguien había escrito encima
con rotulador rojo: ¡Domenech a la Bastilla! La animación con que hablaban, lanzando miradas en derredor, la tenía escamada.

Era una lástima que no hubiera aprendido a leer los movimientos de los labios. Desvió con presteza la mirada cuando Sarah orientó la suya en su dirección y fingió hurgar con
enojo en el receptáculo donde caía el cambio. Cuando volvió
a levantar la vista, se alejaban hacia el patio. Se dispuso a seguirlos sacando el papel de liar y la petaca. En sus oídos, Marilyn Manson cantaba con su voz de sierra oxidada *Arma-
goddam-motherfuckin-geddon*:

Muerte a las damas primero, después a los caballeros.
Las hijas satánicas se vuelven locas
y jodidas suicidas.
Primero intentas follártelo,
después intentas comértelo.
Si no se acuerda de tu nombre,
más valdría que lo mateses…

Eran su cantante y su grupo preferidos. Lo conocía todo
de ellos. Al igual que el propio Marilyn Manson, el batería
respondía al nombre de Ginger Fish, un cruce entre Ginger
Rogers y Albert Fish, un asesino caníbal americano, de la
misma manera que el bajo, que, siguiendo el mismo principio, había escogido como apodo Twiggy Ramirez, combina-
ción de la célebre maniquí inglesa Twiggy y del asesino en

serie Richard Ramirez. Ella, de todas maneras, se preguntaba si, en lugar de cargar únicamente las culpas contra la Asociación Nacional del Rifle, la poderosa organización americana que defendía el derecho a llevar armas de fuego, cada vez que un adolescente cometía una matanza en un colegio de Estados Unidos no habría que plantearse también la cuestión del efecto que podían tener unos clips tan hipnóticos y unas letras tan impregnadas de violencia. Aquel era, sin embargo, el tipo de cuestiones de las que no querían ni oír hablar los defensores de la libertad de expresión artística, por supuesto. A Margot ya la habían tildado de «reaccionaria» y de «fascista» cuando había sugerido que quizás «algunas porquerías comerciales erróneamente tachadas de artísticas no merecían inducir ni una sola muerte en un campus americano o en otra parte». Ella habría estado dispuesta a defender con uñas y dientes la susodicha libertad de expresión si alguien hubiera querido atacarla, desde luego, pero era aficionada a ese tipo de provocación. Como a Sócrates, le gustaba dinamitar las cómodas certidumbres de sus interlocutores, demoler sus respuestas demasiado rápidas, interceptar los pensamientos que se repetían en bucle.

Reparó entre el gentío en Sarah y Virginie, que fumaban en silencio, y en David, que se había sumado a otro grupo. Fue este último quien atrajo su atención. Había desaparecido de la circulación durante todo el fin de semana, pero Margot sabía que, al igual que Elias o ella misma, no había regresado a su casa. ¿Dónde se habría metido? Desde que había vuelto a hacer acto de presencia aquella mañana, parecía agitado y tenso. David era el mejor amigo de Hugo. Era raro verlos al uno sin el otro. Ella había hablado en más de una ocasión con él. Aunque le horripilaba su afición a no tomarse nada en serio, había intuido que detrás de aquella fachada de bufón había una gravedad, una herida que a veces le enturbiaba la mirada. Era como si aquella sonrisa instalada a perpetuidad en sus labios, en el centro de su barba rubia, fuera tan solo una armadura. ¿De qué lo tenía que proteger?

Margot comprendió que debía centrarse en él en ese momento.

—¿Has not... que... Davi... pare... nerv...?

La frase atravesó a duras penas la pared sonora en el momento en que Marilyn Manson vociferaba en sus oídos: «Folla, come, mata y vuelve a empezar».

—Elias… —dijo, quitándose uno de los auriculares.

—Te he seguido desde que hemos salido de clase —le informó este.

Margot enarcó una ceja. Elias la observaba por debajo de su mechón.

—¿Y qué?

—He visto tu tejemaneje… Los estás vigilando. Creía que te parecía idiota mi idea…

Se encogió de hombros y volvió a colocarse el auricular, pero él se lo retiró.

—En todo caso, deberías ser un poco más discreta —le gritó, elevando el volumen, al oído—. Aparte, me he informado: nadie sabe dónde estuvo David este fin de semana.

El dueño del Dubliners era un irlandés de Dublín que afirmaba, como cabía esperar, que Joyce era el mejor escritor de todos los tiempos. Ya llevaba el local por la época en que Servaz estudiaba en Marsac. Francis y él nunca habían llegado a conocer más que su nombre de pila. Todavía servía en la barra. Como Servaz, Aodhágán tenía veinte años más sobre las espaldas, con la diferencia de que en aquellos tiempos él ya tenía la edad actual del policía. Hacia mediados de los años ochenta, Aodhágán había llegado al sudoeste para enseñar inglés después de haber iniciado una carrera oficial en el ejército (algunos aseguraban que no se trataba de un ejército cualquiera sino del IRA), pero era demasiado colérico y pendenciero para ejercer la enseñanza y se había dado cuenta de que tenía más autoridad detrás de la barra de un bar que delante de una pizarra.

El pub de Aodhágán era el único de Marsac que, además de los sofás de cuero y madera y los dispensadores de cerveza de cerámica, contaba con unas estanterías llenas de libros en la lengua de Shakespeare. Su clientela se componía esencialmente de estudiantes y de representantes de la comunidad británica local. Cuando era estudiante, Servaz iba allí varias veces por semana, con Van Acker y algún que otro compañero, y no era raro que cogiera un libro de las estanterías aparte de tomarse una cerveza o un café. De esta manera se había enfrascado, a lo largo de aquellos gloriosos días, en la lectura de *El guardián entre el centeno*, *Dublineses* o *En la carretera* en versión original, con un voluminoso diccionario bilingüe al lado.

—Jesús, ¿es el joven Martin o es que estoy viendo visiones?

—Ya no tan joven, ya no tan joven.

Aunque en su cabello y su barba predominaba el gris, el irlandés conservaba aún aquella apariencia entre soldado de élite y pinchadiscos de una emisora pirata de los años sesenta.

—¿Qué es de tu vida? —preguntó, abrazando a Servaz.

Cuando este se lo explicó, Aodhágán puso cara de extrañeza.

—Y yo que creía que tú serías el próximo Keats.

Ante su tono de decepción, Servaz quedó sumergido por un momentáneo sentimiento de vergüenza. Aodhágán le dio una palmada en la espalda.

—¡Invito yo! ¿Qué vas a tomar?

—¿Todavía tienes aquella cerveza negra?

Aodhágán respondió con un alegre guiño que acentuó las arrugas en su cara. Cuando volvió con la cerveza, Servaz le indicó el asiento de enfrente.

—Siéntate.

El irlandés lo miró con sorpresa y un asomo de recelo. Incluso después de todos aquellos años, había reconocido el tono, y no sentía más simpatía por la policía francesa de la que le había inspirado la británica.

—Has cambiado —observó, corriendo una silla.

—Sí. Me he convertido en policía.

Aodhágán inclinó la cabeza.

—Si hay un oficio en el que no te habría imaginado, es ese —señaló.

—Las personas cambian —comentó Servaz.

—No todas...

En la voz del irlandés había una dolorosa entonación, como si le resultara penoso hacer aflorar traiciones, negaciones y renuncias. ¿Se trataría de las suyas o de los demás?, se preguntó Servaz.

—Tengo que hacerte unas preguntas...

Observó a Aodhágán, que le sostuvo la mirada. Servaz notó que el ambiente estaba cambiando. Habían dejado de ser el Martin y el Aodhágán de antes. Ahora eran un policía y un tipo a quien no le gusta la pasma, colocados frente a frente.

—Hugo Bokhanowsky. ¿Te dice algo el nombre?

—¿Hugo? Claro. ¿Quién no conoce a Hugo? Un chico brillante... un poco como tú por aquella época. No, más bien como Francis... Tú eras más discreto, te quedabas más en un segundo plano, aunque no tenías nada que envidiarles.

—¿Estás enterado de que lo detuvieron? —Aodhágán asintió en silencio—. Estuvo en tu pub la noche en que asesinaron a Claire Diemar y se marchó, según algunos testigos, unos minutos antes del asesinato. ¿Tú te fijaste en algo?

El irlandés reflexionó un minuto. Después miró a Servaz como debieron mirar los apóstoles a Judas.

—Yo estaba en la barra, sirviendo, lejos de la puerta. El pub estaba a tope esa noche y, como todo el mundo, estaba pendiente de lo que pasaba en la tele. No, no me fijé en nada.

—¿Te acuerdas de dónde estaban sentados Hugo y sus amigos?

Aodhágán señaló una mesa próxima al televisor colgado de la pared.

—Allí. Habían llegado pronto para coger los mejores sitios.

—¿Quién había en su mesa?

De nuevo, el irlandés se tomó un momento antes de contestar.

—No estoy seguro, pero me parece que estaban Sarah y David. Sarah es guapísima, la chica más guapa que viene por aquí, pero no por eso va de diva. Es una joven estupenda, un poco introvertida. Ella, Virginie, David y Hugo son casi inseparables. Me recuerdan a Francis, Marianne y tú a esa misma edad...

Servaz sintió una culebra que se desplegaba en su vientre y se colocaba en círculo apretándole el estómago.

—¿Te acuerdas de cuando veníais aquí a arreglar el mundo y discutir de política? Hablabais de rebeldía, de revolución, de cambiar el sistema... ¡Ja, ja! ¡Dios mío, la juventud es igual en todas partes! Marianne... Era una maravilla, ¿te acuerdas? Ni siquiera la bonita Sarah le llega a la suela de los zapatos. Marianne os volvía locos a todos, se notaba. Mira que he visto pasar estudiantes por aquí, pero ninguna como Marianne.

Servaz le lanzó una acerada mirada. Por aquel entonces no había tomado conciencia de que Aodhágán tenía solo cuarenta años. Ni siquiera él debía de ser del todo insensible a los encantos de Marianne, a esa aureola de misterio y de superioridad que irradiaba, a ese viento de locura que la rodeaba.

—David es el mejor amigo de Hugo.

—Ya sé quién es David. ¿Y Virginie?

—Una chica morena un poco rechoncha, con gafas, muy viva y muy inteligente, con mucha autoridad. Esa joven está hecha para mandar, te lo aseguro. Bueno, los otros también. Para eso estabais programados todos, ¿no? Para acabar como jefes, ejecutivos, ministros o quién sabe qué.

De repente, Servaz se acordó de algo.

—Había una avería eléctrica cuando llegamos a Marsac el viernes por la noche.

—Sí, menos mal que tengo un generador de emergencia. Ocurrió diez minutos antes del final del partido... Dios santo, no me lo acabo de creer —gruñó Aodhágán.

—¿El qué?

—Que te hayas convertido en poli. —Emitió un largo suspiro—. ¿Sabías? En los años setenta yo estuve preso en Long Kesh, la cárcel más horrenda de Irlanda del Norte. ¿Has oído hablar de los H-Blocks? Son unos reductos de alta seguridad. Los llamaban así porque, vistos desde el cielo, formaban unas grandes H. Long Kesh era una antigua base militar donde el ejército británico tenía presos a los republicanos y a los leales irlandeses que se oponían a la ocupación inglesa. Instalaciones vetustas, suciedad, humedad, ventanas rotas, falta de higiene... y esos jodidos matones se comportaban como unos auténticos nazis. En invierno hacía tanto frío que nos costaba dormir. Yo participé en la famosa huelga de hambre de 1981, cuando Bobby Sands murió al cabo de setenta días, cuando el pueblo irlandés lo eligió diputado estando él en el fondo de su celda un mes antes de morir, cuando Margaret Thatcher se mostró inflexible. También hice la «huelga de las mantas» en 1978, que consistió en negarnos a llevar el uniforme de la cárcel y pasearnos desnudos debajo de unas simples mantas llenas de piojos pese al frío glacial, y también me adherí a la *Dirty Protest* el mismo año, durante la cual dejamos de lavarnos y nos pusimos a pringar las paredes de las celdas con nuestros excrementos y a orinar por el suelo para protestar contra la tortura y los malos tratos. Nos daban comida en mal estado, nos daban palizas, nos torturaban, nos humillaban… Y no me vine abajo, no cedí ni un palmo. Yo odio los uniformes, joven Martin, incluso cuando son invisibles.

—Entonces es verdad…

—¿El qué?

—Que estuviste en el IRA.

Aodhágán guardó silencio, observando a Servaz, imperturbable.

—He oído decir que por aquella época el IRA se comportaba como una verdadera policía en los guetos —apuntó Servaz.

Viendo las chispas de cólera que se encendieron en sus ojos, Servaz se dijo que aquel hombre no había olvidado nada.

—Hugo es un buen chico —dijo Aodhágán, cambiando de tema—. ¿Crees que es culpable?

Servaz titubeó.

—No lo sé. Por eso tienes que ayudarme, aunque sea un policía.

—Lo siento, pero no vi nada.

—Tal vez exista otra manera…

Aodhágán lo interrogó con la mirada.

—Habla del asunto por aquí, haz preguntas, procura saber si alguien vio u oyó algo.

—¿Pretendes que yo haga de chivato de la policía? —replicó con incredulidad el irlandés.

—Quiero que me ayudes a sacar a un inocente de la cárcel —reformuló Servaz—, a un muchacho que está desde ayer en prisión preventiva, un muchacho al que aprecias. ¿Te parece un buen motivo eso?

Aodhágán lo fulminó con la mirada. Servaz advirtió, no obstante, que lo pensaba.

—Bueno, este es el trato —anunció por fin—. Yo te comunico toda información exculpatoria que pueda obtener y me reservo las informaciones inculpatorias, ya sean relacionadas con Hugo o con otra persona.

—¡¿Será posible?! —protestó Servaz, elevando la voz—. ¡A una mujer la asesinaron y torturaron en su bañera! ¡Y hay quizás un loco que se pasea por ahí, dispuesto a repetir la hazaña!

—El policía eres tú —contestó, levantándose, el irlandés—. O lo tomas o lo dejas.

Eran las cinco y media cuando volvió a salir a la plazoleta. Miró el cielo cargado de nubarrones negros. Iba a volver a llover. La inquietud seguía corroyéndolo. Reconocía esa sensación en el fondo del estómago.

«En esta plaza ocurrió algo el viernes por la noche —pensó—. Hugo dice que no se encuentra bien. Aún no son las ocho y media y el partido de la selección de Francia no ha empezado. Se dirige a su coche. Alguien sale justo detrás de él. Alguien que se encontraba confundido entre el gentío del pub y que aguardaba ese momento.

»Al cabo de una hora y media, los gendarmes encuentran a Hugo en casa de Claire Diemar. ¿Qué ocurre en los segundos posteriores a su salida del pub? ¿Va alguien con él? ¿En qué momento pierde el conocimiento?».

Paseó la mirada por el aparcamiento y las hileras de coches. A lo lejos retumbó un trueno, perturbando la calma de la tarde. Una brusca racha de cálido viento lo despeinó, al tiempo que unas cuantas gotas horadaban el húmedo aire. Al otro lado de la plaza se alzaba la construcción más alta de Marsac, con sus diez pisos de hormigón que eran como una horrible verruga en medio de los edificios bajos de estilo burgués y las casas particulares. En la planta baja había una peluquería canina, una oficina del Instituto de Empleo y un banco. Servaz reparó de inmediato en las cámaras de seguridad del banco. Había dos. La primera filmaba la entrada y la segunda, el resto de la plaza, incluido el aparcamiento… Tragó saliva. Sería un golpe de suerte inmenso, sí. Era demasiado bonito para ser cierto, pero de todas formas debía comprobarlo.

Remontó la hilera de coches en dirección a la cámara.

Verificó que estaba orientada en la buena dirección. Se volvió hacia la puerta del pub. Quedaba a una distancia de veinticinco metros, por lo menos. A partir de ahí todo dependía de la calidad de la imagen. La cámara estaba sin duda demasiado lejos para identificar a alguien que saliera del pub, a menos que se supiera quizá de qué persona se trataba. En cualquier caso, no debía de estar demasiado lejos para comprobar si alguien había salido después de Hugo…

Apretó el botón de llamada del banco y el mecanismo de abertura se accionó. Adentro, atravesó el gran vestíbulo, pasó delante de los clientes que esperaban frente a las ventanillas y, franqueando la línea blanca, sacó su placa delante de uno de los cuatro empleados.

Encima del mostrador había una efigie de superhéroe que llevaba el logotipo del banco. Servaz se dijo que aquella publicidad no dejaba de tener su guasa. ¿Dónde estaba el superbanquero entre finales del 2007 y octubre del 2008, cuando los accionistas del mundo entero habían perdido veinte billones de dólares —el equivalente a la mitad de la riqueza producida en un año en todo el planeta— por culpa de la codicia, la ceguera y la incompetencia de los bancos, de los inversores y de los agentes de bolsa? ¿Dónde estaría cuando la banca tuviera que anular los créditos griegos, portugueses y españoles?

Servaz pidió ver de inmediato al director y el empleado descolgó el teléfono. Dos minutos después, se encaminó a él un hombre de unos cincuenta años, vestido con traje y corbata, que le tendió la mano con expresión inescrutable.

—Sígame —le indicó.

Una vez en su oficina, lo invitó a sentarse. Tras responder que no valía la pena, Servaz le explicó brevemente de qué se trataba. El director permaneció pensativo un instante.

—No creo que haya ningún problema —dijo por fin, aliviado—. Acompáñeme.

Atravesaron el pasillo. El hombre empujó la puerta de un reducido local iluminado por un ventanuco de vidrio opaco. En una mesa había algo parecido a un lector de DVD extraplano con un mando a distancia. Al lado se encontraba una pantalla de diecinueve pulgadas que el director encendió.

—Hay cuatro cámaras en total —explicó—, dos en el interior y las dos del exterior. La compañía de seguros no pedía tantas. Solo exigía que hubiera videovigilancia para el cajero automático. Mire.

El director manipuló el mando y en la pantalla apareció un mosaico de cuatro imágenes.

—Es esta cámara la que me interesa —precisó Servaz, señalando el rectángulo que mostraba el aparcamiento, arriba a la derecha.

El director apoyó la tecla cuatro del mando y la imagen invadió el monitor. Servaz reparó en que era algo borrosa en el fondo, en el nivel de la entrada del pub.

—¿Graban de manera continua o por detección de movimiento?

—De manera continua en lo que respecta a las cámaras del interior, excepto la del cajero, que funciona con detector de movimiento. Las grabaciones se efectúan de forma cíclica.

—Entonces las grabaciones del viernes pasado deben de haber quedado borradas por las de los días siguientes, ¿no? —dijo Servaz, decepcionado.

—No lo creo —contestó, sonriendo, el director—. La cámara a la que se refiere funciona también por detección de movimiento, como la del cajero. Solo se activa cuando ocurre algo en el aparcamiento, cosa que sucede con bastante frecuencia de día pero muy pocas veces durante la noche. La cámara filma, además, un número limitado de imágenes por segundo para economizar memoria. Y si la mía no me falla, el aparato tiene un disco duro de un terabyte. Yo creo que con eso alcanza. Conservamos las grabaciones durante el periodo que marca la ley.

Servaz notó cómo se le aceleraba el pulso.

—No me pregunte cómo funciona —advirtió el director, tendiéndole el mando—. ¿Quiere que llame al tipo que lo instaló? Llegará en cuestión de media hora.

Servaz miró el reloj del ángulo de la pantalla y luego la hoja plastificada que había pegada con cinta adhesiva a la mesa. Arriba había escrito «instrucciones videovigilancia».

—No hace falta. Creo que lo conseguiré.

El director consultó el reloj.

—Cerramos dentro de menos de diez minutos. Quizá podría volver mañana…

Servaz se hallaba atenazado por la urgencia y la curiosidad, y no quería perder ni un minuto.

—No, me quedaré. Dígame cómo debo cerrar al salir.

—No puedo dejar el banco abierto sin más después de la hora de cierre, aunque usted esté en el interior —adujo, algo contrariado, el director. Luego pareció dudar—. Lo voy a encerrar dentro. De todas maneras, voy a desconectar el sistema de alarma porque no querría que la hiciera saltar sin querer y tuvieran que venir los gendarmes. —Mostró la pantalla de su BlackBerry a Servaz—. Cuando termine, llámeme a este número. Vendré a cerrar y volveré a poner la alarma. Vivo al lado.

Servaz registró el número del banquero en su móvil. Este salió, dejando entreabierta la puerta. Servaz oyó cómo se iban los últimos clientes, antes de que los empleados se despidieran para salir también.

—¿Cree que se las arreglará? —preguntó, asomando la cabeza y con una toalla en la mano, el director al cabo de cinco minutos.

Servaz asintió, aunque no las tenía todas consigo. Aquellas instrucciones parecían bastante complicadas, en todo caso para alguien como él, que tenía un problema de base con la tecnología. Empezó manipulando las teclas del mando; la imagen desapareció y luego volvió; después le salió una imagen en pantalla grande, pero no era la que quería. En ningún apartado de aquellas dichosas instrucciones se especificaba cómo leer las grabaciones, maldita sea… Claro que ya era de esperar. ¿Acaso había encontrado en toda su vida algún folleto de instrucciones que fuera útil hasta el final?

A las siete menos cuarto, se dio cuenta de que estaba bañado en sudor. Debía de haber por lo menos treinta y cinco grados en aquel cubículo. Abrió el ventanuco, que estaba protegido con dos gruesos barrotes, y comprobó que daba a un callejón. Volvía a llover. El ruido de la lluvia entró en el exiguo espacio al mismo tiempo que una racha de frescor.

A las 19.07, comprendió por fin cómo debía proceder. Una vez que hubo recuperado las grabaciones de la cámara que filmaba el aparcamiento, se dio cuenta de que solo había una manera de llegar al momento que buscaba —si existía—. Para ver las imágenes captadas poco antes de las 20.30 del viernes anterior, debía hacer pasar la grabación en lectura acelerada.

Realizó una primera tentativa, pero la lectura acelerada se bloqueó misteriosamente al cabo de varios minutos y la filmación volvió al punto de partida.

—¡Mierda, mierda, mierda, mierda!

Su voz resonó en el pasillo y el vestíbulo vacíos. Respiró hondo para calmarse y convencerse de que lo iba a conseguir. Sudaba profusamente y la camisa se le pegaba a la espalda. Decidió pasar la grabación en lectura acelerada hasta cierto punto, después en lectura normal y retomar un poco más adelante la lectura acelerada.

A las 19.23, el corazón le empezó a latir más deprisa. Las 20.12… Volvió a poner la lectura normal. Algo había accionado la cámara en ese momento. Un coche abandonaba el aparcamiento. A continuación venía una sucesión de imágenes fijas que fragmentó ligeramente la maniobra del vehículo. Servaz observó el coche que pasaba delante de la cámara. Un relámpago iluminó la pantalla. Los limpiaparabrisas iban y venían, en plena tormenta, y era difícil distinguir algo en el interior. Después, en un fugaz instante, atisbó una pareja de unos cincuenta y tantos años y se llevó otra decepción. La imagen se interrumpió y volvió a encenderse a las 20.26. Otro coche pasaba, detrás de la cortina de lluvia… La luz disminuía, pero el sistema compensaba la falta de luminosidad. Al fondo, sin embargo, la entrada del aparcamiento se veía cada vez más borrosa y no estaba seguro de si distinguiría algo si alguien salía en ese momento… Se frotó los párpados.

Los ojos le escocían de tanto mirar la pantalla. El ruido de la lluvia era ensordecedor. Era como si acabaran de grabarlo. De repente, se puso rígido. Hugo… Acababa de salir del pub. Pese a la deficiente calidad de la imagen y a la tormenta, no cabía la menor duda de la identidad de la persona que acababa de franquear la puerta. La ropa era la misma que la que llevaba la noche del asesinato. El corte de pelo y la forma de la cara correspondían también. Servaz tragó saliva, consciente de que los próximos segundos iban a ser decisivos.

«Vamos. Avanza…».

Con la vista fija en la pantalla, observó cómo el joven caminaba entre los coches. El desfile de una decena de imágenes por segundo entrecortaba un poco sus movimientos. El joven se detuvo en medio de la avenida y elevó la mirada hacia el cielo. Así permaneció durante varios segundos.

«Pero ¿qué diantre haces?».

La inmovilidad de Hugo lo llevó a pensar que tal vez la imagen se había bloqueado. Mientras tanto, seguía pendiente de la puerta del pub, pero no había novedad de ese lado… Sus latidos eran perceptibles hasta la punta de sus sudorosos dedos, que habían dejado un húmedo rastro en el mando. «Avanza…». Servaz buscaba con la mirada el coche, el que Hugo había dejado delante de la casa de Claire Diemar, pero no lo veía. Tenía que estar, sin embargo, allí, en algún sitio, en esa avenida… De repente, Hugo giró a la derecha y desapareció… «¡Mierda!». ¡En medio del aparcamiento se elevaba una especie de caseta y Hugo estaba detrás! Maldiciendo su suerte, Servaz iba a descargar un puñetazo en la mesa cuando, al fondo, se abrió la puerta del pub.

«¡Dios santo!».

No se había equivocado. Abrió la boca, con la mirada clavada en la pantalla. Tenía una posibilidad, una minúscula posibilidad. «Acércate…». La silueta avanzó por la avenida en dirección a la cámara, con los mismos andares algo discontinuos provocados por la sucesión de imágenes fijas. Se dirigía al sitio donde estaba aparcado Hugo. Servaz tenía la boca seca. El recién llegado era alto y delgado, y llevaba la cabeza cubierta con la capucha de la chaqueta. ¡Mierda! Servaz comprendió, iracundo, que no iba a verle la cara. Había, con todo, un punto positivo. Aquella grabación volvía cada vez más creíbles las declaraciones de Hugo, aunque no constituyera una prueba definitiva. La figura encapuchada desapareció a su vez detrás de la caseta.

«¿Y ahora qué?».

Quedaba todavía una posibilidad... El coche iba a dar marcha atrás y entraría un momento u otro en el campo de visión de la cámara. Quizá vería quién iba al volante. Servaz aguardó, con un nudo en la garganta y los nervios a flor de piel. Tardaba demasiado. Estaba pasando algo. Aquello no era normal.

Un ruido.

Se irguió como si le hubieran propinado un puntapié. Había oído un ruido... no en el exterior, sino en el banco.

—¿Hay alguien?

No hubo respuesta. Tal vez lo había imaginado. La lluvia de verano causaba tal estrépito al otro lado de la ventana que ya no estaba seguro. Una vez más, los truenos hicieron temblar el aire del atardecer. Quiso volver a centrar la atención en la pantalla. No, había oído algo... Apretó el botón «pausa» y se levantó.

—¡Eh! ¿Quién anda ahí? —preguntó en el pasillo.

Su voz resonó, transportada por el eco del vestíbulo vacío que se abría al fondo del corredor. En el otro extremo había una puerta de emergencia metálica provista de una barra horizontal. Estaba cerrada.

Tras un instante de duda, se dirigió al vestíbulo. Nadie. Las ventanillas, las hileras de sillones de colores, la línea blanca... El vestíbulo estaba desierto. Dio media vuelta.

Pero había algo... Ahora lo notaba...

Una leve corriente de aire.

Parecía como si viniera de un punto situado entre la ventana de su cubículo y... otra abertura. Giró en redondo en el centro del vestíbulo y observó la plaza desierta a través de las puertas vidrieras. Estaban cerradas con llave. Adentro, la sombra se instalaba en los rincones. La sombra y el silencio. Servaz tuvo la impresión de que le pasaban un rallador encima de los nervios. Buscó el arma y la desenfundó. Hacía meses que no ejecutaba aquel gesto, desde el invierno de 2008-2009 para ser exacto.

Desde lo de Hirtmann…

«¡Mierda!».

Flanqueó el mostrador de las ventanillas. Había un segundo pasillo al otro lado. Servaz caminaba ahora con pasos medidos, empuñando el arma. Confiaba en que nadie pasara en ese momento delante de las vidrieras del banco y lo viera. Aún no estaba del todo seguro de que aquello no fuese una reacción paranoica. De todos modos, mantenía el arma en la posición reglamentaria, esperando no tener que utilizarla. El sudor le resbalaba hasta los ojos, obligándolo a pestañear.

El otro pasillo era menos largo que el primero. Solo contaba con una puerta, la de los lavabos.

Dobló las rodillas y alargó la mano hacia el suelo, hasta el resquicio de dos centímetros situado bajo la puerta de los lavabos.

La corriente de aire pasaba por allí.

Abrió lentamente el batiente, bajo la presión del mecanismo de cierre automático. Sintió un olor a producto de limpieza. De repente, la corriente de aire aumentó y se incrementó su aprensión.

La puerta del baño de hombres estaba abierta.

Alguien había olvidado cerrar aquella ventana y como el director no había activado la alarma, nadie se había dado cuenta. Trataba de encontrar una explicación simple. Sus sospechas eran poco racionales. La idea de que alguien se hubiera colado en el banco para agredirlo cuando esa misma persona habría podido hacerlo en cualquier otro sitio afuera y en más de una ocasión le parecía muy cogida por los pelos.

Apoyando los dos pies en la cubeta del váter, se aupó hasta la altura del ventanuco. Tenía los mismos barrotes que su cubículo. La lluvia seguía cayendo allí. Por ese lado no había nada anormal. Cuando bajaba oyó otro ruido, fuera del baño pero en el interior del banco. Esa vez, la sangre se precipitó en sus venas como el agua de una presa en una turbina. El miedo lo asaltó de improviso. Se volvió hacia la puerta, con el pulso alterado y las piernas flojas. Había alguien, en algún sitio del banco. Apretó el arma, pero la mano le resbalaba en la culata a causa de la humedad.

Podía pedir refuerzos. Pero ¿y si se equivocaba? Ya se imaginaba los titulares: «Un policía sufre un ataque de paranoia en los locales de un banco vacío». También podía llamar al director y aducir que no conseguía leer las grabaciones. ¿Y después qué? ¿Se quedaría encerrado allí esperando a que apareciera alguien? Se hallaba sumido en tales reflexiones cuando oyó el ruido de la puerta de emergencia que se cerró de golpe.

«¡Por todos los demonios!».

Salió como una exhalación del baño, pasó corriendo delante de las ventanillas y se precipitó patinando por el pasillo. Traspasando a su vez la puerta metálica, salió a una escalera. Encima de él, sonaban unos pasos apresurados. ¡Mierda! Servaz cogió impulso. Había dos tramos de escaleras de cemento y una puerta por nivel. Los escalones vibraban bajo sus pies. Aguzó el oído para tratar de oír si el fugitivo abandonaba las escaleras, pero tenía la certidumbre de que seguía subiendo. Al cabo de tres pisos se quedó sin resuello y, con el pecho encendido, tuvo que agarrarse a la barandilla metálica. En el séptimo, se paró para recobrar aliento, doblado en dos, con las manos en las rodillas. Los pulmones le silbaban. El sudor le bajaba por la nariz y tenía empapado el dorso de la camisa. El otro seguía subiendo: notaba las vibraciones bajo los pies. Reanudó el ascenso. Justo cuando llegaba al séptimo piso, una puerta metálica chirrió y después dio un sonoro golpe al cerrarse encima de él. Abrió la del séptimo, que no chirrió ni se cerró de golpe tampoco. El fugitivo no había salido por una puerta de acceso a las plantas… El corazón le brincaba en el pecho como si fuera a explotar. Por un instante, se planteó si podía fallecer de un ataque al corazón, subiendo una escalera en pos de un asesino.

Superó el noveno piso.

Los músculos le pesaban una tonelada cuando franqueó por fin los dos últimos tramos de escalones. El techo… El ruido metálico venía de allí. Era allí donde se había refugiado el fugitivo. La aprensión volvió a crecer. Titubeó, acordándose de la investigación en los Pirineos, del vértigo, de su temor al vacío.

Estaba inundado de sudor. Cambiando el arma de mano, se secó las palmas en el pantalón y después se enjugó la cara con la manga. Esperó a que se le calmara un poco el pulso, con la mirada fija en la puerta metálica cerrada.

¿Qué lo aguardaba al otro lado? ¿Y si era una trampa?

Sabía que su miedo al vacío lo colocaría en posición de inferioridad, pero tenía un arma...

Aunque también podía ser que la persona a la que perseguía fuera armada.

Dudaba sobre cómo encarar la situación, espoleado a un tiempo por la impaciencia y la noción de apremio. Apoyó una mano temblorosa en la barra metálica. La puerta chirrió al empujarla. Luego la tormenta, los relámpagos, el viento y la lluvia le saltaron a la cara. Notó que el viento era mucho más fuerte allá arriba. Bajo sus pies sonó un crujido de grava. Esta recubría el vasto espacio de la azotea, rodeado de un murete de cemento de apenas veinte centímetros. Con un nudo en el estómago, percibió los tejados de Marsac, el cielo inmenso como un mar, poblado de nubes. Dejó que la puerta se cerrase tras él. ¿Dónde se había metido? El viento le agitaba el cabello. Miró a derecha e izquierda. Una hilera de remates de un metro de altura, llenos de orificios de ventilación, sobresalían del nivel de la terraza. También había unos gruesos tubos colocados a ras del suelo, tres parábolas... y nada más.

¡¿Dónde se había metido?!

La lluvia, cada vez más violenta, se le colaba por el cuello y por la nuca, le martilleaba la cabeza y le lavaba la cara. Sobre la ciudad se habían instalado unos oscuros nubarrones. Los relámpagos iluminaban de manera intermitente las colinas. Tenía la sensación de hallarse suspendido en pleno cielo.

Sintió el viento en los oídos.

Se había producido un ruido a su izquierda...

Volvió la cabeza de ese lado, con el arma a punto. En el mismo instante su cerebro analizó la situación y en una centésima de segundo emitió un dictamen: «Trampa». Sería una piedrecita, un objeto, algo que habían tirado para atraerlo hacia la dirección equivocada.

Oyó, demasiado tarde, la estampida a su espalda y sintió el brutal choque contra su columna vertebral cuando alguien le cayó encima, lo cogió por la cintura y lo empujó rápidamente hacia delante. El estómago se le vació como un sifón por efecto del pánico y se le doblaron las piernas. Soltó el arma, con las manos sacudidas por un espasmo.

Aprovechando la ventaja del impulso inicial y de la sorpresa, su agresor lo agarró y comenzó a arrastrarlo. Sin margen de reacción, se sintió precipitado a toda velocidad hacia el borde de la azotea.

¡Hacia el vacío!

—¡Noooooo!

Oyó su propio grito, vio cómo el borde se aproximaba y el paisaje entero acudía a su encuentro, pese a sus denodados esfuerzos para aferrarse a la grava con los pies.

Diez pisos.

Su campo visual, que abarcaba los árboles, un parquecito semejante a un *square* inglés, con sus edificios de ladrillo rojo y sus cornisas blancas, sus tejados, su campanario cuadrado y puntiagudo, sus coches, una paloma, se ensanchó al tiempo que se difuminaba su contenido, distorsionado por el miedo, la lluvia y el vértigo. Lanzó un alarido. Vio la totalidad de la plaza sumida en la sombra, la sucesión de los balcones a sus pies, las rayas verticales y convergentes de la lluvia, la punta de sus zapatos que chocaban contra el murete de cemento, su cuerpo decantado hacia delante, a punto de sufrir la basculación fatal...

Permaneció así un instante, suspendido al borde del abismo, retenido tan solo por una mano que lo agarraba por la espalda.

Después recibió un violento golpe en la cabeza y ya solo vio manchas de luz mientras se precipitaba en un agujero negro.

Irène Ziegler y Zuzka Smatanova aterrizaron en el aeropuerto de Toulouse-Blagnac, provenientes de Santorini, a las 20.30 de esa noche. El vuelo había durado menos de dos horas y todavía conservaban en la retina la imagen de la isla que habían podido contemplar desde el avión, con su vertiginoso acantilado de ciento veinte metros de altura, lamido por un resplandeciente mar, y las casas blancas posadas cual excrementos de pájaro en la cumbre del antiguo volcán.

Después de recuperar el equipaje, se dirigieron al vestíbulo D. Desde allí, un autobús gratuito las iba a transportar hasta el «económico» aparcamiento donde les esperaba desde hacía un mes su coche. Ciento ocho euros de estacionamiento en total. Ziegler no había parado de efectuar sumas mentales durante el viaje. La eslovaca había costeado la práctica totalidad de las vacaciones. Irène solo había pagado su billete de avión de ida y vuelta y dos restaurantes, uno en Paros y otro en Naxos. El oficio de bailarina de *striptease* y gerente de un local nocturno era sin lugar a dudas mucho más lucrativo que el de gendarme. En más de una ocasión se había preguntado cómo reaccionarían sus superiores si un día se enteraban de que su compañera era la gerente de un local de *striptease* que además pagaba una parte de sus facturas, pero ya había decidido que, llegado el momento, si tenía que decidir entre su trabajo y Zuzka, no dudaría ni un segundo.

Arrastraban las maletas entre ventanales tras los cuales caía la lluvia, pensando con nostalgia en el sol griego, cuando, al pasar delante de un quiosco, Irène se paró en seco.

—¿Qué pasa? —preguntó la eslovaca.

—Espera.

Zuzka la miró sin comprender. La gendarme había dejado la maleta para acercarse al puesto de venta. Pese a la mala calidad de la foto, reconoció la cara. Servaz la miraba desde la portada de un periódico, con pálido semblante expuesto a la luz de los flashes. El título proclamaba: «Hirtmann escribe a la policía».

20
Nubes

*U*nos cárdenos nubarrones de forma oblonga se apilaban como estratos de edificios en el cielo. Con los ojos encarados hacia ellos, sintió el impacto de una gota de lluvia en la córnea, dura como una canica. Después cayó otra y otra más. Pestañeó, tomando conciencia de la lluvia que le golpeaba la cara. Con la boca abierta, la recibía también en la lengua.

Notó un terrible dolor en la parte posterior del cráneo, en el punto de contacto de la cabeza contra la grava. Al levantarla, el dolor se intensificó, propagándose como si buscara enraizarse en su cuello y sus hombros. Con una mueca de dolor, rodó de costado, hacia la izquierda... Su cara se encontró al punto sobre el abismo y descubrió con espanto el vacío. ¡Estaba tendido en el borde de la azotea, a unos centímetros tan solo de una caída mortal! Despavorido, rodó en dirección contraria, sobre la gravilla que le pinchó la carne a través de la ropa. Luego se alejó reptando del peligro hasta que por fin logró ponerse en pie con las piernas temblorosas.

Se llevó la mano a la cabeza y se palpó con precaución. Una nueva explosión de dolor le hizo retirarla de inmediato. Le dio, con todo, tiempo a notar el enorme chichón que se estaba formado. Se miró los dedos mientras la lluvia lavaba la sangre que los había manchado. Tampoco era para alarmarse. El cuero cabelludo siempre sangraba mucho.

Vio su arma un poco más allá. Dio dos pasos y se agachó para recogerla.

Luego se fue tambaleando hacia la puerta metálica, que de ese lado tenía una manecilla, tratando de analizar lo que había ocurrido.

Un pensamiento surgió con la urgencia de una alarma. «La grabación…».

Después de bajar dando traspiés los dos tramos de escaleras, abrió la puerta del segundo piso y se precipitó hacia los ascensores. En cuanto llegó a la planta baja, buscó con la mirada la puerta de la escalera. Después de traspasarla, localizó la puerta de emergencia del banco por la que había pasado unos minutos antes. El mecanismo de cierre automático la había bloqueado. Salió del edificio y se dirigió hacia las puertas vidrieras de la agencia. Estaban cerradas con llave. Viendo que no podía entrar, llamó por teléfono al director.

—¿Ha terminado?

—No, pero ha ocurrido algo.

Al cabo de cinco minutos, un 4×4 de marca japonesa aparcaba en la plaza. El director se acercó a él con cara de preocupación. Luego introdujo un código y, en cuanto oyó el zumbido de la cerradura eléctrica, Servaz empujó la puerta y se encaminó a toda prisa al cubículo.

El aparato de grabación había desaparecido y solo quedaban los cables de conexión encima de la mesa.

Era eso lo que quería el agresor: recuperar la grabación. Había asumido un riesgo considerable. No cabía duda, él era el personaje de la capucha. Él era el que había matado a Claire Diemar, el que había drogado a Hugo. Había estado todo el tiempo al acecho, espiando a Servaz, siguiéndolo. Cuando lo había visto acercarse a la cámara de vigilancia y entrar en el banco, había comprendido lo que se proponía. Como no tenía manera de saber si podían reconocerlo, había adoptado una arriesgada estrategia. Se había tenido que introducir en el banco con los otros clientes y después ir al baño y permanecer allí hasta el cierre. Luego había atraído a Servaz al sitio más alejado del cubículo y mientras este perdía el tiempo en el baño, había robado el disco duro y se había dado a la fuga. Así, más o menos, debían de haberse desarrollado las cosas.

Servaz lanzó una maldición. Entonces se dio cuenta de que la ropa le chorreaba formando un charco a sus pies.

—¿Cree que estaba en esa grabación… que… que ha entrado en mi banco… la persona que mató a esa joven?

Al director le temblaba casi la voz. Pálido a más no poder, tomaba conciencia de lo sucedido. Servaz tenía la impresión de que alguien le estaba apretando el cráneo con una barra de hierro. Debía verlo un médico. Llamó al departamento de identificación judicial para pedir que mandaran un equipo.

—Vuelva a su casa —aconsejó al director.

Después se dirigió al vestíbulo. Sus zapatos empapados de agua emitían un ruido de succión a cada paso. Desde un gran pedestal de cartón, una bonita empleada le dedicó una radiante sonrisa. Llevaba anudado al cuello un fular con los colores del banco. Sin saber por qué, Servaz maldijo de repente todos esos anuncios que contaminaban con sus manipulaciones mentales el día a día, el cerebro y la totalidad de la existencia de la gente desde el nacimiento hasta la muerte. Esa noche, estaba enojado con el mundo entero. Dejando que las puertas se cerraran tras él, encendió un cigarrillo al abrigo de los balcones del edificio. Desde cualquier ángulo que contemplase lo que acababa de ocurrir, llegaba indefectiblemente a la misma conclusión: había dejado escapar al asesino.

Oscurecía cada vez más, salvo en el este, donde el cielo asomaba aún claro y radiante bajo las nubes, y las tinieblas se instalaban bajo los árboles de la plaza. Miró el reloj. Las 22.30. Los de la policía científica tardarían al menos una hora en llegar.

La inquietud le roía las entrañas. Era consciente de que, muy cerca de ellos, había un asesino que no dudaba en atacar a los policías, que actuaba con pavorosa sangre fría y determinación. Se agazapaba a unos metros de distancia, acoplando los pasos a los suyos. Estaba allí de manera constante. Solo de pensarlo, Servaz sintió que se le erizaba el vello de la nuca.

El móvil sonó en su bolsillo. Miró el número. Era Samira.

—Han identificado a Thomas999 —anunció—. No se llama precisamente Thomas.

La información lo transportó de improviso muy lejos del banco.

—No te lo vas a creer —añadió Samira.

Llamaron a la puerta. Margot lanzó una ojeada a su compañera de cuarto dormida y consultó la hora en la esquina de la pantalla del ordenador que permanecía encendido en su cama. Las 23.45. Se levantó y la entreabrió. La pálida y redonda cara de Elias —o cuando menos la mitad que no quedaba tapada por su mechón de pelo— destacaba en la oscuridad del pasillo.

—Pero ¿qué haces en el dormitorio de las chicas? ¿No sabes usar los teléfonos y los mensajes?

—Sígueme —dijo él.

—¿Cómo?

—Date prisa.

Estuvo casi a punto de insultarlo y darle con la puerta en las narices, pero la disuadió el tono de su voz. Volvió hasta la cama y se puso una camiseta y un pantalón. Eran casi las doce de la noche, estaba en bragas y sujetador y Elias no había ni mirado su cuerpo, que, según tenía constancia, atraía bastante a los chicos. Una de dos, o era virgen, tal como afirmaban algunas chicas, o bien era gay, como aseguraban a veces los chavales.

Apretó el interruptor y el pasillo se iluminó.

—¡Hostia, Margot!

Su grito no pasó de un murmullo ronco. Ella lo interrogó con la mirada. Elias se limitó a encogerse de hombros antes de encaminarse a la escalera. Abajo, en el vestíbulo, dos bustos de mármol los observaron mientras abrían la puerta que daba al parque. Afuera la tormenta había amainado. Entre las nubes, la luna arañaba como una pálida uña la noche. Margot sintió cómo el agua que impregnaba la vegetación penetraba en sus zapatillas no bien dio unos pasos en la hierba.

—¿Adónde vamos?

—Han salido.

—¿Quién?

—¿Quién va a ser? Sarah, David y Virginie. Los he visto dirigirse al laberinto uno después de otro. Deben de haberse dado cita allí. Tenemos que darnos prisa.

—Un momento. ¿Y si nos topamos con ellos? ¿Qué vamos a decir?

—Les preguntaremos qué hacen allí.

—Estupendo.

Se adentraron en las sombras. Pasaron cerca de la estatua, bajo el gran cerezo, y penetraron en el laberinto sorteando la oxidada cadena. Elias se paró y aguzó el oído. Margot lo imitó. Silencio. A su alrededor, las plantas se sacudían con el viento, desprendiéndose del agua antes del próximo chubasco. Si bien aquello dificultaba la identificación de otros ruidos, también servía para cubrir los que pudieran hacer ellos.

Vio que Elias dudaba antes de girar a la izquierda. A cada desvío, temía encontrarse con los tres amigos. Hacía tiempo que no podaban los setos y de vez en cuando una rama le arañaba la cara. El cielo se había vuelto a encapotar. Solamente oía el ruido del viento y el gotear del follaje y ya empezaba a pensar que tal vez Elias se había equivocado.

Al cabo de un momento, no obstante, sonaron voces, muy cerca.

Elias se detuvo delante de ella y levantó la mano, usando el mismo gesto que en las películas de guerra cuando los comandos se aventuran en territorio enemigo. Estuvo a punto de soltar una carcajada, aunque en el fondo no tenía ningunas ganas de reír. Comenzaba a invadirla un sentimiento de desazón. Contuvo la respiración. Estaban justo ahí, después del siguiente desvío… Dieron dos pasos más y esa vez la voz de David se elevó bien clara.

—Es acojonante, para volverse histérico —decía.

—¿Y qué podemos hacer si no? —Margot reconoció la voz dulce y sedosa de Sarah—. No queda más que esperar…

—No podemos dejarlo así —protestó David.

Una corriente eléctrica recorrió el vello del brazo de Margot. Solo tenía un deseo: volver a su habitación junto con Lucie. David tenía una voz átona y quejumbrosa, una pronunciación deficiente que tropezaba en ciertas sílabas, como si estuviera borracho… o colocado.

—Esta vez lo noto mal. Tiene… tiene que haber algo que podamos hacer… Mierda, no podemos… no podemos abandonarlo…

—Cierra el pico.

La voz de Virginie había irrumpido como el restallido de un látigo.

—No debes venirte abajo ahora, ¿me entiendes?

No parecía, sin embargo, que David la entendiera. Margot percibió sus sollozos a través del seto, una especie de gemido sordo y prolongado, y también un rechinar de dientes.

—Hostia… hostia… hostia —gimió—. Mierda, joder…

—Tú eres fuerte, David, y nosotros estamos aquí. Nosotros somos tu única familia, no lo olvides. Sarah, Hugo, yo y los otros… No vamos a dejar a Hugo en la estacada, desde luego…

Se produjo una pausa. Margot se preguntó a qué se refería Virginie. David provenía de una familia conocida. Su padre era industrial, director general del grupo Jimbot. Untando en todos los escalafones, agasajando a los políticos y financiando sus campañas electorales, había conseguido hacerse con una buena porción de las obras públicas de la región a lo largo de las últimas décadas. Su hermano mayor, que había estudiado en París y en Harvard, dirigía la empresa junto con su padre. David los odiaba, Hugo se lo había dicho un día.

—Debemos reunir con urgencia el Círculo —dijo de repente David.

Todos callaron un momento.

—No es posible. La reunión se celebrará el 17, tal como estaba previsto, y no antes.

La voz de Virginie había vuelto a sonar cargada de autoridad.

—¡Pero Hugo está en la cárcel! —gimió David.

—No vamos a abandonar a Hugo, eso nunca. De todas maneras, ese poli va a acabar por comprender y, en caso necesario, nosotros lo ayudaremos a ello…

Margot sintió que la sangre dejaba de circular por su cara. La manera en que Virginie había hablado de su padre le causaba escalofríos, porque estaba impregnada de una brutalidad glacial.

—Ese poli, como dices, es el padre de Margot.

—Precisamente.

—¿Precisamente qué?

Virginie guardó silencio un momento, esquivando la pregunta.

—No te preocupes, lo tenemos vigilado —dijo por fin—. Y a su hija también.

—¿Qué estás diciendo?

—Digo simplemente que hay que hacer entender a ese poli que Hugo es inocente… De una manera o de otra… Y, con lo demás, hay que ser prudentes…

—¿No te has fijado en que, últimamente, cada vez que volvemos la cabeza, ella está ahí? —intervino Sarah—. Siempre está cerca, por ahí donde estemos nosotros…

—¿Quién?

—Margot.

—¿Insinúas que Margot nos espía? ¡Es absurdo!

Era David. Elias se volvió y lanzó una mirada interrogativa a Margot en medio de la penumbra. Ella pestañeó con nerviosismo.

—Lo que quiero decir es que tenemos que ser prudentes, solo eso. No me da buena espina esa chica.

La voz de Sarah fluía como un gélido riachuelo. Margot sintió unas repentinas ganas de marcharse. Por encima del laberinto, unas nubes cárdenas corrían por la noche.

De repente, su smartphone imitó, de manera débil pero distinguible, el sonido de un arpa en su bolsillo. Elias le lanzó una mirada furibunda, con los ojos como platos. Margot presintió que el corazón le iba a dar un peligroso brinco en el pecho.

—Yo hablaré con ella, si queréis… —comenzó a hablar David.

—¡Chist! ¿Qué era ese ruido? ¿No lo habéis oído?

—¿Qué ruido?

—Parecía como… un arpa, o algo así… Por allá, cerca.

—Yo no he oído nada —dijo David.

—Yo también lo he oído —intervino Sarah—. ¡Hay alguien aquí!

—¡Nos vamos corriendo! —le murmuró Elias al oído.

Enseguida la agarró por la mano y se fueron de estampida hacia la salida sin tomar más precauciones para disimular su presencia.

—¡Hostia! —gritó David—. ¡Había alguien!

Oyeron que se ponía a perseguirlos, y también sus amigas. Elias y Margot corrían con todas sus fuerzas, doblando a toda prisa los recodos y rozando los setos. Los demás también corrían rápido tras ellos. Margot lo percibía por el ruido. Tenía la impresión de que la sangre quería brotar por sus sienes, de que los recodos y las avenidas no se acababan nunca. Cuando pasaron a toda velocidad por debajo de la cadena de la entrada del laberinto, el letrero medio oxidado le raspó profundamente la espalda y reprimió una exclamación de dolor. Quería retroceder por donde habían llegado, pero Elias tiró con violencia de ella hacia atrás.

—¡Por ahí no! —gruñó quedamente—. ¡Nos van a ver!

La llevó por el otro lado, introduciéndose en un estrecho espacio situado entre dos setos en el que ella no había reparado y pronto se hallaron al amparo de la densa sombra de los árboles. Entre la oscuridad caían las gotas de las copas. Se deslizaron entre los troncos, hasta que salieron frente a los grandes ventanales del anfiteatro semicircular. Margot percibió sus dos reflejos recortados en la oscuridad de los vidrios, gesticulando como dos alumnos de mimo. Rodearon el edificio hasta llegar a una pequeña puerta en la que nunca se había fijado. Entonces vio con sorpresa que Elias buscaba algo en el bolsillo y después introducía una llave en la cerradura. Un instante después, se hallaban en el interior, en cuyos pasillos desiertos comenzó a resonar la vibración de sus pasos.

—¿Dónde has encontrado esa llave? —preguntó, corriendo tras él.

—¡Más tarde!

Llegaron a una escalera. No era la misma de antes. Aquella era más antigua, más estrecha, y olía a polvo. Subieron hasta la planta de los dormitorios, donde Elias abrió una puerta. Margot advirtió con incredulidad que se encontraban delante de los dormitorios de las chicas. La puerta de su habitación quedaba a tan solo unos metros.

—¡Corre! —murmuró él—. ¡No te desvistas! ¡Métete en la cama y haz como si durmieras!

—¿Y tú? —preguntó, entre los tumultuosos latidos de su corazón.

—¡No te preocupes por mí, corre!

Obedeciendo la indicación, se precipitó hacia su puerta y después de abrirla, miró hacia atrás. Elias había desaparecido. La cerró y se disponía a quitarse el cinturón cuando se acordó de sus palabras. Entonces levantó la sábana y se metió debajo vestida.

Al cabo de unos segundos, el pulso se le aceleró de nuevo cuando sonaron unos pasos en el corredor. Luego alguien hizo girar la manecilla de la puerta y el miedo estalló en su pecho. Cerró los ojos y entreabrió la boca como si durmiera, procurando afectar una respiración pausada. A través de los párpados, vislumbró la luz de una linterna que le enfocaba la cara. Estaba segura de que, a la distancia en que se hallaban, podían oír los desbocados latidos de su corazón, advertir el sudor en su frente y el rubor de su cara.

Después la puerta se volvió a cerrar, los pasos se alejaron y a continuación oyó que Sarah y Virginie entraban en su habitación.

Abrió los ojos en la oscuridad.

Delante de su vista bailaban unos puntos blancos.

Tenía la garganta seca y el cuerpo bañado en sudor. Se incorporó en la cama y se dio cuenta de que temblaba de pies a cabeza.

21

Vacaciones en Roma

*L*a radio estaba encendida. Por los altavoces, una voz pausada y profunda planteaba: «¿En qué consiste la profesión de diputado? En pasar el tiempo en comités de beneficencia, reuniones de barrio y asambleas comarcales; en aplaudir discursos, inaugurar supermercados; en ser experto en pugilato local, estrechar manos y saber decir que sí en el momento oportuno. Sobre todo en saber decir que sí en el momento oportuno. La mayoría de mis colegas no creen en absoluto que los males de la sociedad se puedan resolver a través de una actividad legisladora, ni tampoco creen que el progreso social forme parte de sus atribuciones. Ellos creen en la religión de los privilegios, en el credo de la acumulación y en el dogma de la gratuidad... para ellos, claro está».

Servaz se inclinó para subir el volumen, sin desviar la vista de la carretera. La voz inundó el habitáculo. No era la primera vez que la oía. Con su insolencia, su juventud y su sentido de la fórmula justa, su propietario se había convertido en un personaje codiciado por los medios de comunicación, al que era obligado invitar en los debates de televisión y en los programas matinales radiofónicos, porque era él quien provocaba erecciones en el público.

—¿Se refiere a los del partido contrario o a los de sus propias filas? —quiso saber el presentador.

—Las palabras tienen un significado, ¿no? Yo he dicho «la mayoría». ¿Cuándo me ha oído mantener un discurso partidista?

—¿Es consciente de que no se va a granjear amigos diciendo eso?

Se produjo una pausa. Servaz seguía sintiendo el lacerante dolor que palpitaba como una vena en la parte posterior de su cabeza. Consultó la pantalla del GPS. El bosque desfilaba delante de la luz de los faros. No estaba deshabitado. Cada cincuenta metros había barreras blancas y farolas. Más allá de las cunetas, limpias y despejadas, detrás de los árboles se percibían unos grandes edificios modernos.

—La gente me ha elegido para que les diga la verdad. ¿Sabe por qué vota la gente? Para tener la ilusión de que controlan algo. La capacidad de control es igual de importante para los humanos que para las ratas. En los años setenta, unos científicos demostraron, mandando descargas eléctricas a dos grupos de ratas, que aquellas a quienes se procuraba una manera de controlarlas tenían más anticuerpos y menos úlceras.

—Quizá porque recibían menos descargas —intentó bromear el presentador.

—Bueno, pues eso es lo que yo hago y quiero seguir haciendo —prosiguió, imperturbable, el entrevistado—. Yo quiero devolver el control a mis administrados y no limitarme a darles ilusión. Para eso me eligieron.

Servaz aminoró la velocidad. Hollywood. Todas esas casas iluminadas entre los árboles le recordaban a Hollywood. Ninguna disponía de menos de trescientos metros cuadrados. Aquellas urbanizaciones olían a revistas de decoración, a vinos de reserva en la bodega y a música ambiental de jazz.

—En este país hay un representante político por cada cien habitantes y un médico por cada trescientos. ¿No cree que debería ser lo contrario? El resultado es que en las más altas instancias se distribuye una determinada suma de dinero, para destinarla a tal o cual uso, y se va… ¿cómo diríamos?… filtrando. En cada nivel intermedio, una parte del dinero se evapora. Cuando llega abajo, a las personas a quienes normalmente correspondería, gran parte de la suma ha desaparecido en gastos de funcionamiento, sueldos, atribuciones de mercados, etc.

—Usted dice eso porque la izquierda salió vencedora en la práctica totalidad de las regiones el pasado mes de mayo —ironizó.

—Evidentemente. De todas maneras, usted paga impuestos, ¿no? Apuesto a que...

Servaz desconectó la radio. Estaba casi llegando. El programa estaba grabado, pero nada le garantizaba que fuese a encontrar el pájaro en el nido, ni tampoco que no estuviese durmiendo. Era, no obstante, allí donde quería verlo, y no cumpliendo guardia. No había informado a nadie de sus intenciones, aparte de a Samira y Espérandieu.

—¿Estás seguro de que no empiezas por el final? —se había limitado a comentar Vincent.

¿Qué acababa de decir aquel diputado? «La capacidad de control es igual de importante para los humanos que para las ratas». Sí, tenía toda la razón, y por eso él mismo quería conservarla en su propia investigación.

Salió de la carretera y siguió muy despacio por una recta avenida flanqueada de árboles. Una decena de metros más allá de esta, acababa delante de una construcción pegada al bosque, diametralmente opuesta a la de Marianne: moderna, de una sola planta, toda de hormigón y vidrio. En cuanto a superficie, no tenía sin embargo nada que envidiarle. Después la orilla norte del lago, aquel barrio de casas dispuestas en medio del bosque era lo más elegante de Marsac. Por lo demás, Marsac era una ciudad que violaba todas las leyes en materia de cupos de viviendas sociales. La razón era evidente: no habrían tenido suficientes personas que alojar allí. El sesenta por ciento de su población estaba compuesta de profesores universitarios, ejecutivos, banqueros, pilotos de aviación, cirujanos e ingenieros que trabajaban en la industria aeronáutica de Toulouse. Eso justificaba la existencia de los dos campos de golf, el club de tenis y el restaurante de dos estrellas en la guía Michelin. Con sus dos iglesias, un mercado cubierto del siglo XVII y sus decenas de pubs y restaurantes, Marsac era un vivero de innovadoras empresas vinculadas a los laboratorios de investigación de su facultad de Ciencias y con los grandes grupos industriales instalados en la periferia de Toulouse. También era una especie de barrio residencial donde las clases altas vivían aparte, lejos de las turbulencias de la gran ciudad.

Después de apagar el motor, Servaz contempló el edificio iluminado a través del parabrisas y la noche que se instalaba con la agobiante lentitud de los crepúsculos de junio, pese a que debía faltar ya poco para medianoche. Líneas horizontales, un tejado plano, grandes superficies de vidrio que se interrumpían en ángulos rectos a lo largo de una terraza elevada. Las habitaciones, la ultramoderna cocina americana y los salones quedaban completamente a la vista. Parecía una construcción de Mies Van der Rohe. Servaz pensó que Paul Lacaze, estrella ascendente de la derecha, había proyectado su condición de político hasta en la elección arquitectónica de su vivienda. Al bajarse del coche, advirtió que alguien lo observaba a través de uno de los ventanales. Era una mujer... Vio que volvía la cabeza para hablar con alguien.

De improviso, su teléfono comenzó a sonar.

—Martin, ¿estás bien? ¿Qué ha pasado?

Marianne... Buscó con la mirada a la mujer del ventanal. Había desaparecido, sustituida por una silueta masculina.

—Estoy bien. ¿Quién te ha avisado?

—El director del banco es amigo mío. —«Claro», pensó. La misma Marianne le había dicho que conocía a todo el mundo—. Escucha... —La oyó suspirar en el auricular—. Siento lo de anoche. Sé que estás haciendo todo lo posible y... y quería pedirte disculpas.

—Te tengo que dejar —dijo él—. Te volveré a llamar.

Volvió a centrarse en la casa. Habían corrido una de las vidrieras y la silueta se encontraba entonces en la terraza, bajo la cubierta de hormigón que la protegía de la lluvia.

—¿Quién es usted?

—Comandante Servaz, de la policía judicial —contestó, sacando su placa mientras subía los escalones—. ¿Paul Lacaze?

—¿Y usted qué cree? —replicó, sonriendo, el hombre—. ¿No ve nunca la tele, comandante?

—No mucho, no, pero acabo de oírlo en la radio... Muy interesante.

—¿Qué le trae por aquí?

Servaz se situó a resguardo y lo observó con detenimiento. De unos cuarenta años, estatura mediana, robusto, en evidente buena forma física, Lacaze vestía un chándal con capucha que le confería cierto aire de boxeador después de un entrenamiento. Eso era él precisamente, un pugilista, un combatiente, el tipo de persona que prefería golpear a esquivar. El chándal no era el mismo que en el vídeo de la cámara de vigilancia, pero eso no quería decir nada.

—¿No lo adivina?

La expresión se volvió menos afable.

—Claire Diemar —dijo Servaz.

El diputado mantuvo durante un instante una absoluta inmovilidad.

—¿Qué pasa, cariño? —preguntó una voz femenina.

—Nada. El señor es de la policía. Investiga ese asunto de asesinato, y como yo soy diputado y alcalde de esta ciudad…

Lacaze le dirigió una penetrante mirada. Servaz vio que la mujer se acercaba. Llevaba un pañuelo anudado en la cabeza y una peluca debajo. En lugar de cejas tenía una gruesa raya trazada con lápiz e, incluso en aquella penumbra gris, saltaba a la vista que tenía mala cara. Pese a ello, seguía siendo guapa. Le tendió una mano y Servaz se la estrechó. Era liviana como una pluma, carente de fuerza y energía.

En sus ojos percibió que el cáncer iba ganando terreno y, de repente, le dieron ganas de excusarse y dar media vuelta.

—Fue un suceso horrible, lo de esa pobre mujer —dijo.

—No tardaré mucho —prometió él—. Simples formalidades. —Miró al marido.

—¿Y si vamos a mi despacho, comandante?

Servaz asintió con la cabeza. Luego Lacaze señaló el suelo y, al bajar la vista, Servaz vio un felpudo, en el que se limpió con docilidad los pies. Después entraron en la casa. Atravesaron el salón donde un gran televisor de pantalla plana difundía una película en blanco y negro con subtítulos, sin volumen. Servaz advirtió dos vasos medio llenos de whisky encima de la mesa del sofá y una botella encima de la barra. Pasaron por un pasillo iluminado con focos, sin la menor decoración en las paredes. Al otro lado, la noche caía sobre el vidrio. Lacaze empujó una puerta situada al fondo del corredor. Como cabía esperar, el despacho era grande, moderno y acogedor. Las paredes de ébano estaban casi recubiertas de fotos enmarcadas.

—Siéntese.

Lacaze se situó detrás de su escritorio y se dejó caer en un sillón de cuero. Luego encendió una lámpara de flexo. La silla en la que se sentó Servaz se componía de tubos cromados y de flexible cuero.

—Nadie me ha avisado de su visita —indicó el diputado, sin rastros ya de urbanidad.

—Yo he tomado la iniciativa.

—De acuerdo. ¿Qué quiere?

—Ya lo sabe.

—Vaya al grano, comandante.

—Claire Diemar era su amante…

El diputado no disimuló su sorpresa. Servaz no preguntaba, afirmaba.

—¿Quién se lo ha dicho?

—Su ordenador, aunque alguien se tomó la molestia de vaciar meticulosamente sus dos listas de mensajes, la del trabajo y la de su domicilio. De todos modos fue una maniobra más bien estúpida, si quiere saber mi opinión.

Lacaze lo miró sin comprender. O tal vez estaba simplemente fingiendo.

—Thomas999 es usted, ¿no? Intercambiaban mensajes apasionados.

—La quería.

La respuesta, lacónica y directa, tomó de improviso a Servaz. Lacaze practicaba, por lo visto, la franqueza en todos los terrenos. ¿Sería un político sincero? Servaz no era tan ingenuo como para creer que existiera un espécimen así.

—¿Y su mujer?

—Suzanne está enferma. Y yo quiero a mi mujer, comandante, como también quería a Claire. Sé que debe parecer difícil de creer.

Seguía manifestando aquella aparente franqueza. Servaz desconfiaba de las personas que hablan siempre en nombre de la verdad.

—¿Fue usted quien vació el buzón de correo electrónico de Claire Diemar?

—¿Cómo?

—Ya me ha oído.

—No sé de qué me habla.

—Ya conoce el ritual —dijo.

—¿No hablará en serio?

—Sí.

—No tengo por qué responder.

—Es cierto, pero de todos modos me gustaría que lo hiciera.

—¿Y no habría tenido usted que consultar al señor juez antes de venir a importunarnos a semejante hora a mi mujer y a mí? Supongo que ya habrá oído hablar de la inmunidad parlamentaria...

—No me resulta desconocido el concepto.

—Bueno, entonces está hablando conmigo en condición de testigo, ¿no es así? Sin esa condición, se aplica la doble imposibilidad de la hora y de mi inmunidad.

—Así es. Solo una pequeña conversación entre amigos...

—A la cual yo puedo poner fin en cualquier momento.

Servaz inclinó la cabeza.

El político lo miró fijamente y después se recostó con un suspiro contra el respaldo del sillón.

—¿A qué hora?

—El viernes, entre las siete y media y las nueve y media.

—Estaba aquí.

—¿Solo?

—Con Suzanne. Estábamos viendo un DVD. A ella le gustan las comedias americanas de los años cincuenta, fíjese. Últimamente hago lo posible para hacerle la vida más... agradable. El viernes era, a ver, *Vacaciones en Roma*, me parece, pero habrá que preguntárselo. Yo no estoy seguro. Ella podría atestiguarlo si llegáramos a ese punto... pero no hemos llegado, ¿verdad?

—Por ahora, esta conversación no existe —confirmó Servaz.

—Es lo que me parecía.

Eran como dos boxeadores en el momento del pesaje. Lacaze lo sopesaba. Le gustaba tener adversarios de talla.

—Hábleme de ella.

Servaz había elegido de manera intencionada el pronombre. Sabía, por experiencia, la extraña reacción química que la palabra podía desencadenar en el cerebro de un hombre enamorado.

Vio cómo vacilaba la mirada de Lacaze. *Touché*. El boxeador acusaba el golpe.

—Ay, Dios mío… Ella… ella… ¿Es verdad lo que dicen? —El diputado hizo una pausa para elegir las palabras—. Que murió… atada… ahogada… Ah, mierda… ¡creo que voy a vomitar!

Servaz vio que se levantaba de un brinco y se precipitaba hacia la puerta. Antes de llegar, ya había dado, sin embargo, media vuelta. Osciló unos instantes en el centro de la habitación, como si se apoyara, aturdido, en las cuerdas, antes de volver hacia el sillón y dejarse caer en él. La analogía se prolongó en el pensamiento del policía: solo le faltaba un cubo y un cuidador en la esquina del ring.

—Lo siento.

Un microscópico sudor perlaba la frente del diputado, que había quedado demudado.

—Sí —confirmó Servaz—. Es cierto.

Servaz vio que el político abatía la cabeza hasta casi tocar la mesa. Afianzando los codos contra ella, entrelazó los dedos detrás de la cabeza.

—Claire… oh, joder, Claire… Claire… Claire…

La voz de Lacaze no era ya más que un largo lamento que subía del fondo de su garganta. Servaz estaba atónito. O bien aquel individuo estaba loco perdido por esa mujer o bien era el mejor actor del mundo. No parecía importarle lo más mínimo que alguien asistiera a la escena.

Después se enderezó y Servaz reparó en sus ojos enrojecidos, de virulenta mirada. En raras ocasiones había visto a alguien más afectado.

—¿Fue el chico quien lo hizo?

—Lo siento. No puedo responder a esa pregunta.

—¿Pero tiene una pista, al menos?

Había planteado la pregunta con tono casi de súplica. Servaz asintió con la cabeza. En realidad, empezaba a dudar de que tuviera alguna.

—Haré todo lo posible por ayudarle —afirmó, serenándose, el diputado—. Quiero que cojan al desgraciado que lo hizo.

—En ese caso, responda a mis preguntas.

—Adelante.

—Hábleme de ella.

Lacaze respiró hondo y, a la manera del boxeador que regresa al combate al borde de la extenuación, se lanzó hacia delante.

—Era una chica muy inteligente, magnífica, ingeniosa. Claire lo tenía todo, era una joven bendecida por los dioses. Tenía todos los talentos.

«Bendecida por los dioses hasta el viernes por la noche», pensó Servaz.

—¿Cómo se conocieron?

Lacaze se lo contó en detalle, con cierta complacencia y una genuina emoción, según advirtió Servaz. Lo habían invitado a visitar el instituto, como todos los años desde que era alcalde de Marsac. Conocía a todos los profesores y todos los miembros del personal, ya que la *prépa* de Marsac era uno de los escaparates de la ciudad y atraía a los mejores estudiantes de la región. Le habían presentado a la nueva profesora de lenguas y culturas grecorromanas. Desde el primer contacto, se había producido una corriente especial. Habían estado charlando, tomando una copa. Ella le había explicado que antes enseñaba francés y latín en primer ciclo de secundaria, que había pasado las oposiciones a cátedra y enseñado en otro instituto antes de que le ofrecieran aquel prestigioso puesto. Él había comprendido enseguida que estaba sola y que necesitaba tener alguien al lado para iniciar una nueva vida en aquel entorno profesional. Lo había captado de forma instintiva, con el don innato que tenía para leer el pensamiento de la gente, una capacidad que había heredado de su padre, el senador Lacaze, según precisó. Desde el primer encuentro, tuvo la certeza de que la cosa iba a ir más lejos. Y eso fue lo que sucedió, apenas dos días después, cuando se encontraron en una estación de lavado de coches. Pasaron de allí directamente al hotel. Así se había iniciado su relación.

—¿Su mujer estaba ya enferma en ese momento?

Lacaze se sobresaltó como si le hubiera dado una bofetada.

—¡No!

—¿Y después qué pasó?

—Lo normal. Nos enamoramos. Yo era un personaje público y había que armarse de discreción. Esa situación nos pesaba. Habríamos querido gritar nuestro amor a los cuatro vientos.

—Ella le pedía que abandonara a su mujer y usted no quería, ¿no es eso?

—No. Se equivoca por completo, comandante. Era yo el que quería dejar a Suzanne y Claire se oponía. Decía que no estaba preparada, que eso arruinaría mi carrera. Se negaba a asumir esa responsabilidad cuando todavía no estaba segura de si quería compartir la vida conmigo.

»Y después —añadió con un matiz de pesar en la voz—, Suzanne se puso enferma y todo cambió… —Clavó una mirada infinitamente triste en los ojos de Servaz—. Mi mujer me hizo comprender que yo tenía un destino, que Claire era una persona demasiado egoísta, demasiado centrada en sí misma para poder ayudarme a cumplirlo, que era el tipo de mujer que jamás aporta nada a los otros, sino que los priva de su sustancia para nutrir la suya. Ella me hizo prometer que, si ella llegara a desaparecer, no renunciaría a mi porvenir por… por ella…

—¿Cómo se había enterado de su relación?

—Había descubierto indicios y había llevado a cabo su propia investigación —explicó, ensombreciendo la expresión—. Mi mujer fue periodista. Tiene olfato y conoce el terreno. Digamos que quería saber, sin llegar a saber más de lo necesario.

—¿Fuma usted?

—Sí —repuso, sorprendido, Lacaze.

—¿Qué marca?

El diputado le dirigió una mirada intrigada, pero no se negó a responder.

—¿Ya había estado en casa de Claire?

—Sí, desde luego.

—¿No tenía miedo de que alguien lo viera?

Vio que el político vacilaba.

—Hay un pasadizo… en el bosque… que da a su jardín. —Servaz permaneció impertérrito—. Al otro lado desemboca en una pequeña área de pícnic rodeada de árboles, al borde de una carretera. Ese pasadizo es casi imposible de ver si uno no conoce su existencia. Yo aparcaba allí y efectuaba el trayecto a pie. Eran unos doscientos metros. Las únicas personas que habrían podido verme eran los vecinos de enfrente, porque sus ventanas dan al jardín de Claire, pero tenía que correr ese riesgo. Además, siempre me ponía alguna prenda con capucha. —Sonrió—. Aunque aquello tenía su parte mala, también nos resultaba excitante, para ser sinceros. Nos sentíamos como unos conspiradores, como unos adolescentes. Ya sabe, lo del síndrome de «nosotros contra el mundo entero».

La voz se le había quebrado al final. Los mejores recuerdos se convierten en cruces pesadas de cargar en ciertas circunstancias, se dijo Servaz. Pensó en el túnel entre la maleza. ¿Lacaze le habría hablado de él si hubiera sido el hombre que espiaba a Claire fumando allí? ¿La habría espiado y descubierto así que tenía tratos con otro? ¿Con Hugo? ¿Y la prenda con capucha? ¿Sería él el hombre que había visto en el vídeo? Aunque la silueta le había parecido más alta y más delgada, se podía equivocar. ¿Por qué había sentido Lacaze la necesidad de mencionar el pasadizo? ¿No estaría planteándole de manera inconsciente el reto de probar su culpabilidad?

—¿Tiene más preguntas?

—Por ahora no.

—Muy bien. Ya le he dicho que haré cuanto pueda para ayudarlo, pero, por otra parte, seguro que es usted consciente de mi posición.

Lacaze había recuperado a todas luces la compostura. Servaz le lanzó expresamente una mirada cargada de incomprensión.

—Mi posición como personaje público —precisó el político con irritación—. La clase política de este país está agonizante, moribunda. Hemos dejado de tener fe en nosotros mismos. Hace tanto tiempo que nos repartimos el poder que ya no tenemos ninguna idea nueva ni la menor posibilidad de cambiar nada. Comandante, no me da vergüenza decirlo: yo soy una de las personalidades con más futuro del partido. Creo en mi destino. Dentro de dos años, cuando nuestro presidente haya perdido las elecciones, porque las perderá, yo asumiré la dirección de esa formación y seré yo quien esté en primera línea en 2017, cuando la izquierda deberá enfrentarse a su vez al balance de sus resultados. Cuando Europa, como el resto del mundo, sea escenario de revueltas e insurrecciones, el futuro se cifrará en personas como yo. ¿Comprende lo que está en juego? Todo esto tiene unas dimensiones mucho mayores que su investigación, la muerte de la señorita Diemar o el porvenir de mi matrimonio.

Servaz comprobaba, estupefacto, que aquel hombre estaba devorado por la ambición.

—¿Y por consiguiente?

—Por consiguiente, no me puedo permitir la menor sombra en el panorama, la menor sospecha, ¿comprende? La gente querrá precisamente eso, personas nuevas, inmaculadas, vírgenes de toda corrupción, ajenos a los viejos manejos, sin ninguna clase de salpicadura. Debe llevar a cabo su pesquisa con la más absoluta discreción. Usted sabe tan bien como yo que si mi nombre apareciera, incluso siendo yo inocente, siempre habría alguien que sugeriría que cuando el río suena agua lleva, para alimentar el rumor, para perjudicarme… Pero si hablásemos de su carrera, en lugar de la mía, yo puedo ayudarlo, comandante. Tengo aliados poderosos, tanto a nivel regional como nacional. Mis opiniones cuentan en las altas esferas. —Respiró hondo—. Cuento con su discreción, y con su lealtad. No me malinterprete. Deseo tanto como usted que se encuentre al cabrón que hizo eso, pero también quiero que esta investigación se lleve a cabo con discernimiento.

Vaya, vaya… Servaz sentía crecer la rabia en su interior. El «haré cuanto pueda para ayudarlo» había quedado a un lado. Lacaze le proponía ni más ni menos que un intercambio de servicios, un toma y daca. Se puso en pie.

—No se moleste. Hace casi veinte años que no voto en unas elecciones. Supongo que eso me convierte en un individuo muy poco receptivo a cualquier argumento de tipo electoral. Tengo una última pregunta.

Lacaze aguardó.

—Dejando aparte sus visitas anuales al instituto, ¿conocía usted ya la *prépa* de Marsac?

—Por supuesto, yo fui alumno en Marsac. Es... ¿cómo explicárselo? Un sitio muy especial, muy distinto de...

—No se canse. Lo conozco.

Lacaze lo miró con sorpresa. Servaz salió y enfiló el pasillo.

Al volver al salón, estuvo casi a punto de toparse con la esposa del diputado. Tiesa como una vara, lo miró con una frialdad absoluta. Sostenía un vaso de whisky en la mano, que se acercó a los labios sin despegar la vista de él, desafiante, con la descolorida boca apretada. Comprendió el mensaje implícito: ella lo sabía todo y también esperaba que mantuviera la discreción, aunque por otros motivos.

—Tiene sangre en el cuello, atrás —señaló con tono glacial.

—Discúlpeme —farfulló él, ruborizándose—. Siento haberla molestado a estas horas.

—Los que creen que no hay nada después de esta vida se equivocan —dijo ella, mirando el fondo del vaso—. Hay una eternidad de silencio. No es una cosa fácil de afrontar. —Elevó la vista para fijarla en él—. Lárguese de aquí.

Salió al pasillo y volvió a cruzar el salón en dirección a las vidrieras. Ella lo siguió con la mirada sin decir nada cuando apareció en la terraza. Se sentía apabullado. Apabullado por el peso de la noche que reinaba allí. Apabullado por el peso de su propio pasado. Apabullado por las consecuencias de lo que había vivido allá arriba, en la azotea. Se detuvo un instante bajo el alero del techo de hormigón y observó el campo, negro y hostil. El dolor seguía palpitando en la parte posterior de su cabeza, como el recordatorio de algo... pero ¿de qué? Después se levantó el cuello y se adentró con tristeza en las tinieblas.

22

Nostalgia

Se encorvó sobre la taza del váter para vomitar. Se enjuagó la boca, se lavó los dientes y se volvió a enjuagar. Luego se enderezó y miró el fantasma que la observaba en el espejo. Lo desafió con la mirada tal como venía haciendo durante meses, pero sintió que el fantasma ya no tenía miedo de ella, que era más fuerte cada día.

Oficialmente, el fantasma había empezado a proliferar diez meses atrás en su cuello. Ella sabía, con todo, que estaba allí desde hacía bastante más tiempo, como una diminuta célula inicial que aguardaba su hora, solitaria pero fatal, al acecho del momento en que podría comenzar a dividirse en miles y millones de células inmortales. Lo paradójico era que, cuantas más células inmortales había, más se aproximaba a su muerte. También había otra paradoja: el enemigo no era exterior sino interior. Había nacido en ella. Mecanismo molecular, división celular, agentes mutágenos, focos secundarios... Se había convertido en una especialista del tema. Tenía la impresión de experimentar físicamente la proliferación de las células cancerosas en su cuerpo, los ejércitos del cáncer, que se desplazaban por las autopistas de su sistema circulatorio, ocupaban los enlaces, los desvíos, las carreteras secundarias de sus capilares y de sus ganglios linfáticos, asediaban sus pulmones, su bazo, su hígado y enviaban la metástasis hasta su ingle y su cerebro. Abrió el botiquín en busca del antiemético y llenó de agua el vaso. No tenía nada en el estómago aparte del alcohol, pero ya no tenía hambre. Había reanudado la quimioterapia a comienzos de la semana. Se puso a tararear *Feeling Good*, en la versión de Muse o la de Nina Simone. Cuanto más se aproximaba a la muerte, más ganas tenía de cantar. *Birds flying high you know how I feel / Sun in the sky you know how I feel.* Al salir del cuarto de baño, captó la voz proveniente del despacho. Él había dejado la puerta entreabierta. Se acercó descalza. Estaba preocupado. Hablaba con tono febril por teléfono.

—Te digo que tenemos un problema. Ese policía no va a parar ahí. Es de los obstinados.

Se tocó el pañuelo y la peluca, para comprobar que no se habían movido. De nuevo le asaltaron las náuseas y, de repente, se propulsó muy lejos de allí. Unos planetas que nacen y mueren; estrellas que dejan de brillar en las profundidades del espacio; un bebé que va a nacer de un vientre mientras una persona se apaga; una ola que se forma en el océano a lomos de la cual cabalga ella sobre una plancha de surf a los quince años; una sonata de Schubert que toca en el piano a los diecinueve años, aplaudida por cien personas; unos varanos en una selva; una laguna; una mochila; una vuelta al mundo a los veintiocho acompañada del hombre, casado y mucho mayor que ella, al que amaba por entonces. Eso era lo que habría deseado, poder rebobinar la película... partir de cero... volver a comenzarlo todo.

—¡Ya sé qué hora es! —volvió a exclamar su marido, con voz de pánico, al otro lado de la puerta—. Llámalo y pregúntale qué pasa. ¡No, mañana no, esta noche, mierda! ¡Que saque al fiscal de la cama, hostia!

«¿Dónde estuviste y qué hiciste el viernes por la noche?».

Sonrió. El niño bonito de los medios de comunicación tenía miedo, un miedo cerval. Ella lo había amado. Lo había amado, sí, más que a ningún otro, para acabar despreciándolo, con un desprecio proporcional a su amor de antaño. ¿Sería tal vez uno de los efectos secundarios de la enfermedad? Esta debería haberla vuelto más comprensiva en principio, ¿no? Más... empática, como decía esa gente, sus amigos... periodistas, políticos, médicos, empresarios, pequeños burgueses. Ahora tomaba conciencia de hasta qué punto estaba rodeada de pedantes, de figurones, de engreídos, que se llenaban la boca de palabras agradables, de salidas ingeniosas y fórmulas huecas que se pasaban de unos a otros. Cuánto añoraba a las personas sencillas de su infancia, a su padre y a su madre, que fueron unos simples artesanos, a sus vecinos, sus amigos, los habitantes del modesto barrio donde se había criado.

—De acuerdo. Llámame.

Oyó que colgaba y se alejó discretamente. Había escuchado cómo decía a ese policía que habían pasado la velada juntos viendo un DVD, que a ella le encantaban las comedias americanas de los años cincuenta... la única verdad en toda aquella sarta de mentiras. ¡*Vacaciones en Roma*! Estuvo a punto de soltar una carcajada. Lo imaginó caracterizado como Gregory Peck y a sí misma como Audrey Hepburn, recorriendo en Vespa las calles de Roma. Era cierto que diez años atrás habían sido comparables a eso. Habían parecido una pareja perfecta, que suscitaba admiración, envidias y celos. En todas las veladas a las que asistían, las miradas se centraban en ellos, en la joven periodista brillante y seductora y en el joven y prometedor político. Había miradas maravilladas y otras envidiosas. Él seguía siendo un político con gran porvenir.

Hacía lustros que no habían visto una película juntos.

Lo había oído gemir como un animal herido a causa de la muerte de aquella puta, sin preocuparse por la presencia del policía. ¿Tanto la quería?

«¿Dónde estuviste el viernes?».

Si de algo no cabía duda era de que esa noche no estuvo en casa, como tampoco las otras.

No quería saberlo. Ya había suficientes tinieblas a su alrededor. Por ella podía consumirse en el infierno o languidecer en la cárcel... pero después de que ella hubiera muerto. La tristeza, la soledad y el miedo a la muerte tenían un sabor a yeso en su boca. O tal vez se trataba de otra jugarreta del fantasma. Quería morir en paz.

Ziegler abrió el ropero y sacó varios trajes de uniforme que depositó en la cama.

Una chaqueta de tejido impermeable azul marino y azul real con dos franjas marcadas con la palabra «gendarmería» en la espalda y en el pecho. Una chaqueta de forro polar azul con refuerzos en los codos y los hombros. Varios polos de manga larga, dos pantalones, tres faldas rectas, camisas, una corbata negra y una pinza de corbata, varios pares de zapatos femeninos y dos pares de botas militares, unos guantes, una gorra y un sombrero, que encontró igual de ridículo que la última vez que se lo había calado, justo antes de las vacaciones.

La diferencia estaba en que entonces ya no se ponía esa ropa con ocasión de ciertas ceremonias, como una parada militar o una visita del prefecto, sino todos los días. Esos uniformes que la mayoría de sus colegas llevaban con orgullo eran para ella los símbolos de su descenso de categoría y de su caída en desgracia.

Después de pasar dos años efectuando pesquisas de paisano en la sección de Investigación, volvía al punto de partida.

Había soñado con conseguir una promoción que le permitiera instalarse en una gran ciudad, una ciudad llena de luces, de ruido y de furor. En lugar de ello, volvía a encontrarse en el campo. Ella sabía que, aun siendo menos visible, la criminalidad era también omnipresente en aquellas idílicas zonas rurales. El uso del coche y las nuevas tecnologías habían propiciado la expansión del crimen por todos los rincones del país. Por una parte, los delincuentes urbanos curtidos no dudaban ya en desplazarse a zonas con menor presencia policial y, por otra, en cualquier pueblucho de varios centenares de habitantes se podía encontrar a un par de cretinos cuyos sueños de grandeza consistían en igualar el grado de abyección de sus modelos urbanos. De ello se desprendía que allí, como en todas partes, quedaban dos profesiones aún no expuestas a la amenaza del paro: los abogados y los policías.

Ella era consciente, sin embargo, de que en cuanto surgiera un caso de importancia, se lo quitarían enseguida de las manos para confiarlo a una unidad de investigación más competitiva que su modesta brigada.

Tras cerciorarse de que todas sus prendas de uniforme estaban limpias y planchadas, las volvió a guardar en el armario y se apresuró a olvidarse de ellas. Sus vacaciones terminaban al día siguiente. Hasta entonces, más valía no dejarse invadir por los pensamientos negativos.

Salió de la habitación y, atravesando el minúsculo comedor de su apartamento de funcionaria, cogió el periódico de la mesa del sofá. Luego se dirigió al pequeño escritorio situado junto a la ventana, encendió el ordenador y se sentó.

Ziegler localizó el artículo. En la página web del periódico no había más informaciones que las que constaban en la publicación en papel. Sí había, en cambio, un enlace que remitía a un artículo anterior, publicado durante su estancia en las islas griegas y que tenía por titular: «Asesinato de una joven profesora en Marsac. El policía que resolvió el caso de Saint-Martin al frente de la investigación». Sintió un hormigueo.

—Por todos los santos, ¿tiene usted idea de la hora que es? —vociferó el ministro en el auricular mientras alargaba la mano hacia la lamparilla de noche.

Lanzó una ojeada a su esposa, que seguía profundamente dormida en medio de la espaciosa cama. El teléfono no la había despertado siquiera. La persona que llamaba no rechistó. Después de todo, era el presidente del grupo parlamentario de la asamblea y no tenía por costumbre despertar a la gente por menudencias.

—Ya se imaginará que si le llamo a una hora así es porque se trata de un asunto de máxima importancia.

—¿Qué ocurre? —preguntó el ministro, incorporándose—. ¿Ha habido un atentado terrorista? ¿Ha muerto alguien?

—No, no, nada de eso —respondió el otro—. De todas maneras, es algo que, en mi opinión, no podía esperar hasta mañana.

Al ministro le dieron ganas de contestarle que las opiniones son más o menos igual de numerosas y variadas que lo que ambos tenían entre las piernas, pero se contuvo, porque le urgía obtener más información.

—¿De qué se trata?

El jefe del grupo parlamentario se lo expuso. El ministro sacó las piernas de la cama y se puso las pantuflas. Después salió de la habitación y se dirigió al despacho de su vivienda.

—¿Y dice que era el amante de esa mujer? ¿Es un rumor o es un hecho?

—Él mismo lo confesó a ese policía —confirmó su interlocutor.

—¡Joder! ¡Todavía es más tonto de lo que pensaba! ¿Y no le habrá dicho, por casualidad, si la había matado? —ironizó el ministro.

—En mi opinión, no —respondió con gran seriedad su interlocutor—. No creo que Paul sea capaz de algo así. Si quiere saber lo que pienso, Paul es un débil que se quiere hacer pasar por fuerte.

El presidente del grupo parlamentario quedó satisfecho por aquel comentario, con el que absolvía a su rival rebajándolo de paso. Era perfectamente consciente de las ambiciones de Paul Lacaze. Sabía que el joven diputado aspiraba a ocupar su puesto. Detestaba a aquel electrón libre, aquel joven perro rabioso que se erigía en caballero blanco de la política. El problema con el blanco es que se ensucia mucho, pensó. En el fondo, se alegraba un poco de lo que ocurría. Al otro lado de la línea, no obstante, el ministro suspiró.

—Le aconsejo que elimine de su vocabulario las expresiones del estilo «en mi opinión», «yo creo» o «a mí me parece» —le espetó—. A los electores no les gustan las opiniones, sino los actos y los hechos.

El jefe del grupo parlamentario reprimió sus ganas de replicar. Tenía suficiente instinto político como para saber cuándo era recomendable callar.

—Y ese policía, ¿qué se sabe de él?

—Fue el que hizo caer a Eric Lombard hace un año y medio —respondió.

El ministro reflexionó un instante. Luego miró el reloj. Pasaban diez minutos de las doce de la noche.

—Voy a llamar a la ministra de Justicia —resolvió—. Hay que mantener a toda costa el control de este asunto antes de que nos estalle en la cara. Y usted, vuelva a llamar a Lacaze. Dígale que queremos verlo mañana mismo. Me da igual si tiene llena la agenda. Que se las arregle.

Colgó sin aguardar respuesta y buscó el número de la mujer que se hallaba al frente del Ministerio de Justicia. Este debería informarse sin demora sobre los magistrados encargados del caso. Por un momento, sintió nostalgia de la época en que los jueces estaban sometidos al poder, en la que era posible en aquel país acallar cualquier asunto, en la que la vida del ministro del Interior consistía en gestionar escuchas ilegales, informes comprometedores sobre sus rivales y zancadillas diversas. Le habría encantado vivir en esa época, pero ya no era posible. En la actualidad, los insignificantes jueces metían el hocico por todas partes y había que andarse con tino para no dar un paso en falso.

Servaz miró el reloj del salpicadero. Las 00.20. Quizá no era demasiado tarde. ¿Tenía derecho a presentarse así, de improviso? El efluvio de su perfume, que había aspirado cuando ella le había dado un beso el viernes, se hizo presente en su recuerdo, y decidió que sí. En lugar de regresar por Marsac, dejó tras de sí el barrio residencial y siguió a través del bosque. Después giró a la izquierda en el siguiente cruce rodeado de campos. La carretera lo dirigía directamente hacia el lago. La primera casa que se encontraba en la orilla norte, después de la última curva viniendo del bosque, era la de Marianne. Vio la luz en la planta baja, a través de los árboles. No estaba acostada. Siguió hasta la verja y bajó del coche.

—Soy yo —dijo simplemente después de haber apretado el botón, al oír el chisporroteo del interfono.

Entonces se dio cuenta de que el corazón le latía muy deprisa. Por toda respuesta, oyó el clic y la verja se abrió lentamente mientras se volvía a colocar frente al volante. Continuó despacio sobre la gravilla, mientras los faros recortaban las siluetas de las ramas bajas de los pinos. Aunque no había nadie mirando por las ventanas, la puerta de entrada estaba abierta.

Después de cerrarla tras de sí, se dejó guiar por el sonido del televisor. La encontró sentada en un sofá de color arena, con las rodillas plegadas, rodeada de cojines, delante de un programa literario. Tenía una copa de vino en la mano, que elevó en dirección a él.

—Cannonau di Sardegna —dijo—. ¿Quieres?

No parecía sorprendida por aquella visita tardía. Él, por su parte, no había oído hablar nunca de ese vino. Iba vestida con un pijama de pantalón corto de satén. La tela de color azul eléctrico realzaba su cabellera rubia, sus ojos claros y sus piernas bronceadas, que no pudo por menos de admirar.

—Con mucho gusto —aceptó.

Ella se desplegó con ágiles movimientos y fue a buscar una voluminosa copa en el mueble bar, que llenó hasta un tercio. El vino era sin duda bueno, aunque un poco fuerte para su paladar. De todas formas, debía reconocer que no era un especialista. Marianne había quitado el sonido de la tele, pero dejado la imagen. Un reflejo propio de las personas solas, se dijo él. Incluso sin el sonido, la tele es una presencia. Parecía triste y agotada. Con ojeras y sin maquillar, la encontró más atractiva aún. Aodhágán tenía razón: nunca había tenido rival. Sin pintar, despeinada y vestida solo con aquel pijama, habría podido aparecer en una velada y eclipsar a las demás, pese a sus joyas, sus vestidos de alta costura y sus visitas de último minuto a la peluquería.

Marianne se volvió a sentar y él se dejó caer a su lado en el sofá.

—¿Qué te trae por aquí? —preguntó.

Antes de que tuviera tiempo de responder, se volvió hacia él y se sobresaltó.

—¡Por Dios, Martin, tienes sangre en el cuello y en la cabeza!

Se inclinó y él notó el delicado contacto de sus dedos separándole el cabello.

—Tienes una herida… Te tiene que ver un médico. ¿Cómo te has hecho eso?

Se lo explicó dando un nuevo sorbo al vino. Sabía que si tomaba dos más como aquel empezaría a darle vueltas la cabeza. Miró la etiqueta: catorce grados, ni más ni menos…

Le contó lo de los vídeos de vigilancia del banco, la segunda silueta, el ruido, la persecución en la azotea.

—¿Eso significa… eso significa que la persona filmada por la cámara es el verdadero culpable, según tú?

Percibió la esperanza que le formaba un nudo en la garganta, una esperanza inmensa, desmesurada.

—Es posible —respondió Servaz con prudencia.

No añadió nada, pero captó que pensaba con gran concentración, mientras seguía separándole de manera mecánica el cabello con la punta de los dedos.

—No puedes quedarte así. Hay que darte puntos.

—Marianne…

Ella volvió a levantarse y salió. Al cabo de cinco minutos regresó con algodón, alcohol y una caja de Steri-Strips.

—No va a salir bien —adujo—. O me vas a tener que afeitar el cráneo.

—¿Y por qué no?

Servaz comprendió que a ella le sentaba bien hacer algo, pensar aunque solo fuera un momento en otra persona aparte de Hugo. Sintió el ardor del alcohol cuando lo desinfectó y se estremeció de dolor cuando apretó un poco demasiado fuerte. Luego sacó un Steri-Strip de la caja, lo desprendió de la capa protectora y trató de colocarlo, pero enseguida renunció.

—Tienes razón, habría que afeitarte.

—De ninguna manera.

—Espera. Déjame mirar otra vez.

Ella se inclinó de nuevo, sin dejar de removerle el pelo. Estaba cerca, demasiado cerca… Él tomó conciencia de la delgadez de la tela de satén que lo separaba de aquel cuerpo. También tomó conciencia de la piel dorada y cálida que había debajo, de sus labios inusitadamente grandes, como los suyos. Aquello les daba risa, en otro tiempo. Decían que «sus bocas se habían encontrado». Los dedos de Marianne le acariciaban la nuca… Volvió la cabeza.

Vio sus ojos y percibió su brillo.

Sabía que no era el momento oportuno, que era lo último que debía hacer. El pasado era el pasado y no volvería más. Nada podía ser como antes y menos un pasado como el suyo. Era imposible. Lo único que ganarían sería arrasar sus más hermosos recuerdos, privarlos de buena parte de la magia que aún conservaban. Todavía estaba a tiempo de apretar la tecla «pausa». Había un millón de motivos para hacerlo.

En sus entrañas se desató, no obstante, el mar de fondo. Los dedos de Marianne resbalaron como agua en su cabello y, durante unos segundos, solo vio su cara y sus ojos, muy abiertos, rutilantes como un lago en el claro de luna. Ella lo besó en la comisura de los labios y él sintió sus manos y sus brazos deslizándose en torno a su cuerpo. De improviso, el silencio le pareció más denso. Se besaron. Se miraron. Se volvieron a besar, como si tuvieran necesidad de cerciorarse de que todo aquello era real y que era eso lo que de veras deseaban. De forma instintiva, reencontraron los gestos del pasado, aquella manera tan propia que tenían de entregarse: los besos profundos, un completo abandono en el que se sumían, con los ojos cerrados, más allá del dintel donde se había quedado siempre Alexandra, con la boca entreabierta, con una reserva que delataba su necesidad de control, incluso durante el amor. Aun estando ciego habría reconocido aquella lengua, aquella boca, aquellos besos. Era cierto aquello que decían: «Sus bocas se habían encontrado». Había conocido a otras mujeres después de Marianne e incluso después de Alexandra, pero nunca había vuelto a encontrar aquella complicidad, aquella complementariedad. Solo ella sabía besar de esa manera.

La desnudó con prisa y reconoció el vello que se extendía entre sus muslos, el cuello largo, los hombros anchos, los pezones y la mancha de nacimiento. Reconoció asimismo su fino talle y sus delgados brazos, y la parte inferior de su cuerpo, más robusta: la amplia curva de sus caderas y las piernas, sólidas como las de un atleta, con el mismo vientre sorprendentemente musculoso que sus hermanos y ella debían a los genes paternos. También reconoció el movimiento de aquella pelvis que se arqueaba y acudía a su encuentro y reconoció la abundante humedad bajo sus dedos. Todo aquello le resultaba tan familiar que se dio cuenta de que el recuerdo de aquellas sensaciones permanecía metido ahí, inscrito en algún recoveco de las circunvoluciones de su cerebro reptiliano, a la espera de que lo resucitara. De este modo, tuvo la impresión de volver a casa.

Ziegler no tenía sueño. Había retomado su rutina nocturna, la misma que la mantenía despierta todas las noches, volcada en su pasión, su persecución. Ponía al día sus informaciones, revisando notas en el MacBook Air después de un mes de vacaciones, durante el cual Zuzka la había obligado a desconectar.

Las fotos y los recortes de prensa prendidos en las paredes de su rincón de trabajo eran reflejo de su obsesión. Si los miembros de la célula parisina con quienes se había puesto en contacto Servaz se hubieran introducido en el ordenador de Irène Ziegler, habrían quedado sin duda sorprendidos con la cantidad de información que había conseguido reunir en varios meses en torno a un tema: Julian Alois Hirtmann. Posiblemente habrían considerado también que Ziegler habría podido ser una excelente colaboradora suya. Saltaba a la vista que había leído mucho sobre la cuestión. En realidad, lo había leído todo.

La gendarme había encontrado en los archivos de la prensa suiza una mina casi inagotable de datos sobre la infancia de Hirtmann, sobre sus estudios de derecho en la Universidad de Ginebra, su carrera de fiscal, su estancia de tres años trabajando para el Tribunal Internacional de La Haya. Una periodista suiza había interrogado con detenimiento a parientes próximos y lejanos, vecinos y habitantes de Hermance, la pequeña ciudad situada a orillas del Lemán donde se había criado Hirtmann. La infancia de un asesino en serie presenta siempre signos precursores, como saben todos los especialistas. Timidez, soledad, sociabilidad deficiente, afición por lo morboso y desaparición de animales en el vecindario se cuentan entre los síntomas más clásicos. La periodista había descubierto también un detalle que había llamado la atención de los investigadores. A los diez años, Hirtmann había perdido a su hermano menor Abel, de ocho, en circunstancias no elucidadas del todo. La muerte se había producido en pleno verano, cuando ambos estaban de vacaciones en casa de sus abuelos; sus padres acababan de divorciarse. Los abuelos tenían una granja, un gran caserón típicamente suizo con palomar, vacas, ocas, una vasta panorámica suspendida de cielo y montaña, cerca del lago de Thoune, en el Oberland de Berna, y, detrás de la vivienda, toda una sucesión de glaciares «como platos dispuestos en un pesebre», según la expresión de Charles Ferdinand Ramuz. Era un auténtico decorado de tarjeta postal. Según la periodista, diferentes testigos hablaban de un niño solitario, que no se relacionaba con los otros, que solo jugaba con su hermano. En casa de sus abuelos, Julian y Abel habían adquirido la costumbre de salir a hacer largas excursiones en bicicleta por los alrededores del lago, que podían durar toda la tarde. Sentados en la mullida hierba, contemplaban los barcos blancos que surcaban el lago al final de la armoniosa y suave curva de la colina y escuchaban las campanas del valle, que, acompasadas al lento ritmo de las horas, elevaban cual cometas sus alegres carrillones en alas de las corrientes atmosféricas.

Esa noche, sin embargo, Julian había regresado. Había anunciado llorando que su hermano y él habían trabado relación con un desconocido llamado Sebald. Lo habían conocido al principio de las vacaciones y todos los días se iban en secreto a reunirse con él. Sebald, un adulto de unos cuarenta años, les enseñaba «un montón de cosas». Aquel día, no obstante, había estado raro e irritable. Cuando Julian le había confiado que Abel escondía dos pastelillos *Basler Läckerlis* en el bolsillo, Sebald había querido probarlos. «Seguro que Abel es el consentido de vuestra madre, ¿verdad, Julian? ¿Y que a ti te quiere menos?», había dicho. Su hermano menor se había negado en redondo a compartir los pasteles con Sebald. «¿Qué hacemos?», había preguntado entonces este con una voz melosa que les había provocado escalofríos a ambos. Y cuando Abel, que comenzaba a tener miedo, había manifestado el deseo de volver, Sebald había ordenado a su hermano que lo atara a un árbol. Queriendo complacer al adulto pese al miedo que también sentía él, el niño había obedecido desoyendo las súplicas de su hermano. Después el hombre le había pedido que metiera tierra y hojas en la boca de Abel para castigarlo mientras ellos comían los pastelillos delante de él. Fue en ese momento cuando Julian huyó, abandonando a su hermano a merced del adulto.

No bien hubieron escuchado su relato, los abuelos y vecinos se precipitaron hacia el lugar, pero no encontraron restos de Abel ni de Sebald por ningún sitio. El cadáver del niño apareció finalmente en las aguas del lago una semana más tarde. La autopsia reveló que le habían mantenido la cabeza bajo agua. En cuanto al misterioso Sebald, las numerosas investigaciones llevadas a cabo por la policía suiza no habían permitido localizar sus huellas ni siquiera determinar su existencia.

De acuerdo con las pesquisas efectuadas por varias revistas de investigación, Hirtmann había salido en la universidad con media docena de estudiantes, pero había tenido solo una relación seria con la joven que se convertiría en su mujer. La prensa había tratado de sondear a sus antiguas conquistas, así como a sus condiscípulos de la facultad de Derecho, y había obtenido testimonios bastante divergentes. Algunos lo describían como un estudiante totalmente normal, otros mencionaban su fascinación por la muerte y lo macabro. Según ellos, a menudo lamentaba no haber iniciado la carrera de medicina en lugar de la de derecho y demostraba poseer sorprendentes conocimientos anatómicos. En una entrevista publicada por *La Tribune de Genève*, una alumna llamada Gilliane había declarado: «Era interesante y divertido, sin rasgos inquietantes ni amenazadores. Sí era, por el contrario, una persona que sabía manipular a la gente hablándola, embaucándola. También era fascinante por ese lado lúgubre que cultivaba, con su manera de vestirse, sus aficiones musicales, sus lecturas, la manera de mirarla a una, ya sabe…». Otro periodista había establecido las coincidencias entre sus diferentes viajes por los países limítrofes con Suiza y varias desapariciones de jóvenes. Varios artículos hablaban de la estancia que había efectuado en La Haya, donde había tenido que realizar dictámenes para el Tribunal Internacional sobre episodios de violaciones, de torturas y de asesinatos cometidos por militares, incluidos los cascos azules.

Ziegler había elaborado una lista no exhaustiva de las «posibles» víctimas del antiguo fiscal en Suiza, en las Dolomitas, los Alpes franceses, Baviera y Austria, y reparado en determinado número de desapariciones sospechosas ocurridas en Holanda durante el periodo en que él había vivido allí.

Entre estas se encontraba la de un hombre de treinta y pico años, un insignificante periodista que al parecer había pecado de fisgón y había detectado algo antes que todos los demás. Se trataba sin duda de la única víctima masculina del suizo además del amante de su mujer. La desaparición de una turista americana en las Bermudas por los mismos días en que él estaba de vacaciones a unos kilómetros de allí constaba también en la lista, aun cuando las autoridades la habían achacado a un ataque de tiburones. Por aquel entonces, la prensa y la policía le habían atribuido una cuarentena de casos distribuidos en un periodo de veinticinco años. Los cálculos de Ziegler apuntaban más bien a un centenar. Nunca habían vuelto a encontrar ni a una sola de aquellas personas... Si había un campo en el que Hirtmann había logrado una total maestría era en el de hacer desaparecer los cadáveres.

Ziegler se arrellanó en el sillón y escuchó un momento el silencio del edificio dormido. Habían transcurrido dieciocho meses desde que el suizo se había fugado del Instituto Wargnier. ¿Habría matado durante todo ese tiempo? Ella apostaba a que sí. ¿Cuántas víctimas habría que añadir a la lista? ¿Lo llegarían a saber algún día?

La sombría faz de Julian Alois Hirtmann había salido a la luz después del asesinato doble de su mujer y del amante de esta, el juez Adalbert Berger, un colega de la fiscalía de Ginebra, acaecido la noche del 21 de junio de 2004 en su casa, a orillas del Lemán. Hirtmann, que solía organizar orgías frecuentadas por la alta sociedad ginebrina en su chalé, había invitado esa noche a cenar al joven juez a fin de arreglar entre caballeros las condiciones de la partida de Alexia, que quería divorciarse de él. Al final de la comida, mientras sonaban los *Kindertotenlieder* de Mahler, los había encañonado con un arma y los había obligado a bajar al sótano y después a desnudarse, antes de rociarlos con champán para acabar electrocutándolos con un consolador eléctrico manipulado. Aquello habría podido interpretarse como un trágico accidente, teniendo en cuenta el estilo de vida de la pareja, si la señal de alarma de la casa no se hubiera disparado en ese momento y si la policía no hubiera llegado antes de que la esposa de Hirtmann, Alexia, hubiera expirado.

La investigación subsiguiente había permitido descubrir en un cofre del banco varias carpetas repletas de recortes de prensa que remitían a varias decenas de desapariciones de jóvenes ocurridas en cinco países limítrofes. Hirtmann había declarado que se interesaba en esos casos por deformación profesional. Cuando resultó evidente que su defensa no se sostenía, empezó a manipular a los psiquiatras. Al igual que la mayoría de individuos de su calaña, sabía perfectamente qué tipo de respuestas esperaban los psiquiatras y psicólogos de una persona como él. Son muchos los criminales reincidentes que han aprendido a hacer girar los engranajes del sistema a su favor. El suizo evocó los celos que sintió cuando descubrió que sus padres querían mucho más a su hermano menor que a él, el desprecio de su madre hacia él, el alcoholismo y la violencia con que lo trataba su padre, e incluso ciertos gestos sexuales inapropiados por parte de su madre... y había recurrido, a todas luces, a aquel consumado don para manipular a la gente al que había aludido su compañera de estudios en la entrevista.

Julian Hirtmann había pasado varias temporadas en diversos hospitales psiquiátricos antes de ir a parar al Instituto Wargnier, donde lo habían conocido Servaz e Irène. De allí se había fugado, dos inviernos atrás, gracias a la complicidad de una enfermera.

Ziegler volvió a centrarse en los dos artículos del periódico, el titulado HIRTMANN ESCRIBE A LA POLICÍA y el que hablaba de las pesquisas que Martin llevaba a cabo en Marsac. ¿Quién habría dado el soplo? Pensó en el estado de ánimo en que debía de encontrarse Martin. Estaba preocupada por él. Después de la investigación en la que habían participado durante el invierno del 2008, habían hablado mucho, por teléfono y durante las excursiones por la montaña, y él había acabado confesándole el trauma que había padecido en su infancia. Irène lo había interpretado como una prueba de confianza porque estaba segura de que llevaba años sin hablar de ello con nadie. Ese día había decidido velar por él, a su manera, sin que él lo supiera siquiera, como una hermana o una amiga.

Exhaló un suspiro. A lo largo de los meses anteriores había resistido la tentación de realizar la menor incursión en el ordenador de Martin. La última vez que lo había pirateado había sido cuando el consejo de investigación, la comisión de disciplina de la gendarmería, había transferido su caso a la Dirección Nacional. Por aquella época, había demostrado unas aptitudes para introducirse en los ordenadores de los demás que el Ministerio de Defensa habría encontrado seguramente «interesantes» de haber tenido conocimiento de ello. De este modo había leído el informe que Martin había redactado sobre ella para el comité disciplinario. Era un informe muy favorable, que resaltaba lo que ella había aportado a las pesquisas y los riesgos que había asumido para capturar al culpable; animaba a mostrarse clemente al comité. Puesto que se suponía que no lo había leído, no había podido darle las gracias. A continuación había consultado los e-mails, mucho menos favorables, que habían intercambiado varios superiores de la gendarmería.

En más de una ocasión había sentido deseos de informarse por esa vía de las vicisitudes de Martin. Sabía cómo acceder a sus dos ordenadores, el de la policía y el de su domicilio, pero había desistido, no solo por lealtad, sino también porque no quería descubrir cosas que después lamentaría saber.

«Todo el mundo tiene secretos, todo el mundo tiene algo que ocultar, y nadie es solamente lo que parece».

Aquello era aplicable tanto a ella como a los otros. Quería conservar de Martin la imagen que él le había dejado: la de un hombre que podría haberla cautivado si le hubiera atraído el sexo opuesto, un hombre metido en la maraña de sus contradicciones, un hombre atormentado por el pasado, lleno de rabia y de ternura al mismo tiempo, de cuyos gestos y palabras, por nimios que fueran, se desprendía su convicción de que el peso de la humanidad reposa en la suma de los actos de cada persona. Jamás había conocido a un hombre más melancólico, ni más recto. A veces Ziegler se ponía a fantasear con que Martin encontraba por fin a la persona que le aportaría la tranquilidad y la paz. Sabía, con todo, que eso no sucedería nunca.

«Atormentado», esa era la palabra que le venía a la cabeza cuando pensaba en él.

Se puso a teclear rápidamente y, aquella vez, siguió adelante. «Lo hago por tu bien». Una vez en el interior, se orientó con la destreza de un ladrón de pisos. Le bastó una breve inspección de la lista de mensajes para localizar el e-mail al que aludía el periódico. Lo había transmitido a París, a la célula encargada de localizar al suizo.

De: theodor.adorno@hotmail.com
Para: martin.servaz@infomail.fr

Fecha: 12 de junio
Asunto: *Saludos*

¿Se acuerda del primer movimiento de la *Cuarta*, comandante? *Bedächtig... Nicht eilen... Recht gemächlich...* ¿El fragmento que sonaba cuando usted entró en mi «habitación», aquel célebre día de diciembre? Hace tiempo que pensaba escribirle. ¿Le extraña? Seguro que me creerá si le digo que he estado muy ocupado últimamente. La libertad, igual que la salud, solo se aprecia en todo su valor cuando se ha estado privado de ella.

Pero no voy a importunarle más, Martin. (¿Me permite que lo llame Martin?). A mí mismo me horrorizan los importunos. Pronto le daré noticias mías. Aunque dudo que sean de su agrado, estoy seguro de que suscitarán su interés.

Afectuosamente, J. H.

Lo leyó y releyó varias veces, hasta impregnarse de las palabras. Cerró los ojos y apretó los párpados, concentrándose. Después examinó los e-mails que Martin había intercambiado con la célula parisina y se llevó un sobresalto: alguien creía haber visto a Hirtmann en la autopista París-Toulouse, viajando en moto. Se apresuró a abrir el archivo adjunto. La imagen movida, algo borrosa, tomada por la cámara de seguridad de un peaje... Un individuo alto, de cara invisible bajo un casco, montado en una Suzuki, que se inclinaba para pagar, alargando una mano enguantada hacia la taquilla. A esa imagen le sucedió otra. Un hombre alto, rubio, con perilla y gafas de sol que pagaba en la caja de una tienda. La cazadora, con un águila cosida en la espalda y una pequeña bandera americana en la manga derecha, era idéntica en ambas grabaciones. Ziegler sintió que se le erizaba el vello. ¿Era Hirtmann o no? Su manera de andar tenía algo familiar y también la forma de la cara… De todas maneras, no se fiaba mucho de sí misma porque su ferviente deseo de identificarlo podía conducirla a conclusiones precipitadas.

«Hirtmann en Toulouse…».

Evocó aquella celda de la Unidad A, el sector sometido a medidas de vigilancia extrema donde estaban encerrados los reclusos más peligrosos del Instituto Wargnier. Ella había asistido a la entrevista que mantuvo Martin con Hirtmann, al menos al principio, antes de que este pidiera quedarse a solas con él. Ese día había sucedido algo insólito: ella lo había captado. A nadie se le había escapado que entre el asesino y el policía se producía una especie de conexión. Eran como dos campeones de ajedrez o dos monumentos de la literatura, que se tanteaban y se reconocían. ¿Qué se habrían dicho después, a solas? Martin no había sido muy locuaz al respecto. Irène recordaba sobre todo que, en cuanto habían entrado en aquella celda de doce metros cuadrados, los dos hombres habían trabado enseguida conversación en torno a la música que sonaba en el equipo, la música de Mahler, o cuando menos así lo aseguraba Martin, porque Ziegler era incapaz de distinguir entre Mozart y Beethoven. Aquello fue como asistir a un combate de boxeo de pesos pesados entre dos adversarios que se respetan, un enfrentamiento del que se abstuvieron de participar los demás presentes, conscientes de su insignificancia y de su mera condición de espectadores.

«Pronto le daré noticias mías. Aunque dudo que sean de su agrado, estoy seguro de que suscitarán su interés».

La recorrió un escalofrío. Allí ocurría algo extraño, algo sumamente desagradable. Ziegler apagó el ordenador y se puso en pie. Se fue a su habitación y se desvistió, pero los engranajes de su pensamiento seguían en plena actividad.

Resolución

*E*lla había tenido una infancia.

Había tenido una vida cargada de acontecimientos alegres y tristes, una vida plena, una vida que se parecía a una competición de patinaje artístico, con sus figuras impuestas y sus figuras libres. Ella destacaba en la ejecución de las libres.

Su vida había sido como la de millones de otras personas. Sus recuerdos eran como todos los recuerdos: un álbum lleno de fotos amarillentas o una sucesión de pequeños fragmentos de películas entrecortadas en súper 8 guardadas en unas cajas redondas de plástico.

Había sido una preciosa niña que construía castillos de arena en una playa, una preadolescente más hermosa y turbadora que las demás, que, con sus rizos, su mirada aterciopelada y sus curvas precoces, perturbaba a determinados adultos amigos de sus padres, que debían luchar por no fijarse en sus rodillas bronceadas, sus caderas y el brillo tornasolado de su piel. Fue una muchacha viva e inteligente de la que se enorgullecía su padre, una estudiante que había encontrado al hombre de su vida, un joven brillante, triste, de boca grande y sonrisa irresistible, que le hablaba del libro que estaba escribiendo, pero al final había tomado conciencia de que el hombre de su vida cargaba con un fardo cuyo peso no menguaba jamás y de que ella misma era impotente contra los fantasmas.

Y después, lo había traicionado...

Esa era la palabra, reconoció con un nudo en la garganta. «Traición». No había nada más doloroso, más siniestro ni detestable que aquella palabra, tanto para la víctima como para el traidor o, en ese caso, la traidora... Se acostó aovillada sobre la dura tierra pelada de su tumba, a oscuras. ¿Era eso lo que estaba expiando? ¿Era Dios el que la castigaba a través de aquel enfermo del piso de arriba? ¿Aquellos meses de infierno eran el precio que pagaba por su traición? ¿Merecía lo que le estaba pasando? ¿Acaso merecía algún ser humano sufrir lo que estaba sufriendo? Ella no habría infligido aquel castigo ni a su peor enemigo...

Pensó en el hombre que vivía allí, justo encima, que, a diferencia de ella, vivía, iba y venía en el mundo de los vivos mientras la mantenía a ella en la antesala de la muerte. De repente, la invadió un frío glacial. ¿Y si no se cansaba de aquel juego? ¿Y si no se cansaba nunca? ¿Cuánto podía durar aquello? ¿Unos meses? ¿Unos años? ¿Varias décadas? ¿Hasta que muriera él? ¿Y cuánto tiempo habría de transcurrir antes de que se volviera loca de atar, completamente majareta? Ya percibía los primeros atisbos de su locura. En algunas ocasiones, se echaba a reír sin ningún motivo, con una risa que era incapaz de controlar. En otras, se ponía a recitar cientos de veces: «Los ojos azules van al cielo, los grises al paraíso, los verdes al infierno y los negros al purgatorio». Por momentos, sus pensamientos perdían toda conexión lógica; era cierto. O si no, la realidad desaparecía detrás de una pantalla de fantasmas, una proyección mental de delirios en cinemascope. «Bienvenidos a la sesión especial del sábado. Emociones y llanto garantizados. Preparen los pañuelos. Fellini y Spielberg no tienen nada de imaginación, comparados conmigo».

Iba a acabar loca.

Aquella evidencia la llenó de terror. También la aterrorizó la noción de que aquello no iba a acabar nunca, que no iba a parar nunca, que envejecería en aquella tumba al mismo tiempo que envejecía él, arriba. Tenían casi la misma edad... ¡No! ¡Cualquier cosa menos aquello! Tuvo la impresión de que se asfixiaba, de que se venía abajo, de que se iba a desmayar. «¡No-no-no-no-no-eso-no!». Y de repente, dentro de sí se instaló el frío. Acababa de percibir la salida, allí, justo delante. No tenía otra alternativa. Jamás saldría viva de allí.

Tenía que encontrar por consiguiente la manera de morir.

Examinó aquel pensamiento bajo todos los ángulos, igual como habría examinado una mariposa o un insecto.

«Morir...».

Sí. Ya no tenía más opciones. Hasta entonces había mantenido la ilusión, negándose a admitir lo evidente.

Habría podido hacerlo ya, aquella vez en que había creído que escapaba mientras él fingía solo dormir para luego poder jugar con ella en el bosque. Habría podido encontrar sin duda una manera de poner fin a todo aquello, si hubiera estado resuelta en ese momento. Por aquel entonces, sin embargo, solo pensaba en huir, en escapar con vida.

¿Habría habido otras antes de ella? En más de una ocasión se había planteado la pregunta y había llegado a la certeza de que sí. Ella era la última de una larga serie. Aquel hombre no dejaba nada al azar. El dispositivo era demasiado perfecto.

De pronto vio la solución, con una escalofriante claridad.

Ella carecía de medios para suicidarse. Lo que tenía que hacer era inducirlo a que la matara.

Era así de sencillo. Experimentó un repentino acceso de entusiasmo, incongruente y transitorio, como el matemático que acaba de encontrar la solución de una ecuación especialmente compleja. Después aparecieron las dificultades y el entusiasmo se disipó.

Ella contaba, no obstante, con una ventaja sobre él.

Disponía de tiempo, tiempo para discurrir, para reflexionar, tiempo para perder la cabeza, pero también para consagrarlo a su estrategia. En realidad, el tiempo era el único elemento del que disponía a discreción.

Lentamente, en la densa oscuridad de su prisión, aliviada solo por el fino rayo luminoso de debajo de la mirilla, empezó a elaborar lo que comúnmente se considera un plan.

MARTES

23

Insomnio

La luz de la luna que entraba por la vidriera se esparcía por la habitación. Al levantar la cabeza y volverla hacia la izquierda, podía ver su reflejo, rebotado en la superficie del lago. También oía las olas que lamían la orilla, más allá del balcón del dormitorio, con un apagado susurro, tan suave como el roce de una tela.

Notaba el contacto, cálido y sedoso, del cuerpo de Marianne. Hacía meses que no sentía un cuerpo cerca del suyo, una presencia ajena en su cama. Tenía el muslo encima del suyo, los pechos desnudos contra su torso y ese brazo que lo rodeaba con confiada actitud. Un mechón de finos cabellos rubios le producía un cosquilleo en la barbilla. Respiraba con sosiego y él no se atrevía a moverse para no despertarla. Lo más extraño era aquella respiración. No hay nada más íntimo que una persona que duerme y respira pegada a uno.

Por la ventana percibía, al otro lado del lago, la sombría masa de aquel espolón rocoso que habían bautizado con el nombre de Montaña los habitantes del lugar. La media luna se encontraba justo encima. Había parado de llover y el cielo estaba lleno de estrellas. Abajo, el bosque permanecía oscuro e inmóvil.

—¿No duermes?

Volvió la cabeza y con el claro de luna vio la cara de Marianne, sus grandes ojos claros, curiosos y brillantes.

—¿Y tú?

—Mmm. Estaba soñando, creo… Era un sueño raro… Ni agradable ni desagradable.

La miró. No parecía dispuesta a especificar más. Un pensamiento surgió, fugaz: se preguntó quién aparecía en su sueño, Hugo, Bokha, Francis o él. Un ave nocturna lanzó un largo y extraño grito, allá en el bosque.

—Estaba soñando con Mathieu —dijo ella por fin.

Bokha… Sin darle margen a decir nada, ella se levantó y se fue al cuarto de baño. Por la puerta entreabierta oyó que orinaba y luego abría un armario. Se preguntó si buscaba otro preservativo. No sabía qué pensar del hecho de que tuviera uno a punto. Aquella era la primera vez que utilizaban uno y lo había encontrado extraño. Ella, en cambio, parecía haberse alegrado de que él hubiera acudido sin llevar ninguno. Miró el radiodespertador. Las 2.13. Por un momento, se planteó buscar la manera de contarlos antes de la próxima vez, en caso de que hubiera una próxima vez, pero después se avergonzó de albergar tales pensamientos.

De regreso en la habitación, ella cogió un cigarrillo y lo encendió antes de acostarse a su lado. Después de dar un par de caladas, se lo colocó entre los labios.

—¿Tienes una idea de lo que… estamos haciendo aquí? —preguntó.

—Me parece bastante obvio —trató de bromear él.

—No me refería a hacer el amor.

—Ya sé.

Lo acarició entre los muslos.

—Lo que quiero decir… es que no tengo la menor idea —añadió—. No quiero… hacerte sufrir otra vez, Martin.

El sexo de Servaz no pensaba a decir verdad ni en el sufrimiento, ni en todos los años que le había costado olvidarla, apartarla de su vida. Ajeno a tales consideraciones, se irguió de inmediato. Ella levantó la sábana y, tendida encima de él, comenzó a frotarlo con un vaivén del vientre, aplicando una deliciosa presión. Lo volvió a besar y luego, apartando la cara, reanudó el íntimo y tenue frotamiento, escrutándolo con intensidad. Viendo sus pupilas dilatadas y la sonrisa instalada en sus secos labios, él se preguntó si no habría tomado algo en el cuarto de baño.

Ella se inclinó y de repente le mordió el labio inferior hasta hacer brotar la sangre. Estremecido por el dolor, notó el sabor metálico de la sangre en la boca. Ella le agarró con fuerza la cabeza, apretándole las orejas entre las manos, mientras él le masajeaba las caderas y succionaba un duro pezón. Sentía el suave y húmedo vaivén contra su sexo. Por fin, ella se levantó, lo rodeó con los dedos y emitió un curioso jadeo en el momento en que lo hundió dentro de sí, a horcajadas. En ese preciso instante, él se acordó de que aquella era su postura preferida antaño y, durante una fracción de segundo que estuvo a punto de estropearlo todo, una devastadora tristeza le presionó el pecho.

Sería acaso la noche, el claro de luna o la hora. Lo cierto fue que se abandonaron a un desenfreno que lo dejó vaciado y desamparado a un tiempo. Cuando ella se dirigió de nuevo al cuarto de baño, se tocó el labio magullado. Tenía arañazos en la espalda y ella le había mordido también el hombro. Sintiendo todavía el ardor y el fuego de sus caricias, esbozó una sonrisa triunfal y grave; grave porque sabía que su victoria era transitoria. ¿Se trataba en realidad de una victoria, o bien de una recaída? No sabía qué pensar. Con creciente desazón, volvió a plantearse si Marianne había tomado algo antes de hacer el amor. La mujer con quien compartía la cama no era la misma que había conocido…

Ella regresó y se dejó caer en el lecho. Después lo besó con una ternura que no había demostrado desde el principio. Cuando se colocó de lado, su voz sonó más ronca y profunda que de costumbre.

—Deberías tener cuidado. Todas las personas con las que me encariño acaban mal.

—¿Qué quieres decir?

—Me has oído perfectamente.

—¿De qué hablas?

—Todas las personas a las que quiero acaban mal —repitió—. Tú, con lo que pasó hace tiempo… Mathieu… Hugo…

Sintió como si una hilera de hormigas le royera las entrañas.

—No es verdad. Te olvidas de Francis. A él no parece que le vaya tan mal.

—¿Qué sabes tú de la vida de Francis?

—Nada, aparte de que fue él el que te dejó, poco después de que tú me dejaras por él.

Ella lo observó, buscando un asomo de reproche.

—Eso es lo que tú crees. Es lo que todo el mundo cree. En realidad, fui yo la primera que dije «basta». Luego él se puso a pregonar a los cuatro vientos que él había terminado la relación, que fue decisión suya.

—¿Y no era verdad? —preguntó, sorprendido.

—Un día le dejé una nota, después de una de las muchas discusiones que tuvimos, en la que le decía que quería dejarlo.

—¿Y entonces por qué no aclaraste la verdad?

—¿Qué más da? Ya conoces a Francis. Él tiene que sentirse el centro de todo.

Cuánta razón tenía. Ella lo miró con fijeza y entonces volvió a encontrar en sus ojos la mirada de la Marianne de antaño: atenta, perspicaz y tierna.

—¿Sabes? Cuando tu padre se suicidó, no me sorprendió nada. Era como si yo ya supiera lo que iba a ocurrir, como si conociera toda esa culpabilidad que cargabas encima, como si ya hubiera sucedido. Era como si estuviera escrito en alguna parte.

—El «*Ducunt colentem fata, nolentem trahunt*» de Séneca —comentó él con aire sombrío.

—Tú y tu latín. Mira, fue por eso por lo que me aparté. ¿Tú crees que te dejé por Francis? Te dejé porque ya estabas en otro sitio, perdido, atormentado por tus recuerdos, tu rabia y tu culpa. Estar contigo era como compartirte con unos fantasmas. Nunca sabía cuándo estabas conmigo y cuándo…

—¿Es realmente necesario que hablemos de eso ahora? —dijo él.

—¿Entonces cuándo? Después descubrí, claro está, qué era lo que quería Francis —prosiguió—. Cuando comprendí que no era yo lo que quería, sino que deseaba hacerte daño a ti a través de mí, lo dejé. Su intención era derrotarte en tu propio terreno, demostrarte quién de los dos era el más fuerte. Yo no era más que un botín entre ambos, un campo de batalla. Vuestra condenada rivalidad, vuestro duelo a distancia… y Marianne en el medio, como un trofeo. ¿Te das cuenta? Tu mejor amigo, tu álter ego, tu hermano… Erais inseparables y, durante todo ese tiempo, solo abrigaba un propósito: quitarte lo que más querías.

Tenía un incendio en el cerebro, ganas de huir para no escuchar nada más. De repente, sentía náuseas.

—En eso se resume la persona de Francis —continuó ella—, alguien brillante, divertido, pero lleno de rencor y de celos en el fondo. Él no se quiere a sí mismo. No aprecia la cara que le devuelve el espejo. Lo único que le gusta es humillar a los demás, hacerles morder el polvo. Tu mejor amigo... ¿Sabes qué me dijo una vez? Que yo merecía a alguien mejor que tú. ¿Sabías que estaba celoso de tu talento de escritor? Francis Van Acker no tiene ningún verdadero talento, aparte de saber manipular a los demás.

Servaz reprimió las ganas de taparle la boca con la mano.

—Y después llegó Mathieu, Bokha como lo llamabais vosotros. Oh, él no era tan brillante, no, pero tenía los pies en la tierra. Era sólido, fiable, un estratega mucho más inteligente y astuto de lo que sospechabais vosotros con vuestros desmesurados egos. Él tenía sobre todo una fuerza especial, y también bondad. Mathieu era la fuerza, la paciencia y la bondad cuando tú eras la ira y Francis la duplicidad. Yo quise a Mathieu, como os amé también a vosotros dos, no con la misma pasión devorante, ni con el mismo ardor, sino de una manera tal vez más profunda... algo que ni tú ni Francis podréis comprender nunca. Y ahora está Hugo. Él es lo único que me queda, Martin. No me lo quites.

Servaz notó que el cansancio lo invadía. Toda la excitación de aquella noche había desaparecido. Toda la alegría y la ligereza se habían evaporado como champán.

—¿Conoces a Paul Lacaze? —preguntó para cambiar de tema.

Ella vaciló un instante.

—¿Qué pinta Paul en todo esto?

Se planteó lo que iba a contestarle, consciente de que no podía contarle lo que había descubierto.

—Tú conoces a todo el mundo en Marsac. ¿Qué sabes de él?

Lo observó con la luz de la luna. Había comprendido que aquello guardaba relación con la investigación policial y, por lo tanto, con Hugo.

—Es ambicioso, muy ambicioso, inteligente y provocador. Tiene un porvenir político seguro a nivel nacional. Su mujer tiene cáncer. —Lo volvió a escrutar—. Tú ya lo sabías —dedujo—. ¿Por qué te interesas por él?

—Lo siento, no puedo decir nada por ahora. Lo que me interesa no es lo que todo el mundo sabe, sino lo que sabes tú e ignoran los demás.

—¿Por qué quieres que yo sepa cosas que los demás ignoran?

—Porque eso podría ayudarme a demostrar la inocencia de tu hijo.

Escondida bajo las sábanas, permanecía despierta. Sus pensamientos le impedían dormir. Margot no paraba de pensar en la sibilina conversación que había escuchado con Elias en el laberinto, tratando de reproducir y descifrar cada palabra. ¿A qué se refería Virginie cuando había declarado que, de ser necesario, «ayudarían a comprender a su padre»? Aquella frase contenía una velada amenaza que le helaba la sangre. Había captado claramente la existencia de un peligro. Ella creía conocerlos; creía que Hugo, David, Virginie y Sarah eran simplemente los cuatro jóvenes más dotados del instituto. Esa noche, sin embargo, había descubierto algo que la perturbaba, una sombra, un sentimiento, vago pero persistente. Era algo que, aunque no expresado, impregnaba todo cuanto habían dicho. Había, además, aquella frase pronunciada por David:

«Debemos reunir con urgencia el Círculo».

El Círculo… ¿Qué círculo? La misma palabra poseía una aureola de misterio, una alusión enigmática. Mandó un mensaje a Elias:

Han hablado del Círculo. ¿Qué es?

Se mantuvo en vilo, sin saber si dormía ya o si iba a responder hasta el momento en que su smartphone emitió el sonido de un arpa y, por más que la esperaba, la señal del aparato, tan cercano a su cara bajo la sábana, le produjo un sobresalto.

Ni idea. ¿Importante?

Creo que sí.

Mientras aguardaba la respuesta, se aventuró a mirar fuera de la sábana para cerciorarse de que Lucie estaba dormida. No había peligro. Sus ronquidos habrían podido servir de fondo sonoro para una película de catástrofe centrada en el gran terremoto de Los Ángeles.

En ese caso, tenemos que empezar por ahí.

¿Qué hacemos?

Han hablado reunión del Círculo el 17. No los vamos a perder de vista.

Vale. ¿Y mientras?

Seguimos vigilando. Tú con cuidado. Se han dado cuenta.

Una vez más, experimentó un sentimiento de inquietud al leer aquello último. Se acordó de la frase de Sarah: «Hay que vigilarla. No me da buena espina esa chica». Estaba escribiendo «De acuerdo. Hasta mañana», cuando el teléfono volvió a vibrar, avisándola de la entrada de un mensaje:

Ten mucho cuidado. En serio. Si uno de ellos es el culpable, hay peligro. Buenas noches.

Margot se quedó contemplando unos minutos la frase escrita en la pantalla. Al final apagó el móvil y lo dejó en la mesita. Después hizo algo que no había hecho nunca. Fue a cerrar con llave la puerta de la habitación.

24
La fuente

*E*ran las siete y media de la mañana y Zlatan Jovanovic observaba a los otros clientes del café Richelieu terminando su cortado y su cruasán mientras Bruce Springsteen cantaba *Hungry Heart* en la vieja *jukebox*. Jovanovic aseguraba a quien quisiera escucharlo que era capaz de reconocer en un santiamén a un marido adúltero, un agente judicial, una esposa infiel, un policía, un ladronzuelo o un camello. Aquel señor de cincuenta y pico de años, por ejemplo, que se encontraba en la barra con dos colegas más jóvenes vestidos con traje, acababa de recibir un SMS y se le había puesto una sonrisa beatífica. Ningún mensaje profesional o proveniente de una esposa que no fuera recién casada provocaba ese tipo de sonrisa en la cara de un hombre. La alianza que el tipo tenía en el dedo era, sin embargo, antigua. Por la manera en que se había enviado y mirado a sus dos acompañantes con triunfal ademán de superioridad, Zlatan habría apostado algo a que su amante era mucho más joven que él y tenía bastante buena pinta. Jovanovic engulló otro trago del cortado y, tras secarse el labio, centró la atención en el hombre. Este se apresuraba a teclear una respuesta. «Lo tiene en el anzuelo», pensó. El doble bip de un SMS sonó en el bar menos de un minuto después. Mmm, parecía que la cosa iba viento en popa... Después advirtió un leve aire de contrariedad en la mirada del hombre y la manera como se mordió a continuación las uñas. ¡Ah, ah! ¿La señorita había decidido pasar a la etapa siguiente? Igual lo estaba presionando para que dejara a su mujer y el señor no tenía ningunas ganas... Siempre pasaba lo mismo. Al contrario de lo que se suele creer, el setenta por ciento de los divorcios se producían por decisión de la mujer y no del marido. Los hombres eran más cobardes. Jovanovic se encogió de hombros, dejó cinco euros en la mesa y se levantó. Aquel no era asunto suyo, aunque tampoco era improbable que un día la mujer en cuestión se presentara en su despacho. Marsac era una ciudad pequeña.

Tras despedirse del camarero, atravesó la calle y entró en el edificio pintado de amarillo de la acera de enfrente. En la entrada había una sola placa, en metal dorado, la suya: Z. JOVANOVIC, AGENCIA DE DETECTIVES PRIVADOS. VIGILANCIAS / INVESTIGACIONES. A SU DISPOSICIÓN LAS 24 H TODOS LOS DÍAS DE LA SEMANA. DECLARADO EN JEFATURA. El plural de la palabra «detective» era una piadosa exageración. Jovanovic era el único miembro de su despacho y tenía solo una secretaria que acudía dos días por semana para paliar un poco su desbarajuste. El gran cartel expuesto en la puerta del tercer piso era más explícito: INVESTIGACIONES POR COMPETENCIA DESLEAL, CONSECUCIÓN DE PRUEBAS, DETECCIÓN DE APROPIACIÓN DE CLIENTELA, CONTROLES DE BAJAS LABORALES, COMPROBACIONES DE CURRÍCULUM, VERIFICACIONES DE SOLVENCIA, COMPROBACIONES DE AUTENTICIDAD DE DOCUMENTOS, BÚSQUEDA DE PERSONAS DESAPARECIDAS, ROBOS EN EMPRESAS, DETECCIONES DE ESCUCHAS, AUDITORÍAS DE SEGURIDAD, COMPROBACIÓN DE ACTIVIDADES COTIDIANAS DE CÓNYUGE, DETECCIÓN DE INFIDELIDAD, AMISTADES DE LOS HIJOS. TARIFAS CALCULADAS EN FUNCIÓN DE LA COMPLEJIDAD DE LAS INVESTIGACIONES DE ACUERDO CON EL GRADO DE IMPLICACIÓN HUMANA, TÉCNICA Y LOGÍSTICA DE NUESTROS EQUIPOS. NOS ACOGEMOS AL SECRETO PROFESIONAL (ARTÍCULO 226-13 DEL NUEVO CÓDIGO PENAL). OPERAMOS EN FRANCIA Y EN EL EXTRANJERO CON NUESTRA RED DE AGENCIAS ASOCIADAS. NUESTROS INFORMES TIENEN VALIDEZ ANTE LOS TRIBUNALES. NUESTROS DETECTIVES ESTÁN INSCRITOS EN JEFATURA. Aun cuando más de la mitad de aquella información era falsa, Zlatan Jovanovic dudaba mucho de que ni uno de sus potenciales clientes se hubiera tomado la molestia de leer el comunicado hasta el final. Lo que sí era seguro, en cualquier caso, era que una parte considerable de sus actividades no habría obtenido el visto bueno de la Jefatura.

La persona con la que tenía cita lo aguardaba ya en lo alto de las escaleras. Zlatan le estrechó la mano mientras recobraba el aliento. Luego introdujo la llave en la cerradura y aplicó una leve presión con el hombro para abrir la puerta. El minúsculo piso que le servía de despacho olía a cerrado, a tabaco frío y a polvo. Zlatan se encaminó directamente al cuarto del fondo, una habitación igual de gris y anodina que él.

—¿Dónde están tus equipos, Zlatan? —preguntó tras él la persona con tono burlón—. ¿Metidos en el armario de las escobas?

Jovanovic hizo como si no lo oyera. Hasta entonces, el detective había satisfecho sus demandas, con o sin equipo, y sabía perfectamente que era eso lo que contaba. Por otra parte, tenía un socio, aunque este jamás pusiera los pies en el despacho.

Sin preocuparse por su visita, encendió un cigarrillo sin filtro y se puso a revolver en un montón de papeles que tenía cerca del ordenador. Al final encontró lo que buscaba: un pequeño cuaderno de espiral.

Aquel utensilio habría suscitado la sonrisa de su único asociado, que no utilizaba ni cuaderno ni lápiz y trabajaba únicamente a domicilio. Se trataba de un ingeniero informático al que había reclutado hacía un año. En ese sector se encontraban ahora las actividades de la agencia más rayanas en la ilegalidad, pero también las más lucrativas: robo masivo de datos electrónicos, intrusión en cuentas de correo privadas, pirateo de ordenadores, espionaje de teléfonos móviles, rastreo de las conexiones en Internet... Una parte sustancial de los ingresos del despacho se debían, de hecho, a ese tipo de investigación informática. Zlatan había comprendido que las empresas poseen unos medios económicos superiores a los de la mayoría de particulares y que debía encomendar esas tareas a una persona dotada de unas competencias que él no poseía. Aspiró el cigarrillo mientras escuchaba con atención las especificaciones de su cliente. Aquella vez iban a adentrarse francamente en el terreno de la ilegalidad. Cuando el hombre hubo terminado, emitió un prolongado silbido.

—Tengo quizás a la persona que le conviene —apuntó por fin—, pero no sé si va a aceptar. Habrá que ser... muy convincente.

—Por el dinero no hay problema. Lo que sí me interesa es que no haya nada escrito en ninguna parte.

—Eso por supuesto. Todas las informaciones que vaya a necesitar serán salvaguardadas en un lápiz USB y no se hará ninguna copia. Su nombre no constará en ningún sitio. No habrá memorándum, ni facturas, ni notas, ni huellas...

—Siempre quedan huellas. Los ordenadores tienen una enojosa tendencia a dejar rastros.

Jovanovic sacó un pañuelo del bolsillo y se secó el sudor que le resbalaba por la nuca. El despacho no contaba con ningún sistema de aire acondicionado para combatir el calor, que resultaba ya asfixiante a esa hora.

—El ordenador de este despacho solo sirve para el papeleo normal y nada más —contestó—. Está igual de virgen que una muchacha evangélica. Todas las tareas confidenciales se tratan en otro sitio, que nadie conoce aparte de mí. Además, la persona que me ayuda está dispuesta a destruirlo todo en cuanto yo se lo indique.

El cliente pareció conformarse con la respuesta.

Un rayo de sol en la cara despertó a Servaz. Abrió los ojos y, estirándose, observó la habitación con la luz del día. Las paredes de color chocolate, los muebles claros y las gruesas cortinas de color gris claro, las lámparas y la multitud de objetos de decoración le produjeron unos segundos de total desorientación.

Marianne entró, vestida con su pijama de satén azul y una bandeja en la mano. Servaz bostezó. Tenía un hambre feroz. Cogió una tostada, la mojó en el tazón de café y después se tomó un vaso entero de zumo de naranja. Ella lo miró comer en silencio, con un asomo de sonrisa en los labios. Cuando hubo terminado, dejó la bandeja en la mullida alfombrilla de cama de color arena.

—¿Tienes un cigarrillo? —preguntó.

Había dejado su paquete en algún bolsillo. Ella cogió el suyo de la mesita de noche, le dio uno y lo encendió. Luego le rodeó la mano libre con la suya. Después de unas horas de sueño, los dedos de Marianne estaban cálidos y maleables.

—¿Has pensado en lo que ha ocurrido esta noche?

—¿Y tú?

—No, pero tengo ganas de seguir…

Él guardó silencio. No estaba seguro de qué tenía ganas.

—Estás tenso —comentó ella, apoyándole la mano en el pecho—. ¿Qué pasa? ¿Es por mí? ¿Por lo que te dije a propósito de ti y de Francis?

—No.

—¿Por qué entonces?

Titubeó un momento. ¿Debía contarle aquello? Al final no vio impedimento y le habló del e-mail que había recibido y también de la imagen grabada por la cámara de la autopista. Aludió simplemente a un hombre que se había fugado, un hombre que pretendía entrar en contacto con él.

—Hay algo raro —dijo—. No sé exactamente qué es. Es como si tuviera la impresión de que me están observando, la sensación de que… de que alguien está pendiente de todos mis actos, de que está al corriente de cada uno de mis desplazamientos; los anticipa incluso… como si… Ya sé que parece absurdo… como si supiera lo que pienso.

—Parece absurdo, sí.

—Mira, es como cuando uno juega al ajedrez con un contrincante muy superior y sabe que, haga lo que haga, el otro lo habrá previsto… como si… como si estuviera dentro de la cabeza de uno.

—¿Eso tiene relación con la investigación sobre la muerte de Claire?

Volvió a acordarse del CD que habían encontrado en el equipo de música.

—No lo sé… Ese hombre se fugó de un hospital psiquiátrico hará dos inviernos.

—Es ese suizo del que hablaban los periódicos, ¿no?

—Mmm.

—¿Crees que… ha vuelto?

—Es posible. No sé qué pensar, la verdad. Igual soy yo… Tienes razón, debo de estar volviéndome paranoico. De todas maneras, percibo algo, como un plan, una trama, una estrategia que tiene algo que ver conmigo, como si yo fuera su marioneta. Le basta con multiplicar las provocaciones, con un e-mail por aquí, una señal por allá, para que yo reaccione de tal manera o de tal otra.

—¿Por eso me preguntaste si había visto merodear a alguien cerca de la casa, la otra noche?

Asintió. Al ver el brillo de los ojos de Marianne, supo lo que pensaba. Pensaba que otra vez lo invadían sus antiguos demonios.

—Deberías tener cuidado, Martin.

—¿Crees que me estoy volviendo loco? —preguntó.

—Esta noche ha ocurrido algo extraño.

—¿Algo extraño?

La vio que cavilaba, con un pliegue vertical entre las cejas.

—Fue después de que… hiciéramos el amor por segunda vez. Tú te habías dormido y, después de la conversación que tuvimos, yo no conseguía conciliar el sueño. Serían las tres de la mañana quizá. Me levanté, cogí el paquete de tabaco y salí a fumar al balcón.

Servaz permaneció callado, a la expectativa.

—Vi una sombra cerca del lago. No estoy segura, pero me pareció que había alguien detrás de los árboles del jardín. Se fue por la orilla y desapareció en el bosque. En ese momento pensé que quizá sería un animal, un gamo o un jabalí. Ahora, en cambio, creo que no, que había alguien.

La miró en silencio. Volvía a invadirlo la horripilante sensación de que otro escribía en su lugar las páginas de aquella historia, de que él era solo un personaje y el autor permanecía en la sombra, muy cerca, eligiendo cada uno de los episodios. Había dos historias independientes: el asesinato de Claire Diemar por un lado y el regreso de Hirtmann por el otro. A menos que… Sacó las piernas de la cama y se levantó. Después cogió el pantalón y los calzoncillos y se trasladó, descalzo, al balcón.

—A ver, ¿dónde has visto esa sombra? —preguntó.

Marianne acudió a la zona de sol y señaló con el dedo la parte inferior de la pendiente, situada a la derecha, en el linde del agua, del césped y del bosque.

—Allá.

Servaz volvió a entrar, se puso la camisa y, una vez en la planta baja, atravesó la terraza por el lado del lago para bajar los escalones y el jardín en declive, entre árboles y macizos. Se notaba ya el calor. El sol había secado la vegetación y el lago relucía como una placa metálica bajo sus rayos.

Un zumbido llamó su atención. A unos cien metros de allí, un barco acababa de salir de un embarcadero. En su estela apareció enseguida un practicante de esquí acuático, un muchacho que, a juzgar por sus intrépidos zigzagueos, debía de contar con abundantes horas de práctica en su haber. El asesino de Claire Diemar demostraba la misma destreza y experiencia. Servaz pensó una vez más que aquella no debía de ser la primera vez que mataba.

Por más que escrutó en derredor, no detectó nada. Si alguien los había observado, no había dejado huellas.

Al llegar al borde del agua vio un rastro de pasos, pero era antiguo. Continuó por la orilla. A su espalda la lancha seguía con sus evoluciones, dejándole adivinar sus cambios por las variaciones en el ruido del motor. Se acercó al linde del bosque y se adentró unos metros en la espesura, que se prolongaba casi hasta el agua.

Un perro ladró a lo lejos y en Marsac sonaron unas campanas. El zumbido del barco persistía en el lago.

En una oquedad manaba una pequeña fuente, entre juncos y matas. La luz de la mañana atravesaba el follaje arrancando destellos en el reguero de agua que discurría sobre un arenoso cauce lleno de ondulaciones.

El tronco estaba caído de través, cerca de la fuente. Servaz se dijo que muchos jóvenes del barrio debían de haberse sentado en él, para besarse y coquetear a recaudo de miradas indiscretas. De hecho, había dos letras grabadas en la corteza.

Se inclinó y se quedó petrificado.

J. H.

Se había sentado en otro árbol, un poco más lejos. El creciente calor le había depositado una película de sudor en la frente, aunque esta también podía deberse al descubrimiento de las dos letras. Rodeado del zumbido de los insectos, por un instante creyó que se iba a marear. Ahuyentando las moscas que revoloteaban encima de él, marcó el número del departamento de identificación judicial para pedir que acudieran a examinar el lugar. No bien hubo colgado, el móvil comenzó a vibrar.

—¿Dónde se ha metido, por todos los demonios? ¿Y cómo es posible que tuviera desconectado el teléfono? —tronó una voz en su oído.

Era Castaign, el fiscal de Auch. Servaz había desactivado el móvil por la noche y no lo había vuelto a conectar hasta entonces.

—Estaba descargado —mintió—. No me di cuenta.

—¿No le dije que no tomara ninguna iniciativa sin comunicarlo previamente a la fiscalía?

Lacaze no había perdido el tiempo, dedujo.

—¿No se lo había advertido claramente, comandante?

—Iba a avisar al juez —volvió a mentir—. Usted me ha llamado justo cuando me disponía a hacerlo.

—¡No me venga con monsergas! —replicó el fiscal—. ¿Quién se ha creído que es usted, comandante? ¿Y por quién me toma a mí, eh?

—Han encontrado decenas de e-mails entre Paul Lacaze y Claire Diemar —respondió—. Demuestran que mantenían una relación sentimental, cosa que el mismo Paul Lacaze reconoció anoche. Por lo visto, estaban muy enamorados. Hablé con él en condición de testigo.

—¿Y se presenta en su casa, delante de su mujer, que padece un cáncer, a las once de la noche? Acabo de recibir una reprimenda del Ministerio de Justicia y, si quiere que le diga la verdad, no me ha gustado nada.

Servaz observaba una araña de agua que se desplazaba encima de un remanso, junto a la fuente. Con sus largas y gráciles patas, evitaba mojarse… igual que el hombre con el que estaba hablando.

—No se preocupe —dijo—. Yo asumo la responsabilidad.

—Qué responsabilidad ni qué zarandajas —espetó el fiscal—. ¡Soy yo el que se la va a cargar si usted se pasa de la raya! Si no le pido a Sartet que lo retire del caso y lo destituya, es porque el propio Lacaze así me lo ha pedido. —«Tiene miedo de que corra la voz», pensó Servaz—. Es la última vez que lo aviso, comandante. No quiero que tenga más contacto con Paul Lacaze sin autorización del juez. ¿Me ha entendido?

—Perfectamente.

Cerró el aparato y se secó el sudor de la frente. El que se acumulaba en su espalda y en las axilas le producía picor. El frescor de la fuente y la vegetación atraían los insectos.

Sin comprender siquiera qué le ocurría, sintió que la boca se le llenaba de saliva y se inclinó para vomitar el café y el desayuno.

Ziegler introdujo un dedo bajo el rígido cuello de la camisa del uniforme. Aunque había abierto la ventana, el calor seguía siendo terrible en su oficina. Otra cosa que seguía igual desde que se fue de vacaciones: nadie había venido a reparar el aire acondicionado. Tampoco había presupuesto para cambiar los viejos PC ni para instalar una conexión a Internet suplementaria y sobre todo poner ADSL. Por culpa de ello, para bajar la foto de un sospechoso se tardaban cinco minutos. En cuanto a los hombres que tenía a su cargo, uno estaba de baja y el otro se dedicaba ni más ni menos que a segar el césped. Esa era la realidad de una brigada de gendarmería situada en pleno campo.

El ambiente era típico de una mañana de comienzos de verano. Todo el mundo había aprovechado la ausencia de su superior para relajarse y ahora se había acumulado el trabajo y todos ponían mala cara. Ellos llevaban mucho tiempo allí, mientras que ella era una casi recién llegada. Además, el mes que habían pasado sin Irène les había recordado que su vida discurría con muchísima más tranquilidad cuando no estaba. Ziegler era consciente, sin embargo, de que aquellos hombres tenían también motivos fundados de queja: la falta de efectivos, los turnos de noche, fines de semana y días festivos, el número de horas de servicio que no paraba de incrementarse, la falta de vida de familia, el sueldo que no evolucionaba, la vetustez de las viviendas, de los locales y de los vehículos, en tanto que en las altas esferas los políticos se jactaban de erigir como máxima prioridad la lucha contra la delincuencia. En la sección de investigación, ella se había acostumbrado a actuar sola. Ahora no iba a tener más remedio que encontrar la manera de formar en torno a ella un equipo unido y solidario.

«Tendrás que llevar el agua a tu molino, querida. Tú puedes ser de lo más insoportable cuando quieres. Mañana por la mañana podrías traer cruasanes».

La idea la hizo reír. ¿Y por qué no aguantársela mientras meaban, ya puestos? Contempló con el entrecejo fruncido la pila de expedientes amontonados en su escritorio. Robos en caravanas, delincuencia en la carretera, robos en viviendas, robos de coches, destrozos, degradaciones. En total sumaban cincuenta y dos actos delictivos en la zona, de los cuales se habían resuelto solamente cinco. Un balance desastroso. Sí estaba, en cambio, muy orgullosa de sus resultados en cuestión de infracciones judiciales, con un porcentaje de solución del setenta por ciento, bastante superior a la media nacional. No obstante, los dos casos que la preocupaban más eran también los más voluminosos. El primero estaba relacionado con un asunto de violación. La única información de que disponían eran la marca del coche, el color y una pegatina del parabrisas posterior que la víctima había descrito con precisión. Desde el principio había notado que aquella investigación no despertaba ningún entusiasmo en sus subordinados y que estos habrían preferido mantenerla aparcada hasta que no aparecieran nuevos elementos, cosa que por lo demás habría constituido un milagro, pero ella estaba por el contrario resuelta a exprimirla hasta que no quedara ni una gota de jugo.

El segundo tenía que ver con una banda especializada en el robo de tarjetas de crédito que actuaba desde hacía varios meses en la región. Empleaban una técnica consistente en bloquear la tarjeta en el cajero automático por medio de un pedazo de cartón de naipe, de paquete de cigarrillos o un billete de autobús o de metro. Uno de los cómplices se presentaba entonces y animaba a la víctima a teclear varias veces su código secreto. Una vez que la víctima entraba en el banco para recuperar la tarjeta que según se suponía había tragado la máquina, el cómplice la extraía y se apresuraba a ir a sacar dinero y efectuar compras antes de que se activara la denuncia. Ziegler había advertido que el mismo cajero automático había sido manipulado tres veces en cuestión de catorce meses y que en cada ocasión había transcurrido un intervalo de cinco meses, con un margen de pocos días. El cajero en cuestión parecía presentar diversas ventajas desde el punto de vista de los ladrones. En la parte superior de la página anotó:

> Tender trampa en cajero. Comprobar movimientos durante el periodo.

Por la puerta entreabierta, oyó que uno de sus hombres entraba con paso rápido y reclamaba la atención general.

—¡Escuchad esto, chavales!

Todo el mundo interrumpió su actividad y Ziegler aguzó el oído, con la esperanza de que se hubiera producido alguna novedad en uno de los casos pendientes.

—Parece que Domenech va a mantener a Anelka de titular contra México.

—¡Hostia, no puede ser! —exclamó alguien.

—Y también a Sidney Govou…

Un murmullo de consternación se elevó al otro lado de la puerta. Ziegler posó la mirada en las aspas del gran ventilador que agitaba el aire sin llegar a refrescarlo y dejó derivar el pensamiento hacia el artículo que había descubierto en el kiosco del aeropuerto y el e-mail que había encontrado en el ordenador de Martin. Luego se dijo que si los dosieres habían estado esperando un mes encima de su escritorio, tampoco pasaría nada si esperaban un poco más. Acto seguido se levantó. Tenía que ir a ver a alguien.

Margot estaba liando un cigarrillo. Con el filtro metido entre los labios, distribuía las hebras de tabaco en el papel observando el otro extremo del patio abarrotado de alumnos, la zona donde se concentraban los estudiantes de segundo curso. Había aguardado con impaciencia a que acabara la clase de Van Acker. Normalmente le gustaban esas clases, sobre todo cuando Van Acker tenía la vena demoledora, lo que equivalía a decir casi siempre. Francis Van Acker era un sádico, un déspota que poseía un verdadero detector de mediocridad. Detestaba la mediocridad y también la cobardía, el servilismo y los santurrones. Los días malos, tenía que encontrar a toda costa un chivo expiatorio y entonces flotaba en la clase un olor a sangre. Margot disfrutaba viendo cómo el miedo se instalaba entre sus condiscípulos. Todos habían desarrollado un auténtico instinto de supervivencia y eran capaces de detectar, en cuanto entraba el profesor de letras, si ese día el escuelo venía con ganas de ir de caza. Igual que los demás, Margot lo adivinaba en la manera como los escrutaba con sus ojos azules y en el rictus que deformaba su fina boca en el centro de la barba.

Los pelotas odiaban y temían a Van Acker. A principios de curso, habían cometido el error de creer que podrían ablandarlo con sus zalamerías, pero pronto habían descubierto por propia experiencia que Van Acker era insensible a cualquier forma de halago y que iba a hacerles pagar muy caro su error de apreciación. Sus presas preferidas eran los que compensaban con un exceso de celo sus capacidades limitadas (limitadas en el seno de la élite que constituía Marsac). Margot se preguntó si Van Acker la apreciaba por ser hija de su padre o porque, en las raras ocasiones en que la había tomado con ella para ponerla a prueba, ella le había devuelto la pelota sin vacilar. A Francis Van Acker le gustaba que le plantaran cara.

—Servaz —le había dicho esa mañana cuando había dejado vagar el pensamiento en lo sucedido la noche anterior—, ¿no le interesa lo que cuento?

—Eh... sí... claro...

—¿Entonces de qué estaba hablando?

—De la existencia de un consenso en torno a ciertas obras, del hecho de que, si, en el transcurso de los siglos, un gran número de personas han convenido en decir que Homero, Cervantes, Shakespeare y Victor Hugo son artistas superiores, eso significa que la frase «sobre gustos no hay nada escrito» es un sofisma... Del hecho de que no todo es tal para cual y que las pacotillas que se venden como arte gracias a la publicidad, el cine de masas y el mercantilismo en general no son equiparables a las grandes creaciones del espíritu humano; que los principios elementales de la democracia no son aplicables al arte, donde reina la implacable dictadura de los mejores sobre los mediocres.

—¿Yo he dicho «no todo es tal para cual»?

—No, señor.

—Entonces no ponga en boca mía palabras que yo no he pronunciado.

En la clase sonó un coro de risas sofocadas. Los mismos que solían servir de pararrayos de las iras de Van Acker se regocijaban cuando otro las sufría. Las risitas habían sido más abundantes en la primera fila. Ella había correspondido con un discreto pero contundente gesto de desafío a los cortesanos sentados en la parte inferior del anfiteatro que se habían vuelto para mirarla.

Mientras se llenaba de humo los jóvenes pulmones ya infectados por la nicotina, inspeccionó al trío formado por David, Sarah y Virginie. Ellos la observaban por turnos, pese a la distancia y los grupos de alumnos que los separaban, y ella les sostenía la mirada entre calada y calada, sin perderlos ni un instante de vista. Durante la noche, había decidido adoptar una táctica radicalmente distinta, más osada, con la que pretendía «hacer saltar la liebre». En lugar de recurrir a la prudencia, iba a dejarse ver, a afianzar sus sospechas y hacerles creer que sabía algo. Si uno de ellos era el culpable, acabaría tal vez por sucumbir al miedo y sufrir un cruce de cables.

La táctica no carecía de riesgos.

Era, de hecho, peligrosa, pero había un inocente en la cárcel y el tiempo apremiaba.

—¿Dónde sacaron esta foto? —preguntó Stehlin.

—En Marsac, cerca del lago. En el linde del bosque, justo al lado del jardín de Marianne Bokhanowsky, la madre de Hugo.

—¿Fue ella quien descubrió las letras?

—No, he sido yo.

El director puso cara de asombro.

—¿Y qué hacías allí? ¿Buscabas algo?

Servaz había previsto la pregunta. Su padre le había enseñado un día que la verdad era casi siempre la mejor estrategia. La mayoría de las veces, era más incómoda para los demás que para uno mismo.

—He pasado la noche allí. Hace mucho que conozco a la madre de Hugo.

El director lo miraba con fijeza, y no era el único. Espérandieu, Pujol y Samira también concentraban las miradas en él.

—¡Me cago en la puta! —maldijo Stehlin—. ¡Pero si es la madre del principal sospechoso!

Servaz optó por guardar silencio.

—¿Quién más está al corriente?

—¿De mi presencia allí, esta noche? Por ahora, nadie.

—¿Y si ella decide utilizarlo contra ti? ¿Si habla de ello con su abogado? ¡Si el juez se entera, va a transferir la investigación a los gendarmes!

Servaz se volvió a acordar del baboso de gafas que se había presentado la otra noche pidiendo ver a Hugo, pero persistió en su silencio.

—¡Mierda, Martin! —exclamó Stehlin—. La misma noche, interrogas a un diputado sin informar a nadie y, después, vas... vas y pasas la noche con... ¡en casa de la madre del principal sospechoso! ¡Tus actos podrían traer consecuencias catastróficas, podrían invalidar toda la investigación, todo el trabajo del equipo!

Stehlin tenía un don para las perífrasis. Aunque habría podido formular sus protestas con términos más truculentos, Servaz percibió que estaba furioso.

—Bueno —prosiguió el director, realizando visibles esfuerzos para recuperar la sangre fría—. Entre tanto, eso no cambia gran cosa. Seguimos en el mismo punto. Nada demuestra que sea Hirtmann el que grabó esas letras. Me cuesta creer que el suizo haya vuelto solo por ti, que se dedique a seguirte los pasos y a dejar indicios destinados a ti solo por una bobada de música y porque estuvisteis de palique un rato, y más teniendo en cuenta que todo eso empezó después del asesinato de Claire Diemar.

—«Después» no, «con» —lo corrigió Servaz—. Y eso aporta un matiz fundamental. Empezó con la presencia del CD en el equipo de música... No olvidemos que Claire encaja exactamente en el perfil de las víctimas de Hirtmann.

Aquella frase causó su efecto, tal como había previsto. Todos se tomaron un momento para digerir la información.

—Hay que admitir otra hipótesis además —añadió—. Es posible que Hirtmann no se haya ido nunca de la región. Es posible que, mientras toda la policía de Europa y la Interpol vigilaban los trenes, los aeropuertos y las fronteras, imaginándolo a miles de kilómetros, él estuviera escondido muy cerca de aquí, pensando que el último sitio donde lo íbamos a buscar sería al otro lado de la calle.

Al levantar la vista, vio en sus ojos que había logrado su propósito, que empezaban a dudar. El ambiente se ensombreció. La alusión al suizo y la evocación, aunque solo fuera velada, de sus asesinatos y su violencia envenenaba el aire. Entonces decidió remachar el clavo.

—Sea como sea, a estas alturas son demasiados los elementos que convergen en el mismo sentido como para que podamos permitirnos seguir desatendiendo la pista de Hirtmann. Incluso si no es él, eso significa que hay por ahí alguien que lo imita y que está vinculado de una manera u otra al asesinato de Claire Diemar, lo cual pone en entredicho la culpabilidad de Hugo. Quiero que Samira y Vincent se ocupen a tiempo completo de esta pista, que intensifiquen el contacto con la célula de París que se ocupa de Hirtmann y que traten de obtener toda información que pudiera confirmar o desmentir que el suizo se encuentra por la zona.

Stehlin asintió gravemente, observando con semblante preocupado a Servaz.

—De acuerdo, aunque también hay que plantearse otra cuestión —apuntó.

—¿Cuál?

—La de tu seguridad. Se trate o no del suizo, parece que ese chiflado te sigue todo el tiempo, que nunca se encuentra lejos de donde tú estás... Y además, hubo ese... incidente en la azotea del banco. ¡Mierda, un poco más y te arroja al vacío! No me gusta nada esto. Ese tipo tiene una auténtica fijación contigo y ya te ha agredido una vez.

—Si hubiera querido atacarme, lo hubiera podido hacer fácilmente esta noche —objetó el policía.

—¿Cómo?

—La puerta acristalada que da al balcón estaba abierta. Entre el balcón y el jardín había apenas tres metros y hay un canalón y una viña virgen justo al lado. Habría podido trepar sin problema por allí. Y nosotros… bueno… yo dormía.

Las miradas volvieron a converger en él. Ya no cabía duda alguna de que había dormido en una cama ajena, con la dueña de la casa, o lo que era lo mismo, con una persona directamente vinculada a la investigación. De ello se desprendía que cualquier letrado mínimamente competente podía invalidarla alegando un conflicto de intereses. Stehlin se dejó caer en su sillón y, con la vista fija en el techo, exhaló un largo suspiro.

—Si partimos de la hipótesis de que se trata efectivamente de Hirtmann, no creo que este represente una amenaza para mí —se apresuró a proseguir Servaz—. Su tipo de víctima es siempre la misma: mujeres jóvenes, con unas características físicas parecidas. Los únicos hombres a los que ha matado, que se sepa, eran el amante de su mujer, como parte de un crimen pasional, y un holandés que se encontraba en el sitio inadecuado en el momento inadecuado. Sí quiero, en cambio, que Vincent y Samira hagan algo por mí.

Sus dos ayudantes le lanzaron una mirada interrogativa.

—Si en algo estoy de acuerdo es en que parece que Hirtmann tenga una fijación conmigo. Si es él, parece muy bien informado, y nunca está muy lejos de donde estamos nosotros. Sus víctimas siempre han sido mujeres jóvenes. Por eso quiero que Vincent y Samira se ocupen de la protección de Margot, en el instituto de Marsac. Si el suizo quiere hacerme daño de alguna forma, sabe que ese es mi punto débil, que es ahí donde más me va a doler.

Stehlin frunció aún más la frente. Con patente gesto de preocupación, desplazó la mirada hacia los dos ayudantes.

—Por mí no hay inconveniente —aceptó Samira—. Martin tiene razón. Si ese chalado quiere hacerle daño y si está tan bien informado como parece estarlo, no podemos correr el riesgo de dejar sin protección a Margot.

—Estoy de acuerdo —convino resueltamente Espérandieu.

—¿Algo más?

—Sí. Si Hirtmann sigue pisándome los talones, es posible que esta vez haya una manera de pillarlo. Pujol podría seguirme, desde una considerable distancia, con alguien más. Tendrían que actuar con gran discreción, sin apenas contacto visual, con ayuda del GPS. Si Hirtmann quiere mantenerme constantemente vigilado, tendrá que dejarse ver, asumir un riesgo, por mínimo que sea. Se trata de estar presentes cuando eso se produzca.

—Una idea interesante. ¿Y qué hacemos si sale de la maleza?

—Intervenimos.

—¿Sin refuerzos? ¿Sin unidad de intervención?

—Hirtmann no es un territorista, ni tampoco un gánster. No está preparado para ese tipo de enfrentamiento. No ofrecerá resistencia.

—A mí me parece, en cambio, que tiene muchos recursos —objetó Stehlin.

—Por ahora, no sabemos siquiera si hay posibilidades de que el plan funcione. Ya veremos llegado el momento.

—Muy bien, pero quiero que me mantengáis al corriente en cuanto se produzca algo y que me comuniquéis todo lo que averigüéis, ¿comprendido?

—Aún no he terminado —advirtió Servaz.

—¿Qué más?

—Hay que llamar al juez. Necesito una solicitud de visita para una presa de la cárcel de Seysses.

Stehlin asintió. Había comprendido. Luego se volvió para coger un periódico y lo colocó delante de Servaz.

—No ha dado resultado. Esta vez no ha habido ningún soplo.

Servaz observó a Stehlin. ¿Se habría equivocado tal vez? Una de dos, o el periodista había considerado que aquella noticia era de escasa importancia o bien Pujol no era la persona que pasaba la información a la prensa.

El cielo estaba pálido tras las ventanas de la clase. Todo presentaba una agobiante inmovilidad. Un calor blanco envolvía, como un film transparente, el paisaje. Los robles, los tilos y los chopos proyectaban, como petrificados, unas sombras cortas y duras. Únicamente la blanquecina estela de un avión de reacción y unos cuantos pájaros aportaban algo de movimiento al panorama. Incluso las clases que se entrenaban en el campo de rugby parecían resentirse del calor y jugaban a cámara lenta, sin más entusiasmo e inspiración que el que demostraba la selección francesa de fútbol.

Con la vista en la ventana, Margot se preguntó si iba a prolongarse aquel tiempo de verano. Apenas prestaba oídos a la clase de historia y las palabras resbalaban sobre ella como gotas en una superficie de plástico. La cabeza le bullía pensando en la nota escrita a mano que había descubierto una hora antes, pegada con cinta adhesiva, en su taquilla. Al leerla, se había ruborizado de vergüenza y de rabia y después, reparando en las miradas que habían convergido con la suya, había comprendido que todo el mundo estaba enterado ya. En la nota ponía:

Hugo es inocente. Más vale que tu padre se ande con cuidado, y tú también. Ya no te queremos aquí, hija de puta.

Su táctica comenzaba a dar resultado…

25
Círculos

$\mathcal{M}$eredith Jacobsen esperaba el avión de Air France procedente del aeropuerto de Toulouse-Blagnac en el vestíbulo de llegadas de Orly-Ouest, ese martes a las 13.05. El vuelo llevaba diez minutos de retraso, pero ella conocía el motivo. Habían atrasado el despegue para permitir que subiera a bordo su jefe, el diputado Paul Lacaze. Le habían dado un asiento en el último minuto, pese a que el aparato estaba lleno hasta los topes.

Aquel trato de favor no se lo habían dispensado por su condición de diputado, sino por su pertenencia a un círculo muy exclusivo, el Club 2000. A diferencia de los programas destinados a conservar la clientela, que gratificaban a los viajeros impenitentes con miles de horas de vuelo en su haber, el Club 2000 no premiaba la fidelidad. La inclusión se concedía según unos drásticos criterios, no muy definidos por otra parte, a un reducido número de personas con gran peso económico, personalidades del mundo del espectáculo, altos funcionarios y políticos. Al principio, el club estaba limitado a dos mil miembros en todo el mundo con el fin de destacar su diferencia e importancia, pero poco a poco se había ido ampliando hasta contar con casi veinte mil beneficiarios. Entre estos había, asimismo, algunos cardenales, deportistas y premios Nobel. De los 577 diputados de la Asamblea Nacional no todos tenían acceso al club, evidentemente, aunque no pagaran el transporte. Lacaze era, sin embargo, la gran promesa, la estrella de los debates, y la compañía aérea dispensaba un trato especial a la gente famosa.

Las puertas se abrieron por fin y Meredith Jacobsen dirigió una discreta señal a su jefe, que avanzaba con el bolso de viaje colgado en el hombro y cara de mal humor. Hija de francesa y de sueco, diplomada en la facultad de Ciencias Políticas, Meredith Jacobsen ejercía a los veintiocho años como asistente parlamentaria, con un sueldo proveniente de los fondos privados adjudicados a su diputado. Ocupaba una minúscula oficina en el número 126 de la calle de l'Université. Pese a que Lacaze empleaba con toda legalidad a cuatro colaboradores pagados con fondos de la Asamblea Nacional, entre los que se contaban un primo lejano suyo y una sobrina, ella era la pieza fundamental del dispositivo, su persona de confianza y su única empleada a tiempo completo.

El trabajo de un asistente parlamentario no está bien definido. Meredith, por su parte, se ocupaba de todo. Seleccionaba el correo; controlaba la agenda y las citas; se ocupaba de las reservas de tren, de avión y de hotel, de las relaciones con los medios de comunicación, con las organizaciones asociativas, sindicales y económicas; redactaba notas de síntesis; y participaba incluso en la redacción de las propuestas de leyes y enmiendas. Meredith era una perla rara y Lacaze lo sabía. Era consciente de que no iba a durar mucho en un oficio donde no había ninguna perspectiva de hacer carrera. Aparte, tenía una agradable presencia. Por eso le pagaba 2.800 euros al mes, una cantidad situada en la parte superior de la horquilla en una profesión cuyos sueldos podían diferir en cientos o miles de euros.

Paul Lacaze no sacaba, con todo, de su bolsillo el dinero con que retribuía los servicios de su asistente. Como todos los diputados, recibía del Estado 8.859 euros al mes para la remuneración de sus colaboradores. Podía tener hasta un máximo de cinco y disponía de libertad para elegir las tareas que les adjudicaba e incluso el montante de su salario. A dicha suma se añadía su propia dieta parlamentaria, de 5.189, 27 euros, además de una generosa «dieta representativa de gastos de función», de 6.412 euros brutos, sobre cuyo uso la Asamblea no ejercía ningún control. Además, todos sus desplazamientos en primera clase en la red ferroviaria nacional corrían a cargo del Estado, así como los gastos en comunicaciones telefónicas e informáticas, lo cual le evitaba tener que recurrir para ello a la dieta anteriormente citada. Y, por supuesto, nadie habría tenido el mal gusto de pedirle que devolviera una parte de aquellas asignaciones si se comprobaba que no había gastado ni la mitad.

Meredith besó en la mejilla a su jefe, cogió su bolsa y se encaminó con él a la zona de estacionamiento limitado, donde los esperaba un taxi.

—Hay que darse prisa —dijo—. Devincourt te espera para comer en el Círculo de la Unión Interaliada.

La Ballena habría podido elegir un sitio más discreto, maldijo para sus adentros Lacaze. Oficialmente, Devincourt era un senador como tantos otros; ni siquiera era presidente de grupo. En realidad, a los setenta años, era una de las figuras del partido. Había sido elegido diputado por primera vez a los veintinueve años, en 1967; había ocupado todos los ministerios importantes de manera consecutiva durante más de cuarenta años; había visto pasar seis presidentes, dieciocho primeros ministros, miles de parlamentarios; y había hecho y deshecho más que ninguno. Lacaze lo consideraba un dinosaurio, un vestigio del pasado, un *has been*, pero nadie podía permitirse no escuchar a la Ballena.

Meredith Jacobsen se estiró la falda al sentarse en el taxi y Lacaze pensó una vez más que tenía realmente unas piernas muy bonitas. La radio difundía música de David Bowie a todo volumen, de modo que pidió al conductor que lo bajara un poco. Con una carpeta abierta sobre el regazo, Meredith le resumió la agenda del día mientras él se abstraía en la contemplación de los tristes terrenos baldíos de las afueras de la zona sur de París escuchándola a medias. Puestos a elegir, prefería incluso los barrios de chabolas de Buenos Aires o São Paulo, que había visitado en uno de los lujosos viajes organizados por uno de los grupos de amistad de la Asamblea. Aquellos arrabales por lo menos tenían carácter.

Al entrar en la gran sala, Lacaze vio que la Ballena no lo había esperado para pasar a la mesa. El viejo senador estaba instalado como un general en medio del comedor, el restaurante gastronómico del Círculo de la Unión Interaliada, situado en el primer piso, que prefería a la terraza, masificada con la llegada del buen tiempo, y a la cafetería, en la que se concentraban los musculosos treintañeros que frecuentaban las instalaciones deportivas del club. La Ballena no hacía deporte y pesaba un quintal y medio. Él era ya asiduo del Círculo cuando todos aquellos mocosos no habían nacido todavía. Fundado en 1917, en el momento de la entrada oficial de Estados Unidos en la Primera Guerra Mundial, el Círculo de la Unión Interaliada debía ser en principio un lugar de acogida para los oficiales y personalidades del bloque. Instalado en uno de los más hermosos palacetes de París, en el 33 de la calle del Faubourg-Saint-Honoré, entre las embajadas inglesa y americana, el palacio del Elíseo y las boutiques de lujo del distrito VIII, había perdido hacía mucho su vocación inicial. Contaba con dos restaurantes, un bar, un parque, una biblioteca de quince mil libros, salones privados, una sala de billar, piscina, unos baños turcos y un complejo deportivo en el sótano. La tarifa de ingreso rondaba los cuatro mil euros y la cuota anual era de mil cuatrocientos. El dinero no era, desde luego, el único requisito para ser admitido. Si no, todos los mercachifles nuevos ricos de América, los pequeños genios acneicos de la informática y los traficantes de droga acudirían a repantigarse en sus salones y a pisotear las alfombras con sus zapatos deportivos. Para ingresar allí había que tener un valedor y paciencia, y en ciertos casos, la fase de espera podía durar toda la vida.

Mientras se acercaba sorteando las mesas, Lacaze observó al senador, que todavía no se había percatado de su presencia. El bajito y obeso político, vestido con un traje de rayas bastante llamativo y una camisa blanca, daba cuenta de una langosta. Lacaze reparó en los pliegues de grasa de la nuca y los innumerables michelines de su cuerpo paquidérmico, que provocaban una considerable tensión en su caro traje.

—Ah, mi joven amigo —lo saludó con su aguardentosa voz Devincourt cuando lo vio—, siéntese. No lo he esperado. Mi barriga es más impaciente que la más exigente de las amantes.

—Buenos días, senador.

El *maître* se acercó y Lacaze pidió un costillar de cordero con setas.

—Me han dicho que se había encariñado con cierto chochito y que ella tuvo la inoportuna idea de palmarla. Espero que al menos valiera la pena.

Lacaze se estremeció y respiró hondo. Una ácida mezcla de furor y de desesperación le mordió las entrañas. Le daban ganas de aplastar a puñetazos el cráneo de ese cerdo que se atrevía a hablar así de Claire. Ya se había dejado llevar, sin embargo, por la emoción delante de ese policía y lo mejor era mantener el control.

—En cualquier caso, no era de pago —replicó, con las mandíbulas apretadas.

Todo París sabía que la Ballena recurría a los servicios de profesionales, esas chicas del Este que los macarras mandaban a ciertos hoteles de lujo poco escrupulosos. El senador lo observó un instante con expresión inescrutable y luego estalló en estruendosas carcajadas que atrajeron algunas miradas de sorpresa o de enojo.

—¡Caramba, el muy jodido! ¡Y para colmo, estaba enamorado! —Devincourt se secó la grasa de los labios con la servilleta y recobró la seriedad—. El amor… —En su ávida boca, la palabra tenía algo de obsceno, y Paul Lacaze sintió de nuevo un nudo en las tripas—. Yo también estuve enamorado —declaró de pronto—. Hace mucho, cuando era estudiante. Ella era muy guapa, magnífica. Estudiaba Bellas Artes. Tenía talento, sí. Aquella fue la mejor época de mi vida. Tenía intención de casarme con ella. Soñaba con tener hijos, una familia numerosa, con ella a mi lado, en cada momento de mi existencia. Sería una vida dulce, larga, apacible, en la que habríamos envejecido juntos, en la que habríamos visto crecer a nuestros hijos y habríamos estado orgullosos, de ellos, de nuestros amigos, de nosotros mismos. Tenía la cabeza llena de sueños de color rosa. ¡Fíjese, yo, Pierre Devincourt! Y luego la sorprendí en la cama con otro. No se había tomado ni la molestia de echar el cerrojo a la puerta. ¿Tenía también a otro su amiga?

—No.

La respuesta fue firme e inmediata. Devincourt le dirigió una prudente mirada, con un breve destello casi imperceptible entre sus pesados párpados.

—La gente vota —dijo de improviso la Ballena—. Ellos creen que deciden... En realidad no tienen ninguna capacidad de decisión, ninguna, porque lo único que hacen es volver a colocar en el poder a la misma casta, elección tras elección, legislatura tras legislatura. Siempre se trata del mismo reducido grupo de personas que lo deciden todo por ellos. Nosotros... y cuando digo «nosotros» incluyo a nuestros adversarios políticos. Dos partidos que se reparten el poder desde hace cincuenta años, que fingen no estar de acuerdo en nada cuando lo están en casi todo. Hace cincuenta años que somos los dueños de este país y que vendemos al pueblo esta farsa llamada «alternancia». Las cohabitaciones deberían haberles puesto la mosca tras la oreja, porque ¿cómo pueden cohabitar dos poderes con unas opciones radicalmente opuestas? Pues no. El pueblo ha seguido tragándose la estafa como si nada, y nosotros, aprovechándonos de su generosidad. —Se metió una seta en la boca—. Pero estos últimos tiempos algunos han querido repartirse demasiado deprisa el pastel. Han olvidado que se debe representar la comedia, que hay que presentarse con un mínimo de discreción y de convicción. Se puede orinar sobre el pueblo, siempre y cuando este crea que se trata de lluvia. —Se volvió a limpiar la boca—. Hoy en día no se puede llegar a la cabeza de un partido si se está implicado en asuntos turbios, Paul. Ya no es como antes. O sea que haga lo posible por no aparecer en esa historia. Yo me ocupo de ese comandantillo. Lo vamos a tener controlado. Pero quiero saber algo: ¿tiene una coartada para la noche del asesinato?

—Por todos los santos, ¿qué se cree? —contestó, furioso, Lacaze—. ¿Que la maté yo?

La Ballena se inclinó sobre la mesa y, con chispas en los ojos, proyectó su grave vozarrón entre las copas.

—¡Escúchame bien, gilipollas! Guárdate tus aires de virgen escandalizada para el tribunal, ¿vale? ¡Yo quiero saber qué hacías esa noche, si te la estabas follando, comiéndole el coño, bebiendo con amigos, preparándote una raya en los lavabos; si había alguien contigo o nadie, personas que puedan testificar, cojones! ¡Y para de tocarme las narices haciéndote el inocente!

Lacaze tuvo la impresión de que acababa de recibir una

bofetada. Pálido como el papel, miró en torno a sí para cerciorarse de que nadie había oído aquello y después miró al cetáceo de mirada de esfinge que tenía sentado enfrente.

—Estaba… estaba con Suzanne. Estábamos viendo un DVD, una comedia italiana. Desde… que tiene cáncer, procuro estar en casa lo más a menudo posible.

El senador se enderezó.

—Siento mucho lo de Suzanne. Es terrible lo que le pasa. Suzanne es una persona a la que aprecio mucho.

La Ballena había hablado con una sinceridad brutal. A continuación volvió a encarar la nariz hacia el plato, poniendo fin a la conversación. Inundado por una oleada de culpabilidad, Lacaze se preguntó cómo habría reaccionado de haber sabido la verdad.

26
En la cárcel

*P*rimero lo asaltaron los ruidos, omnipresentes, agresivos, perturbadores. El denso, incesante e implacable tejido sonoro estaba compuesto de voces, puertas, gritos, rejas, cerrojos, ruidos de pasos, manojos de llaves... Después venía el olor, no exactamente desagradable, pero típico, inconfundible. Todas las cárceles tienen el mismo.

Allí, la mayoría de voces eran femeninas. Se encontraba en el pabellón de mujeres de la cárcel de Seysses, cerca de Toulouse. El centro contaba con otros tres edificios, dos para hombres y uno para menores.

Servaz se puso rígido cuando la vigilante abrió la puerta. Había dejado el arma y la placa en la entrada, rellenado el formulario de registro, franqueado cámaras y pórticos de seguridad. Mientras seguía a la guardiana por los pasillos del pabellón de mujeres, se había preparado mentalmente.

La mujer le indicó que pasara. Haciendo acopio de aire, traspasó el umbral. La presa número 1614 estaba sentada con los codos encima de la mesa y las manos cruzadas ante sí. La luz del fluorescente caía sobre su cabello castaño, que ya no era largo, suave y denso como la última vez que la vio, sino corto, seco y sin brillo. La mirada no había cambiado, sin embargo. Élisabeth Ferney no había perdido ni un ápice de su arrogancia, ni de su talante autoritario tampoco. Servaz habría apostado algo a que había logrado hacerse un sitio allí, tal como había hecho cuando era enfermera jefe en el Instituto Wargnier. Ella era la persona ante la que todo el mundo se inclinaba, la que había permitido que Julian Alois

Hirtmann se fugara. Servaz había asistido a su juicio. Su abogado había tratado de alegar que había sido manipulada por el suizo, presentarla como una víctima, pero la personalidad de su cliente había obrado en contra suya. Los jurados habían podido constatar por sí mismos que la mujer sentada en el banquillo de los acusados no tenía madera de víctima.

—Hola, comandante.

La voz tenía la misma firmeza. Presentaba, con todo, un nuevo matiz de hastío, o de cansancio, una entonación un poco cansina. Servaz se preguntó si Lisa Ferney no estaría tomando antidepresivos. Aquel tipo de medicación era moneda frecuente en las cárceles.

—Buenos días, Élisabeth.

—Vaya, ahora me llama por el nombre de pila. No sabía que nos hubiéramos vuelto amigos. Aquí casi siempre me llaman Ferney, o 1614. La zorra que lo ha acompañado me llama la «jefa gilipollas», aunque es solo fachada. En realidad, me viene a ver por la noche y entonces es ella la que se pone de rodillas...

Servaz la escrutó tratando de discernir si decía la verdad, pero fue inútil. Élisabeth Ferney era insondable. Lo único evidente eran las chispas de malsano gozo que bailaban en sus ojos castaños. Servaz había conocido a un director de cárcel que para referirse a sus presas decía «las cerdas» o «las putas». Las injuriaba de manera sistemática, acosaba sexualmente a las más jóvenes y entraba de noche en el pabellón de mujeres para que se la chupasen en compañía de algunos guardianes. Aunque lo habían destituido, no le habían aplicado ninguna sanción penal, porque el juez consideró que la destitución era un castigo suficiente. Desde su experiencia, Servaz sabía perfectamente que en el universo carcelario cualquier cosa era posible.

—¿Sabe lo que más echo de menos? —prosiguió ella, satisfecha al parecer de la reacción que advertía en su cara—. Internet. Todos nos hemos vuelto adictos a esa porquería, qué barbaridad. Estoy segura de que la privación de Facebook va a provocar un incremento de suicidios en las cárceles.

Servaz cogió una silla y se sentó frente a ella, al otro lado de la mesa. A través de la puerta cerrada alcanzaba a oír diferentes sonidos, ecos de voces, llamadas, un carro rodando sobre el suelo y, luego, un ruido especial: el tintineo de metal contra metal. Él sabía qué lo producía. Era la hora del paseo. Los vigilantes aprovechaban para entrar en las celdas y asegurarse de que no habían roto ningún barrote golpeándolo con una barra de hierro. El ruido... No había nada que hiciera sentir con mayor intensidad la soledad a los presos que aquel constante fondo sonoro.

—Un setenta por ciento de las presas de aquí son toxicómanas, ¿lo sabía? Menos del diez por ciento recibe un tratamiento sustitutivo. La semana pasada, una chica se ahorcó con su cinturón. Era su séptima tentativa y había expresado su intención de volverlo a intentar. Aun así la dejaron sola sin vigilancia. ¿Sabe? Si quisiera, me podría fugar, de una manera o de otra.

¿Adónde quería ir a parar? ¿Acaso había intentado suicidarse ella misma? Antes de marcharse, tendría que preguntárselo al personal médico.

—Pero no ha venido solo para interesarse por mi situación, ¿no?

Servaz, que había previsto la pregunta, volvió a acordarse del consejo de su padre. La sinceridad... Aunque no estaba seguro de que fuera la estrategia más adecuada, no tenía preparado nada más.

—Julian me ha escrito un e-mail. Creo que está aquí, en Toulouse, o cerca.

Le pareció percibir algo en la mirada de la antigua enfermera, aunque tal vez fuera fruto de su imaginación. La mujer lo miraba con fijeza, con semblante igual de impenetrable.

—Julian... Élisabeth... Pues sí, ahora todos somos amigos. ¿Y qué ponía en ese e-mail?

—Que iba a volver a pasar a la acción, que disfrutaba de su libertad.

—¿Y usted lo cree?

—¿Y a usted qué le parece?

La sonrisa que apareció en aquellos labios sin pintar fue como la cicatriz de un navajazo.

—Enséñeme ese e-mail y entonces puede que se lo diga.

—No.

La sonrisa se esfumó.

—Se lo ve cansado, Martin... Tiene pinta de dormir poco, si no me equivoco. Es por culpa de él, ¿verdad?

—Usted tampoco parece muy en forma, Lisa.

—No ha respondido a mi pregunta. ¿Es Hirtmann el que lo martiriza? ¿Tiene miedo de que vaya a por usted? ¿Tiene hijos?

Servaz se clavó las uñas en las palmas de las manos, bajo la mesa. Después las desplegó encima de los muslos, descruzó las piernas y trató de relajarse. Élisabeth Ferney tenía algo que lo helaba hasta los huesos, admitió tomando conciencia de la humedad que había aparecido en sus axilas.

—Por otra parte, no sé por qué tendría que tomarla con usted. Si no me falla la memoria, solo lo vio una vez. Me acuerdo de cuando vino al instituto, con ese psicólogo bajito de perilla y esa gendarme. Era guapa esa chica. ¿De qué hablaron ese día con Julian, para que le haya dado esa fijación con usted? Y a usted también le está dando con él, ¿no es así?

Se dijo que no debía dejarle las riendas de la conversación. Élisabeth Ferney era de la misma raza que Hirtmann, una perversa narcisista, una manipuladora, un ser profundamente egocéntrico que trataba siempre de instaurar su influjo en los demás. Se disponía a decir algo, pero ella no le dejó tiempo.

—O sea que ha pensado que quizá se había puesto en contacto con su antigua cómplice, ¿no es eso? Suponiendo que supiera algo, ¿por qué se lo iba a decir a usted en concreto?

Aquella pregunta la había previsto también.

—He hablado con el juez —respondió, afrontando su mirada—. La propuesta es acceso a la prensa diaria y la inscripción en un taller de microinformática, además de acceso a Internet controlado una vez a la semana. Me cercioraré personalmente de que la decisión del juez sea aplicada por la administración de este... establecimiento. Le doy mi palabra.

—¿Y si no tengo nada que decirle? ¿Y si Hirtmann no se ha puesto en contacto conmigo? ¿Todavía hay posibilidad de trato? —contestó con una maliciosa sonrisa.

Él omitió responder.

—¿Qué me garantiza que esto va en serio?

—Nada.

Élisabeth se echó a reír, pero en su risa no había alegría. Servaz supo que había logrado su propósito. Lo vio en su mirada.

—Nada —repitió—. Nada se lo garantiza. Todo depende de si la creo o no. Todo depende de mí, Élisabeth. Pero, de todas maneras, no tiene mucho donde elegir, ¿no?

Los ojos de la mujer se alumbraron con un breve chisporroteo de odio y de rabia. Debía de haber pronunciado tantas veces esa frase que la había reconocido aun en boca de otro. Era la frase típica de quien detentaba el poder. Ahora se habían cambiado los papeles y acusaba el golpe. Debía de haberse realizado mucho cuando dirigía el Instituto Wargnier junto con el doctor Xavier, amenazando y engatusando a sus pacientes, haciéndoles ver lo que podían ganar o perder, diciéndoles exactamente lo que él le acababa de decir, que no tenían opción y que todo dependía de ella.

—A diferencia de usted, yo no he tenido ninguna noticia de Julian Hirtmann —respondió, y él captó en su voz una frustración y una tristeza genuinas—. No ha tratado de restablecer contacto conmigo. Durante mucho tiempo esperé una señal, algo. Usted sabe tan bien como yo que no hay nada más fácil que hacer llegar un mensaje a un preso, pero no me llegó ninguno de él, no. Sí dispongo, en cambio, de una información que seguramente le interesa.

Servaz le sostuvo la mirada, con todos los sentidos en alerta.

—Un ordenador una vez por semana y acceso a la prensa diaria, ¿estamos de acuerdo?

Servaz asintió con la cabeza.

—Alguien se le ha adelantado, alguien que quería saber lo mismo que usted. Y curiosamente, ha venido hoy.

—¿Quién? —preguntó él.

Ella le dirigió una taimada sonrisa.

—De todas maneras, no tengo más que preguntar al director —señaló Servaz.

—Está bien. Vuelva, pero no se olvide de lo que me ha prometido.

Aún tenía que ver a alguien más, en el pabellón de menores. Era completamente ilegal y lo sabía, pero él tenía sus «contactos» en la cárcel y el director no llegaría a tener constancia de aquella entrevista. Por eso había pedido al juez la autorización de interrogar a Lisa Ferney en el marco de la investigación sobre Hirtmann: para poder entrar en la cárcel.

Mientras recorría los pasillos, pensaba en lo que Élisabeth Ferney le acababa de decir. Alguien había ido a verla antes que él, una persona que llevaba tiempo sin ver. La imagen del alud volvió a aparecer en su memoria.

Cuando abrieron la puerta, se llevó un susto. ¡Por todos los santos! Las mejillas hundidas, los ojos rodeados de un cerco rojo, la mirada de un ser acorralado... Aunque sabía que a Hugo lo habían puesto en una celda individual, de repente temió por él. Si Marianne viera a su hijo en aquel estado, quedaría aterrorizada.

Servaz volvió a salir y entornó la puerta tras de sí.

—Quiero que se le dispense una vigilancia especial —dijo al guardián—. Quítenle el cinturón, los cordones, todo. Me da miedo que haga una tontería. Este muchacho va a salir pronto de aquí. Es solo cuestión de tiempo.

Se acordó del comentario de Lisa Ferney: «La semana pasada, una chica se ahorcó con su cinturón. Era su séptima tentativa y había expresado su intención de volverlo a intentar. Aun así la dejaron sola sin vigilancia». El guardián lo observaba con una sonrisa.

—¿Me ha entendido, hostia?

El hombre lo miró con indiferencia antes de asentir. Haciéndose el propósito de hablar con el director antes de irse, entró en la habitación.

—Buenos días, Hugo.

No obtuvo respuesta.

Tal como había hecho con Élisabeth Ferney, cogió una silla y se sentó.

—Hugo, siento muchísimo... todo esto. —Abarcó con un ademán la sala y cuanto había a su alrededor—. Hice lo posible por convencer al juez para que te pusiera en libertad, pero parece que... los cargos eran demasiado inculpatorios... al menos por ahora.

Hugo mantenía la vista fija en sus manos. Servaz reparó en sus uñas, roídas hasta hacer visible la sangre.

—Han aparecido nuevos elementos... Es muy posible que no te quedes mucho tiempo aquí.

—¡Sáqueme de aquí!

El grito tomó por sorpresa al policía. Era una súplica, un ruego, que lo hizo estremecer. Miró a Hugo. Tenía los ojos llorosos y le temblaban los labios.

«Sí —pensó—. No te preocupes. Te voy a sacar de aquí, pero tienes que resistir, muchacho».

—¡Escúchame! —le dijo—. Tienes que confiar en mí. Voy a ayudarte a salir de aquí, pero necesito que tú también me ayudes. No tengo derecho a estar aquí, ni a verte. Como te han imputado, solo tiene derecho a hablar contigo un juez en presencia de tu abogado. Me expongo a una severa sanción si se supiera. Han aparecido, sin embargo, elementos nuevos con los que el juez se verá obligado a replantearse su decisión, ¿comprendes?

—¿Qué elementos?

—Paul Lacaze, ¿lo conoces?

Servaz no dejó de captar el tenue pestañeo. No en vano llevaba quince años realizando investigaciones.

—Lo conoces, ¿verdad? ¿Verdad que sí?

Hugo volvía a mantener la vista clavada en sus mortificados dedos.

—¡Vamos, hostia, Hugo!

—Sí... lo conozco.

Servaz aguardó en silencio.

—Sé que se veía con Claire...

—¿Se veía?

—Tenían una relación... en plan supersecreto. Lacaze está casado y es diputado y alcalde de Marsac. Pero usted, ¿cómo lo ha sabido?

—Encontramos e-mails en el ordenador de Claire.

Aquella vez, Servaz no detectó ninguna reacción. Hugo no parecía ni sorprendido ni enterado del asunto. Seguramente no había sido él quien vació el buzón de correo.

Servaz adelantó el torso por encima de la mesa.

—Paul Lacaze tenía una relación ultrasecreta con Claire Diemar, una relación de la que nadie estaba el corriente, tal como bien has dicho. Es un asunto supersensible. ¿Cómo es posible entonces que lo supieras tú?

—Ella me lo había dicho.

Servaz lo observó, estupefacto.

—¿Cómo?

—Claire me lo había contado todo.

—¿Por qué iba a hacer tal cosa?

—Porque éramos amantes.

Servaz lo miró de hito en hito, digiriendo la noticia.

—Ya sé lo que piensa. Yo tengo diecisiete años y ella tenía treinta y dos, pero nos queríamos… Había conocido a Paul Lacaze antes de mí. Había decidido romper con él. Él estaba enamorado de ella y tenía celos. Sospechaba desde hacía tiempo que tenía a alguien más. Ella tenía miedo de que se le cruzaran los cables, de que montara un escándalo si se enteraba de que tenía una relación con uno de sus alumnos y además, menor. Por otra parte, él también estaba atado de manos con su situación. No podía permitirse ventilar aquello.

—¿Desde hacía cuánto? —preguntó Servaz.

—Unos cuantos meses. Al principio, lo que le dije era cierto. Hablábamos de literatura, ella se interesaba por lo que escribía. Creía mucho en mi talento y quería alentarme, ayudarme. Me invitaba a tomar café a su casa de vez en cuando. Sabía que eso daría pie a rumores en Marsac, pero le daba igual. Claire era así. Era libre, estaba por encima de todo eso. Le importaba poco el qué dirán. Después, poco a poco, nos enamoramos. Es extraño, porque al principio no era para nada mi tipo. Claro que… nunca había conocido a alguien como ella antes.

—¿Por qué no hablaste de eso ni con el juez ni conmigo?

Hugo lo miró, con los ojos como platos.

—¿Está de broma? ¡Sabe perfectamente que con eso habría pasado por más sospechoso aún!

Tenía razón.

—¿Cabe la posibilidad de que Paul Lacaze estuviera enterado de lo tuyo con Claire? Piénsalo bien. Es importante.

—Ya sé en qué está pensando —respondió con tristeza Hugo—. Francamente, no lo sé. Ella me había prometido que se lo iba a contar todo. Habíamos tenido una larga conversación sobre el tema. Yo estaba cansado de esa situación, no quería que siguiera viéndolo, pero para serle sincero, no creo que le hubiera dado tiempo de hacerlo. Siempre lo postergaba y encontraba excusas para retrasarlo. Creo que tenía miedo de su reacción.

Servaz evocó los apasionados e-mails de Claire Diemar, las declaraciones de amor eterno dirigidas a Thomas999. Luego se acordó del montón de colillas de la orilla del bosque, de la sombra que salió del pub detrás de Hugo, de las declaraciones del chico en las que afirmaba que había perdido el conocimiento y se había despertado en el salón de Claire. Tal vez Paul Lacaze no tenía necesidad de que le revelaran nada, después de todo. Tal vez lo sabía ya.

En el aparcamiento de la cárcel, el calor de junio lo golpeó con la contundencia de un puñetazo. El sol estaba suspendido como una lámpara en un cielo de color blanco. Con una sensación de ahogo, abrió las puertas del Cherokee para dejar salir el fuego que reinaba en el habitáculo. A la izquierda, a menos de trescientos metros, se erguían los muros y miradores de la otra cárcel: el centro de detención de Muret. A diferencia del centro que acababa de visitar, allí acogían a quienes purgaban penas largas y entre sus seiscientos reclusos no se contaba ni una sola mujer.

Los dos millares de mujeres encarceladas en Francia cumplían condena en 63 centros penitenciarios de los 186 existentes y solo seis de estos estaban exclusivamente reservados a ellas.

Servaz sacó el móvil y marcó un número.

—Ziegler —le respondieron.

—Tenemos que hablar.

—Estás muy morena.

—Es que he vuelto de vacaciones.

—¿Dónde has estado?

La respuesta no le interesaba lo más mínimo, pero habría sido de mala educación no formularla.

—En las Cícladas —respondió ella, dando a entender con el tono que no se dejaba engañar—. Haciendo el vago; tomando el sol, esquí acuático, submarinismo, dando paseos, viendo monumentos…

—Habría debido llamarte antes —la interrumpió él—. Para saber ver cómo te iba la vida, pero ya sabes cómo son las cosas. He estado… hum… ocupado.

Ella paseó la mirada por la multitud instalada a la sombra de los árboles en la agradable terraza del bar Vasco, de la plaza de San Pedro… no la de Roma, sino la de Toulouse.

—No tienes por qué justificarte, Martin. Yo también te habría podido llamar. Y lo que hiciste… ese informe tan favorable que escribiste después de lo que ocurrió… Me lo dieron a leer, ¿sabes? —mintió—. Debería haberte dado las gracias por eso.

—Me limité a decirles lo que había pasado.

—No. Explicaste las cosas desde un determinado punto de vista, de una manera que me exoneraba de culpa. Los mismos hechos podrían haberse presentado con una versión totalmente opuesta. Todo es siempre una cuestión de punto de vista. Tú al menos cumpliste tu promesa.

Él se encogió de hombros, incómodo. Una camarera llegó sorteando las mesas para servirles un café y una Perrier.

—¿Y tu nuevo destino?

Entonces le tocó a ella encogerse de hombros.

—Controles de carreteras, alguna que otra pelea de borrachos en un bar, robos, actos de vandalismo o algún tipo sorprendido vendiendo hachís a la salida del instituto… Aunque eso me permite reconocer lo privilegiada que era en la sección de investigación. Instalaciones decadentes, viviendas insalubres, decisiones absurdas tomadas por una jerarquía desconectada de la realidad… ¿Conoces el síndrome del «gendarme que se retuerce»?

—¿Cómo?

—Los cabezas de chorlito que nos dirigen decidieron que lo más urgente era equipar nuestras oficinas con sillones nuevos. El problema está en que los brazos no están lo bastante separados para acoger un gendarme con un arma en la cadera. Como consecuencia de ello, todos los gendarmes de este país se pasan el tiempo retorciéndose en su nuevo uniforme para poder sentarse.

La imagen lo hizo sonreír, aunque de manera breve.

—Ayer fuiste a visitar a Lisa Ferney en la trena —dijo—. ¿Por qué?

Lo miró fijo a los ojos y él se acordó de aquella noche de tormenta en aquella gendarmería de montaña en la que ella le había contado cómo la habían violado de joven los mismos individuos que habían violado a Alice Ferrand y a los otros adolescentes de la colonia de las Gamuzas. Tenía casi la misma mirada, sombría, que aquella noche.

—Eh... leí en el periódico que Hirtmann se había puesto en contacto contigo, que te había escrito ese e-mail... Eh... —Abrió una pausa para ponderar lo que iba a decir—. Desde lo que pasó en Saint-Martin, no he parado de... pensar en él. Tal como te contaba, no hay mucho interesante que hacer en la brigada, o sea que, para entretenerme, reúno toda la información que puedo sobre Hirtmann. Desde la investigación de Saint-Martin, se ha convertido en una especie de obsesión, de... pasatiempo, como los trenes eléctricos, las colecciones de sellos o de mariposas, ¿entiendes? La diferencia está en que la mariposa que me gustaría clavar en mi expositor es un asesino en serie.

Se llevó el agua a los labios mientras Servaz la observaba. Todavía tenía aquel diminuto tatuaje en el cuello —un ideograma chino— y el discreto *piercing* en la parte izquierda de la nariz. No era, desde luego, una presentación muy clásica para una gendarme, aunque a él no le disgustaba. Apreciaba a Irène Ziegler. Le había agradado trabajar con ella.

—¿Quieres decir que coleccionas todo lo que se dice y escribe sobre él?

—Sí, algo así. Intento cuadrar los datos, para ver si saco algo. Hasta ahora no ha habido resultados. Es como si se lo hubiera tragado la tierra. Nadie sabe si está vivo o muerto. Entonces, cuando al volver de vacaciones vi que se había puesto en contacto contigo, pensé enseguida en Lisa Ferney y fui a verla.

—Puede que sea un bromista o un copión —apuntó.

Irène vio que dudaba.

—Aunque hay algo más —añadió él.

Ella guardó silencio. Creía saber lo qué iba a decir, pero no podía hablarle de lo que había descubierto en su ordenador.

—En un área de autopista de la A20 vieron a un tipo en moto que encaja con la descripción de Hirtmann y hablaba con un acento que podría ser suizo. Las imágenes de una cámara de vigilancia de un peaje situado un poco más al sur confirmaron el testimonio del hombre de la tienda. Si es él, se dirigía a Toulouse en ese momento.

—¿Hace cuánto de eso? —preguntó, pese a conocer ya la respuesta.

—Unas dos semanas.

Miró en torno a sí, como si el suizo pudiera encontrarse allí en medio del gentío, espiándola. La mayoría de los clientes eran estudiantes. Con sus paredes de ladrillo rosa, su viña virgen y la fuente de piedra, la terraza tenía aires de plazoleta provenzal. Irène recordó el texto exacto del e-mail. Habría querido decir lo que pensaba pero, como antes, no podía hacerlo sin confesarle que había entrado en su ordenador.

—¿No tendrás una copia de ese e-mail? —preguntó con desenfado.

Él metió una mano en el bolsillo de la chaqueta y sacó una hoja plegada en cuatro. Ella releyó pausadamente el texto que se sabía ya de memoria.

—Esta historia te pone los pelos de punta, ¿verdad?

Él asintió en silencio.

—¿Qué te parece? —inquirió.

—Mmm. —Fingió proseguir la lectura.

—¿Es Hirtmann o no?

Hizo como si reflexionara.

—Yo diría que sí.

—¿Qué te lleva a pensarlo?

—Como te he dicho, llevo meses estudiando su personalidad, su comportamiento. Sin querer vanagloriarme de ello, creo que lo conozco mejor que nadie. Ese mensaje suena a verdadero, tiene algo. Es como si oyera su voz cuando fuimos a su celda…

—Y sin embargo fue una mujer quien lo envió, desde un cibercafé de Toulouse.

—Una víctima o una cómplice —dedujo ella—. Si ha encontrado una mujer que tiene las mismas perversiones que él, es muy inquietante —agregó, mirándolo fijamente.

Servaz sintió que el frío se apoderaba de él a pesar del calor reinante.

—¿Y dices que te aburres en tu nuevo destino? —comentó él con una media sonrisa.

Ella lo observó, preguntándose adónde quería ir a parar.

—Digamos que no fue para eso para lo que ingresé en el cuerpo de gendarmes.

Pareció que Servaz reflexionaba antes de decidirse.

—Samira y Vincent se ocupan de reunir toda la información disponible sobre Hirtmann. Lo que ocurre es que también les he pedido que protejan a mi hija. Margot estudia en el instituto de Marsac. Como la mayoría de los alumnos, está interna allí, lejos de su madre y de mí. Constituye un blanco ideal. —Se dio cuenta de que había bajado la voz, como si temiera que diciendo las cosas en voz alta contribuyera a que se hicieran realidad—. ¿Qué te parecería si te hiciera llegar toda la información que obtenemos sobre Hirtmann? Me gustaría que me dieras tu opinión al respecto.

Vio que se le iluminaba la expresión.

—Como asesora, ¿es eso?

—Exacto. Te has convertido en experta en asesinos en serie suizos —le confirmó, sonriendo.

—Por qué no... ¿No temes que te traiga complicaciones?

—No estamos obligados a pregonarlo a los cuatro vientos. Los únicos que estarán al corriente serán Vincent y Samira. Ellos te comunicarán la información. Tengo confianza en ambos, y me interesa tu punto de vista. El pasado invierno hicimos un buen trabajo juntos.

Advirtió que el halago le había llegado al corazón.

—¿Quién te ha dicho que había ido a ver a Lisa Ferney a la cárcel? —quiso saber.

—Ella misma. La fui a visitar más o menos dos horas después de ti. Tuvimos la misma idea.

—¿Y qué te dijo de Hirtmann?

—Que no había tenido ningún contacto con él. ¿Y a ti?

—Lo mismo. ¿La crees?

—Me pareció que está muy deprimida.

—Y frustrada.

—O si no, es que es una actriz excelente.

—También es posible.

—¿Cómo se comportaría si Hirtmann estuviera por aquí y se hubiera puesto en contacto con ella?

—Haría como si no hubiera tenido ninguna noticia… y fingiría estar deprimida…

—… y frustrada…

—¿Crees que…?

—Yo no creo nada, pero quizá valdría la pena no perderla de vista.

—No veo cómo —objetó Ziegler.

—Ve a verla con regularidad. Me ha dado la impresión de que se aburre mucho. Intenta intimar con ella. Quizás acabe soltando algo, aunque solo sea para darte algo a cambio de tus visitas y para estar segura de que volverás a verla. No te olvides, sin embargo, de que es una manipuladora, una narcisista, igual que Hirtmann, y que va a tratar de explotar tus puntos débiles, de engatusarte. Es posible que solo te diga lo que tienes ganas de oír.

—Sí —concedió ella, con cara de preocupación—. Tampoco soy tan bisoña. ¿De veras crees que Margot corre algún riesgo?

Servaz tuvo la impresión de que en sus entrañas empezaba a hormiguear un paquete de gusanos.

—*Expressa nocent, non expressa non nocent* —repuso. Y tradujo: «Las cosas expresadas son nocivas, las no expresadas no lo son».

Conducía por la campiña, en su Suzuki GSR600, a una velocidad muy superior a la autorizada, dejando atrás los coches. El sol brillaba en las colinas rebosantes de verdor y ella se sentía rebosante de energía y de impaciencia. Volvía a estar en la brecha.

«Hirtmann en la zona…».

Aunque la idea debería asustarla, el reto que contenía la excitaba, sin embargo, como al boxeador que se entrena para el combate de su vida y que se entera de que, después de una larga ausencia, su adversario más temible ha vuelto al circuito, listo para enfundarse los guantes.

—Tenemos el resultado del análisis grafológico —anunció Espérandieu.

Servaz siguió con la mirada la silueta de una mujer que cruzaba la calle, recortada a contraluz con la puesta de sol. Era un hermoso atardecer, pero él se sentía decepcionado. Cuando el teléfono vibró en su bolsillo, por un instante confió en que fuera Marianne. Había estado esperando todo el día su llamada.

—No fue Claire Diemar la que escribió la anotación en el cuaderno.

Servaz dejó de prestar atención a la silueta femenina. El recalentado paisaje urbano desapareció de repente.

—¿Están seguros?

—El grafólogo lo asegura. Ha dicho que no hay ni la más mínima duda. Incluso ha dicho que se jugaría su reputación a que así es.

Servaz cavilaba a gran velocidad. Las cosas se estaban precipitando. Su mente funcionaba a todo tren, como las bielas de una locomotora cargada de carbón. Alguien había escrito en un cuaderno una frase de denuncia contra Hugo y la había dejado, bien a la vista, en el despacho de Claire Diemar. Hugo era el chivo expiatorio ideal: inteligente, drogata, guapo. Y, sobre todo, era el amante de Claire. Iba a menudo a su casa. Servaz se planteó lo que aquello implicaba. No era seguro que el que había tratado de hacerle cargar con la culpa estuviera enterado de su relación. Quizás estaba tan solo enterado de las visitas del joven. Tanto Marianne, como Francis, como el vecino inglés le habían dicho lo mismo: las noticias circulaban deprisa en Marsac.

También había la otra opción, se dijo mientras se aproximaba a la entrada del parking y se adentraba en el subsuelo. Paul Lacaze…

—Lo que sí es seguro —prosiguió Espérandieu— es que la persona que escribió eso es muy retorcida.

—Si quisieras procurarte una muestra de la letra de Paul Lacaze sin que él lo sepa, ¿dónde buscarías? —consultó Servaz, consciente de la advertencia que le había dado el fiscal de Auch esa misma mañana.

—No sé. ¿En el ayuntamiento? ¿En la Asamblea Nacional?

—¿No tienes nada más discreto?

—Un momento —dijo su ayudante—. ¿Cómo se las habría arreglado Paul Lacaze para dejar ese cuaderno en el instituto? En Marsac lo conoce todo el mundo. No se habría arriesgado de esa manera si tuviera intención de matarla…

—¿Quién más pudo ser? —inquirió Servaz, reconociendo que no le faltaba razón.

—Alguien que puede circular libremente por el instituto, sin llamar la atención. Un alumno, un profesor, un miembro del personal… Eso suma muchas personas.

Servaz volvió a acordarse del misterioso montón de colillas de la orilla del bosque, mientras introducía su tarjeta de crédito en la caja del parking.

—Una vez más, eso excluye a Hirtmann del panorama —señaló Espérandieu.

Servaz empujó la puerta acristalada del parking y avanzó en su vasto espacio sonoro, entre las hileras de coches. Él había aparcado el suyo en la columna B6.

—¿Por qué?

—Hombre ¿cómo podría tener ese suizo tanta información sobre Marsac, sobre Hugo y sobre el instituto?

—¿Y las iniciales? ¿El e-mail? ¿El CD? ¿Ya te has olvidado?

En el teléfono se hizo el silencio.

—Quizás hay alguien que trata de desestabilizarte, Martin.

—¡Por el amor de Dios, el disco de Mahler estaba en el equipo de música antes de que nos hubieran confiado siquiera la investigación!

Había dado en el clavo. Esa vez no hubo respuesta. A su espalda sonó un ruido de pasos sobre el cemento.

—No sé, es bastante raro —admitió Espérandieu—. Hay algo que no encaja.

Servaz dedujo por la voz de su adjunto que había llegado a la misma conclusión que él. Aquel caso no tenía pies ni cabeza. Era como si tuvieran todas las llaves ante sí, pero no hubiera la cerradura correspondiente. Aminoró la marcha. Había llegado a la altura del Cherokee. Los pasos sonaban más cercanos… Apretó el mando a distancia y el vehículo emitió un doble pitido al tiempo que parpadeaban las luces.

—En cualquier caso, ándate con cui… —quiso aconsejarle su ayudante.

Servaz giró sobre sí, con un movimiento fluido y rápido. Estaba allí… a unos centímetros apenas… con la mano metida en el bolsillo de su cazadora de cuero. Servaz se vio reflejado en sus gafas de sol. Reconoció la sonrisa, la piel clara y el cabello castaño. Antes de que a Hirtmann le diera tiempo de sacar el arma, el policía atacó con su mano libre.

El gancho que le propinó le causó un horrible dolor en las falanges. Sin dejarle margen para recuperarse, lo agarró por la cazadora y, precipitándolo contra un coche del otro lado del pasillo, le aplastó la cara contra el vidrio de atrás. El suizo profirió una maldición y sus gafas de sol cayeron con un ruido metálico al suelo. Pegado a su espalda, Servaz hurgó en el bolsillo interior de la cazadora. Sus dedos palparon lo que buscaban… aunque no se trataba de un arma.

Era un teléfono móvil.

Obligó a volverse a su adversario. No era Hirtmann. No cabía la menor duda. Ni siquiera la cirugía estética habría podido alterar hasta ese punto su fisonomía. El hombre lo miraba, aturdido y amedrentado, chorreando sangre por la nariz.

—¡Coja el dinero, vamos! ¡Pero no me haga daño, se lo suplico!

¡Mierda! El hombre tenía más o menos su edad y le olía mal el aliento. Servaz recogió las gafas de sol, se las colocó encima de la nariz y le dio una palmada en el hombro.

—Lo siento —dijo—. Le había confundido con otro.

—¿Cómo? ¿Cómo? —graznó el agredido, con una mezcla de alivio, indignación y asombro, mientras Servaz guardaba su móvil en el bolsillo y se alejaba a paso vivo.

Puso el contacto y preparó la marcha atrás haciendo rechinar la caja de cambios. A través del cristal, vio que el hombre había sacado el teléfono y observaba la matrícula. Con la otra mano, trataba de contener la hemorragia de la nariz con un grueso paquete de pañuelos de papel que ya se habían manchado de sangre.

Servaz habría querido reparar los estragos, pero era demasiado tarde. Muchas veces se había dicho que la máquina del tiempo habría sido un fantástico invento para las personas como él, que tenían tendencia a actuar antes de pensar. ¿Cuántas cosas habría podido salvar en su vida de haber dispuesto de un artefacto así? ¿Su pareja, su carrera, Marianne...? Cambió de marcha y arrancó provocando un chirrido de neumáticos sobre el liso revestimiento del parking.

Tal vez se dejaba llevar por la imaginación, pensó mientras se introducía en la rampa de salida. Tal vez complicaba demasiado las cosas. Tal vez Hirtmann no tenía nada que ver en todo aquello. Vincent tenía razón. ¿Cómo habría podido desenvolverse de esa manera? También cabía la posibilidad, no obstante, de que los demás se equivocaran y él tuviera razón, razón para mirar por encima del hombro, para estar prevenido.

Razón para tener miedo también.

27

El final del camino

$\mathcal{A}$ Drissa Kanté lo despertó un bocinazo. O tal vez fuera la pesadilla en la que estaba inmerso.

Soñaba que era de noche y se encontraba en alta mar, en algún punto al sur de la isla de Lampedusa, a cientos de kilómetros de la costa. Era una noche de tempestad, con un viento de cuarenta nudos y unas olas de cuatro metros de altura. En su sueño, el mar era una sucesión de inestables colinas coronadas de blanca espuma y el cielo, una vorágine verde y negra compuesta de relámpagos y nubes. Luego el viento se había puesto a aullar como una fiera hambrienta dispuesta a morderles los talones y una cortina de lluvia casi horizontal se había abatido sobre ellos. Aquel temporal, de fuerza diez en la escala de Beaufort, era como el infierno. La frágil embarcación en la que se hallaba en compañía de setenta y seis personas más, entre ellas trece mujeres y ocho niños, oscilaba cabeceando a merced de la marejada. Las olas que pasaban por encima de la borda, de babor a estribor, les helaban hasta los huesos. Todos temblaban de frío, pero también de miedo. Permanecían pegados unos a otros, con el temor de que volcara la barca. Los relámpagos hendían la noche cual enormes corales luminiscentes. El único mástil se había venido abajo hacía rato. El fondo se llenaba de agua a una velocidad mayor de la que ellos podían achicarla y, atrapada entre la turbulencia del oleaje, la embarcación amenazaba con hundirse de un momento a otro. La lluvia los cegaba, el viento rugía con furia, las mujeres chillaban y los niños lloraban, sobre el fondo del implacable bramido del mar.

El motor fueraborda de cuarenta caballos había entregado el alma poco después de la partida; la vieja quilla crujía con cada embate del mar. Entre castañeteos de dientes, Drissa pensaba en aquellos traficantes de personas libios que se habían quedado con sus últimos ahorros a cambio de aquel barcucho sabiendo que los mandaban probablemente a la muerte. También se acordó de los tuaregs de Gao, de los traficantes de esclavos de Dirkou, de los militares y de los guardias fronterizos, de todos aquellos carroñeros que se habían enriquecido a expensas de él en cada etapa de su «viaje», y los maldijo. Una decena de hombres y mujeres habían muerto ya de sed durante la travesía y los habían arrojado por la borda; varios niños tenían fiebre.

Cuando las luces del pesquero maltés aparecieron en el horizonte, en medio de la lluvia, los rayos y la bruma, creyeron estar salvados. Se habían puesto todos de pie, incluso los niños, a riesgo de hacer zozobrar la barca, y habían agitado los brazos gritando, agarrándose desesperadamente cada vez que una nueva ola la levantaba e inclinaba. El pesquero no se había detenido, sin embargo. El gran navío había pasado tan cerca de ellos que habían podido ver las miradas de indiferencia de los pescadores malteses, acodados arriba en la borda. Algunos incluso reían bajo las capuchas de sus impermeables o les hacían señas. Una treintena de hombres se habían arrojado al mar para tratar de llegar a nado, entre las montañas de agua formadas por las olas, hasta la inmensa red llena de atunes que arrastraba la embarcación. Dos de ellos se habían ahogado antes de lograrlo. El barco se había alejado, sin que sus ocupantes se molestaran lo más mínimo por socorrer a los desgraciados que se aferraban en su estela. En el sueño de Drissa, él mismo estaba agarrado a la red, helado, con los dedos entumecidos, el estómago hinchado y mareado a causa del agua salada engullida, y los marineros le disparaban con fusiles mientras los atunes se debatían bajo él, amenazando con rebanarlo en dos con sus grandes aletas caudales. Fue en ese momento cuando se despertó.

Miró en torno a sí, bañado en sudor, con el torso desnudo y la boca abierta, y los latidos de su corazón se fueron calmando mientras reconocía la habitación. Frotándose los párpados, repitió para sí, como un mantra: «Me llamo Drissa Kanté. Nací en Segou, Mali. Tengo treinta y tres años y ahora vivo y trabajo en Francia».

En realidad, sus compañeros habían permanecido agarrados a la red de pesca tres días y tres noches hasta que los socorrió la marina italiana. Se había enterado leyendo el periódico, a bordo del navío en el que finalmente habían hallado refugio. El capitán del pesquero maltés había declarado que no podía acogerlos a bordo y menos aún alterar su ruta por ellos sin arriesgarse a perder su «valioso cargamento de atunes». Drissa, por su parte, había optado por quedarse en la barca con las mujeres y los niños, aunque fuera a naufragar. Había sido una trainera española, *Río Ésera,* la que los había auxiliado cuando estaban a punto de zozobrar. Cuando el capitán español había tratado de hacer desembarcar a sus pasajeros en la isla de Malta, las autoridades se lo habían impedido. El pesquero había permanecido bloqueado frente a las costas maltesas durante más de una semana hasta que aceptaron hacerse cargo de la fortuita carga humana.

Una vez en tierra, en Malta, le habían dicho que cogiera el autobús de la línea 113, que al final de la línea encontraría un centro de acogida donde podría dormir, lavarse y comer. Mientras lo esperaba, se había fijado en un montón de papeles esparcidos cerca de la parada. Eran octavillas. Había desplegado una. En ella estaba escrito, en inglés:

TEMPORADA DE CAZA ABIERTA
PARA TODOS LOS INMIGRANTES ILEGALES.
TIRAD A MATAR CONTRA TODO INMIGRANTE NEGRO AFRICANO.
NO OS QUEREMOS AQUÍ, SUCIOS NEGROS.
HUID MIENTRAS PODÁIS Y DECÍDSELO A VUESTROS AMIGOS.

La última línea era una sucesión de calaveras a lado y lado de las siglas «KKK». Había subido al autobús y se había bajado en la última parada. Allí se encontraba el campamento de Hal Far, un antiguo aeropuerto militar reconvertido en centro de acogida. Lo componían diversos contenedores con orificios que hacían las veces de ventanas, un poblado de tiendas y un gran hangar sin aviones. Solo en el hangar se agolpaban más de cuatrocientas personas. Había pasado más de un año viviendo en uno de aquellos contenedores de veinticinco metros cuadrados, donde habían hecho caber ocho literas. En verano, la temperatura alcanzaba los cincuenta grados. En invierno, las «calles» del campamento se convertían en barrizales. Una treintena de cabinas de plástico, repugnantes hasta lo indecible, servían a un tiempo de duchas y de váter. Muchos emigrantes lamentaban haber abandonado su país. Después, en 2009, vieron un atisbo de esperanza: el embajador de Francia en Malta, Daniel Rondeau, propuso acoger algunos refugiados en suelo francés y otros países europeos, como Alemania y el Reino Unido, apoyaron la iniciativa. De este modo Drissa Kanté fue a parar a Francia, en el mes de julio, junto con varias decenas de personas.

El trabajo estaba mejor pagado que en Malta, donde la gente como él abandonaba cada mañana el campamento de Hal Far para concentrarse en torno a una rotonda del lado de Marsa, lugar donde las empresas negociaban los precios de una jornada de trabajo sin bajarse del coche. Al principio, las condiciones también habían sido las mismas allí, hasta que Drissa obtuvo un puesto en una empresa de limpieza. No estaba descontento. Se levantaba cada día a las tres de la madrugada para ir a limpiar oficinas. No era una labor penosa. Se había acostumbrado al ruido del aspirador, al olor artificial de las moquetas y los sillones de cuero, a los productos de limpieza y a la rutinaria sencillez de sus funciones, pese a que él tenía un diploma de ingeniero. Formaba parte de un equipo de cinco mujeres y dos hombres que se desplazaban de un edificio a otro. Por la tarde descansaba. Por la noche salía a reunirse con personas como él en los bares de la ciudad y a soñar con otra existencia, aquella que podía entrever al pasar delante de los escaparates de las tiendas y observando a los clientes del otro lado de las ventanas de los restaurantes.

Había algo, no obstante, que turbaba el sosiego de Drissa. Él no se había conformado solo con soñar. También había querido probar el sabor de aquella otra vida y, para ello, había aceptado hacer algo de lo que ahora se arrepentía. Aquello lo atormentaba. Drissa Kanté era una persona honrada en el fondo y sabía que, si aquello se llegaba a descubrir, perdería su trabajo y tal vez mucho más. Ya no quería tener que irse de allí.

Las calles de Toulouse vibraban con aquella energía propia de las tardes de verano cuando él llegó a la acera, entre el tumulto de los coches. Eran las siete y la temperatura todavía rozaba los treinta y cinco grados. Normalmente, en la ciudad solo reinaba un calor así en julio y en agosto. Él se alegró, con todo, porque le gustaba el calor. A diferencia de la mayoría de los habitantes de aquel lugar, que se asfixiaban con aquel ambiente, él respiraba mejor.

Se sentó en la terraza del café L'Escale, en la plaza Arnaud-Bernard, y tras saludar a Hocine, el propietario, pidió un té con menta mientras esperaba la llegada de sus dos amigos, Soufiane y Boubacar. En la mesa de al lado se puso de pie un cliente, que se acercó a él. Drissa levantó la vista y descubrió a un individuo de unos cuarenta años, de pelo moreno y grasiento, una panza que tensaba la camisa de un blanco desvaído complementada con una americana ajada y un rostro inescrutable escudado tras unas gafas de sol.

—¿Puedo sentarme?

—Espero a unos amigos —advirtió, con un suspiro, el maliense.

—Me quedaré solo un momento, Driss.

Drissa Kanté se encogió de hombros. Zlatan Jovanovic se instaló en una exigua silla coja, que parecía demasiado frágil para su metro noventa y tres de estatura y sus ciento veinte kilos de peso, con la copa de cerveza en la mano. Drissa se puso a remover el azúcar en su humeante vaso de reborde dorado, como si nada.

—Necesito que me hagas un favor.

Drissa guardó silencio, con una sensación de vacío en el estómago.

—¿Me has oído?

Adivinó que el hombre lo observaba a través de las gafas negras.

—No quiero seguir haciendo ese tipo de cosas —respondió con voz firme y la mirada clavada en el mantel de cuadros—. Eso se acabó.

La estruendosa carcajada que saludó aquella declaración le provocó un sobresalto. Drissa lanzó una inquieta ojeada a los otros clientes del bar, que habían concentrado las miradas en él.

—¡No quiere seguir haciendo ese tipo de cosas! —exclamó con recia voz Zlatan, echando hacia atrás el torso—. ¿Han oído eso?

—¡Cállese!

—Cálmate, Driss. Aquí nadie presta atención a los asuntos de los otros, ya deberías saberlo.

—¿Qué quiere de mí? Ya le dije la última vez que se había acabado.

—Sí, ya sé, pero hay… digamos, novedades. Un nuevo cliente, para ser exactos.

—Eso no es asunto mío. No quiero saberlo.

—Me temo que nos necesita, Driss —prosiguió, imperturbable, el hombre, como si fueran dos socios que hablaran de negocios—. Y paga bien.

—Ese es su problema. ¡Búsquese a otro primo! Yo ya no estoy para esas cosas.

A medida que hablaba, Drissa se afianzaba en su resolución. Quizás el hombre que tenía enfrente acabaría por comprender que no debía contar más con él. Solo tenía que mantenerse firme, sin vacilar, toda la noche si hacía falta. Así el hombre acabaría dándose por vencido.

—Nadie puede renunciar por completo a ese tipo de cosas, Driss. Nadie decide así como así parar de la noche a la mañana. Nadie me hace eso a mí. Soy yo quien decide cuándo se acaba la cosa, ¿entendido?

Drissa sintió un escalofrío.

—No me puede obligar a…

—Vaya que sí. Todas esas fotocopias que hiciste, esos papeles que mangaste en las papeleras… ¿qué pasaría si fueran a parar a manos de la policía?

—¡Usted caería conmigo, eso es lo que pasaría!

—¿Y tú me denunciarías? ¿De verdad harías eso? —preguntó Zlatan haciéndose el ofendido, mientras encendía un cigarrillo.

Drissa asestó una mirada de desafío a las gafas negras, pero la calma de aquel individuo lo estaba desarmando. Notaba que se burlaba de él, que no tenía miedo. Su inquietud, entre tanto, aumentaba en proporción inversa.

—Vamos a ver —dijo el hombre, después de dar una calada—. Entonces dime: ¿quién soy yo?

El maliense no respondió, porque no tenía la respuesta.

—¿Qué les vas a decir, amigo mío? ¿Que un hombre con gafas de sol que conociste en un bar te dio mil euros por colocar un micro en una lámpara la primera vez? ¿Y que, al ver todo ese dinero, no te pudiste resistir? ¿Y después que te dio quinientos euros más por fotografiar unos documentos que había en una carpeta? ¿Y luego quinientos por recuperar cada día unos papeles de una papelera? ¿Y qué vas a contestar cuando te pregunten cómo se llama? ¿Es Papá Noel? ¿Les vas a decir que ese hombre tiene unos cuarenta años, que es alto, bastante gordo, que tiene un ligero acento extranjero y que va vestido más o menos como todo el mundo? ¿Que no conoces su nombre ni su dirección, ni siquiera su número de teléfono? ¿Que siempre es él el que te llama desde un número sin identificación? ¿Eso les vas a contar? El que va apañado eres tú, Driss, no yo.

—Les diré que estoy dispuesto a devolver el dinero, si hace falta.

El hombre volvió a echarse a reír y Drissa Kanté sintió que se encogía. Habría querido meterse bajo tierra, habría querido no haber conocido nunca a ese hombre.

La húmeda manaza se abatió sobre su mano con un gesto de repugnante intimidad.

—No te hagas pasar por más tonto de lo que eres, Drissa Kanté. Yo sé que no eres imbécil, ni mucho menos.

Al oír brotar su nombre de aquella boca, se estremeció de la cabeza a los pies.

—Bueno, prosigamos... Te has dedicado al espionaje industrial en un lugar donde eso es un delito casi tan grave como matar a alguien, cuando resulta que hace poco que llegaste a este país, que tuvo la bondad de recibirte y de sacarte del antro maltés en el que te pudrías y donde acabas de encontrar por fin un empleo estable y quizá, ¿quién sabe?, un porvenir... Lo demás no se puede comprobar. Es un producto de tu imaginación, una novela. No hay ni un solo elemento verificable aparte de eso, amigo.

Drissa reparó en las manchas de sudor que se expandían en las axilas del hombre, bajo la americana.

—Aquí lo ha visto mucha gente. Ellos podrán testificar. Usted no es un producto de mi imaginación, tal como dice.

—Bueno, admitamos que así sea. ¿Y qué? Aparte del hecho de que a la gente de aquí no le gusta mucho hablar con la policía, es evidente que tú has hecho todo eso para alguien y que has recibido dinero por eso. Muy admirable. Para ti es lo mismo, pero, si quieres mi opinión, es incluso peor que si lo hubieras hecho por una noble causa. ¿Qué dirán todos esos clientes que hay alrededor? Lo mismo que tú. La policía nunca podría remontar el hilo hasta mí y tú vas a pudrirte en la cárcel antes de que te expulsen al cabo de unos años. ¿Es eso lo que quieres? Tú has viajado, hermano; has cruzado el desierto, el mar, las fronteras... Se dice que este país es racista, pero joder, tú sabes que los libios son racistas, que los malteses son racistas, que los chinos son racistas, que hasta esos malditos tuaregs son racistas. Todo el dichoso planeta es racista y tú eres un malinké, hermano. Eres un negro negrísimo. O sea que ¿de verdad quieres volver a ser un indocumentado?

Drissa sintió que lo abandonaban las fuerzas, que su voluntad hacía aguas como aquel barco azotado por el temporal. Su cerebro cedía ante las palabras de aquel hombre como la madera de aquella quilla ante los embates del mar. Cada una de sus palabras le resultaba más dolorosa que un latigazo.

—Responde. ¿Es eso lo que quieres?

Negó con la cabeza, con la mirada fija en el mantel de cuadros.

—Muy bien. Entonces escucha. Soy yo quien decide cuándo se va a acabar. Además, tengo una buena noticia para ti. Te doy mi palabra. Esta es la última vez que te pido algo, la última. Y hay dos mil euros en juego.

Drissa levantó la cabeza. La perspectiva de verse por fin liberado y de ganar tanto dinero al mismo tiempo acababa de serenarlo un poco. El hombre se metió la manaza en el bolsillo interior de la americana y la sacó. Cuando la abrió, el lápiz USB se veía muy pequeño en su palma.

—Lo único que tienes que hacer es introducir este lápiz en un ordenador. Después, lo enciendes y él se encargará de todo, de encontrar la contraseña y de cargar el programa que contiene. Será cuestión de tres minutos solamente. Luego lo retiras, apagas el ordenador y ya está. Se acabó. Nadie se dará cuenta nunca de la manipulación. Tú me devuelves el lápiz, cobras los dos mil euros y no volverás a saber nada de mí. Te doy mi palabra.

—¿Dónde? —preguntó Drissa Kanté.

Conducía con la impresión de circular a través de un muro de fuego. Cada zona de sombra proyectada por un bosquecillo era una bendición. Elvis Konstandin Elmaz había bajado la ventanilla, pero el aire estaba tan recalentado que fue como si hubiera abierto la puerta de un horno. Por suerte, con la caída de la tarde, en aquella región frondosa se pasaba a menudo del sol a la sombra. Giró a la derecha, delante del cartel plantado en el cruce, contra el tronco de un árbol.

FINCA DE LOS GUERREROS
CRÍA DE PERROS GUARDIANES Y DE DEFENSA

Un poco más allá, torció por una carretera de carácter aún más rural, llena de baches y grietas. Sobre el anaranjado cielo del atardecer se veían recortadas las negras formas de un edificio y un aeromotor. La capa de sudor que cubría la cara de Elvis Elmaz no solo se debía al calor. El crepúsculo y las sombras lo ponían nervioso. En realidad tenía miedo. Aunque había conseguido mantener el tipo delante de ese poli y esa policía tan extraña, enseguida había comprendido lo que había pasado. ¡Joder! Otra vez estaba en las mismas… Mientras conducía, tenía la impresión de que en el estómago se le iban formando nudos sin parar. ¡Hostia puta! No quería palmarla. Él no se iba a dejar, como esa zorra de profesora… ¡Se iban a enterar de quién era él! Golpeó el volante con un gesto de rabia y de miedo. «¡Pandilla de mamones, venid, venga! ¡Soy yo el que me voy a cargar a todos, pedazos de gilipollas!». La otra noche no los había visto venir.

¡Unos serbios, ja! ¡Vaya trola! Había inventado esa historia de una chavala y los serbios para despistar a la policía y después había pedido a un par de amigos del bar que la confirmaran. Ese bar estaba lleno de tipos como él, en libertad condicional, pendientes de juicio o a punto de reincidir. Esa vez le había ido de poco, pero se había defendido y al final se habían fugado. Había demasiados testigos posibles. Eso fue lo que lo salvó, pero ¿por cuánto tiempo? Había otra solución: contarlo todo a la pasma. Pero entonces, volverían a abrir el expediente, los otros dirían lo que había pasado realmente esa noche y se echaría encima a las familias. Se arriesgaba a que le cayeran un juicio y una condena. Podía caerle bastante, con sus antecedentes. No quería volver al trullo, de ninguna manera.

Cerca de un buzón oxidado y de la vaporosa nube de un saúco en flor, otro cartel invitaba a dejar la estrecha carretera para tomar un camino todavía más desigual. Empezó a botar en el asiento, agarrado al volante, antes de atravesar un arroyo sobre un puente de troncos, en medio de un campo de maíz en el que ganaban terreno las densas sombras del ocaso. Un auténtico túnel de follaje acompañó el último trecho del camino durante un centenar de metros. Su nerviosismo crecía a medida que aumentaba la oscuridad. La pista estaba dividida en dos por una franja central en la que la hierba raspaba el chasis. Un cartel de gran tamaño anunció:

ROTTWEILERS, DÓBERMANS, PASTORES BELGAS
MALINOIS, DOGOS ARGENTINOS
Y DOGOS DE BURDEOS

Aquella publicidad venía apoyada por el tosco dibujo de un animal que el mismo Elvis había realizado. A la derecha, detrás de los leñosos tallos de los árboles, un espantoso tumulto de ladridos lo recibió entre el silencio del anochecer, y él sonrió al oír el entrechocar de las rejas contra las que se arrojaban con furor sus queridos chuchos. Por un momento pareció que los canes se excitaban unos a otros hasta desgañitarse, pero luego se cansaron y cesó el alboroto.

Ellos también debían de notar el efecto del calor. Después de apagar el motor y bajar del coche, saboreó el silencio circundante.

Nada se movía, ni siquiera el aire, inerte como plomo. Los únicos signos de vida los ponían las moscas que revoloteaban en torno a él y el tintineo que producía el motor al enfriarse. Sacó un paquete de cigarrillos del bolsillo de los vaqueros y se colocó uno entre los labios. Se enjugó la frente y el sudor le dejó apelmazados los pelos del brazo. Husmeando con satisfacción el olor de las fieras, un olor salvaje y peligroso, encendió el cigarrillo y se encaminó a la casa. Todavía tenía el torso envuelto en una sucia venda bajo la camiseta de la selección de Brasil con «Ronaldo 9» escrito en la espalda y un montón de puntos de sutura debajo de la venda, que le producían un horrible picor. De todos modos, se alegraba de haber salido del hospital y de volver a su casa con sus queridos animales… y su arma.

Se trataba de una escopeta de cañones superpuestos Rizzini de calibre 20, para la caza mayor.

Unos metros más y estaría en su casa, protegido. Atravesó el claro hundido en la penumbra, subió los escalones del porche e introdujo la llave en la cerradura. Hasta entonces, vivir en medio de bosques le había representado una ventaja, un beneficio para sus pequeños negocios, que exigían tranquilidad y discreción. Hacía tiempo que había dejado lo de las chicas, que traían demasiados riesgos y problemas, para dedicarse a los combates de perros y a la droga. Las ganancias por inversión eran mejores y los perros resultaban mucho más fáciles de tratar. En cuanto a la droga, tal como había dicho un autor del que Elvis nunca había oído hablar, pero al que sin duda habría dado la razón, era «el producto ideal, la mercancía por excelencia». Aquel día, sin embargo, habría cambiado su situación. Habría preferido estar en la ciudad, confundirse entre la multitud, porque entre tanta gente no le podían hacer nada. Lo malo era que no podía dejar demasiado tiempo solos a sus animales. Debían de estar hambrientos después de su estancia en el hospital. Esa noche no tenía, no obstante, la fuerza ni el valor para aventurarse por el lado de las jaulas. Estaba demasiado oscuro. Les daría de comer al día siguiente, después de levantarse.

Empujó la puerta y no bien la hubo cerrado, corrió en busca de la escopeta y las municiones.

«Venid, venid, que ya veréis. A Elvis nadie le da por el culo. El que da por saco soy yo».

28
Corazones perdidos

$\mathcal{M}$argot no podía más del calor que reinaba en su habitación. El sudor le empapaba la camiseta, el pelo y la frente. Se mojó la cara en el grifo del pequeño lavabo, detrás de la mampara que lo separaba de la cama. Luego cogió la toalla y entreabrió la puerta para dirigirse a las duchas, cuando los oyó.

—¿Qué quieres? —preguntaba Sarah dos puertas más allá.

—Tienes que venir. Es David.

—Oye, Virginie…

—¡Date prisa!

Margot echó un vistazo por el resquicio. Virginie y Sarah estaban frente a frente, una en el pasillo y la otra en el umbral de su habitación. Las de segundo curso tenían derecho a habitaciones individuales. Sarah asintió con la cabeza y entró un instante para luego salir y alejarse con su amiga hacia la escalera.

«¡Mierda!».

Se planteó qué debía hacer. En la voz de Virginie eran patentes la urgencia y la tensión. Había hablado de David… Margot tardó medio segundo en decidirse. Se puso las Converse y salió. Por el pasillo desierto, se encaminó con sigilo a la escalera.

Enseguida oyó sus murmullos y exclamaciones ahogadas, mientras bajaban por las anchas escaleras de piedra. Estirándose el pantalón corto para deshacer los pliegues, se retorció un poco y enfiló a su vez la monumental escalera, apoyándose en la balaustrada. A través del gran vitral del rellano, advirtió el sol que se ponía detrás de los edificios cuyas oscuras siluetas se acurrucaban entre el arrebol del crepúsculo. Al salir al aire libre, enseguida la capturaron los rayos que descendían por encima del negro horizonte de los árboles y los cubos de hormigón. Aunque el aire le pareció dotado de la misma solidez del cristal, el anochecer iba apaciguando, como un ungüento, el ardor del día.

Escrutó en derredor, buscándolos.

In extremis, divisó las dos siluetas que ya engullía la negra masa boscosa, allá, detrás de las pistas de tenis.

Echó a correr en esa dirección, lo más quedamente que pudo, a través de las nubes de mosquillas y las sombras. No obstante, en cuanto hubo dejado atrás la avenida de los solitarios patios, en el linde del bosque, las sombras se tornaron más profundas, más densas, confundiéndose unas con otras en un inquietante claroscuro, y empezó a dudar, sin saber si quería continuar.

¿Dónde se habían metido? Entre los árboles sonó un crujido. Después la voz de Sarah surgió desde la espesura: «¡David!». Justo delante, había un sendero. Apenas lo distinguía entre la compleja penumbra intensificada por el ramaje. Dio media vuelta para regresar al dormitorio, resuelta a no adentrarse por allí. Luego la curiosidad y la necesidad de saber superaron su aprensión, obligándola a volver sobre sus pasos.

«¡Qué demonios!».

Avanzó entre las ramas y matorrales. Las telarañas tendidas entre las plantas le rozaban la cara y una multitud de insectos se arremolinaban en torno a ella, atraídos por su piel desnuda, su sangre y su sudor. Caminaba con precaución, pero, de todas maneras, las otras dos de delante hacían demasiado ruido para percatarse de su presencia. El ocaso dejaba entrar grandes franjas de polvorienta luz entre los árboles, por encima de ella, pero abajo la oscuridad avanzaba y hacía más fresco. Sintió que un maldito bicho le picaba en el cuello y tuvo que contenerse para no aplastarlo de un manotazo.

—Joder, David, ¿qué narices estás haciendo?

Las voces venían de allá. Lo habían encontrado... Margot notó que se le secaba la boca. Pisó una ramita que estalló como un petardo y, por un instante, temió que el ruido atrajera su atención, pero ellas estaban demasiado ocupadas.

—Por dios, David, ¿qué has hecho?

La voz de Sarah resonó en el vasto espacio del bosque, con un asomo de pánico. El pánico era contagioso y la misma Margot casi estuvo a punto de sucumbir a él. Prosiguió con medidos pasos entre las ramas de los abetos y descubrió un claro bañado por la penumbra del anochecer.

«Hostia, ¿qué coño es esto?».

David estaba de pie, con el torso desnudo, la espalda pegada a un tronco gris y los brazos en cruz. Se agarraba a dos recias ramas casi totalmente horizontales situadas a la altura de sus hombros, en una extraña postura que evocaba una crucifixión. Tenía los brazos tendidos a ambos lados del cuerpo, la cabeza inclinada hacia delante y la barbilla apoyada en el pecho, como si hubiera perdido el conocimiento. No se le veía la cara. Solo eran perceptibles sus cabellos rubios y su barba. Un Cristo rubio... De repente, David levantó la cabeza y Margot estuvo a punto de retroceder de un salto al advertir su mirada enloquecida, alucinada.

Se acordó de las palabras de un tema de Depeche Mode interpretado por Marilyn Manson: «*Your own personal Jesus / Someone who hears your prayers / Someone who cares...* ('Tu propio Jesús personal / Alguien que escucha tus plegarias /Alguien que les presta atención...')».

Una ligera brisa agitó el bosque por encima de ella y entonces sintió una corriente eléctrica que le erizó el vello de los brazos, al descubrir en el pecho de David unas marcas rojas. Las incisiones eran recientes... Después vio el cuchillo que empuñaba con la mano derecha. La hoja también estaba roja.

—Hola, chicas.

—Joder, David, ¿estás loco o qué? —dijo Virginie—. Pero ¿qué haces?

La voz de la joven resonó en el silencio del claro. David esbozó una sonrisa, posando la mirada en su ensangrentado pecho.

—Se me ha ido bastante la olla, ¿no? ¿Cómo hacéis vosotras? ¿Cómo hacéis, joder, para mantener la sangre fría con todo lo que está pasando?

¿Se habría drogado? Parecía supercolocado. Temblaba de pies a cabeza, agitaba la barbilla, reía y lloraba a la vez. Al menos parecía que reía… Los cuatro cortes que tenía en el pecho estaban perlados de sangre, como si fueran chorreones de pintura. Margot bajó la mirada y vio una enorme cicatriz horizontal en el abdomen, justo encima del ombligo.

—No puedo más con todo esto, mierda. Hay que parar. No podemos seguir así, chicas. —El silencio acogió sus palabras—. De verdad. ¿Me podéis decir qué coño estamos haciendo? ¿Adónde vamos a ir a parar así? ¿Hasta cuándo?

—Serénate.

Era la voz de Virginie, una vez más.

—¿Y Hugo? ¿Has pensado en Hugo?

Escondida detrás de un arbusto, Margot vio cómo David movía la cabeza de un lado a otro y se ponía a mirar el cielo.

—¿Y qué puedo hacer yo si Hugo está en la cárcel?

—¡Joder, Hugo es tu mejor amigo, David! Tú sabes lo mucho que te quiere, lo mucho que nos quiere. Nos necesita, a nosotras y a ti. Tenemos que sacarlo de allí.

—Ah, ¿sí? ¿Y cómo lo hacemos? ¿Ves? Ahí está la diferencia entre él y yo. Si yo estuviera en su lugar, a todo el mundo le daría igual. Hugo siempre ha estado rodeado, admirado. Él no tiene más que inclinarse. No tiene más que chasquear los dedos para que Sarah se abra de piernas o se la chupe. Incluso tú, Virginie, aunque no lo reconozcas, solo sueñas con que él te folle, mientras que yo…

—¡Cierra el pico!

Unos pájaros alzaron con estrépito el vuelo entre el follaje, asustados por el grito de la joven.

—Yo no puedo más. No puedo más…

Ahora sollozaba. Sarah atravesó el claro y se precipitó para abrazarlo. Virginie aprovechó para quitarle el cuchillo. Margot tenía la impresión de que el corazón le latía directamente en la garganta.

Las dos muchachas sentaron a David encima de la hierba, al pie del tronco. Margot tuvo la impresión de estar asistiendo a un descendimiento de la cruz. Sarah le acarició las mejillas, la frente y depositó delicados besos en su boca y en los párpados.

—Mi pequeñín —murmuraba—. Mi pobre pequeñín...

Margot se preguntó si se habían vuelto locos todos. Al mismo tiempo, en aquella locura y en el dolor de David había algo que le encogía el corazón. Virginie era la única que parecía mantenerse lúcida.

—Hay que curar esto —dijo con firmeza—. ¡Joder, David, tienes que ver a un psicólogo, coño! ¡Así no puedes seguir!

—Déjalo en paz —intervino Sarah—. Ahora no es el momento. ¿No ves cómo está?

Ella le acariciaba el rubio cabello y lo abrazaba contra sí con gesto maternal, y él había apoyado la cabeza sacudida por los sollozos en su hombro, pese a que le sacaba más de diez centímetros de estatura.

—Tienes que pensar en Hugo —repitió Virginie, moderando el tono—. Nos necesita. ¿Me oyes? ¡Hugo daría la vida por ti! ¡Por cualquiera de nosotros! Y tú te comportas como... como... No tenemos derecho a abandonarlo, hostia. Tenemos que sacarlo de allí... y no podremos conseguirlo sin ti...

Metida detrás de la espesura, Margot observaba petrificada la escena, como hipnotizada. Un solitario pájaro lanzó un prolongado y agudo grito que la asustó, rompiendo el hechizo y liberándola de la parálisis.

«Te tienes que largar de aquí, guapa. Quién sabe de qué serían capaces si te llegaran a descubrir. Esa manera que tienen de comportarse entre ellos es muy rara, malsana. Parece como si algo los ligara entre sí». Sí, una especie de vínculo indestructible. ¿Qué pensaría Elias de todo eso? ¿Y su padre?

Tenía ganas de irse, porque además los insectos no paraban de atacarla, pero se encontraba demasiado cerca. Al menor movimiento, la oirían. Solo de pensar que pudieran sorprenderla, le daban náuseas. No tenía más remedio que seguir allí, con la respiración cada vez más oprimida, las palmas de las manos húmedas posadas en los muslos y las rodillas doloridas.

David asintió despacio. Virginie se agachó delante de él y le levantó la barbilla.

—Resiste, por favor. El Círculo se va a reunir pronto. Tienes razón, quizás haya que poner punto final a todo esto. Esta historia ha durado demasiado, pero de todas maneras tenemos un trabajo que acabar.

«El Círculo…». Era la segunda vez que oía aquella palabra. En el ambiente había algo siniestro e irrespirable. Margot sentía en los nervios y en las venas el canto de los grillos y el chirrido de los insectos, impaciente por marcharse. De repente, ellos se levantaron.

—Vamos —dijo Virginie, tendiendo a David la camiseta que había dejado en la hierba—. Ponte esto. Tú nos sigues, ¿de acuerdo? Sobre todo, que nadie te vea en este estado.

El claro estaba cada vez más oscuro. David asintió en silencio, desplegando su gran cuerpo longilíneo. Margot vio que se ponía la camiseta sobre el delgado torso y las cuatro heridas, que ya se veían más negras que rojas con la llegada de la noche. Sarah y Virginie lo llevaron hacia el linde del claro, hacia el camino que conducía al instituto y, cuando pasaron a unos metros de ella, se encogió todavía más en la zona de sombra, con el pulso acelerado en las sienes. Aguardó un buen momento entre los arbustos hasta que no hubo más que el silencio del bosque, un silencio turbado por diversos ruidos que no alcanzaba a identificar.

Tenía asimismo la impresión, difusa y paranoica, de que no estaba sola, de que había alguien allí. La asaltó un escalofrío. La luna se había asomado por encima de los árboles. La noche comenzaba a modificar de manera engañosa las perspectivas.

Habría sido incapaz de precisar cuánto tiempo permaneció quieta, esperando.

La escena a la que acababa de asistir tenía algo maléfico, algo extraño que era incapaz de definir. Había quedado profundamente afectada por lo que había visto. Le había parecido que estaban perdidos, sin posibilidad de remisión. Aun sin comprender, de manera confusa sabía que habían traspasado un umbral, un límite, y que no podrían volver atrás. De improviso, se le quitaron las ganas de seguir indagando. Prefería olvidar y dedicarse a otra cosa. Le iba a decir a Elias que se las arreglara solo.

Aguardó un poco más y, cuando empezaba a moverse, se detuvo bruscamente.

Una rama acababa de crujir, muy cerca, como si la hubiera pisado alguien. Persistió en su inmovilidad y aguzó el oído, pero el corazón le latía con tanta violencia que solo oía el tumulto de la sangre en los oídos y el roce de las hojas que se agitaban en las copas, movidas por la brisa nocturna.

¿Qué era? Volvió la cabeza a uno y otro lado, como un animal acorralado. El bosque estaba demasiado oscuro, sin embargo, bajo la compacta masa del follaje. Solamente el cielo, allá en lo alto, conservaba una tonalidad gris claro. ¿Qué era?

Dio un paso más hacia la salida. Solo le quedaban una decena de metros cuando alguien le propinó un brutal empujón por la espalda y la arrojó al suelo. Notó un peso enorme que se abatía sobre ella. Al aterrizar en el suelo, respiró un aliento que olía a marihuana, un cálido aliento vertido junto a su mejilla, al tiempo que una mano le aplastaba la cabeza contra la tierra y las hojas.

—Cabrona, nos estabas espiando, ¿verdad?

Se retorció, pero David descargaba todo su peso contra ella, con la mejilla pegada a la suya. Le picaba el contacto de su barba.

—Ya sabes que siempre me has gustado, Margot. Siempre me han molado tus *piercings* y tus tatuajes. Siempre me ha gustado tu culo, pero tú, claro, solo tenías ojos para Hugo… ¡igual que todas esas zorras!

—¡Suéltame, David! —Sintió con horror una mano húmeda que se colaba bajo su camiseta y unos dedos inmundos que se apoderaban de uno de sus pechos—. ¿Pero qué haces, tío? ¡Para! ¡Para, hostia!

—¿Sabes lo que les hacemos a las chicas como tú? ¿Quieres saber, de verdad, qué les hacemos?

Su voz sonaba como un murmullo en su oído. De repente, le retorció con los dedos el pezón, y ella soltó un alarido de dolor. Otra mano se deslizaba ya bajo las bragas, por detrás. Margot emitió un grito ahogado.

—¿Qué pasa? ¿No te mola un polvito rápido, completo? ¿No me dirás que prefieres hacerlo con ese tarado?

La iba a violar. Aquella perspectiva era tan inconcebible e irreal que su cerebro se negaba a admitirlo. Allí, a unas decenas de metros del instituto… La invadió un terror cegador. Se debatió, presa de pánico y de horror, y él tuvo que retirar las manos para sujetarle las muñecas y mantenerla en el suelo. Era fuerte. Demasiado fuerte para ella.

—«De acuerdo, admitamos que yo soy un patán y que ella posee un gran corazón… sentimientos elevados… una educación perfecta. Sin embargo… ¡Ay! ¡Si se hubiera apiadado de mí!».

La mano volvía a la carga bajo las bragas, esa vez por delante, bajo el vientre. Mientras recitaba, los dedos se pusieron a inspeccionar el estrecho espacio entre la tela y la piel. Margot exhaló un hipido. Sentía el pubis de David pegado a sus nalgas. Estaba empalmado.

—«Ahora bien, Catherine Ivanovna, a pesar de su grandeza de espíritu… es injusta…».

—¡Tolstoi! —aventuró Margot para distraer su atención, sin dejar de revolverse con ímpetu.

—¡Ja, ja! ¡Has perdido! Es Dostoievski. *Crimen y castigo*… Lástima que no esté aquí ese gilipollas de Van Acker, que te tiene tan…

Uno de los dedos había entrado en las bragas.

—¡Para! ¡Suéltame! ¡David, no hagas eso! ¡No lo hagas!

—Cállate —le murmuró él al oído—. Ahora cállate la boca.

Aquellas palabras las pronunció con voz suave, pero cambiada, cargada de una inconfundible amenaza. Ya no jugaba. Estaba en otra parte. Se había transformado en otro.

Margot trató de morder la mano con que le había tapado la boca para impedir que gritara. Fue en vano. Con un sentimiento de horror absoluto, sintió que los dedos de David avanzaban en el interior de las bragas. Incapaz de reaccionar, su mente se distanciaba de su cuerpo. Tampoco era ella ya la que estaba allí. Era otra persona.

Lo que ocurría no era de su incumbencia.

Iba a quitarle las bragas y después la violaría, allí, en el suelo...

«No es asunto de tu incumbencia...».

De repente, David retiró con violencia la mano y oyó que emitía una maldición. Hubo un forcejeo, un nuevo grito de dolor de David y, antes incluso de que hubiera podido incorporarse, vio su cara aplastada en el suelo muy cerca de la suya.

—¡Me hace daño!

—¡Cierra el pico, cabrón de mierda!

Conocía esa voz. Se puso boca arriba y vio a la ayudante de su padre, la que tenía una cara rara pero llevaba una ropa superchula, esposando a David y clavándole una rodilla en la espalda.

—¿Estás bien? —le preguntó Samira Cheung, mirándola.

Margot confirmó con la cabeza mientras se quitaba la tierra y la hierba adherida a las rodillas.

—No iba a hacerlo —gimió David, con la mejilla pegada al suelo—. Se lo juro, hostia. ¡No iba a hacerlo! ¡Es la verdad!

—¿Que no ibas a hacer qué? —La voz de Samira salía de su boca igual de afilada y peligrosa que la hoja de una cuchilla—. ¿Violarla, es eso? ¡Pues ya lo has hecho, gilipollas! ¡Lo que acabas de hacer, técnicamente, es una violación, estúpido!

Vio los hombros de David alzándose, sacudidos por un sollozo.

—Déjelo —dijo Margot.

—¿¿Cómo??

—Déjelo... Solo quería meterme miedo. No tenía intención de violarme... Es verdad.

—¿En serio? ¿Y cómo lo sabes?

—Deje que se vaya.

—Margot...

—No pondré una denuncia de todas maneras. No me puede obligar.

—Margot, es a causa de este tipo de...

—¡Déjelo en paz! ¡Deje que se vaya!

Cruzó la mirada con David y en sus ojos dorados percibió una mezcla de incomprensión, estupor y agradecimiento.

—Como quieras… Pero no cuentes conmigo para hablar del asunto con tu padre.

Asintió con la cabeza, abochornada, bajo la furibunda mirada de la agente. Sonó un roce de metal cuando abrió las esposas. Después Samira levantó a David y colocó su cara a cinco centímetros de la del joven, enfocándolo con sus ojos negros como el carbón.

—¿Tienes miedo? Más te valdrá que lo tengas. Has estado a punto de destrozarte la vida y la de ella, y a partir de ahora te voy a tener vigilado. Hazme el favor de cometer una gilipollez, una sola, la que sea, y allí estaré yo…

David miró un instante a Margot.

—Gracias.

No logró descifrar si en su expresión había vergüenza, agradecimiento o miedo. Después se alejó. Entonces Samira se volvió hacia Margot, que seguía sentada en el suelo.

—Encontrarás el camino sola —le indicó con frialdad la policía.

Se fue por el mismo camino. Margot la escuchó apartar las ramas y proseguir con paso vivo por la avenida que bordeaba las pistas de tenis. Ella respiró a fondo varias veces, tratando de aquietar su corazón, mientras se preguntaba por qué milagro se había encontrado allí en el momento oportuno la ayudante de su padre. ¿Acaso la vigilaba? Aguardó a que el silencio se instalara de nuevo y que la noche volviera a tomar posesión del bosque. Entonces rodó sobre sí y, tendiéndose de espaldas en la hierba, elevó la mirada hacia un cielo cada vez más gris y sombrío entre el negro follaje. Luego se colocó los cascos en las orejas y, tras pedir a Marilyn Manson que cantara *Sweet Dreams* en sus tímpanos, dio rienda suelta, hasta quedar agotada, a las lágrimas y los sollozos.

Ignoraba que alguien la estaba observando.

Primero oyó el ruido del motor y la música. Se acercaba por el bosque, muy deprisa… Elvis Elmaz quitó el volumen de la tele y miró hacia la ventana. Atisbó un parpadeo de luz entre los árboles. Era casi de noche. Eran unos faros… Se levantó de un salto del sofá y corrió a buscar el arma apoyada en la pared, con el corazón desbocado. Nadie lo iba a visitar a esa hora.

Los perros empezaron a gruñir y después a ladrar, a aullar y a sacudir las jaulas con las garras.

Tras comprobar que la escopeta estaba armada, se acercó a la ventana y, de repente, una cegadora ducha de luz blanca lo traspasó, inundando la habitación.

El coche había surgido con las luces largas y se había parado delante del porche. Hizo visera con una mano pero, aun así, se vio obligado a volver la cara para esquivar el agresor haz luminoso que invadía todos los rincones. Aparte, había aquella estruendosa música que salía del coche, con aquellos bajos que hacían vibrar las paredes.

Elvis se precipitó hacia la puerta, con el corazón aún más acelerado. Abrió de un empujón, con la escopeta en alto.

—¡Sé quiénes sois, pandilla de maricas! —vociferó, saliendo al porche—. ¡Al primero que se acerque, le hago saltar el cerebro!

Entonces sintió el frío cañón doble de un fusil apoyado en su sien.

—Soy Samira —dijo la voz en el teléfono.

Servaz quitó el volumen del equipo de música y afuera aulló una sirena. Una vez más, se llevó una decepción. Esperaba que fuera Marianne. «¿Por qué no la llamas tú? —se preguntó—. ¿Por qué esperas a que lo haga ella?».

—¿Qué ocurre?

—Es por Margot... Esta tarde ha pasado algo. Ha sido algo no muy guay, pero ella está bien —se apresuró a precisar.

Servaz se puso tenso. Margot, algo no muy guay... ¡Vaya manera de hablar! Esperó a que continuara. Samira le relató la escena que acababa de presenciar. Ella vigilaba la parte de atrás de los edificios y Vincent la de delante. Se habían colocado en sus puestos al final de la tarde. Vincent estaba sentado en su coche, en el aparcamiento, y Samira apostada en el linde del bosque. Había visto a dos chicas que salían de los edificios y bordeaban las pistas de tenis en dirección al bosque. Justo después, Margot había aparecido y se había adentrado tras ellas. Samira la había seguido y había descubierto que espiaba mientras las dos chicas hablaban con un joven llamado David en un claro. Estaba demasiado lejos para oír lo que decían, pero el tal David parecía completamente colocado y se había mutilado el pecho con un cuchillo. Samira había visto después que los tres se iban hacia el instituto mientras Margot permanecía escondida entre los arbustos. Parecía que los otros no se habían percatado de su presencia, pero David había aparecido al cabo de unos minutos. Ella lo había visto meterse entre unas matas y lo había perdido de vista en el momento en que se abalanzó contra Margot. Samira se precipitó hacia allí, pero estaba a más de treinta metros, el maldito bosque estaba lleno de zarzas y se había torcido el tobillo con una raíz con la que había tropezado y luego le dolía horrores. Había debido de tardar más o menos un minuto y medio en intervenir.

—No más, jefe, se lo juro. Al menos, así, el flagrante delito queda asentado —dijo—. E insisto, jefe, Margot está bien.

—¡No entiendo nada! ¿El flagrante delito de qué? —vociferó Servaz.

Se lo explicó.

—¿Dices que David ha intentado violar a mi hija?

—Margot dice que no, que no era su intención. Pero de todas maneras había conseguido… ponerle la mano en… mmm… las bragas…

—Ahora mismo voy para allá.

—¡No hagáis eso, joder; parad ya, me cago en la hostia!

Se debatió, para salvar la fachada. Tenía las muñecas trabadas en la espalda y las piernas atadas a las patas de la silla con una ancha cinta adhesiva marrón, de los tobillos a las rodillas. También tenía una parte del torso pegado a la silla por el mismo procedimiento e incluso una parte del cuello. Cada vez que se debatía, la cinta tiraba de su piel y de los pelos. Sudaba como un cerdo. De su cuerpo salían litros de sudor, más de los que habría podido sospechar que contenía. La tela de los vaqueros se había mojado con una enorme mancha oscura que daba la impresión de que se había orinado encima. De todas maneras, no tardaría mucho en hacerlo si aquello seguía así. En la vejiga sentía ya la presión del miedo.

—¡Panda de maricones! ¡Me cago en la madre que os parió! ¡Hijos de la gran puta!

Los insultos lo ayudaban a superar el pánico. Sabía que lo iban a matar, y sabía que no sería una muerte agradable. Solo tenía que pensar en lo que le había pasado a la profe… Eran unos sádicos. Él nunca había sido muy tierno con las mujeres; las había pegado, las había violado, pero lo que había tenido que soportar esa profe superaba hasta la capacidad de entendimiento de alguien como él. Lo recorrió un escalofrío, como un reflejo de autocompasión, al pensar lo que le esperaba.

Olfateó el olor de los perros, el otro, fuerte y avinagrado, que exhalaba su propio cuerpo, y el aroma, más complejo, del bosque. Lo habían atado afuera, en el porche. Le pareció incluso sentir una débil brisa nocturna, como una corriente subterránea en medio del sopor ambiental. Las partículas de polvo y los insectos danzaban en la violenta luz de los faros que le hería los nervios ópticos. Percibía cada detalle con una inaudita agudeza, incluida la nube de salivazos que ascendía desde su boca en la blanca luz cada vez que se ponía a gritar. De pronto, a su alrededor todo adquiría una potencia centuplicada, todo adquiría un valor capital, definitivo.

—No tengo miedo —afirmó—. Matadme. De todas maneras, me da igual.

—¿De verdad? —dijo, con interés, una de las siluetas—. ¡Ah, qué bien!

Llevaba, como los otros, una camiseta empapada de sudor, y su cara permanecía oculta en la sombra de una capucha.

—Vas a tener miedo, créeme —aseguró calmadamente otro.

El aplomo, la flema y la frialdad de aquella voz le produjeron un escalofrío. Mirando cómo desenrollaban en el suelo del porche un rollo de cocina de film transparente y brillante, le entró vértigo. El corazón empezó a aletearle en el pecho como un pájaro enjaulado que buscara una salida.

—¿Qué coño hacéis?

—¡Ah! ¡Ahora sí te interesa!

Comenzaron a enrollarle el film alrededor del torso, de los musculosos brazos desnudos y del respaldo de la silla. Él se esforzó por sonreír.

—¿Qué es esto?

—¿Qué es? —Todos soltaron risas ahogadas—. Es comidita para los perros…

Las figuras desaparecieron de su campo de visión. Los oyó abrir y cerrar la nevera adentro para después volver. De pronto, unas manos recubiertas de látex metieron pedazos de carne fresca y sanguinolenta entre el film alimentario y su vientre, y él se estremeció. Cuando tuvo varios filetes encima de la panza, volvieron a rodear la silla con el flexible film, subiendo un poco más hacia la garganta cada vez, y después introdujeron otros pedazos de pitraco —el barato, que se utilizaba para alimentar a los perros— entre su pecho y su cuello.

—¿A qué jugáis, coño?

De pronto, un cúter le hendió la mejilla. La tibia sangre empezó a chorrearle por la barbilla, el cuello, encima del film de plástico y de la carne.

—¡Ay! ¡Joder, estáis chalados!

—¿Sabías que el PVC de este film está compuesto de un cincuenta y seis por ciento de sal y un cuarenta y cuatro por ciento de petróleo?

Seguían girando a su alrededor como si fuera un explorador capturado por los indígenas, atado a un poste inmolatorio. De nuevo sintió el frío contacto del film contra el cuello y la ardiente nuca, y después el frescor de los pedazos de carne que le metían entre la piel y el plástico. Acto seguido, le frotaron la cara con los últimos filetes. Sacudió violentamente la cabeza de un lado a otro, con una mueca de asco.

—¡Parad! ¡Parad de una vez, pandilla de maric…!

Se fueron otra vez adentro. Los oyó abrir el grifo de la cocina y lavarse las manos mientras charlaban. Probó a moverse. En cuanto se hubieran ido, volcaría la silla e intentaría romperla para liberarse. Aunque igual no le daría tiempo. Por su frente y su barba rodaban goterones de transpiración. Pestañeó para despejar el sudor que le caía desde las cejas y le escocía en los ojos. Había comprendido lo que iban a hacer y estaba aterrorizado. No le daba miedo morir, pero esa muerte no la quería, no. ¡Joder, no!

Se humedeció con la lengua los labios secos y agrietados. El sudor caía, gota a gota, desde la punta de su nariz hasta el film de plástico.

Miró de frente la deslumbrante luz de los faros. Alrededor solo había noche y negro bosque. Oía los insectos que chirriaban entre los árboles. Los perros habían dejado de ladrar y aguardaban, expectantes. Quizá captaban ya el olor que para ellos era señal de comida. Sus verdugos volvieron a pasar por su lado, bajaron los escalones, se subieron al coche y cerraron las puertas.

—¡Esperad! ¡Volved! ¡Tengo dinero! ¡Os lo daré! ¡Tengo mucho! —chilló—. ¡Os lo daré todo! ¡Volved!

Suplicó como nunca había suplicado en toda su vida.

—¡Volved, coño, volved!

Después se puso a sollozar mientras el coche daba marcha atrás en medio de la noche, en dirección a las jaulas.

No había tiempo que perder. Abrieron las rejas una por una en la oscuridad. Los perros los conocían. Habían ido a hablarles y a darles de comer varias veces desde que su amo estaba ausente. «Soy yo —dijo uno de ellos con tono tranquilizador—. Me reconocéis, ¿verdad? Seguro que tenéis hambre. Hace más de veinticuatro horas que no coméis nada…». Los animales surgieron de las jaulas uno tras otro, los rodearon y ellos no se movieron, dejándose olisquear por los monstruosos hocicos de aquellas fieras cuyos antepasados no se arredraban a la hora de atacar a los osos. Los canes se frotaron en sus piernas y rodearon el coche. Después detectaron el otro olor que flotaba en el aire y los forasteros vieron a la luz de los faros cómo erguían el poderoso cuello, girándolo hacia la casa. En sus relucientes ojillos percibieron el hambre y la avidez. Los animales se relamieron y luego, de golpe, como si reaccionaran a una señal, echaron a correr juntos hacia la casa ladrando. Oyeron entonces, cuando la jauría saltó al porche, la voz de Elvis, que se alzaba con autoridad.

—¡*Titán*, *Lucifer*, *Tyson*, quietos, al suelo! ¡Al suelo, he dicho!

Después volvió a sonar, impregnada de pánico, de puro terror.

—¡He dicho al suelo! ¡*Tyson*, no! ¡Nooo!

Un involuntario escalofrío los recorrió cuando los alaridos desgarraron el silencio y los gruñidos de placer de los perros que devoraban a su amo se propagaron por la noche.

29

Breaking Bad

—*N*o lo habría hecho.

Los miraba alternativamente, entre sollozos.

—No lo habría hecho... Lo juro... Yo... yo... yo solo quería meterle miedo... ¡No, de verdad, yo nunca he violado a nadie, hostia! Ella nos espiaba... En ese momento me he enrabiado... Quería... quería asustarla, ¡nada más! Hoy... hoy no estaba muy católico... Se lo juro, hostia... Nunca he hecho esto en toda mi vida... ¡Me tienen que creer!

Hundió la cabeza entre las manos, con los hombros agitados por el llanto.

—¿Has tomado algo, David? —preguntó Samira.

Asintió con la cabeza.

—¿Qué?

—Met.

—¿Quién te la proporciona?

Titubeó un momento.

—Yo no soy un chivato —dijo, como si estuvieran en una serie policial.

—Escúchame bien, gilipollas... —empezó a replicar Servaz, rojo de cólera.

—¿Quién? —insistió Samira—. No olvides que tenemos un flagrante delito de tentativa de violación contra ti. Ya sabes lo que eso significa: expulsión definitiva del instituto, juicio, cárcel... Eso sin tener en cuenta lo que dirá la gente, y tus padres...

David sacudió la cabeza.

—No conozco su nombre. Estudia en la facultad de Ciencias. Lo apodan Heisenberg, como el personaje de…

—*Breaking Bad* —lo interrumpió Samira, haciéndose el propósito de indagar el asunto con los de estupefacientes.

—¿Y Hugo, también toma? —quiso saber Servaz.

David asintió de nuevo, sin dejar de mirarse las manos.

—Respóndeme: ¿Hugo había tomado algo la noche en que fuisteis a ver el partido en el pub?

Aquella vez, David levantó la cabeza y miró al policía directamente a los ojos.

—¡No! No había tomado nada.

—¿Estás seguro?

—Sí.

Intercambió una mirada con Samira. La frase escrita en el cuaderno no correspondía a la letra de Claire y estaba claro que a Hugo lo habían drogado. Al día siguiente llamarían al juez, pero no estaban seguros de que aquello bastara, tal como estaba la investigación, para obtener su puesta en libertad.

Samira lo consultó con la mirada, aguardando a que decidiera. Él observaba fijamente a David, preguntándose si debía respetar el deseo de su hija. Al final, sacudió también la cabeza.

—Ahora lárgate —dijo por fin—. Y haz circular el aviso. Como alguno de tu banda le toque un pelo a mi hija, vuestra vida se va a convertir en un infierno.

David se levantó y salió, con la cabeza gacha. Servaz se puso en pie a su vez.

—Volved a vuestros puestos —indicó a Samira—. Llamad a los de estupefacientes para preguntar si conocen a ese Heisenberg.

Salió de la habitación y enfiló el pasillo. Conocía como la palma de la mano aquel lugar. Cada paso, o casi, suscitaba algún recuerdo. Uno de ellos remontó a la superficie. Era más antiguo que la época del instituto. Francis y él tenían doce o trece años. Francis le enseñaba un lagarto que se calentaba al sol encima de una pared. «Mira». De repente, había rebanado la cola del animal con una pala o un cuchillo oxidado; no se acordaba bien. La cola había seguido meneándose, como si estuviera dotada de vida propia, mientras el lagarto corría a esconderse. No obstante, mientras el joven Martin permanecía fascinado con aquel pedazo de cola que aún vivía separado del cuerpo, Francis había cogido una gran piedra y había aplastado la cabeza del reptil antes de que desapareciera en un agujero.

—¿Por qué has hecho eso? —había preguntado Martin.

—Porque es una estratagema. Mientras el predador queda fascinado por ese pedazo de cola que se agita, el lagarto aprovecha para huir.

—¿Qué necesidad tenías de matarlo?

—Yo soy un predador más inteligente que los otros —había respondido Francis.

Empujó la segunda puerta a la izquierda. Era la de una antigua aula, donde Margot lo aguardaba mordiéndose las uñas, sentada delante de un pupitre. Cuando entró se quitó los cascos de los oídos.

—¿Lo habéis dejado ir?

Servaz confirmó con la cabeza.

—Qué vergüenza —dijo—. Ahora todo el mundo me va a mirar como a una apestada.

—No es culpa tuya.

—Se supone que voy a estudiar el segundo curso aquí, papá. ¿Cómo voy a hacer amigos con la etiqueta de «la chica que no se puede ni tocar porque está protegida por la policía»?

—¿Te suena el nombre de Heisenberg?

—¿El tipo que creó la mecánica cuántica o el personaje de la serie *Breaking Bad*?

Servaz se tranquilizó al ver que respondía sin la menor vacilación ni sospechoso parpadeo. Era evidente que nunca había oído hablar de un camello apodado Heisenberg.

—¿De qué va esa serie?

—Es la historia de un profesor de química que descubre que tiene un cáncer avanzado y que, para asegurar el porvenir de su familia cuando él ya no esté, se embarca en la fabricación y el tráfico de drogas. ¿Ahora te interesan las series de la tele?

Era lógico el apodo, pensó preguntándose cómo se podía desarrollar una serie de televisión a partir de semejante argumento.

—Has escuchado su conversación —señaló de repente—. ¿De qué han hablado?

Vio que fruncía el entrecejo, pensando.

—No lo sé… Era bastante disperso… y extraño. David ha dicho que estaba harto de todo esto… que no quería continuar.

—¿Continuar el qué?

—No tengo ni idea. Y después, Virginie ha dicho que no podía dejarlo en la estacada, que Hugo los quería a todos… Ah, sí, y después ha hablado de algo todavía más extraño, del Círculo… Ha dicho que el Círculo se iba a reunir pronto.

—¿El Círculo?

—Sí.

Estuvo a punto de decirle que el Círculo debía reunirse el 17 de ese mes, pero se retuvo. ¿Por qué? ¿Por qué omitir aquello? «¿Qué te pasa?». Eran dos los que estaban al corriente, Elias y ella. ¿Qué se proponía obrando así?

—¿Tienes idea de qué es?

Negó con la cabeza.

—Ve a acostarte —dijo, vencido él mismo por el cansancio.

—¿Cuánto tiempo se van a quedar Vincent y Samira? —preguntó, a punto de colocarse los cascos.

De improviso, a Servaz se le ocurrió algo.

—El tiempo que haga falta —repuso—. ¿Qué es esa música que escuchas?

—¿Qué? ¿Por qué quieres saberlo? No lo conoces, se llama Marilyn Manson. No es precisamente tu estilo —añadió con una risita.

—¿Me lo puedes repetir? —pidió él.

—¿Qué?

—El nombre de ese grupo.

—Marilyn Manson. ¿Por qué? ¿Qué pasa, papá?

Servaz tuvo la sensación de que bajo sus pies se abría un abismo. «El cibercafé…». La boca se le quedó reseca mientras la cara se le cubría de un velo de sudor. Los dedos le temblaban cuando cogió el móvil y buscó a Espérandieu y Samira en el menú.

Samira Cheung volvía a estar tendida entre las matas, detrás del instituto, como un comando. Se estaba arrepintiendo de haberse puesto aquella ropa. Con los vaqueros *stretch* y la exigua blusa sin mangas, la hierba le raspaba el ombligo y no hacía más que rascarse. Por suerte, el negro de la blusa y el azul oscuro del pantalón le servían, al menos, para camuflarse mejor.

Desde su punto de observación, la franco-chino-marroquí disponía de una panorámica general de la parte posterior de los edificios, desde los cubículos de hormigón y la tribuna deportiva de la izquierda hasta la entrada de las cuadras, el pabellón de los dormitorios a la derecha, las pistas de tenis, el parterre de césped y la entrada del laberinto. La ventana de la habitación de Margot tenía la luz encendida... y estaba abierta. Le había parecido incluso percibir el punto rojo de un cigarrillo y una cinta de humo. «Eso está prohibido por el reglamento, muchacha». Por su parte, se había tomado un café y una pastilla de Modafinilo para no dormirse, pese a que los acontecimientos de la velada le habían procurado suficiente adrenalina para mantenerla despierta. Con gusto habría consumido un poco de death metal por los oídos para despertarse todavía más, Cannibal Corpse por ejemplo, cuyo disco *Butchered at Birth*, reeditado en 2002, contenía títulos tan evocadores como *Living Dissection* (Disección en vivo), *Under the Rotted Flesh* (Debajo de la carne putrefacta) o *Gutted* (Destripado). No obstante, como no tenía ningunas ganas de que la sorprendiera alguien por la espalda, había renunciado a los cascos. En realidad, no le gustaba nada tener detrás aquel denso y profundo bosque.

Se mantenía inmóvil tanto como le era posible. Quería evitar que los internos la vieran, para no convertirse en la atracción de los dormitorios. De vez en cuando, realizaba con todo algunos estiramientos entre los arbustos. También pensaba en las futuras mejoras que iba a efectuar en la ruina que le servía de casa, en las afueras de Toulouse. Estaban a martes y el amigo que debía instalarle la ducha aún no había llamado.

El *walkie-talkie* chisporroteó y la voz de Espérandieu surgió en medio del silencio nocturno.

—¿Qué tal va por ahí?

—Todo está calmado.

—Martin acaba de irse. Está asustadísimo. Quería quedarse aquí. Los gendarmes han instalado una patrulla en la carretera, en la entrada del instituto, a raíz de su demanda. Margot ha recibido órdenes de encerrarse con llave en su habitación y de no abrir bajo ningún concepto a alguien que no conozca. Se ha ido a acostar.

—No exactamente. La veo fumando un cigarro, pero está en su habitación. Lo confirmo.

—Espero que no estés escuchando música.

—Lo único que oigo es un dichoso búho. Y por ahí ¿está tranquilo?

—Hay una calma mortal.

—¿Realmente crees que podría tener las narices de aparecer por aquí?

—¿Hirtmann? No sé… Me extrañaría… Pero ese asunto de la música de Marilyn Manson da que pensar.

—¿Y si nos descubre?

—Hombre, eso lo incitará a volver por donde ha venido. No creo que tenga ganas de volver a una celda. Si quieres que te diga, para mí debe de estar lejos de aquí. Y no hay que olvidar que estamos aquí en primer lugar para proteger a Margot, no para pegarnos a él.

Samira guardó silencio.

Ella pensaba, de todas maneras, que, si se le presentaba la ocasión de echarle el guante al suizo, tampoco la iba a desperdiciar.

A los diez años, Suzanne Lacaze estaba convencida de que el mundo era un maravilloso parque infantil y que todo el mundo la quería. A los veinte, descubrió que el mundo es un sitio cortante e hiriente donde la mayoría de la gente miente —a los demás y a sí misma— cuando su mejor amiga le quitó al joven del que se había enamorado locamente. Se había disculpado con lágrimas en los ojos y frases como «nos queremos», «estamos hechos el uno para el otro» o «lo siento muchísimo, Suzie», eso sí, la muy cerda. En la actualidad, a sus cuarenta y pico, sabía con una certeza absoluta que el mundo es el parque de juego preferido de los granujas, un infierno para los demás y Dios el campeón del mundo de lucha de los cabrones.

Acostada en la cama, con la mirada fija en el techo, lo oía roncar a su lado. Había vuelto hacía apenas una hora y, pese a que el fantasma que se había instalado en su cuerpo hubiera mitigado su olfato, había olido aun así el perfume de otra mujer. Ni siquiera se había tomado la molestia de ducharse.

Últimamente se había vuelto tan atento, tan paciente, tan bueno con ella... ¿Por qué no había sido siempre así?

«No te dejes engañar, guapa. No actúa por amor, sino para tener la conciencia tranquila tan solo. Ni siquiera se ha molestado en ducharse. ¿Qué más pruebas necesitas?».

Ella quería morir en paz... De repente, comprendió que la venganza era la condición para «morir en paz». Con una claridad cegadora, como si su propia madre hubiera vuelto de la tumba para decirle «Tienes que hacerlo», comprendió que, al día siguiente mismo, iba a llamar a aquel policía para decirle la verdad.

INTERMEDIO 3
Confrontación

*L*a inyección. Antes de caer inconsciente, en el momento en que la aguja se hundió en su brazo, apeló a su voluntad.

«Sé fuerte. Ahora es el momento…».

Volvió a abrir los ojos en el gran comedor anticuado. Igual que las anteriores veces. Estaba sentada en el sillón de alto respaldo, en el extremo de la gran mesa, con una ancha correa de cuero en torno a la cintura y otras dos en los tobillos.

Los platos, los candelabros, los vasos, el vino, la música, Mahler, por supuesto… No estaba segura de si lograría hablar lo bastante fuerte después de todos aquellos meses durante los cuales se había parapetado en el silencio. No sabía si el edema de sus cuerdas vocales se había curado.

No tenía más arma que esa, su voz…

—¡Salud! —dijo alegremente él, levantando su copa.

Normalmente, ella le seguía la corriente. Le gustaba el sabor del vino, su aroma, su liberadora ebriedad. También le gustaba el vestido recién planchado, el olor a jabón y a limpio prendido a su cuerpo, el delicioso sabor de los platos, después de todos aquellos días pasados en el fondo de su sótano, engullendo una papilla insulsa e incolora. Como las otras veces, había pasado las últimas veinticuatro horas sin comer. Él quería que estuviera hambrienta, y bien sabía Dios que así era. El estómago y el cerebro le reclamaban que se abalanzara sobre el vino, sobre el humeante plato. Miró el vaso de plástico mientras el aroma del vino penetraba, tentador, en su nariz. Tenía unas ganas terribles de beber… casi tantas como de la droga de la que se había sentido privada, al principio, en el fondo de su sótano, con un síndrome de abstinencia tal que había temido volverse loca.

Mantuvo las manos apoyadas en la mesa, limitándose a observarlo con una tenue sonrisa irónica en los labios.

Advirtió que fruncía el entrecejo, con cara de perplejidad.

—¿No bebes? —dijo, sin dejar de sonreír—. ¿Qué te pasa? ¿No tienes sed?

Se moría de sed… Tenía la garganta seca como la estopa.

—Vamos, ya sabes que eso no lleva a nada —la animó con voz melosa—. Bebe. Ya verás, este vino es excepcional.

Ella emitió una sonora carcajada, burlona y desdeñosa, y aquella vez captó un asomo de duda en sus ojos. Después él la examinó como el científico que aprecia una reacción inesperada en una cobaya.

—Ah, ya entiendo —dedujo—. Has decidido provocarme.

Se echó a reír, pero sin malicia, sin animosidad.

—Tu madre se dedica a chupar pollas en el infierno —dijo ella con voz fría y carrasposa.

Él se mesó la oscura perilla, con creciente perplejidad. Su cabello rubio, cortado al rape, brillaba con la luz de las velas y de la araña. Después volvió a recuperar la sonrisa.

—Esa manera de hablar no te va —dijo con indulgente tono.

Ella lo siguió mirando, con un rictus en los labios.

—Esa manera de hablar no te va —repitió, remedando su acento, su manera de hablar esnob y gangosa.

En los ojos de él asomó un breve destello de cólera, pero la sonrisa volvió a aparecer enseguida.

—Cerdo gilipollas vicioso, hijo de puta, pobre impotente…

Él calló, limitándose a mirarla.

—Tu madre era una puta, ¿verdad?

Él sonrió con ganas, esa vez.

—Tienes toda la razón.

Aquella reacción la desestabilizó un instante, pero se recuperó y emitió una risotada.

—¿Qué te da risa?

—Tu polla minúscula. La otra vez no estaba dormida del todo y la vi.

Advirtió que su expresión se ensombrecía de nuevo en la otra punta de la mesa y se estremeció. Sabía muy bien de qué era capaz.

—Para ya.

—Para ya.

Una nube de negra tinta pasó una vez más por su mirada y luego se disipó. Entonces se volvió y alargó el brazo hacia atrás para subir el volumen de la minicadena de música de encima del aparador. Los violines tomaron alas, las percusiones retumbaron, los metales se desataron. Ella se puso a imitar, sonriente, a un director de orquesta, levantando los brazos, haciendo revolotear las manos, cabeceando, con los párpados entornados. No tenía ni cuchillo ni tenedor. Tenía que comer con las manos. Y el plato era de cartón. Sin interrumpir su representación de frenético director de orquesta, cogió el plato de sopa y lo arrojó al otro lado de la sala antes de ponerse a cantar, desafinando, elevando la voz por encima de la música. La sopa provocó una mancha en la pared. Había recuperado la voz… Siguió cantando, más alto todavía.

—¡¡¡Ya basta!!!

Había quitado el volumen y la miraba fijamente, con dureza. Ya no sonreía.

—No deberías jugar a eso conmigo.

Aquella vez, la amenaza era explícita y, durante una fracción de segundo, sintió que la invadía un miedo apabullante. Captaba la ira que impregnaba su voz y, como a un perro bien entrenado, le aterrorizaba la ira de su amo. «No te desinfles… Vas por el buen camino…». Por primera vez, había tomado ventaja sobre él y ello le produjo un breve sentimiento de triunfo.

—Vete a jalar tu mierda y revienta —dijo.

—¡Para! ¡No soporto esa manera de hablar!

Ella se echó a reír, con la cara deformada por una mueca.

—¡Ja! ¡Ja! O sea que no eres más que un gilipollas impotente, ¿verdad, cariño? Incapaz de empalmarte normalmente… De decir «polla», «coño», «cojones»… Seguro que tu madre te toqueteaba el pito cuando eras pequeño. ¿Tienes un problema con las palabrotas y con las mujeres, bonito? ¿O no será que a veces eres un poco mariquita?

Comprobó que lo había desestabilizado. No había empleado semejante lenguaje en toda su vida, ni siquiera en los momentos más agudos de cólera, ni hablado en un tono tan vulgar, y se sentía próxima a la náusea.

—Cabrona —espetó, apretando los dientes—. Cabrona, más que cabrona. Me la vas a pagar.

Hizo correr la silla y se levantó. Su aprensión se transformó en pánico cuando vio lo que tenía en la mano. Un tenedor… Se encogió en su sillón, mientras la sonrisa se esfumaba lentamente de sus labios. Si él captaba el miedo en su cara, si ahora se desinflaba, él habría ganado.

Cuando lo tuvo lo bastante cerca, carraspeó de manera ruidosa y escupió en dirección a él. Aunque no le acertó en la cara, sí alcanzó a darle en la camisa. Él no se tomó siquiera la molestia de secarla. Solo le clavaba una mirada fija y extraviada.

De improviso, le cogió la cara con la mano libre y apretó con todas sus fuerzas, aplastándole las mandíbulas y los dientes. Le hacía daño. Forcejeó, sacudió la cabeza de un lado a otro, trató de apartarlo con las manos, de arañarlo, pero él no la soltaba. De pronto, un dolor fulgurante la fulminó como una descarga eléctrica. El tenedor se había clavado en sus labios, profundamente, mordiéndolos a la manera de un crótalo. Mientras la sangre comenzaba a manar de su boca, la abrió para gritar. Al instante, el tenedor descargó una segunda vez, introduciéndose en su encía superior, entre los dientes. Pensó que iba a enloquecer de dolor al tiempo que la sangre brotaba como un géiser. Sollozó, gritó y chilló, y el tenedor seguía clavándose una y otra vez, en las mejillas, los labios, la lengua…

Después el desvarío cesó tal como había comenzado, de golpe.

El corazón le latía a mil por hora. Tenía la impresión de que había triplicado de volumen en su pecho. La boca y la parte inferior de la cara le ardían, ensangrentados. Sufría horriblemente. Trató de calmar la respiración, de apaciguar el desenfrenado pulso de la sangre. Adivinó que la observaba, al acecho de una reacción. Por fin, regresó a su lugar, satisfecho.

—Marica, locaza, mequetrefe, gusano…

Vio que se quedaba inmóvil de espaldas a ella. Haciendo acopio de sus últimas fuerzas, trató de no prestar atención al dolor.

—¡Ja, ja, ja! —se carcajeó—. ¡Qué hombrecillo más ridículo! Mediocre, ordinario, insignificante, lamentable… ¿Verdad que sí, Julian Hirtmann?

Él se volvió, sonriente de nuevo.

—¿Crees que no me he percatado de tu juego? ¿Crees que no sé hacia dónde pretendes llevarme? Pero no te me vas a escapar así. Todavía tenemos largos meses y largos años que pasar juntos, los dos.

Al oír aquellas palabras, sintió que le flaqueaban los ánimos. Se esforzó, con todo, por disimularlo. Se alborotó el pelo emitiendo un despreciativo ruido y luego soltó una malévola carcajada, acompañada de una burlona expresión. Después se cogió el vestido y lo rasgó, dejando al descubierto sus pechos desnudos.

—¿De veras tienes ganas de compartir las veladas con una chica tan vulgar, tan repelente como yo? ¿Durante meses y años? Seguro que podrías encontrar a otra más complaciente, ¿no? Una nueva… Porque lo que es yo, conmigo se ha acabado, guapo. Nunca más me volverás a tener como antes. Olvídate.

Apartó con brusquedad el vaso de plástico que contenía el vino y apuntó con un dedo su bragueta.

—Sácala. Enséñamela… Apuesto a que está toda blanda y encogida. Solo se te empina cuando estoy dormida, ¿verdad?… ¿No te parece un poco sospechoso? ¿Acaso te doy miedo, guapo? Demuestra que eres un hombre, vamos, sácala. Enséñame tu cosita… Claro que no… ¿A que eres incapaz? Nuestras veladas van a ser esto a partir de ahora, cariño. Te vas a tener que hacer a la idea.

Advirtió el alcance de su decepción. Habría querido que pusiera fin a todo aquello rápidamente, pero sabía que no le iba a dar ese gusto. Antes se lo iba a hacer pagar. Se preparó para el sufrimiento; pensó en todo lo que había hecho mal en su vida, en todos los errores que habría deseado reparar, en las personas de quien se habría querido despedir... En su hijo, en sus amigos, en el hombre con quien se iba a reunir y en aquel a quien había amado tanto y al que, sin embargo, había traicionado... Les mandó a todos unos pensamientos silenciosos, palabras de amor, con las mejillas surcadas de lágrimas mientras él se acercaba sin decir nada.

Sabía que aquella vez iba a ser la definitiva...

su mente, en todas las formas que habían ideado durante su persona... no puedo... se... incertidumbre... podía... sirvió tanto en sus largos momentos... compañía... se iba a romper su amor a usted había durado tanto... que... sin embargo había enloquecido... La forma... ¿todas tenía? buena persona sin unas palabras de amor, de gratitud... ningún... de los pensamientos... las verdad... sin toda nada...

Sabía que... llevar toda... ser... También...

MIÉRCOLES

30
Revelaciones

*E*ran las cinco y media de la mañana y el día clareaba cuando Drissa Kanté comenzó a pasar el aspirador en el despacho 2.84. Nadie aspira a ejercer un oficio que consiste en limpiar moquetas y quitar el polvo de escritorios y ordenadores. No es eso en lo que sueñan los niños, ni en África ni en Europa, pero, aun así, sorprendentemente, le había tomado gusto a aquella ocupación.

Aun cuando hubiera que darse prisa para pasar de un edificio de oficinas a otro, aun cuando hubiera que levantarse cuando los otros duermen todavía y dejar la cama para afrontar las glaciales noches de invierno y las pálidas madrugadas, le agradaba la rutinaria sencillez de aquella tarea. Siempre encontraba la manera de evadirse mediante el pensamiento mientras la llevaba a cabo, ya fuera pensando en su país o abstrayéndose en reflexiones inspiradas por sus lecturas. A diferencia de la mayoría de los trabajadores de la mañana que se vuelcan sobre los periódicos gratuitos, Kanté tenía destinado un presupuesto para la compra de la prensa cotidiana, que espulgaba concienzudamente durante los trayectos que efectuaba en autobús para ir de un edificio a otro. Disfrutaba sabiendo que ninguno de los empleados con los que se cruzaba por las mañanas —algunos de los cuales lo saludaban con extrema educación, para compensar sin duda la injusticia que en su opinión constituían su lugar de nacimiento y su oficio— sospechaba que el hombre que limpiaba sus oficinas tenía más estudios que ellos. Aquel nuevo mundo al que pertenecía era tan diferente, quedaba tan alejado del antiguo que Drissa Kanté tenía a veces la impresión de haberse convertido en otra persona. Aun sabiendo que se contaban por millones los compatriotas suyos que soñaban con encontrarse en su lugar, a veces algo se rompía en su interior cuando pensaba en las llanuras de su país, en las sofocantes noches de su pueblo natal durante la estación cálida y en las puestas de sol sobre el río Níger.

Aquella mañana no era la nostalgia lo que lo atenazaba, sino el temor a perder aquella situación que más de un habitante de su país de adopción habría considerado indigna. Temía perderlo todo. El miedo le oprimía hasta tal punto las tripas que había tenido que ir dos veces al baño, suscitando las miradas de extrañeza del resto del equipo, a quienes había explicado que la noche anterior había comido algo que le había sentado mal, un plato de *djaratankaï*, una receta a base de cordero, gombos y pimientos. No podía quitarse de la cabeza las palabras de aquel hombre: «¿De verdad quieres volver a ser un indocumentado?». Qué extraño, pensó. De los miles de palabras pronunciadas, de los miles de frases oídas cada día, la memoria seleccionaba unas cuantas con las que no paraba de atormentarte.

Como cuando la mujer a la que quería lo había abandonado, diciéndole: «Olvídame. Sal de mi vida para siempre». Había sido precisamente ese «olvídame» y ese «para siempre» lo que no había conseguido olvidar.

Apagó el aspirador y cogió un spray de espuma limpiadora del carro para tratar un par de manchas. Después vació las papeleras en una bolsa de basura negra, tomó un trapo y un frasco de producto de limpieza y se acercó al despacho que le habían indicado. Aguzó el oído. No percibió nada de particular, aparte de los chismorreos de sus compañeros en el pasillo. El corazón le daba brincos en el pecho. Aunque era temprano, al otro extremo del pasillo había policías. Los había visto al pasar. Cuando el gordo de las gafas oscuras le había indicado la dirección, había comprendido que sus problemas no habían hecho más que empezar.

Le temblaba la mano cuando sacó el lápiz USB. No había posibilidad de error: en el despacho había un solo ordenador. Observó el día que comenzaba a despuntar detrás de los edificios, tiñendo el cielo de una hermosa tonalidad rosa salmón. Sabía que si no lo hacía ahora, nunca más tendría el valor. Lanzó una ojeada hacia la puerta.

«Ahora…».

El pequeño lápiz USB se hundió sin dificultad en la entrada lateral. Apretó el botón de encendido y en el interior de la máquina algo se agitó. Su nerviosismo fue en aumento mientras el aparato se ponía en marcha y el lápiz USB parpadeaba, indicando que el programa entraba en acción. Él conocía bien los ordenadores. El gordo tenía razón: el lápiz estaba sin duda concebido para sortear la secuencia de encendido de la máquina, saltar la etapa de la contraseña y engañar al antivirus. Drissa sabía que era relativamente fácil encontrar a *hackers* capaces de efectuar ese tipo de trucaje por Internet. La mayor dificultad residía, en el fondo, en llegar hasta la máquina… y, en ese caso, nada podía sustituir el factor humano. «Más deprisa…». Miró el reloj. El tipo le había dicho que el lápiz pararía de parpadear cuando hubiera acabado. Mientras tanto, el fondo de pantalla lucía un banal paisaje. Si alguien entraba en ese momento, se daría cuenta de que había encendido el ordenador, cosa que, por supuesto, no estaba autorizado a hacer. Se pasó una mano por la cara. Estaba febril, aterrorizado. «¡Más deprisa, por Dios!». El hombre había dicho que no tardaría más de tres minutos. Hacía ya dos minutos y medio que funcionaba el programa.

De repente, se quedó petrificado. La puerta del despacho se acababa de abrir… Se sobresaltó como si hubieran hecho estallar un petardo bajo sus pies.

—¿Qué haces?

Miró a la persona que acababa de empujar la puerta, incapaz de pronunciar ni una palabra. Era Aïcha, una compañera del equipo de limpieza, una joven descarada que no paraba de burlarse de él y provocarlo. Vio cómo posaba una reluciente mirada sobre la pantalla del ordenador, antes de desplazarla hacia él, con una expresión dura e inquisitiva.

—Vete —le dijo él.

—¿Qué haces, Drissa?

—¡Vete!

Le asestó una severa mirada y luego cerró la puerta. ¡Nunca más! ¡Aquella era la última vez! Fueran cuales fuesen las consecuencias, nunca más aceptaría hacer algo ilegal. Se lo juró a sí mismo, en silencio, con el corazón en la garganta. El lápiz paró de parpadear. Entonces lo retiró, lo metió en el fondo del bolsillo y apagó el ordenador.

Con la cara cubierta de sudor, se acercó a las ventanas, levantó el estor y después roció el vidrio con el spray azul. Le gustaba el frescor de su perfume. Detrás de los vidrios, el cielo viraba al rosa, combinado con gris y naranja pálido, por encima de los tejados, cada vez más luminosos por el lado de levante. Esa noche, le devolvería el lápiz al hombre y allí habría acabado el asunto. Antes, sin embargo, había previsto tomar también él ciertas precauciones, para estar bien seguro de que el individuo no volviera otra vez a la carga. Esa vez no iba a ser tan ingenuo.

—¿Comandante Servaz?

Miró el despertador. Debía de haber sonado y no lo había oído. Se había dormido a eso de las cuatro de la madrugada y su sueño se había visto perturbado por unas pesadillas que no recordaba, pero que le dejaban una sensación de persistente desasosiego. Pestañeó, deslumbrado por la luz del día que entraba a raudales y había calentado ya todos los objetos, incluido el teléfono.

—Mmm.

—Comisario Santos, de la Inspección General de Policía.

Servaz se incorporó con brusquedad. «El individuo del parking...», pensó, sentándose al borde de la cama. Las sábanas retorcidas y húmedas eran testimonios de su lucha nocturna con un superego inductor de conflictos.

—Hemos recibido una denuncia contra usted —anunció Santos, también apodado San Antonio por la mayoría de los policías, seguramente por antífrasis porque, físicamente, se parecía más al célebre asistente del protagonista de la serie de novelas—. Un tal Florent Mattera, domiciliado en el número 2 bis del bulevar de Arcole lo acusa de haberlo agredido anoche. Afirma que el hecho ocurrió en el parking del

Capitole. Según él, un hombre correspondiente a su descripción se le echó encima y le pegó antes de pedirle disculpas y marcharse en un Cherokee cuyo número de matrícula ha especificado y coincide con el suyo. Niega los hechos, ¿comandante?

Servaz lo pensó solo medio segundo.

—No.

—Vamos a tener que tomarle declaración —dijo, con un suspiro, el inspector.

—¿Cuándo?

—Esta mañana.

—Escuche, estoy ocupado con una investigación sumamente importante y...

—¿No lo son todas? —señaló, melosa, la voz—. ¿Se da cuenta de qué se lo acusa, comandante? Se trata de una falta muy grave. La época en que los policías se comportaban como gamberros ha quedado en el pasado, y...

—Está bien, está bien. Ahora voy.

—Hola, Servaz.

—Hola.

—Hola, Martin.

—Hola.

—Hola, Servaz.

—Hola.

Parecía que aquella mañana todo el mundo quería manifestarle su simpatía, como si acabaran de diagnosticarle un cáncer o algo así. Al salir del ascensor, a las 8.16, tomó por el pasillo que conducía al departamento de asuntos criminales. Desde sus paredes de ladrillo lo miraron pasar los mismos rostros infantiles. Arriba y abajo de los carteles, se especificaba Missing / Desaparecidos.

—Hola, Martin.

—Hola...

Normalmente, a fuerza de pasar delante, ni siquiera reparaba en aquellas caras, pero aquella mañana, sin saber por qué, las volvía a percibir. Las fotos de todos esos niños desaparecidos, y las fechas, le encogieron el corazón igual que la primera vez que las vio: 1991… 1995… 1986… ¡Jesús! ¿Cómo hacían los padres para soportarlo?

—Buenos días, Martin.

—Mmm…

Todo el mundo parecía al corriente. Aquel tipo de información se expandía más deprisa que una granada sin el pasador. Se precipitó al interior de su oficina. En su escritorio había una nota: «El director te está esperando».

Era la letra de Pujol. De acuerdo. Había que ir. Sin ni siquiera colgar la chaqueta, se encaminó a la oficina de dirección, situada al otro extremo del pasillo. Al pasar delante de las puertas de los despachos, las conversaciones se interrumpían. Con unas ganas tremendas de huir de todas aquellas miradas, franqueó la puerta cortafuegos, pasó delante del rincón de la sala de espera, con sus sofás de cuero, de la secretaría y llamó.

—¡Entre!

Al verlo, el director se levantó, con semblante sombrío. Delante de él estaba sentado un individuo entrado en carnes, encorbatado pese al calor y con la expresión terca del funcionario que sabe que tiene las de ganar. No se levantó, limitándose a volver la cabeza para examinar a Servaz con sus ojillos amarillos, como granos de uva.

—Hola, Santos —lo saludó Servaz.

El aludido no respondió.

—Martin, ¿es cierto lo que me dice el comisario Santos? ¿Has… confirmado los hechos?

Asintió con la cabeza. Stehlin sacudió la suya con aire de consternación. El comisario Santos lo miró enarcando las cejas, como si dijera: «Bueno, ¿y ahora qué hacemos?».

—Yo… —quiso aducir Servaz.

Stehlin lo invitó a callar con un ademán.

—He hablado con el comisario Santos. Acepta aplazar tu interrogatorio hasta que se resuelva esta investigación.

Servaz miró con sorpresa a uno y a otro. Allí había ocurrido algo… No podía ser de otro modo. San Antonio jamás habría aceptado un trato semejante sin una situación de fuerza mayor. En todo caso, él era una de las variables de la ecuación. «¡Margot!», pensó con un nudo en el estómago.

—Hay novedades —anunció el director, confirmando su intuición.

Servaz aguardó con el miedo en las entrañas. El rumor de la calle entraba por la ventana abierta; el aire acondicionado seguía estropeado.

—¿Te acuerdas de Elvis Elmaz, el tipo que interrogasteis en el hospital?

Servaz confirmó mudamente.

—Lo han agredido esta noche. Está entre la vida y la muerte.

—¿Qué pasó?

—Por lo visto, alguien lo ató a una silla con carne y lo dio como comida a sus perros.

Servaz miró a su jefe, tratando de captar el sentido de lo que decía e imaginarse la escena, pero enseguida renunció a ello.

—Está en el hospital —prosiguió Stehlin—, con la mitad de la cara arrancada, los brazos y el torso mordidos y devorados hasta el hueso en algunos puntos y varios órganos gravemente afectados. Ha perdido mucha sangre. Está tan mal que lo han puesto en una unidad de quemaduras de tercer grado con cámara de oxígeno. Parece que impresiona verlo... y que tiene pocas posibilidades de salir de esta. Ha entrado en coma en mitad de la noche. Si aún está vivo, es gracias a su vecino, que vive a cinco kilómetros de allí y que vio pasar un coche en plena noche y oyó ladrar como locos a los perros, pero antes de que perdiera el conocimiento, en la ambulancia, pasó algo...

Ahí quería ir a parar... ¿Qué era ese algo?, preguntó a gritos el cerebro de Servaz. Stehlin alargó la mano hacia un punto de su escritorio. Servaz siguió su gesto con la mirada y advirtió una bolsa transparente para pruebas con una etiqueta.

—Consiguió hacerle comprender a uno de los enfermeros de la ambulancia que quería escribir algo. Ya no tenía... labios, ni tampoco lengua en ese momento y no podía por lo tanto hablar... Además, llevaba una máscara de oxígeno en la cara. Pero parece que, ante la agitación e insistencia del hombre, el enfermero acabó dándole un cuaderno y un bolígrafo... —Stehlin cogió la bolsa de pruebas y se la tendió—. Esto es lo que consiguió escribir.

El policía lo cogió y miró la nota, escrita con mano temblorosa, torpe y febril.

Servaz hurgar pasado

Ahora comprendía por qué Santos había aceptado, excepcionalmente, aplazar su interrogatorio. Experimentó a un tiempo un intenso alivio y una devoradora curiosidad.

—¿Hurgaste en su pasado? —quiso saber Stehlin.

Servaz efectuó un gesto negativo, reflexionando a vertiginosa velocidad.

—Abandonamos la pista de Elvis cuando se comprobó que su coartada era válida —respondió.

—Entonces, creo que se trata de una falta de ortografía —opinó Stehlin.

—«Servaz, hurgue pasado» —rectificó el policía—. ¿A qué pasado se refiere? ¿El suyo?

—Probablemente.

Servaz sentía cómo todos los mecanismos de su cerebro se ponían precipitadamente en marcha.

—Quizás abandonamos demasiado deprisa esa pista. Quizá deberíamos habernos asegurado de que Claire Diemar y Elvis Elmaz no se conocían.

—Martin, hace tan solo cuatro días que estáis con esto. Habéis hecho lo que debíais.

Servaz comprendió que aquella observación iba destinada ante todo a Santos.

—Y hay algo más —añadió el director—. París quiere resultados. Quieren sobre todo exculpar a Lacaze antes de que todo se filtre a la prensa y les estalle en las manos. Han preguntado en qué fase estábamos y esta mañana han aplicado presión a los de estupefacientes. Ese Heisenberg es uno de sus confidentes y nos han revelado su identidad. Por una vez, no se han hecho de rogar. ¿Crees que puede haber algo interesante por esa vía?

—Tal vez. No deben de ser muchos en el mercado de la droga de Marsac, ¿no? ¿Quién sabe? Quizá fue él el que proporcionó la mercancía al que drogó a Hugo.

Al salir del despacho de Stehlin, Servaz sudaba a mares. Incluso a la sombra, los átomos del aire vibraban lo bastante para producir una cantidad de calor impresionante, y aún no eran más que las diez de la mañana. Estaba dudando entre las dos nuevas pistas que había que explorar. ¿Por dónde valía más empezar? Indagar en un pasado tan «denso» como el de Elvis Konstandin Elmaz podía llevar bastante tiempo, pero la última frase que había escrito el albanés antes de entrar en coma brillaba en su mente como un anuncio de neón.

Un individuo en su estado, que sabe que quizá no saldrá vivo del hospital, invierte sus últimas fuerzas en enviar un mensaje. Ese mensaje tenía que ser, por consiguiente, de máxima importancia. Lo que le decía era: la persona a la que busca está allí.

Y ese mensaje iba dirigido a él, Servaz.

Elvis Elmaz sabía quién había matado a Claire.

Y se trataba de la misma o las mismas personas que lo habían ofrecido a él como comida para sus perros…

Pasó la puerta cortafuegos. En el pasillo se había congregado un grupo y, sin proponérselo, Servaz creyó comprender que hablaban de fútbol. Aunque procuró pasar de largo, alcanzó a captar algunos retazos de la conversación.

—¡Mierda, qué calor! ¡Cualquiera diría que estamos en Sudáfrica! —exclamó alguien.

Varias carcajadas celebraron el comentario.

—¡Pues no estamos lejos ni nada del Pezula Resort! —contestó otro—. Y además, allá es invierno.

Por más que se esforzara por mantenerse al margen de los chismes, los rumores y los innumerables artículos, reportajes de televisión o de radio y las bromas diversas relacionadas con el Mundial de Fútbol, Servaz se había enterado de que la selección de Francia ocupaba el hotel más lujoso de todas las delegaciones en competición y que sus gastos de desplazamiento y alojamiento superaban el millón de euros, una suma que él, por su parte, encontraba absolutamente chocante e injustificada. Ni siquiera una ministra y una secretaria de Estado habían considerado oportuno inmiscuirse en el asunto.

—Martin, ¿qué opinas tú? ¿Crees que Francia va a ganar mañana contra México?

En la policía nacional nadie ignoraba su aversión por el deporte televisado e incluso por el deporte en general. Advirtió algunas sonrisas socarronas.

—Espero que no —replicó, sin detenerse—. Así, al menos, podremos hablar de otra cosa.

Hubo algunas carcajadas, pero débiles. Era evidente que aquella perspectiva no les hacía ninguna gracia.

Margot caminaba por los pasillos con la sensación de que todas las miradas se pegaban a ella como la cola. Cuanto más avanzaba, más sentía su peso en los hombros. También adivinaba los murmullos, los codazos, las miradas intercambiadas a su espalda. Menos mal que faltaba poco para acabar el curso. Marilyn Manson le confiaba al oído: «Quiero desaparecer». «Ay sí, colega, yo también. Tú y yo nos comprendemos, Brian Hugh…».

Se preguntó qué sabían en concreto, si solo habían oído rumores o si alguien se había ido de la lengua. ¿Quién se había chivado? Seguro que no habían sido ni su padre, ni Vincent, ni Samira. ¿David? ¿Sarah? Ya cerca de su taquilla, volvió a ver una nota colgada encima y se le formó un nudo en las tripas. Era eso pues… Imaginó el frenesí de las malas lenguas y la noticia expandiéndose a la velocidad del sonido por el instituto. «¿Has visto? ¡Han vuelto a dejar algo en la taquilla de Margot!». «¡Mierda! ¡Pandilla de gilipollas!». Hay veces en que un jodido Armageddon se le presentaba como la solución ideal.

Precipitándose hacia su taquilla, vio que no se trataba de una nota, sino de un dibujo. Más concretamente, alguien había modificado el célebre cartel de reclutamiento del ejército americano en el que el Tío Sam apuntaba con el dedo al observador diciendo I WANT YOU. En ese, habían sustituido la cabeza del Tío Sam por un retrato bastante borroso de Julian Hirtmann.

«¡Serán imbéciles! ¿Es que no tienen otra cosa que hacer?».

Arrancó el papel, formó una bola con él y lo arrojó al suelo. Después abrió la taquilla. Dentro había otro… Reconoció la letra. «Joder, Elias, ¿quién te ha dado permiso para abrir mi taquilla y cómo lo has conseguido?». La nota decía: «Creo que he encontrado el Círculo».

Servaz buscó, sin éxito, una aspirina en sus cajones. Entonces se fue a la oficina de Samira y de Vincent, y abrió el cajón de este. Paracetamol, ibuprofeno, codeína, tramadol... Vincent y sus moléculas... Habrían tenido que colgar una gran cruz luminosa en la entrada de aquella habitación y aceptar las tarjetas de la seguridad social.

De regreso a su despacho con un comprimido efervescente y un vaso de agua, advirtió que en su teléfono fijo parpadeaba el indicador de mensajes. Había recibido una llamada. Miró el número, que no identificó. Lo marcó y enseguida le respondió una voz de mujer.

—Suzanne Lacaze.

Frunció el entrecejo, extrañado.

—Buenos días, señora Lacaze, ¿ha intentado ponerse en contacto conmigo?

Siguieron unos segundos de silencio.

—Sí...

La voz sonaba aún más tenue que la otra vez, y tensa. Era un murmullo estirado como una goma elástica, a punto de romperse. Servaz vaciló, intentando pensar en cómo debía enfocar la conversación, pero ella no le dejó tiempo.

—Es a propósito de mi marido.

La tensión era palpable. Era una tensión extrema, la de quien se dispone a cometer un acto que puede acarrear graves consecuencias. A Servaz se le aceleró el pulso.

—La escucho.

—La otra noche le mintió... sobre su coartada.

Servaz tragó saliva. La mujer volvió a guardar silencio.

—Mi marido no estaba en casa la noche en que mataron a esa mujer, y yo no sé dónde estaba. Si es necesario, lo repetiré delante de un juez. Espero que descubra a quien hizo eso. Adiós, comandante.

Había colgado. Servaz respiró a fondo. ¡La hostia! Iba a tener que hacer varias llamadas. Pensó en la cara que pondría el fiscal de Auch y, de repente, sintió que se le alegraba el día.

31
Heisenberg

A Servaz le agradaba aquella sensación de acercarse a la meta, la constatación de que, de golpe, todas las piezas empezaban a encajar, una tras otra. Su pecho albergaba un sonido como el de un redoble, un soplo, una cabalgata, un ruido triunfal. Mantenía el pie en el acelerador mientras circulaba por la autopista entre un aire tan caliente que temblaba como un espejismo en el horizonte, bajo un cielo pálido y lechoso.

Se acordó de Santos y de su convocatoria. Sabía que, si resolvía rápidamente aquel asunto, el comisario se vería obligado a tomarlo en cuenta y soltar lastre. ¿Qué pasaría, en cambio, si ponía en chirona al niño mimado de la tele y la radio, al futuro heraldo del partido gubernamental, precisamente la persona designada como intocable? ¿Acaso no sentirían la tentación de hacérselo pagar? Sí, desde luego que sí. Y él mismo les había ofrecido su cabeza en bandeja de plata en ese parking. De todas maneras, en ese momento le daba igual. Entonces solo lo movía la excitación del cazador cuando un zorro cae en la trampa.

El zorro tenía una cara horrible. El boxeador de la vez anterior parecía grogui, apagado. Aun así, esbozó una de aquellas sonrisas suyas, pero esta se transformó en una mueca que no llegó a afectar a sus ojos. Había escuchado a Servaz sin rechistar, sin expresar la menor emoción por la traición de su esposa.

—Usted también estuvo en Marsac, comandante —señaló el diputado—. Eso me dijo, ¿no? ¿Se acuerda de las clases de lengua y civilización grecorromanas? Eran mis preferidas... Con la opción de teatro. —Servaz pensó en Marsac. Lacaze toqueteaba un abrecartas, tentando la punta con el dedo índice—. Seguro que habrá oído hablar de la *hybris*...

Servaz no confirmó ni negó. Se mantuvo inmóvil, mirando fijamente a Lacaze. Aquella era una historia de machos dominantes como tantas, en las que siempre se trataba de dirimir quién la tenía más larga, quién meaba más lejos. Esa vez, sin embargo, Lacaze sabía que había perdido y solo trataba de salvar la cara.

—Aquel que quería elevarse demasiado se exponía a la envidia y a la cólera de los dioses. Parece pues que los dioses han elegido a mi mujer para hacer de brazo vengador... Decididamente, las mujeres son imprevisibles.

Aunque estaba de acuerdo con Lacaze en eso, Servaz no lo demostró.

—¿Su mujer me ha dicho la verdad? —preguntó con cierta solemnidad.

Estaban, como la otra vez, sentados en la ultramoderna residencia de aquel barrio señorial rodeado de bosques. A demanda de Lacaze, con quien Servaz había logrado contactar en el ayuntamiento, se habían reunido allí. En aquella ocasión, no obstante, la esposa se había hecho invisible. El sol entraba por los ventanales, a través de los estores verticales, cubriendo de rayas las paredes de ébano con fotos exhibidas para gloria del dueño del lugar.

—Sí.

—¿Mató usted a Claire Diemar?

—Supongo que debería recordarle que no puede inculparme sin detención preventiva y, por lo tanto, sin anulación previa de mi inmunidad, y también que debería llamar sin tardanza a mi abogado, pero, para responder a su pregunta, no, comandante; no la maté. Yo amaba a Claire y Claire me amaba a mí.

—No es eso lo que dijo Hugo Bokhanowsky. Según él, Claire se disponía a dejarlo.

—¿Por qué motivo?

—Claire y Hugo eran amantes.

—¿Habla en serio? —preguntó, sorprendido, Lacaze.

Servaz asintió y entonces vio un asomo de duda en la cara del diputado.

—Ese chico se lo ha inventado. Claire nunca me habló de él. Además, estábamos forjando planes para el futuro.

—El otro día me dijo, sin embargo, que ella no quería que dejara a su mujer.

—Exacto. Mientras ella no estuviera del todo segura de lo que quería. Y seguramente también, mientras Suzanne estuviera… en ese estado.

—¿Viva, quiere decir?

Una negra sombra veló los ojos del político.

—Lacaze, ¿había espiado usted a Claire últimamente? ¿Albergaba dudas sobre ella?

—No.

—¿Estaba al corriente de su relación con Hugo Bokhanowsky?

—No.

—¿Estuvo usted con ella el viernes por la noche?

—No.

Las tres respuestas habían sido pronunciadas sin titubeos.

—¿Dónde estuvo el viernes por la noche?

El diputado volvió a esbozar una sonrisa, con la mirada extraviada.

—Eso… no se lo puedo decir.

Lacaze había pronunciado aquellas palabras con marcada ironía, como si de repente percibiera lo cómico de la situación, y también su cariz desesperado. Servaz emitió un suspiro.

—¡Por todos los santos, Lacaze! Me voy a ver obligado a llamar al juez y él va a decidir sin duda solicitar la anulación de su inmunidad si se niega a cooperar. ¡Está poniendo en peligro su carrera!

—No lo entiende, comandante. Si se lo digo, mi carrera sí que se habrá acabado de verdad. Mire por donde mire, me encuentro entre la espada y la pared.

Espérandieu escuchaba el que en su opinión era uno de los dos o tres mejores discos de música rock del año 2009, *West Ryder Pauper Lunatic Asylum* de Kasabian, y en ese preciso momento, mientras sonaba la pieza titulada *Fast Fuse* en su coche, alguien golpeó en la ventanilla del lado del pasajero.

Vincent bajó el volumen antes de abrir la puerta.

—Tenemos que ir a ver a alguien —anunció Servaz, tomando asiento.

—¿Y Margot?

—Hay un furgón de la gendarmería en la entrada —Servaz señaló el vehículo azul aparcado junto a la carretera, al final de la avenida bordeada de robles y de la pradera—, Samira vigila la parte de atrás y Margot está en clase. Conozco a Hirtmann. Si debe actuar, no va a correr ningún riesgo, y menos el de tener que volver a una celda.

—¿Y adónde vamos?

—Arranca.

Entraron en la ciudad y Servaz fue dando las indicaciones a Espérandieu a medida que circulaban. La conversación con Lacaze había disipado su entusiasmo. No lograba entender por qué se obstinaba en negarse a decir dónde estuvo esa noche. Allí había algo raro. Había intuido que Lacaze tenía motivos fundados para mantenerse en sus trece en esa cuestión, en una actitud que no era nada lógica en alguien que había cometido un asesinato.

Cabía, con todo, la posibilidad de que Lacaze fuera un as a la hora de disimular. Al fin y al cabo, era un político y por lo tanto un actor y un mentiroso profesional.

—Es aquí —dijo Servaz.

La residencia universitaria estaba situada en una de las colinas que dominaban la ciudad. Se componía de una serie de cinco edificios, todos idénticos. Traspasaron una pequeña verja, en la que un cartel anunciaba: Ciudad Universitaria Philippe-Isidore Picot de Lapeyrouse. Aparcaron bajo los árboles, frente a una explanada de césped desierta. A diferencia del instituto de Marsac, en la facultad de Ciencias ya se había terminado el curso y la mayoría de los estudiantes se habían marchado ya. El lugar parecía abandonado. Por fuera, el largo edificio de cuatro plantas presentaba un buen aspecto con sus hileras de amplias ventanas mostrando unas habitaciones claras y agradables, pero, ya desde el vestíbulo, comprendieron que allí se libraba un conflicto. En las paredes había pancartas de protesta: PAGAMOS UN ALQUILER, EXIGIMOS EL MÍNIMO, BASTA DE CUCARACHAS o ESTAMOS HARTOS DE MUGRE. No había ascensor. Al subir a los pisos superiores, pronto comprobaron que las protestas estaban justificadas. Las losas de plástico del techo se caían, la pintura amarilla de las paredes se resquebrajaba y en la puerta de las duchas un letrero avisaba: NO FUNCIONA. Servaz creyó incluso percibir un par de lagartijas que reptaban por el suelo. Los de estupefacientes les habían dado un número de habitación, la 211. Cuando se detuvieron delante de la puerta, oyeron música puesta a todo volumen. Espérandieu llamó y adoptó un tono de voz lo más juvenil posible.

—Heisenberg, ¿estás ahí, colega?

La música paró. Aguardaron treinta segundos por lo menos y ya se preguntaban si Heisenberg no habría escapado por la ventana cuando abrió la puerta una chica delgada vestida con camiseta sin mangas y pantalón corto. Tenía el pelo enmarañado, de un rubio de aspecto artificial que confirmaba el tono moreno de las raíces. Sus brazos eran tan delgados que los huesos y las venas sobresalían bajo la bronceada piel. La joven pestañeó en la penumbra propiciada por el estor casi bajado y los examinó alternativamente con sus ojos descoloridos.

—¿No está aquí Heisenberg? —preguntó Vincent.

—¿Quiénes sois, tíos?

—¡Sorpresa! —exclamó alegremente su ayudante mostrando su carnet al tiempo que apartaba a la rubia para entrar.

Las paredes estaban recubiertas casi por entero de fotos, pósteres, cartelitos y folletos. Entre las fotos, Espérandieu reconoció a Kurt Cobain, Bob Marley y Jimi Hendrix, los ídolos de los jóvenes con aspiraciones libertarias pero aficionados a la droga, lo que entrañaba de por sí una paradoja. En cuanto dio unos pasos en la habitación, identificó el fantasma del olor que planeaba en ella: THC, tetrahidrocannabinol, en su variante más común, el hachís.

—¿No está Heisenberg?

—¿Qué queréis de él?

—No es asunto tuyo —contestó Espérandieu—. ¿Eres su chica?

—¿Y qué coño os importa? —replicó ella con animadversión.

—Responde.

—Largaos.

—No nos iremos sin haberlo visto.

—No sois de estupefacientes —señaló la joven.

—No, somos de la criminal.

—Llamad a los de estupefacientes. No tenéis derecho a meteros con Heisenberg.

—¿Y tú qué sabes? ¿Es tu novio?

No respondió. Sus grandes ojos descoloridos se posaron primero en Vincent y después en Servaz con un brillo hostil.

—Bueno, yo me largo.

Dio un paso hacia la puerta, pero Espérandieu alargó el brazo y la agarró por la muñeca. Al instante, como un gato que arquea el lomo, giró sobre sí y le clavó las uñas en el antebrazo, haciéndole aflorar la sangre.

—¡Ay! ¡Hostia, me ha arañado!

En lugar de soltarla, le cogió la otra muñeca con fuerza, procurando esquivar las coces que le daba.

—¡Suéltame, poli de mierda! ¡Quítame las manazas de encima, maricón!

—¡Cálmese! ¡Pare de una vez o la metemos en chirona!

—¡Me importa un comino, cabrón! ¡No tiene derecho a maltratar así a una mujer! ¡Suélteme, joder!

Se retorcía, silbaba y escupía como un animal enfurecido. En el momento en que Servaz se disponía a prestar ayuda a su ayudante, se dio un violento cabezazo contra el tabique.

—Me ha pegado —chilló, con un corte en la frente—. ¡Estoy sangrando! ¡Socorro, que me violan!

Espérandieu trató de taparle la boca para impedir que gritara. Iba a alertar a todo el edificio, aun cuando solo conservara un cuarto de sus ocupantes. La chica lo mordió. Se estremeció como si hubiera recibido una descarga eléctrica y la iba a abofetear cuando Servaz lo agarró por la muñeca.

—No.

Con la otra mano, había cerrado el pestillo de la puerta. La chica se calmó un poco, calibrando la situación. Con ojos chispeantes de rabia y un chorreo de sangre en la cara, tomaba conciencia de que estaba atrapada. Se frotó las muñecas, que aún conservaban las marcas rojas de los dedos de Espérandieu.

—Solo queremos hablar con Heisenberg —dijo Servaz con calma.

La muchacha se sentó en el borde de la cama y levantó la cabeza hacia ellos, mientras se enjugaba la sangre de la frente con una punta de la blusa, dejando al descubierto el sujetador malva que cubría sus menudos pechos.

—¿Para decirle qué?

—Tenemos que hacerle unas preguntas.

—Yo soy Heisenberg.

Servaz y su ayudante intercambiaron una mirada. Por un momento, se preguntaron si no estaba tratando de despistarlos, pero Servaz comprendió que decía la verdad. Los de estupefacientes habían omitido especificar que Heisenberg era una mujer… Seguro que se habían refocilado de antemano previendo la sorpresa y las dificultades con que iban a topar los dos policías.

—Y me pueden enchironar si quieren, porque no voy a responder a sus preguntas. Yo tengo un trato con sus colegas. Está incluso escrito en alguna parte.

—Nos da lo mismo tu trato.

—Ah, ¿sí? Pues lo siento mucho, pero así están las cosas, tíos. Yo hablo solo con los de estupefacientes. Hasta el juez está en el ajo. ¡No me pueden tirar de la lengua así como así!

—Bueno, digamos que las reglas han cambiado. Llama a tu contacto si quieres. Venga, llama. Pregúntaselo. Queremos respuestas. Te has quedado sin protección. O hablas con nosotros o vas a chirona.

Los sondeó con la mirada, tratando de discernir si era un farol.

—Llama a tu contacto —insistió Servaz—. Vamos.

Abatió la cabeza, dándose por vencida.

—¿Qué quieren?

—Hacerte unas cuantas preguntas.

—¿De qué clase?

—Como esta: ¿Paul Lacaze es cliente tuyo?

—¿Cómo?

—Paul La…

—Ya sé quién es Paul Lacaze, pardillo. ¿En serio creen que un tipo como él se arriesgaría a comprarme la droga a mí? ¿Están de broma o qué?

—¿Quiénes son tus clientes, estudiantes?

—No solo. También hay pijos de poca monta de Marsac, parientas con ínfulas, idiotas con pasta y hasta obreros. Hoy en día, la droga es como el golf. Se ha democratizado.

—Debes de tener buenas notas en sociología, ¿eh? —ironizó Espérandieu.

La joven no se dignó ni a dedicarle una mirada.

—¿Cómo funcionan las transacciones? —quiso saber Servaz—. ¿Dónde guardas las dosis?

Heisenberg le explicó que recurría a una «nodriza», en la jerga policial, una persona que aceptaba guardar la mercancía, en general uno o varios drogadictos que prestaban el servicio a cambio de algunas dosis. La nodriza de Heisenberg no era drogodependiente. Era una anciana de ochenta y tres años que vivía sola en una casa unifamiliar y a la que iba a ver una vez por semana.

—¿Tienes una lista de tus clientes? —preguntó Servaz.

—¿Cómo? ¡No! —contestó, mirándolos con ojos como platos.

—¿Conoces el instituto de Marsac? —prosiguió.

—Sí… —respondió, recelosa.

—¿Tienes clientes entre sus alumnos?

Sacudió la cabeza, con expresión desafiante.

—Mmm.

—¿Cómo? No he oído bien.

—No solo entre los alumnos.

Servaz sintió un tenue escalofrío en la base de la columna.

—¿Un profesor? ¿De dónde?

—Psí, un profe —confirmó con una leve sonrisa triunfal—. De Marsac, el instituto de la gente bien. Se ha quedado seco, ¿eh?

Servaz escrutó sus ojos de color verde claro, sin saber si mentía o no.

—Su nombre —pidió.

—Ah, no. Eso sí que no. Yo no me chivo.

—Ah, ¿no? ¿Y los de estupefacientes?

—No de esta manera —precisó con terquedad, como si la hubieran ofendido.

—Hugo Bokhanowsky, ¿te suena de algo?

Asintió con la cabeza.

—¿Y David Jimbot?

Confirmó del mismo modo.

—El nombre de ese profe —insistió.

—No puedo hacer eso, tío.

—Escucha, me estoy cansando… Me estás haciendo perder el tiempo. Los de estupefacientes tienen un expediente igual de gordo que el Talmud donde se especifican tus actividades. Y esta vez el juez no mostrará ninguna clemencia. Está dispuesto a mandarte a la cárcel solo con que lo llamemos nosotros. Vas a pasar una buena temporada a la sombra…

—¡Bueno, vale, hostia! Van Acker.

—¿Cómo?

—Francis Van Acker. Así se llama. Enseña no sé qué asignatura en el instituto de Marsac. Un tío con una perilla que se cree el ombligo del mundo.

Servaz la miró. Francis… Claro, ¿cómo no se le había ocurrido antes?

Van cuatro en el coche. Circulan deprisa, demasiado deprisa, de noche, por una sinuosa carretera en medio de los bosques, con la ventanilla bajada. El aire les agita los cabellos. Los de

Marianne, apoyada sobre él en la parte de atrás, se mezclan con los suyos y él respira el olor a fresa de su champú. En la radio, ese año Freddie Mercury se pregunta quién quiere vivir para siempre y Sting si los rusos quieren también a sus hijos. Francis conduce.

El cuarto debe de ser Jimmy, o quizá Louis. Servaz no se acuerda. Francis y el cuarto charlan delante, ríen y arman bulla. Tienen una cerveza en la mano, parecen alegres, inmortales y un poco piripis. Francis conduce demasiado rápido, como siempre, pero el coche es suyo. De repente, en su mano libre aparece un porro; lo pasa a Jimmy, que suelta unas risitas estúpidas antes de dar unas caladas. Servaz nota que Marianne se tensa contra él. Lleva los mitones de *strass* que se pone siempre excepto en verano; sus cálidos dedos emergen de la lana y se entrelazan con los suyos; sus dos manos quedan unidas como los eslabones de una cadena que nadie podría romper. Martin saborea aquellos momentos en que, sentados en la penumbra de la parte de atrás del coche, forman una sola persona, ella y él, aunque Francis conduzca demasiado deprisa y haga fresco. Los faros arañan los troncos de los árboles; la carretera desfila a toda velocidad; dentro del coche huele a hierba, pese al aire nocturno que se cuela en el interior. En la radio, Peter Gabriel canta *Sledgehammer* y, de pronto, nota el tibio aliento de Marianne en el pabellón de la oreja y oye el murmullo de su voz.

—Si tenemos que morir esta noche, quiero que sepas que nunca he sido más feliz.

Él piensa exactamente lo mismo, que sus dos corazones laten al unísono. En ese instante tiene la certeza de que tampoco él podrá ser más feliz que en aquellos días, colmado por el amor de Marianne, por la amistad que reina en el coche, la despreocupación y la gracia de su juventud, cuando sorprende la mirada de Francis posada en ellos a través del retrovisor. El humo del porro se eleva delante de sus ojos en una delgada espiral. En ellos no hay restos de sarcasmo ni de humor. La mirada es de codicia, de celos y de puro odio. Al cabo de unos segundos, Francis le guiña el ojo y le sonríe, y él cree haber soñado.

Servaz aparcó en el casco antiguo. Había pasado toda la tarde pensando. Sin querer, volvía a su memoria el comentario que había hecho Marianne la otra noche a propósito de Francis, de que él no tenía ningún talento y que siempre había estado celoso del de Servaz. Evocaba a su profesor de letras de la época, un hombre muy elegante de densa cabellera blanca y dicción un poco amanerada que llevaba fulares bajo los cuellos de camisas a rayas y adornaba con pañuelos sus trajes. Servaz pasaba largos ratos charlando con él después de las clases, y ahora se acordaba de que Francis se mofaba de ellos, que no paraba de denigrar al anciano profesor y que sospechaba que buscaba la compañía de Martin por motivos que iban más allá de lo estrictamente intelectual.

Servaz no había pensado en ningún momento que las sarcásticas observaciones de Van Acker se debieran a los celos. Francis era el centro de atención de Marsac, tenía su pequeña corte de admiradores y, si alguien habría tenido que estar celoso del otro, ese habría tenido que ser Martin.

Las frases pronunciadas por Marianne se descargaban una y otra vez en las orillas de su cerebro: «Tu mejor amigo, tu álter ego, tu hermano... Erais inseparables y, durante todo ese tiempo, solo abrigaba un propósito: quitarte lo que más querías». Aun cuando después había odiado a Francis por haberle quitado a la mujer que amaba, por aquel entonces había creído que la amistad que había entre ambos tenía algo de... sagrado. ¿No era eso, acaso, lo que Francis había sentido también? Rememoró lo que le había dicho, cinco días atrás, en Marsac: «Tú eras mi hermano mayor, mi Seymour y, para mí, ese hermano mayor se suicidó en cierto modo el día en que ingresaste en la policía». ¿Eran puras mentiras? ¿Francis Van Acker era una persona que solo buscaba vengarse de quienes tenían más talento, más cualidades o eran más guapos que él? ¿Bajo su tendencia al sarcasmo ocultaba un profundo complejo de inferioridad? ¿Había manipulado y seducido a Marianne solo para compensarlo... y porque ella era una presa fácil en ese momento? En su mente comenzaba a cobrar forma una hipótesis, pero era demasiado absurda, demasiado aberrante para tomarla en serio.

Marianne... ¿Por qué no lo había llamado todavía? ¿Esperaría a que la llamara él? ¿Temía que interpretara su llamada como una tentativa de manipular a la persona que podía sacar a su hijo de la cárcel? ¿O había algo más? La inquietud lo corroía. Tenía ganas de verla sin tardanza; sentía ya aquel sentimiento de falta del que tanto le había costado desprenderse. Desde el día anterior, había estado diez veces a punto de marcar su número y las diez había renunciado. ¿Por qué? Y Elvis... ¿Qué pintaba en todo aquello? Acababa de escapar a lo que tenía todas las trazas de ser una tentativa de asesinato; estaba entre la vida y la muerte y había concentrado sus últimas fuerzas para decirle a Servaz que indagara en su pasado. Estaba, además, Lacaze. Lacaze, que se negaba a revelar dónde estuvo el viernes por la noche. Lacaze, que tenía un móvil y carecía de coartada. Lacaze, cuyo interrogatorio ante el juez aún se desarrollaba en ese momento. Hacía cuatro horas que había comenzado y el diputado persistía en su mutismo. Suicida. Elvis, Lacaze, Francis, Hirtmann: los actores de ese drama bailaban en corro a su alrededor como en el juego de la gallina ciega. Él era el jugador central, el que tenía los ojos vendados y que debía localizar al asesino a tientas.

Servaz bajó del jeep y echó a andar. Aquella calle apartada del centro estaba bordeada de grandes casas señoriales rodeadas de frondosos jardines. Junto a las aceras había un gran número de coches. Identificó un sitio apropiado, pero tenía una farola al lado. El crepúsculo se acercaba y aún no se había encendido.

Pasando de largo, regresó al centro y encontró una tienda de artículos de pesca y bricolaje que estaba a punto de cerrar. El anciano dueño lo miró con perplejidad cuando le explicó que buscaba una caña con o sin carrete, pero rígida y muy larga. Al final salió con una caña telescópica de fibra de vidrio y carbono que, desplegada, alcanzaba los cuatro metros.

A continuación volvió a la tranquila calle residencial, con la caña al hombro. Enfiló la acera lanzando discretas miradas a izquierda y derecha, se detuvo bajo la farola y con la caña descargó dos contundentes y rápidos golpes. El segundo hizo estallar la bombilla. La operación no duró más de tres segundos. Una vez concluida, se marchó como si nada, adoptando un aire distraído.

Al cabo de cinco minutos, aparcó el jeep en ese mismo lugar, rogando que nadie hubiera reparado en sus maniobras. En las oscuras fachadas se habían empezado a alumbrar algunas ventanas y la penumbra se instalaba en la calle.

Francis Van Acker vivía en una espaciosa casa en forma de T, construida a principios del siglo pasado, un número más allá. Servaz distinguía su alta silueta a través de las ramas de un pino y la cabellera de un sauce. Encumbrada sobre un altozano, emergía entre macizos y setos teñidos de negro por el ocaso, como si fuera a aplastar a las de al lado con su mole. Había luz en el triple ventanal de la primera planta, situado en el lado derecho de la casa, justo encima del jardín de invierno de estilo hausmaniano, con sus columnas, sus elementos cimbrados y sus festones en hierro forjado, que Servaz atisbaba en medio de la incipiente oscuridad.

Pensó que la casa era un reflejo de su propietario. Tenía la misma altivez, el mismo orgullo que proyectaba a su alrededor junto con su adusta sombra. Aparte de aquella luz, el resto del edificio se hallaba sumido en la oscuridad. Servaz sacó el paquete de tabaco, planteándose qué esperaba sacar de aquella vigilancia. Por otra parte, tampoco le iba a ser posible acudir allí todas las noches. Se acordó de Vincent y Samira, y un escalofrío le recorrió la columna. Tenía confianza en sus dos ayudantes. Vincent se tomaría la misión a pecho, tanto más cuanto conocía bien a Margot, y Samira, pese a su excéntrica vestimenta, era uno de los mejores elementos de su equipo. Lo que le inquietaba era que el adversario no tenía nada que ver con las personas que solían pulular por los locales de la policía y las salas de audiencia de los juzgados.

Pasó las dos horas siguientes observando la casa y las escasas idas y venidas, correspondientes a los vecinos que volvían del trabajo o que sacaban la basura o a pasear el perro. Poco a poco, la luz de los televisores se puso a palpitar en los comedores y en los pisos de arriba se encendieron las luces.

Le vino a la memoria una frase, que no recordaba dónde había leído: «Dondequiera que funcione un televisor, permanece en vela alguien que no lee». Le habría gustado estar en su casa, escuchando a Mahler a bajo volumen, con un libro abierto en el regazo.

Ziegler volvió tarde a casa esa noche. En el último momento, había tenido que ocuparse de una pelea de borrachos en un bar de Auch, entre dos tipos que casi no se tenían en pie pero que sí habían tenido fuerzas para sacar una navaja y luego se habían compadecido de sí mismos de una manera tan lamentable y penosa a la llegada de las fuerzas del orden que a ella le hubiera gustado que existiera un delito denominado «gilipollez en primer grado» para poderlos meter en la cárcel. Tras desprenderse del uniforme impregnado de sudor, se metió en la ducha. Cuando salió, tenía tres mensajes de Zuzka en el móvil. Torció el gesto. No se sentía con ánimos para llamar a su novia después de aquel día agotador y triste a más no poder. No tenía nada que compartir. Además, tenía otra obligación que atender.

«Gracias, Martin. Gracias a ti, intuyo que no voy a tardar en tener complicaciones con mi pareja. ¡Experta asesora, ja!».

Abrió las ventanas para dejar pasar el aire de la noche, apenas más fresco que el del recalentado interior. En el edificio de la gendarmería reinaba la calma. Después de poner la tele casi sin volumen, metió en el microondas una pizza de albóndigas, bacon y cebolla, y atravesó en pijama el comedor para instalarse frente a su Macintosh.

Mientras soplaba para enfriar el queso de la pizza y tomaba un gin-tonic lleno de cubitos de hielo, empezó a pulsar las teclas.

En la pantalla apareció una foto de las letras «J. H.» que Martin había encontrado grabadas en el tronco. Se la había mandado Espérandieu. Abrió otra ventana, escribió «Marsac» en Google Maps y, pasando a la imagen de satélite, fue centrando el *zoom* en la orilla norte del lago hasta alcanzar la ampliación máxima, pero como el resultado era borroso, retrocedió hasta una proporción de tres centímetros por cincuenta metros. Entonces fue desplazando lentamente el cursor a lo largo de la orilla. Vistas desde el aire, algunas de las residencias que se desplegaban ante sus ojos parecían auténticas mansiones, con sus pistas de tenis, piscinas, casetas, dependencias, arboledas, pontones para barcas o incluso invernaderos o zonas de columpios para los niños. No debía de haber más de una decena, pues la parte urbanizada del lago no superaba los dos kilómetros de largo. La de Marianne Bokhanowsky era la última antes del inicio de los densos bosques que colonizaban las orillas occidental y meridional del lago y luego se prolongaban durante kilómetros.

Fue moviendo el cursor hasta que topó con una carretera que atravesaba el bosque, a unos doscientos metros del límite occidental del jardín de Marianne. Trazaba una J cuyo extremo superior estaba encarado hacia el norte y la curva de abajo hacia el oeste. En medio de la curva se encontraba una zona de aparcamiento, con algo que parecía un par de mesas de pícnic. Era más que probable que Hirtmann hubiera tomado como punto de partida aquel lugar. En vista de que la definición de la imagen y la densidad del follaje no le permitían ver si había un sendero, decidió ir a echar un vistazo al día siguiente, si los incordiantes de turno se mantenían tranquilos pese al calor. Los de la policía científica habían examinado los alrededores de la fuente. Según Espérandieu, no habían encontrado nada. Ella dudaba mucho, sin embargo, de que hubieran explorado un poco más allá. Con creciente excitación, constató que tenía ante sí una pista todavía fresca. Ya no tenía necesidad de compulsar información y expedientes en los que otros antes que ella se habían gastado la vista y que habían estado dormitando en los ordenadores o acumulando polvo en los cajones durante meses. Martin se había comprometido a hacerle llegar las informaciones a medida que surgieran. Con aquella investigación de Marsac, no tenía tiempo para ocuparse personalmente y había destinado a sus dos ayudantes a la vigilancia de Margot.

«Esta es tu oportunidad, chica. No la dejes pasar. No hay tiempo que perder».

La célula de París no había enviado por el momento a nadie. Un e-mail y dos letras grabadas con una navaja en el tronco de un árbol no constituían motivos suficientes para destinarles una partida de dinero. No obstante, tarde o temprano, la vigilancia de Marsac llegaría a su fin, Martin solucionaría el caso y la policía asumiría el relevo. Si ella lograba descubrir algo decisivo, sabía de antemano que Martin no era el tipo de persona capaz de apropiarse de los resultados de los demás. Aunque sus superiores protestarían porque no los había mantenido informados, nadie podría negarle el mérito de haber hecho avanzar un caso en el que llevaban meses trabajando varias docenas de investigadores.

«¿Qué te hace pensar que lo vas a conseguir?». Pasó las dos horas siguientes preparando el plan de ataque contra el sistema informático de la cárcel en la que estaba internada Lisa Ferney. La primera maniobra consistía en recuperar en un foro de *hackers* un *botnet*, un programa-robot. Ziegler conocía varios foros de piratas informáticos. Aunque no era asidua, hacía ya tiempo que participaba en ellos. Entre los piratas, la antigüedad equivale a una tarjeta de presentación. Como en las bandas de delincuentes o cualquier organización criminal, los recién llegados, los *newbabies*, deben demostrar primero sus cualidades. Ella tomaba, por supuesto, la precaución de conectarse de manera anónima. La solución consistía en utilizar una página web concebida para tal propósito, un servidor *proxy* que se conectaba en su lugar, disimulaba las huellas que dejaba en Internet y modificaba su dirección IP y su localización. Eligió uno que era especialmente fiable entre una larga lista de *anonymizers* de pago o gratuitos. Aquel se llamaba *Astrangeriswatching.com*. Al conectarse, le apareció el siguiente mensaje:

Welcome to Astrangeriswatching — Free Anonymous
Proxy Service. Your privacy is our mission!

Aunque no era gratuito, ni mucho menos, y pese a que tuvo que invertir algo de tiempo en los prolegómenos, al fin se encontró con una variante escrita a medida del famoso programa Zeus, el rey de los caballos de Troya.

«Nunca salimos de la Antigüedad», se dijo con ironía. Codificado en C++, compatible con todas las versiones de Windows, Zeus había contaminado ya e invadido millones de ordenadores en todo el mundo, como los del Bank of America y la NASA. La segunda maniobra consistió en encontrar una fisura en el sistema informático de la cárcel. Para ello, disponía de la dirección electrónica del propio director. Ella misma se la había pedido antes de irse y ahora la tenía allí delante. Tras incorporar el *botnet* en un documento PDF, invisible para los cortafuegos y antivirus del Ministerio de Justicia, pasó a la fase tres, el *social engineering*, que consiste en convencer a la víctima para que active motu proprio la trampa que se le tiende. Envió el archivo al director a través de un e-mail en el que le explicaba que había incluido en el fichero adjunto diversos datos relacionados con su interna de los que debía ponerse al corriente sin demora. El único fallo en su método radicaba en la obligación de enviar el caballo de Troya utilizando su propia dirección electrónica. Se trataba de un riesgo calculado, con todo. Si alguien advertía el ataque, ella fingiría haber sido contaminada a su vez. Cuando el director activara el documento, Zeus iría a confundirse con los archivos de su disco duro sin que él se diera cuenta de nada. Al abrir el archivo, vería aparecer un mensaje de error. Entonces quizá suprimiría el archivo o la llamaría para consultarla. En ese momento ya sería demasiado tarde, porque el programa habría anidado allí.

Una vez instalada, su versión personal de Zeus trazaría un mapa del sistema informático de la cárcel, que ella recibiría en cuanto el director se conectara a Internet. Avisada en tiempo real, leería el mapa y entonces podría dirigirse a los archivos que le interesaban. Cuando depositase la orden en el servidor, Zeus la almacenaría y, en la próxima conexión, le enviaría los archivos solicitados. El proceso se iría repitiendo hasta que considerase que ya había obtenido toda la información que necesitaba. Entonces mandaría a Zeus una orden de autodestrucción y el programa desaparecería. A partir de allí, no habría modo de saber que se había producido un ataque ni de remontarse hasta ella.

Una vez concluida aquella tarea, pasó a otra. Experimentó un breve sentimiento de culpa antes de introducirse en el ordenador de Martin, pero se consoló diciéndose que obraba en interés de todos y que, obteniendo la información directamente en el origen sin esperar a que se la transmitieran, le hacía ganar tiempo. Al fin y al cabo, se trataba de su ordenador profesional y lo más probable era que, si tenía cosas que ocultar, las reservara al ordenador de su casa. Una vez hubo revisado la lista de mensajes, se centró en el disco duro. Mientras consumía las últimas gotas del gin-tonic, examinó rápidamente diversos bloques de archivos contenidos en C:\Windows y quedó escamada. «Ese programa no estaba ahí la última vez...». Ella tenía una memoria extraordinaria para ese tipo de cosas. Quizá no fuera nada preocupante. Al reanudar la exploración, torció el gesto mientras en su cerebro se disparaban las alarmas. «Otro archivo sospechoso». Lanzó un *scan* del disco duro y fue a prepararse otro gin-tonic. Cuando volvió frente al ordenador, el resultado la dejó perpleja. Las medidas de seguridad del Ministerio del Interior no habrían dejado pasar un programa considerado como malicioso y de Martin no cabía esperar que pasara por alto las consignas de seguridad. Si había recibido un e-mail sospechoso o proveniente de alguien que no conocía, en lugar de abrirlo, lo habría mandado a la papelera, o bien habría pedido que le echaran un vistazo los técnicos informáticos. La única posibilidad que quedaba era que el programa malicioso lo hubiera introducido directamente alguien que había accedido físicamente al lugar.

«Alguien cargó directamente el programa en el ordenador...».

Se puso a plantearse, indecisa, qué podía hacer. Tenía que avisar a Martin, pero ¿cómo podía hacerlo sin revelarle la manera en que había obtenido la información? ¿Cómo reaccionaría él cuando se enterase? Se estuvo revolviendo un momento el pelo, pensativa, con el codo apoyado junto al teclado y la mirada fija en él. Lo primero era averiguar algo más sobre las personas que habían cargado el programa. Tomando papel y bolígrafo, empezó a escribir una lista de las posibilidades, pero enseguida se dio cuenta de que no eran muchas:

Colega
Detenido
Visitador externo

En los dos últimos casos, era poco probable que Martin los hubiera dejado sin vigilancia el tiempo suficiente para que pudieran pasar a la acción. Añadió otra opción:

Señora de la limpieza

32

En las tinieblas

*H*acia las once de la noche, un anciano que sacó el perro le dirigió una recelosa mirada, precedida de otra que tuvo por objetivo la farola apagada, situada a dos metros del coche. Servaz rogó para que no avisara a los gendarmes. Cada treinta minutos llamaba a Vincent y a Samira sin dejar de vigilar la casa. La ventana seguía iluminada en el primer piso.

Poco antes de medianoche, alguien pasó por detrás de la ventana. Después la luz se apagó y otra se encendió tras una pequeña vidriera, cerca de la separación entre las dos alas, que debía de corresponder al hueco de la escalera. Poco después se alumbró otra ventana en la planta baja, más allá de la sombría masa del jardín de invierno. Servaz torció el cuello para vigilar la entrada con el estorbo del recio tronco del gran pino y los macizos que rodeaban el edificio. Aun así vio que el vestíbulo se iluminaba al cabo de unos segundos. Después la puerta principal se abrió y por encima de los setos aparecieron la cabeza y los hombros de Francis. En el interior de la casa se apagaron las luces. Van Acker salía.

Servaz se encogió discretamente en el asiento observando cómo bajaba por la pendiente del jardín y salía a la acera a menos de veinte metros del parachoques de su coche. Luego vio cómo su antiguo amigo se encaminaba hacia su propio vehículo, un cabriolé Alfa Romeo Spider aparcado un poco más allá. Con la mano en la llave, aguardó a que Francis hubiera arrancado y llegado a la esquina para poner el contacto y despegarse de la acera. Si estaba a la defensiva, iba a ser complicado seguirlo de noche sin que se percatara. Por otra parte, no había parecido que prestara atención a lo que sucedía en la calle antes de cerrar la verja del jardín. Se había dirigido al coche sin mirar a su alrededor.

Servaz llegó a su vez a la esquina, a tiempo para percibir las luces y el intermitente del coche que torcía a la izquierda unos cien metros más allá. Acelerando para recuperar terreno en las estrechas calles de Marsac, giró en el mismo sitio. Delante de él, el cabriolé tomó la calle del Cuatro de Septiembre hasta la plaza Gambetta, que atravesó en dirección sudeste. Al pasar delante de la iglesia, Servaz vio a un estudiante que vomitaba a la sombra del ábside. Dos comparsas lo esperaban riendo en la puerta iluminada de un pub, con una copa en la mano. El Spider continuó después por las pequeñas calles comerciales, con sus escaparates cegados ya por las persianas metálicas, renqueando sobre los adoquines, y, después de rodear una fuente, aceleró para tomar la departamental 939. Salía de la ciudad. Servaz siguió tras él. La luna llena brillaba sobre las colinas recubiertas de negra masa forestal. Tras una larga recta, la carretera empezó a subir zigzagueando entre los bosques. Servaz, que había dejado una prudencial distancia, perdía a menudo de vista las luces posteriores para volverlas a localizar a la salida de las curvas. El GPS le indicaba que no había ningún desvío durante cuatro kilómetros, lo que hacía innecesario mantenerse pegado a Van Acker, pero este conducía deprisa y debía estar atento para que no se alejara demasiado.

Era evidente que a Francis Van Acker le gustaba sacar partido de las posibilidades de su bólido y que circulaba a una velocidad muy superior a la permitida. Francis siempre había desdeñado las reglas, salvo las que instituía él mismo.

La carretera subía y bajaba entre colinas, serpenteando como una culebra. A aquella velocidad, el jeep levantaba un revuelo de hojas secas y gravilla a su paso por las curvas. Tenía la impresión de que debían de oírlos a varios kilómetros a la redonda. Los faros topaban con el denso muro de árboles. Servaz veía de vez en cuando la luna llena en ciertos retazos de cielo, aunque la mayor parte de tiempo quedaba oculta tras la bóveda vegetal. Tenía vagamente la forma de una sonriente cara que observara con interés su avance por las colinas. En dos o tres ocasiones, le pareció percibir una luz de faros en el retrovisor, pero estaba pendiente de lo que ocurría delante de él y no detrás.

Cuando llegaba al fondo de un valle, Servaz advirtió que el Spider torcía a la izquierda doscientos metros más adelante para tomar una carretera todavía más estrecha. Él también se adentró por aquella vía secundaria, que enseguida comenzó a ascender en zigzag. Atravesaron una aldea compuesta por tres o cuatro casas prendidas a la cima de la colina como una hilera de dientes cariados a una mandíbula torcida. Tuvo que esforzarse por aminorar la marcha para no despertar sospechas. A ambos lados de la carretera, que ahora seguía la cresta, atisbaba empinados campos delimitados con cercas. Al llegar a un cruce, dudó por dónde debía continuar, hasta que divisó las luces a lo lejos, entre los árboles, a la izquierda. La carretera volvió a subir. Después desembocó en una meseta y continuó entre altos y enhiestos troncos, espaciados como los pilares de una catedral o de una colosal mezquita. Había cientos de árboles como aquellos. Al borde de la carretera había grandes estibas de madera que formaban elevadas murallas de cilindros horizontales.

Servaz sentía que la inquietud se apoderaba de él. ¿Adónde iba Van Acker? Había elegido un itinerario que evitaba los principales ejes viarios de la región a favor de una serie de pequeñas carreteras muy poco frecuentadas, sobre todo a semejante hora. Intentaba pensar, pero estaba demasiado concentrado en la conducción y en el coche de delante.

En el siguiente cruce, en pleno centro de una vasta meseta deshabitada, cubierta de bosquecillos y matorrales, iluminada casi como si fuera de día por el claro de luna, descubrió un cartel: GARGANTAS DE LA SOULE. Escrutó a un lado y a otro, buscando el Spider, pero no lo vio. ¡Mierda! Paró el motor y se bajó. El silencio le pareció dotado de una densidad especial. No corría ni un soplo de aire y la noche era extrañamente cálida. Aguzó el oído. Un ruido de motor... a la izquierda... Siguió escuchando y otra vez percibió el cambio de marchas y un lejano rechinar de neumáticos en una curva. De nuevo frente al volante, trazó una amplia curva con el jeep y tomó la dirección de las gargantas.

Al cabo de cinco minutos llegó y aparcó junto a la carretera. En pleno día, las gargantas eran un verde tajo de exuberante vegetación que solo dejaba penetrar algunos rayos de sol y entretener unas altas paredes de roca caliza. El río discurría entre ellas en un ancho y manso cauce. Al borde de la carretera había varias cuevas poco profundas que la gente iba a visitar los domingos cuando no tenía nada que hacer. A esa hora de la noche, no presentaban el mismo aspecto. Servaz había ido más de una vez de joven con Francis, Marianne y los demás.

Una especie de presentimiento le decía que era quizás allí adonde se dirigía Van Acker. Siempre había abrigado una parte de sombrío romanticismo y aquel decorado casaba con él, un poco como las pinturas de Caspar David Friedrich. Si Francis se había detenido en algún punto del desfiladero y él se adentraba por él, se percataría sin duda de su presencia. Nadie circulaba por aquellos parajes a esa hora de la noche. Al verlo pasar, Francis comprendería que Martin lo seguía y que sospechaba de él. Por otro lado, si Van Acker había seguido adelante, lo había perdido de todas formas, pero él habría apostado algo a que no era así.

A dos metros de su coche había un camino en el que introdujo muy despacio, marcha atrás, el coche hasta que quedó al abrigo de la vista de la carretera, por si Francis volvía a pasar por allí. Luego apagó las luces, paró el motor y bajó. No se oía ningún ruido, aparte del murmullo del río que corría al otro lado de la carretera. Cerró con cuidado la puerta y se puso a escuchar. Un ave nocturna lanzó un grito en algún lugar. Nada más. Trató de analizar la situación. No tenía mucho donde elegir. La única opción era entrar en la garganta. Se dijo que Van Acker se encontraba tal vez ya lejos y que él se hallaba completamente solo en aquel sitio perdido, entregado a ridículos manejos. De todos modos, sacó el móvil y lo apagó. Después empezó a andar por la carretera sumida en la oscuridad, bajo el cielo cubierto de estrellas.

Mientras caminaba sobre el asfalto, se planteó qué sabía del Van Acker actual. ¿Qué había hecho durante todos aquellos años? Sus vidas habían tomado rumbos tan distintos... Llegó a la conclusión de que Francis siempre había sido un misterio, siempre había sido opaco. ¿Es posible tener como mejor amigo a la persona a la que menos se conoce? Dos seres tan cercanos y, sin embargo, tan diferentes. Todos cambiamos, de manera irremediable. Una parte de nosotros permanece idéntica: el núcleo, el corazón puro proveniente de la infancia. A su alrededor se acumula, sin embargo, una multitud de sedimentos, hasta desfigurar el niño que fuimos, hasta hacer del adulto un ser tan diferente y tan monstruoso que, si fuéramos capaces de desdoblarnos, el niño no reconocería al adulto en el que se ha transformado y quedaría sin duda aterrorizado ante la idea de convertirse en esa persona.

Seguía adentrándose en el desfiladero. Ahora el sonido del río se superponía a los demás ruidos. La carretera describía largas curvas que él seguía, caminando cada vez más deprisa. Aunque trataba de ver algo más allá de la espesura, sus esfuerzos eran vanos. La oscuridad era casi total allí abajo, en el fondo de la garganta. El silencio persistía. ¿Dónde se había metido Francis? Había avanzado varios metros más cuando por fin lo divisó, entre los árboles y las matas, aparcado un poco más allá de la siguiente curva. Primero vio un trozo de carrocería y un faro. Era el Spider rojo... Se quedó inmóvil, ladeándose. Entre los árboles aparecieron dos faros más: había dos coches parados allá abajo. En el Alfa Romeo atisbó dos siluetas. Tenía que sopesar lo que iba a hacer. ¿Sería posible acercarse más sin que lo descubrieran? ¿O sería mejor esperar a que la segunda persona saliera para volver a su vehículo? Él contaba con una ventaja sobre ellos. Desde el interior del coche, solamente debía de quedar visible lo que se encontraba dentro del haz proyectado por los faros, es decir la pared inundada por la violenta luz justo delante del coche, en el punto en el que se abría una de aquellas cuevas poco profundas, completamente iluminada en ese momento.

Si se deslizaba entre la espesura, quedaría fuera del alcance de su vista. El problema radicaba más bien en el ruido que podía hacer al acercarse. No obstante, las dos personas estaban en plena conversación y el ruido del río lo disimularía. Se introdujo entre los árboles y la maleza, pero enseguida advirtió que no era tan fácil avanzar como había previsto. La vegetación era tan densa que resultaba imposible distinguir los numerosos obstáculos que se presentaban y topaba sin cesar con matorrales aún más impenetrables que lo obligaban a efectuar largos rodeos. En más de una ocasión, estuvo a punto de torcerse el tobillo a causa de una irregularidad del terreno o de una rama atravesada en su camino. El ramaje inferior le arañaba las mejillas y la frente, y la camisa se le enganchó varias veces en las zarzas. De vez en cuando se paraba a observar a las dos personas que seguían en el coche y después se volvía a poner en movimiento. Al cabo de un rato que a él le pareció muy largo, topó con un obstáculo infranqueable, un riachuelo que discurría invisible en la oscuridad y que debía de desembocar más abajo en el río. Servaz adivinó su presencia por el brusco declive del suelo, la ausencia de vegetación y el ruido del agua. Se quitó el zapato y el calcetín y, con el pantalón arremangado, emprendió un reconocimiento, pero la pierna se hundió hasta la rodilla en la fría agua sin que el pie hubiera tocado el fondo. Al otro lado, las dos siluetas se hallaban ya a unos cuantos metros tan solo, pero le daban la espalda. Siguió desplazándose en paralelo al arroyo y entonces advirtió con mayor nitidez al pasajero, o la pasajera más bien... Una mujer de cabello largo... Desde allí no alcanzaba a distinguir, sin embargo, el color, ni tampoco a concretar qué edad debía de tener.

De repente se le ocurrió otra solución.

La carretera atravesaba la garganta hasta el final. Había dos salidas. Cabía la posibilidad de que la mujer hubiera ido por el otro lado o que hubiera llegado mucho antes que ellos. Servaz habría apostado algo a que la primera hipótesis era la buena. No querían que los vieran juntos. Valía la pena correr el riesgo... Volvió sobre sus pasos, sin preocuparse ya por si hacía ruido. No había tiempo que perder. En cuanto llegó a la carretera, echó a correr por el asfalto en dirección al coche. Pese a que, como constató, había recorrido una distancia mucho menor de lo que le había parecido a la ida, estaba sin resuello cuando se instaló frente al volante. Puso el contacto y, tras salir del camino al ralentí, se alejó a treinta kilómetros por hora. Luego, cuando tuvo la certeza de que los ocupantes del Spider no lo podían oír, apretó a fondo el acelerador. Al llegar al cruce del principio, vio un coche aparcado bajo los árboles, con los faros apagados, pero bien visible. Era imposible no reparar en él. Enseguida lo reconoció. Al pasar por su lado, se detuvo y bajó la ventanilla.

—¿Pero qué diantre hacéis aquí?

Pujol y su acólito se irguieron en el asiento.

—¿Y tú qué crees? —replicó, malhumorado, el primero—. ¿Te habías olvidado?

Ah, ¡sí! Le había pedido a Pujol que lo siguiera de lejos por si Hirtmann daba señales de vida. ¡Se le había ido por completo de la cabeza!

—¡Habíamos dicho «a distancia»!

—Eso es lo que hemos hecho, ¡pero tú no paras de ir y venir de un lado a otro!

—No ha estado mal la ocurrencia de la caña de pescar —comentó con ironía el acompañante de Pujol.

Servaz pensó en Francis, que estaba en el desfiladero y que podía pasar delante de ellos de un momento a otro.

—¡Volved a Toulouse! ¡Largaos de aquí! ¡No quiero que me piséis los talones esta noche!

Percibió la cólera en los ojos de Pujol, pero no tenía tiempo para extenderse en explicaciones. Tras aguardar a que se fueran, volvió a arrancar, torció a la izquierda en el siguiente cruce y después volvió a desviarse a la izquierda. Recorrió unos dos kilómetros antes de encontrar un nuevo cartel que indicaba GARGANTAS DE LA SOULE cerca de un edificio en ruinas, una granja abandonada con un cobertizo. Allí aparcó el jeep detrás de la pared, apagó el motor y las luces y se dispuso a esperar.

Al cabo de un tiempo que a él se le antojó una eternidad, cuando ya empezaba a preguntarse si no se había ido por el otro lado, el coche desconocido pasó delante de él. Aguardó a que se hubiera perdido de vista para arrancar. Durante varios kilómetros circuló midiendo la velocidad y después aceleró cuando el GPS le indicó que se acercaba al próximo desvío.

Al ver que el vehículo giraba a la izquierda, volvió a dejar que se distanciara. En las proximidades del siguiente cruce, reprodujo la misma táctica, justo a tiempo para ver que seguía recto. Iba por la carretera de Marsac, la que pasaba delante del instituto antes de entrar en la ciudad. Tenía que acercarse si no quería perderlo en los entresijos de las calles. Se hallaba a doscientos metros de ella y reducía poco a poco la distancia en la larga recta, cuando vio que se encendían las luces de freno y la conductora giraba para adentrarse en la avenida bordeada de robles que conducía al instituto. Mientras reducía la velocidad para no llegar demasiado deprisa a su altura, se planteó qué convenía hacer. Si tomaba también la larga avenida que desembocaba en el parking, era seguro que la mujer se fijaría en él y, a aquella distancia, era imposible identificarla.

Entonces tuvo una idea. ¡Vincent! Él estaba aparcado en algún lugar, vigilando la parte de delante del instituto. Servaz concluyó su trayectoria en la hierba del arcén, frente al edificio principal, en un extremo de la extensa pradera, apretando ya la tecla de llamada.

—¿Martin? ¿Qué ocurre?

—¡Un coche se acerca al parking! —vociferó—. ¿Lo ves? ¡Tengo que saber quién va adentro!

Hubo un paréntesis de silencio.

—Espera… Sí, ya lo veo… Un momento… ahora se baja… Una estudiante… rubia… Por la edad, debe de ser de *prépa*…

—¡Ve a verla! ¡Tengo que conocer su identidad! —gritó—. Invéntate alguna excusa. Dile que la policía vigila el instituto desde el asesinato de la profesora. Pregúntale si ha observado algo extraño. Dile que no debería ir por ahí sola con lo que pasa. Exagera un poco… Y pídele su identidad.

Vio que Espérandieu salía del coche sin cerrar la puerta, varios centenares de metros más allá, y caminaba rápidamente hacia la otra persona, que no lo había visto y se dirigía a la escalinata.

Echó un vistazo al salpicadero.

«Los prismáticos…».

Se inclinó para abrir la guantera. Se encontraban efectivamente allí, con la linterna, el bloc y el arma.

Los cogió mientras Espérandieu acortaba camino por la hierba a grandes zancadas para alcanzar a la joven. Esta aún no había reparado en su presencia. Servaz encaró los prismáticos en dirección a ellos.

—Deja que se vaya —ordenó de repente por teléfono.

—¿Cómo?

—Es mejor que no te vea. No vale la pena. Ya sé quién es...

Vio que Espérandieu se detenía y miraba en derredor hasta que lo localizó. Entonces cortó la comunicación y dejó los prismáticos, interrogándose con febrilidad sobre el significado de lo que acababa de ver.

Sarah...

Una vez hubo comprobado que la puerta estaba bien cerrada, Margot volvió a la cama. Encima de las húmedas sábanas, observando la otra cama vacía, sintió una opresión en el pecho. Su compañera de habitación había pedido que la cambiaran a otro cuarto desde que en el instituto se propagó la noticia de que sobre Margot pesaba una amenaza.

Tomaba conciencia de lo mucho que añoraba a Lucie, pese a las pocas afinidades que tenían y a las deficiencias en su manera de comunicarse. Lucie se había llevado todas sus cosas y quitado las fotos de la pared en las que aparecían sus cinco hermanos, con lo cual aquel lado de la habitación había adquirido un triste aire de abandono.

Sentada con las piernas cruzadas, trató de pensar en el tema que les había dado para elaborar Van Acker, pero estaba distraída. El deber se titulaba: «Encontrar siete buenas razones para no escribir nunca una novela y una sola (válida) para escribir una». Margot suponía que Van Acker quería abrir los ojos de todos los escritores en ciernes de la clase acerca de las dificultades con las que se iban a topar. Entre los motivos para no escribir nunca una novela, Margot había encontrado ya los siguientes:

1) Ya hay demasiadas. Cada año se publican un montón de novelas, por no hablar de los miles que no se llegarán a publicar nunca.

2) Escribir una novela exige una cantidad de trabajo considerable para obtener muy poco reconocimiento, o incluso merecer tan solo una simple frase asesina.

3) Escribiendo no se enriquece nadie. En el mejor de los casos, el autor puede ganar lo suficiente para pagarse un restaurante o las vacaciones. Los escritores que viven de sus novelas son una especie en vías de desaparición, igual que el leopardo de las nieves o el hipopótamo enano.

Descartó las dos últimas menciones. Ya se imaginaba a Francis Van Acker soltándole con terrible sarcasmo: «¿O sea que según usted, señorita Servaz, la mitad de los genios de nuestra literatura deberían haberse abstenido de escribir?». En segundo lugar… en segundo lugar, no sabía qué más poner… No paraba de pensar en lo que ocurría afuera. ¿Estaría aquel individuo por allí, por el bosque, acechándola? ¿De veras merodeaba Julian Hirtmann por ahí o bien todos estaban medio paranoicos? Se volvió a acordar de la nota que Elias le había dejado esa mañana en la taquilla. «Creo que he encontrado el Círculo». ¿Qué había querido decir, joder? Había intentado hablar con él, pero la había contenido con un gesto diciendo solo «más tarde». «¡Qué pesado que eres, Elias!».

Posó la vista en el pequeño aparato negro y compacto que reposaba en la cama. Un *walkie-talkie*… Samira se lo había dado y le había enseñado cómo funcionaba, advirtiéndole: «Sobre todo no dudes, puedes llamarme en todo momento».

Le caía bien Samira, con su cara rara y su ropa extravagante. Volvió a mirar el aparato. Al final lo cogió, se lo acercó a la boca y apretó el botón lateral con el pulgar.

—¿Samira?

Soltó el botón, tal como le había indicado que debía hacer la agente para que ella pudiera responderle.

—Sí, chiquita. Estoy aquí… ¿Qué pasa, guapa?

—Eh… bueno… es que…

—Te sientes sola en tu habitación desde que se ha ido tu compañera, ¿no?

Había dado en el blanco.

—No ha estado muy bien por su parte, que digamos. —Sonó un chisporroteo—. Aquí me empieza a picar todo. Está lleno de bichos de toda clase y, además, empiezo a tener sed. Tengo dos cervezas frescas en una nevera. ¿Te apetece? No estamos obligadas a hablar de eso al director ni a tu padre y, al fin y al cabo, él me pidió que te vigilara de cerca…

La cara de Margot se iluminó con una sonrisa.

Se sentía demasiado cansado para volver a Toulouse. Se preguntaba si encontraría una habitación de hotel a esa hora, cuando se le ocurrió otra solución. Primero se dijo que no era una buena idea, que ella lo habría llamado si hubiera tenido ganas de verlo. Después pensó que tal vez hacía igual que él, que esperaba con impaciencia a que la llamara. Estaba devorado por la angustia, la duda y las ganas de verla. Cogió el móvil y, al ver la hora en la esquina de la pantalla, lo volvió a guardar en el bolsillo. No quería despertarla en plena noche. Aunque quizá no estuviera dormida… Quizá se despertaba cada noche como se había despertado mientras él estaba en su cama. Quizás esperaba y esperaba su llamada y se hacía las mismas preguntas que él: ¿por qué diablos no telefoneaba? Volvió a sentir el sabor de su boca en sus labios, el contacto de su lengua, el perfume de su pelo y de su piel, y en su vientre se abrió un abismo. Anhelaba aquella compañía.

—Voy a volver —anunció a Espérandieu por teléfono—. Buenas noches.

Vio que su ayudante le dirigía un signo y regresaba despacio a su coche. Dentro de una hora, otro equipo asumiría el relevo hasta la mañana. Maquinalmente, pensó en Margot, que estaría durmiendo, y se preguntó qué haría Hirtmann en ese mismo momento. ¿Dormía? ¿Rondaba por alguna parte en busca de una presa? ¿Había encontrado ya una y la había encerrado en algún sitio para jugar con ella al gato y al ratón? Ahuyentó aquellos pensamientos. Había indicado a Vincent que se ocultara pero no demasiado, para que resultara visible para quien quisiera comprobar si había vigilancia. No creía que el suizo fuera a correr un riesgo así. Apreciaba demasiado la libertad, después de haber permanecido encerrado durante cuatro años y medio en hospitales psiquiátricos, sin visitas, sin paseos, sin más contacto humano que el de los psiquiatras y los carceleros.

Servaz entró en Marsac y atravesó la ciudad dormida circulando despacio sobre los adoquines de las solitarias calles en dirección al lago. Pasó delante del Zik, el café-restaurante y sala de conciertos construido sobre pilotes. Adentro había gente y por la ventana bajada le llegaron retazos de música. Rodeó la orilla este, la más cercana a la población, para después bordear la ribera norte. La casa de Marianne era la última de todas. Aminoró la marcha mientras se aproximaba a la verja.

Había luz en la planta baja.

Notó cómo se le aceleraba el corazón y se dio cuenta de que tenía unas ganas terribles de estar con ella, de besarla y abrazarla, de oír su voz, su risa.

Después el alma se le cayó a los pies.

En la gravilla, bajo los pinos, había aparcado un coche. No era el de Marianne: era un Alfa Romeo Spider rojo. Agobiado por una oleada de tristeza, volvió a sentir la dolorosa mordedura de la traición. Después vaciló y se dijo que no debía precipitarse en sus conclusiones. Reprochándose por ser tan mal pensado, resolvió esperar a que Francis se fuera y después llamar a la puerta. Seguramente había una explicación. No podía ser de otro modo.

Se distanció un poco para detenerse a la sombra de los árboles, en el límite de la propiedad, donde la carretera trazaba una curva delante del bosque antes de alejarse hacia las landas del norte. Sacó un cigarrillo y puso Mahler. Al acabar el disco, con un sabor de bilis en la boca, renunció a seguir escuchando música. El veneno de la duda le infectaba el ánimo. Se acordó de los preservativos que ella tenía de reserva en el cuarto de baño. Miró el reloj del salpicadero. Transcurrió una hora más. Cuando el Spider rojo salió del jardín haciendo rechinar los neumáticos en el asfalto, Servaz sintió un frío glacial que se propagó por todo el cuerpo.

En el firmamento, la luna era una mujer triste, la única que no lo iba a traicionar nunca.

Eran las tres de la madrugada.

JUEVES

33
Charlène

*T*enía veinte años. El cabello, moreno y largo, caía liso para rizarse al final, sobre los hombros, junto a la gran solapa puntiaguda de la camisa. Sujetaba un cigarrillo medio consumido entre el índice y el corazón, con el pulgar apoyado en el filtro y los otros dos dedos replegados. Clavaba en el objetivo una mirada directa, intensa, algo cínica, con un amago de sonrisa —o un mohín de disgusto— en los labios.

Marianne había tomado esa foto. Todavía hoy en día, no acababa de entender por qué la conservaba. Dos días después de tomarla, lo abandonó.

Tenía la voz rota cuando se lo anunció y lágrimas en los ojos, como si fuera él el que se iba.

—¿Por qué?

—Quiero a otro.

No podía haber un peor motivo.

Sin decir nada, él le había dirigido la misma mirada que en la foto (o al menos eso suponía).

—Vete.

—Martin, yo…

—Lárgate.

Se había ido sin añadir nada más. Solo más tarde se enteró de quién se trataba. La traición era doble. Durante meses esperó que volviera. Y después conoció a Alexandra. Volvió a guardar la foto donde la había encontrado, en un cajón. Esa mañana se había despertado con la intención de rasgarla y tirarla, pero renunció a ello. Se sentía agotado, con los nervios destrozados. Apenas había dormido dos horas, con un sueño agitado, plagado de pesadillas, sudor y escalofríos.

«Hirtmann, Marsac y ahora esto…». Tuvo la impresión de ser una goma elástica de la que tiraban al máximo para determinar su límite de ruptura, y presintió que este no se hallaba muy lejos. Salió al balcón. Eran las nueve de la mañana y el cielo volvía a amenazar tormenta. Una franja de nubes grises se aproximaba por el oeste, mientras el sol seguía brillando aún. De la ciudad subían oleadas de calor, junto al estrépito de los coches. Los vencejos revoloteaban lanzando estridentes gritos en el aire cargado de electricidad.

Se vistió y salió. Iba despeinado, mal afeitado y con los vestigios de su expedición nocturna patentes en la cara, que además no se había lavado desde hacía veinticuatro horas, pero le daba igual. Le sentó bien caminar por las calles en medio de aquella anaranjada luz. Se sentó en una terraza de la plaza Wilson y pidió un café bien cargado, con mucho azúcar. Necesitaba azúcar para digerir la amargura…

Se preguntó con quién podía hablar, a quién podía pedir consejo, y enseguida se dio cuenta de que solo había una persona adecuada. Vio un hermoso rostro, una larga cabellera pelirroja, una esbelta nuca, un cuerpo y una sonrisa despampanantes.

Tomó el café aguardando la hora de apertura del negocio.

Luego fue por la calle Lapeyrouse y, después de atravesar las interminables obras de Alsace-Lorraine con sus excavadoras paradas, torció por la calle de la Pomme. Sabía que la galería abría a las diez de la mañana. Eran las 9.50. La puerta estaba ya abierta, pero la galería se veía desierta y silenciosa.

Dudó un momento. Luego sus zapatos rechinaron sobre la clara madera del parquet. Unos pequeños altavoces difundían una música apenas audible. Era jazz. No se demoró siquiera en mirar los modernos cuadros colgados de las molduras. Oyendo un ruido de tacones y una voz en el piso de arriba, fue hasta el fondo y subió por la escalera metálica de caracol.

Estaba allí, hablando por teléfono, de pie detrás de su escritorio, cerca del gran ventanal arqueado.

—Luego lo vuelvo a llamar —dijo al verlo.

Charlène Espérandieu vestía esa mañana una camiseta blanca que dejaba un hombro al descubierto y un pantalón bombacho negro. En el pecho llevaba bordada la palabra «Arte» con lentejuelas brillantes. Su pelo rojizo resplandecía con la claridad matinal, pese a que el sol aún no iluminaba la calle, aunque sí llegaba a los pisos superiores de la fachada de ladrillo rosa de enfrente.

Era endiabladamente hermosa y, por un instante, se dijo que podía ser ella la mujer que buscaba, la que lo consolaría y le haría olvidar a todas las demás, la compañera en la que se podría apoyar. Pero no; aquello era imposible, por supuesto. Era la mujer de su ayudante y ya no acaparaba su pensamiento como había sucedido dos inviernos atrás. Ya no se le aceleraba el corazón cuando pensaba en ella. Era solo una señal periférica, a pesar de su belleza, un pensamiento agradable, pero sin consistencia, sin dolor ni ardor.

—¿Martin? ¿Qué te trae por aquí?

—Tomaría con gusto un café —dijo él.

Rodeó el escritorio para besarlo en las mejillas. Olía a champú y a un fresco perfume con evocaciones cítricas.

—Mi máquina se ha estropeado. A mí también me conviene tomar uno. Vamos. Tienes mala cara.

—Ya sé, y también necesito una ducha.

Atravesaron la plaza del Capitolio en dirección a las terrazas de los porches. Caminaba en compañía de una de las mujeres más guapas de Toulouse, parecía un vagabundo y pensaba en otra...

—¿Por qué no respondiste nunca a mis mensajes y a mis llamadas? —preguntó ella después de tomar un sorbo de café.

—Lo sabes muy bien.

—No. Me gustaría que me lo explicaras.

De repente se dio cuenta de que se había equivocado, de que no podía hablarle de Marianne. No tenía derecho a hacer eso, porque le haría daño. Charlène era vulnerable. Quizá fuera ese su propósito inconsciente, hacer daño a alguien, tal como se lo habían hecho a él, pero no iba a caer tan bajo.

—Recibí un e-mail de Julian Hirtmann —dijo.

—Estoy enterada. Vincent creía que era falso, que tú te dejabas llevar por la paranoia, hasta que encontraste esas letras grabadas en un tronco. Ahora ya no sabe qué pensar.

—¿Sabes lo de las letras?

—Sí —confirmó, mirándolo a los ojos.

—¿Y sabes dónde…?

—¿Dónde las encontraste? Ajá. Vincent me lo dijo.

—¿También te contó en qué circunstancias?

Ella asintió con la cabeza.

—Charlène, yo…

—No digas nada, Martin. Es inútil.

—Entonces te dijo que era alguien que conocía desde hace mucho.

—No.

—Alguien a quien…

—Cállate. No me debes ninguna explicación.

—Charlène, quiero que sepas…

—Te he dicho que te calles.

La camarera, que había acudido a cobrar, se apresuró a volverse a ir hacia el interior de la cafetería.

—De verdad, hombre —añadió—. Tampoco es como si estuviéramos casados… o como si fuéramos amantes… o lo que sea…

Él optó por callar.

—A fin de cuentas, ¿a quién le importa lo que sienta yo?

—Charlène…

—¿Es que era solamente yo, Martin? ¿Es que no sentiste nunca nada? ¿Acaso lo soñé? ¿Acaso me monté la película yo sola?… ¡A la mierda!

La miró. En ese momento estaba sumamente hermosa. Cualquier hombre la habría deseado. No había otra mujer más atractiva que Charlène Espérandieu en cien kilómetros a la redonda. Aun estando casada, debían de lloverle las proposiciones. ¿Por qué lo había elegido precisamente a él?

Se había estado mintiendo durante todos aquellos meses. Sí que había sentido algo. Sí, quizás era ella la mujer que buscaba. Sí, había pensado en ella a menudo y la había imaginado en esa cama donde dormía solo… y en muchos otros lugares. Estaban, sin embargo, Vincent y Mégan, y Margot y todo lo demás.

—Ahora no...

Ella debió de intuir también que aquel no era el momento oportuno porque cambió de tema.

—¿Crees que existe algún riesgo para nosotros, para... Mégan? —preguntó.

—No. Hirtmann tiene una fijación conmigo. No va a ponerse a examinar a todos los policías de Toulouse.

—Pero ¿y si no pudiera ensañarse contigo? —apuntó, con repentina inquietud—. Si está tan informado como decís, debe de saber que Vincent es amigo tuyo y tu colaborador más próximo. ¿No has pensado en eso?

—Sí lo he pensado, claro. Por ahora, no sabemos ni siquiera dónde está. Francamente, no creo que haya el más mínimo peligro. Vincent no vio siquiera a Julian Hirtmann y este ignora su existencia. Hay que estar un poco más alerta, eso es todo. Si quieres, avisa a los de la escuela de Mégan y diles que comprueben que nadie ronda por allí y que no la dejen sola.

Había solicitado vigilancia para Margot. ¿Debería pedirla también para todos sus allegados? ¿Para Vincent, para Alexandra?

De pronto, se acordó de Pujol. ¡Jesús, otra vez se había olvidado! ¿Habría vuelto a reanudar la guardia? ¿Qué pensaría si lo veía enzarzado en animada conversación con Charlène en una terraza en ausencia de su ayudante? Pujol detestaba a Vincent. Seguro que le faltaría tiempo para propagar la información.

—Mierda —dijo.

—¿Qué pasa?

—Había olvidado que yo mismo tengo adjudicada una vigilancia.

—¿Quién se ocupa?

—Unos del servicio, personas que no le tienen mucha simpatía a Vincent...

—¿Te refieres a esos a los que pusiste en su lugar hace dos años?

—Mmm.

—¿Crees que nos han visto?

—No sé, pero no quiero correr riesgos. Te vas a levantar y nos vamos a despedir con un apretón de manos.

—Es ridículo.

—Charlène, por favor.

—Como quieras. Cuídate, Martin, y cuida también de Margot…

Vio que dudaba un instante.

—Quiero que sepas que… que estoy aquí, que para ti siempre estaré presente, en todo momento.

Corrió la silla hacia atrás y, una vez de pie, le estrechó la mano con gran formalidad por encima de la mesa. Ella no se volvió ni él la miró mientras se alejaba.

34
Antes del partido

*T*enía cita en las oficinas de la policía judicial a las diez y media. Cuando entró en el despacho del comisario Santos, este hablaba con una mujer de más de cincuenta años, vestida con un traje de chaqueta rojo, que permanecía de pie a su lado. A Servaz le pareció que tenía un aire de maestra de primaria de las de antes, con sus gafas de ojo de gato en la punta de la nariz y la sonrisa estirada.

—Siéntese, comandante —lo invitó Santos—. Le presento a la doctora Andrieu, nuestra psicóloga.

Servaz dedicó una breve ojeada a la mujer, que seguía de pie pese a haber dos asientos libres, antes de desplazar su atención a San Antonio.

—Es ella quien lo atenderá dos veces por semana —añadió.

Servaz se estremeció, incrédulo.

—¿Perdón?

—Ya me ha oído.

—¿Qué es eso de «atender»? Santos, ¿esto es una broma o qué?

—¿Es usted depresivo, comandante? —le preguntó sin preámbulos la mujer, dirigiéndole una empalagosa mirada por encima de las gafas.

—¿Estoy suspendido o no? —preguntó Servaz, inclinando el torso por encima del escritorio del corpulento comisario.

Santos lo escrutó un instante con sus ojillos delimitados por unos párpados hinchados al estilo de un camaleón.

—No. Por ahora no, pero necesita tratamiento.

—¿Qué?

—Atención, si prefiere.

—¡Los cojones!

—Comandante… —le advirtió Santos.

—¿Es usted depresivo? —repitió la doctora Andrieu—. Me gustaría que respondiera a esta simple pregunta, comandante.

—¿Qué sentido tiene todo esto? —preguntó al policía, sin concederle siquiera una mirada—. O bien necesito tratamiento y entonces hay que apartarme de mis responsabilidades, o bien reconocen que soy apto para ejercer mis funciones y esta… persona no tiene nada que hacer aquí; punto final.

—Comandante, no le corresponde a usted decidir.

—Comisario, por favor —gimió—. ¿No la ha mirado? Solo de verla, me dan ganas de suicidarme.

Una involuntaria sonrisa asomó en los carnosos labios de Santos bajo el bigote amarillento por el tabaco.

—Así no va a resolver sus problemas —lo reprendió, irritada, la mujer—. Refugiándose en la negación y el sarcasmo no conseguirá nada.

—La doctora Andrieu es especialista en… —empezó a explicar Santos sin gran convicción.

—Santos… usted sabe lo que ocurrió. ¿Cómo habría reaccionado en mi lugar?

—Sí, por eso no lo han suspendido, a causa de la presión que ha tenido que soportar, y también a causa de la investigación que hay pendiente. Por otra parte, no estoy en su lugar.

—Comandante, su actitud es contraproducente —señaló doctamente la mujer—. ¿Me permite darle un consejo? Sería…

—Comisario, si la deja en este despacho me voy a volver loco de verdad —protestó Servaz—. Deme cinco minutos, los dos solos, frente a frente. Después, si quiere, me caso con ella… Cinco minutos…

—Doctora —dijo Santos.

—No creo que… —empezó a argüir con sequedad.

—Doctora, por favor.

Cuando salió, tomó el ascensor hasta el segundo piso y se encaminó a su oficina.

—Stehlin quiere verte —le dijo uno de los miembros de la brigada en el pasillo.

Se habían vuelto a reunir para hablar de fútbol. Servaz captó las palabras «decisivo», «Domenech» y «equipo».

—Parece que había bastante tensión cuando ha anunciado la alineación —comentó alguien.

—Bah, si no ganamos contra México, no merecemos continuar —opinó otro.

«¿No podrían esperar a estar en el bar de la esquina para hablar de ese tipo de cosas?», pensó Servaz. Bueno, de todas formas, en un día como aquel, los asesinos y los maleantes debían de hacer lo mismo. Continuó hasta el despacho del jefe, llamó y entró. El director estaba metiendo material marcado como «sensible» —dinero o droga— en la caja fuerte. Encima, había una chaqueta con el distintivo «policía judicial» colgada de una percha.

—Estoy seguro de que no me ha hecho venir para hablarme de fútbol —ironizó.

—Van a poner en detención preventiva a Lacaze —anunció de entrada Stehlin, cerrando la caja fuerte—. El juez Sartet va a pedir que le retiren la inmunidad. Se ha negado a decir dónde estaba el viernes por la noche.

Servaz lo miró con incredulidad.

—Está echando a perder su carrera política —comentó el inspector de división.

El policía sacudió la cabeza con preocupación.

—Sin embargo, no creo que sea él —dijo—. Tengo la impresión de que lo que más temía era… decir dónde estuvo, pero no porque estuviera en casa de Claire Diemar esa noche, no.

Stehlin lo miró sin comprender.

—¿Cómo? No entiendo.

—Pues como si decir dónde estuvo esa noche pudiera ser más perjudicial para su carrera que la detención —repuso Servaz, perplejo, tratando de hallar un significado a sus propias palabras—. Ya sé, ya sé que no tiene sentido.

Ziegler dirigió la mirada a su PC, no el último grito del que disponía en su domicilio, sino el ordenador bastante más lento que tenía en su oficina del cuerpo. Aunque había colgado unos cuantos pósteres de sus películas preferidas —*El padrino II*, *El cazador*, *Apocalypse Now* y *La naranja mecánica*—, aquello no bastaba para alegrar el lugar. Observando los expedientes acumulados en las estanterías, «Atracos», «Tráfico de anabolizantes» y «Chabolismo», lanzó un suspiro.

La mañana estaba calmada. Había enviado a sus hombres un poco por aquí y por allá y la gendarmería había quedado silenciosa y vacía, exceptuando al ordenanza de la entrada.

En cuanto hubo despachado las tareas del día, Irène volvió a centrarse en lo que había descubierto la noche anterior en el ordenador de Martin. Alguien había cargado un programa malicioso en su ordenador. ¿Sería un compañero? ¿Por qué motivo lo habría hecho? ¿Un detenido que aprovechó una ausencia de Martin? Ningún policía sensato, y menos aún Servaz, habría dejado sin vigilancia a un detenido en su propio despacho. ¿Un miembro del personal de limpieza? Era una hipótesis plausible. Por el momento, no se le ocurrían otras. Había que averiguar, pues, qué empresa había obtenido la concesión del servicio regional de policía de Toulouse. Siempre podía llamar, pero dudaba que dieran esa información a una gendarme sin ninguna orden judicial ni explicación válida. También podía pedir a Martin que recabara el dato, pero siempre topaba con el mismo obstáculo: ¿cómo explicarle lo que había descubierto sin confesarle que había pirateado su ordenador?

Había quizás otra solución.

Abrió la guía telefónica informática de profesionales, seleccionó «Empresa de limpieza» y después «Toulouse y su periferia».

¡Obtuvo trescientas respuestas! Tras descartar las empresas que ofrecían trabajos de poca envergadura como labores domésticas, jardinería, tratamiento de insectos xilófagos o aislamiento térmico, se concentró en las que se ocupaban tan solo de la limpieza de oficinas y locales profesionales. La veintena de razones sociales que quedó era ya mucho más abordable.

Con el móvil, marcó el primer número de la lista.

—Clean Service —respondió una voz femenina.

—Buenos días, señora. Habla con el servicio de personal de la sede central de la policía, del bulevar de l'Embouchure. Tenemos… eh… un pequeño problema…

—¿Qué clase de problema?

—Pues verá, no estamos… satisfechos con la labor de su empresa. Consideramos que el trabajo se ha degradado últimamente y…

—¿De la sede central de la policía, dice?

—Sí.

—Un momento. Le paso con otra persona.

Esperó. ¿Sería posible que hubiera acertado en el primer intento? La espera se eternizó. Por fin, le respondió una voz masculina.

—Debe de haber un error —le dijo con irritación—. ¿Ha dicho la sede central de la policía?

—Sí, eso es.

—Lo siento, nosotros no nos ocupamos de sus locales. Hace diez minutos que busco en los archivos de clientes y no hay nada. Le repito que hay un error. ¿De dónde ha sacado esa información?

—¿Está seguro?

—¡Por supuesto que lo estoy! Y usted, no entiendo cómo se dirige a nosotros. ¿Quién ha dicho que es?

—Muchas gracias —dijo, justo antes de colgar.

Había efectuado dieciocho llamadas cuando empezó a dudar de que su método fuera a dar resultado. Era posible que, por un motivo u otro, la empresa de limpieza que se ocupaba de las dependencias de la policía no constara en la guía. También cabía la posibilidad de que, escamada por sus preguntas, la empresa en cuestión se hubiera puesto ya en contacto con los verdaderos responsables y que la policía judicial fuera a presentarse de un momento a otro para preguntarle qué tramaba. Por decimonovena vez, volvió a interpretar el mismo numerito. Como en las anteriores ocasiones, la persona de la centralita le pasó al encargado, iniciando otra interminable espera.

—¿Dice que no están satisfechos de nuestra labor? —preguntó una enérgica voz masculina—. ¿Podría ser un poco más explícita? ¿Cuál es el punto concreto que no les satisface?

Irguió la espalda en el asiento. No había previsto aquel tipo de preguntas y se vio obligada a improvisar con un sentimiento de culpa hacia el equipo que trabajaba en el edificio y que iba a recibir una reprimenda por faltas imaginarias.

—Efectúo esta llamada a petición de diversos colegas —concluyó, tratando de restar importancia al asunto—. Pero ya sabe cómo son las cosas. Siempre hay gruñones, insatisfechos, personas que necesitan criticar a los demás para existir. Yo transmito sus quejas, aunque, personalmente, siempre he encontrado correcta la limpieza de mi oficina.

—Veré qué puedo hacer —respondió el hombre—. Voy a insistir en las cuestiones que acaba de subrayar. Sea como sea, ha hecho bien en llamarnos. Ponemos mucho empeño en la satisfacción de nuestros clientes.

El discurso comercial habitual, que hacía presagiar no obstante unos cuantos rapapolvos para los trabajadores.

—Insisto, no sea demasiado severo. No es tan grave.

—No, no, no estoy de acuerdo con usted. Nosotros nos esforzamos por lograr la excelencia. Queremos dar entera satisfacción a nuestros clientes y nuestros empleados deben estar a la altura. Es lo menos que se les puede pedir.

«Sobre todo con los sueldos que les pagan», pensó para sí.

—Le agradezco su profesionalidad. Adiós.

En cuanto hubo colgado, se conectó a una de esas páginas web que publican los organigramas, los balances y las cuentas claves de las empresas. Encontró el nombre del dirigente de Clarion en un papel, pero no su número de teléfono. Volvió a llamar, pues, a la centralita, aunque esa vez lo hizo desde el teléfono fijo de la gendarmería, en el que constaba su nombre y el de su superior.

—Clarion —repitió la misma voz de mujer.

—Quiero hablar con Xavier Lambert —reclamó, tratando de modificar la suya—. Dígale que se trata de una investigación de la gendarmería, a propósito de uno de sus empleados. Es urgente.

El silencio que recibió su petición le hizo temer que la mujer hubiera reconocido su voz. Luego oyó un tono.

—Xavier Lambert —dijo, con cierto hastío, una voz masculina.

—Buenos días, señor Lambert. Soy la capitana de gendarmería Ziegler. Estamos llevando a cabo una investigación sobre ciertos delitos en los que podría estar implicado uno de sus equipos de limpieza. Necesito la lista de sus empleados.

—¿La lista de mis empleados? ¿Quién dice que es usted?

—La capitana Irène Ziegler.

—¿Por qué necesita esa lista, capitana, si no es indiscreción?

—En las dependencias que limpia su empresa se ha producido un delito, un robo de documentos confidenciales. Se han encontrado ínfimos restos de productos de limpieza industriales en papeles que estaban en contacto con los documentos robados. Debo advertirle, sin embargo, que esto debe quedar entre nosotros.

—Por supuesto —aceptó sin inmutarse el hombre—. ¿Tiene una orden judicial?

—No, pero puedo pedirla.

—Pídala, pues.

¡Mierda! ¡Iba a colgar!

—¡Un momento!

—¿Sí, capitana?

Advirtió con rabia un asomo de hilaridad en su voz, como si le divirtiera su vehemencia.

—Escuche, señor Lambert, puedo tener esa orden dentro de unas horas. Lo malo es que estamos trabajando a contrarreloj. Es posible que el sospechoso tenga todavía los documentos en su casa, pero no podemos predecir durante cuánto tiempo. Ignoramos cuándo y a quién los va a entregar. Nuestra intención es adjudicarle una vigilancia. Comprenderá, pues, que cada minuto es de vital importancia. Seguro que no le apetece actuar como cómplice, aunque sea de manera involuntaria, de un delito tan grave como el espionaje industrial.

—Sí, comprendo, naturalmente. Soy un ciudadano responsable y si puedo hacer lo que sea preciso para ayudarles dentro del marco legal… Usted también comprenderá sin duda que no puedo divulgar información personal sobre mis empleados sin tener motivos fundados.

—Se los acabo de exponer.

—Bueno, digamos que esperaré a que esos… excelentes motivos estén confirmados por un juez…

La ironía y la arrogancia patentes en la contestación del hombre azuzaron su cólera, el sentimiento que precisamente necesitaba para activar su reacción.

—Es cierto que no puedo acusarlo de obstruir la investigación. Usted tiene la ley de su parte, lo reconozco —admitió con frialdad—, pero no sé si sabrá que nosotros, los gendarmes, somos bastantes rencorosos… o sea, que, si quiere persistir en su actitud, le voy a pegar en los talones de Clarion la inspección de trabajo, la dirección departamental de Trabajo y Empleo, el comité de lucha contra el trabajo ilegal… Y van a rascar y hurgar a fondo hasta que encuentren algo, créame.

—Capitana, le aconsejo que cambie de tono —replicó, con irritación, el hombre—. Se está excediendo. Esto no va a quedar así. Ahora mismo voy a hablar del asunto con sus superiores.

Se estaba tirando un farol. Se le notaba en la voz.

—Y si no es hoy, será mañana —prosiguió con el mismo tono lúgubre—, porque no lo vamos a dejar en paz; me puede creer… Nos vamos a pegar como un chicle a sus zapatos. Porque no me gusta su tono ni su actitud, y porque nosotros no olvidamos nada. Espero que no haya ni la más mínima irregularidad en su gestión del personal, señor Lambert, se lo deseo con toda sinceridad, porque, en el caso contrario, puede despedirse de unos cuantos clientes, empezando por la policía.

Al otro lado de la línea se hizo el silencio.

—Ahora le envío esa lista.

—Con todas las informaciones que contiene —precisó ella antes de colgar.

Servaz circulaba por la autopista. El aire seguía igual de asfixiante e inmóvil, pero la amenaza de tormenta se concretaba en el aumento de los nubarrones. La ola de calor iba a culminar pronto con acompañamiento de rayos y truenos. Por su parte, sentía que también se aproximaba a un desenlace atronador. Mientras conducía, se dijo que se hallaban más cerca de lo que pensaba. Los elementos se encontraban allí delante. Solo faltaba combinarlos e interpretarlos.

Llamó a Espérandieu y le pidió que regresara a Toulouse para indagar en el pasado de Elvis. En el instituto había demasiada gente durante el día y, además, Samira no perdía ni un minuto de vista a Margot. Julian Hirtmann no pasaría a la acción en tales condiciones, suponiendo que tuviera intención de hacerlo, cosa que Servaz empezaba a dudar. Una vez más, se preguntó dónde se habría metido el suizo. Las certezas que abrigaba respecto a él vacilaban. ¿Había soñado que era una marioneta y ahora resultaba que no había ningún marionetista que manipulara los hilos? ¿O bien, por el contrario, el suizo se hallaba muy cerca, acechando desde la sombra, sin distanciarse mucho, acompasando en silencio sus pasos a los suyos, deslizándose en los espacios muertos, los intersticios? Reconociendo que cada vez se representaba más a Hirtmann como un fantasma, un mito, procuró ahuyentar aquella idea. Le ponía nervioso.

Aparcó delante del restaurante en la entrada de Marsac, con cuarenta minutos de retraso.

—¿Qué coño hacías?

Margot llevaba pantalón corto, unos zapatones con las puntas reforzadas, como los que se usan en las obras, y una camiseta con la efigie de un grupo musical que él no conocía. El pelo teñido de rojo surgía, hirsuto, de su cabeza con ayuda de gel. Le dio un beso sin responder y la llevó al puentecillo de madera lleno de macetas que atravesaba un arroyo por el que avanzaban con digno porte unos patos. Las puertas del restaurante estaban abiertas de par en par. En el agradable y fresco ambiente del interior flotaba un discreto rumor de conversaciones. Algunos comensales desviaron la mirada hacia Margot, que siguió con la cabeza bien alta hacia la mesa, adornada con flores, adonde los condujo el *maître*.

—¿Tienen mojitos aquí? —preguntó, una vez instalada en la silla.

—¿Desde cuándo bebes alcohol?

—Desde los trece años.

La miró sin saber si bromeaba, aunque todo indicaba que no. Él pidió carrillada de ternera y Margot una hamburguesa. Un televisor difundía la imagen de unos jugadores que se entrenaban en un campo de fútbol, sin sonido.

—Estoy cagada de miedo, con toda esta historia y la vigilancia —anunció ella sin preámbulos—. ¿Realmente crees que podría…?

Dejó sin terminar la frase.

—No hay de qué preocuparse —se apresuró a responder Servaz—. Es por simple precaución. No hay casi ninguna posibilidad de que la tome contigo, ni de que aparezca siquiera. Solo quiero estar completamente seguro de que no corres ningún riesgo.

—¿Es absolutamente indispensable?

—Por ahora, sí.

—¿Y si no lo pilláis? ¿Vais a seguir vigilándome de manera indefinida? —planteó, tocándose el falso rubí de la ceja.

Servaz sintió que se le encogía el estómago. Aquella era precisamente la cuestión que más lo mortificaba, que tarde o temprano llegaría el día en que interrumpirían la vigilancia, porque el Ministerio Fiscal decidiría que ya era suficiente. ¿Qué ocurriría entonces? ¿Cómo haría para garantizar la seguridad de su hija? ¿Y para poder dormir tranquilo?

—Tú —añadió, omitiendo responder— debes estar atenta para detectar todo lo que te parezca anormal. Si ves a alguien que ronda por los alrededores del instituto, o si recibes SMS raros, por ejemplo, no dudes en ir a ver a Vincent. Lo conoces y te llevas bien con él. Sabes que él te escuchará.

Margot asintió, acordándose del rato que pasó la noche anterior, bebiendo, charlando y riendo con Samira.

—De todas maneras, te repito que no hay razón para inquietarse. Es solo una medida de precaución —insistió.

Aquello parecía un diálogo de película algo manido que había oído mil veces, el diálogo de una película mala, una de esas series Z en las que la sangre corre a raudales. Una vez más, sintió que se ponía nervioso. ¿O sería la inminencia de la tormenta lo que le ponía los nervios a flor de piel?

—¿Tienes lo que te he pedido?

Margot metió la mano en su bolsa de tela caqui y sacó un fajo de hojas manuscritas y dobladas.

—¿Para qué lo quieres? No entiendo por qué me pides esto —declaró, empujando las hojas encima de la mesa—. ¿Quieres evaluar mi trabajo o qué?

Conocía el brillo de aquellos ojos negros. Había tenido que afrontarlo un montón de veces.

—No leeré nada de lo que has escrito —aseguró—. Te doy mi palabra. Lo que me interesa son las notas al margen, eso y solo eso. Ya te explicaré —agregó, viendo su expresión de extrañeza.

Observando con satisfacción las anotaciones en rojo, plegó los papeles y los guardó en el bolsillo de la chaqueta.

Eran las 13.30 del jueves y la Ballena degustaba un caracol de Borgoña con salsa de ajo cuando el ministro entró en uno de los dos salones privados, el más pequeño, de Tante Marguerite, un restaurante situado a escasos metros de la Asamblea Nacional. El senador se secó los labios antes de iniciar la conversación con el recién llegado.

—¿Y bien?

—A Lacaze lo van a poner en detención preventiva —anunció el ministro—. El juez va a pedir que le retiren la inmunidad.

—Eso ya lo sé —replicó Devincourt con frialdad—. ¡Lo que no sé es cómo ese idiota de fiscal no ha podido impedir esto, joder!

—No podía hacer nada. En vista de los elementos del expediente, los jueces de instrucción no podían actuar de otro modo. No me lo puedo creer. ¡Suzanne lo contó todo a la policía! Les dijo que Paul había mentido con la coartada. Jamás la habría creído capaz de...

El ministro parecía aterrado.

—Ah, ¿no? —replicó la Ballena—. ¿Y qué esperaba? Esa mujer tiene un cáncer en fase terminal; se ha visto traicionada, burlada, humillada... Personalmente, me dan más bien ganas de felicitarla. Ese cabrón tiene lo que se merece.

El ministro sintió la mosca detrás de la oreja. ¡La Ballena se cepillaba a putas desde hacía más de cuarenta años y ahora venía dando lecciones de moral!

—A usted no le cuesta nada decir eso.

El senador se llevó la copa de vino blanco a la boca.

—¿Está haciendo alusión a mis… apetitos? —dijo, sin inmutarse, el corpulento político—. Hay una enorme diferencia entre un caso y otro, ¿y sabe cuál es? El amor… Yo quiero a Catherine como el primer día. Yo siento una profunda admiración por mi mujer, el más profundo de los respetos. Las putas son solo una cuestión de higiene, y ella lo sabe. Hace veinte años que Catherine y yo no compartimos la misma cama. ¿Cómo podía imaginarse ese imbécil que Suzanne lo iba a perdonar? Una mujer como ella… tan orgullosa… una mujer de carácter, extraordinaria. Que se acostara con otra, pase, pero que se enamorase de esa…

—¿Qué hacemos? —preguntó el ministro, atajándolo.

—¿Dónde estaba Lacaze esa noche? ¿Se lo ha dicho a usted, al menos?

—No. Se ha negado a decírselo al juez. ¡Es increíble! No quiere hablar de eso con nadie. ¡Se ha vuelto loco!

En ese momento, la Ballena despegó los ojos del plato para observar al ministro con expresión de franca sorpresa.

—¿Cree que la mató?

—Ya no sé qué pensar. En cualquier caso, cada vez se perfila más como culpable. Jesús, la prensa se va a ensañar con el asunto.

—Déjelo —aconsejó la Ballena.

—¿Cómo?

—Tome distancias mientras está a tiempo. Delante de los medios de comunicación presente el mínimo sindical, presunción de inocencia, independencia de la justicia… ya sabe, el rollo de costumbre. Pero afirme también que él está sujeto a la acción de la justicia como cualquier otra persona. Todo el mundo comprenderá. Siempre se necesita un chivo expiatorio, no hace falta que se lo diga. Nuestro querido pueblo funciona igual que las primeras tribus de Israel: le encantan los chivos expiatorios. Lacaze será inmolado en el altar de la prensa, que va a despedazarlo y ensañarse con él hasta la saciedad. Los padres de la virtud van a montar su número habitual en la televisión, la multitud se va a escandalizar y cuando hayan acabado con él, le tocará el turno a otro. ¿Quién sabe? Mañana podría ser usted, o yo... Sacrifíquelo, sin demora.

—Tenía un brillante porvenir —dijo el ministro, mirando el plato.

—*Requiescat in pace* —respondió la Ballena, cogiendo otro caracol—. ¿Va a ver el partido de esta noche? Lo único que podría salvarnos sería ganar la copa del mundo, pero eso parece más difícil que ganar las próximas elecciones.

A las 15.15, Ziegler encontró por fin a la persona que buscaba o, mejor dicho, encontró dos clientes potenciales. La mayoría de los empleados de los servicios de limpieza de Clarion eran mujeres llegadas de África en fechas más o menos recientes. El sector de la limpieza industrial siempre ha sido un buen filón de trabajo para los inmigrantes, ya que el éxito de esas empresas radica en la flexibilidad forzosa de una mano de obra poco cualificada, poco sindicada y con pocas posibilidades, por lo tanto, para reivindicar nada.

Solo había dos hombres. De manera instintiva, Ziegler había decidido comenzar por ellos. En primer lugar, porque el porcentaje de hombres procesados por la justicia era aún muy superior, pese a que la proporción de mujeres fuera en aumento. En segundo, porque todas las estadísticas demostraban que la participación de las mujeres era extremadamente baja cuando se trataba de hechos que ponían en entredicho la autoridad. En tercero, los hombres eran más malgastadores.

El primer candidato era un padre de familia de cincuenta y ocho años, con tres hijos mayores, que trabajaba para la empresa de limpieza desde hacía diez años. Antes había trabajado durante casi treinta años en la industria del automóvil, pero no en uno de los grandes gigantes franceses del sector, sino en una pequeña empresa subcontratada. La creciente presión que habían ido ejerciendo a lo largo de los años noventa los dos grandes constructores sobre sus proveedores en lo tocante a la calidad, los plazos y sobre todo los costes de producción había llevado a muchas pequeñas y medianas empresas a ser absorbidas por sociedades americanas de equipamiento o a efectuar drásticas reducciones de personal. Aquel hombre había sido sin duda una de las numerosas víctimas de esa presión ejercida por los dos grandes emporios sobre los proveedores y de los consiguientes planes de ajuste. Ziegler puso aparte su ficha, diciéndose que un hombre amargado, descartado después de treinta años de leales servicios y que tenía una familia a su cargo, era un posible candidato. Luego pasó al siguiente. Mucho más joven, había llegado a Francia hacía poco gracias a un cúmulo de circunstancias que le habían permitido salir de milagro de un campo de retención de la isla de Malta, donde malvivía con otros centenares de clandestinos. Vivía solo. No tenía mujer ni hijos. Toda su familia se había quedado en Mali. Aquel hombre había pasado por la horrible experiencia de atravesar el Mediterráneo a bordo de una frágil embarcación para después verse recluido en una isla prisión. Se trataba de un hombre solitario, perdido y vulnerable en un país extranjero, que trataba de adaptarse y confundirse entre la multitud sin llamar demasiado la atención. También trataba de hacer amigos, ejerciendo probablemente un trabajo inferior a su nivel de preparación. Seguro que tenía un miedo atroz a que lo volvieran a mandar a su país. Estuvo dudando un momento entre los dos, desplazando la mirada de una ficha a otra, hasta que detuvo el dedo en el segundo. Aquel constituía el blanco ideal.

Se llamaba Drissa Kanté.

Espérandieu escuchaba *Use Somebody*, de los Kings of Leon, por los cascos del iPhone, contemplando el campo de batalla que tenía desplegado delante. Los tres hermanos Followill y su primo Matthew cantaban *You know that I could use somebody / Someone like you*. Vincent tarareó un poco la letra y después dirigió una muda imprecación contra Martin. Había sorprendido a los chicos instalando un televisor con pantalla gigante en la sala de reuniones y metiendo varios paquetes de cerveza en la nevera. Estaba seguro de que, dentro de una hora, las oficinas se iban a quedar vacías. Le habría gustado sumarse a la fiesta, pero le resultaba imposible por la tonelada de documentos administrativos y de fax que había distribuido en montones lo más delgados posible frente a sí.

Las pesquisas relacionadas con el pasado de Elvis Konstandin Elmaz, que seguía en coma en el hospital, lo habían tenido ocupado toda la mañana y la mitad de la tarde. Había visitado los servicios fiscales y consultado los archivos de la Seguridad Social para tratar de reconstruir la trayectoria profesional del albanés, en el supuesto de que este hubiera ejercido en algún momento una actividad legal. Había mirado en los archivos de documentación de vehículos y de permisos de conducir de la prefectura, reconstruido la trayectoria conyugal a partir del registro civil (increíble: ¡Elvis había estado casado de 2001 a 2002, pero su matrimonio había durado solo ocho meses!) y verificado si existía alguna descendencia, de la que no había constancia oficial en todo caso. Había indagado asimismo en el organismo de asignación de subsidios y dirigido una solicitud al Ministerio de Defensa para obtener indicios sobre una posible actividad militar.

Como consecuencia de ello, Espérandieu tenía ante sí un material abundante pero heterogéneo, difícil de abordar.

Lanzó un suspiro. Se habría quedado corto diciendo que habría preferido estar en otra parte. Reconstruir la trayectoria de la vida de Elvis Konstandin Elmaz era algo desesperante y sumamente desagradable. Elvis encajaba casi de pleno en el perfil del reincidente que efectuaba idas y venidas regulares entre la cárcel y el exterior. La lista de sus condenas era el reflejo de la personalidad violenta y profundamente repulsiva del individuo. Tráfico de estupefacientes, violencia con agravante, robo, agresiones sexuales contra jóvenes, secuestro y, para rematar, violación en su domicilio. Tal como había dicho Samira, era un milagro que aún no hubiera matado a nadie. A todo ello había que añadir ahora la organización de peleas de perros, a juzgar por los elementos descubiertos en su propiedad rodeada de bosque. En la cárcel de Seysses, lo habían puesto varias veces en el pabellón de aislamiento. Durante sus intervalos de libertad, había sido gerente de un *sex-shop* en Toulouse, en la calle Denfert-Rochereau; segurata de un club privado de la calle Maynard, situada a varios centenares de metros de allí; camarero en un café-restaurante de la calle Bayard un poco más allá; y más o menos asiduo de todos los locales de actividades turbias del barrio. Espérandieu no había encontrado ningún indicio de actividad profesional conocida, aunque había un detalle intrigante: oficialmente, la «carrera» de Elvis se había iniciado a los veintidós años con una primera condena. Hasta entonces, había sido lo bastante astuto como para pasar inadvertido, porque con un currículum como el suyo, el policía no abrigaba dudas de que había comenzado mucho antes. Posó la mirada en el último documento, lo abrió y, como recurso extremo, ya cansado, recorrió con la mirada sus páginas, con la poca esperanza de que en todas aquellas declaraciones destacara algo que captase por fin su atención.

«Hombre, esto sí tiene cierto interés», se dijo con un tenue hormigueo mientras leía la última página.

Descolgó para llamar a Martin. El nombre estaba allí, en la página, «Marsac», pero ¿acaso no era normal, teniendo en cuenta que Elvis se había criado allí? Antes de iniciar su siniestra «carrera», Elvis Konstandin Elmaz había sido encargado de disciplina en un instituto de Marsac.

35

Las ratas

Servaz circulaba entre las colinas, en medio de una amenaza de tormenta. El paisaje había adoptado una tonalidad gris metálica, el cielo se había oscurecido aún más y en el encrespado horizonte eran perceptibles los lejanos fogonazos de los relámpagos. Se detuvo un momento al borde de la carretera, en la franja de hierba lindante con el bosque, para prepararse mentalmente. Apoyado contra el coche, fumó tranquilamente un cigarrillo tendiendo la mirada sobre la larga recta que, tras bajar la pendiente de la colina de enfrente, volvía a subir hacia él, trazando una rectilínea trinchera en medio de la gran extensión de árboles. Observó cómo las moscas y mosquitos parecían ceder a la excitación ambiental, oyó los perros que ladraban con nerviosismo a lo lejos, ahuyentó con la mano un tábano exasperado por el bochorno y, después, se volvió a poner en marcha. En cinco minutos, no había visto pasar ni un coche.

Su corazón latía con fuerza cuando bajó del Cherokee en un extremo de la avenida, en el límite del claro. El silencio reinaba allí desde que se habían llevado los perros. Trató de no pensar en aquella eutanasia colectiva. El claro parecía ya bastante siniestro bajo aquel cielo de tormenta. Subió al porche, levantó la cinta de la gendarmería y abrió la puerta con una llave maestra. Una vez dentro, miró en derredor mientras se ponía unos guantes. El equipo de la división de Asuntos Criminales había revisado todos los recovecos, pero como no buscaban nada en concreto, quizá se les había pasado algo por alto. El caos era impresionante. Los muebles, el suelo, la zona de la cocina, con los platos sucios en el fregadero, los envoltorios de pizzas y de hamburguesas, los ceniceros llenos y las botellas de cerveza vacías seguían tal como los habían encontrado, con la diferencia de que ahora estaban recubiertos de polvos minerales u orgánicos de diferentes colores. Se preguntaba quién se iba a encargar de limpiar todo aquello, cuando por la puerta entró un lejano retumbar de truenos acompañado de un audible estremecimiento del follaje.

Inició lentamente la exploración. La luz que atravesaba los cristales era de un gris plomizo, como si se hallara inmersa en el fondo de un océano, de modo que encendió la linterna.

El recorrido de la planta baja le llevó una hora larga. El dormitorio presentaba el mismo repugnante desorden que el comedor. Encima de la cama deshecha había ropa interior sucia y cajas de juegos de vídeo y en el aire flotaba el mismo tenue olor a cannabis y a descomposición. Las moscas revoloteaban frenéticamente por doquier, alborotadas por la inminencia de la tormenta. También registró el cuarto de baño, pero lo único que descubrió fueron cuchillas de afeitar llenas de pelos, un guante sucio, una pastilla de jabón grisácea, un cepillo de dientes cargado de dentífrico seco y, en el botiquín, un arsenal indicativo de una adicción a los medicamentos de toda clase. El fondo del plato de ducha estaba verde de moho. Aparte, era evidente que Elvis no debía de tirar a menudo de la cadena del váter porque en el fondo de la taza nadaba un charco de orina mezclada con papel higiénico. Encima había una trampilla. Fue a buscar una silla y, encaramado a ella, tiró de la manecilla. La trampilla se abrió, revelando una escalera metálica plegable.

El techo del desván era bajo, lo que lo obligó a avanzar encorvado. Estaba vagamente iluminado por un tragaluz de tejas de vidrio. Elvis había acumulado allí todos los desechos de varios años de existencia: ordenadores, impresoras, ropa gastada, cajas, carpetas, aspiradores estropeados, rollos de papel pintado, consolas de juego, cintas VHS de películas porno... Servaz identificó varias «pistas» de ratas o de ratones sobre las polvorientas planchas del suelo. Las ratas, como las hormigas, son animales rutinarios, que suelen utilizar siempre el mismo itinerario, en el que dejan a la vez huellas, orina y excrementos. En el fondo de un armario, bajo una ropa de invierno y de esquí, Servaz localizó varias cajas metálicas. Tiró de ellas y, sentado en el suelo, levantó la tapa de la primera. Por un segundo, pareció que el tiempo se inmovilizaba. Una foto de un niño jugando en la playa en compañía de sus padres con un cubo y una pala... un niño en su pequeño coche de pedales de plástico rojo con un volante amarillo. Un niño como los otros... que todavía no era un monstruo ni un desalmado. Servaz estaba seguro de que se trataba de Elvis. En ciertos detalles, se intuía ya el adulto en que se iba a convertir. Ese niño tenía, sin embargo, el mismo aspecto alegre, juguetón e inocente de todos los otros críos. Servaz pensó entonces que los cachorros de león también parecen adorables peluches.

Siguió rebuscando.

Encontró fotos del Elvis adolescente. Aquel tenía ya una expresión más sombría, más astuta, una mirada que rehuía el objetivo. ¿Serían imaginaciones suyas? Algo había cambiado. Algo había pasado. Ya no tenía la misma persona delante.

Una mujer, apretada contra Elvis... ¿Su esposa? ¿La que había pedido el divorcio? ¿La que había recibido una paliza que la había mandado al hospital después de haberlo obtenido? En la foto se la veía feliz y confiada. Rodeaba a su hombre con los brazos, pero, mientras que ella miraba alegremente la cámara, él miraba a otra parte.

Tras ojear otras fotos de personas que no conocía, cerró la caja y miró en torno a sí. Luego siguió distraídamente con la mirada el trayecto de los excrementos dejados por las ratas.

El equipo de investigadores había registrado aquel desván, tal como constaba en su informe. Habían buscado indicios, rastros de las personas que habían agredido a Elvis y lo habían servido como comida a sus perros. ¿Y él, qué buscaba? En ese momento no eran los agresores de Elvis lo que le interesaba, sino el mismo Elvis.

«Hurga pasado», había escrito el albanés.

Allí no veía nada, salvo un desván como tantos otros. Siguió removiendo cielo y tierra durante una hora, abriendo incluso las cajas de los juegos de vídeo y de las cintas pornográficas, preguntándose si iba a tener que pasarlas por si acaso…

Tenía la impresión de ser una rata, como aquellas que habían dejado esa pista en el suelo, a la manera de una caravana en el desierto.

«La pista…».

Había un sitio donde se interrumpía, para luego reanudarse un poco más lejos. Observándola, Servaz sintió que se le encendía una luz. Se acercó y se arrodilló al lado. En ese preciso lugar, las planchas no estaban tan bien soldadas como alrededor y la capa de polvo era menos gruesa. Apoyó las manos en las dos planchas que presentaban una junta más ancha y las hizo mover. Buscó un punto de agarre y tiró. Las dos planchas se levantaron. Abajo había una cavidad que contenía algo. Servaz cogió el objeto que reposaba en el fondo del escondrijo y lo sacó.

Era una carpeta.

Al abrir la tapa rígida, descubrió unos separadores transparentes sujetos con anillas. Empezó a pasar hojas con el pulso acelerado. Allí había algo… Adoptando una postura más cómoda encima del polvoriento suelo, se puso a revisar, una por una, las fotos.

36
Operación de diversión

Te están vigilando. Tenemos que encontrar la manera de hacerte salir de aquí sin que te vean.

Margot releyó el SMS y tecleó dos palabras:

¿Para qué?

La respuesta no tardó en llegar. El smartphone emitió el habitual sonido de arpa y ella aplicó el dedo en la pantalla.

¿Te has olvidado? Es esta noche…

¿Qué había esa noche?, se preguntó. Luego se acordó, de repente. El Círculo… Habían hablado de una reunión el 17, la otra noche, en el claro. Elias tenía razón, estaban a 17 de junio. En el patio no había oído hablar más que del partido, por lo visto decisivo, que iba a jugar esa noche Francia contra México. ¡Hostia! Renunciando a los mensajes, marcó directamente el número.

—Hola —lo saludó él con pasmosa tranquilidad.

—Bueno, a ver, ¿tienes alguna idea?

—Sí, tengo una.

—Suéltala.

Se la explicó. Margot tragó saliva. No quedó muy entusiasmada precisamente, sobre todo teniendo en cuenta que aquel loco podía estar rondando afuera. Elias tenía razón, sin embargo. Aquella noche iba a ocurrir algo. Era entonces o nunca.

—Vale —aceptó—. Me voy a preparar.

Fue a buscar un jersey oscuro con capucha y un pantalón negro que no se ponía casi nunca. Luego se miró en el espejo, respiró hondo y salió de la habitación. El pasillo estaba tan silencioso y sombrío que por un instante sintió la tentación de dar media vuelta y llamarlo para decirle que renunciaba.

«En ese caso, hay una solución, guapa. Se trata de no pensar. Nada de "¿Y si?", ni de "Tengo ganas o no de hacerlo". ¡En marcha!».

Descendió con sigilosos pasos las amplias escaleras, dejando deslizar la mano por la barandilla de piedra. Detrás de la vidriera se veía un cielo plomizo y a lo lejos sonaba un rugido de truenos. Al llegar abajo, lo llamó.

—Ya estoy lista.

—No te muevas hasta que te dé la señal.

Escondido en el bosque frente al lugar donde se encontraba Margot, Elias tenía a Samira Cheung en el punto de mira de los gemelos. La agente iba barriendo con la mirada el recinto del instituto, pero la detenía a menudo en la ventana de Margot. Esta la había dejado abierta y la lámpara de la mesita de noche seguía encendida. La puerta por la que debía salir se encontraba justo dos pisos más abajo, en el campo de visión de Samira.

Elias se metió dos dedos en la boca y emitió un largo y estridente silbido. Al instante, vio cómo la policía volvió la cabeza en dirección a él.

—¡Ahora! ¡Rápido! —exclamó.

Margot abrió la puerta y salió al aire libre. Enseguida sintió la electricidad que flotaba en el aire, como el presagio de un acontecimiento inminente. Las hojas se estremecían y los vencejos revoloteaban sin cesar, exasperados por la proximidad de la tormenta. Agachándose, tal como le había indicado Elias, bordeó corriendo la pared hasta la esquina del pabellón oeste y luego se dirigió como una exhalación a la entrada del laberinto.

—Está bien —le dijo Elias por teléfono—. No te ha visto.

Margot tenía sus dudas de que la noticia fuera tranquilizadora. Ahora se encontraba afuera, en la intemperie, cuando Vincent y Samira la creían a salvo en el interior, y el tempestuoso cielo extendía su manto gris por encima del laberinto de setos.

Un minuto después, mientras avanzaba entre sus paredes vegetales, Elias surgió ante ella como un espectro y el corazón le dio un brinco en el pecho.

—¡Joder, Elias! ¿No podrías avisar?

—Ah, ¿sí? ¿Para que tu guardaespaldas se me eche encima? No tengo ningunas ganas de que me ataque una chica que parece salida de la familia Addams. ¿No ves el fútbol?

—Vete a tomar por saco.

—¡Venga, no perdamos tiempo! —Se quedó quieto un instante—. También es posible que su famosa reunión solo fuera para ver el partido.

—Me extrañaría —respondió ella, empujándolo—. ¡Venga, sigue!

37
Truenos

*U*n trueno hizo temblar la estructura de la casa. Aún no caía la lluvia. Si no, la habría oído golpear en el tejado. Servaz elevó la mirada. El día declinaba y en el desván se iba acentuando la oscuridad, pese a que todavía eran las seis y era el mes de junio.

Volvió a concentrarse en la carpeta.

Contenía fotos. Tomadas con una cámara numérica de calidad e impresas en formato A4, estaban cuidadosamente clasificadas y protegidas por separadores transparentes. No había nombres, solo lugares, fechas y horas. La imaginación no era el rasgo más destacado del fotógrafo. Casi todas las fotos habían sido tomadas en los bosques, desde el mismo ángulo, y representaban al mismo individuo o casi: un hombre de edad madura que copulaba en la hierba, con el pantalón bajado, en medio de los arbustos. Las fotos siguientes mostraban siempre el momento en que el hombre se levantaba. La serie concluía, de manera invariable, con uno o varios primeros planos de la cara del individuo.

Siguió pasando páginas. La monotonía de la presentación le hizo casi sonreír. Las posturas adoptadas no demostraban una imaginación desbordante tampoco. Delataban más bien la urgencia. Se trataba de polvos precipitados, de un desfogue en el bosque. Y la cámara, implacable, dejaba constancia. Servaz se fijó en la otra persona: el anzuelo. En la mayoría de las tomas, solo se le veían las piernas, los brazos y un retazo de pelo. En la pálida piel le pareció distinguir pecas, aunque con la definición de la imagen era difícil tener la certeza. En cualquier caso, habría apostado algo a que se trataba de la misma chica cada vez. Parecía muy joven, pero también aquello era difícil de precisar teniendo en cuenta el ángulo de enfoque. Tal vez se trataba de una menor.

Iba por la mitad del álbum y ya había contado una decena de individuos distintos. Aquello representaba un montón de sospechosos y de posibles móviles, y también de coartadas que habría que verificar. No veía, sin embargo, la relación que aquello guardaba con Claire Diemar. Lo que sí quedaba claro era que, aparte de ser un traficante de droga, un violador, un hombre violento con las mujeres y un cerdo que mandaba a sus perros a morir o a matar a otros en sórdidos combates, Elvis era también un chantajista. Elvis Konstandin Elmas tenía grandes aspiraciones, a su manera. Era un crápula a lo grande. Constituía por sí solo un auténtico supermercado de la delincuencia.

Después llegó a la penúltima foto y la cabeza le empezó a dar vueltas. Por fin había encontrado la correlación que buscaba. Aquella vez, la cara de la cómplice se veía con nitidez. Era una cría que no debía de tener más de diecisiete años. Le daba la impresión de que era una de las estudiantes de Marsac.

En cuanto a la penúltima víctima, ante sí tenía el primer plano de su cara. Afuera resonó un trueno, más cercano, pero la lluvia se hacía esperar. Tuvo la sensación de que alguien le dio un golpe en la espalda y le dijo al oído: «Ahora sí que ya lo tenemos». En aquel desván no había, por supuesto, nadie más. Estaban solos él y la verdad.

Ziegler tiró la colilla al suelo y la aplastó con el tacón de la bota cuando el hombre salió del edificio, al otro lado del bulevar. Luego se puso el casco y se subió a la Suzuki. Drissa Kanté echó a andar por la acera y ella esperó a que hubiera avanzado un poco antes de introducirse con la moto en el tráfico de la ciudad. No fue muy lejos. En el bulevar Lascrosses, torció hacia la plaza Arnaud-Bernard. Ziegler circuló despacio por la plaza, en dirección a la entrada del parking, sin dejar de vigilar de reojo a su objetivo. Tras constatar que este tomaba asiento en la terraza de un bar denominado L'Escale, bajó por la rampa del parking, porque no quería correr el riesgo de dejar la moto allí. Tres minutos después, volvió a salir del subterráneo.

Drissa Kanté charlaba con otro hombre. Tras consultar el reloj, Ziegler se encaminó a una terraza algo alejada de la primera, atrayendo con su traje de cuero negro y su pelo rubio las miradas de todos los camellos que aguardaban a su clientela de toxicómanos.

—¿Quieres hachís, muñeca? —le propuso uno al pasar—. Diez gramos de primera calidad por una mamada.

Le dieron ganas de volverse para darle un puñetazo en la cara, pero aquel no era un buen momento para ponerse a llamar la atención.

—¡Mira!

Margot levantó la cabeza. Desde la avenida del instituto acababa de salir un viejo Ford Fiesta que tomaba la dirección de la ciudad. Era el coche de David. Cuando pasó delante, vieron a Sarah a su lado y a Virginie detrás. Elias puso el contacto y salió despacio del camino, empujando con la carrocería el follaje, que lo obstruía y los disimulaba en parte.

—¿No te da miedo que nos vean?

—Hombre, hay que correr el riesgo —reconoció él con cierto regocijo—. Yo nunca he hecho una cosa así, pero he visto a Clint Eastwood haciéndolo muchas veces. ¿Crees que servirá de algo?

Margot se encogió de hombros sonriendo, aunque en realidad estaba muy nerviosa.

—No creo que prevean que alguien los vaya a seguir —prosiguió él con tono tranquilizador, como si se percatara de su inquietud—. Además, deben de estar demasiado ocupados hablando de esa tal reunión.

—El Círculo… —evocó ella.

—El Círculo —confirmó él—. ¡Joder, cualquiera diría que es el nombre de una de esas sociedades secretas, como los masones, los rosacruces o los *Skulls and Bones*! ¿Tienes una idea de qué puede ser?

—Pero si tú me dejaste una nota diciendo que sabías lo que era...

—Yo no escribí tal cosa. Lo que yo puse fue: «Lo he encontrado».

—Ah, ¿sí?

—Ya te explicaré —dijo, como si no advirtiera la furibunda mirada que ella le asestó—. Menos mal que el fútbol me aburre mortalmente —añadió antes de concentrarse en la conducción—. ¿Conoces ese juego de pelota practicado por los romanos que se llamaba *sphaeromachia*? Séneca habla de él en sus *Cartas a Lucilio*.

—Es una mariposa —afirmó ella.

—¿El qué?

—*Sphaeromachia gaumeri*. ¿Estás seguro de que no están sobre aviso? Te olvidas de que la otra noche faltó poco para que nos pillaran en el laberinto y que saben que los espían.

Él la miró con expresión indefinida y, encogiéndose de hombros, volvió a centrar la atención en la carretera.

Servaz bajó los escalones del porche y atravesó el claro. El bochorno era cada vez mayor. Estaba a punto de llegar al Cherokee cuando reparó en algo. Era una mancha blanca en medio de la vegetación, a la izquierda.

Cambiando de dirección, se dirigió hacia ella y apartó los matorrales. Había un pequeño letrero sujeto a un palo de plástico clavado en el suelo. Alguien —uno de los técnicos, sin duda— había escrito «Colillas». Servaz frunció el entrecejo. Las colillas debían de encontrarse en el laboratorio. Como las que habían encontrado en la orilla del bosque, en casa de Claire Diemar... ¿Sería la misma persona? Alguien había espiado a Claire poco antes de su muerte. ¿Ese alguien había estado haciendo lo mismo allí? ¿Sería un testigo? ¿O el asesino? ¿Quién era? ¿Qué hacía allí? ¿Cómo estaba enterado? El número de colillas localizadas en casa de Claire delataban la cantidad de tiempo que la persona había pasado en ese sitio. Pronto tendrían su ADN, aunque Servaz dudaba mucho que constara en los archivos.

Volvió lentamente al jeep. Los truenos seguían retumbando a lo lejos, pero no parecían decidirse a llegar. A Servaz le hicieron pensar en una fiera, en un tigre que ronda por las proximidades de un pueblo y que se oye en el fondo de la selva, por la noche... un tigre que acecha el momento oportuno para atacar. Tomó a la izquierda la pista que atravesaba el bosque inmerso en la sombra y, una vez se halló en la larga recta, continuó en dirección a Marsac.

Ziegler se acordó con aprensión de que aquella noche había partido y se preguntó si Drissa Kanté iba a pasar la velada en L'Escale viendo el fútbol tal como iban a hacer seguramente el ochenta por ciento de los habitantes de la ciudad. También cabía la posibilidad de que llevara algunos amigos a su casa para ver el partido, pero la descartó al ver que se levantaba y tras estrechar la mano a un par de personas, se iba solo.

Ella ya había pagado la consumición. Aguardó un minuto antes de levantarse también para cruzar la plaza e ir a buscar la moto en el parking, expuesta a las apreciativas miradas de los clientes y los camellos.

Habían atravesado Marsac y ahora iban en dirección sur, hacia los Pirineos. La barrera de montañas se extendía a lo lejos, bajo el cielo de tormenta, ocupando todo el horizonte por detrás de las colinas, a la manera de un Himalaya europeo. Circulaban por pequeñas carreteras secundarias, cruzando pueblos y doblando curvas y más curvas, y Elias trataba de dejar una prudencial distancia entre ellos sin perderlos completamente de vista. Había conectado el GPS para tener una visión previa de las carreteras y cruces e introducido un punto de destino arbitrario teniendo más o menos en cuenta la dirección que seguían. Cuando comprobó que se dirigían más hacia el suroeste que hacia el sur, reconfiguró el GPS y marcó «Tarbes» como punto de destino transitorio. Tal como lo había hecho Servaz la otra noche, dejaba aumentar la distancia cuando el aparato le indicaba que no había ningún desvío durante varios kilómetros y luego aceleraba para tenerlos en su campo de visión en cuanto se acercaban a alguno.

A su lado, Margot admiraba la destreza que demostraba tanto en el arte de la conducción como en el de la persecución. Con aquel mechón que le tapaba la mitad de la cara y su eterno aire ausente, lo había tomado por un soñador a principios de curso, pero Elias la sorprendía una y otra vez. Nunca había sido muy comunicativo en lo tocante a su familia o sus hermanos, aunque le había parecido comprender que, al igual que Lucie, tenía muchos. En cualquier caso, ella empezaba a preguntarse de dónde le venía aquel cúmulo de recursos que demostraba.

Sí, tenía muchos recursos… como aquella vez en que había sacado una llave del bolsillo y abierto una puerta que en principio no tenía por qué abrir… o aquella otra en que le había dejado aquella nota en la taquilla.

—No sé cómo hiciste para abrir mi taquilla, pero te prohíbo que lo vuelvas a hacer —dijo con firmeza.

—Mensaje recibido.

El tono puramente diplomático que había empleado indicaba, no obstante, que iba a reincidir a la menor ocasión.

—¿Sabes que eres un tipo muy curioso?

—Supongo que, viniendo de ti, es un cumplido.

—¿Cómo conseguiste la llave de esa puerta, la otra noche? —preguntó de improviso.

Él apartó un instante la mirada de la carretera.

—¿Y qué más te da?

—¿Cuánto tiempo hace que nos conocemos tú y yo? ¿Que charlamos los dos? ¿Seis meses, más o menos? Y cuanto más te conozco, más tengo la impresión de que no sé gran cosa de ti…

Él esbozó una sonrisa aviesa manteniendo la vista fija en la carretera y el resplandor del atardecer que surgía bajo el manto de nubes.

—Yo podría devolverte el cumplido.

—Tienes una familia numerosa, ¿no?

—Tres hermanas y un hermano.

—¿De qué vas exactamente? Te haces pasar por un soñador, un tipo ensimismado y desclasado, volcado en la lectura, ¿y al final resulta que eres un auténtico detective, un puto James Bond?

Aquella vez, él se echó a reír sin tapujos.

—¿Dónde has aprendido todas estas cosas, Elias?

—¿De veras quieres saberlo? —preguntó él, ya sin rastro de sonrisa.

—Pues sí.

—No, más vale que no.

—Ah, ¡sí, sí!

—Yo tenía nueve años —dijo.

Margot retuvo la respiración, expectante, consciente de que de repente se había puesto muy serio.

—Formaba parte de un grupo que se llamaba Los Vigilantes. Mi hermano mayor lo había fundado. Yo era el más joven de la banda. Los demás eran mayores, de la misma edad que él. Nuestro objetivo era aprender a desenvolvernos solos en todas las circunstancias, a sobrevivir. Nos creíamos unos Robinson Crusoe, ¿sabes? Íbamos al campo, construíamos cabañas, nos paseábamos por todas partes, observábamos y aprendíamos. Durante todo ese tiempo, mi hermano mayor me enseñó muchas cosas: a utilizar una brújula, a orientarme, a reparar una Mobylette, a trasegar gasolina, a poner trampas... Siempre me decía: «Elias, tienes que ser capaz de no tener necesidad de nadie. Yo no estaré siempre a tu lado para ayudarte». A veces, jugábamos al fútbol o al rugby, a juegos de pistas o a la búsqueda del tesoro. Los días de lluvia, nos encerrábamos en el garaje de un amigo. Sus padres no guardaban nunca el coche dentro y había de todo allí: sillones baqueteados, piezas de moto pringadas de aceite, aparatos estropeados que no se tomaban la molestia de tirar... Nos dejaban hacer lo que quisiéramos y nosotros instalábamos todos esos bártulos alrededor y nos imaginábamos que íbamos en un bombardero que sobrevolaba Europa durante la Segunda Guerra Mundial, o que estábamos en el fondo de los océanos en un submarino, ese tipo de cosas. Mi hermano mayor era siempre el jefe, por supuesto. Él era el primer piloto del bombardero, el capitán del submarino o el jefe de la expedición espacial. Le encantaba dar órdenes.

De repente, ella se vio a los once años, en la habitación de la casa de su padre, donde dormía un fin de semana cada quince días. Le gustaba esa habitación, porque podía irse a dormir más tarde que en casa, y porque no tenía que hacer deberes. Era tarde, en todo caso para una niña de once años. Su padre le había leído *Veinte mil leguas de viaje submarino* y, en el momento en que había cerrado los ojos, no se encontraba ya en una minúscula habitación de ocho metros cuadrados, sino en el fondo del océano, a bordo del *Nautilus*.

—¿Cómo era tu hermano?

Vio que dudaba.

—Era como son los hermanos mayores, protector, simpático, pesado, genial…

—¿Qué ha sido de él?

—Murió.

—¿Cómo?

—De la manera más tonta que se pueda morir. Tuvo un accidente de moto y contrajo una infección en el hospital. Así acabó. Tenía veintidós años.

—Entonces no hace mucho de eso, ¿no?

—No.

—De acuerdo —dijo—. Dejémoslo aquí.

—¿Drissa Kanté?

Se volvió. Por un instante contempló, pasmado, aquella aparición envuelta en negro cuero, botas y casco que tenía delante en medio del vestíbulo y le vinieron a la cabeza absurdas imágenes de ciencia ficción. La visera opaca le devolvía su propia imagen, con los ojos entornados. Después la aparición le puso debajo de la nariz una insignia que transformó su columna vertebral en circuito de refrigeración.

—Sí, soy yo —confirmó con una voz que a él mismo le pareció terriblemente impregnada de culpa.

—¿Podemos hablar?

Cuando la aparición se quitó el casco, descubrió una bonita cara enmarcada por una cabellera rubia. La severa mirada que le asestó no le resultó nada tranquilizadora, sin embargo.

—¿Aquí?

—En su casa, si no le molesta. ¿Vive solo? ¿En qué piso?

—En el noveno —respondió, tragando saliva.

—Vamos —dijo con firmeza Ziegler, señalando las puertas del ascensor.

En la exigua cabina, igual de vetusta que la entrada, clavó la vista al frente, sin dirigir ni una palabra ni una mirada a su acompañante. La mujer vestida de cuero negro permaneció silenciosa también, pero él notó que no le quitaba el ojo de encima. Cada vez estaba más nervioso. Sabía que aquello tenía que ver con lo que había aceptado hacer recientemente. Se habría tenido que negar. Desde el principio supo que era una mala idea, pero ya no era posible volver atrás y no había tenido el valor de decir que no.

—¿Qué quiere? —se atrevió por fin a preguntar al salir del ascensor—. Tengo prisa. Me esperan unos amigos para ver el partido.

—Pronto lo sabrá. Cometió usted una gran tontería, señor Kanté, una tontería enorme, pero es posible que no todo esté perdido. He venido a darle la oportunidad de salir de esta, la única que va a tener.

Se puso a meditar en aquella frase mientras hacía girar la llave de la cerradura de su piso.

«Una oportunidad…». La palabra resonaba, prometedora, en su cabeza.

¿Adónde demonios se dirigían? Elias y Margot habían creído durante un rato que iban hacia el oeste, pero de pronto habían modificado el rumbo, encaminándose directamente hacia el sur, hacia los Pirineos, en el límite del departamento del Alto Garona y de los Altos Pirineos. Dejando atrás el llano y las colinas, se habían adentrado en un amplio valle de varios kilómetros, rodeado de altas montañas y salpicado de pueblos alineados como cuentas de un rosario. Las cimas más impresionantes de la cadena quedaban aún un poco lejos. Margot empezaba a temer que los descubrieran, porque llevaban recorridos ya más de cien kilómetros detrás del Ford Fiesta.

La creciente oscuridad propiciada por el atardecer y la proximidad de la tormenta los favorecía, no obstante. En tales condiciones, es difícil distinguir en el retrovisor el reflejo de los faros de un coche de los de otro coche.

Los nubarrones flotaban, opresivos, sobre el valle y la luz adquiría un tinte verduzco, insólito e inquietante a la vez.

Margot encontraba hermoso, inmenso y profundo aquel paisaje, pero también hostil. Elias, por su parte, estaba totalmente absorto en el vehículo de delante. Cruzaron un pueblo situado en la confluencia de dos ríos de rápido caudal, franqueados por dos monumentales puentes, compuesto por un tupido grupo de casas. En las ventanas vio colgadas algunas banderas francesas, y también una portuguesa. Los abruptos picos hacia los cuales se dirigían mordían el cielo a la manera de una gigantesca mandíbula. Cada vez le inquietaba más el rumbo que tomaba aquel viaje. Si se aventuraban por aquellas montañas, sería difícil que los de delante no detectaran su presencia. No debían de ser muchos los coches que circulaban por allá arriba con semejante tiempo. En cuanto hubiera un tramo en zigzag, David, Sarah y Virginie descubrirían el Saab de Elias situado debajo de ellos.

—¿Adónde coño van? —se planteó este, como un eco a sus interrogantes.

—En esta carretera aún hay algunos coches, pero, si pasan a otra más pequeña, va a ser imposible seguirlos sin que se den cuenta.

—Todas las carreteras que parten de este valle, o casi todas, tienen una única salida —le aclaró Elias con un guiño tranquilizador—. Si cogen una de esas, dejaremos que se alejen y esperaremos un poco antes de seguirlos. Así no desconfiarán.

¿Cómo lo hacía para mantener la sangre fría? «Es pura fachada —se dijo Margot—. Está igual de muerto de miedo que yo, pero se hace el duro. —Empezaba a arrepentirse de haberse dejado arrastrar a aquella aventura—. Esta vez no pintan nada bien las cosas, guapa».

El piso de Drissa Kanté era minúsculo pero variopinto. Ziegler quedó casi deslumbrada por aquella profusión de colores, de rojos, amarillos, naranjas y azules que desde telas, cuadros, dibujos y objetos reclamaban la vista por todas las paredes. En el alegre desorden reinante, le costó abrirse paso hasta el sofá cubierto de una tela con motivos geométricos caqui y negros y cojines de color añil.

Drissa Kanté se había aplicado en reproducir un poco su país en aquel exiguo espacio. Ella ignoraba que antes de encontrar aquella vivienda, había dormido con tres personas más en habitaciones de diez metros cuadrados e incluso en una tienda. Ahora estaba sentado delante de ella en una silla, inmóvil. El miedo era patente en su mirada. Le había relatado con todo detalle sus encuentros con «el gordo de pelo grasiento». Ella lo había escuchado con atención y había deducido que el obeso individuo era un detective. No le extrañaba nada. Aquella clase de actividad había proliferado mucho a lo largo de los últimos años, al amparo de un mundo donde la economía adquiría cada vez más proporciones de guerra e incluso los grupos con buena situación no dudaban en recurrir a ella. Unos hurgaban en la vida privada de los abogados de los accionistas minoritarios, otros practicaban el espionaje informático contra los miembros de Greenpeace, algunos «visitaban» los apartamentos de ciertas personalidades políticas... El uso de los detectives se había convertido en una práctica habitual, asentada y generalizada, pese al ruido mediático provocado por las denuncias de las víctimas y los esfuerzos de algunos jueces para poner orden en aquel desmán.

Aparte de las oficinas de detectives, cada vez eran más numerosas las empresas de guardias de seguridad que ofrecían aquel tipo de servicios a sus clientes, en su mayoría grupos industriales, aunque no exclusivamente. Irène sabía que, para obtener información confidencial, también recurrían a los buenos oficios de algunos de sus colegas poco escrupulosos a la hora de complementar su salario, ya se tratara de gendarmes, militares o antiguos miembros de los servicios de inteligencia de la policía. Drissa Kanté era solo un diminuto peón entre miles. A ella le importaban bien poco, en realidad, las misiones que el maliense hubiera efectuado para aquel hombre. Lo que le interesaba era cómo llegar al hombre.

—Lo siento mucho —se disculpó Drissa Kante—. Eso es todo lo que sé de él.

Luego le tendió el dibujo que acababa de hacer. Tenía buena mano. Aquello era igual o mejor que un retrato robot.

Levantó la vista. Drissa Kanté sudaba a mares. El sudor trazaba relucientes surcos en su oscura piel, que resaltaba la luz de la lámpara. En sus ojos de pupilas dilatadas había un brillo de miedo y expectación.

—¿O sea que no dispone de ningún nombre, ni apodo?

—No.

—¿Todavía tiene el lápiz USB?

—No, se lo devolví.

—Vale. Procure recordar algún otro detalle. Un metro noventa, ciento treinta kilos, pelo moreno y grasiento, gafas de sol. ¿Qué más?

El hombre vaciló.

—Suda mucho. Siempre tiene manchas de sudor en los sobacos.

La miró, atento a alguna señal de aprobación, y ella inclinó la cabeza para animarlo.

—Bebe cerveza.

—¿Qué más?

Drissa sacó un pañuelo para secarse el sudor de la cara.

—Tiene acento extranjero.

Ziegler enarcó una ceja.

—¿Qué clase de acento?

—Siciliano o italiano…

La gendarme le clavó una grave mirada.

—¿Está seguro?

—Sí —confirmó, tras un instante de duda—. Habla un poco como Mario, el pizzero.

Con una involuntaria sonrisa, Ziegler escribió en el bloc: «¿Super Mario? ¿Siciliano? ¿Italiano?».

—¿Nada más?

—Mmm. —El miedo había vuelto a aparecer en sus ojos—. No va a ser suficiente, ¿verdad?

—Ya veremos.

Espérandieu los oía, dos puertas más allá, charlando, riendo y haciendo pronósticos. Oía incluso la voz de los comentaristas que anunciaban la alineación del equipo gritando para hacerse oír entre el bullicio de los espectadores del estadio y el zumbido de las *vuvuzelas*. Alcanzaba a oír hasta el ruido del entrechocar de las botellas de cerveza. ¡Qué tortura!

Cerró la carpeta. Acabaría el trabajo al día siguiente. También podía esperar unas horas. Tenía ganas de tomar una cerveza bien fría y de escuchar los himnos. Era la parte que más le gustaba. Se iba a levantar cuando sonó el teléfono de su escritorio.

—Tenemos el resultado de la comparación grafológica —anunció alguien.

Se volvió a sentar. «El cuaderno del despacho de Claire y las anotaciones realizadas al margen de los deberes de Margot...». Se consoló diciéndose que al menos no era el único que trabajaba esa noche.

Servaz aparcó en la apacible calle. Todas las ventanas de la casa estaban a oscuras. El aire caliente que entraba por el vidrio bajado acarreaba un perfume de flores. Encendió un cigarrillo y se puso a esperar. Al cabo de dos horas y media, el Spider rojo pasó cerca de él en silencio. Una lámpara empezó a parpadear en lo alto de un pilar de piedra, proyectando una luz anaranjada sobre la acera y la verja se abrió despacio. El Alfa Romeo desapareció en el interior.

Servaz aguardó a que se encendieran las luces detrás de las ventanas para bajar del coche. Entonces cruzó pausadamente la calle, sin hacer casi ruido. Al otro lado del pilar, junto a la verja, había una pequeña puerta. Accionó la manecilla y esta se abrió en silencio. El único ruido era el de la sangre que rugía en su pecho cuando subió por el sendero pavimentado de losas, entre los macizos de flores, el pino y el sauce. A aquella hora, eran solo unas masas de sombra que detenían la luz proveniente de las farolas de abajo. El enorme pino se erguía como un tótem, como el guardián de aquel paraje.

Servaz llegó a la terraza rodeada de macizos después de subir tres escalones de cemento. Por momentos, alcanzaba a oír el lejano sonido de un televisor encendido en una casa vecina, que transportaba comentarios deportivos y el clamor de una enardecida multitud. «El partido», pensó. Luego llamó. Percibió el eco de un carrillón en el interior y aguardó un momento. Después la puerta se abrió sin que hubiera oído acercarse los pasos y casi experimentó un sobresalto cuando brotó la voz de Francis Van Acker.

—¿Martin?

—¿Te molesto?

—No. Pasa.

Francis entró primero. Llevaba un batín de satén anudado a la cintura. Servaz se preguntó si estaría desnudo debajo.

Miró en torno a sí. El interior no se parecía en nada al exterior. Todo era moderno, depurado, vacío. Paredes grises casi sin cuadros, suelo claro, elementos de cromo, acero y madera oscura en los escasos muebles; hileras de focos en el techo; pilas de libros en las escaleras. Desde los ventanales abiertos llegaban los ruidos del vecindario, tranquilizadores indicios de normalidad, de vidas ordinarias, ecos de niños que juegan, ladridos de perro y la misma televisión de antes, propagados en una velada de verano. En contraste con ellos, el silencio y el vacío que reinaban dentro de la casa parecían más opresivos. Eran como un lenguaje de soledad, reflejo de toda una existencia volcada sobre sí. Servaz comprendió que nadie había ido allí desde hacía mucho. Francis Van Acker debió de advertir su incomodidad porque encendió la tele, sin volumen, y puso un CD en el equipo de música.

—¿Quieres beber algo?

—Un café, corto con azúcar, gracias.

—Siéntate.

Servaz se dejó caer en uno de los sofás frente al televisor. Reconoció la música que se expandió en la habitación al cabo de unos segundos: *Nocturno para piano número 7 en do sostenido menor*. Escuchando las notas graves predominantes, impregnadas de tensión, Servaz sintió un escalofrío en la espalda.

Francis volvió con una bandeja y, corriendo los libros de arte de la mesita del sofá, depositó las tazas de café. Luego hizo avanzar con delicado gesto el azucarero hacia Martin. Servaz observó que tenía un arañazo entre el cuello y el hombro. En la pantalla de 16/9, desfilaron unos mudos anuncios y después vio que los jugadores de la selección de Francia volvían al campo para la segunda parte.

—¿A qué debo tu visita?

Su anfitrión había elevado la voz para superar el volumen de la música.

—¿No puedes bajar un poco eso? —pidió Servaz.

—Eso, como dices tú, se llama Chopin. Y no, me gusta así. ¿Y bien?

—¡Necesitaba tu opinión! —gritó Servaz a su vez.

Sentado en el amplio sillón, Van Acker cruzó las piernas y se acercó la taza a los labios. Servaz desvió la mirada de sus pies desnudos y de sus pantorrillas, igual de lisas que las de un ciclista. Francis lo observaba con aire pensativo.

—¿A propósito de qué?

—De la investigación.

—¿Cómo va?

—No muy bien. Nuestro principal sospechoso no es el verdadero culpable.

—Va a ser difícil ayudarte si no me especificas nada más.

—Digamos que necesito más tu opinión en el plano teórico general que en el práctico.

—Ah. Te escucho.

La imagen del Spider Alfa Romeo rojo saliendo del jardín de Marianne a las tres de la madrugada surgió en su memoria. Se apresuró a ahuyentarla mientras las notas del piano surgían, hipnotizantes, en la sala. Se despabiló y respiró hondo, esforzándose por recobrar la lucidez.

—¿Qué piensas de un asesino que tratara de hacernos creer que otro asesino, un asesino en serie, se encuentra en la región para hacerle cargar con la responsabilidad de sus crímenes? Enviaría e-mails a la policía. Se disfrazaría de motorista y hablaría *ex profeso* con un acento extranjero a un cajero de una estación de servicio. Introduciría un CD en el equipo de música de su víctima. Iría dejando guijarros por todas partes, como Pulgarcito. Haría creer también que existe una especie de… conexión privilegiada entre el investigador y el asesino cuando en realidad sus asesinatos tienen un móvil bien concreto.

—¿Como qué, por ejemplo?

—Los móviles habituales, la rabia, la venganza, o bien la necesidad de hacer callar a alguien que le chantajea y amenaza con denunciarlo y arruinar su reputación, su carrera y su existencia.

—¿Por qué haría tal cosa?

—Ya te lo dicho, para conducirnos por el lado equivocado. Para que creamos en la culpabilidad de otro.

Vio cómo en los ojos de su amigo se alumbraba una chispa y en los labios un atisbo de sonrisa. La música se aceleró. Las notas se esparcían ahora en la sala, sincopadas por el frenético martilleo de las teclas.

—¿Piensas en alguien en concreto?

—Es posible.

—Ese sospechoso que no es el verdadero culpable, ¿es Hugo?

—Da igual. Lo que resulta interesante es que el que ha intentado hacerle cargar con la culpa conoce muy bien Marsac, sus costumbres, sus bambalinas. También es alguien aficionado a la literatura.

—¿Ah sí?

—Dejó una nota en el escritorio de Claire, en un cuaderno nuevo, una cita de Victor Hugo, que habla de enemigos, para hacernos creer que lo había escrito la propia Claire. Lo que ocurre es que ella no redactó esa nota. No es su letra, tal como ha concluido el grafólogo.

—Interesante. Entonces crees que se trata de un profesor, de un miembro del personal o de un alumno, ¿no?

—Exacto —confirmó, mirándolo a los ojos.

Van Acker se levantó. Luego se fue al otro lado de la isla de la cocina y se inclinó sobre el fregadero para lavar la taza, de espaldas a él.

—Te conozco, Martin. Conozco ese tono de voz. Ya lo tenías en Marsac cuando te faltaba poco para encontrar la solución. Tienes otro sospechoso, estoy seguro. Desembucha.

—Sí… tengo uno.

Van Acker se volvió de cara a él y abrió un cajón detrás de la isla. Parecía relajado, tranquilo.

—¿Profesor, miembro del personal o alumno?

—Profesor.

Francis seguía observándolo con aire ausente y la parte inferior del cuerpo oculta tras la isla. Preguntándose qué hacía con las manos, Servaz se puso en pie y se acercó a una de las paredes. En el centro había un único cuadro de gran tamaño. Representaba un águila imperial posada en el respaldo de un sillón rojo. Los dorados reflejos de las plumas de la fascinante ave la envolvían con un manto de orgullo. El acerado pico y la penetrante mirada que posaba sobre Servaz expresaban potencia y ausencia de duda. Se trataba de un hermoso cuadro de sobrecogedor realismo.

—Es alguien que cree parecerse a esta águila —comentó—. Orgulloso, potente, seguro de su superioridad y de su fuerza.

Van Acker se movió detrás de él. Oyó sus pasos cuando rodeó la isla y sintió cómo la tensión se extendía por sus hombros y su espalda. Percibía la presencia de su amigo en algún punto de la sala. Los desordenados latidos de su corazón quedaban amortiguados bajo el sonido de la música.

—¿Has hablado de ello con alguien?

—Todavía no.

Era entonces o nunca, lo sabía. El cuadro estaba cubierto por una gruesa capa de barniz en la que Servaz vio desplazarse el reflejo de Francis, por encima de las tornasoladas plumas del águila. No se movía en dirección a él, sino hacia el lado. La música se tornó más lenta y se apagó. Francis debía de haber apretado un mando, porque de repente se hizo el silencio.

—¿Y si llegaras hasta el final de tu razonamiento, Martin?

—¿Qué hacías con Sarah en el desfiladero? ¿De qué hablabais?

—¿Me seguiste?

—Responde a mi pregunta, por favor.

—¿Es que no tienes ninguna imaginación? A ver si relees los clásicos, hombre: *Rojo y negro, El diablo en el cuerpo, Lolita*… Fíjate, el profesor y la alumna, el eterno cliché.

—No me tomes por idiota. Ni siquiera os besasteis.

—Ah, ¿estabas tan cerca como para eso? Vino a anunciarme que se había acabado, que lo dejaba. Ese era el objetivo de nuestra cita nocturna. ¿Qué hacías tú allí, Martin?

—¿Por qué te deja?

—Eso no te importa para nada.

—Le compras la droga a un camello apodado Heisenberg —dijo Servaz—. ¿Desde cuándo te drogas?

El silencio se instaló sobre ellos, pesado, prolongado.

—Eso tampoco te importa para nada.

—Lo que ocurre es que a Hugo también lo drogaron la noche del crimen. Lo drogó y lo transportó al escenario del crimen una persona que, por lo visto, se encontraba en el Dubliners en el mismo momento que él y que le puso algo en su vaso. Esa noche había mucho barullo, ¿no? No debió de ser difícil. Llamé a Aodhágán. Tú estuviste en ese pub la noche del partido.

—Como la mitad de los profesores y alumnos de Marsac.

—También encontré una foto en casa de Elvis Elmaz, el tipo a quien prepararon para que lo devorasen sus perros… Seguro que has oído hablar del asunto, de una foto en la que estás con el culo al aire y con una chica que, por lo que se ve, es una menor. Y apuesto a que también es una alumna del instituto. ¿Qué ocurriría si se llegaran a enterar los demás profesores y los padres de los alumnos?

Le pareció oír que Francis cogía algo y vio cómo se movía el reflejo de su brazo.

—Continúa.

—Claire lo sabía, ¿verdad? Que te acostabas con tus alumnas… Había amenazado con denunciarte.

—No. Ella no sabía nada. En todo caso, no me habló de ello.

En el cuadro, el reflejo se desplazó muy despacio.

—Tú sabías que Claire tenía un lío con Hugo y pensaste que eso hacía de él un culpable ideal. Joven, brillante, celoso, colérico… y drogadicto…

—Drogadicto como su madre —completó tras él Francis.

Servaz se estremeció.

—¿Cómo?

—¿No me digas que no notaste nada? Martin, Martin… Francamente, no has cambiado. Siempre tan ciego. Marianne se volvió adicta a ciertas sustancias después de la muerte de Bokha. Ella también carga esa cruz, y no creas que es una cruz pequeña precisamente.

Servaz evocó la noche en que había hecho el amor con Marianne, la mirada extraña de esta, su comportamiento caótico. No debía dejarse distraer, sin embargo. Era eso lo que buscaba Van Acker.

—No acabo de ver adónde quieres ir a parar —dijo este, sin que pudiera localizar con precisión de dónde venía su voz—. ¿Acaso he pretendido yo hacerte creer que el culpable era Hirtmann o bien Hugo? Tu… teoría no es muy clara.

—Elvis te hacía chantaje, ¿no?

—Exacto.

Volvió a notar un ligero desplazamiento a sus espaldas.

—Le pagué. Después, me dejó en paz.

—¿Y quieres que me trague eso?

—Pues es la verdad.

—Elvis no es la clase de tipo que vaya a soltar un filón cuando le puede sacar jugo.

—Excepto el día en que encontró a su perro de combate preferido degollado en su jaula con una nota que decía: «La próxima vez te tocará a ti».

Servaz tragó saliva.

—¿Hiciste eso?

—¿He dicho que lo hiciera yo? Hay personas muy dotadas para ese tipo de cosas, aunque sus tarifas sean algo… excesivas. Pero no fui yo quien los contraté. Fue otra víctima… Sabes tan bien como yo que Marsac está lleno de personas importantes y ricas. Después de eso, Elvis interrumpió sus actividades de chantajista. ¡Por todos los santos, mira que meterte en la policía, Martin! Qué desperdicio, con el talento que tenías…

En el barniz del cuadro, Servaz vio que el reflejo reaparecía y daba un paso hacia él, para luego detenerse. La adrenalina corría por sus venas, con una mezcla de pánico y excitación. Tenía la impresión de que el corazón se le iba a salir del pecho.

—¿Te acuerdas de aquel relato corto? La primera vez que me lo diste a leer, se titulaba *El huevo*. Era… era absolutamente maravilloso… —En la voz de Van Acker había una vibración, un temblor auténtico—. Era una joya. En sus páginas estaba todo… todo: la ternura, la delicadeza, la ferocidad, la irreverencia, la vitalidad, el estilo, el exceso, la intelectualidad, la emoción, la gravedad y la ligereza. ¡Cualquiera habría pensado que lo había escrito un autor en la cumbre de su arte, y tú solo tenías veinte años! Yo guardé esas páginas. Habría sido un delito tirarlas, pero nunca tuve el valor de volver a leerlas. Me acuerdo de que lloré al hacerlo, Martin, te lo juro. Lloré en la cama, sosteniéndolas con manos temblorosas, y grité de envidia; maldije a Dios porque había sido a ti, a ese gilipollas ingenuo y sentimental, a quien había elegido… Un poco como esas gilipolleces que corren sobre Mozart y Salieri, ¿entiendes? Tú, con tu aire bonachón y atolondrado, lo tenías todo. Tenías el don y tenías a Marianne. Dios es un buen cabrón cuando le apetece, ¿no crees? Sabe apretar ahí donde más duele. O sea que me faltó tiempo para intentar quitarte a Marianne, porque sabía que jamás podría tener tu jodido talento. Y sabía cómo debía enfocar la cosa con ella. Fue fácil. Tú hiciste todo lo posible para que te la quitara.

Servaz tenía la impresión de que la habitación daba vueltas a su alrededor, de que un puño le apretaba el pecho. Debía mantener el control a toda costa. No era el momento para ceder a la emoción. Eso era precisamente lo que Francis esperaba.

—Martin… Martin… —dijo Francis detrás de él, con un tono meloso, triste e irrevocable que le provocó un escalofrío.

En el fondo del bolsillo, su móvil comenzó a vibrar. «¡Ahora no!». El reflejo se volvió a mover detrás de él. La vibración insistía en el bolsillo… Hundió la mano en la chaqueta, lo sacó y respondió sin dejar de vigilar de reojo el cuadro.

—¡Servaz!

—¿Qué te pasa? —preguntó Vincent con inquietud.

Había percibido la tensión en la voz de su jefe.

—Nada. Dime.

—Tenemos el resultado de la comparación grafológica.

—¿Y…?

—Si las notas que hay en los deberes de Margot las hizo él, no fue Francis Van Acker el que escribió en ese cuaderno.

Aparcados junto al asfalto, Margot y Elias miraban la empinada carretera, más estrecha que la anterior, por la que habían desaparecido Sarah, David y Virginie. Un cartel indicaba PRESA DE NÉOUVIELLE, 7 km. Margot oía el río que bajaba muy cerca, más abajo.

—¿Qué hacemos? —preguntó.

—Esperamos.

—¿Cuánto tiempo?

Elias consultó el reloj.

—Cinco minutos.

—¿Esta carretera solo va a ese sitio?

—No. Conduce a otro valle pasando por un puerto de 1.800 metros de altitud. Antes, pasa por la presa de Néouvielle y bordea el lago del mismo nombre.

—Podemos perderlos…

—Habrá que correr el riesgo.

—Creías que era yo.

Francis formuló la constatación sin emoción. Servaz miraba la botella que tenía en la mano. Contenía un líquido ambarino… whisky. Era una hermosa licorera de cristal, pesada. ¿Había tenido intención de utilizarla? En la otra mano, Francis llevaba un vaso que llenó hasta la mitad con mano temblorosa. Después envolvió a Servaz con una mirada dolorida y despectiva.

—Vete de aquí.

Servaz permaneció inmóvil.

—Te he dicho que te largues. ¡Fuera! No sé por qué me sorprende. Al fin y al cabo, no eres más que un poli.

«Exacto —pensó él—. Exacto, soy un poli». Se encaminó a la puerta con paso pesado. En el momento de posar la mano en la manecilla, se volvió. Francis Van Acker no lo miraba. Bebía el whisky con la mirada fija en un punto de la pared que solo él veía, y parecía inmensamente solo.

38
El lago

*L*as nubes, el sol poniente y los aserrados picos se reflejaban en el espejo del agua. A Margot le parecía oír sonidos —de un carillón, una campana grave, un choque de cristales— cuando solo había juegos de luz. Las olas lamían las escarpadas orillas en el claroscuro del atardecer.

Elias apagó el motor y bajaron del coche.

Margot sintió enseguida cómo el centro de gravedad de su cuerpo se desplazaba hacia las rodillas al tiempo que el vértigo le absorbía las fuerzas. Acababa de entrever la vertiginosa escarpadura que se abría al otro lado de la carretera, dejándolos suspendidos entre cielo y tierra.

—A este tipo de presa lo llaman de bóveda —explicó Elias, sin percatarse de su aprensión—. Esta es la mayor de los Pirineos. Mide ciento diez metros de altura y el embalse tiene una capacidad de sesenta y siete millones de metros cúbicos.

Encendió un cigarrillo y ella evitó mirar el abismal vacío tendiendo la vista sobre el lago. Por aquel lado, el agua quedaba a menos de cuatro metros del borde.

—La presión es colosal —comentó Elias—. Se transmite hacia las orillas mediante un efecto de arbotante, como en las catedrales, ¿sabes?

La carretera, demasiado estrecha para gusto de Margot, seguía la curva de la presa para llegar a la otra orilla. El ocaso estaba poblado de truenos, pero aún no llovía. Un ligero viento erizaba la superficie del lago y hacía estremecerse las agujas de los pinos de los alrededores. En los lugares despejados se sucedían las herbosas planicies atravesadas por arroyos y acumulaciones de rocas. Después venían las abruptas vertientes de la montaña.

—Mira. Allí.

Elias le pasó los prismáticos. Ella siguió con la mirada la carretera, que se elevaba para rodear el lago a una decena de metros de la superficie. Hacia el centro del embalse había un parking. Había aparcados varios coches e incluso una furgoneta. Margot reconoció el Ford Fiesta.

—Pero ¿qué hacen allí?

—Solo hay una manera de saberlo —dijo él, volviendo a colocarse frente al volante.

—¿Y cómo vamos a acercarnos sin que nos oigan?

Elias señaló el extremo de la presa.

—Buscamos un sitio donde esconder el coche y seguimos a pie. Esperemos que no hayan acabado antes de que lleguemos. Aunque me extrañaría. No habrán hecho todo ese trayecto para nada.

—¿Cómo vamos a llegar hasta ellos? ¿Conoces este sitio?

—No, pero todavía nos quedan dos horas de luz de día por delante.

Puso el contacto y circularon en segunda hasta el extremo de la presa. En la entrada había una zona de aparcamiento con un plano, protegido con un tejadillo de planchas de pino, pero allí no había modo de ocultar el coche. Lo dejaron allí y se acercaron al plano, que proponía diversos senderos para excursionistas. Tres de ellos partían del segundo parking, donde se encontraba el Ford Fiesta. También había una vereda que comunicaba los dos aparcamientos, bordeando la orilla y la carretera.

Elias apoyó el dedo en ella y Margot asintió con la cabeza. A aquella hora y con ese tiempo, no había muchas posibilidades de que se toparan con turistas. En el aparcamiento, además, no había más vehículo que el Saab de Elias.

—Apaga el móvil —indicó Elias, sacando el suyo del bolsillo.

La temperatura bajaba rápidamente. Se pusieron en marcha por el pedregoso sendero, entre los pinos que emitían un siniestro susurro movidos por la brisa. Abajo, las ondulaciones del agua producían un audible bisbiseo. El aire de la tarde estaba cargado de aroma a resina, a flores de montaña, que formaban unas manchas más claras en la penumbra, y del leve olor estancado del gran embalse.

El camino de tierra y piedras se elevaba por encima de la carretera, con el lago abajo. Margot supuso que en algún momento iba a descender para conducir al segundo parking. El cielo viraba al gris y al violeta. La montaña no era ya más que una negra mole y aquello a lo que Elias había llamado «el día» se volvía menos luminoso cada vez. Por más que intentaran caminar con sigilo, el ruido que producían al aplastar los guijarros con los zapatos resultaba francamente inquietante para los oídos de Margot, sobre todo porque a su alrededor el silencio era total.

Habían recorrido unos quinientos metros, según sus aproximativos cálculos, cuando Elias la detuvo con un ademán y le señaló un lugar situado un poco más lejos. Margot dirigió la mirada hacia la escarpada orilla, unos doscientos metros más allá.

Una abrupta pendiente descendía desde la carretera hasta la superficie del agua, cubriendo un desnivel de unos diez metros. La parte superior, sin embargo, la contigua a la carretera, era casi horizontal y formaba una especie de rellano rocoso erizado de arbustos, matas y pinos.

Fue allí donde los vio. «El Círculo...». Debería habérsele ocurrido antes. Era muy simple, demasiado simple. La respuesta se encontraba allí, ante su vista. Intercambió una mirada con Elias, antes de agacharse con él en la hierba, entre los brezos del borde del camino, y ponerse a observar con los prismáticos.

Estaban cogidos de la mano, con los ojos cerrados. Margot contó nueve personas. Una de ellas estaba sentada en una silla de ruedas. También advirtió que otra permanecía de pie, pero en una postura extraña, torcida, como si no tuviera las piernas bien alineadas con el torso, como si fuera una de esas imágenes reconstituidas a partir de diferentes fragmentos de personas que no acaban de encajar del todo. Entonces reparó en los brillantes tubos que había en el suelo, los palos de unas muletas.

Habían formado un círculo en la parte más plana del terreno que se extendía entre la carretera y el ribazo, pero los que constituían la sección más cercana al lago tenían los talones casi por encima del abismo y la oscura masa del agua justo a la espalda.

Devolvió los prismáticos a Elias y lo miró entre la sombra.

—Tú lo sabías —dijo—. Me dejaste esa nota que decía: «Creo que he encontrado el Círculo». Tú conocías su existencia.

—Era un farol. Lo único que tenía era un mapa con este sitio marcado con una cruz.

—¿Un mapa? ¿Y dónde encontraste un mapa?

—En la habitación de David.

—¿Te metiste en la habitación de David?

Elias omitió responder esa vez.

—Entonces tú sabías adónde íbamos desde el principio...

Le dirigió una media sonrisa y ella sintió que la invadía la ira. Después él se irguió lentamente.

—Ven. Vamos...

—¿Adónde?

—Tratemos de acercarnos... de comprender un poco lo que ocurre aquí.

No era una buena idea, pensó ella, en absoluto. No tenía opción de todas formas, de modo que lo siguió por el accidentado terreno, las rocas y los pinos, mientras avanzaba el crepúsculo.

David notaba las lágrimas que le corrían por las mejillas, con los párpados cerrados. La brisa del anochecer las iba secando según manaban. Apretaba con fuerza las manos de Virginie y de Sarah. Estas daban a su vez la mano a sus vecinos. Alex había dejado las muletas a sus pies, al igual que Sofiane. Maud estaba sentada en su silla de ruedas plegable. Habían tenido que empujarla durante unos cincuenta metros por la carretera, desde el parking y la furgoneta, y después llevarla unos metros en brazos. Todos tendían los brazos hacia sus vecinos.

El Círculo se había vuelto a formar, como cada año en la misma fecha, el 17 de junio. Aquella era una fecha grabada en su carne. Su número era el diez, una cifra redonda, como el Círculo. Diez supervivientes para diecisiete víctimas. El 17 de junio. Dios, el destino o el azar así lo habían querido.

Con los ojos cerrados, dejaban que los recuerdos los inundaran y aflorasen. Volvían a ver aquella noche de primavera en que habían dejado de ser unos niños para convertirse en una familia. Revivían el tremendo choque, el calamitoso impacto, el ruido ensordecedor del metal torcido, de los cristales que estallaban proyectados en una multitud de fragmentos, de los asientos arrancados de las fijaciones, del techo y los tabiques aplastados como una lata por un gigantesco puño. Veían cómo la noche y la tierra basculaban de repente, enrollándose entre sí, los frágiles pinos arrancados de cuajo, decapitados a su paso, las rocas de aceradas aristas rasgando la plancha, los cuerpos propulsados en todas las direcciones como cosmonautas en estado de ingravidez. Veían cómo la luz de los faros enloquecía iluminando aquel demente torbellino con improbables fogonazos, con destellos de pánico, en una disparatada estética. Oían los alaridos de sus compañeros y los de los mayores. Después sonaban las sirenas, los gritos, las llamadas. Las aspas del helicóptero que sobrevolaba el lugar. Los bomberos que llegaron al cabo de veinte minutos. En ese momento, el autocar estaba suspendido todavía a diez metros por encima de la superficie del lago, a unos metros tan solo del sitio donde se encontraban, precariamente sostenido en mitad de la pendiente por unos cuantos insignificantes arbustos y unos delgados troncos de árboles.

Volvían a vivir el instante en que los últimos árboles cedieron con un siniestro crujido y el autobús se deslizó, con un agónico rechinar, hacia el lago. El instante en que, entre los gritos de quienes aún se hallaban presos en el interior, se había hundido en las negras aguas, que pronto quedaron iluminadas por uno de los faros que siguió brillando durante horas en el fondo del agua.

Habían querido evacuarlos, pero se habían negado todos, juntos ya. Con unanimidad, habían plantado cara a los adultos, asistiendo de lejos a las operaciones de salvamento, a las vanas tentativas, hasta que los cuerpos de sus pequeños compañeros ahogados que no habían quedado atrapados bajo la carrocería remontaron a la superficie y comenzaron a flotar en el agua tornasolada por la luz del faro tuerto, que brillaba como un ojo de cíclope en el fondo del lago. Uno, luego dos, después tres, una docena de pequeños cadáveres que subían como balones, hasta que entonces alguien gritó: «¡Quítenme de ahí a esos niños, me cago en la puta!».

Fue en el servicio de psicología del hospital de Pau donde pasaron una parte del verano recuperándose, donde nació el Círculo. Allí fue, aunque ellos no fueran lógicamente conscientes de ello, donde se desencadenó el proceso. La idea se les ocurrió de forma natural, espontánea, sin que fuera necesario ponerse de acuerdo. Habían comprendido, de manera instintiva también, sin que tuvieran que mediar palabras, que nada podría separarlos jamás, que el vínculo con el que el destino los había reunido era mucho más fuerte que los lazos de sangre, de amistad o de amor. Era la muerte lo que los unía. Ella les había perdonado la vida y los había designado así. Esa noche habían comprendido que solo podían contar consigo mismos. Habían comprobado que los adultos no eran de fiar.

David sentía la suave brisa del lago pasando por su cara secándole las lágrimas, el calor de las manos de Virginie y de Sarah en las suyas y, a través de ellas, el calor del grupo. Después se acordó de que esa noche no eran diez, sino nueve. Faltaba alguien: Hugo... su hermano, su doble... Hugo, que se pudría en la cárcel pese a todos los indicios que demostraban su inocencia. Le correspondía a él sacarlo de allí, y sabía cómo debía actuar para ello. Él fue el primero en romper el Círculo. Después Sarah y Virginie soltaron a su vez las manos que sostenían y el gesto se fue sucediendo, como una reacción en cadena.

—¡Mierda! —exclamó Elias al ver que se movían—. ¡Van a ver el coche!

Se levantó y la cogió por la mano para obligarla a imitarlo.

—¡Vamos a toda pastilla! —le dijo al oído—. Tardarán un rato en llevar a la chica de la silla de ruedas hasta la furgoneta.

—También es posible que David, Virginie y Sarah se vayan antes. Entonces llegarán antes que nosotros al coche. Además, estamos demasiado cerca… ¡Si salimos pitando, nos oirán! —gruñó en voz baja.

—Estamos jodidos —reconoció con lúgubre tono Elias.

Margot vio que reflexionaba a cien por hora.

—¿Crees que reconocerán el coche? —preguntó.

—¿Un coche solo en el parking a esta hora? No hay necesidad de que lo reconozcan. Ya están bastante paranoicos sin eso.

—¿Conocen o no tu coche? —insistió ella.

—¡No tengo ni la más remota idea! En el insti hay decenas de coches y yo solo soy uno de primer curso, sin ninguna importancia según ellos… al contrario de ti, que llamas la atención de todo el mundo —añadió.

Vio que se alejaban caminando por el borde de la carretera, charlando animadamente, de espaldas a ellos.

—Nadie se va a fijar en nosotros. ¡Ven, vamos! ¡Deprisa pero sin hacer ruido!

Margot se levantó y salió disparada zigzagueando lo más silenciosamente que pudo entre los matorrales y el declive del terreno.

—¡No nos va a dar tiempo! —dijo él cuando se reunió con ella en el sendero—. ¡En la bajada llegarán justo detrás de nosotros y atarán cabos!

—¡No es tan seguro! ¡Tengo otra idea! —contestó ella, emprendiendo de nuevo la carrera.

Él la siguió renqueando. Aunque tenía las piernas más largas que ella, Margot corría como si la persiguiera el diablo. Bajó la pendiente como una exhalación y, al llegar al Saab, abrió la puerta de atrás y le indicó que subiera.

—¡Siéntate en el asiento! ¡Rápido!

—¿Qué?

—¡Haz lo que te digo!

En el silencio del lago se elevaban ya ruidos de motores que retransmitía el eco. «Están arrancando. Pasarán delante de nosotros dentro de un minuto», calculó.

—¡Deprisa!

No bien hubo entrado Elias, Margot se tapó la cabeza con la capucha y se sentó a horcajadas encima de él, dejando

abierta la puerta del lado de la carretera. Luego se bajó la cremallera del jersey, dejando al descubierto sus blancos pechos.

—¡Cógelos con las manos!

—¿Cómo?

—¡Venga! ¡Sóbame, hombre!

Sin darle tiempo a reaccionar, ella misma le cogió las
manos y las aplastó contra sus pechos. Después pegó la boca
a la del joven, introduciendo la lengua entre sus labios. Oyó
cómo los vehículos se acercaban y advirtiendo que reducían
velocidad al llegar a su altura, dedujo que los estaban mirando. Persistió en la ejecución del beso de tornillo mientras el
miedo le recorría la espalda. Los dedos de Elias le presionaban
el pecho, más por acto reflejo que movidos por el deseo. Margot lo había rodeado con los brazos y seguía besándolo en plena boca. Oyó que alguien decía: «¡Hostia!». Luego sonó un
coro de carcajadas y después los coches aceleraron. Volvió con
prudencia la cabeza y comprobó que se alejaban por la carretera de la presa. Entonces posó la mirada en los dedos de Elias,
todavía crispados encima de sus pechos.

—Puedes quitar las manos —dijo, irguiéndose.

Cuando se cruzaron sus miradas, se percató de que en
sus ojos había algo nuevo, algo que nunca había visto hasta
entonces.

—Te he dicho que me sueltes…

Él parecía, sin embargo, decidido a hacer lo contrario. La
cogió por la nuca y pegó la boca a la suya. Ello lo rechazó con
violencia y le dio una bofetada, más fuerte de lo que habría
querido. Elias la observó, con los ojos muy abiertos. En su
mirada había sorpresa, pero también un sombrío furor.

—Lo siento —se disculpó, contorsionándose para salir
del coche.

39
Disparos en la noche

*S*ervaz volvió con paso cansino al coche. Se sentía abrumado. La luz de las farolas jugaba con las negras hojas de los árboles de la calle. Apoyado en el techo del Cherokee, respiró a fondo. Aún le llegaba al oído el eco del mismo televisor de antes. Percatándose del poco entusiasmo de los comentarios, dedujo que Francia había perdido.

Contemplaba un montón de cenizas. Marianne, Francis, Marsac… El pasado no se había limitado a resurgir. Había aflorado para desaparecer para siempre, como un navío que se levanta y se yergue antes de hundirse. Todo aquello en lo que había creído, sus mejores años, sus recuerdos de juventud, toda aquella nostalgia que albergaba en el fondo de sí no eran más que ilusiones. Había construido su vida sobre una base de mentiras. Con un lastre de piedra en el pecho, accionó la manecilla. Apenas había abierto la puerta, el móvil sonó dos veces. El sobre amarillo de la pantalla avisaba de la llegada de un mensaje.

Espérandieu.

Lo abrió. Tardó una fracción de segundo en descifrar lo que leía. Le costaba acostumbrarse a los nuevos dialectos.

Ven casa Elvis encontrado algo

Se sentó frente al volante y llamó a Espérandieu, pero le salió una anónima voz que lo invitaba a dejar un mensaje. La impaciencia y la curiosidad aligeraban la opresión de su pecho. ¿Qué hacía Vincent en la casa de Elvis a esa hora cuando se suponía que estaba vigilando a Margot? Después se acordó de que le había encargado indagar en el pasado del albanés.

Al salir de la ciudad, conducía más deprisa que de costumbre. Poco antes de las doce de la noche, en lo alto de la larga recta que atravesaba el bosque, llegó al desvío de la carretera secundaria. La luna surgió bruscamente de entre las nubes, bañando con su azulada claridad las negras masas de árboles. En el siguiente cruce, tomó la pista apenas transitable, alumbrando con los faros cada una de las briznas de hierba que crecían en la franja central, entre las roderas. Con la mano libre, apretó por tercera vez en la opción «Devolver llamada», sin resultado. ¿Qué demonios hacía su ayudante? ¿Por qué no respondía?, se preguntaba con creciente inquietud.

Justo cuando dejaba el teléfono a un lado, este se puso a vibrar.

—Vincent, me… —comenzó a hablar.

—Soy yo, papá.

Margot…

—Tengo que hablar contigo, es importante. Creo que…

—¿Pasa algo? ¿Te ha ocurrido algo?

—No, no, nada. Es solo que… tengo que hablar contigo, de verdad.

—Pero ¿estás bien? ¿Dónde estás?

—Sí, sí, estoy bien… Estoy en mi habitación.

—Perfecto. Perdona, cariño. Ahora mismo no puedo hablar. Te llamaré en cuanto pueda.

Cortó la comunicación y dejó el teléfono en el asiento de al lado. Entre bache y bache, pasó el puentecillo de madera y los faros iluminaron el túnel vegetal que desembocaba en el claro.

No veía ningún vehículo.

¡Mierda! Paró el motor antes del final del camino bordeado de árboles y bajó. Le pareció que la puerta producía un ruido ensordecedor cuando la cerró. A lo lejos sonó un ruido de truenos, en aquella noche que no era una noche normal, sino una de junio, con el cielo gris blanquecino, con aquella tormenta que tanto se hacía esperar. Se acordó de aquella noche de invierno en la que lo habían atacado en una casa de colonias y en la que había estado a punto de morir, con la cabeza envuelta en una bolsa de plástico. Todavía se despertaba con un sobresalto algunas noches en las que volvía allá en sus pesadillas.

Volvió a abrir el coche y apretó el claxon, pero lo único que consiguió fue acentuar su nerviosismo con el ruido. Luego se inclinó para abrir la guantera y sacó el arma y la linterna. Introdujo una bala en la recámara. La luna se había vuelto a ocultar detrás de las nubes. Se puso en marcha en la penumbra, paseando el haz de la linterna a su alrededor, sobre el oscuro follaje. Llamó en dos ocasiones a su ayudante, en vano. Cuando por fin llegó al claro, la luna se dignó a asomarse un instante, iluminando el porche de madera y la casa, donde no se veía luz alguna. «¡Joder, Vincent, a ver si das señales de vida!». Si hubiera estado allí, habría visto su vehículo o algún signo de su presencia.

De repente, quedó aterrorizado ante la perspectiva de lo que iba a encontrar. La casa proyectaba una inquietante sombra. El trémulo trazo de un relámpago se inscribió en la noche, más allá de la masa del bosque.

Mientras subía los escalones, el corazón le aporreaba el pecho.

¿Habría alguien dentro?

Se dio cuenta de que el arma le temblaba en la mano. Nunca había sido buen tirador. Su consternante torpeza suscitaba un incrédulo desaliento en su instructor.

De golpe, se disipó la duda. Adentro había alguien. Aquel mensaje era una trampa. Lo había mandado alguien que no era Espérandieu, la misma persona que había atado a Claire Diemar en la bañera y la había visto agonizar, la misma que le había introducido una linterna en la garganta, la que había ofrecido a un hombre como comida para sus perros. Y esa persona tenía el móvil de su ayudante y amigo. Rememoró la distribución de la casa. Tenía que entrar.

Pasó bajo la cinta de la gendarmería y, tras abrir la puerta de golpe, se precipitó al suelo, a oscuras. Un disparo hizo saltar una astilla de madera del marco de la puerta. Al caer se golpeó con algo y notó que se había hecho un corte en la frente. Tiró dos veces en la dirección de donde había brotado la llama y el atronador ruido de su arma le hizo estallar los tímpanos mientras el ardiente metal de uno de los casquillos de bala le golpeaba la pierna. Pese al silbido de la trayectoria, oyó cómo el tirador se desplazaba derribando un mueble. Otro disparo iluminó la sala, pero él ya se había refugiado reptando detrás de la cocina americana. Después volvió el silencio. Aspirando el acre olor de la pólvora, trató de captar un ruido, una respiración. Nada, aparte de la suya. Su cerebro funcionaba a toda velocidad. El ruido del arma no le resultaba familiar; no era un arma de mano, ni un revólver ni una pistola automática.

Debía de ser una escopeta, de dos cañones yuxtapuestos o superpuestos. Eso representaba dos disparos… El agresor no tenía más municiones. Para volverla a cargar tendría que abrirla, expulsar los cartuchos usados y poner otros. Entonces Servaz lo localizaría y lo abatiría antes. Estaba en un apuro.

—Ya no te quedan municiones —gritó—. Te doy una oportunidad. ¡Tira la escopeta al suelo, levántate y pon las manos arriba!

Con la mano libre, buscó a tientas la manecilla de la nevera, situada a su espalda. Aquello le bastaría como iluminación. Al tirarse al suelo, había perdido la linterna.

—Vamos. ¡Tira el arma y levántate!

No hubo respuesta. Servaz notó un líquido que resbalaba hasta sus ojos. Pestañeando, soltó un instante la nevera para secárselos con la manga y comprendió que era la sangre que bajaba por su frente.

—¿A qué esperas? ¡No tienes ninguna posibilidad! ¡Tu escopeta está descargada!

De repente, sonó un ruido. El chirrido de una puerta, hacia el fondo. ¡Mierda, se escapaba por atrás! Servaz se precipitó en aquella dirección y tropezó con un objeto metálico que cayó pesadamente al suelo. Salió por la puerta de atrás. Allá solo había bosque y oscuridad. No veía nada. A la derecha, oyó un chasquido entre los matorrales, el de una escopeta que se cierra. Su agresor había tenido tiempo de recargar el arma esa vez. Se agachó, mientras la adrenalina afluía a su sangre. Sonó un disparo y luego otro, y un intenso dolor le taladró el brazo obligándolo a soltar el arma. Tendió las manos hacia el suelo, buscando a tientas en derredor.

«¿Dónde coño está la pistola?».

Buscaba desesperadamente, agitando las matas. Giraba sobre sí, de rodillas en el suelo. Sabía, con todo, que no era una bala lo que lo había alcanzado, sino una esquirla tan solo. Oyó cómo volvían a abrir la escopeta a unos metros de allí. Cuando una bala cruzó los arbustos por encima de él con un nuevo silbido mortal, se alejó sin un rumbo concreto entre los árboles. Otra bala surcó el aire, horadando el follaje. Oyó que el tirador volvía a cargar el arma y después se ponía a caminar hacia él. Oyó cómo apartaba los arbustos sin darse prisa. ¡Había comprendido! Sabía que si él no había replicado, era porque estaba desarmado. Echó a correr y tropezó con una raíz. Otra vez se golpeó la cabeza con algo, un tronco. La sangre le cubría, cálida y viscosa, la cara.

Se levantó y se puso a correr en zigzag.

Los dos siguientes disparos fueron menos precisos que los anteriores. Dudaba entre seguir corriendo o agazaparse en algún sitio. Correr, decidió. Cuanto más se alejara, más aumentaría el perímetro en el que debería buscarlo el agresor. La luna volvió a asomar en el cielo. El claro de luna se adentró entre el follaje, confiriendo un aspecto irreal al paisaje. La aparición no era muy oportuna precisamente. Quiso franquear un nuevo obstáculo de maleza, pero la camisa se le enganchó en las zarzas. Se debatió con furia y desesperación para soltarse y la desgarró. Entonces cayó en la cuenta de que su color claro hacía de él un blanco fácil y la desabotonó antes de tomar de nuevo impulso, soportando en el torso los arañazos de las zarzas. Su pálida piel apenas pasaba más inadvertida, sin embargo. ¡El tirador veía su espalda! No era más que un imbécil y por imbécil iba a morir. Sería una muerte deshonrosa, un policía desarmado, indefenso, abatido por la espalda por la persona a la que debía perseguir. Mientras corría entre la espesura, con la respiración cada vez más anhelosa y la garganta reseca, pensó en Marianne, en Hirtmann, en Vincent y en Margot. ¿Quién la protegería cuando él ya no estuviera allí?

Apartó un último arbusto y se quedó parado.

«La garganta…».

El ruido del río subía hasta él. Dio un paso atrás, presa del vértigo, con náuseas. Se encontraba al borde del acantilado. Distinguía, veinte metros más abajo, el agua que espejeaba entre los árboles, bajo el claro de luna.

Entonces identificó el seco chasquido de una rama partida detrás de él.

Era hombre muerto.

Tenía la posibilidad de saltar al vacío, estrellarse contra las rocas de abajo y recibir una bala en la espalda, o bien enfrentarse a su asesino. Así al menos sabría la verdad, aunque tampoco era un gran consuelo. Lanzó una mirada hacia abajo y le temblaron las piernas. Dos inviernos atrás, la investigación en las montañas le había procurado varios momentos de incontrolable angustia en los que había tenido que afrontar el vértigo. Se imaginó cayendo y de nuevo le dio una arcada. Se volvió de cara a la espesura, prefiriendo las balas al vacío.

Lo oía acercarse, como una fiera. Dentro de un instante, conocería la cara de su enemigo…

Volvió a aventurar una mirada por encima del hombro, en dirección a la garganta, y advirtió que la pared no se prolongaba de un tirón hasta el fondo. Unos cuatro metros más abajo, un poco a la izquierda, había una especie de pequeña plataforma suspendida por encima del vacío, a la que se aferraban unos cuantos arbustos. Bajo la roca le pareció distinguir una negra sombra, un hueco o una cueva tal vez. Servaz tragó saliva. ¿Y si aquella era su última oportunidad? ¿Y si conseguía bajar hasta allí y esconderse bajo la roca? Al asesino le sería mucho más difícil la labor, porque tendría que asumir también el riesgo de seguir el mismo itinerario con una sola mano libre, cargando la escopeta, mientras que a él no le sobrarían tampoco las dos manos para agarrarse y evitar una caída mortal. Era imposible. No lo conseguiría nunca, ni aunque le fuera la vida en ello. Era superior a sus fuerzas.

«Vas a morir si te quedas aquí. ¡Lo que te va a matar no es el vértigo, sino una bala!».

Oyó ruido en el follaje, delante de él. No había tiempo para pensar. Se acostó boca abajo en la roca, de espaldas a la garganta para no ver el vacío y, concentrando la mirada en la piedra que quedaba a varios centímetros de su cara, comenzó a arrastrarse hacia abajo, tentando con la punta de los zapatos algún posible saliente donde apoyarlos. ¡Más deprisa! No tenía tiempo para eso, no tenía tiempo para nada. En menos de un minuto, su perseguidor habría llegado al borde del acantilado. Cerró los ojos y continuó. La urgencia le fustigaba la sangre, pero las piernas le temblaban con demasiada violencia. El pie izquierdo derrapó. Sintió que se iba, arrastrado por su propio peso, con el torso lacerado por la rugosa roca. Lanzó un alarido, tratando en vano de aferrarse con las uñas. Se deslizó por la abombada peña como en un tobogán, cuyas aristas le arañaban el vientre y el pecho desnudos. Notó que los arbustos le apuñalaban la espalda y detenían su caída cuando aterrizó en la minúscula plataforma. Entonces vio el vacío y se volvió en sentido contrario, aterrorizado. Luego reptó para meterse en el hueco de debajo de la roca, como un animal.

Palpando, encontró una gruesa piedra. Tendido bajo la roca, hinchaba, anhelante, el pecho atenazado por el terror.

«Y ahora, te espero aquí… Vamos, baja, si te atreves».

Estaba cubierto de sangre, de tierra y de arañazos, hirsuto y azorado, metido en el fondo de un agujero como un hombre de Neanderthal. Había vuelto al estado salvaje. Al miedo y al vértigo les sucedían ahora una cólera y una rabia asesinas. Si aquel cabrón bajaba hasta allí, le aplastaría el cráneo a pedradas.

Ya no oía ningún ruido procedente de arriba. El estruendo del río rebotaba en las paredes de la garganta, cubriendo todos los demás sonidos. El corazón se le salía todavía del pecho. La adrenalina corría por sus venas. Quizás el otro seguía allá en lo alto, apuntando tranquilamente con la escopeta el lugar exacto donde se ocultaba, esperando a que se dignara asomar la cabeza, como en aquella película, *Defensa*. Eso era en todo caso lo que habría hecho él. Al cabo de un momento, se relajó. Solo le quedaba esperar. Mientras permaneciera allí, estaba seguro. Su agresor no se arriesgaría a bajar. Consultó el reloj, pero se le había roto. Se acostó… podía pasar horas allí. Después, de repente, se acordó de algo.

«El móvil…».

Lo sacó. Iba a llamar a Samira para pedir socorro cuando se dio cuenta de que había un detalle que no encajaba. Pero ¿qué era? Tardó varios segundos en comprender. A veces tenía la impresión de haber llegado en una máquina del tiempo, inerme frente a las evoluciones tecnológicas; había sido uno de los últimos que habían adquirido un móvil, tres años atrás, y fue Margot quien le ayudó a introducir los nombres de sus contactos en la lista. Se acordaba perfectamente que juntos habían introducido «Vincent».

«Vincent», no «Espérandieu».

Buscó el nombre de pila de su ayudante. ¡Bingo! ¡Eran dos números diferentes! ¡Alguien había manipulado su móvil sin que él lo supiera y había introducido un contacto falso antes de enviarle un mensaje de texto a partir de ese mismo número! Trató de acordarse en qué momento había dejado el teléfono sin vigilancia, pero era incapaz de pensar con serenidad.

Marcó el número de Samira y le pidió que mandara a los gendarmes sin demora. Iba a pedirle que acudiera ella también cuando en su cabeza se activó una alarma. ¿Y si el objetivo del tirador no era matarlo, sino desviar su atención? Ninguna de las balas lo había rozado. Todas habían pasado a distancia. O bien era un mal tirador, o bien…

—¡Intensifica la vigilancia! —gritó—. ¡Y pide refuerzos! Llama a Vincent y dile que acuda lo más rápido posible. ¡Y diles a los gendarmes que el tipo está armado! ¡Date prisa!

—Hostia, ¿qué pasa, jefe?

—No hay tiempo para explicártelo. ¡Date prisa!

Servaz dedujo que debía de tener un aspecto espantoso al ver la cara que pusieron los gendarmes cuando lo subieron a lo alto del acantilado con ayuda de una cuerda y un arnés.

—Tendríamos que haber llamado a una ambulancia —comentó Bécker.

—No es tan grave como parece.

Volvieron a la casa a través del bosque. El tirador se había esfumado, pero el capitán de la brigada de Marsac había efectuado varias llamadas. En menos de media hora, la vivienda de Elvis y los alrededores estarían de nuevo ocupados por la policía científica, que los analizaría al centímetro, recogiendo casquillos y todo indicio que pudiera haber dejado el agresor.

Servaz se fue al cuarto de baño abstrayéndose del ajetreo general. Al verse en el espejo, tuvo que rendirse a la evidencia: Bécker tenía razón. Si se hubiera cruzado consigo mismo en la calle, habría cambiado de acera. Tenía el pelo lleno de tierra, unas oscuras ojeras y en el ojo izquierdo le habían estallado un sinfín de capilares, dejándolo casi negro. Las pupilas, dilatadas y brillantes, le conferían un aspecto de drogado. El labio inferior estaba partido y tumefacto, y una multitud de negras aglomeraciones mezcladas con costras de sangre seca formaban sobre su torso, su cuello, sus brazos e incluso su nariz, una constelación de manchas, puntos, rayas y arañazos.

Habría tenido que limpiarse en el lavabo, pero en lugar de eso, sacó el paquete de tabaco y, sin dejar de mirarse en el espejo, se metió tranquilamente un cigarrillo entre los labios. Tenía las uñas más sucias que un carbonero y le faltaban dos, en el anular y el meñique de la mano derecha. Siguió escrutando su reflejo mientras con mano trémula sostenía el cigarrillo y le daba ávidas caladas, hasta el momento en que se quemó los dedos.

Entonces, sin motivo aparente, estalló en carcajadas y desde afuera, fueron varios los que volvieron la cabeza hacia la casa.

Se reunieron en una de las salas de la gendarmería de Marsac, Espérandieu, varios gendarmes de la brigada, Pujol, Sartet, el juez de instrucción al que habían despertado *ex profeso* y a quien Pujol había acompañado en coche, y Servaz. Con sus caras de cansancio, aquellos hombres recién salidos de la cama le lanzaban miradas de inquietud. También habían hecho venir a la gendarmería a un médico de guardia, que había examinado sus heridas y las había limpiado.

—¿Cuándo le pusieron la vacuna antitetánica por última vez?

Servaz fue incapaz de responder. ¿Diez años? ¿Quince años? ¿Veinte? No le gustaban ni los hospitales ni los médicos.

—Súbase las dos mangas —le había indicado el doctor, hurgando en su botiquín—. Le voy a inyectar 250 unidades de inmunoglobulina en un brazo y una dosis de vacuna en el otro por el momento. Y quiero que pase por mi consultorio lo antes posible para hacer la prueba. Supongo que no va a tener tiempo esta noche, ¿no?

—Exacto.

—Creo que debería cuidar un poco más su salud —le había dicho el galeno al tiempo que le hundía la aguja en el brazo.

Con la mano libre, Servaz sostenía un vaso de café.

—¿Qué quiere decir?

—¿Cuántos años tiene?

—Cuarenta y uno.

—Pues me parece que ya es hora de que se empiece a cuidar un poco —añadió, asintiendo con convicción—, si no quiere tener sorpresas desagradables.

—Sigo sin comprender.

—No hace mucho deporte, ¿verdad? Siga mi consejo y piense en el asunto. Venga a verme… cuando tenga tiempo.

El médico se había ido, convencido sin duda de que no volvería a ver más a aquel paciente. Servaz se dijo que aquel doctor le caía simpático. No se acordaba de la última vez que había ido a la consulta de uno, pero, si aquel hubiera ejercido en Toulouse, seguramente habría seguido, por una vez, su consejo.

Paseó la mirada por la mesa. Luego expuso, resumida, la conversación que había mantenido con Van Acker, así como lo último que había descubierto: el resultado negativo de la comparación grafológica y las fotos encontradas en el desván de Elvis.

—Del hecho de que su amigo no escribiera en ese cuaderno no se deduce automáticamente su inocencia —señaló de inmediato el juez de instrucción—. Hasta que se demuestre lo contrario, él conocía a las víctimas, dispuso de la oportunidad y tiene un móvil. Si me dice que le compraba la droga a ese camello, me parece que tenemos suficientes elementos como para plantearnos una detención preventiva. De todas maneras, quiero recordarle que he solicitado la supresión de la inmunidad parlamentaria de Paul Lacaze. ¿Qué hacemos entonces?

—Será una pérdida de tiempo. Se lo repito, estoy convencido de que no es Van Acker. —Titubeó un instante—. Y tampoco creo en la culpabilidad de Paul Lacaze —añadió.

—¿Por qué no?

—Por una parte, porque ya lo tienen fichado. ¿Qué ganaría tendiéndome una trampa a estas alturas cuando se niega a decir dónde estuvo la noche en que mataron a Claire Diemar? No tiene sentido. Por otro, no forma parte del grupo de individuos que fotografió Elvis. No está en su pequeño catálogo de fornicación.

—De todas maneras mintió sobre la coartada.

—Porque, de una manera u otra, si se llegara a saber lo que hizo esa noche, quedaría destruida su carrera política.

—Igual es gay —sugirió Pujol.

—¿Tiene alguna idea de lo que puede ser? —preguntó el juez, sin hacerse eco del comentario de su ayudante.

—Ninguna.

—Hay algo de lo que no cabe duda —dijo el juez, atrayendo las miradas de todos—. Si alguien dispara contra usted, es porque se acerca a la verdad. También es seguro que esa persona no retrocederá ante nada…

—Eso ya lo sabíamos —declaró Pujol.

—En otro orden de cosas —prosiguió el juez, dirigiéndose de manera ostensible a Servaz—, el abogado de Hugo Bokhanowsky ha vuelto a pedir su liberación. Mañana el consejo examinará la petición y yo creo que la decisión dará la razón a la defensa. Teniendo en cuenta los últimos acontecimientos y el estado actual del sumario, no veo ningún motivo para mantener detenido a ese joven.

Servaz omitió decir que, por su parte, ya lo habría liberado hacía tiempo. Estaba distraído, pensando que todas las hipótesis que habían ido montando se habían venido abajo una tras otra. Hirtmann, Lacaze, Van Acker… El juez y el asesino se equivocaban. No se estaban aproximando a la verdad, sino que se alejaban. Desde el inicio de la investigación, estaban más perdidos que nunca. A no ser que, sin darse cuenta, hubieran pasado muy cerca... ¿Cómo explicarse si no que lo hubieran tomado como blanco? En ese caso debía repasar minuciosamente, una por una, las diferentes etapas de la pesquisa, buscar en qué momento había podido rozar al asesino sin verlo... o, en cualquier caso, inspirarle miedo como para que hubiera asumido semejante riesgo.

—Todavía no me lo puedo creer —dijo de improviso el juez.

Servaz le dirigió una mirada interrogativa.

—Hemos quedado en ridículo.

Servaz se preguntó de qué hablaba.

—¡Nunca había visto jugar tan mal a la selección de Francia! Y, si es verdad lo que dicen que ha ocurrido en el vestuario en el descanso, es increíble...

Un murmullo de desaprobación general acogió la observación. Servaz se acordó entonces de que aquella noche había habido un partido «decisivo». Francia-México, si no le fallaba la memoria. A él sí que le parecía increíble aquello. ¡Eran las dos de la mañana, acababa de escapar por poco de la muerte y se ponían a hablar de fútbol!

—¿Qué ha pasado en el vestuario? —quiso saber Espérandieu.

Igual había estallado una bomba que había hecho saltar por los aires a la mitad del equipo, ironizó para sus adentros Servaz. O un jugador había matado a otro, o el seleccionador a quien todos abucheaban se había hecho el haraquiri delante de sus jugadores.

—Parece que Anelka ha insultado a Domenech —explicó, escandalizado, Pujol.

«¿Y ya está? ¿Eso es todo?». Servaz estaba atónito. Cada día, tanto en las comisarías como en la calle, los policías tenían que soportar insultos y vejaciones. Aquello demostraba simplemente que la selección francesa era el reflejo de la sociedad.

—¿Anelka es el jugador al que sacó la última vez antes del final del partido?

Pujol asintió mudamente.

—¿Entonces por qué lo ha vuelto a poner a jugar si es tan malo? —planteó Servaz.

Todo el mundo lo miró como si hubiera formulado una excelente pregunta, y como si responder a ella tuviera la misma importancia que descubrir al asesino.

40

Cercado

*L*as notas de *Singing in the Rain* penetraron en su soñolienta conciencia. Antes de sustraerse del todo al sueño, Ziegler tuvo la fugitiva visión de un Malcolm McDowell con bombín que le propinaba patadas mientras canturreaba y bailaba. El móvil insistía. Colocándose boca abajo, alargó el brazo hacia la mesita de noche. La voz no le resultó familiar.

—¿Capitana Ziegler?

—La misma. Por Dios, ¿pero qué hora…?

—Yo… eh… soy el señor Kanté. Escuche… eh… siento mucho despertarla, pero… es que… tengo que decirle algo importante. Es muy importante, capitana. No me podía dormir y… he pensado que tenía que decírselo, que si no lo hacía ahora, después ya no tendría el valor…

Encendió la lámpara. El radiodespertador marcaba las 2.32. ¿Qué mosca le había picado? La voz, sin embargo, era la de un hombre nervioso pero decidido. Contuvo la respiración. Drissa Kanté tenía algo que decirle, importante sin duda, en vista de la hora.

—¿Qué me quería decir, señor Kanté?

—La verdad.

Se incorporó, apoyándose en las almohadas.

—¿A qué se refiere?

—La otra noche le mentí… tenía miedo… miedo de que ese hombre tomara represalias, de que si lo detienen, me juzguen también a mí… y me expulsen. ¿Sigue en pie el trato?

Sintió cómo se le aceleraba el pulso. Entre los residuos de brumas del sueño, su cerebro despertaba deprisa.

—Le di mi palabra —respondió por fin, llenando el silencio que había dejado él—. Nadie se enterará de nada. Pero yo sí lo mantendré vigilado, Kanté.

Intuyó cómo sopesaba las palabras. De todas maneras, si había llamado era porque ya había tomado la decisión. Había meditado largo rato antes de coger el teléfono. Aguardó pacientemente, consciente del pulso que le martilleaba las puntas de los dedos, aferrados al auricular.

—No son todos como usted —objetó él—. ¿Y si uno de sus compañeros se va de la lengua? ¿Y si me denuncia? Yo confío en usted, pero no en ellos.

—Su nombre no aparecerá en ninguna parte, se lo prometo. Además, yo soy la única que está al corriente. Usted me ha llamado, Kanté, o sea que ahora dígame lo que me tiene que decir. De todas maneras, es demasiado tarde, porque no lo voy a dejar en paz.

—Ese hombre no tiene un acento siciliano.

—Ehm… no acabo de entender.

—Le dije que tenía un acento extranjero, un acento siciliano; ¿se acuerda?

—Sí. ¿Y qué?

—Le mentí. Tiene el acento de un país del Este, un acento eslavo.

—¿Está seguro?

—Sí. Créame, me he cruzado con muchas personas en el curso de mis… peregrinaciones.

—Gracias… pero no me llama a una hora semejante solo por eso, ¿no?

—No… hay algo más.

En la voz de Drissa Kanté había algo que la puso en alerta.

—Es que… hice que lo siguieran… Se cree muy listo, pero yo soy más listo que él. Ayer, cuando le devolví el lápiz USB, le pedí a una amiga mía que esperase al otro lado de la calle y lo siguiera cuando se fuera del bar. Estaba aparcado lejos y tomó precauciones, pero mi amiga también es espabilada y sabe disimular muy bien. Lo vio subir a un coche y anotó el número de la matrícula.

Ziegler se irguió como si acabara de recibir una coz en los riñones. Luego se contorsionó para coger un bolígrafo en el cajón de la mesita y comprobó que funcionaba trazando una raya en la palma de la mano.

—Adelante, Kanté, le escucho.

Eran las dos de la madrugada cuando Margot regresó a su habitación, agotada y con los nervios destrozados, con la impresión de haber vivido la noche más extraña de su vida. Albergaba la duda de si lo que habían visto allá arriba, al borde del lago, era real. También se preguntaba si era importante, aunque algo le decía que sí lo era. No habría sabido explicar por qué, pero aquel espectáculo le había dejado una profunda desazón, una siniestra y persistente sensación de catástrofe. Por otra parte, estaban las amenazas de David y su tentativa de violación, la nota que habían dejado en su taquilla, el conciliábulo al que había asistido con Elias...

Y también, lo que había ocurrido entre Elias y ella allá arriba, en el coche, la actitud repentina de él. Hasta esa noche, nunca había pensado que Elias pudiera sentirse atraído por ella. No la había mirado siquiera la otra vez, cuando había abierto la puerta en ropa interior... Y hasta esa noche, ella nunca se había sentido atraída por él. Se acordó, asimismo, de la rabia que había asomado a sus ojos después de la bofetada. Ahora se arrepentía de aquella reacción. Habría podido rechazarlo sin humillarlo. El viaje de regreso había sido largo e incómodo. Elias se había parapetado en el mutismo, evitando concienzudamente cruzar la mirada con la suya.

Rememoró el beso. Había sido un beso forzado, una estratagema, pero un beso de todas formas... Hacía algo más de un año había tenido un amante de la edad de su padre, muy experimentado, casado y con dos hijos. Había puesto fin a su relación de manera brusca, y ella sospechaba que su padre había tenido algo que ver con ello. Desde entonces, había tenido tres aventuras. En total, había conocido media docena de hombres. Descontando la calamitosa experiencia que tuvo a los catorce años, Elias era sin duda el menos experto. Por la manera como la había besado, había notado que sus múltiples competencias no se prolongaban hasta ese terreno.

¿Por qué tenía entonces tantas ganas de volver a las andadas con él?

Comprendía que la tensión, la excitación y el miedo que habían experimentado juntos habían influido, pero aquella no era la única explicación. Pese a su impericia y a su imprevisible y extraño comportamiento, se daba cuenta de que Elias le gustaba. Después se acordó de algo.

Tenía que avisar a su padre.

De una manera u otra, lo que habían visto guardaba relación con lo que le había ocurrido a su profesora; estaba convencida de ello. Tenía que concentrarse en esa cuestión. La atenazaba un inexplicable sentimiento de urgencia. ¿Por qué no la había vuelto a llamar? Sus pensamientos iban y venían, de su padre a Elias… Imaginó a este, deprimido en su habitación, y de repente sintió la necesidad de hacerle saber que para ella tampoco era anodino lo que había pasado. Cogió el smartphone y tecleó un mensaje:

¿Estás ahí?

La respuesta se hizo esperar:

?
Nos vemos abajo, en el vestíbulo
?
Tengo que decirte algo
No tengo ganas
Por favor
¿Qué quieres?
Te lo diré allí
¿No puede esperar?
No. Importante. Sé que te he ofendido. Te lo pido como a un amigo

No hubo respuesta. Volvió a mandar un mensaje.

¿Elias?
Vale

473

Se levantó, fue a refrescarse al lavabo y, después de meterse un chicle en la boca, salió. Cuando llegó al pie de las escaleras, Elias no estaba, y ya empezaba a dudar de si iría cuando por fin apareció, con cara de pocos amigos.

—¿Qué quieres? —preguntó.

Procuró encontrar algo que decir, hasta que de pronto se le ocurrió por dónde debía empezar. Se acercó y, cuando lo tuvo al lado, pegó los labios a los suyos. En lugar de corresponder al beso, él se puso tenso, frío como el mármol. Ella lo prolongó, con todo, hasta que él se desbloqueó y la abrazó.

—Perdón —murmuró ella.

Había apoyado la mano en su nuca y lo miraba a los ojos cuando su BlackBerry se puso a sonar en el bolsillo de su pantalón. No hizo caso, pero el aparato insistía. Elias fue el primero en apartarse.

—Disculpa —le dijo.

Miró la pantalla. Su padre… «¡Mierda!». Estaba segura de que, si no respondía, iba a volver a enviar a Samira.

—¿Papá?

—¿Te despierto?

—Eh… no.

—Bueno. Ahora llego.

—¿Ahora?

—Querías decirme algo importante. Perdona, cariño, pero no he tenido ni un minuto hasta ahora. Eh… esta noche han pasado bastantes cosas.

«Y que lo digas».

—Estaré ahí dentro de cinco minutos —añadió.

No le dio tiempo a responder. Había colgado.

David siempre había considerado la muerte como una amiga, una cómplice, una confidente que lo acompañaba desde hacía mucho. Al contrario de la mayoría de la gente, no solo no la temía, sino que a veces la consideraba como una posible esposa, una novia. Aquello de ser el novio de la muerte era una fórmula romántica, en exceso quizás, al estilo de Novalis o Mishima, pero a él no le disgustaba la idea. Sabía que el mal que padecía tenía un nombre, el nombre de «depresión», una palabra que producía casi tanto miedo como la palabra «cáncer». También sabía que se lo debía a su padre y a su hermano mayor, a aquella negra simiente que habían sembrado de manera incipiente en su cerebro haciéndole comprender, día tras día, año tras año, que era el fracasado de la familia, el patito feo. Hasta el más incapaz de los psicólogos habría podido leer en su infancia como en un libro abierto. Un padre distante y autoritario que reinaba sobre varias decenas de miles de empleados, cuya aureola era perceptible para cualquiera; un hermano mayor, paradigma del heredero modelo, que había elegido muy pronto el bando del padre y multiplicaba las humillaciones destinadas a él; un hermano menor que se había ahogado de forma accidental en la piscina de la casa cuando David cuidaba de él; una madre obsesionada consigo misma, encerrada en su propio universo interior. El papá Freud habría podido escribir todo un libro sobre su familia. Por lo demás, entre los catorce y los diecisiete años, su madre lo había llevado a todos los médicos de la región, pero la depresión no había desaparecido. Había ocasiones en las que conseguía, no obstante, mantenerla a distancia, en las que quedaba reducida a una vaga sombra amenazadora en una soleada tarde, en la que podía reír de verdad e incluso sentir alegría, y otras en las que las tinieblas se abatían sobre él, como en ese momento, haciéndole temer el día en que ya no lo soltarían más.

Sí, la muerte era una opción válida, la única capaz de liberarlo de aquella sombra.

Y lo sería tanto más si servía para sacar de la cárcel al único hermano que había tenido nunca, a Hugo. Hugo, que le había hecho ver la poca admiración que se merecía su padre y lo cretino que era su hermano de sangre. Hugo, que le había hecho comprender que no tenía nada que envidiarles, que ganar dinero era un talento banal, mucho más ordinario en cualquier caso que ser un nuevo Basquiat o un Radiguet. Aquello no había sido suficiente, desde luego, pero lo había ayudado. Cuando Hugo estaba cerca, David sentía que la melancolía cedía un poco. La estancia de Hugo en la cárcel le había hecho tomar, con todo, conciencia de algo que hasta entonces había preferido no mirar de frente: Hugo no estaría siempre con él. Un día u otro se iría. Y ese día, la depresión volvería al galope, más ávida, más hambrienta, más cruel que nunca. Ese día, lo devoraría y vomitaría su alma vacía como un montoncillo de huesos roídos por un buitre. Ya la presentía, rondando con impaciencia encima de él, aguardando la hora propicia. No tenía la menor duda: ella iba a ganar. Nunca se libraría. ¿De qué servía entonces esperar?

Tendido en su arrugada cama, con las manos entrelazadas bajo la nuca, miraba el póster de Kurt Cobain colgado de la pared pensando en ese policía, el padre de Margot. Daños colaterales, como dicen los héroes de las series B. Ese policía sería un daño colateral. Denunciándose como culpable y arrastrando a ese policía a la muerte, exculparía de manera definitiva a Hugo. La idea le parecía cada vez más tentadora, aunque tampoco era tan fácil llevarla a la práctica.

41

Doppelgänger

*D*isimulado en la espesura, se movió un poco y realizó algunos ejercicios de estiramiento. Después desenroscó el termo, se metió —tal como había hecho Samira a un centenar de metros de allí— un comprimido de Modafinilo en la lengua y lo engulló con un sorbo de café, al que había añadido un poco de Red Bull. El sabor era extraño, pero con eso iba a estar más despierto, pese a la hora, que el Vesubio el día 24 de agosto del año 79.

Así podría aguantar varias horas.

Era interesante la vista que había desde aquella colina. Pese a que los edificios del instituto quedaban a varios centenares de metros, con sus prismáticos de visión nocturna podía observar todo lo que allí ocurría. Había reconocido al comandante. A las otras personas no las conocía. También había identificado a la policía, que permanecía al amparo de los arbustos, detrás del instituto, y a su compañero, sentado en el coche. Este último no tenía ninguna pretensión de ocultarse por lo demás. Hirtmann había comprendido enseguida que Martin lo había colocado allí para disuadirlo de acercarse. La idea le gustó. Le agradaba que Martin lo tuviera siempre presente.

«Martin, Martin…».

Le había tomado apego a ese policía, desde el día en que fue a verlo al Instituto Wargnier, cuando hizo aquellos pertinentes comentarios sobre Mahler. Ese día había caído una abundante nevada y el paisaje estaba blanco al otro lado de la ventana. El frío de diciembre pesaba sobre los formidables muros de piedra del instituto y sobre aquel puñetero e inhóspito valle. Élisabeth Ferney había ido a avisarlo de que iba a tener la visita de un policía de Toulouse, una gendarme y un juez. El ADN que habían encontrado allá arriba, en la central hidroeléctrica donde se había producido el crimen, era suyo. ¡El ADN de un hombre encerrado en el centro psiquiátrico con más medidas de seguridad de Europa! Él había sonreído imaginando su desconcierto y su perplejidad. No fue, sin embargo, eso lo que percibió en la cara de aquel policía cuando entró en su celda. El suizo no había olvidado aquel momento. Mientras los esperaba, se entretenía como podía y permanecía absorto en el primer movimiento de la *Cuarta sinfonía* cuando el doctor Xavier hizo pasar a la visita. Aquella fue la primera vez que vio a Martin. Se percató perfectamente de cómo se estremeció al reconocer la música. Después, Martin le procuró una gran sorpresa y una gran alegría, pronunciando un nombre: Mahler. Hirtmann no salía de su asombro. Luego su corazón estalló de gozo cuando, escuchándolo y observándolo, comprendió que tenía ante sí a su *doppelgänger*, su alma gemela, un doble que había elegido la senda de la luz y no la de la oscuridad. Vivir consiste en elegir, ¿no es así? A Hirtmann le había bastado con un solo encuentro con él para comprender que Martin se le parecía mucho más de lo que él creía. Le habría gustado convencerlo de sus afinidades electivas, pero no era poca cosa que Martin pensara a menudo en él. Había vislumbrado a un hombre que, como él, detestaba la vulgaridad de las formas de ocio modernas, la estupidez consumista de las generaciones actuales, la pobreza de sus aficiones y gustos, la trivialidad de sus ideas, sus comportamientos gregarios y su incurable filisteísmo. También era un hombre solo. Oh, sí, los dos se comprendían, aunque a Martin le costara sin duda reconocerlo. Eran tan parecidos como podrían serlo dos verdaderos gemelos a los que hubieran separado en el momento de nacer.

Desde entonces, Hirtmann no podía dejar de pensar en Martin, ni tampoco en Alexandra, su exmujer, ni en Margot. Se había informado y, poco a poco, fue como si la familia de Martin se hubiera convertido en la suya. Se había introducido en su vida, sin ellos saberlo, y permanecía allí, cerca. Era mejor que mirar un programa de telerrealidad con elección previa de la familia. Hirtmann no se cansaba de seguir sus andaduras. Tenía conciencia de vivir de forma vicaria, pero Martin y él estaban unidos por tantas similitudes que era como si contemplara a un doble de sí mismo sin el lado oscuro.

Volvió a centrar la atención en el instituto. Todos volvían a subir al coche. Él mismo había aparcado su vehículo a quinientos metros, en el bosque. Si alguien se acercaba a él, saltaría la alarma ultrasensible que tenía instalada, que lo avisaría.

Con un gorro negro que le cubría el pelo corto teñido de rubio, recorrió con el objetivo de los prismáticos la fachada de los dormitorios, acariciándose la oscura perilla. Las luces de las ventanas estaban apagadas, salvo la de Margot. De repente distinguió a Martin en la habitación de su hija, que le hablaba con animación. Él mismo se sorprendió de la dicha y la emoción que lo embargaron al ser de improviso testigo de aquella escena de contacto familiar. «Por el amor de Dios, ¿no te estarás enamorando un poco?». A Hirtmann nunca le habían atraído en lo más mínimo los hombres. Era tan impensable imaginarlo renunciando a su heterosexualidad como imaginarse a Juan Pablo II renegando del catolicismo. No obstante, aquel policía letrado y solitario había suscitado en él algo que guardaba un curioso y lejano parecido con un sentimiento amoroso. Agazapado en el fondo del bosque, sonrió ante esa idea.

42
El lago 2

Aparcado al borde de la carretera, en el límite de la propiedad, aguardó a que fuera la hora legal. El día despuntaba con una paciencia de la que él carecía. Fumaba un cigarrillo tras otro y, cuando tendió la mano frente a sí, vio que temblaba como la hoja de un sauce sobre el cauce de un río. Aquella imagen le recordó la frase que habían aprendido en las clases de filosofía: «Nunca se puede bajar dos veces por el mismo río».

Nunca le había hallado más sentido a aquella sentencia que en ese momento. Se planteó si no habría amado antaño a una chica que no existía. Contemplando la silueta de la casa que se recortaba detrás de los árboles, al otro lado de la cerca, sintió que regresaba el dolor. Luego abrió la puerta, tiró la colilla y bajó.

Bordeó la cerca hasta la entrada y siguió andando por el camino de gravilla. Sus pisadas se marcaban ruidosamente en el silencio del amanecer. De todas maneras, ella no dormía. Lo supo al ver abierta la puerta, en lo alto de las escaleras. Eran las seis de la mañana, no había ni un alma en los alrededores y la puerta estaba abierta de par en par. Para él… Debía de haberlo visto u oído llegar. Se preguntó si se levantaba temprano o si no había pegado ojo en toda la noche. Le pareció más probable la segunda explicación. ¿Cuánto tiempo llevaría ella sin dormir? Aunque el aire seguía igual de pesado y el cielo igual de amenazador, el sol asomaba por el este, bajo la grisácea capa de nubes, proyectando por todo el jardín largas sombras entre las que se contaba la suya. Subió pausadamente los escalones.

—Estoy aquí, Martin.

La voz provenía de la terraza. Atravesó, una por una, las habitaciones. Su silueta se recortaba con la luz, de espaldas a él. Salió al aire libre. El lago permanecía inmóvil, cercado de verdor, reflejando los árboles de la otra orilla y el cielo con la precisión de un espejo. Reinaba una calma impresionante, como la de las primeras mañanas del mundo. Hasta la hierba de la pendiente aparecía más verde en aquella pura luz.

—¿Has encontrado las respuestas que buscabas?

La pregunta había sido formulada con un tono distante, indiferente casi.

—Todavía no, pero me estoy acercando.

Se volvió despacio y lo miró. Estaba pálida y agotada. Tenía los ojos rojos, las mejillas hundidas y el cabello reseco. Intentó captar algún mensaje en su mirada, pero no había ninguno. El dolor sí era evidente, sin embargo. Aquella mujer no era la Marianne que él había amado, ni siquiera la Marianne con la que había hecho el amor hacía poco.

—Van a liberar a Hugo —anunció.

—¿Cuándo? —preguntó ella, con un destello de esperanza en los ojos.

—El juez lo va a decidir esta mañana. Mañana como muy tarde estará fuera.

Marianne sacudió la cabeza en silencio. Martin comprendió que no quería precipitarse, que esperaba hasta que pudiera abrazar a su hijo.

—Anoche hablé con Francis.

—Ya lo sé.

—¿Por qué no me dijiste nada?

Ella clavó la mirada en sus ojos, una mirada profunda, verde y cambiante como el bosque de enfrente. Su expresión era impasible, al contrario que su voz.

—¿Decirte qué? ¿Que soy una drogadicta? ¿De veras crees que te iba a contar todo eso solo porque echamos un polvo?

La expresión le hizo daño, al igual que el tono empleado.

—¿Qué te dijo concretamente Francis?

—Que… habías empezado a drogarte después de la muerte de Bokha.

—Es falso.

La interrogó con la mirada.

—Parece que Francis tuvo miedo de confesarte toda la verdad, por lo visto. Quizá temiera tu reacción… Francis no es muy valiente.

—¿Qué verdad?

—Yo probé por primera vez la droga a los quince años —explicó—. En una fiesta.

«A los quince años…», pensó con un sobresalto. En aquel momento, él y Marianne se conocían ya, aunque aún no salían juntos.

—Siempre me pareció un milagro que tú no te dieras cuenta de nada —continuó ella—. No sabes cuántas veces tuve miedo de que te enterases, de que alguien te lo dijera…

—Era demasiado joven y demasiado ingenuo, supongo.

—Eso sí es verdad. Pero hay algo más: estabas enamorado. ¿Cómo habrías reaccionado si lo hubieras sabido?

—¿Y tú, lo estabas? —preguntó sin responder.

Lo fulminó con la mirada y, por un instante, reconoció a la Marianne de antaño.

—Te prohíbo que lo dudes.

Él abatió la cabeza con tristeza.

—La droga —comprendió de pronto—. Francis te la proporcionaba ya entonces. ¿Cómo… cómo pude ser tan ciego? No ver nada… durante todo ese tiempo en que estuvimos juntos…

Ella se acercó y colocó la cara tan cerca de la suya que distinguía todas las pequeñas arrugas que habían ido apareciendo en torno a su boca y a sus ojos, cada motivo del complejo dibujo de sus iris. Entornó los ojos, sondeándolo.

—¿Qué crees entonces? ¿Que te dejé solo por eso? ¿Por la droga? ¿Es esa la opinión que tienes de mí?

En la negra llamarada de sus ojos advirtió cólera, rabia, rencor y orgullo. De repente, se avergonzó de sí mismo, de lo que estaba haciendo.

—¡Idiota! La otra noche te dije la verdad. Francis estaba allí, para escucharme, mientras tú estabas perdido, lejos, en otra parte, obsesionado por la culpa, tus recuerdos y tu pasado. Estar contigo era vivir con los fantasmas de tus padres, con tus angustias, con tus pesadillas. Ya no podía más, Martin. Al final había en ti tanta sombra y tan poca luz... Era superior a mis fuerzas... Lo intenté, Dios sabe que lo intenté... Y luego, Francis estuvo presente en el momento en que más lo necesitaba... Él me ayudó a despegarme de ti...

—Y te suministraba la droga.

—Sí...

—Te manipuló, Marianne. Tú misma lo has dicho. Ese es su auténtico talento, manipular a la gente. Te utilizó contra mí.

Marianne levantó la cabeza, con el semblante desfigurado por la dureza.

—Ya lo sé. Cuando me di cuenta, quise hacerle daño a mi vez, y conocía su punto débil: el orgullo. Entonces lo dejé. Lo dejé dándole a entender que nunca había contado para mí, que no era nada.

En su voz había algo infinitamente cansado, roto, una culpabilidad que se remontaba a un remoto pasado.

—Y después llegó Mathieu. Fue él el que me ayudó a salir adelante. Él no sabía nada de todo esto. Me miraba como si fuera pura, irreprochable. Bokha consiguió lo que ninguno de vosotros dos fue capaz de hacer. Él me salvó.

—¿Cómo podría haberte salvado yo de algo cuya existencia ignoraba? —arguyó él.

Haciendo caso omiso de la observación, ella volvió la cabeza hacia el lago y él admiró su perfil.

—¿Hace mucho que...?

—¿Recaí? Después de la muerte de Mathieu. En esta ciudad hay casi tantos estudiantes como residentes. No fue difícil encontrar un proveedor.

—¿Conoces a Heisenberg?

Marianne asintió con la cabeza.

—Margot me ha hablado de algo —prosiguió cambiando de tema, porque no soportaba seguir hablando de aquello—. De una escena a la que ha asistido en la montaña, esta noche. ¿Te dice algo el lago de Néouvielle?

Vio cómo se transformaba la expresión de Marianne. Le contó lo que había descrito su hija y, a medida que hablaba, percibió una perplejidad y una sorpresa crecientes en ella.

—Ayer era 17 de junio —comentó ella cuando hubo terminado—. El 17 de junio de 2004 —añadió. Servaz aguardó—. Ese día hubo un accidente de autobús. Salió en todos los titulares de la región. Seguramente te acordarás.

Sí, recordaba vagamente algo, una información sumergida entre una oleada de noticias de catástrofes, masacres, guerras, accidentes, matanzas... Un accidente de autobús, que no era ni el primero ni el último. Aquel había causado un gran número de víctimas, entre las que había niños.

—Murieron diecisiete niños y dos adultos, un profesor y un bombero —especificó ella—. El chófer perdió el control del autocar, se salió de la carretera y cayó al lago. Antes, sin embargo, quedó inmovilizado durante dos horas en mitad de la pendiente y así pudieron salvarse varios niños.

La observó, extrañado.

—¿Cómo es posible que te acuerdes tan bien?

—Hugo iba en ese autobús.

—¿Conoces a David, Sarah y Virginie? —preguntó.

Ella confirmó en silencio.

—Son los mejores amigos de Hugo. Estuvieron con él el año pasado en la *prépa* de literatura. Son jóvenes brillantes. Ellos también estaban en el autobús esa noche.

—¿Quieres decir que sobrevivieron al accidente, igual que Hugo?

—Sí. Todos quedaron traumatizados, como te puedes imaginar. Recuerdo que fue horrible cuando recuperamos a nuestros hijos. Habían presenciado la muerte de sus compañeros. Unos niños que tenían entre once y trece años...

—¿Recibieron algún tratamiento?

—Se les brindó también un seguimiento psicológico. Varios de ellos resultaron gravemente heridos. Algunos quedaron con minusvalías. —Hizo una pausa—. Antes ya eran amigos, pero me da la impresión de que aquello los unió más. Hoy en día son como los dedos de una misma mano... —Titubeó un instante—. Si quieres más información, no tienes más que consultar la gaceta local, *La República de Marsac*. Hizo su agosto con ese suceso. Todos los niños iban al mismo instituto de la ciudad.

La miró fijamente. Se sentía triste, vacío. Ella reparó en su mirada.

—Ya te había avisado, Martin. Todas las personas con las que me encariño acaban mal.

Vaciló antes de formularle la pregunta que le quemaba los labios desde el principio, desde que había entrado. Aunque la temía, tenía una necesidad acuciante de conocer la respuesta.

—¿Qué hacía aquí Francis, la otra noche?

Vio que se estremecía.

—¿Me estás espiando?

—No, era a él a quien espiaba... porque era de él de quien sospechaba.

—A Francis acaba de dejarlo su novia, una estudiante de Marsac, esa Sarah de la que has hablado. No es la primera vez que... que se acuesta con una de sus alumnas, ni la primera que viene a que yo le haga de paño de lágrimas. Qué extraño, ¿no? Cuando tiene necesidad de confiarse con alguien, viene a verme a mí. Es una persona muy sola, igual que tú, Martin... ¿Crees que es por mí? —preguntó de repente. Efectuó un gesto extraño—. A menudo me he planteado esa pregunta. ¿Qué efecto os causo? ¿Qué efecto causo a los hombres de mi vida, Martin, que no les causan las otras mujeres? ¿Por qué tengo que destruirlos de esta manera?

Un sollozo le agitó el cuerpo, aunque sus ojos permanecieron secos, sin lágrimas.

—A Bokha no lo destruiste —apuntó.

Ella lo miró.

—Me dijiste que había sido feliz contigo.

Marianne sacudió la cabeza, con los ojos cerrados y la boca deformada por un pliegue de amargura.

—¿Crees que soy capaz de eso? ¿De hacer feliz a un hombre? ¿Y de parar? ¿Definitivamente?

Se miraron. Aquel fue uno de esos momentos en que la balanza puede decantarse de un lado o de otro. Ella podía perdonarle todo lo que había dicho, pensado, creído... o bien expulsarlo para siempre de su vida. ¿Y él? ¿Qué era lo que quería él?

—Abrázame bien fuerte —le pidió ella—. Lo necesito. Ahora mismo.

Él así lo hizo. Igualmente la habría abrazado, aunque no se lo hubiera pedido. Por encima de su hombro, miró el lago, con la luz de la mañana. Él siempre había preferido la mañana; era su momento predilecto del día. Una garza permanecía erguida muy cerca de la orilla, encima de un espacioso madero flotando en el agua. Marianne le correspondió y él se sintió sumergido por su abrazo, por el calor que lo inundó.

—Tú siempre estuviste aquí, Martin, en mi pensamiento… Incluso con Bokha, tú estabas aquí… Nunca te despegaste de mí. ¿Te acuerdas de «HMNS»?

Sí, se acordaba. «Hasta que la Muerte Nos Separe»… Siempre se decían adiós con aquellas cuatro letras. Con su hálito en el oído y su boca tan cerca, se preguntó si aquello era cierto, si podía fiarse de ella. Resolvió que sí. Estaba cansado de la sospecha, de la desconfianza, de un oficio que contagiaba todos los aspectos de su vida. Fue sencillo y evidente a la vez. No hubo ni duda ni necesidad de satisfacer al otro, solo un acuerdo total. Hacía mucho que no hacía el amor de esa manera. Percibió que a ella le sucedía lo mismo, que volvía de muy lejos como él, y comprendió que ambos deseaban recorrer al menos una parte del camino juntos, creer en un porvenir. En el lago, el ave lanzó un largo grito solitario. Servaz volvió la cabeza justo a tiempo para ver cómo se elevaba hacia el tempestuoso cielo con un vigoroso batir de alas.

VIERNES

43

El lago 3

Soñó que moría. Estaba tumbado en el suelo, de cara al sol, y en el cielo pasaban miles de pájaros gritando mientras él se desangraba. Luego, en su campo de visión aparecía una figura que se inclinaba para mirarlo. A pesar de la grotesca peluca y las grandes gafas que llevaba, no le cupo la menor duda acerca de su identidad. Se despertó sobresaltado, con la cabeza aún saturada de chillidos de pájaros. Oyó un ruido en la planta baja y percibió el olor a café.

¿Qué hora era? Se precipitó hacia el teléfono. Cuatro llamadas perdidas... del mismo número. Había dormido más de una hora. Llamó.

—Por Dios santo, ¿qué haces? —dijo Espérandieu.

—Ahora voy —respondió—. Vamos directamente a *La República de Marsac*. Es un periódico local. Localiza su número y llámalos. Diles que necesitaremos todo lo relacionado con el accidente de autobús que tuvo lugar el 17 de junio del 2004 en el lago de Néouvielle.

—¿Qué es ese asunto del lago? ¿Tienes novedades?

—Ya te explicaré.

Cortó la comunicación. Marianne entraba en la habitación con una bandeja. Después de beber el zumo de naranja y el café solo de un trago, se abalanzó sobre el pan con mantequilla.

—¿Volverás? —preguntó de improviso ella.

La miró secándose los labios.

—Ya lo sabes —dijo.

—Sí. Creo que sí.

Sonreía. También sonreían sus ojos, aquellos ojos tan profundos y tan verdes.

—Hugo pronto en libertad, tú aquí... Todos los malentendidos que había entre nosotros superados... Hacía mucho que no me sentía tan bien —aseguró—. Tan feliz... quiero decir.

Había titubeado antes de pronunciar aquella palabra, como si el hecho de nombrar la felicidad pudiera ahuyentarla.

—¿Es verdad?

—En todo caso, nunca me había faltado tan poco para serlo —rectificó.

Tomó una ducha. Por primera vez desde el principio de la investigación, la fatiga cedía paso a una recuperación de energía y a unas ganas de avanzar, de mover montañas. Igual que Margot, se preguntó si aquel accidente era importante e, instintivamente, supo que sí.

Cuando estuvo listo para irse, rodeó a Marianne entre sus brazos y ella se dejó caer contra él sin oponer resistencia. Pese a todo, maquinalmente surgió en su interior el interrogante de si había tomado algo desde la noche anterior. Como si le adivinara el pensamiento, ella echó la cabeza hacia atrás, ciñéndole la cintura con los brazos, casi tan alta como él.

—Martin...

—¿Sí?

—¿Me ayudarás?

La miró.

—¿Me ayudarás a liberarme de la adicción?

—Sí, te ayudaré —respondió.

Si Bokha lo había conseguido, ¿por qué no él? Lo que necesitaba era amor. Esa era la única droga capaz de sustituir a la otra... Se acordó de lo que le había dicho unas horas atrás: «Tú siempre estuviste aquí... Nunca te despegaste de mí».

—¿Me lo prometes?

—Sí. Sí, te lo prometo.

La República de Marsac todavía no había digitalizado, ni de lejos, todos sus archivos. Únicamente tenían en CD los dos últimos años. Lo demás, incluido el año 2004, lo guardaban en unas cajas de microfichas apiladas en un armario de madera situado al final de un pasillo.

—Ufff —comentó Espérandieu, contemplando la labor que tenían por delante.

—2004, aquí está —dijo Servaz, señalando una pila de tres cajas de plástico—. Tampoco es tanto. ¿Dónde podemos encontrar un lector? —preguntó a la secretaria.

Esta los acompañó a una habitación sin ventanas situada en el fondo del sótano. Un anémico fluorescente parpadeó iluminando el lector de microfichas, una aparatosa máquina que, a juzgar por la capa de polvo que la cubría, no se utilizaba precisamente todos los días. Servaz se arremangó, acercándose al monstruo. Sabía manejar más o menos aquel trasto, pero cuando Espérandieu quiso regular la definición en la pantalla manipulando la lente de abajo, esta se desprendió y cayó encima de la bandeja de microfichas.

Tardaron más de un cuarto de hora en volver a colocar la lente en su sitio. Por suerte, no había sufrido desperfectos.

A continuación, abrieron las cajas de microfichas y buscaron la que correspondía al 18 de junio del 2004, el día posterior al accidente. Bingo. Desde la primera imagen, el título y el artículo proclamaban:

ACCIDENTE MORTAL DE AUTOBÚS EN EL PIRINEO

Diecisiete niños y dos adultos han hallado la muerte esta noche hacia las 23.15 en el lago de Néouvielle en un accidente de autocar. Según la información disponible, el vehículo salió de la carretera en una curva, tras lo cual quedó volcado varios minutos en la pendiente, antes de caer definitivamente en las aguas del lago ante la impotencia de los servicios de socorro. Llegados rápidamente al lugar del accidente, dichos servicios pudieron salvar una decena de niños, así como tres adultos. La causa del accidente está aún por dilucidar. Las víctimas eran alumnos de un instituto de Marsac que iban de excursión para celebrar el final del año escolar.

Revisaron las páginas siguientes y encontraron otros artículos y fotos en blanco y negro de la catástrofe. Se distinguía la forma alargada del autocar volcado en mitad de la pendiente, antes de que cayera al lago. Entre las luces de los faros y los proyectores se recortaban siluetas de personas. Los bomberos pasaban gritando y gesticulando delante del objetivo. Después apareció otra foto… El lago estaba iluminado con una extraña claridad, proveniente del fondo. Servaz se estremeció. Miró a Espérandieu. Su ayudante parecía petrificado.

Servaz retiró la microficha del lector y seleccionó otras en la caja. Los artículos publicados los días posteriores aportaban más detalles:

> Los funerales de los diecisiete niños y los dos adultos fallecidos en el trágico accidente de autocar ocurrido anteayer en el lago de Néouvielle se celebrarán previsiblemente mañana. Las diecisiete víctimas, de once a trece años, asistían al mismo instituto de Marsac. De los dos adultos fallecidos, uno es un bombero que intentaba socorrer a los niños que quedaron atrapados en el vehículo, y el otro, un profesor del instituto que los acompañaba. Otros diez niños pudieron salvarse, no obstante, gracias a los esfuerzos desplegados por los bomberos y por dicho profesor. Entre los adultos presentes en el autobús en el momento del accidente a quienes se pudo prestar socorro se encuentran el chófer del vehículo y dos de los acompañantes, un vigilante y otro profesor. Los investigadores han descartado por el momento la velocidad como motivo del accidente y los análisis efectuados han permitido demostrar la ausencia de alcohol en la sangre del conductor.

Los artículos siguientes describían los funerales y evocaban el dolor de los padres, apelando a la fibra sensible del lector. Otras fotos, tomadas con teleobjetivo, mostraban patéticos planos de las familias reunidas en torno a los ataúdes y después en el cementerio.

> Emoción y recogimiento ayer en Marsac en los funerales de las diecinueve víctimas del accidente de autocar que

se celebraron en presencia de los ministros de Transportes y de Educación.

La mayoría de los miembros de los equipos de salvamento han quedado traumatizados después de la terrible noche vivida en el lago de Néouvielle. «Lo más horrible —declaró uno de ellos— eran los gritos de los niños».

Después, una vez pasados los primeros momentos de emoción, el tono de los artículos comenzaba a cambiar. No había que ser un as para comprender que los periodistas habían captado el olor de la sangre.
Dos artículos ponían en entredicho la actuación del conductor.

Accidente mortal en el lago de Néouvielle. Interrogan al conductor

Accidente de autocar mortal. Sospechas en torno a la responsabilidad del conductor

Según el fiscal de Tarbes, actualmente se barajan dos hipótesis principales en torno al accidente de autocar que costó la vida a diecisiete niños y dos adultos la noche del 17 al 18 de junio en el lago de Néouvielle: la causa técnica vinculada a un mal estado del vehículo y el error humano. De acuerdo con el testimonio de varios niños, el chófer del autocar, Joachim Campos, de treinta y un años, perdió el control del vehículo en un momento de distracción cuando estaba conversando animadamente con uno de los profesores que acompañaban a los niños, precisamente en un momento en que la estrecha y sinuosa carretera del lago reclamaba una constante atención. El fiscal, no obstante, ha desmentido este último supuesto, explicando que existían varias pistas, «entre las cuales se cuenta el error humano», pero que aún había que comprobar los testimonios.

—¿Por qué lo hiciste, Suzanne?

Paul Lacaze metía la ropa en una maleta abierta encima de la cama. Ella lo observaba desde la puerta. Cuando Lacaze volvió la cabeza hacia ella, la mirada que surgió desde el fondo de sus órbitas hundidas por la enfermedad lo hizo vacilar como si fuera un puñetazo. Era como si toda la energía que le quedaba a la mujer se concentrase en aquel minúsculo estallido de puro odio.

—Cabrón —le espetó.

—Suzanne…

—¡Cierra el pico!

Observó con dolor la cara de cóncavas mejillas, la piel gris, los dientes que resaltaban como los de una calavera bajo los labios exangües, la peluca sintética.

—Iba a dejarla —dijo—. Iba a poner fin a nuestra relación. Le había hablado de ello…

—Mentiroso.

—¡No me creas si no quieres, pero es la verdad!

—Entonces ¿por qué te niegas a decir dónde estabas el viernes por la noche?

Adivinó que tenía ganas de creerle todavía un poco. Le habría gustado tanto convencerla de que la había amado y de que lo que habían compartido no lo había tenido con ninguna otra… para que se llevara al menos aquella certeza. Habría querido recordarle los buenos momentos, todos aquellos años en los que habían formado una pareja perfecta.

—No puedo decírtelo —respondió a su pesar—. Ahora ya no. Ya me traicionaste una vez. No puedo fiarme de ti. ¿Cómo podría fiarme cuando voy a ir a parar a la cárcel por tu culpa?

Vio que vacilaba, mientras perdía fuerza el brillo de sus ojos. Durante una fracción de segundo, estuvo tentado de abrazarla y, después, la tentación pasó. Como dos boxeadores en un ring, se devolvían los golpes. ¿Cómo habían llegado a esa situación?

—¡Dios santo! —exclamó Espérandieu, leyendo el artículo siguiente.

Servaz, que no tenía tan buena vista como su ayudante, no leía tan deprisa como él los borrosos y pequeños caracteres de las microfichas, pero al percibir la excitación de su voz, se le aceleró el pulso. Le dolían los ojos y tenía ganas de estornudar a causa del polvo acumulado en aquel reducto. Después de frotárselos, se inclinó hacia la pantalla luminosa y leyó:

Pese a que aún no se han determinado las causas del accidente, la hipótesis de un error humano parece confirmarse. Los testimonios de los niños supervivientes parecen coincidir en ese sentido. Joachim Campos, el conductor del autobús, de treinta y un años, mantenía según ellos una animada conversación con una de las profesoras, Claire Diemar, en el momento de los hechos, y no dudó en desviar la vista de la carretera en varias ocasiones para dirigirse a ella. Claire Diemar es, junto con el chófer del autocar y un vigilante de veintiún años llamado Elvis Konstandin Elmaz, uno de los tres adultos que salieron con vida de la tragedia. Otro adulto que también acompañaba a los niños halló la muerte intentando salvarlos.

—Qué historia, ¿eh? —comentó alguien tras ellos.

Servaz se volvió y observó al hombre de unos cincuenta años que permanecía en el umbral, con su pelambrera encrespada, una barba de cuatro días y las gafas apoyadas en el pelo, mirándolos con una sonrisa. Incluso si no se hubieran encontrado en el sótano de la redacción de un periódico, Servaz habría podido pegarle un post-it fluorescente con la palabra «periodista» en la frente.

—¿Fue usted quien cubrió el caso?

—En efecto. —El hombre dio un paso hacia ellos—. Créanme que esa fue la única vez en mi vida profesional en que habría preferido dejarle la exclusiva a otro.

—¿A qué se refiere?

—Cuando llegué al lugar, el autobús estaba ya en el fondo del agua. En mi vida he visto bastantes cosas, pero nada comparable a eso. Los bomberos del valle estaban allí.

Había incluso un helicóptero de salvamento en la montaña. Los pobres estaban destrozados. Habían hecho todo lo posible para sacar el máximo de niños antes de que el autobús se hundiera en el lago, pero no habían conseguido salvarlos a todos y uno de ellos había quedado atrapado en el fondo con los chavales. Otros dos bomberos, que se encontraban en el autobús cuando cayó al lago, lograron llegar a nado a la superficie. Después volvieron a sumergirse en el agua, pese a que el idiota de su capitán se lo había prohibido, y todavía consiguieron sacar a uno, pero los demás estaban ya muertos, ahogados o aplastados. Y durante todo el tiempo que duraron las operaciones o casi, ese puñetero faro siguió funcionando pese a todo y contra todo. Con todos los golpes que había recibido el autocar, ¿se figuran? Parecía, qué sé yo, una especie de ojo luminoso... Sí, eso es, el ojo de un puñetero animal mitológico bobalicón, como el monstruo del lago Ness, vamos... con niños en el vientre, allá, en el fondo de ese lago. Se vislumbraban los contornos del autobús. Hasta me pareció atisbar... agh, ¡qué horrible! —añadió.

La última exclamación la pronunció con un nudo en la garganta.

Servaz se acordó de la linterna hundida en la garganta de Claire, ahogada en su bañera, y en la extraña postura torcida que le había hecho adoptar el asesino, y le costó muchísimo disimular su turbación. El hombre se acercó y, colocándose las gafas de recia montura en la nariz, se puso a leer lo que había escrito en la pantalla.

—Pero lo peor fue cuando los cuerpos de algunos niños empezaron a subir a la superficie —prosiguió—. Las ventanas estaban rotas y el autobús, volcado de costado. Más de la mitad de los niños quedaron atrapados allí, pero los otros, pasadas unas horas, acabaron soltándose de los cinturones o de las prendas que los retenían y siguieron el proceso que siguen todos los ahogados que no tienen un quintal de cemento en los pies. Subieron... como unos globos, joder, como unos peleles que se quedaron flotando en la superficie.

«Como muñecas en una piscina», pensó Servaz. ¡Virgen santísima! El hombre pareció sustraerse a los recuerdos y, de repente, adoptó el aspecto del perro que ha olido un hueso enterrado en el suelo.

—Y díganme, ¿por qué, de pronto, hay dos policías que se interesan por ese viejo suceso? —Servaz vio cómo, tras haber observado primero a su ayudante y luego a él, al periodista se le iluminó la mirada a la manera de una bengala—. ¡Huy, mierda! ¡Claire Diemar! La profesora asesinada... ¡Ella también iba en el autobús!

«Mierda, sí», pensó Servaz, que ya percibía cómo el reportero ponía en marcha la maquinaria y se formaba una visión de conjunto.

—¡Hostia puta! ¡Muerta ahogada en su bañera! ¿Creen que fue uno de los niños el que lo hizo, es eso? ¿O bien un padre? Pero ¿por qué seis años después?

—Váyase —dijo Servaz.

—¿Cómo?

—Váyase.

—Se lo advierto —replicó, con expresión ensombrecida, el periodista—, mañana mismo saldrá un artículo en *La República*. ¿Están seguros de que no tienen nada que declarar?

—¡Fuera!

—Estamos listos —comentó Espérandieu cuando se hubo ido.

—Sigamos buscando.

Los artículos siguientes informaban de la puesta en libertad del conductor, por falta de pruebas. A medida que transcurría el tiempo, los artículos se hacían menos frecuentes, relegados por temas de mayor actualidad. De vez en cuando, una hoja evocaba el drama, de manera cada vez más breve, cuando aparecía algún elemento nuevo. De este modo, toparon con el siguiente artículo:

TRISTE IRONÍA DEL DESTINO:
EL JEFE DE BOMBEROS DEL AUTOBÚS MALDITO
SE AHOGA EN EL GARONA

—Por lo visto la Parca mantiene las cuentas al día —comentó doctamente Espérandieu.

Al leer el artículo por encima, a Servaz se le activaron, no obstante, todas las alarmas.

Esta noche, uno de los actores del drama de Néouvielle ha hallado la muerte en circunstancias que guardan un extraño parecido con la muerte que él mismo consiguió evitar a otros hace un año. Si bien la investigación se encuentra todavía en su primera fase, todo indica que el antiguo responsable de los bomberos que, en el mes de junio pasado, trataron de prestar socorro a los niños del autobús siniestrado en el lago de Néouville, en cuyo accidente perecieron diecisiete niños, se enfrentó por motivos que aún no se han esclarecido a una banda de vagabundos que merodeaban por el Pont-Neuf de Toulouse. Un testigo que asistió de lejos a la escena ha declarado que el altercado subió rápidamente de tono por un asunto de un cigarrillo y que después «todo se precipitó muy deprisa». Después de ensañarse con él a golpes, los indigentes han arrojado al jefe de bomberos desde lo alto del puente. Su cuerpo fue recuperado después de que un testigo avisara a la policía, pero ya era demasiado tarde, puesto que la víctima se golpeó al caer contra uno de los pilares del puente. Las fuerzas del orden buscan activamente a los agresores. Bertrand Christiaens, de cincuenta y un años, acababa de ser trasladado a Toulouse hacía tan solo un mes.

—¡Mierda! —exclamó Servaz, levantándose de un salto—. ¡Llama a la división! ¡Quiero a todo el mundo en pie de guerra! ¡Buscad la lista de todas las personas que participaron de cerca o de lejos en el drama y cotejad sus nombres con los archivos! ¡Diles que es urgente, que la prensa ya está sobre la pista! ¡Diles que tenemos a los periodistas pisándonos los talones!

Una vez conectada en el ordenador de su oficina, Irène Ziegler tardó menos de tres minutos en averiguar la identidad del propietario del vehículo con la matrícula cuyo número le había proporcionado Drissa Kanté. Dos segundos más tarde, conocía ya su profesión.

«Zlatan Jovanovic, agencia de detectives privados. Vigilancias/Investigaciones. A su disposición las 24 h, todos los días de la semana. Declarado en Jefatura».

La dirección se encontraba en Marsac...

Irène se echó atrás en el sillón, con la vista fija en la pantalla. «Marsac...». ¿Y si su hipótesis inicial era errónea? ¿Y si no era Hirtmann el que había pagado para espiar a Martin? Un detective de Marsac... La investigación que dirigía Martin se concentraba en esa ciudad. Consultó el reloj. Tenía cita en el tribunal de Auch por un caso de violencia conyugal en el que estaba citada como testigo. Después la esperaban en el despacho del comandante de la compañía. Aquello suponía dos horas perdidas, como mínimo, seguramente más. Después iría a Marsac a ver a ese tal Zlatan.

No tenía una orden judicial, pero ya se le ocurriría algo.

Se levantó, cogió la gorra y cepilló algunas motas de la camisa del uniforme. En la pared, un cartel representaba a una pareja de gendarmes que posaban para gloria y orgullo del cuerpo. Seguro que eran unos modelos salidos de un dosier de prensa. Se parecían a Barbie y Ken. Ziegler bajó la vista hacia su uniforme con un suspiro.

—Ya tenemos los primeros resultados —dijo Pujol por teléfono—. El conductor del autobús, Joachim Campos, consta en el registro de personas desaparecidas.

Servaz notó la descarga de adrenalina en la sangre.

—¿Con qué detalles?

—Desaparición inquietante. El 19 de junio del 2008.

El corazón se le puso a latir como un loco. Al jefe de bomberos lo habían arrojado al agua en junio del 2005, el año posterior al drama. El chófer del autobús había desaparecido en el 2008. Claire Diemar acababa de morir ahogada en su bañera en junio del 2010... ¿Cuántas víctimas más había? ¿Una por año? ¿Siempre en el mes de junio? Un detalle no coincidía con lo demás: Elvis. No encajaba en el esquema.

Había sido víctima de lo que podía considerarse como una tentativa de asesinato tan solo unos días después de Claire.

¿El que movía los hilos de todo aquello habría decidido acelerar la cadencia? ¿Por qué motivo? ¿Sería la investigación policial lo que lo había incitado a ello? Quizá le había dado miedo en ese momento. Quizá se había dado cuenta, de una manera u otra, de que Elvis podía conducirlos hasta él…

—Llama al hospital —ordenó—. Pregúntales si existe alguna posibilidad de que Elvis salga del coma, de que lo podamos interrogar.

—No existe ninguna —respondió de inmediato su ayudante—. Acaba de morir a consecuencia de las heridas. Han llamado del hospital hace unos minutos.

Servaz lanzó una maldición. Aquello sí que era mala suerte. No obstante, estaba convencido de que se hallaban muy cerca de la meta.

—En el caso del Pont-Neuf, del bombero que tiraron al Garona, localízame el nombre del testigo —pidió a Pujol.

Cerró el aparato y se volvió hacia Espérandieu, que permanecía sentado frente al volante.

—Volvamos a Toulouse y repasaremos con todo detalle la documentación sobre ese tipo, Campos.

—No puedo más.

Sarah miró a David. Su voz, frágil y trémula como una telaraña endurecida por la escarcha, parecía a punto de quebrarse. Se preguntó si estaba ya colocado o si se trataba de otra cosa. Era muy consciente de la hondura de su depresión. A menudo pensaba que, por más que el accidente hubiera sido el detonador que permitió que el ángel negro instalado en la psique de David desplegara sus alas, este se encontraba ya allí mucho antes, agazapado en algún lugar. Conocía el episodio del hermano menor ahogado en la piscina, que habían dejado a su cuidado cuando solo tenía nueve años. También sabía lo que le habían hecho el cabrón de su padre y el cabrón de su hermano. Había hablado a menudo con Hugo del asunto. Este decía que David era como un pollo sin cabeza. Quería muchísimo a David, pero David quería aún más a

Hugo. Entre ellos había un vínculo más que fraternal, un vínculo que ella no conseguía explicarse, un vínculo más fuerte, más profundo todavía que el que los unía a todos.

Sarah se contaba entre los que habían logrado salir primero por las ventanas del autocar cuando estaba volcado en la pendiente, retenido todavía por los árboles. Fue el joven profesor muerto el que la ayudó a pasar por la ventana. Aún se acordaba de su vergüenza y las palabras de excusa que farfulló cuando apoyó las manos en sus nalgas para expulsarla de un empujón. Después había vuelto a intentar salvar a uno de sus compañeros que había quedado atrapado debajo de un asiento, en una zona de difícil acceso. Para entonces el autobús no era más que un amasijo de metal martirizado, torcido. Curiosamente, se acordaba perfectamente de la cara redonda y de las gafas, igual de redondas, de aquel joven profesor. En clase, todos lo despreciaban porque no sabía hacerse respetar. Allí era blanco de chanzas, y Hugo lo imitaba de maravilla. Sarah no conseguía, sin embargo, acordarse de su nombre. No obstante, era a él a quien debía la vida, igual que David y que varios miembros del Círculo. Había acabado en el fondo del lago, como las demás víctimas. Siempre se había acordado, en cambio, del nombre de aquella guapa profesora novata a quien adoraban todos los alumnos y de la que estaban enamorados casi todos los niños. Aquella guapa profesora, tan desconsiderada, que había huido la primera, sin volverse, a gatas, chillando como una histérica y abandonando a su suerte a los niños, haciendo oídos sordos a sus gritos de auxilio. Claire Diemar. Ninguno de ellos la había olvidado. Su sorpresa fue mayúscula cuando volvieron a encontrarse con ella en Marsac, en *prépa*, Hugo, David, Virginie y ella. Se percataron de la palidez y la turbación que había manifestado cuando reconoció sus nombres, al pasar lista.

A lo largo de aquellos años, Sarah tampoco se había olvidado de aquel vigilante de nombre extraño y aires de joven gamberro: Elvis Elmaz. Él los animaba a fumar a escondidas cuando solo tenían doce años, les dejaba su *walkman* y les hacía escuchar música rock, les explicaba a los niños cómo tenían que comportarse con las niñas y a ella la acariciaba a hurtadillas porque, a los doce años, aparentaba dieciséis.

También podía tener terribles accesos de cólera y proferir siniestras amenazas. «Te voy a rebanar el pito y te lo voy a meter en la boca, gilipollas», le dijo un día a Hugo por una razón que había olvidado. Lo admiraban y lo temían a la vez. Les habría gustado parecerse a él, hasta esa noche en que descubrieron que su semidiós era un cobarde.

Al jefe de bomberos tampoco lo habían olvidado. Él había prohibido entrar en el autobús a sus hombres, con la excusa de que amenazaba con caerse al lago de un momento al otro... pero casi todos habían desoído la orden y uno de ellos había perdido la vida. Gracias a la desobediencia de aquellos bomberos formaban un Círculo de diez, y no de dos o tres. Aparte estaba el conductor que, no contento con haber perdido el control del vehículo porque estaba más pendiente de Claire Diemar que de la carretera, había sido también uno de los primeros en salir corriendo. La única persona a la que había prestado auxilio había sido precisamente a aquella cabrona, sin duda porque era guapa, igual que él era bien plantado y parlanchín, y porque habían coqueteado un poco, con discreción, durante el trayecto.

—¿Cómo se llamaba ese profe? —preguntó, antes de pegar la boca al extremo del *bong* para aspirar el humo enfriado y después inhalarlo de una vez.

David la miró con ojos vidriosos. Parecía completamente colocado.

—El de las gafas —dijo Virginie—. El que nos salvó. ¿La Rana...?

—No, ese era el apodo. ¿Nadie se acuerda de su nombre?

—Maxime —dijo David con voz pastosa, mientras cogía el instrumento que le tendía Sarah—. Se llamaba Maxime Dubreuil.

Sí, ahora se acordaba. Maxime, que fingía no oír los pedos, los silbidos y las risas que proliferaban a su espalda durante las clases; que se subía todo el rato las gafas en la nariz cuando hablaba; que tenía un ojo inútil y que un día se había puesto rojo de rabia, gritando «¿Quién ha escrito esto?» mientras señalaba la pizarra, donde ponía: «Dubreuil está cojo de un ojo». Al final resultó que Maxime Dubreuil era un héroe. Su cadáver lo recuperaron junto con los demás, al día siguiente, cuando la grúa sacó el autobús del agua. Sarah se acordaba de su madre, una mujer menuda y frágil de pelo igual de blanco que un algodón de azúcar. En el entierro lloraba, temblando como un pajarillo.

¿Habría aprobado Maxime lo que hicieron luego? Seguro que no. Cada vez tenía más la sensación de que se habían equivocado, el sentimiento de que se habían vuelto peores que las personas que los habían abandonado a su suerte.

—Hay que ocuparse de ese poli —dijo David.

Había hablado con voz átona, exánime. Virginie lo miró, pero por una vez guardó silencio. Se encontraban en aquella capilla abandonada en medio del bosque, a unos doscientos metros del instituto, donde solían reunirse para beber, conspirar y fumar porros, sentados en el suelo.

—Me corresponde a mí liquidarlo —añadió al cabo de un momento.

—¿Qué piensas hacer?

—Ya lo veréis.

Como suele ocurrir, el expediente sobre la desaparición de Joachim Campos se había abierto a raíz de una llamada, en ese caso la de su novia, que, tras esperarlo largo rato en el restaurante *La Pergola* la noche del 19 de junio del 2008, se había alarmado al comprobar que no llegaba. El informe explicaba que había tratado de comunicarse veintitrés veces con él en el curso de la velada, pero que siempre le había respondido el contestador. También había dejado dieciocho mensajes, de inquietud, de rabia, amenazadores, de alarma, implorantes, en los que quedaba de manifiesto la evolución de sus sentimientos.

Al salir del restaurante una hora después, se había trasladado directamente al domicilio de su novio, situado a unos quince kilómetros de allí. No había nadie. Su coche tampoco estaba en el parking.

Aquella noche había dormido muy mal. Según todos los testimonios recabados por los investigadores, Joachim era un hombre apuesto, con tendencia a flirtear con las mujeres, de modo que ella había pasado toda la noche reconcomiéndose. Al día siguiente, se había ausentado de su trabajo para ir al suyo. Joachim ya no era conductor de autobús. Aunque la justicia no había formulado ningún cargo contra él, su patrono lo había despedido por otra falta seis meses después del accidente. Entonces era reponedor de un centro comercial y en aquel puesto tenía muchas menos ocasiones de coquetear con hermosas desconocidas. En el trabajo, a la novia le habían explicado que Joachim no se había presentado esa mañana. Hacia media tarde había decidido avisar a la gendarmería, y le habían hecho comprender que no se podía hacer gran cosa. En Francia desaparecen cuarenta mil personas cada año; al noventa por ciento las encuentran durante las semanas siguientes. Todo adulto tiene derecho a rehacer su vida y a cambiar de dirección sin comunicarla a sus parientes o amigos. Eran más numerosos los hombres que hacían eso, aunque también había mujeres. Si se hubiera tratado de un niño, habrían organizado batidas y movilizado a los submarinistas para rastrear los lagos de la zona, pero un adulto que desaparece no es más que un número que pasa a engrosar las estadísticas. Para que se considerase como «inquietante», la desaparición debía tener como protagonista a un adulto aquejado de mala salud o sometido a tutela, o bien elementos que hicieran sospechar que la persona había desaparecido en contra de su voluntad. En aquel caso no se apreciaba ninguno de aquellos supuestos.

La novia de Joachim Campos era, sin embargo, testaruda, tal como demostraban las cincuenta y tres nuevas llamadas que había efectuado al móvil del exconductor. Acosó a los gendarmes y a la policía, hasta que logró su propósito en el último minuto, gracias a la aparición de un testigo que afirmó haber visto a alguien que correspondía a la descripción de Joachim en un viejo Mercedes gris la noche de su desaparición, precisamente a pocos kilómetros del restaurante donde tenía la cita. El antiguo chófer conducía, en efecto, un Mercedes gris, cosa que no podía saber el nuevo testigo. Había otro detalle interesante. Según dicho testigo, en el coche había dos personas más.

—Todo el mundo sabe que al señor Campos le gustaban las mujeres guapas —habían respondido los gendarmes, mirando de reojo a la (¿ex?) novia.

—Eran dos hombres —había precisado el testigo.

El caso se había clasificado en la categoría de desapariciones inquietantes. Por extrañas razones de procedimiento legal, lo habían transferido a la policía de Toulouse, que le había dedicado la mínima atención y, como ocurre siempre en estos asuntos, el fiscal se había apresurado a archivar el caso por falta de elementos concluyentes. A partir de ahí, Joachim Campos había pasado a formar parte del tres por ciento de desaparecidos que, de acuerdo con las estadísticas, no se encuentran nunca.

Servaz sacó, una por una, las hojas del expediente y entregó la mitad a Espérandieu. Eran las 14.28.

A las 15.12, Servaz empezó a concentrarse en el comprobante de las llamadas entrantes y salientes del teléfono móvil de Joachim Campos. Aunque no habían encontrado el aparato, a petición de la fiscalía el operador había proporcionado el comprobante de las llamadas.

Un número aparecía multitud de veces, la noche de la desaparición y los días siguientes. Antes de comprobarlo siquiera, Servaz ya sabía que se trataba de la pertinaz novia. Otras personas habían tratado de llamar al conductor a lo largo de los días siguientes: su hermana, sus padres y un número que, después de consultar el informe de la investigación, resultó ser el de una joven casada, madre de dos hijos de corta edad, que mantenía una aventura con Joachim desde hacía varios meses.

A las 15.28, Servaz desplazó la atención a la ubicación de las últimas llamadas efectuadas y recibidas por Joachim Campos o, lo que es lo mismo, a las antenas repetidoras que su móvil había activado a su paso en el curso de las horas que precedieron y siguieron a su desaparición, con la esperanza de llegar a retrazar un itinerario.

«La novia», pensó de repente.

Servaz observaba la línea correspondiente a una de las numerosas llamadas que había realizado desde el restaurante *La Pergola*, mientras cenaba sola, corroída por la inquietud.

«Parece que al final tu perseverancia va a servir para algo», le dijo mentalmente al ver el topónimo en la hoja.

—Un mapa —dijo—. Necesito un mapa de los Pirineos centrales.

—¿Un mapa? —preguntó, estupefacto, Espérandieu.

A continuación presionó varias teclas en el ordenador y abrió Google Maps.

—Ahí tienes el mapa.

Servaz miró la pantalla.

—¿No puedes agrandarlo un poco?

Espérandieu desplazó el cursor vertical hacia abajo y el territorio cubierto por el mapa se ensanchó al tiempo que aumentaban las distancias entre las poblaciones.

—Un poco más hacia el sureste —pidió Servaz.

Su ayudante siguió las indicaciones.

—Ahí —dijo Servaz, señalando con el dedo.

Espérandieu observó el lugar indicado. Era el restaurante *La Pergola*.

—Sí. ¿Y qué más?

—Allí, el restaurante; ahí, la última antena de telefonía móvil que registró el paso del móvil de Joachim Campos. Queda a 30 kilómetros del establecimiento, pero en la dirección contraria de su domicilio. Un testigo afirma haber visto a alguien parecido a Joachim en su Mercedes cerca del restaurante más o menos media hora antes de que la antena registrase el paso de Campos, en compañía de dos personas. Suponiendo que el dato no fueran figuraciones del testigo, eso significa que Campos no iba a su casa.

—¿Y después? Sabe Dios adónde se dirigía. Quizás iba a casa de esa mujer que lo llamó.

—No, tampoco es esa la dirección. Lo que resulta interesante es que, a partir de allí, no se activó ninguna otra antena pese a las numerosas llamadas que le dirigió la desesperada novia.

—Como si el teléfono hubiera quedado destruido o fuera de servicio, abandonado en algún sitio —dedujo Espérandieu.

—Exacto. Y eso no es todo. Sigue ampliando.

Espérandieu hizo bajar un poco más el cursor y el territorio representado se siguió agrandando. Servaz deslizó el dedo desde el restaurante a la antena y después prolongó la trayectoria.

—Mierda —exclamó su ayudante al ver que el dedo se acercaba cada vez más a un lugar cuyo nombre habían leído por lo menos cien veces en el curso de las últimas horas: el lago de Néouvielle.

Ziegler montaba en su Suzuki delante del tribunal pensando en la lección que acababa de darle al abogado de oficio y observando el negro cielo cuando en su bolsillo resonó *Singing in the Rain*. Se subió la cremallera de la cazadora de cuero observando la pantalla del iPhone: Martin.

—Hiciste submarinismo en Grecia, ¿no? —le preguntó este cuando descolgó—. ¿Con o sin botellas?

Se puso de inmediato en guardia, debido a la incongruencia de la pregunta.

—Con —respondió, al tiempo que se despertaba su curiosidad.

—¿Te desenvuelves bien buceando?

—¡Ja, ja! —contestó con una risita seca—. Soy monitora federal de primera categoría y, por consiguiente, monitora dos estrellas en la confederación mundial de actividades subacuáticas.

Oyó que él emitía un silbido.

—Eso suena estupendo. Supongo que quiere decir que sí, ¿no?

—Martin, ¿por qué quieres saber eso?

Se lo explicó.

—Y tú, ¿has hecho submarinismo?

—Con una máscara y un tubo, sí, un par de veces…

—Hablo en serio. ¿Y con botellas?

—Eh… sí, varias veces, pero hace mucho.

Era mentira. En total, solo se había sumergido con botellas una vez en toda su vida… en una piscina… en compañía de Alexandra y de un instructor.

—¿Cuándo fue eso?

—Mmm… hará unos quince años… o quizás un poco más…

—Es una idea malísima.

—Es la única que se me ocurre. No podemos permitirnos esperar el visto bueno de la fiscalía y tener un equipo de buceadores a nuestra disposición. La prensa va a apoderarse de la noticia en cuestión de horas. Después de todo, no es más que un pequeño lago… Y no hay tiburones —trató de bromear.

—Insisto en que es una mala idea, joder.

—¿Tienes lo que se necesita de material? ¿Un traje de buzo para mí?

—Sí… Creo que podré encontrar uno.

—Muy bien. ¿Dentro de cuánto te paso a buscar?

—Tengo cita con el comandante de la compañía. Dentro de dos horas.

Ardía de curiosidad por saber qué había encontrado Martin. Lo de Zlatan Jovanovic tendría que esperar.

Botellas de oxígeno, inmersión en un lago…

«En el fondo debe de haber un tesoro», se dijo.

44

Inmersión

*L*a tarde estaba más que mediada cuando se desviaron por la pista de tierra, mientras por poniente prosperaban los oscuros nubarrones. Avanzaron dando sacudidas hasta la cadena cerrada con un candado. En el medio colgaba un oxidado cartel que decía: PROHIBIDO BAÑARSE.

El lago y la presa surgieron ante ellos. Servaz observó la otra orilla, situada a doscientos metros de allí, a poca distancia de la cual la carretera trazaba una cerrada curva. Fue en ese lugar donde el autocar salió proyectado a la pendiente. Por aquella vía era imposible llegar al lago, ya que el ribazo de abajo descendía a lo largo de diez metros en un escabroso terreno al que solo se aferraban algunos viejos árboles cuyas desnudas raíces se hundían en el agua, dando testimonio de los sucesivos corrimientos de tierra. Entre sus ramificaciones afloraba un manto de ramas y detritus. En otros tramos, aun sin ser tan pronunciada, la pendiente era considerable y, sobre todo, la densidad de la vegetación de abetos y arbustos desaconsejaba pasar por allí para acceder al lago en traje de inmersión.

El único acceso lo proporcionaba el camino donde se encontraban.

Servaz apagó el aire acondicionado y, cuando abrió la puerta, el calor del día cayó sobre él como una prenda de vestir que hubiera dejado olvidada en pleno sol. Irène ya había rodeado el Cherokee y abierto el maletero. Mientras se desvestía, Servaz advirtió que estaba muy morena. También reparó en sus largas y musculosas piernas, el vientre plano y los menudos pechos. Cuando ella ya se ponía el traje de caucho negro encima de las bragas y el sujetador rosa, él empezó a quitarse la ropa.

—Tenemos que darnos prisa —dijo ella, mirando las nubes.

La tormenta rugía y se arremolinaba a lo lejos. De vez en cuando, estallaba un silencioso relámpago, pero seguía sin llover. Ziegler sacó el otro traje del coche y le ayudó a ponérselo. Le resultó desagradable el frío contacto del neopreno en la piel. Trató de recordar las explicaciones que ella le había hecho repetir varias veces en el coche y comenzó a arrepentirse de haber tomado aquella iniciativa.

—Parece que la tormenta está a punto de descargar —señaló ella—. No estoy segura de que sea una buena idea.

—No tengo ninguna más —repitió él.

—Quizá podríamos esperar a mañana. Un equipo de buzos peinará el lago. Si hay algo ahí, ellos lo encontrarán.

—Mañana, *La República de Marsac* va a publicar un artículo en el que divulgará que la policía está tratando de hallar un punto en común entre el accidente y el asesinato de Claire Diemar, y toda la prensa se va a interesar por el asunto. Si hay algo allí abajo, no quiero que la prensa esté presente para verlo.

—Si me dijeras lo que buscamos, estaría bien.

—Un Mercedes gris, con alguien en su interior quizá.

—Ni más ni menos.

Por un instante estuvo a punto de renunciar, pero un resto de orgullo le impidió demostrar su flaqueza. Ella, que lo percibió en su mirada, sacudió la cabeza con un suspiro, aunque sin añadir nada. Después de repetirle las explicaciones concernientes al regulador y a la respiración, le colocó la botella en la espalda. Luego ajustó las correas y distribuyó los tubos del regulador, la máscara y el tubo en los hombros y el torso.

—Esto es el *stab* —dijo, señalando el chaleco estabilizador—. Se infla y se desinfla con estos pulsadores de aquí, tal como te he mostrado. En la superficie siempre tiene que estar inflado. Eso te permitirá mantenerte fuera del agua sin esfuerzo. El *stab* va atado con esta correa a la botella, que a su vez está sujeta al descompresor. Hay que introducirlo así en la boca. Puedes morder un poco la goma si te da miedo perderlo.

Intentó respirar. Le pareció que el aire presentaba una resistencia en el tubo, aunque sin duda se debía al estrés. El corazón le latía con fuerza. Irène comprobó la colocación del cinturón, de las aletas y después le colocó el ordenador de buceo, parecido a un reloj, en la muñeca.

—Esto es la profundidad y esto, la temperatura. Y aquí marca el tiempo transcurrido. De todas maneras, no te pienso perder de vista y permaneceremos como mucho cuarenta y cinco minutos en el agua, ¿de acuerdo?

Asintió con la cabeza. Luego trató de moverse. Dio dos pasos al frente, levantando las rodillas para no tropezar con las aletas. Se sentía patoso, desequilibrado. El peso de la botella le creaba la impresión de que alguien se divertía a su costa tirando de él hacia atrás y que de un momento a otro se iba a caer de espaldas.

Ziegler cerró la puerta del maletero del Cherokee y el ruido hizo dispersar una bandada de pájaros en los pinos y abetos del otro lado del lago. Aparte de ello y descontando el cálido viento que agitaba las hojas y los truenos que gravitaban en el cielo, el silencio era absoluto.

—Bueno, resumamos. Con el día declinando, allá abajo va a ponerse oscuro pronto. Sitúa siempre la linterna delante de tu mano para que yo comprenda lo que quieres decir. Si todo va bien, haces la señal de OK. —Juntó el pulgar y el índice formando un círculo—. Teniendo en cuenta que eres un principiante, vas a agotar las reservas mucho más deprisa que yo, así que no te olvides de comprobarlo regularmente. Dispones de aire para una hora. Y si tienes un problema, o si nos separamos, agita la linterna en todas direcciones y quédate quieto. Yo iré a buscarte. ¿Queda claro?

Lo que estaba claro era que cada vez tenía menos ganas de ir. Aun así, realizó un gesto afirmativo, apretando más de lo necesario la boquilla del descompresor, con las mandíbulas crispadas.

—Otra cosa: inspira, pero no te olvides de espirar a intervalos regulares. Debajo del agua, si se hinchan demasiado de aire los pulmones, uno remonta sin querer a la superficie.

Si te ocurriera eso, acuérdate de que tienes que espirar lentamente, porque, al dilatarse el aire en los pulmones a medida que subes, podría ser peligroso.

«Estupendo». Un ave lanzó un ronco chillido y alzó el vuelo rozando la superficie del agua.

—Es una absoluta estupidez —añadió Ziegler—. ¿Estás seguro de que quieres hacerlo?

Una vez más, asintió con la cabeza.

Con un encogimiento de hombros, ella dio media vuelta y entró de espaldas en el agua, mirando hacia la orilla, produciendo un casi inaudible chapoteo. Él la imitó y enseguida sintió el frescor del agua a través del traje. Aunque no era desagradable, porque ya empezaba a asfixiarse, no estaba seguro de que la impresión fuera a ser la misma después de pasar una hora allá abajo. «Un lago de montaña —pensó—. Nada que ver con las Seychelles…».

Cuando el agua les llegó al pecho, la gendarme escupió en la máscara y tras extender la saliva en la superficie de plexiglás, la enjuagó antes de ajustársela en la nariz. Servaz siguió su ejemplo. Después hundió la cara en el agua e inspeccionó el fondo. El lodo que habían removido había propagado miles de partículas que le impidieron ver algo. «Esperemos que esté menos turbio en el fondo».

—Otra cosa. Cuando te suelte la mano, mantente a la misma altura que yo. No te alejes más de tres metros. No quiero perderte de vista. Y no olvides equilibrar la presión en los tímpanos apretándote la nariz y espirando. Así disminuirá el zumbido en las orejas. Este lago es profundo y al cabo de dos o tres metros ya se notan los efectos de la presión.

Efectuó el signo OK y ella esbozó una sonrisa. Parecía aún más nerviosa que él.

—Ponte la boquilla en la boca —le indicó.

Luego lo cogió por la mano y se tumbaron en el agua agitando las aletas. Una vez que se hubieron distanciado de la orilla, Irène le indicó que desinflara el chaleco y después iniciaron el descenso en medio de una nube de burbujas.

Le costó varios segundos acostumbrarse al regulador. Mientras tanto tomó conciencia de que le exigía un verdadero esfuerzo respirar bajo el agua. Los recuerdos de su experiencia en piscina, que databan de veinte años atrás, cobraron vida, y entonces se acordó de que, ya entonces, no le había gustado nada la sensación.

Pese a la proximidad de la orilla, se encontraban ya en una tenebrosa masa cuyo límite no alcanzaba a percibir pese a la luz de las linternas. Irène lo guiaba, llevándolo de la mano, mientras seguían bajando. El aire silbaba cuando inspiraba y cuando espiraba se formaban burbujas a su alrededor. Después, en el haz de las linternas apareció polvo en suspensión y enseguida se hizo visible el fondo, irregular, pendiente y cubierto de una gran pradera de algas, que ondeaban como una cabellera movida por las corrientes, cinco metros más abajo. Al mismo tiempo, percibió un dolor cada vez más intenso en los tímpanos, acompañado de un zumbido. Con una mueca, soltó a Ziegler para llevarse la mano al oído. Al instante, ella lo cogió por el chaleco y lo obligó a subir. Mirándolo a través de la máscara, efectuó el gesto para equilibrar, espirando con los dedos colocados en pinza en la nariz. Al efectuarlo, él notó cómo le salía una gran burbuja de aire del oído. El dolor desapareció y ya solo oía un ligero zumbido. Resolviendo que era soportable, realizó la señal de OK y reanudaron el descenso, durante el cual equilibraron dos veces más la presión.

Una vez en el fondo, las carnosas cintas de las algas les rozaron la barriga. Nadaban en la dirección donde había más probabilidades de que se hubiera despeñado el coche desde la carretera. Irène aún no le había soltado la mano y, sin embargo, se sentía solo en el mundo. Solo con sus pensamientos, y con su estrés.

«Ligero...».

Con la impresión de haberse vuelto ingrávido.

«Silencioso...».

Lo único que oía era el sonido del burbujeo y el eco de su respiración, que se volvía cada vez menos opresiva.

Echó un vistazo al ordenador de buceo.

Quince metros.

Al cabo de un momento, Ziegler le soltó la mano y lo miró. Una vez que le hubo confirmado con un gesto que todo estaba normal, se apartó de él y siguió nadando en la misma dirección. Servaz escrutó en torno a sí. No había mucho que ver. Estaban solos en el fondo de un lago en el que a nadie se le ocurriría buscarlos si sucedía algo y se sentía muy vulnerable. Su nerviosismo iba en aumento, ahora que ella ya no le sujetaba la mano. «Bueno, cálmate, estás tan solo a unos metros de la superficie. Bastará con que te llenes los pulmones e infles el chaleco para subir».

Claro que Ziegler le había hablado de unas etapas que había que respetar, incluso a aquella profundidad. También había resaltado que era muy importante no ceder al pánico. «Mierda». Miró hacia arriba y vio una vaga y lejana luz, más gris que azulada. Quizá se había desatado la tormenta. Aquella idea acabó de angustiarlo, dificultándole la respiración. «Cálmate. Espira». Concentrándose en lo que tenía ante sí, inspeccionó el fangoso lecho que abarcaba el haz de la linterna. Al volver la cabeza, vio a Ziegler, que, apenas tres metros más allá, proseguía la exploración moviendo la linterna de un lado a otro, ligera y tranquila, ondulante como una sirena. No le prestaba la más mínima atención. Aunque se pusiera a chillar, no lo oiría. «Si tienes un problema, o si nos separamos, agita la linterna en todas direcciones y quédate quieto. Yo iré a buscarte…».

El fondo del lago se había vuelto más irregular. Las rocas, tocones de árboles y pequeños montículos que sortear componían un paisaje igual de accidentado que en la superficie, cada vez más parecido a un vertedero a cielo abierto. Servaz iluminó un gran tocón, subió un poco para franquearlo y volvió a descender hacia la pradera de algas. Después, cuando el suelo empezó a elevarse de manera sensible, lanzó una ojeada a Ziegler. Sin darse cuenta, se habían alejado aún más el uno del otro. Al constatarlo, volvió a experimentar un acceso de pánico. Se encontraba solo consigo mismo y los miles de metros cúbicos de hostiles aguas que se acumulaban contra la delgada película de plexiglás de su máscara.

Delante de su cara pasó un desfile de pececillos, revestidos de reflejos de plata.

Había algo un poco más allá, entre las algas y el fango, seguramente un electrodoméstico que habían arrojado desde la orilla. La pendiente y el creciente número de detritus indicaban que esta no se hallaba lejos. Hizo batir las aletas para propulsarse hacia allí. Ahora, entre las algas percibía el pálido reflejo de un vidrio y el de un objeto metálico. El corazón se le aceleró, mientras se adueñaba de él una mezcla de excitación y aprensión. Se esforzó por respirar despacio, a pesar de la impaciencia y la curiosidad. Se acercó un poco más y entonces lo vio. El Mercedes gris de Joachim Campos... casi intacto pese al óxido que lo roía. La mitad de la matrícula había desaparecido por efecto de la corrosión, pero aún quedaban una X, una Y, dos ceros y los números correspondientes al departamento 65 claramente identificables.

En el interior había algo.

«Tras el volante».

Lo veía a través del parabrisas, recubierto de una fina película verde y translúcida.

Pálida e inmóvil, encarada al frente, allí estaba la silueta del antiguo conductor de autobús.

Sintió que la sangre se le agitaba demasiado, que respiraba demasiado deprisa. Rodeó el vehículo contorsionándose y, con torpes movimientos, se aproximó a la puerta del lado del conductor.

Alargó el brazo para accionar la manecilla, previendo que estaría bloqueada, pero, contra todo pronóstico, la puerta se abrió con un chirrido sofocado por el agua. No había, sin embargo, suficiente espacio para abrirla del todo; las ruedas estaban hundidas en el suelo y la parte inferior de la puerta rozaba contra el relieve del fondo.

Servaz se asomó al interior y enfocó la figura instalada frente al volante.

Seguía en su sitio, mantenida por lo que quedaba del cinturón de seguridad. En caso contrario, al cabo de unos días los gases habrían hinchado el cadáver, que habría subido por el interior del vehículo hasta quedar flotando junto al techo. El haz de luz reveló detalles que Servaz habría preferido ignorar: la prolongada inmersión había transformado las grasas del cuerpo en adipocira, o grasa de cadáver, una sustancia de tacto parecido al del jabón, confiriendo a Joachim la apariencia de una estatua de cera perfectamente conservada.

El proceso de saponificación había detenido la descomposición, manteniéndolo tal cual durante todo ese tiempo. El cuero cabelludo en cambio había desaparecido, de modo que Servaz tenía ante sí una cabeza calva y cerosa, que surgía de lo que quedaba del cuello de la camisa. Más allá de las andrajosas mangas, la epidermis de las manos se había desprendido como si de un par de guantes se tratara, siguiendo una evolución también típica de los cadáveres en inmersión. Los ojos habían desaparecido, sustituidos por dos negras órbitas. Servaz pensó que el coche había protegido en parte el cadáver de los predadores. Respiraba cada vez más deprisa. Había observado cadáveres con anterioridad, pero nunca a diez metros de profundidad en un lago, aprisionado en el interior de una escafandra. El agua, cada vez más fría, le provocó un escalofrío. La creciente oscuridad, la burbuja de luz y ahora ese cuerpo… Le costaba evacuar el dióxido de carbono, que le infectaba el cerebro, produciéndole una sensación de ahogo.

Después se percató del orificio contiguo a la sien. El proyectil había atravesado la mejilla cerca de la oreja izquierda. Después de examinarlo, Servaz llegó a la conclusión de que el disparo había sido realizado a quemarropa.

De repente, sucedió algo increíble. ¡El cadáver se movió! Servaz sintió que el pánico se apoderaba de él. Los jirones de camisa del torso se agitaron de nuevo y, cuando retrocedía a toda prisa, se golpeó la cabeza con el chasis. Notó que se había enganchado algo al regulador y, por un instante, quedó aterrorizado ante la posibilidad de no disponer de aire. Emitió una nube de burbujas impelido por el pánico y, con la conmoción, soltó la linterna, que bajó despacio hacia el suelo del coche, entre las piernas del muerto, capturando el cadáver, el salpicadero y el techo en su luminoso torbellino.

En ese preciso momento, un minúsculo pececillo surgió de lo que quedaba de camisa y huyó nadando. A Servaz le zumbaban los oídos, le faltaba el aire y el pulso le golpeaba las sienes. Entonces cayó en la cuenta de que había olvidado consultar el manómetro. Alargando el brazo hacia el interior, recogió la linterna de entre los pedales y los zapatos del muerto y la movió en todas direcciones para pedir socorro.

¿Dónde estaba Ziegler?

No tenía el valor de esperar. Movió con vigor las aletas para precipitarse hacia la superficie. Apenas unos metros antes de llegar, se encontró atrapado en una maraña de blancas raíces tentaculares.

Sintiendo que algo le aferraba la pierna, se debatía con furia para liberarse, cuando otro trozo de madera le golpeó violentamente la máscara. Aturdido por el choque, trató de zafarse por la izquierda y después por la derecha, pero, de nuevo, topó con duras y rígidas raíces. ¡Las había por doquier! ¡Estaba preso de aquella madeja que había divisado de lejos, a tan solo unos metros de la superficie! Se le debía de haber estropeado la linterna, porque solo veía una sucesión de gris, un poco más claro hacia arriba, muy negro hacia abajo, y el inextricable y oscuro laberinto de raíces en torno a sí. Se dio cuenta de que estaba perdiendo la noción de las cosas, de que no era ya capaz de pensar. No tenía arrojo para retroceder ni para volver a bajar. Tenía que encontrar fuera como fuera la manera de salir hacia arriba.

«¡Ahora!».

De pronto, notó como si alguien le arrancara de la boca la boquilla del regulador. Tanteó, aterrorizado, y localizándolo, tiró hacia sí, pero el regulador seguía enganchado entre unas ramas o unas raíces. Pegó la boca a él y aspiró con avidez el oxígeno. Volvió a debatirse y de nuevo se le escapó el regulador. Algo no encajaba. Si el regulador seguía unido a la botella, ¿cómo podía estar enganchado entre las raíces? Se lo acercó a la boca y, tras respirar otra vez, trató desesperadamente de soltarlo agitándolo. No hubo manera. Cegado por el pánico, oía el crepitar de las burbujas que brotaban a su alrededor, como un síntoma de su pavor.

Resuelto a no quedarse ni un minuto más atrapado en aquella agua, desenganchó las correas de la botella y se revolvió para liberarse del arnés. Luego aspiró por última vez a fondo por la boquilla.

Agarró las raíces, sacudiéndolas hacia todos lados, pero sus fuerzas eran insuficientes en el agua. Pateó con las aletas, tiró y se arqueó. Empujó con las piernas y se produjo un sordo crujido. Se abrió camino hacia arriba, a ciegas. Se introdujo en un exiguo orificio y siguió subiendo… se golpeó… for-

cejeó… trepó… se revolvió… se golpeó… se soltó… subió…
subió… subió…

La lluvia llegó por poniente, cual ejército que se abate sobre
un territorio. Después de que su heraldo hubiera anunciado
su inminencia con violentas ráfagas de viento y relámpagos,
se abatió sobre los bosques y las carreteras. No fue una simple lluvia, sino un auténtico diluvio que barrió los tejados y
las calles de Marsac, desbordó las alcantarillas y azotó las
viejas fachadas antes de proseguir su camino campo a través.
Ahogó las colinas, haciéndolas desaparecer bajo su pesado
manto líquido, y erizó la superficie del lago cuando la cabeza
de Servaz horadó el manto de ramas y detritus que flotaba
entre las raíces, cerca de la orilla.

La máscara se le adhería a la cara como una ventosa. Para
arrancársela tuvo que estirar con fuerza y le dio la impresión
de que las mejillas se le iban a desprender también. Abrió la
boca para engullir el aire fresco con grandes y ávidas boca-
nadas, dejando que la lluvia le resbalara por la lengua. Cuando volvió la cabeza, de nuevo lo invadió el miedo. ¿Qué hora
sería? ¿Cuánto tiempo habían pasado allá abajo para que ya
hubiera anochecido? Oyó que Ziegler emergía del lago a su
lado. Enseguida lo cogió por los hombros.

—¿Qué ha pasado? ¡¿Qué ha pasado?!

Sin responder, se puso a mover la cabeza a un lado y a
otro, con los ojos muy abiertos y la máscara encima de la frente. La lluvia crepitaba al chocar con el neopreno de su traje.
Oyó el estrépito de un trueno cercano y el ruido del aguacero
que se descargaba en la superficie del lago.

—¡Por el amor de Dios! —vociferó—. ¿Me ves?

Sin soltarle los hombros, ella miró a su alrededor, buscando la manera de llegar a la orilla y escalar la abrupta pendiente
agarrándose a las ramas o a las raíces. Después se volvió hacia
él. Miraba hacia todos lados, pero de una manera extraña, sin
posar la mirada en ninguna parte y sin mirarla a ella.

—¿Me ves? —repitió él, más fuerte.

—¿Cómo? ¿Cómo?

—¡No veo nada! ¡Estoy ciego!

Los observaba, silencioso e invisible como una sombra. Como una sombra entre las sombras. Ellos no se imaginaban que estuviera tan cerca. Ni siquiera imaginaban que pudiera encontrarse por aquellos parajes. Se quitó el gorro negro para sentir el martilleo de la lluvia en el cráneo a través del pelo teñido de rubio y cortado al rape y después se acarició la oscura y chorreante perilla con una sonrisa en los labios y los ojos chispeantes en medio de la penumbra.

Los había seguido hasta aquella capilla abandonada y en ruinas donde tenían, por lo visto, la costumbre de reunirse. Oculto entre las matas, por la ventana desprovista ya de vitral, los había escuchado perorar mientras aspiraban por turnos el humo de la pipa de agua. Debía reconocer que eran mucho más interesantes que la mayoría de sus semejantes, todos esos jóvenes primates semianalfabetos. Ahora comprendía mejor por qué Martin se había convertido en la persona que era. En aquel sitio formaban adultos francamente prometedores. Imaginó una escuela del crimen que hubiera formado con esa estrategia a sus estudiantes. Él habría podido impartir clases allí, se dijo al tiempo que se ensanchaba su sonrisa.

Agachado bajo la lluvia entre las matas, observó cómo los jóvenes salían de la capilla y emprendían el camino de regreso hacia el instituto a través del bosque, protegidos con impermeables. A continuación entró tranquilamente en el pequeño edificio abandonado. El Cristo y los demás signos de culto habían desaparecido hacía mucho. El suelo estaba cubierto de latas de cerveza, botellas de Coca-Cola vacías, envoltorios de barritas de cereales y páginas de revistas llenas de anuncios, groseros símbolos de aquella otra religión, dominante y estéril, dedicada al consumo de masas.

Aun careciendo de fe, Hirtmann debía reconocer que ciertas religiones, como la cristiana y la musulmana en especial, habían superado a todas las demás en materia de suplicios y de ferocidad. Él mismo se habría visto manejando los sabios instrumentos imaginados por algunos genios medievales, sus semejantes, que por aquel entonces tuvieron a su disposición las condiciones para expresar su talento. Él habría predicado con la misma elocuencia que había empleado en las salas de audiencias para poner a la sombra a individuos sobre cuya inocencia pesaba un mínimo de duda. Por el momento, se disponía a actuar como juez y verdugo. Iba a actualizar a su manera la vieja broma del cazador cazado.

Al principio había creído que el usurpador, la persona que había osado ocupar su lugar y hacerse pasar por él, se encontraba entre aquellos jóvenes, pero, tras escucharlos e indagar un poco, había comprendido que no era así. Entonces se había hecho cargo de la cruel ironía de la situación. «Pobre Martin...». Había sufrido ya tanto... Por primera vez en su vida tal vez, Hirtmann se sentía conmovido por un impulso de compasión y de camaradería que casi le hacía aflorar lágrimas a los ojos. Él mismo se extrañaba de que Martin pudiera producir ese efecto en él. Se trataba de una deliciosa y maravillosa sorpresa. «Martin, mi amigo, mi hermano...», pensó. Iba a castigar con dureza a la culpable, ya que su crimen era doble puesto que había dos víctimas. Le iba a hacer pagar su crimen de lesa majestad por un lado y su traición por el otro. Le iba a infligir un castigo que quedaría grabado a fuego en su cuerpo y en su cerebro.

45

Hospital

—*H*emorragia retinal —diagnosticó el médico—. Según la ley de Boyle Mariotte, P1 × V1 = P2 × V2, la variación de la presión comporta una variación en los volúmenes gaseosos. Como todos los gases, el aire contenido en su máscara ha acusado los cambios de presión. Bajo el efecto de esta, se ha comprimido al bajar y se ha dilatado al subir. Usted ha sufrido un accidente barotraumático, un traumatismo ocasionado por cambios demasiado bruscos de presión atmosférica. No sé qué habrá sucedido allá abajo, pero la pérdida total de la visión binocular es algo poco frecuente, aunque solo sea transitoria. De todas formas, no se preocupe, que no se va a quedar ciego.

«Estupendo —pensó Servaz—. ¿Y no me lo podía decir antes, imbécil?».

Le horripilaba la voz grave y pausada del médico, cargada de suficiencia. Era probable que, de haber podido ver el resto de su persona, le hubiera inspirado la misma reacción.

—La evolución de la hemorragia puede durar cierto tiempo —siguió pontificando el doctor—. La mácula, la zona de la visión central, ha quedado afectada. Lamento decirle que no existe un tratamiento específico para eso. Únicamente podemos incidir sobre la causa y, como en este caso la causa ha desaparecido, solo nos queda esperar a que las cosas vuelvan a su cauce por sí solas. Es posible, no obstante, que debamos recurrir a una ablación quirúrgica a fin de que pueda recuperar por completo la vista. Eso ya se verá. Mientras tanto, lo vamos a mantener en observación y usted deberá conservar esa venda en los ojos. Es necesario, sobre todo, que no se la intente quitar.

Asintió con una mueca. De todas maneras, no podía hacer mucho más, porque no veía nada.

—Parece que usted no hace las cosas a medias —bromeó el médico.

Le dieron ganas de contestar algo mordaz, pero curiosamente aquella frase lo tranquilizó, sin duda a causa de la ligereza del tono empleado por el médico.

—Bueno, volveré dentro de un rato. Descanse.

—Tiene razón —dijo Ziegler cuando se hubo alejado—. No haces las cosas a medias.

Por su voz, adivinó que estaba sonriendo y dedujo que también a ella le habían dado un pronóstico tranquilizador.

—Dime lo que te ha dicho.

—Lo mismo que a ti. Puede tardar varias horas o varios días. Si hay necesidad, te operarán, pero vas a recuperar la vista, Martin.

—Fantástico.

—Ha sido un error.

—¿El qué?

—Esa inmersión.

—Ya lo sé.

—Voy a tener que dar explicaciones a mis superiores.

Volvería a tener complicaciones, reconoció para sí. Y una vez más, sería por su culpa.

—Lo siento mucho. Asumiré toda la responsabilidad. Voy a hablar con Sartet y el fiscal para ver si se puede dictar un requerimiento retroactivo. Si no, diré que te mentí, que aseguré disponer de uno. Lo confirmaré si me interrogan.

—Bah, de todas maneras, no me van a echar por eso. Y, por lo demás, ya no me pueden hacer mucho más de lo que me hicieron. Además, está el cadáver. Eso lo justifica todo, ¿no?

—¿Cómo está lo del coche y el cadáver?

—Esta vez, no escatiman en medios. Ya lo están sacando todo del lago. El cadáver llegará a la sala de autopsias esta noche. Todos están en pie de guerra.

Oía el insistente rumor de la tormenta que caía al otro lado de la ventana y los sonidos normales de un hospital llegados por la puerta: voces de enfermeras, ruido de pasos en los pasillos, carritos en movimiento...

—¿Estoy solo aquí?

—Sí. ¿Quieres que ponga a alguien delante de tu puerta?

—¿Para qué?

—¿Olvidas que te dispararon la pasada noche? No ves nada y eres todavía más vulnerable. Esto es un hospital. Aquí la gente entra y sale continuamente.

—Aparte de la policía, nadie sabe que estoy aquí —respondió con un suspiro.

Irène le apretó la mano. Después oyó que se levantaba de la silla.

—Mientras tanto, tienes que descansar. ¿Quieres un calmante? La enfermera puede darte uno.

—Solo si es líquido y tiene al menos doce años.

—Me temo que ese no está incluido en la Seguridad Social. Descansa. Yo tengo que ocuparme de algo.

Servaz se irguió de manera imperceptible. Había percibido la tensión en su voz.

—Parece importante.

—Lo es. Mañana te lo explicaré con más detalle. Hay varias cosas que te tengo que contar.

Captó su turbación.

—¿De qué clase?

—Mañana.

Ziegler se paró bajo la marquesina del hospital y contempló la lluvia que caía a cántaros sobre el parking. Vio el arco eléctrico que formaba en el cielo crepuscular un relámpago, un instante antes de que el trueno hiciera temblar el aire.

Luego se subió la cremallera de la cazadora, se puso el casco y corrió hasta la moto. Después de arrancar tendiendo con precaución las piernas hacia el suelo, salió despacio del parking a una carretera que la tormenta había transformado en torrente. Descendió hacia el centro de Marsac, deslizándose como una sombra por las calles desiertas, circulando al ralentí sobre los adoquines inundados. Eran casi las ocho y no estaba segura de si lo encontraría en su casa o en el despacho. La dirección del trabajo le quedaba más cerca. Cuando levantó la vista hacia la fachada amarilla del modesto edificio del casco antiguo, vio que estaban encendidas las ventanas del último piso. Su instinto de cazador se despertó enseguida, haciendo afluir la adrenalina a las venas. Hacía tiempo que no se había concentrado en una cacería, la auténtica, aquella que le procuraba unas sensaciones que ni siquiera el sexo o la moto le podían aportar. Aparcó en la carretera, se quitó el casco y, alisándose el rubio cabello empapado, se encaminó a la puerta. Como no había ni interfono ni mecanismo eléctrico de cierre, se limitó a subir hasta el último piso, dejando un húmedo rastro en las escaleras. Luego llamó al timbre y aguardó.

—¿Sí? —respondió alguien por el interfono al cabo de una veintena de segundos.

—¿Señor Jovanovic?

—¿Sí?

—Me llamo Irène Ziegler y quisiera recurrir a sus servicios.

—Está cerrado. Vuelva el lunes.

—Quisiera hacer seguir a mi marido. Ya sé que sus tarifas no son baratas, pero estoy dispuesta a pagarle muy bien. Concédame un cuarto de hora, por favor.

Durante unos segundos, solo se oyó el silencio enturbiado por el chisporroteo del interfono. Después se accionó el sistema de apertura de la puerta e Irène la empujó, topando con cierta resistencia inicial. El minúsculo apartamento olía a cerrado y a tabaco frío. En el fondo del pasillo había luz, detrás de una puerta entornada hacia la cual se dirigió. Detrás, Zlatan Jovanovic estaba guardando unos documentos en la caja fuerte. Se trataba de un modelo antiguo, que apenas resultaba más eficaz que un simple armario. Un verdadero profesional no habría tardado más de un minuto en forzarla. Comprendió que la caja fuerte estaba allí para impresionar a los clientes tan solo. Era un truco que debía de utilizar ante todos los clientes nuevos: la escena de los documentos guardados en una caja fuerte. Los papeles importantes debían de encontrarse en otro sitio, probablemente en forma binaria en la memoria de un ordenador. Jovanovic cerró la recia puerta e hizo girar el cilindro. Después se dejó caer en su sillón giratorio de director de empresa.

—Usted dirá.

—No está mal el truco de la caja fuerte.

—¿Cómo?

—Un poco anticuado el modelo, ¿no? Conozco por lo menos a veinte personas que la abrirían con los ojos cerrados y una mano atada a la espalda.

Advirtió que entornaba los ojos de su bonachona fachada.

—No ha venido aquí porque tiene un marido infiel, ¿verdad?

—Muy perspicaz.

—¿Quién es usted?

—¿Le dice algo el nombre de Drissa Kanté?

—Nunca he oído hablar de tal persona.

Mentía. Lo supo por el ínfimo encogimiento de las pupilas. A pesar de su sangre fría de jugador de póquer, había recibido el nombre como una bofetada.

—Escucha, Zlatan… ¿me permites que te llame Zlatan? No tengo mucho tiempo. O sea que mejor será que evitemos los preliminares.

Sacó del bolsillo un lápiz USB que dejó encima del escritorio.

—¿Se parece a este el lápiz que le diste a Kanté?

No lo miró siquiera. Solo tenía ojos para ella.

—Repito la pregunta: ¿quién es usted? —dijo Zlatan.

—La persona que te va a enviar a chirona si no respondes tú a mis preguntas.

—Mi actividad es legal, estoy declarado en Jefatura.

—¿Y también es legal hacer instalar programas espía en los ordenadores de la policía?

Una vez más acusó el golpe, pero solo se notó durante una pequeña fracción de segundo. Debía de ser muy buen jugador de póquer.

—No comprendo a qué se refiere.

—Cinco años de trena, eso es lo que pende encima de tu cabeza. Voy a pedir una ronda de identificación y ya veremos si Kanté te reconoce. Además, tenemos un testigo, una amiga suya que te siguió y que anotó el número de matrícula de tu coche. Por no hablar del dueño del bareto, que te ha visto varias veces con él... Eso empieza a sumar bastante, ¿no crees? ¿Sabes lo que va a pasar? Que el juez de instrucción va a pedir que te detengan y después, con echar un vistazo a tu expediente, seguro que te meten en prisión preventiva.

El hombre se revolvió en el asiento. A pesar de su imperturbable fachada, Ziegler percibió en sus ojos el brillo del miedo.

—Parece que te has puesto muy nervioso, de repente.

—¿Qué quiere?

—El nombre de tu cliente, del que te pidió que espiaras al comandante Servaz.

—Si hago eso, mi negocio se va a pique.

—¿Crees que podrás continuar con tu negocio en chirona? Tu cliente es un asesino. ¿Quieres que te acusen de complicidad en asesinato?

—¿Y qué salgo ganando a cambio?

Ziegler respiró por fin. No tenía ninguna carta en la manga, ninguna orden judicial. Si se llegara a saber aquello, esa vez sí que se exponía a una expulsión del cuerpo.

—Quiero solo un nombre, nada más. Si lo obtengo, salgo de aquí y hago borrón y cuenta nueva. Nadie se enterará de nada.

Cuando el hombre abrió un cajón del escritorio, ella se tensó. No perdió ni un segundo de vista la manaza que metía dentro, dispuesta a abalanzarse sobre él por encima de la mesa. La mano volvió a salir con una carpeta de cartón que depositó delante de ella. Irène advirtió que el detective se mordía las uñas.

—Está ahí dentro.

De pie bajo la lluvia, Lacaze observaba la entrada de los nuevos juzgados. Eran las ocho y pico y no era seguro que fuera a encontrar en su oficina al hombre que buscaba. Después de tirar el cigarrillo, se encaminó hacia el vestíbulo, sin paraguas.

Los nuevos juzgados habían abierto sus puertas unos meses atrás. Al laberinto inicial de los antiguos edificios y patios dispuestos en torno a la calle Des Fleurs, los arquitectos habían añadido contemporáneas prolongaciones que complementaban la herencia patrimonial con una artificial elocuencia de vidrio, ladrillo, cemento y acero, apostando por la sobriedad y el dinamismo. A Lacaze le pareció que aquella opción destacaba como un involuntario reflejo del estado de la justicia del país, con su fachada y su vestíbulo ultramodernos disimulando la antigüedad y la escandalosa falta de medios del conjunto.

Aquella tentativa de modernización estaba, desde luego, condenada al fracaso.

Antes de pasar por el pórtico de seguridad tuvo que depositar el contenido de los bolsillos en una mesita. A continuación, atravesó el vestíbulo dominado por la gran vidriera y torció hacia la derecha, pasando frente a las puertas de las salas de audiencia. Una mujer lo aguardaba más allá, cerca del patio adornado con palmeras. Para continuar, era preciso disponer de una placa y Lacaze no tenía ninguna.

—Gracias por haberme esperado —dijo.

—¿Estás seguro de que estará todavía allí? —preguntó la mujer mientras mostraba su propia placa antes de empujar la puerta blindada.

—Me han dicho que trabajaba hasta tarde.

—Que quede claro: no le digas que he sido yo quien te ha abierto.

—No te preocupes.

Servaz oyó cómo se abría la puerta de su habitación y, por un instante, sintió auténtica aprensión.

—Ay, Jesús —exclamó, con su potente chorro de voz, Cathy d'Humières—. No sé cómo se las arregla para meterse siempre en semejantes trances.

—No es tan grave como parece —contestó él sonriendo, aliviado.

—Ya sé. Acabo de ver a los médicos. Si viera la cara que tiene, Martin... Parece ese actor italiano que trabajaba en esa película de los años sesenta... *Edipo rey...*

Al ensancharse su sonrisa, notó la tensión que le provocaban en las mejillas las gruesas vendas que tenía pegadas a las sienes y a la frente.

—¿Quieres un café? —ofreció otra persona, que por la voz identificó como Espérandieu.

Alargó la mano y este le entregó un vaso caliente.

—Creía que las visitas estaban prohibidas a partir de las ocho —señaló—. ¿Qué hora es?

—Las ocho y cuarto —respondió su ayudante—. Disponemos de un permiso especial.

—No nos vamos a quedar mucho —dijo la fiscal—. Tiene que descansar. No sé si será buena idea que tome café. Si no he entendido mal, acaban de administrarle un calmante.

—Ajá.

Había querido rechazarlo, pero la enfermera no le había dejado alternativa. Sin siquiera verla, había comprendido que iba muy en serio. El café era horrendo, pero tenía la boca seca y habría bebido lo que fuera.

—Martin, he venido como amiga, ya que la investigación es competencia exclusiva de la fiscalía de Auch, pero, entre nosotros, el teniente Espérandieu me ha explicado los detalles. Si no me equivoco, usted cree que el mismo asesino mató a toda esa gente a lo largo de los años a causa de ese accidente de autocar. ¿Sería ese el móvil?

Servaz asintió. Estaban muy cerca de la solución. Esa era la dirección por donde había que indagar: el Círculo, el accidente, la muerte del bombero y la del conductor de autobús... Todo se encontraba allí, ante su vista, y no obstante, en el fondo, albergaba una duda. Esta había surgido mientras se dirigían al lago y se disponían a sumergirse en él. Había algo que no encajaba, una pieza cuyo perfil no casaba con el de las otras. No alcanzaba, sin embargo, a precisar qué era y la migraña no le ayudaba precisamente a avanzar en ese sentido.

—Lo siento, pero tengo un dolor de cabeza horrible —dijo para soslayar la pregunta.

—Claro, claro —se disculpó Cathy d'Humières—. Hablaremos de todo eso cuando se encuentre mejor. Mientras tanto, seguimos sin noticias de Hirtmann —comentó, cambiando de tema—. Deberían haber puesto vigilancia delante de su puerta.

Sintió un escalofrío. Por lo visto, todo el mundo quería apostar un guardián delante de su puerta...

—No hace falta. Nadie sabe que estoy aquí, aparte del equipo de urgencias que me ha trasladado y algunos gendarmes.

—Sí. El caso es que Hirtmann ha dado señales de vida en varias ocasiones. Esto no me gusta nada, Martin.

—Tengo un timbre al lado de la cama, en caso de necesidad.

—Me quedaré un rato aquí, por si acaso —intervino Espérandieu.

—Muy bien. Si mañana está en forma, haremos un repaso de la situación. Le daremos un bastón de ciego si es necesario —añadió, abriendo la puerta.

Él respondió con un débil gesto evasivo.

—Buenas noches, Martin.

—¿No pensarás pasarte toda la noche aquí? —preguntó a su ayudante, una vez que hubo salido la fiscal.

Oyó el roce de un sillón que se movía.

—¿Preferirías una enfermera? De todas maneras, en tu estado, ni siquiera sabrías si es guapa o fea.

Ziegler cerró la carpeta. Zlatan Jovanovic la observaba desde el otro lado del escritorio con un peculiar brillo en los ojos, un brillo que antes no tenía su mirada. Había dispuesto de tiempo de sobra para reflexionar mientras ella leía. ¿De veras había creído que iba a salir de allí y hacer borrón sobre todo lo que había hecho? Quizás estaba pensando que ella no le había mostrado ningún papel oficial. De repente, se puso en guardia.

—Me llevaré esto —dijo, señalando la carpeta.

Él guardó silencio, sin dejar de mirarla. Ella se levantó y él la imitó. Ziegler reparó en sus manazas, colgadas a ambos lados del voluminoso cuerpo, en calmosa postura. Drissa Kanté tenía razón: el hombre debía de pesar unos ciento treinta kilos. Jovanovic rodeó despacio el escritorio. Ella permaneció de pie cerca de la silla, aguardando a que pasara cerca de ella y siguiera adelante, lista para zafarse si se le abalanzaba. Él pasó, no obstante, de largo, enfilando el oscuro pasillo. Ella introducía una mano en el bolsillo del traje de cuero, en el que llevaba el arma, empezando a seguirlo con la vista fija en su ancha espalda, cuando desapareció bruscamente por una puerta abierta a la derecha. No le dio tiempo a reaccionar. Viendo la oscuridad que se extendía más allá, se apresuró a coger el arma, quitar el mecanismo de seguridad y preparar una bala.

—¡Jovanovic, no haga el idiota! ¡Déjese ver!

Con la pistola lista, escrutó la oscuridad que se abría en el marco de la puerta, inmovilizada a menos de un metro de distancia, sin decidirse a seguir. No tenía ganas de que se abatieran sobre ella ciento treinta kilos de humanidad ni de sentirse aporreada por aquellas manazas.

—¡Salga de ahí ahora mismo, joder! ¡No dudaré en liquidarlo si hace falta!

Nada. ¡Hostia! La sangre le bullía en las carótidas. «¡Piensa un poco!». Seguramente se encontraba justo detrás de la esquina, apostado con un objeto en la mano o incluso una pistola. Ella sostenía su arma con las dos manos, tal como le habían enseñado. La segunda la soltó para bajar lentamente hacia el bolsillo donde tenía el iPhone.

De repente, oyó un clic al otro lado y el corazón le dio un brinco en el pecho cuando la luz se apagó y el piso quedó a oscuras. La luz de un relámpago iluminó brevemente el pasillo, seguida del restallido de un trueno que resonó afuera, y después la penumbra volvió a invadirlo todo. La única claridad provenía de las farolas de la calle y del fluorescente de un bar de abajo, que atravesaba la habitación vacía de la izquierda. Al resbalar por los vidrios, la lluvia dibujaba sombras que se retorcían en el suelo como negras serpientes. Sintió que su nerviosismo iba en aumento. Desde el primer momento, había sabido que se las tenía que ver con una persona experta. Aunque ignoraba a qué se había dedicado antes de convertirse en detective privado, no le cabía duda de que aquel individuo conocía todos los ardides y trucos. Se preguntó qué habría dicho Zuzka en tales circunstancias.

«¡Qué mal!».

El juez Sartet iba a cerrar la puerta de su despacho cuando lo distrajo el ruido de pasos en el corredor.

—¿Cómo ha llegado hasta aquí?

—Olvida que soy diputado —respondió el recién llegado.

—En estos juzgados se cuela cualquiera… No teníamos concertada ninguna cita, que yo sepa, y yo ya he terminado mi trabajo por hoy. No sé si ya le habrán retirado la inmunidad, señor diputado —ironizó—. No se preocupe, que ya lo interrogaré en su momento. Aún no he acabado con usted. Estamos solo en el principio.

—No le robaré mucho tiempo.

El juez no se molestó en disimular su exasperación. Aquellos políticos eran todos iguales. Consideraban que estaban por encima de las leyes, y creían que servían al país o al Estado cuando en realidad solo se servían a sí mismos.

—¿Qué quiere, Lacaze? —preguntó sin la menor cortesía—. No tengo tiempo para intrigas.

—Confesarle algo.

Un relámpago hizo temblar los cristales. El teléfono vibró en el mismo momento, ocasionándole un violento sobresalto. Servaz tendió la mano, con el pulso alterado, tanteando en la mesita de noche en busca del aparato, pero Espérandieu fue más rápido.

—No, soy su ayudante… Sí, está aquí… Sí, se lo paso…

Vincent le puso el móvil en la mano y salió al pasillo.

—¿Diga?

—¿Martin? ¿Dónde estás?

Era la voz de Marianne.

—En el hospital.

—¿En el hospital? ¿Qué ha pasado? —preguntó, al parecer atónita y asustada—. ¡Dios mío! —exclamó, cuando él se lo hubo explicado—. ¿Quieres que vaya a verte?

—Las visitas están prohibidas a partir de las ocho —repuso—. Mañana si quieres. ¿Estás sola? —añadió.

—Sí, ¿por qué?

—Cierra la puerta con llave y bloquea los postigos. No abras a nadie, ¿de acuerdo?

—Me das miedo, Martin.

«Yo también tengo miedo —estuvo a punto de contestar—. Estoy muerto de miedo. Huye. No te quedes en esa casa vacía. Ve a dormir a casa de alguien hasta que no hayan encontrado a ese chalado...».

—No tienes por qué tener miedo —dijo—, pero haz lo que te pido.

—Me han llamado de la fiscalía —anunció—. Hugo saldrá mañana. Lloraba por teléfono cuando he hablado con él. Espero que la experiencia no lo haya...

Dejó la frase inconclusa y él captó la mezcla de alivio, alegría e inquietud que la embargaba.

—¿Qué te parece si lo celebramos los tres?

—¿Te refieres a...?

—Hugo, tú y yo —confirmó.

—Marianne, ¿no crees que... que es un poco... prematuro? Al fin y al cabo, yo soy también el policía que lo mandó a la cárcel.

—Puede que tengas razón —concedió con perceptible decepción—. Lo dejaremos para más tarde, entonces.

—Esa cena... —planteó, tras unos segundos de duda— ¿significa que...?

—Lo pasado pasado está, Martin, pero el futuro es también una palabra bonita, ¿no te parece? ¿Te acuerdas del lenguaje que inventamos, solo para nosotros dos?

Cómo no se iba a acordar.... Tragó saliva, notando que se le empañaban los ojos. Debía de ser uno de los efectos del medicamento y de la adrenalina que aún corría por sus venas, toda aquella emoción...

—Sí... sí... por supuesto —respondió, con un nudo en la garganta—. ¿Cómo habría podido...?

—*Guldensueños*, Martin —dijo la voz al otro lado del teléfono—. Cuídate, por favor... Yo... Hasta muy pronto.

Y

El teléfono volvió a sonar al cabo de cinco minutos. Al igual que antes, Espérandieu respondió antes de pasarle el aparato.

—¿Comandante Servaz?

Reconoció de inmediato la voz juvenil, aunque no tenía ni de lejos la misma entonación que la última vez que la había oído.

—Mi madre acaba de llamarme. El director de la cárcel me ha informado de que me van a poner en libertad mañana a primera hora, sin ningún cargo.

Servaz percibía los ruidos normales de la cárcel como telón de fondo, incluso a aquella hora.

—Quería darle las gracias…

Notó cómo se ruborizaba. Él solo había cumplido con su obligación, pero el muchacho parecía muy emocionado.

—Eh… ha hecho un buen trabajo —dijo—. Sé todo lo que le debo.

—La investigación aún no ha concluido —se apresuró a precisar Servaz.

—Sí, ya sé, parece que tiene otra pista… ¿Ese accidente de autobús?

—Tú también estuviste allí, Hugo. Me gustaría que habláramos de ello, en cuanto te sientas con ánimos, claro. Sé que no es fácil, que no es un recuerdo agradable, pero necesito que me cuentes todo lo que pasó esa noche.

—Desde luego, lo comprendo. Cree que el asesino puede ser uno de los supervivientes, ¿verdad?

—O el padre de una de las víctimas —precisó Servaz—. Hemos descubierto… —Titubeó un instante—. Hemos descubierto que también el conductor del autobús fue asesinado, igual que Claire y Elvis Elmaz y probablemente el jefe de los bomberos… No puede ser una coincidencia. Nos falta poco para descubrir al responsable.

—Dios mío —murmuró Hugo—. Entonces quizá yo lo conozco…

—Es posible.

—No quiero molestarlo más. Tiene que descansar. Quiero que sepa, en todo caso, que le estaré eternamente agradecido por lo que ha hecho. Buenas noches, Martin.

Servaz dejó el teléfono en la mesita, embargado por una extraña emoción.

—Si he comprendido bien lo que me acaba de decir —articuló estupefacto el juez, con los dedos entrelazados bajo la barbilla—, usted estaba en París en compañía del probable futuro candidato de la oposición a las elecciones presidenciales la noche en que mataron a Claire Diemar.

A aquellas alturas, el magistrado ya no tenía la menor prisa por volver a su casa.

—Eso es —confirmó Paul Lacaze—. Volví de noche por la autopista. Mi chófer se lo podrá confirmar.

—¿Y hay otras personas aparte de su chófer que pudieran testificar llegado el caso? ¿Ese miembro de la oposición, por ejemplo? ¿O alguno de sus más estrechos colaboradores?

—Solo si resulta necesario, aunque espero que no tengamos que llegar a eso.

—¿Por qué no lo dijo antes?

El diputado esbozó una triste sonrisa. En aquellos juzgados, ahora vacíos y silenciosos, parecían dos conspiradores, y en realidad lo eran, a fin de cuentas.

—Usted comprenderá que si se llegara a divulgar esto, mi carrera política estaría acabada. Y también sabe tan bien como yo que en este país no existe el secreto de sumario, que todo acaba filtrándose a la prensa. Como puede ver, para mí era muy difícil hablar del asunto en estas dependencias o en las de la policía.

El juez crispó las mandíbulas. No le gustaba que se pusiera en entredicho la honradez de los representantes de la justicia.

—Pero al asumir el riesgo de ser imputado, también ha expuesto a un enorme riesgo su carrera.

—Me faltaba tiempo. Tenía que reaccionar... y elegir entre dos males. Evidentemente, no había previsto que sucedería la misma noche que... lo que ocurrió. Por eso es necesario que descubra al culpable lo antes posible, señor juez, porque así yo quedaré exonerado de culpa; quienes hayan insinuado mi posible culpabilidad se verán desacreditados y yo volveré a ocupar el primer plano del panorama como el político íntegro a quien quisieron derribar.

—Pero entonces ¿por qué me hace esa confesión ahora?

—Porque me ha parecido comprender que disponían de otra pista... ese asunto de un accidente...

El juez frunció el ceño. El diputado estaba, desde luego, bien informado.

—¿Y?

—Con eso, quizá no sea necesario dejar constancia en ningún sitio de esta... entrevista informal que mantenemos. Además, no veo ningún secretario por aquí —añadió, fingiendo mirar en derredor.

—Por eso ha venido tan tarde... —concluyó Sartet, con un asomo de sonrisa.

—Yo tengo una absoluta confianza en usted, señor juez —insistió Lacaze—, pero solo en usted. No confío tanto, sin embargo, en quienes le rodean. Me han elogiado su honradez.

El juez acogió con una sonrisa aquella lisonja un tanto burda que logró, no obstante, el efecto deseado. Por otra parte, también se sintió halagado de hallarse, él, en su condición de oscuro juez de instrucción, implicado en un posible asunto de Estado.

—La información relativa a su relación con esa profesora ha empezado a filtrarse en la prensa —señaló—. Eso también puede perjudicar su carrera, sobre todo teniendo en cuenta el estado de salud de su mujer...

Aunque en su frente se formó un pliegue, Lacaze restó importancia al argumento con un gesto.

—Mucho menos en todo caso que un enfrentamiento con el partido rival o que un asesinato —contestó—. Además, hay una carta que escribí a Claire antes de su muerte que va a caer oportunamente en manos de la prensa. En ella se puede leer que yo había decidido romper con ella para consagrarme por entero a mi esposa enferma, que quería dejar de verla para volcar toda mi energía y mi afecto en Suzanne. Quiero precisar que esa carta la escribí de verdad, que es auténtica. Simplemente, no había previsto hacerla pública.

Sartet clavó en el político una mirada donde se mezclaban a partes iguales la admiración y la repugnancia.

—Dígame una cosa: ¿el motivo de ese arriesgado encuentro con la oposición era repetir la estrategia aplicada por Chirac en 1981? Usted llega a un acuerdo con el probable candidato de la oposición a las próximas elecciones presidenciales, le asegura que muchos votos de su partido irán a parar a él en la segunda ronda y así, dentro de cinco años, se presenta contra él.

—Ya no estamos en 1981 —lo corrigió Lacaze—. La gente de mi partido no votará a un candidato de la oposición, a no ser, quizá, que proponga una política económica razonable que haya demostrado ya su sensatez, y si están en desacuerdo con nuestro actual presidente... De todas maneras, me temo que su cota de popularidad no le va a permitir salir reelegido.

—Es bastante suponer, con todo, que la persona con quien se vio el viernes pasado gane las primarias de su partido y sea efectivamente el candidato de la oposición a las presidenciales, dentro de dos años —comentó el juez, que parecía divertirse de lo lindo.

—Es un riesgo que hay que asumir —contestó Lacaze con una sonrisa.

Υ

Llamaron a la puerta. Servaz volvió la cabeza y oyó a Espérandieu moviéndose en el sillón.

—Oh, perdone —dijo una voz de joven—. Venía a ver si estaba dormido.

—No pasa nada —respondió su ayudante.

La puerta se cerró. Espérandieu regresó y el sillón emitió un gemido bajo su peso. Ahora había menos ruido en los pasillos. La lluvia caía sin tregua tras los cristales, acompañada del rugir de los truenos.

—¿Quién era?

—Un enfermero... o un interno...

—Vuelve a casa —dijo Servaz.

—No, así está bien. Me puedo quedar.

—¿Quién vigila a Margot?

—Samira y Pujol, además de los gendarmes.

—Ve con ellos. Serás más útil allí.

—¿Estás seguro?

—Si Hirtmann quiere agredirme, irá contra ella —arguyó, con un leve temblor en la voz—. Ni siquiera sabe que estoy aquí. Además, preferirá emprenderla contra una mujer… Estoy inquieto, Vincent; inquieto por Margot. Me quedaré más tranquilo si estás allí con Samira.

—¿Y la persona que te disparó? ¿Ya te has olvidado?

—Es lo mismo. No sabe que estoy aquí. Además, no es igual disparar a alguien de noche en pleno bosque que en un hospital.

Percibió que su ayudante sopesaba sus argumentos.

—De acuerdo. Cuenta conmigo. No voy a apartarme ni un metro de Margot.

Espérandieu cogió la mano de Servaz y depositó en ella su teléfono móvil.

—Por si acaso —dijo.

—Vale. Vete ya. Llámame en cuanto llegues. Y gracias.

Oyó como se cerraba la puerta. Adentro se instaló el silencio. Del otro lado de la ventana, los ecos de los truenos retumbaban en todos los rincones del cielo, como si se respondieran entre sí, cercando el hospital.

En la calle sonó un estridente claxon, seguido de un trueno. Percibiendo un movimiento tras ella, Ziegler comprendió que el hombre había dado la vuelta por otra puerta para sorprenderla, aguardando a que hubiera algún ruido para pasar a la acción. Se volvió, pero ya era demasiado tarde… El puñetazo le golpeó la sien con una violencia que la hizo caer de rodillas al suelo, aturdida y con un zumbido en los oídos. Apenas le había dado tiempo a girar la cabeza para amortiguar un poco el choque en el momento del impacto. El siguiente puntapié le alcanzó las costillas. Rodó por el suelo, sin respiración. Él le asestó otra patada en la barriga, pero, como se había encogido en posición fetal, con las manos alrededor de la cabeza y las piernas y los brazos plegados para protegerse, no logró del todo su objetivo. Entonces le descargó una lluvia de furiosos golpes en las caderas, los riñones y los muslos.

—¡Puta! ¿Te creías que me ibas a joder así de fácil? ¿Por quién me has tomado, cabrona?

La insultaba echando salivazos, sin parar de golpearla. El dolor era atroz. Tenía la impresión de que le molía literalmente los codos, la espalda y los brazos. Luego se inclinó y, agarrándola por el pelo, le estrelló la cara contra el suelo. La nariz le estalló mientras le invadía la vista una nube de puntos negros. Por un instante, creyó que se iba a desmayar. Cuando la soltó, se palpó con mano temblorosa la nariz. Le salía sangre a chorros. A continuación la cogió por los tobillos, la volvió boca abajo pese a sus coces y se dejó caer con todo su peso sobre su espalda, aplastándola contra el suelo, con una rodilla clavada en sus riñones. Le aprisionó las muñecas, le torció los brazos en la espalda y le puso unas finas esposas, que apretó hasta hundirle los cierres en la carne.

—¿Entiendes lo que me voy a ver obligado a hacer ahora? ¿Entiendes, pobre idiota?

Su voz tenía un tono furibundo y quejoso a la vez. Habría podido matarla sin problema ya, con un arma o partiéndole el cráneo, pero todavía abrigaba una duda. Matar a un policía era un paso considerable, una decisión que exigía reflexión. Quizá le quedaba una tenue posibilidad…

—¡No hagas el imbécil, Zlatan! —exclamó con voz gangosa a causa de la sangre que le inundaba la nariz—. ¡Kanté está al corriente y también mis superiores! ¡Si me matas, te van a condenar a perpetua!

—¡Cierra el pico!

Le descargó otro puntapié, más flojo que los otros, pero que al caer sobre una zona ya magullada le resultó igual de doloroso.

—Me tomas por un idiota, ¿eh? ¡Ni siquiera me has enseñado la placa! ¡Y nadie te ha encargado hacer esto! De Kanté me ocupo yo. ¿Quién más está enterado?

Le propinó otra patada y ella apretó los dientes.

—¿No quieres hablar? No te preocupes, otros más duros que tú se han rendido ante mí…

Escupió en el suelo. Después se inclinó, le registró los bolsillos, se quedó con su iPhone y recogió el arma que se le había caído al suelo. Luego introdujo la manaza entre la cremallera de la cazadora de cuero y le acarició un instante los pechos a través de la camiseta, antes de alejarse hacia su despacho, dejándola maniatada y aturdida en medio del pasillo.

Servaz no dormía. Demasiadas preguntas le impedían conciliar el sueño. La cafeína galopaba por sus venas al mismo tiempo que el calmante que le había administrado la enfermera y no sabía, entre el café, la adrenalina o el Bromazepan, cuál de ellos iba a ganar la partida.

El silencio era total en el cuarto. Ya solo oía el estrépito de la lluvia llegado del exterior y, de vez en cuando, unos pasos que resonaban delante de la puerta. Había intentado imaginar cómo sería, pero era incapaz. Había palpado con cuidado la venda de los ojos, que le daba la impresión de llevar una engorrosa y rígida máscara para dormir. Se sentía totalmente desamparado.

Con la vista prendida de la nada, cavilaba.

El descubrimiento del cadáver en el interior del Mercedes confirmaba su intuición: los asesinatos estaban vinculados con el accidente del autobús. Todo apuntaba a que la pelea del jefe de bomberos con los vagabundos no había sido más que una puesta en escena para desviar las sospechas. Nadie había vuelto a ver a los supuestos mendigos. El asesino o asesinos habían obrado con gran habilidad. Para un investigador era casi imposible relacionar una pelea que acaba mal en Toulouse con una desaparición ocurrida a cien kilómetros de allí tres años más tarde. A ello había que sumar los otros casos que sin duda iban a aflorar, protagonizados por otros actores de aquella trágica noche...

Algo no encajaba, sin embargo.

La sensación que había tenido anteriormente se manifestaba de nuevo. Había un detalle que no quedaba claro. Si habían sido fruto de asesinatos y no de accidentes, las muertes del chófer y del jefe de bomberos habían sido disimuladas con gran esmero... cosa que no ocurría con la de Claire Diemar...

El analgésico que le habían obligado a tomar empezaba a hacer efecto. La cabeza le daba vueltas. Temiendo que la hermana morfina iba a tener la última palabra, maldijo a los médicos, las enfermeras y todo el cuerpo médico. Él quería permanecer lúcido, operativo. La duda crecía en su interior, como una flor venenosa. A Claire Diemar la habían matado de una manera que la relacionaba sin margen de duda con el accidente de autocar. «La lámpara en la garganta, la bañera iluminada, incluso las muñecas en la piscina...». Aquella era, sin embargo, la primera vez que el asesino quería dejar patente el vínculo entre ambos sucesos o, en cualquier caso, la primera vez en que este resultaba tan evidente. De todas maneras, tanto en la muerte del bombero —ahogado en el Garona— como en la del conductor del autobús —despeñado en el lago con su coche en el mismo lugar en el que el autobús se había salido de la carretera—, existía también el vínculo, aunque habían tomado precauciones para disimularlo.

Aquella vez era distinto, se volvió a repetir. La muerte de Claire evocaba directamente el accidente, sin ninguna clase de maquillaje. También ponía de manifiesto la rabia del asesino, su falta de control.

De improviso, todo encajó. ¿Por qué había tardado tanto en ver lo que tenía ante su vista desde el principio? Durante todo ese tiempo, había estado allí, sin pretender ocultarse siquiera. Se acordó del sentimiento que lo había asaltado al comienzo de la investigación, en el jardín de Claire, al descubrir las colillas. Había tenido la desagradable impresión de asistir a un número de prestidigitación. Alguien quería obligarlos a mirar en la dirección errónea... Había creído barruntar la presencia de una sombra, que se desplazaba a escondidas detrás de aquel drama. Ahora, en cambio, lo sabía con certeza. Sintió un acceso de náuseas. Esperaba todavía equivocarse. Rezando por que así fuera, seguía mirando la habitación frente a sí, sin verla. Los truenos retumbaban en sus oídos. Iban y venían, insistentes, igual que la idea. Claro. ¿Cómo no lo había visto antes? Todo estaba allí, delante de sus ojos. Nadie estaba mejor situado que él para comprender. Debía avisar a Vincent, sin dilación, y al juez...

Buscó a tientas el móvil. Sus dedos se cerraron en torno al aparato y el pulgar detectó la abultada tecla de activación del medio.

Después localizó las teclas más pequeñas de abajo... Era incapaz, no obstante, de pasar a la lista de contactos y, menos aún, de leerla. Intentó marcar un número a tientas, se llevó el teléfono al oído, pero una voz impasible le informó de que se había equivocado. Efectuó una nueva tentativa, con igual resultado. «El timbre…». Palpó cerca de la cama, lo encontró y apretó. Aguardó un minuto. Nada. Volvió a presionarlo. Al final se puso a gritar: «¿Hay alguien?». ¡No hubo respuesta! ¿Dónde se habían metido todos, por Dios? Apartó la sábana y se sentó en el borde de la cama, apoyando los pies desnudos en las baldosas. Una extraña sensación se adueñaba de él. Había algo más… Una segunda idea rondaba en el linde de su conciencia, tratando de captar su atención. Guardaba relación con algo inmediato, con lo que había ocurrido desde que se encontraba en aquella habitación. Después de todas aquellas emociones, le costaba mantener las ideas claras. El calmante surtía efecto, porque se sentía cada vez más pesado y adormilado. La urgencia le fustigaba, con todo, la sangre. Debía mantenerse despierto a toda costa. Había estado a punto de pensar en algo importante, algo… vital.

46

Empate

Cometió un solo error, pero con eso fue suficiente.

Ziegler se acordó de la manera en que le había tocado los pechos antes de alejarse. Con la respiración afanosa a causa del dolor, permanecía tendida de espaldas en medio del pasillo, maniatada. Contorsionándose como una lombriz, con la mandíbula apretada, consiguió agarrar el borde de la camiseta bajo la cazadora y tirar con violencia de ella. Joder, aquella baratija era mucho más resistente de lo que había creído. Por más que tiró con todas sus fuerzas, el dichoso tejido se negaba a rasgarse. «¡Mierda! ¡*Made in China*, pues vaya!». Apoyó la nuca en el polvoriento suelo para recobrar el aliento y, soportando la cruel mordedura de las esposas en las lumbares, se esforzó por hallar una solución. Después volvió la cabeza hacia el zócalo que se encontraba junto a su cara. «Un clavo…». Estaba claro que había escapado a la nivelación del martillo, porque sobresalía uno o dos centímetros. Reptó de lado para acercarse más a la pared. Era un clavo de cabeza plana, bastante ancho. Era una idea tonta, pero no perdía nada con probar… Se deslizó sobre las nalgas para situar el clavo a la altura del ombligo y luego trató de rodar en dirección a él. Entonces comprobó con asombro lo mucho que costaba cuando uno tenía las manos atadas a la espalda. El problema principal era el codo derecho, que hacía de tope. Por más impulso que tomara, el dichoso codo la detenía y la bloqueaba cada vez antes de volverse. Aparte estaba el dolor, porque el cabrón de Jovanovic la había golpeado varias veces allí. A la tercera tentativa, no obstante, logró superar el obstáculo y se halló con la mejilla y el hombro aplastados contra la pared justo por encima del zócalo y el resto del cuerpo apretujado entre el suelo y la parte inferior del tabique, con el clavo justo debajo de su camiseta, a unos milímetros de su barriga. «Ya falta poco…». A continuación propulsó al máximo la pelvis contra el zócalo y empezó a arrastrarse lentamente hacia abajo, destinada a hacer subir el clavo hacia el pecho. Aquello también era dificilísimo. No obstante, advirtió con alivio que se había enganchado bien a la camiseta, entre la cazadora abierta. Una vez que el clavo hubo levantado lo bastante la camiseta sobre su torso, respiró a fondo. «Una, dos, tres…». Se apartó de la pared con un brusco movimiento… El ruido que produjo la camiseta al rasgarse casi la hizo exultar.

Cerró los ojos y, haciendo una pausa, aguzó el oído. Oyó a Zlatan que revolvía en un cajón del escritorio para luego introducir un cargador en la pistola y la recorrió un escalofrío. Luego se dio cuenta de que también estaba llamando por teléfono.

Disponía de una tregua.

Fustigada por la urgencia, faltó poco para que olvidara el dolor. Agarrando sin demora el borde posterior de los vaqueros entre las manos atadas, se retorció de un lado a otro hasta extraer la prenda por las caderas, las nalgas y la práctica totalidad de los muslos. Luego persistió como una posesa, reptando por el suelo para hacer deslizar el pantalón a lo largo de las piernas y empujarlo por fin hacia un rincón con los pies. Todo su cuerpo dolorido protestaba, pero lo había conseguido. «Ese cabrón no sabe quién soy yo». Vestida solo con la cazadora de cuero abierta encima de la camiseta desgarrada, el sujetador y las escuetas bragas caladas de color rosa, aguardó su regreso con las piernas abiertas, en una postura totalmente impúdica. «Es ahora o nunca —se dijo—. Será la gran representación de la Caperucita Roja y el malvado lobo…».

—Joder, ¿qué has hecho?

Levantó la cabeza. Al ver cómo posaba su reluciente mirada en sus pechos, su vientre, sus bragas, supo que había elegido la estrategia adecuada, que pertenecía a aquella categoría de hombres. Tal vez no iba a funcionar, pero existía una ínfima posibilidad. Zlatan detuvo la mirada en el arranque de sus muslos. Parecía perplejo, sumido en una intensa reflexión. Sabía que aquel no era el momento oportuno, desde luego… pero le costaba despegar los ojos de aquel espectáculo. Ella estaba maniatada y tendida a sus pies, a su merced.

—Desátame —pidió—. Por favor… no hagas eso…

Abrió conscientemente los muslos y se retorció y arqueó, como si quisiera liberarse. Entonces notó que sus bragas descendían un poco más en las nalgas. Perfecto… Tenía la vista clavada en ella, con una mirada dura, malévola, brillante, primitiva, la mirada de un predador. De nuevo, percibió el dilema en su expresión. Se debatía entre la urgencia que tenía de deshacerse de ella y lo que veía: a una mujer muy guapa, casi desnuda, a su disposición. La atracción de aquella carne ofrecida ante sí resultaba casi irresistible para un hombre violento y depravado como él. Estaba allí, en el suelo, maniatada, sin arma, indefensa… Nunca se le volvería a presentar una ocasión semejante, seguro que era eso lo que se decía. Ella atisbó el mensaje de la excitación sexual que se abría paso a través de su cerebro, entorpeciéndole el razonamiento.

Renunciando a pensar más, se llevó la mano al cinturón y deshizo la hebilla. Ella inspiró profundamente.

—Para… no… no hagas eso —dijo.

Sabía perfectamente que aquella clase de mensaje surtía el efecto contrario en esa clase de hombre. A continuación él desplazó la mano hacia la bragueta, despacio, sin despegar la vista de ella, y dio un último paso hacia delante. En el momento en que la torpe manaza pugnaba con un pertinaz botón, el tercero, mientras la otra seguía sosteniendo el arma, las piernas de Ziegler se cerraron bruscamente en torno a sus tobillos, como una pinza. Luego las replegó con violencia hacia sí, componiendo con sus propios tobillos cruzados un nudo fatal.

Percibió el brillo de sorpresa que asomó a sus ojos cuando perdió el equilibrio. Aunque agitó las manos como aspas, cayó cuan largo era y se estrelló la cabeza contra el zócalo. Ziegler no perdió de vista el arma, que cayó entre ambos. De esta brotó un ensordecedor disparo. Un agudo silbido, como el de un cohete de fuegos artificiales, le taladró el oído y un cálido aliento le acarició la mejilla cuando el pequeño pedazo de metal pasó muy cerca de ella antes de ir a incrustarse en algún punto de la pared con un sordo chasquido. Una nube de humo se elevó, inundando el pasillo de un acre olor a cordita. Ella reptaba ya, pataleando, meneándose, impulsándose con desesperación con los pies y las nalgas sobre el suelo, hasta que se apoderó de la pistola en el momento en que él mismo la buscaba con la mirada mientras se frotaba la nuca. Se colocó de costado, con los hombros aplastados contra el suelo y la mirada encarada hacia sus pies y hacia el propio Zlatan, apuntándolo con el arma que sostenía con las manos atadas, pegadas a las nalgas.

—¡No te muevas, cabrón! ¡Si haces el más mínimo gesto, te vacío el cargador en la barriga, hijo de puta!

Él soltó una sarcástica carcajada. Bajo el entrecejo fruncido, sus ojos eran dos pozos de tinieblas, enfocados en el negro orificio del cañón adosado a la espalda de Ziegler.

—¿Y qué piensas hacer ahora? —replicó—. ¿Matarme? Me extrañaría mucho… ¿Vamos a quedarnos mucho tiempo así? Te recuerdo que soy yo el que tiene tu iPhone y la llave de las esposas. ¿Has visto en qué postura estás? ¡Dentro de dos minutos, tendrás el brazo completamente agarrotado!

La observaba con el calmado aplomo del predador para quien el tiempo corre a su favor. Tenía razón. La sangre circulaba con dificultad por el hombro aplastado bajo su peso y la mano con la que empuñaba el arma en la espalda estaba aquejada de pequeños temblores. Pronto el temblor se intensificaría hasta impedirle apuntar bien, mientras que él, por su lado, se habría recuperado lo bastante como para abalanzarse sobre ella.

—Tienes razón, sí señor —declaró, sonriendo.

Él la miró, sorprendido. Un segundo después, la bala surgió, provocándole un alarido cuando estalló en su rodilla y le pulverizó la rótula.

—¡Estás chalada, hostia! —gritó, retorciéndose de dolor mientras se cogía la pierna con las dos manos—. Habrías podido… ¡habrías podido matarme, mierda!

—Exacto —contestó—. En esta postura, he tirado a ojo de buen cubero, como puedes comprender. Habría podido darte en cualquier sitio… En la barriga, en el pecho, en la cabeza… ¿Quién sabe dónde irá a parar la próxima bala?

Vio cómo palidecía. Sin prestarle más atención, tendió los dos brazos esposados hacia atrás formando un ángulo de cuarenta y cinco grados en relación a su espalda y, con el arma elevada a unos cuarenta centímetros del suelo, apoyó el dedo en el gatillo, tirando a ciegas a través de la pequeña habitación que quedaba detrás de ella, en dirección a la ventana en la que había reparado al pasar. Con una ensordecedora explosión, la bala salió silbando y rebotó como una pelota de *squash* en las paredes del pasillo. Luego oyó cómo, tras ella, estallaban los cristales del exiguo cuarto. Entre el zumbido de los oídos, le pareció percibir gritos llegados de la calle.

—Creo que esta vez no va a tardar en llegar la caballería —anunció, satisfecha.

Otra idea tomó forma, de manera evidente, espontánea y terrorífica: si estaba en lo cierto, también él corría peligro. Estaba expuesto en ese mismo momento, allí, en ese hospital, porque, al contrario de lo que creía, el asesino sabía dónde podía encontrarlo. Sabía que era más vulnerable que nunca. Sabía que aquella era una ocasión única.

Servaz pensó con angustia que probablemente ya se encaminaba hacia allí.

Sentado en el borde de la cama, sentía cómo el terror se adueñaba de él. No podía perder ni un minuto. Tenía que escapar de allí rápidamente, meterse en algún sitio. Se palpó la ropa. Llevaba una especie de pijama ligero de algodón. Una vez más, buscó a tientas el timbre y apretó. Nada.

«¡Cabrones!».

Paseó instintivamente la mirada en torno a sí, pese a que no veía nada, y se levantó con las manos tendidas hacia delante. Palpó las paredes. Bajo los dedos notó una granulosa superficie y un caos de tubos, hasta que al final localizó una silla situada cerca de la cabecera de la cama encima de la que había

una bolsa grande de plástico. Metió la mano en ella. Su ropa…
Se apresuró a quitarse el pantalón del pijama y a ponerse los
vaqueros; tras recuperar el móvil de la mesita y guardarlo
en el bolsillo, se calzó. Después, sin siquiera atarse los cordones, se dirigió al lugar donde esperaba encontrar la puerta.

La abrió. Era muy extraño aquel silencio que reinaba en
el pasillo. ¿Dónde debía de haberse metido el personal? Entonces en su cerebro se encendió una luz. Era por el fútbol.
Seguro que había otros partidos aparte de los de la selección
de Francia dignos de interés. O eso, o los habían llamado
para atender una urgencia en otro piso. Era posible, con la
plaga general de falta de personal y falta de presupuesto que
había. Se hacía tarde y el personal de día había regresado a
su casa. Atenazado por la angustia, volvió la cabeza a uno
y otro lado. De repente se sintió muy desprotegido, muy indefenso en medio de aquel pasillo desierto.

Con los cinco sentidos en alerta, alargó los brazos ante sí
hasta tocar la pared de enfrente. Tenía la misma granulosa
superficie que en la habitación. Resolviendo seguirla, optó
por alejarse de manera arbitraria por la izquierda. En un momento u otro encontraría a alguien. Estuvo a punto de tropezar con un carro colocado junto a la pared y, tras rodearlo,
reanudó el avance, sin despegar las manos del muro. Palpó
unos tubos, papeles sujetos a un panel de corcho, una caja
con una llave y una cadenilla… de una alarma de incendios,
tal vez… Por un instante, se planteó hacer girar la llave. Después llegó a una esquina. La dobló y se soltó.

—¿Hay alguien? ¡Ayúdenme, por favor!

Nadie, constató con una opresión en el pecho. Un sudor
frío le recorría la espalda bajo la camisa de hospital que llevaba sobre los vaqueros. Continuó a tientas, bordeando la pared.
De repente, se quedó inmóvil. Sus dedos acababan de encontrar un reborde metálico, un botón… «¡Un ascensor!». Con
mano trémula, se apresuró a apretar el voluminoso botón cuadrado y enseguida percibió un ping que sonó a modo de respuesta. Luego captó el ruido de la cabina que se ponía en marcha. Las puertas se abrieron al cabo de unos segundos. Dio un
paso hacia el interior cuando alguien lo llamó desde atrás.

—¡Eh! ¿Adónde va así?

Oyó cómo el hombre entraba también en el ascensor y luego se cerraban las puertas.

—¿A qué piso? —preguntó la voz a su lado.

—La planta baja —respondió—. ¿Es usted un miembro del personal?

—Sí. ¿Y usted quién es? ¿Cómo es posible que haya llegado hasta aquí en ese estado?

Percibiendo el tono de sospecha de la pregunta, titubeó un instante antes de responder.

—Escuche. No tengo tiempo para explicárselo, pero tiene que hacerme un favor. Llame a la policía.

—¿Cómo?

—Tengo que salir de aquí, con urgencia. Lléveme a la gendarmería.

Adivinó que el hombre lo observaba atentamente, presa de confusión.

—Si empezara por el principio, diciéndome quién es…

—Es un poco complicado… Soy… soy…

Las puertas se abrieron. Una melosa voz femenina grabada anunció: «Planta baja / recepción / cafetería / prensa». Dio un paso hacia fuera y, al percibir el leve eco de las voces que sonaban un poco más lejos, dedujo que se encontraban en un vasto espacio, probablemente el vestíbulo del hospital. Se puso en marcha.

—¡Eh, eh, despacio! —exclamó el hombre desde atrás—. ¡No tan deprisa! ¿Adónde pretende ir así?

—Ya se lo he dicho —respondió, deteniéndose—. No puedo quedarme aquí.

—Ah, ¿no? ¿Y se puede saber por qué?

—No tengo tiempo. Escuche, yo soy policía y…

—¿Y qué? ¿Qué tiene que ver eso? Está en un hospital y se encuentra bajo nuestra responsabilidad. ¿No ha visto en qué estado está? ¡No puedo dejarlo salir así! Es incapaz de…

—Por eso le pido que me ayude.

—¿A qué?

—¡A salir de aquí! Que me acompañe a la gendarmería. Ya se lo he dicho… ¡Hay que darse prisa, por Dios!

Se hizo el silencio. El hombre debía de pensar que estaba chalado. Servaz aguzó el oído, al acecho, tratando en vano de identificar las voces y los sonidos circundantes, de identificar una posible amenaza. La presencia del hombre a su lado le producía un efecto tranquilizador, con todo.

—¿En ese estado y con esa ropa? ¡Está delirando, hombre! ¿No ha visto el tiempo? ¡Está lloviendo a cántaros! Explíqueme por qué tiene tanto afán por ir a la gendarmería... Quizá podríamos llamarlos desde aquí, ¿no? ¿Y si llamáramos al personal de su planta para hablar tranquilamente con ellos?

—Si se lo digo no me va a creer.

—Pruebe, de todas maneras.

—Creo que alguien intenta matarme. Temo que venga hasta aquí.

A medida que la pronunciaba, adquirió conciencia de que la frase no haría más que acentuar las dudas sobre su salud mental. No se encontraba, sin embargo, en condiciones para pensar con serenidad. El calmante que le habían administrado lo aturdía. Se sentía agotado, desorientado por la ceguera, cada vez más atontado. Su explicación produjo un nuevo lapso de silencio.

—Efectivamente —confirmó, con escepticismo, el hombre—. Me cuesta creerlo. ¿De verdad quiere que me trague semejante historia?

De pronto, reconoció la voz. Era la del joven que había abierto hacía un rato la puerta de su habitación, en presencia de Espérandieu, y que la había vuelto a cerrar enseguida, disculpándose.

—Usted ha venido a mi habitación —declaró.

—Así es.

—Había otro hombre conmigo, ¿se acuerda?

—Sí.

—Era un policía como yo. ¿Qué cree que hacía allí?

Mientras el joven se tomaba un momento para pensar, aprovechó para introducir la mano en el bolsillo del vaquero.

—Tenga, cójalo. Es mi teléfono. Hay un nombre en la lista de contactos: Vincent. Es teniente de policía. ¡Llámelo! ¡Enseguida! Dígale lo que acabo de decirle. Y pásemelo. ¡Rápido! ¡Dese prisa, por el amor de Dios!

Cerca de ellos pasaron varias personas charlando y después se alejaron. Una sirena de ambulancia ululó un instante afuera. El hombre le cogió el teléfono de las manos.

—¿Su código pin?

Servaz se lo dio y esperó. A su alrededor sonaban pasos y voces, y no había manera de saber de quién provenían. Luchaba contra las brumas que se desplegaban en su cerebro.

—¿Cuál es su apellido?

—¿Eh?

—¡El del teniente! ¿Cómo se llama?

—¡Espérandieu!

—¿Y usted?

—¡Servaz!

—Querría hablar con el teniente Espérandieu —dijo el joven por el teléfono—. De parte de…

Escuchó cómo exponía a grandes trazos la situación a Vincent y después le hacía unas preguntas. A medida que iba recibiendo las respuestas, la tensión se hacía más ostensible en su voz.

—De acuerdo, ahora se lo llevo —anunció por fin antes de coger a Servaz del brazo—. Vamos. ¡Joder, qué cosas!

—Servaz percibía ya claramente el pánico en su voz.

—Le he dicho que me lo pasara.

—¡Más tarde! Ahora tenemos que largarnos de aquí a toda prisa. ¡Si usted corre peligro, yo también! ¡Nos vamos a la gendarmería! ¿No tendrá algún arma?

Buena pregunta. ¿Qué había sido de la suya? Recordó que la había dejado en la guantera, antes de sumergirse en el lago.

—No —dijo—. De todas maneras, no sabría utilizarla.

No bien traspasaron las puertas del hospital, quedaron rodeados por el furor de la tormenta, todavía al abrigo de la marquesina. Percibió un olor y un sabor a ozono en el aire mientras en el cielo sonaba un restallido atronador. El joven lo cogió por el brazo y atravesaron a grandes zancadas el parking, bajo la lluvia torrencial. Servaz quedó empapado de inmediato. La lluvia le mojaba el cabello y le bajaba por la nuca y el cuello de la camisa de hospital. El agua le caló los zapatos y se coló entre los dedos de los pies. Con un estremecimiento, escuchó un nuevo trueno que desgarró la noche.

Luego oyó que el joven abría la puerta de un coche.

—¡Suba!

Se dejó caer, chorreando, en el asiento del acompañante y le entró una risa nerviosa cuando se dio cuenta de que, obedeciendo a un impulso reflejo, buscaba la hebilla del cinturón de seguridad.

—¿Qué le hace reír? —preguntó el joven mientras se apresuraba a poner el contacto.

Omitió responder. Su vecino accionó el limpiaparabrisas a velocidad máxima y arrancaron a toda prisa. Sintiendo que el coche se inclinaba y los neumáticos chirriaban cuando tomaron una cerrada curva para salir del parking, se dijo que casi era mejor que no viera nada, a fin de cuentas.

—Creo que le hemos dado esquinazo —dijo, bromeando—. Tampoco estamos obligados a ir tan deprisa…

—¿No le gusta la velocidad?

—No mucho.

Abordaron la rotonda siguiente al mismo ritmo infernal y Servaz se golpeó la cabeza contra el vidrio.

—¡Reduzca, hostia!

—Póngase el cinturón —le ordenó concisamente su vecino.

Oía el ruido del agua que rebotaba contra el suelo del coche, el de los chorros que levantaban a su paso y el cielo, que temblaba con la violencia de los rayos. Aquello era una auténtica tempestad. Por todas partes resonaban los ecos de los truenos, en tres dimensiones, como si llevara un casco estéreo en los oídos. Se sentía aliviado e inquieto a la vez. Un trueno más potente que los otros le provocó un sobresalto.

—Qué tiempo más magnífico, ¿eh?

A Servaz le pareció un poco extraño el comentario, teniendo en cuenta la situación. La voz del joven tenía algo… desde el principio… unas entonaciones curiosas… Ahora se daba cuenta. Desde el primer momento, cuando había abierto la puerta de la habitación y había oído su voz, desde la cama, había despertado un eco en él. No porque le resultara familiar, pero igualmente le parecía como si la hubiera oído ya… al menos una vez.

—¿Trabaja desde hace mucho en ese hospital?

La respuesta se hizo esperar.

—No.

—¿Y qué hace exactamente?

—¿Eh? De auxiliar…

—¿No deberíamos haber avisado a sus superiores?

—¡Haberlo dicho! Usted y su ayudante me dicen que hay prisa, que no hay un minuto que perder y ahora…

—Sí, pero de todas formas, marcharse así sin más con un paciente sin avisar a nadie… ¿No tiene un busca o algo así?

Durante el lapso de silencio que siguió, Servaz volvió a sentir náuseas y una oleada de miedo. Su mano se crispó de manera instintiva en el agarradero de la puerta.

—Ya nos ocuparemos de avisar al hospital cuando hayamos llegado —dijo el joven.

—Sí, tiene razón. ¿Y en qué consiste exactamente su trabajo?

—Oiga, no creo que sea el momento más oportuno para…

—¿Cómo sabía que el teniente Espérandieu es mi ayudante?

El ruido del motor, el vaivén del limpiaparabrisas y el martilleo de la lluvia en el techo fueron su única respuesta.

—¿Adónde vamos, David? —preguntó.

47
Salida

*L*a noche del 18 al 19 de junio fue una de las más agitadas del año. Hubo rachas de viento de 160 kilómetros por hora, árboles arrancados, sótanos inundados y un número impresionante de impactos de rayos en el campo en los alrededores de Marsac. Los bomberos efectuaron un sinfín de salidas y una ráfaga se llevó el tejado de chapa de una tienda de bricolaje. La noche del 18 al 19 fue también una de las más largas en la vida de Servaz. Mientras circulaba con David bajo la violenta borrasca, entre el retumbar de los truenos, las rachas de viento y los relámpagos, hundido en su asiento, con los ojos escocidos por el sudor bajo la venda empapada, pensó que hacía exactamente el mismo tiempo que la noche en que descubrieron el cadáver de Claire en la bañera.

—Bonita comedia —dijo, tratando en vano de imprimir firmeza a su voz—. Casi me he dejado engañar.

—Se ha dejado engañar —rectificó su vecino.

—¿Adónde vamos?

—¿No quiere oír mi confesión, comandante?

—Te escucho.

Rodearon otra rotonda dando peligrosos patinazos. Un claxon resonó en la noche tras ellos.

—Yo maté a Claire Diemar, a Elvis, a Joachim Campos y a varios más —declaró David, elevando la voz para compensar el estruendo—. Encontraron lo que se merecían. Eso es lo que pienso yo. ¿Y a usted, comandante, qué le parece?

—¿Por qué, David?

En lugar de responder, el joven le cogió la mano izquierda y la introdujo bajo su camiseta con un gesto de sorprendente intimidad. El policía se estremeció al palpar con la punta de los dedos una especie de pliegue de carne que se prolongaba en horizontal en su abdomen.

—¿Qué es eso?

—Una especialidad japonesa: el *seppuku*; una variante del haraquiri. Fue cuando tenía catorce años… pero no tuve el valor de seguir hasta el final. Aparte, con un cuchillo mal afilado es menos cómodo que con un sable, ¿verdad? —Soltó una risita seca—. No todo el mundo puede ser Mishima —concluyó con amargura.

Por un momento, Servaz lamentó no tener ninguna competencia especial para enfocar aquel tipo de comportamiento, ser, en suma, policía y no psiquiatra.

—Conoce la cuestión de Camus, ¿verdad, comandante?

—«Solamente existe un problema filosófico serio, el suicidio. Dirimir si la vida merece o no la pena de ser vivida es responder a la única cuestión fundamental de la filosofía», citó mecánicamente Servaz. No sé si lo he entendido bien. ¿Es esa la idea, David? ¿Nos vamos a matar con el coche?

El silencio fue su única respuesta. Servaz tragó saliva. Tenía que encontrar alguna manera de detener aquella locura, pero ¿cuál? No veía nada, estaba prisionero en un cubículo de metal que circulaba a toda velocidad bajo la lluvia y no disponía del menor control sobre la situación.

—¿Y por qué no? Será a la vez mi despedida y mi confesión —dijo su conductor con voz glacial—. Una confesión firmada con una rúbrica de sangre y de metal.

Servaz logró bajar la ventanilla. Se sentía mareado. Con el azote de la lluvia en la cara, aspiró con fruición el frío aire, llenándose los pulmones, y se preguntó qué ocurriría si saltaba del vehículo en marcha.

—Le desaconsejo que se baje ahora —dijo David a su lado—. Hay árboles y postes eléctricos por todos lados. Existen grandes probabilidades de que encuentren su cabeza por un lado y el cuerpo por otro. No creo que a Margot fuera a gustarle el espectáculo.

Subió la ventanilla.

—No has respondido a mi pregunta. ¿Por qué?

—¿Conoce usted a una sola persona que sea realmente inocente, comandante? Le reto a que encuentre una.

—Para con ese rollo. ¿Por qué tú, David? Tú no eres el único que sobrevivió al accidente… ¿Por qué no Virginie, Hugo o Sarah? ¿O es para vengar a los otros, al que se desplaza con muletas, por ejemplo? ¿O a ese otro que va en silla de ruedas? ¿Es eso el Círculo?

Aquella vez suscitó una reacción. David le dedicó una mirada en la que asomaba la sorpresa.

—Es usted un hombre sorprendente, comandante. No creía que su investigación fuera a llegar tan lejos. Pero ellos son inocentes. Yo soy el único culpable. Lo único que han hecho ellos es fantasear, imaginar, soñar…

—¿Habíais hablado de eso con Hugo? ¿De lo que te disponías a hacer? ¿Te habías confiado a él? ¿Es eso? Intercambiabais ideas, ¿verdad? Él estaba al corriente de todo…

—¡No mezcle a Hugo en esto! Ya lo han perseguido bastante. ¡Hugo no tiene nada que ver en todo esto!

—Hugo te llamó, te repitió lo que acababa de decirle, que estaba muy cerca, que sabía lo del accidente de autobús, que iba a por los miembros del Círculo…

—¿Qué está diciendo?

—En el coche de Joachim Campos había dos personas, según un testigo —señaló Servaz. Aferraba con las falanges la manilla de la puerta, dispuesto a saltar al menor descenso de velocidad—. Y a Bertrand Christiaens lo arrojaron al Garona varias personas —señaló.

—La muerte de Christiaens no tiene nada que ver con lo demás —replicó esa vez David—. Tendrá que reconocer, de todas formas, que fue una suprema ironía del destino lo que le pasó.

—Mientes.

—¿Cómo?

—Tú asististe al asesinato de Bertrand Christiaens, cuando varias personas del Círculo se hicieron pasar por una banda de marginales drogadictos y borrachos. Incluso declaraste a la policía lo que habías visto esa noche. Tu nombre consta en el informe de la policía. Y tú estabas en el Mercedes de Joachim Campos antes de su muerte, aunque apostaría algo a que no fuiste tú quien le disparó en la sien. También asististe a la muerte de Elvis, cuando ellos lo dieron a comer a los perros, fumando un cigarrillo tras otro entre los arbustos. Pero tú no mataste a Claire Diemar... porque yo sé quién lo hizo.

—Pero ¿qué dice?

—¿Cómo se las arregló Hugo para ponerte en este estado? Cómo se las arregla para manipular a la gente, ¿eh? ¿Cómo te convenció para que escribieras en su lugar esa frase en el cuaderno?

A su lado se hizo el silencio, perturbado solo por una respiración afanosa.

—Se equivoca —replicó después David, con suma calma—. No fue Hugo el que me puso en este estado, como dice. Fue mi padre, mi hermano, mi familia de mierda... Toda esa gente segura de sí misma que no duda nunca, todos esos jodidos arribistas que me veían como un fracasado, un miserable... Hugo hizo todo lo que pudo para ayudarme. Hugo me salvó. Él me hizo comprender que incluso alguien como yo tenía un lugar propio, que los demás no valían más que yo, que incluso eran peores... Él es mi hermano, ¿entiende? Mi hermano mayor, el verdadero, el que debería haber tenido. Haría cualquier cosa por él...

Servaz captó la desesperada sinceridad con que hablaba, y aquella sinceridad lo horrorizó. Hugo tenía sobre él un ascendente, una influencia mortal: mortal para los dos...

—Sí, no se equivoca en eso. Es mi letra la que hay en el cuaderno. Y es mi ADN el que encontrarán en las colillas. A raíz de eso, todo el mundo creerá que soy yo el culpable. Y el hecho de que yo lo haya arrastrado a usted en mi suicidio lo acabará de confirmar. No permitiré que les haga nada a los otros...

Servaz palpó el borde de la venda y tiró de ella. Primero saltó la piel y después se despegaron los extremos del esparadrapo. Abrió los párpados, con los ojos anegados de cálidas lágrimas que empezaron a rodar por sus mejillas.

Percibió unas luces... a través de la bruma de las lágrimas y de la lluvia que inundaba el parabrisas... ¡Veía!

Su visión era todavía borrosa, pero veía. Tardó un momento en adaptarse. Los faros de los coches que pasaban en dirección contraria lo cegaban, obligándolo a cerrar los párpados. El ojo púrpura y tembloroso de un semáforo apareció entre el vaivén del limpiaparabrisas y las trombas de agua. Se aferró al asiento cuando David se lo saltó.

—¡Hostia! —gritó.

El joven volvió un instante la cabeza hacia él.

—Pero ¿qué hace? Se ha quitado la…

—¡David, no estás obligado a hacer esto! ¡Yo atestiguaré a tu favor! ¡Diré que has actuado influido por otros! ¡Y los psicólogos te declararán no responsable! ¡Recibirás un tratamiento y saldrás a flote! ¡Libre! ¡Curado!

Unas estruendosas carcajadas sonaron como respuesta.

—¡Escúchame, coño! ¡Te pueden dar un buen tratamiento! ¡David, yo sé que tú eres inocente! ¡Que fue Hugo el que te manipuló! ¿Quieres morir con ese peso en la conciencia? ¿Convertirte en un monstruo a los ojos de todos para toda la eternidad?

Vio una señal de dirección prohibida. ¡Era el enlace de salida de la autopista! Servaz sintió cómo la sangre se le concentraba en el vientre y las piernas, al tiempo que pegaba instintivamente el cuerpo contra el asiento… ¡Iban a entrar en la autopista en dirección contraria!

—¡Joder, no hagas eso! ¡No hagas eso!

Y

Irène contemplaba el baile de coches de policía por las puertas abiertas de la ambulancia. Las luces giratorias barrían de forma intermitente el interior del vehículo. Tras deslizarse sobre los charcos, pasaban por la cara del médico sentado a su lado, que controlaba los tubos con los que la habían conectado a diversos aparatos.

—¿Cómo se siente?

—Bastante bien.

Volvió a marcar el número de Martin, sin resultado tampoco. Cada vez le salía el contestador. Con creciente nerviosismo, se preguntó si estaría dormido. Tenía que ponerle al corriente de lo que había leído en los papeles de Jovanovic.

«Marianne…».

No era difícil adivinar su móvil. Había hecho espiar a Martin para proteger a Hugo, para saber cómo se desarrollaba su investigación, porque habría hecho cualquier cosa por su hijo y el único hombre que le quedaba. Recurriendo a alguien como Zlatan Jovanovic, había dado, no obstante, un paso más hacia la ilegalidad. Pese a su victoria, Ziegler sentía un gusto amargo al pensar en Martin, en la reacción que tendría cuando se enterara de la verdad. Aunque no lo demostrara, Martin era frágil. Era un hombre herido desde la infancia, un hombre perdido, un superviviente. ¿Cómo iba a acusar aquel nuevo golpe? De repente, se dio cuenta de que el médico miraba hacia fuera con ojos muy abiertos y una enorme sonrisa.

—¿Sí? —dijo a la persona que se había detenido delante de la ambulancia.

Ziegler volvió la cabeza y vio a Zuzka, que la observaba con cara de preocupación. Tenía la larga cabellera negra desparramada sobre una cazadora de cuero color crema muy corta, bajo la cual llevaba un montón de collares y colgantes, una blusa que le dejaba el ombligo al aire y un pantalón corto estampado. Su pintalabios era igual de brillante que un fluorescente. Durante una fracción de segundo, Ziegler se olvidó de todo lo demás.

—¿Puedo irme? —preguntó.

La mirada del médico se desplazaba de una a otra. Parecía preguntarse con cuál habría preferido pasar la noche, aunque la rubia, con su multitud de hematomas y la gruesa venda que le componía una especie de máscara en forma de cruz en medio de la cara, no se encontraba en su día más lucido.

—Eh… habría que ver a un otorrino, y también hacer que le examinen la espalda y las costillas…

—Más tarde.

Se bajó de la camilla y después de la ambulancia. Luego abrazó a Zuzka y la besó inclinando más que de costumbre la cabeza a causa de la «máscara». La lengua de su compañera tenía un gusto agridulce de Campari, whisky de centeno y vermut. «Manhattan», dictaminó Ziegler. Zuzka había acudido directamente del club de *striptease*, el Pink Banana, en cuanto Irène la había llamado. El médico las observaba. «Con las dos —respondió mentalmente—. Con las dos y al mismo tiempo».

Servaz se golpeó en la puerta cuando enfilaron el enlace a vertiginosa velocidad y casi rogó que volcaran antes de llegar a la autopista. Viendo la cinta de asfalto que se precipitaba hacia ellos y los faros que se acercaban a lo lejos, en el punto en que la autopista trazaba una amplia curva, experimentó un movimiento reflejo de deglución. El coche abandonó el enlace y se lanzó en contradirección por el carril central. Servaz sintió cómo se contraía su escroto al reparar en los coches que, en el otro lado del terraplén del medio, circulaban en la misma dirección que ellos.

—¡David, piensa un poco, te lo suplico! ¡Todavía puedes parar! ¡No hagas eso, por el amor de Dios! ¡Cuidadooooo!

Ante ellos se desató un concierto de bocinas y un frenesí de luces de aviso. Cerró los ojos. Cuando los abrió, los dos coches con que se habían cruzado proseguían su camino propagando la aterrada voz del claxon en la noche. El sudor le resbalaba como agua por la cara. Notando su ardor en la retina, lo enjugó con la manga.

—¡David! ¡Respóndeme, mierda! ¡Di algo! ¡Vas a hacer que nos maten, hostia!

David mantenía la vista fija en la carretera y lo único que Servaz leía en sus ojos era la certeza de su muerte. Apretaba con tanta fuerza el volante que tenía los nudillos blancos. La luz del salpicadero se reflejaba en su barba rubia y en su húmeda mirada. Comprendiendo que se encontraba muy lejos, Servaz volvió a mirar la autopista, barrida por el chaparrón, aguardando la aparición del próximo vehículo, con los sentidos concentrados en la próxima e inevitable colisión.

Se hundió en el asiento al ver aparecer otros faros en la lejanía. Luego percibió las señales de luz cuando el conductor se dio cuenta de que circulaban en contradirección. Los faros estaban más distanciados de la calzada y eran más potentes, pese a la lluvia… Un ensordecedor bramido se abrió paso en la noche. ¡Oh, no! ¡Un camión! Aún cegado por sus luces, Servaz vio que trataba de desplazarse pesadamente al otro carril. Vio cómo su enorme mole se movía con exasperante lentitud hasta lograrlo y vio las gigantescas olas de agua que habían levantado las múltiples ruedas del mastodonte. Oyó los cambios de revolución del motor, las protestas de la caja de cambios, mientras las alertas de las luces enloquecidas le herían los nervios ópticos. Se ovilló, atento al momento en que David diera un volantazo y los precipitara contra el monstruo de acero, esperando el espantoso choque.

No ocurrió nada, sin embargo. La bocina del gigante de metal le taladró los tímpanos cuando pasó muy cerca de ellos. Al volver la cabeza, a través de la bruma de agua propulsada contra los vidrios, entrevió los ojos entornados del camionero, que los miraba, aterrorizado, desde lo alto de la cabina. Respiró hondo. De pronto, comprendió que todo lo que había ocurrido desde que había puesto un pie en Marsac estaba destinado a conducirlo hasta allí, a esa autopista, que aquella calzada inundada era como el símbolo de su historia, el repaso en dirección contraria de su propio pasado. Pensó en su padre, en Francis, en Alexandra, en Margot, en Charlène. En su madre, en Marianne… Destino, fatalidad, azar, combinaciones… como átomos, partículas que se precipitaban unas contra otras, chocando, dislocándose… naciendo y desapareciendo.

Estaba escrito.

O no.

Bruscamente, hundió la mano en el bolsillo de David, en el que este había guardado su teléfono después de haber fingido llamar a Espérandieu.

—¿Qué hace? ¡Suelte eso!

El coche zigzagueó de un carril a otro. Servaz desvió la mirada, sin ocuparse ya de lo que ocurría delante. Se acercó el aparato a la boca mientras David le agarraba la muñeca, intentando quitarle el móvil.

—¡Vincent, soy yo! —gritó mientras todavía percibía la tonalidad—. ¿Me oyes? ¡Vincent, es Hugo! ¡El culpable es Hugo! ¿Me oyes? ¡Hugo! ¡La nota escrita en el cuaderno era una treta para exculparlo! ¡Va a intentar hacer cargar con las culpas a David! ¿Comprendes lo que te digo? —De repente, sonó la voz de Espérandieu al otro lado: «¿Diga? ¿Diga? ¿Eres tú, Martin?»—. Sí, eso es —prosiguió sin acusar la interrupción en el momento en que David trataba de asestarle un puñetazo que esquivó.

Circulaban por los tres carriles a la vez, invadiendo incluso el arcén.

—¡Ponte en contacto con el juez! ¡Hugo no debe salir de la cárcel! ¡No tengo tiempo para decirte más! ¡Más tarde!

Cortó la comunicación. Para entonces, su vecino no mostraba ya el menor asomo de distracción.

—¿Qué ha hecho? ¿Pero qué ha hecho?

—Se acabó. Hugo no podrá salir impune. ¡Aparca en el arcén! ¡Ya no sirve de nada todo esto! ¡Te van a dar un buen tratamiento, te lo prometo! Te doy mi palabra de que vamos a ocuparnos de ti. ¿Quién irá a ver a Hugo a la cárcel si tú ya no estás en este mundo?

Ante ellos surgieron otros faros, situados un poco a la izquierda. Eran cuatro faros alineados, potentes y cegadores, bien distanciados de la calzada. «Otro camión...». David también lo había visto. Abandonó lentamente el carril del medio para desplazarse hasta el del semirremolque que se acercaba, con un fluido movimiento que casi pareció coreográfico.

—¡No! ¡No! ¡No hagas eso! ¡No lo hagas!

El mastodonte lanzó luces de aviso y bocinazos entre los chirridos metálicos que producía al agitarse, buscando una salida. Aquella vez no iba a haber ninguna. El camión no iba a tener espacio para apartarse. Los dos vehículos corrían frente a frente, hacia un inevitable choque. Ese iba a ser pues el final de la ruta. Estaba escrito. En cuestión de segundos, llegaría el gigantesco impacto y a este le sucedería la nada. Servaz atisbó el enlace de salida de un área de servicio que descendía la colina en dirección a ellos, a la izquierda.

—¡Si persistes, matarás a dos inocentes! ¡Hugo no va a poder salir de la cárcel! ¡El juego se ha acabado para él! ¿Quién irá a verlo a la cárcel si tú ya no estás? ¡A la izquierda! ¡A la izquierdaaa!

Vio los cuatro ojos redondos y cegadores que se precipitaban hacia ellos, como cuatro espadas de luz reflejadas en la calzada. Cerró los ojos y tendió los brazos ante sí para apoyar las manos en el salpicadero, obedeciendo a un absurdo impulso reflejo.

Aguardó el espantoso choque.

Entonces notó que torcían bruscamente hacia la izquierda y abrió los ojos.

¡Habían salido de la autopista! ¡Estaban subiendo por el enlace a toda velocidad y en dirección contraria!

Servaz vio el gigantesco semirremolque que pasaba de largo a la derecha, un poco más abajo. ¡Estaban salvados! Después se llevó un susto al ver aparecer un coche que salía del área por encima. David dio un volantazo y subieron renqueando por la hierba del borde. Habían esquivado el coche que bajaba con cuatro aterrorizados pasajeros, una familia sin duda. Arrancando varias ramas de uno de los setos, irrumpieron en el solitario parking, al otro lado del cual Servaz percibió las luces de una cafetería y de una estación de servicio. David aplastó el pedal del freno. El coche dio un bandazo y los neumáticos protestaron con un gemido.

Después se paró.

Servaz se desabrochó el cinturón y, tras abrir la puerta, se precipitó afuera para vomitar.

Sabía que, a partir de entonces, la muerte tendría para él una cara: la de un gran semirremolque con su voluminoso parachoques y sus cuatro faros alineados. Lo sabía, tal como sabía que jamás olvidaría aquella imagen, y también que tendría miedo cada vez que subiera a un coche sin conducir él mismo.

Aspiró con fruición la húmeda noche y saboreó, jadeante, las tibias gotas de lluvia que le caían en la lengua. El pecho le subía y bajaba a toda prisa. Con las piernas temblorosas y un tremendo zumbido en los oídos, potente como un enjambre, rodeó el vehículo. David estaba sentado en el suelo, contra la rueda de atrás. Revolviéndose los rubios cabellos, sollozaba con la mirada fija en el suelo. Servaz se arrodilló delante y posó las manos en los trémulos hombros del joven, cubiertos con la bata de enfermero.

—Cumpliré mi promesa —dijo—. Te ayudaremos. Solo quiero que me digas algo. ¿Fuiste tú el que puso el CD de Mahler en el equipo de música de Claire Diemar?

Captando la mirada cargada de incomprensión, sacudió la cabeza, como si dijera «Da igual» y, tras apretar el hombro del joven, se levantó. Luego sacó el teléfono y se alejó, consciente del espectáculo que debía de estar dando, con la camisa de hospital empapada bajo el aguacero, los dedos cubiertos de arañazos recibidos durante la calamitosa inmersión y la cara marcada con las huellas de la venda que se había arrancado.

—¿A qué venía esa llamada, por Dios? ¿Y por qué no me respondías?

La voz de Vincent sonaba impregnada de pánico. Servaz comprendió que su móvil debía de haber vibrado varias veces y que no se había dado cuenta de nada en medio de aquella vorágine. Aquella voz, no obstante, fue para él como un bálsamo.

—Ya te lo explicaré. Mientras tanto, saca al juez de la cama. Hay que anular la orden de liberación de Hugo. También necesitaremos una autorización para interrogarlo esta misma noche en la cárcel. Llama a Sartet.

—Sabes muy bien que no va a aceptar de ninguna manera. Es ilegal. A Hugo ya se le dieron a conocer las imputaciones.

—No lo será si lo interrogamos en el marco de otro caso —apuntó Servaz.

—¿Cómo?

Le expuso su idea.

—Haz lo que te digo. Yo llegaré en cuanto pueda.

—¡Pero si no ves nada!

—Sí que veo, sí... Y, créeme, algunas veces sería mejor no ver nada.

Vincent se mantuvo callado durante un instante de perplejidad.

—¿No estás en el hospital?

—No. Estoy en un área de autopista.

—¿Cómo? Pero ¿qué…?

—Déjalo. Date prisa. Ya te explicaré después.

A su espalda sonó una puerta de coche que se cerraba. Servaz giró en redondo.

—Espera un minuto —dijo a su ayudante.

David estaba sentado frente al volante. A través del parabrisas mojado, sus miradas se cruzaron y le pareció advertir una sonrisa en su cara. Lo recorrió una especie de descarga eléctrica. Se encaminó a grandes zancadas hacia el coche y luego se puso a correr cuando este arrancó despacio, dando marcha atrás. Como en un sueño, mientras corría hacia el Ford Fiesta, vio cómo este describía un airoso arabesco sobre el asfalto del parking, orientando el morro hacia la salida para luego proseguir hacia delante.

Servaz pensó que no iría muy lejos, una vez que hubieran bloqueado todos los peajes. Después, en una fracción de segundo, comprendió. «¡No! ¡No, David, no!».

Corrió con todas sus fuerzas, gritando, impulsado por la desesperación, el miedo, la ira y el sentimiento de que jamás podría perdonarse haber sido tan estúpido. Corrió en vano tras el coche que se alejaba, con los faros de atrás inaccesibles ya, mientras se colaba por la abertura entre los setos y descendía la pendiente por la que habían subido unos minutos antes para volver a salir a la autopista.

Se paró en medio de los carriles, colocado en perpendicular al eje de la autopista.

Desde donde se encontraba, Servaz oyó cómo David apagó el motor. Casi enseguida oyó el histérico bocinazo surgido por el lado de la izquierda y volvió la cabeza justo a tiempo para ver surgir el semirremolque por la gran curva, al pie de la colina. El monstruo frenó demasiado tarde y con excesiva brusquedad. De través en los tres carriles, el remolque se precipitó sin control, con toda su carga, contra el minúsculo Ford, engulléndolo con un estallido de planchas aplastadas, piezas mecánicas trituradas, metal, plástico y carne oprimidos.

El resto lo vio como a través de una neblina, mucho más tarde: las ambulancias, los coches de policía y las luces giratorias accionadas en medio de la noche. A duras penas oyó el aullido de las sirenas, los mensajes intercambiados por radio, los gritos, las órdenes, el silbido de los extintores que escupían su nieve carbónica y el agudo lamento de las sirenas eléctricas. No prestó atención alguna a los vehículos de la prensa que llegaron para sumarse a la rapiña, a los furgones coronados con antenas parabólicas, a las cámaras de televisión, al crepitar de los *flashes*, ni siquiera a la cara de la joven periodista que le puso un micro delante y que rechazó con un revés. Todo aquello lo percibió como un sueño. Se desplazó tambaleante hasta la cafetería y, viendo que la gente se agitaba también allí como las abejas desorientadas a causa del humo, una extraña idea se abrió paso en su conciencia. Pensó que, sin saberlo, aquella gente estaba loca, que solo los locos podían querer vivir en semejante mundo y conducirlo, día tras día, hacia su perdición. Después pidió un café.

INTERMEDIO 4
En la tumba

Su mente era un mero grito, un lamento que subía, devorando sus pensamientos.

En su fuero interno gritaba de desesperación, vertía en un aullido su rabia, su sufrimiento, su soledad... todo aquello que, mes tras mes, la había desposeído de su humanidad.

También suplicaba.

«Por compasión, por compasión, por compasión... déjeme salir de aquí, se lo suplico...».

En su fuero interno, gritaba y suplicaba y lloraba. Lo hacía en su fuero interno tan solo, porque en realidad de su garganta no brotaba sonido alguno. Llevaba una mordaza en la boca, atada con una tensa correa en la nuca. No le había atado las manos a la espalda, sin duda porque habría podido desgastar las ligaduras frotándolas contra la piedra de su calabozo. Sí tenía las manos inmovilizadas en la espalda, pero pegadas entre sí de la palma a la punta de los dedos con cola extrafuerte. Aquella incómoda postura le había provocado rápidamente un dolor permanente en las articulaciones y una contractura crónica extremadamente dolorosa de los músculos de la zona de la columna. Aparte, se veía obligada a permanecer constantemente inclinada, incluso durmiendo. Había intentado arrancarse la piel de las manos, pero era imposible y había estado casi a punto de desmayarse. Seguramente él quería asegurarse de que no se abriera las venas de los brazos o de los muslos con los dientes.

En medio de la oscuridad, cambió de postura para aliviar la tensión de los músculos. Estaba sentada contra la pared de piedra, en contacto directo con el suelo de tierra batida. A veces se tendía allí mismo. Otras se iba a su mugriento colchón. Pasaba casi todo el tiempo durmiendo, acurrucada. A veces se levantaba y caminaba. Daba tan solo unos pasos. Ya no tenía ganas de luchar. No llevaba prenda de vestir alguna. Estaba desnuda como un animalillo, y terriblemente flaca. Solo le daba de comer una vez cada dos días, lo justo para que no muriera de hambre. Ya no la lavaba. Había adelgazado mucho y notaba cómo los huesos se hacían perceptibles bajo su mugrienta piel. Tenía siempre un mal sabor en la boca, además del gusto de la mordaza, y un atroz dolor le roía el lado izquierdo de la mandíbula y la lengua, producto de un absceso. El pelo le picaba, de puro sucio. Cada vez se sentía más débil. Debía de pesar unos cuarenta kilos, quizá menos.

Él también había dejado de llevarla arriba al comedor. Ya no había ni comida, ni música, ni violación mientras dormía, porque ya no le ponía ninguna inyección. Aquel era el único alivio.

Aún no comprendía por qué la mantenía con vida, porque ahora tenía una sustituta. Se la había presentado una vez. Estaba tan débil que ya no le sostenían las piernas y él había tenido que aguantarla mientras subía las escaleras que conducían a la planta baja. «¡Cómo apestas!», le había dicho, arrugando la nariz. Había visto a la joven sentada a la mesa de la cena, en ese sillón que antes era el suyo, con el torso atado al respaldo igual que ella, mediante una ancha correa de cuero. Había reconocido su mirada. Era la suya de hacía unos meses o unos años. Al principio, no había dicho nada, porque ya no tenía ni fuerzas. Se había limitado a permanecer cabeceando, mirando desde abajo a la nueva. Había alcanzado a percibir, no obstante, el pavor en los ojos de la mujer que llevaba su vestido y había adivinado que tenía el cabello lavado y el cuerpo perfumado. Finalmente, había logrado articular: «Es mi vestido». Él la había vuelto a bajar al sótano. Aquella fue la última vez que la vio, pero de vez en cuando oía música arriba y sabía lo que ocurría. Se preguntaba en qué lugar de la casa la tenía encerrada.

Durante mucho tiempo había temido volverse loca, había luchado para mantener la cordura, había procurado aferrarse a la realidad. Ahora ya no se esforzaba tanto. La locura que reptaba en el filo de su conciencia, como un predador seguro de tener en su poder a la presa, había empezado a devorarle la lucidez, a deleitarse con ella. La única manera de evitarla aún era repasar sus cuarenta años de existencia, pensar en lo que había sido su vida... la vida de otra, más bien, otra que llevaba su nombre, pero que ya no guardaba parecido con ella. La suya había sido una existencia hermosa, agitada, trágica, pero sin trazas de aburrimiento.

Los remordimientos le inflamaban la garganta cuando pensaba en Hugo. Había estado tan orgullosa de él... Estaba al corriente de sus adicciones, pero ¿quién era ella para lanzarle la primera piedra? Su hijo, tan guapo, tan inteligente... su mejor logro. ¿Dónde estaría ahora? ¿En la cárcel o libre? La angustia la asfixiaba, oprimiéndole el pecho, cada vez que pensaba en él. Aparte, el dolor amenazaba con romperla, con hacerla pedazos cuando volvía a ver a Mathieu, a Hugo y a ella juntos, reunidos, jugando en el jardín o en una playa, navegando a vela en el lago una luminosa mañana, rodeados de amigos en torno a una barbacoa una tarde de primavera, amigos que, tal como ella sabía, admiraban sin excepción a su familia. Oía sus risas, sus exclamaciones; volvía a ver a su hijo de cinco años mientras lo elevaba hacia el cielo su padre, riendo, con una expresión de absoluta felicidad en la mofletuda cara. Otras veces evocaba los momentos en que padre e hijo permanecían sentados en la cama, Hugo con el dedo en la boca escuchando, muy serio y concentrado al principio, mientras su padre le leía *Robinson Crusoe*, *La isla del tesoro* o *La guerra de los botones*, hasta que al final lo vencía el sueño. Mathieu había muerto en ese accidente de coche y los había abandonado, a ella y a Hugo, en el linde de la vida. En ciertas ocasiones, sentía un terrible resentimiento contra él por eso.

También volvía a ver la casa del lago, la terraza donde le gustaba tomar el desayuno cuando hacía bueno, con un libro en la mano, frente al liso y apacible espejo del agua donde se reflejaban los árboles de la otra orilla, aquel islote de paz del que nunca se cansaba, turbado tan solo por el ruido del choque de una vela, los gritos de los niños en una propiedad vecina o el rumor de un motor fueraborda transportado por el eco.

Pensaba, además, en Martin... A menudo pensaba en él. Martin, su gran amor y su mayor fracaso. Se acordaba de las clases de Marsac en las que sus miradas se cruzaban veinte veces por hora, de su impaciencia para volverse a encontrar, de sus conversaciones sobre Schopenhauer, Nietzsche o Rimbaud, de sus ataques de cólera cuando él se cerraba en banda a la música y a los textos de Dylan, Morrison, Springsteen o los Stones. Ella lo apodaba «el Viejo» o «mi Querido Viejo», pese a que solo tenía un año más que ella. Pero cómo lo quería, Dios mío. Y todavía lo había querido más cuando descubrió lo que escribía. Era una persona capaz de abrir los pechos y los corazones como con una herramienta y plasmarlo todo en el papel, con un talento inaudito. Aquello era lo primero que había pensado al leer las primeras líneas de aquel relato corto, *El huevo*. Todavía se acordaba de la primera frase: «He acabado, definitivamente. Si tuviera que morir mañana, no habría ni una coma por modificar en esta historia... la más aburrida que se haya escrito nunca». Ella lo quería, lo admiraba, pero sabía que no era su primera lectora, que Francis, su álter ego, su hermano, se le había adelantado. A veces sentía celos de Francis, del poder que tenía sobre Martin. Y del poder que tenía sobre ella... por la droga... Por aquel entonces, vivía con el temor de que Francis se lo contara todo a Martin, que le dijera que la persona a la que quería más que a nada en el mundo era una drogadicta. Ese miedo no había dejado de atenazarla durante todo el tiempo en que habían permanecido juntos. Tal vez era por eso, en el fondo, por lo que lo había dejado, para liberarse del miedo...

Lo quería, lo admiraba... y lo había traicionado... Se acurrucó en la oscuridad de su tumba, con la mente vacía y el cuerpo tembloroso. De repente, el viento de la desesperación se llevó todas aquellas bellas imágenes iluminadas por el sol y las tinieblas el frío y el abismo se abatieron sobre ella. La locura regresaba, cerrando sus aceradas garras en torno a su cerebro. En aquellos momentos, se aferraba con todas sus fuerzas a una visión, la única que todavía la salvaba de una demencia sin remisión.

Cerraba los ojos y echaba a correr, sola, por una playa medio descubierta por la marea. Un brillante amanecer hacía centellear las olas y la arena húmeda y la brisa le alborotaba el cabello. Corría y corría sin parar, durante horas, con los ojos cerrados, acompañada por los gritos de las gaviotas, el acompasado ruido del mar, unas cuantas velas en el horizonte y la luz del alba. Nunca acababa de correr por aquella interminable playa, pues sabía que jamás volvería a ver la luz del día.

48
El final

$\mathcal{L}$os proyectores alumbraban el recinto exterior de la cárcel. No había nadie en el parking. Servaz aparcó cerca de la entrada, invadido todavía por la rabia, una ira que había ido sustituyendo poco a poco el abatimiento y la fatiga.

El director los esperaba. A lo largo de la noche había recibido varias sorprendentes llamadas de la fiscalía, de la policía judicial y hasta del director de la administración penitenciaria, a quien la propia ministra de Interior en persona había animado a no reparar en medios para «facilitar las gestiones del comandante Servaz y del teniente Espérandieu». No entendía por qué todo el mundo se tomaba de repente tan a pecho aquel caso. Ignoraba que un diputado del partido gubernamental, la esperanza del partido, había estado a punto de ser detenido y ahora se encontraba definitivamente exculpado y que, al día siguiente, los miembros del partido se apresurarían a anunciar a la prensa que no había ningún cargo contra él, denunciarían con vehemencia «todas aquellas lamentables filtraciones», se presentarían en los platós de televisión para expresar que «en aquel país existía algo llamado la presunción de inocencia, un derecho que habían pisoteado en ese caso los miembros de la oposición». En París habían notado que el viento cambiaba de sentido y ya no era cuestión de dejar ver que habían abandonado demasiado deprisa a Paul Lacaze si se demostraba que era inocente. La consigna había cambiado y ahora había que presentarse como una piña.

Aun así, el director de la cárcel observó con suma circunspección al comandante de policía de ojos enrojecidos y pupilas dilatadas y al joven teniente que parecía un adolescente con aquella cazadora plateada. El primero tenía, además, hematomas y arañazos por toda la cara y las manos y una gran venda en la cabeza... como si le hubieran dado unos puntos en el cuero cabelludo. El director iba a cerrar la puerta tras ellos cuando Servaz tomó la palabra.

—Esperamos a alguien.

—Los de la fiscalía me han hablado solo de dos personas.

—Dos o tres... ¿qué más da?

—Escuchen, ya es más de medianoche. ¿Voy a tener que estar de plantón hasta que hayan acabado? Porque me gustaría...

—Ahí está.

En el parking barrido por la tormenta sonó un ruido de motor y luego apareció un coche con los colores de la gendarmería. De la puerta del lado del acompañante bajó una mujer con cazadora, pantalón y botas de motorista, con la cara atravesada por un curioso vendaje en forma de cruz que le tapaba la nariz y las mejillas. También llevaba el brazo izquierdo en cabestrillo. Ziegler hundió la cabeza en los hombros al sentir la lluvia y se apresuró a recorrer los pocos metros que la separaban de la entrada. Había tenido que responder durante media hora al interrogatorio de un sustituto del fiscal de Auch y varios oficiales de la gendarmería de la sección de Investigación, pero había conseguido de todas formas ponerse en contacto con Martin. Le había explicado en pocas palabras lo que acababa de ocurrir, omitiendo una vez más mencionar que se había introducido en su ordenador.

—¿Cómo has podido descubrir todo eso? —le había preguntado él, perplejo.

No había parecido sorprendido al enterarse de que Marianne había encargado que lo espiaran. Sí había percibido, en cambio, la inmensidad de su tristeza. Martin le había pedido a continuación que se reuniera con ellos en la cárcel de Seysses. Se le notaba el cansancio en la voz y, cuando ella le preguntó por qué no estaba en el hospital, no contestó.

—Va con nosotros —dijo el policía.

«Jesús, menudos representantes del orden», pensó el director al ver aproximarse a la rubia desfigurada. Él tenía, sin embargo, órdenes concretas, transmitidas desde las más altas instancias. «Haga todo lo que le pidan ¿está claro?», le había dicho el director de la administración penitenciaria por teléfono. Con un encogimiento de hombros, ordenó a los guardianes que dejaran pasar a los tres recién llegados por los pórticos de seguridad y los acompañó a las entrañas de la prisión. Después de franquear tres filtros de rejas, el director sacó por fin un manojo de llaves, introdujo una de ellas en la cerradura y abrió la puerta del locutorio.

—Pasen. Los está esperando.

Se alejó rápidamente. Prefería no saber qué iba a suceder allá dentro.

—Buenas noches, Hugo —dijo Servaz al entrar.

Sentado detrás de la mesa de formica, con las manos cruzadas, el joven levantó la cabeza y lo miró.

Después su mirada se desplazó hacia Espérandieu y Ziegler, que entraban detrás de él, y Servaz percibió un asomo de sorpresa en los ojos azules cuando vio la cara de la gendarme.

—¿Qué ocurre? El director me ha sacado de la cama y ahora se presentan aquí…

Esforzándose por disimular su enojo, Servaz tomó asiento y aguardó a que Vincent e Irène se sentaran también. Los tres se colocaron frente a Hugo, al otro lado de la mesa. Desde el estricto punto de vista jurídico, no tenían ya derecho a entrevistarse con el muchacho en la investigación de la muerte de Claire, puesto que el juez ya le había dado a conocer las imputaciones. No obstante, en vista de los últimos acontecimientos, Servaz había obtenido del juez Sartet el permiso para comunicarse con él en el marco de la pesquisa por el asesinato de Elvis, un caso distinto aunque relacionado con el primero.

—David ha muerto —anunció en voz baja.

Una mueca de dolor deformó las facciones del joven.

—¿Cómo?

—Se ha suicidado. Ha entrado en la autopista en contradirección y ha chocado contra un camión. Ha muerto de inmediato.

Servaz taladraba con la mirada a Hugo. El dolor del chico era sincero. Pugnaba por no ponerse a llorar, con los labios torcidos como si hubiera engullido una caja de clavos.

—¿Sabías que tenía tendencias suicidas?

Hugo levantó la barbilla y mirando a Servaz, con los ojos húmedos, asintió con la cabeza.

—Sí.

—¿Desde cuándo?

El joven se encogió de hombros, como si quisiera decir: «¿Qué más da eso, ahora?».

—David siempre ha sido depresivo desde que lo conozco —articuló con voz inexpresiva—. Incluso cuando éramos niños, siempre fue… raro… Tenía una especie de humor negro… y esa sonrisa triste. A los doce años, ya sonreía de esa manera.

Servaz vio que aspiraba hondo, como si se dispusiera a zambullirse en el agua.

—A veces tenía reacciones imprevisibles. Podía pasar de la alegría a la desesperación en un segundo. Una vez, lo vi arrojar una voluminosa piedra a la cabeza de un compañero solo porque este le llevó la contraria. Cuando se ponía así, los amigos lo evitaban… aunque yo no. Su madre lo estuvo mandando a varios psicólogos durante años, hasta que él se cansó. Todo eso es por culpa del cabrón de su padre —espetó, con voz corrosiva como la lava—. Y también del capullo de su hermano. Fueron ellos los que lo echaron a perder… A esos dos hijos de puta deberían condenarlos por acoso moral, si quieren saber mi opinión… Me acuerdo de una vez en que David llevó una chica a casa cuando tenía catorce años, una chica estupenda. Su hermano se regodeó tanto humillándolo delante de ella y estuvo tan grosero con la muchacha que esta no quiso volver a poner los pies en su casa ni dirigirle siquiera la palabra. Su padre tenía la costumbre de decir a su madre que habían tenido «un niño y una niña». Le prohibía leer o tener siquiera libros en su habitación. Decía que la lectura lo volvía afeminado. Su padre se jactaba de haber llegado bien lejos sin haber leído un libro en toda su vida, ni siquiera en la escuela.

—En ese caso, ¿cómo es posible que David hubiera acabado yendo a Marsac?

—Hacía mucho que su padre y su hermano se habían desinteresado por completo de lo que hiciera o dejara de hacer David. Decidieron que era irrecuperable y no había nada más que hacer. Creo que eso le dolía incluso más que los malos tratos. Fue su madre quien financió sus estudios con su dinero personal. Ella siempre trató de proteger a David de su padre y de su hermano, pero era débil y también sufría sus vejaciones.

—¿Había cometido ya otras tentativas?

—Sí, varias. Una vez, trató incluso de rajarse el vientre con un cuchillo. Como los samuráis, ¿sabe? Eso ocurrió después del episodio de la chica.

Servaz se acordó de la cicatriz que había palpado y se le formó un nudo en la garganta. Hugo los miró de uno en uno.

—¿Por eso me han hecho despertar en plena noche? ¿Y ha venido acompañado así? ¿Para anunciarme la muerte de David?

—No exactamente.

—Me van a liberar mañana por la mañana, ¿no?

Servaz advirtió la inquietud en la voz, pero no respondió.

—Joder, David, mi amigo, mi hermano... —gimió de improviso Hugo—. Qué desastre tu vida, amigo mío...

—Lo ha hecho por ti —dijo Servaz con voz queda, pero audible.

—¿Cómo?

—Yo estaba con él en el coche. David se había acusado de los asesinatos de Claire Diemar y de Elvis Elmaz, y también de los de Bertrand Christiaens y de Joachim Campos...

—¿Quién?

«Buena representación —pensó Servaz—. No has caído en la trampa».

—¿No te dicen nada esos dos nombres?

—No. ¿Deberían sonarme?

—Son los nombres del jefe de los bomberos que fueron a rescataros al lago de Néouvielle y del conductor del autocar.

—Ah, sí. Ahora que lo dice…

—Y Claire Diemar también iba en ese autobús esa noche, ¿verdad?

Hugo lanzó una mirada extraña a Servaz, mientras tras los cristales retumbaba un trueno.

—Es verdad. Estaba allí. Cree que hay una relación entre el accidente y su muerte, ¿no es eso? ¿Dice que David se acusó del asesinato de Claire? ¿Antes de suicidarse?

Servaz lo observó. Hugo parecía francamente estupefacto. Era un actor extraordinario.

—Si se ha suicidado lanzándose contra un camión y usted estaba en ese coche, ¿cómo se entiende que usted se encuentre ahora aquí? —preguntó con suspicacia.

Servaz se tuvo que contener para no abalanzarse sobre él por encima de la mesa.

—Se ha acabado —declaró Ziegler con tono pacífico.

El joven desplazó la mirada hacia ella.

—Estuvo bien pensada la jugada del cuaderno. Era arriesgada, pero hábil. Primero te acusaba y luego te exculpaba.

»Supongo —prosiguió, en vista de que no había suscitado ninguna respuesta— que si los policías encargados de la investigación no hubieran llegado lo bastante lejos en sus indagaciones, si no hubieran demostrado, digamos, una curiosidad y una conciencia profesional suficientes, tú mismo habrías sugerido a tu abogado que pidiera un análisis grafológico.

Durante una ínfima fracción de segundo, asomó la chispa, la señal que aguardaban. Después desapareció de inmediato.

—¡No entiendo a qué se refiere, hostia! No es mi letra la del escrito en ese cuaderno.

—Por supuesto que no —intervino Servaz—, puesto que es la de David.

—Entonces ¿es verdad? ¿Fue él el que la mató?

—Serás cabrón… —dijo Ziegler.

—¿Fuiste tú quien le pidió que escribiera esa frase en el cuaderno, Hugo? ¿O fue él quien lo hizo por iniciativa propia?

—¿Cómo? ¡No entiendo nada!

Cayó otro relámpago, más cerca esa vez. Alguien lanzó en las entrañas de la prisión un largo y doloroso grito, que cesó de repente. Después en el pasillo resonaron los pasos de un guardián. A continuación regresó el silencio, aunque el silencio nunca duraba mucho en la cárcel.

—Claire se acostaba con bastantes, ¿no? —dijo Servaz.

—¿Estabas celoso? —inquirió Ziegler.

—¿A cuántos matasteis, tú y tus amiguitos? —quiso saber Espérandieu.

—El jefe de bomberos, fuisteis vosotros —afirmó Servaz—. Sarah, Virginie, David y tú. Lo arrojaron al agua cuatro personas.

—Y en el coche de Joachim Campos, un testigo vio que iban dos hombres con él. ¿No seríais David y tú? —sugirió Ziegler.

—Aquella noche, para matar a Claire Diemar, ¿fuisteis dos? —continuó Vincent—. La cámara filmó a dos personas que salieron del pub. ¿David y tú, también? ¿O David se limitó a montar guardia?

—Lo que no entiendo es por qué te quedaste allí —añadió Servaz—. ¿Por qué asumir ese riesgo? ¿Por qué no hiciste igual que con los demás? ¿Por qué no presentar la muerte como un accidente o una desaparición? ¿Por qué te sentaste al borde de la piscina? ¿Por qué?

La mirada de Hugo iba de uno a otro bajo la luz del fluorescente. Servaz vio la duda, la rabia y el miedo en sus ojos. Entonces su teléfono emitió un doble bip en el bolsillo. Un mensaje… «Ahora no…». Estaba pendiente del menor de los gestos de Hugo.

—¡Paren de una vez, hostia! —exclamó por fin este—. ¡Llamen al director! ¡Quiero hablar con él! ¡No tengo nada más que decirles! ¡Lárguense!

—¿La mataste solo, Hugo? ¿O bien lo hicisteis entre varios? ¿Participó David?

Hubo un instante de silencio.

—No, estaba solo…

Hugo encaraba hacia ellos sus ojos, reducidos a dos finas y relucientes grietas. Ellos callaron. Servaz sintió que se le aceleraba el pulso, convencido de que en los otros casos había ocurrido igual.

—Fui allí para avisarle del peligro que corría. Había esnifado en los lavabos del pub y había bebido demasiado… Sabía que los otros iban a pasar pronto a la acción. Estábamos en el mes de junio y sabía que aquella vez le iba a tocar a ella. Habíamos hablado del asunto entre nosotros. —De nuevo, realizó aquel gesto con la mano que había heredado de su madre—. Yo sabía que ella se había comportado como una cobarde, esa noche, hace seis años, que nos había abandonado a nuestra suerte a mí y a los demás, que no había hecho nada para socorrernos… Pero también sabía que estaba corroída por los remordimientos desde entonces. Ella me lo había dicho. Pensaba continuamente en ello; estaba obsesionada con eso, con el mal comportamiento que había tenido. «Tuve miedo, me dejé llevar por el pánico esa noche. Fui una cobarde. Deberías odiarme, despreciarme, Hugo», me decía una y otra vez. «¿Por qué eres tan indulgente, tan bueno conmigo?». O si no: «Para de quererme, no lo merezco, no merezco en absoluto este amor. No soy una buena persona». Las lágrimas resbalaban por sus mejillas y en sus ojos yo veía su desamparo mientras temblaba pegada a mí. Aparte, en otros momentos, era la persona más alegre, más divertida, más sorprendente y más maravillosa que haya conocido nunca. Ella quería hacer un milagro de cada momento. Yo la quería, ¿entienden? —Abrió una pausa y luego su voz cambió, como si dos actores se repartieran el mismo papel—. Esa noche estaba colocado y borracho al salir del pub. Fui a verla, mientras todo el mundo estaba viendo el partido. Le hablé de la existencia del Círculo… Al principio le costó creerlo. Pensaba que deliraba, que estaba borracho, lo cual era cierto, y luego, cuando le conté en detalle lo de la muerte del conductor, de repente comprendió que decía la verdad.

Servaz vio en los ojos de Hugo un brillo instalado en el fondo, como dos tizones encendidos que despiertan bajo la ceniza, como un fuego que persiste en forma de antiguo rescoldo bajo la tundra.

—Y entonces, la vi transformarse. Era como si hubiera aparecido otra persona en su lugar. Ya no era la Claire que yo conocía... la que me animaba a escribir y me juraba que nunca había encontrado un talento semejante en un alumno, la que me enviaba veinte mensajes de texto al día para decirme que me quería y que nunca nada nos iba a separar, que viviríamos siempre enamorados como el primer día. La que podía quedarse totalmente inmóvil, abandonada, ofrecida mientras hacíamos el amor o, por el contrario, prefería tomar la iniciativa. La que citaba autores y poetas que hablaban de amor o improvisaba una canción con la guitarra en la que hablaba de nosotros, la que inventaba un nombre para cada parte de mi cuerpo como si fuera el mapa de un país que le pertenecía, la que no tenía miedo de repetir «te quiero» una y otra vez, cien veces por día... De repente, esa Claire había dejado de existir. Se había... ido... Y la que la había sustituido me miraba como si yo fuera un monstruo, un enemigo. Tenía miedo de mí.

Las palabras de Hugo revoloteaban bajo la luz de los fluorescentes y cada una de ellas hallaba un eco en el apesadumbrado corazón de Servaz.

—¡Qué imbécil! Seguro que no habría actuado de esa manera si no hubiera estado tan colocado. Ella quiso llamar a la policía. Yo hice todo lo posible para disuadirla. No soportaba la idea de que mis «hermanos y hermanas» pudieran ir a la cárcel —Servaz sintió un malestar que se coló entre sus costillas pensando en las palabras pronunciadas por David en el coche—, que pagaran una segunda vez con todo lo que habían sufrido ya. Ya no sabía qué inventar. Le dije que los convencería para que parasen, que se había acabado, que ya no habría más víctimas, pero que no tenía derecho a hacerles eso después de lo que les había hecho ya... No me quiso escuchar, estaba como loca, sorda a todos mis argumentos. El tono subió y yo le supliqué. Después, de golpe, me lo tiró todo a la cara. Me dijo que, de todas maneras, ya no me quería, que todo se había acabado entre nosotros, que quería a otro, que tenía intención de decírmelo pronto. Me habló de ese tipo, el diputado. Me dijo que estaba loca por él, que era el hombre de su vida, que estaba segura. Entonces me puse fuera de mí y perdí el control. ¡Yo quería protegerla y ella lo único que pensaba era en mandarnos a la cárcel y deshacerse de mí! No podía dejarle hacer eso. Ellos son mi familia… Estaba furioso, loco de rabia. Me dije: «¿Qué clase de mujer puede jurar a un hombre por todo lo más querido que lo amará hasta el fin de los tiempos y al día siguiente decirle que ama a otro? ¿Qué clase de mujer puede ser tan guapa, tan maravillosa en el amor y tan fea después? ¿Qué clase de mujer puede jugar con los otros de esa manera?». Y entonces pensé: «La misma clase de las que abandonan a los niños a la muerte por cobardía… Era guapa, joven, inconsciente y solo pensaba en ella. De repente comprendí que ella era lo único que contaba. Todos esos remordimientos que la atormentaban, esa culpabilidad, eran una trola. Igual que su amor. Una mentira… Se inventaba historias. Se mentía a sí misma igual que mentía a los demás». Esa noche me di cuenta de que Claire Diemar no era más que egoísmo y fingimiento, que siempre sería un veneno para todos los que se cruzaran en su camino. No tenía derecho… No podía dejar que se saliese con la suya…

—Entonces la golpeaste —dijo Servaz—. Encontraste una cuerda y la ataste antes de meterla en la bañera. Y abriste el grifo.

—Quería que comprendiera antes de morir lo que habían sufrido los niños a causa de ella, que, al menos una vez en su vida, se diera cuenta de todo el mal que había hecho…

En el fondo de la cárcel brotó una especie de carcajada, de rabia e impotencia. Luego se oyeron unos sollozos ahogados y después se hizo el silencio, un silencio que, de todas formas, nunca dura mucho en la cárcel.

—Y lo comprendió, sí señor —dijo Servaz—. Luego tiraste las muñecas a la piscina y te sentaste allí, al borde del agua… ¿Por qué las muñecas? ¿Porque simbolizaban a tus compañeros muertos que subieron a la superficie?

—Cada vez que iba a su casa y veía esa colección de muñecas… me daban escalofríos.

—¿Y después?

Hugo levantó la cabeza y los miró.

—Después, ¿qué?

—Tú estabas en estado de *shock*, paralizado por lo que habías hecho, todavía bajo el efecto del alcohol y la droga. ¿Quién llegó esa noche para vaciar los mensajes de Claire y llevarse su móvil para hacer creer que otra persona pretendía borrar sus huellas? ¿Quién llegó para poner la música de Mahler?

—David.

Servaz descargó un puñetazo tan violento en la mesa que todos los presentes se sobresaltaron. Después se irguió y se inclinó por encima de la mesa.

—¡Mientes! David acaba de suicidarse intentando salvarte a ti, su hermano, su mejor amigo, ¿y tú mancillas ya su memoria? David salió esa noche después de ti del pub. Estaba en los vídeos de la cámara de vigilancia del banco, situada al otro lado de la plaza. ¡Él mismo me golpeó para robar las grabaciones! ¡Pero el CD no lo puso él! Cuando le he hablado de ello, justo antes de que se suicidara, me ha mirado como si no supiera de qué le hablaba.

Hugo guardó silencio. Parecía afectado.

—De acuerdo —concedió con una voz de muerto, cargada de amor, de odio, de compasión y de asco hacia sí mismo—. David tan solo salió del pub esa noche. Intentó detenerme, hacerme entrar en razón… Sabía lo que yo quería hacer y quería impedirme que se lo contara todo a Claire. Lo mandé a paseo y volvió al interior. Él solo robó las grabaciones para evitar que a través de él pudieran remontar hasta el Círculo, y porque eso reforzaba la hipótesis de que había otro culpable. Cuando hablé con él por teléfono, me dijo que esa tarde había estado a punto de saltar con usted al vacío, que había renunciado en el último minuto.

Durante un par de segundos, Servaz sintió que lo invadía un terrible frío.

—¿Y las colillas que encontramos en casa de Claire, en el bosque? —preguntó con un hilo de voz—. Antes de morir, me ha dicho que encontrarían su ADN en ellas.

—Él desaprobaba mi relación con Claire. La detestaba. O quizás estaba celoso, no sé… Lo que sí sé es que a veces iba a espiarnos desde el bosque, fumando sin parar… David también hacía ese tipo de cosas.

—¿Quién? —insistió Servaz, pese a que cada vez temía más oír la respuesta—. ¿Quién acudió a arreglar las cosas? ¡¿Quién puso ese dichoso CD en el equipo de música?!

En su bolsillo volvieron a sonar dos bips. Sacó el móvil y advirtió que tenía dos mensajes. ¿A esa hora? ¿Qué podía ser tan urgente? Abrió la carpeta de mensajes. Comprobando que el número no estaba registrado en su lista de contactos, vio el primer mensaje. Entonces, la adrenalina, el miedo y las náuseas se precipitaron de nuevo en sus venas.

—¡Margot! —gritó, levantándose de un salto de la silla.

El SMS estaba firmado con las iniciales J. H. y decía:

Ten cuidado con tu amada.

Buscó febrilmente el número de Samira y apretó la tecla de llamada.

—¿Jefe? —dijo, sorprendida, la joven.

—¡Ve a ver a Margot! ¡Corre! ¡Rápido! —gritó por el teléfono.

—¿Qué pasa, jefe?

—¡No preguntes y haz lo que te digo!

La oyó trotar por la hierba y después correr encima de la gravilla. Con el pulso acelerado, la oyó subir a la carrera las escaleras de los dormitorios, llamar a la puerta y decir: «¡Soy Samira!». Oyó que la puerta se abría y una voz familiar respondía, una voz de sueño, una voz que le causó el mismo efecto que un bálsamo en una quemadura. Después Samira se puso al teléfono, sin resuello.

—Está bien, jefe. Dormía.

Respiró a fondo y miró a los otros, que lo observaban con cara de desconcierto.

—Hazme un favor —dijo—. Duerme con ella esta noche, en la otra cama. Ya te explicaré. ¿Has comprendido?

—Perfectamente —confirmó Samira—. Que duerma en su habitación.

—Y echa el cerrojo a la puerta.

Cortó la conexión y, perplejo y aliviado a un tiempo, volvió a leer el mensaje.

—¿Qué pasa? —preguntó Ziegler, que se había levantado también.

Servaz le enseñó el mensaje.

—Oh, mierda —exclamó la gendarme.

—¿Qué? —inquirió Servaz—. ¿Qué ocurre?

—Es con Marianne con quien la va a tomar…

—¿Por qué hablan de mi madre? —preguntó Hugo desde el otro lado de la mesa.

Lo miraron todos.

—Fue ella la que puso el CD, ¿verdad? —dijo Servaz con voz átona.

—¡Díganme qué pasa de una vez!

Servaz le mostró la pantalla de su móvil y vio cómo palidecía. En sus ojos captó horror, incomprensión y un terror descarnado.

—¡Esta vez es él de verdad, hostia! —gritó el hijo de Marianne—. ¡La va a castigar por haberse hecho pasar por él! ¡Sí, fue ella la que puso el CD antes de llamarlo! ¡Sí, yo la llamé pidiéndole ayuda esa noche! ¡Le conté la misma trola que a usted, le dije que era demasiado tarde, que alguien me había visto por la ventana de enfrente! Ella comprendió que los gendarmes iban a llegar de un momento a otro y entonces se le ocurrió esa idea… Se acordó de su investigación, de todos los artículos que había leído en la prensa en los que se hablaba de Hirtmann, del instituto y de su afición compartida por Mahler… Luego acudió tan deprisa como pudo, metió el CD en el equipo y se volvió a ir, llorando. También me dijo por teléfono que tratara de vaciar la lista de mensajes de Claire. Aunque no entendía para qué iba a servir, porque estaba demasiado grogui, lo hice y después limpié el teclado. Si los gendarmes la hubieran encontrado allí, habría dicho simplemente la verdad: que yo la había llamado pidiendo ayuda. Por suerte, tardaron un rato en presentarse. No podían sospechar que se iban a encontrar con un cadáver... y seguramente estaban todos viendo el partido. ¡Fue lo que nos salvó! ¡Ella acababa de salir cuando aparecieron! Después, lo llamó a usted. Pensó que si le confiaban la investigación y encontraba el CD, tendría quizás una posibilidad de hacer que dudara de mi culpabilidad... una posibilidad de salvar a su hijo... Y después, le envió ese e-mail desde un cibercafé.

Todo lo que había ocurrido a lo largo de la semana, todo lo que Servaz había vivido remontaba a la superficie. El gerente del cibercafé les había dicho que había sido una mujer... Hugo y Margot habían hecho buenas migas... él había debido contarle a su madre cuál era la música preferida de su hija. ¿Y quién sino ella había tenido la oportunidad de manipular su móvil, de introducir un contacto falso mientras él dormía? ¿Quién había evitado cuidadosamente apuntarlo con la escopeta? ¿Quién había grabado tranquilamente las letras en el tronco en plena noche? Se acordó de lo que le había dicho a Espérandieu en el parking: «El CD de Mahler estaba en el equipo de música antes incluso de que nos asignaran la investigación». Claro...

—¿A qué esperan? —gritó el hijo de Marianne corriendo hacia atrás la silla, que cayó bruscamente al suelo—. ¿Es que no lo entienden? ¡Es él el que acaba de enviar ese mensaje! ¿No ven lo que ocurre? ¡La va a matar!

Truenos, luces, sirenas, relámpagos, la lluvia resbalando por el parabrisas, el crepitar de los mensajes en las radios, la velocidad, la carretera que desfila, transformada en torrente; la noche desplegada más allá. En su cabeza, ruidos diversos, miedo, la conciencia embotada y la terrorífica certidumbre de que iban a llegar demasiado tarde.

Travesía de Marsac en medio de la niebla... El lago... Ziegler, Espérandieu y él subiendo por la orilla este, luego la orilla norte, con Vincent al volante. Los vehículos de la gendarmería ya estaban allí. Había media docena. Se introdujeron por la verja abierta. Servaz sintió que se le fundía el estómago mientras circulaban sobre la gravilla. Todas las luces de la casa estaban encendidas, tanto en la planta baja como el primer piso. La luz brotaba de todas las ventanas, iluminando el jardín. Había gendarmes por todas partes... Servaz los había llamado desde la cárcel, casi una hora antes. Saltó del coche y se precipitó hacia las escaleras. Arriba, la puerta también estaba abierta.

—¡Marianne! —llamó.

Luego se metió en las habitaciones desiertas.

Encontró a Bécker, el capitán que lo había recibido la primera vez en la casa de Claire, reunido en conciliábulo con otros oficiales a quienes no conocía.

—¿Y bien?

—No está en ningún sitio —respondió Bécker.

Servaz registró metódicamente todas las habitaciones de la planta baja, sin esperanzas. Ellos ya lo habían hecho antes. Después volvió al vestíbulo.

—¿Hay alguien arriba? —preguntó desde la base de la escalera.

—Nadie...

Franqueando la barrera de las cortinas que oscilaban con el viento, salió a la terraza, frente al lago erizado por la lluvia en medio de la oscuridad.

¿Dónde se había metido? La llamó, una y otra vez. Vio que los gendarmes lo observaban con perplejidad. Iba a aparecer de un momento a otro, preguntándole qué ocurría y él la estrecharía entre sus brazos, la besaría, la absolvería de su traición y sus pecados. Mirarían cómo se alejaban los coches de policía y después abrirían una botella. Luego ella le pediría que la perdonara —se trataba de su hijo, al fin y al cabo— y harían el amor.

No, no, tendría que anunciarle que Hugo iba a permanecer en la cárcel, por culpa suya. Sabía que aquello los separaría para siempre, que después de aquello no habría forma de volver atrás. La desesperación se abatió sobre sus hombros. Al menos estaría viva, viva... Bajó al jardín y, hundiendo los zapatos en la esponjosa hierba, con la cara mojada y el martilleo de la lluvia en el cráneo, se reunió con los gendarmes que, protegidos con impermeables, exploraban los macizos.

Se volvió. Las luces giratorias situadas al otro lado del edificio rebotaban en el vientre de las nubes, recortando la negra silueta de la gran casa de ventanas iluminadas. Más allá de las manchas de luz proyectadas sobre la hierba, solo había tinieblas, sin embargo. Rodeó varios oscuros grupos de árboles agitados por las ráfagas. Ahora oía las suaves olas que lamían la orilla y la lluvia que barría el lago.

—No está aquí —dijo uno de los gendarmes.

—¿Está seguro?

—Hemos mirado por todas partes.

Señaló la parte baja del jardín limítrofe con el bosque, del lado donde había descubierto las iniciales grabadas, aunque para entonces ya sabía que no había sido Hirtmann.

—Vayan a ver por allí. Hay una fuente y un tronco caído. Revisen todo el sector.

Regresó al interior. ¿Dónde se había metido? ¿Se la habría llevado con él? La idea le produjo una arcada.

—Martin… —quiso intervenir Ziegler.

—¿Todo estaba así cuando han llegado? —preguntó a Bécker.

—Sí. Las puertas y ventanas abiertas, las luces encendidas. Ah… y había música.

—¿Música?

Se quedó paralizado. Bécker apretó un botón del equipo de música y las notas brotaron a todo volumen. Mahler… Los metales y violines propagaron su apoteosis por toda la casa, rugiendo en las habitaciones gracias al sistema de altavoces, puntuados por el agudo timbre de los triángulos y la grave voz de los chelos mientras la orquesta entera se precipitaba hacia la definitiva catástrofe.

Servaz emitió un hipido. Había reconocido el fragmento: el «Finale», de la *Sexta sinfonía*, la música de la derrota, su derrota… un fragmento que el propio Adorno había designado con la frase: «Lo que mal empieza mal acaba».

Resbaló por la pared hasta sentarse en el suelo, sacudido por temblores. Los gendarmes lo miraban sin comprender; aquel policía había presenciado otras situaciones dramáticas. Pararon la música y entonces oyeron sus sollozos. Su vergüenza era patente, como si un policía no pudiera llorar, o cuando menos delante de sus colegas... y menos aún en el ejercicio de sus funciones. Un instante después, lo oyeron reír a carcajadas y entonces pensaron que había perdido el juicio. No sería la primera vez que aquello ocurría. Ellos no eran robots. Tenían que tragarse toda la mierda del mundo. Eran cloacas vivas, que recogían la inmundicia y la transportaban lo más lejos posible del resto de la población, aunque nunca muy lejos, de hecho. La basura siempre acababa regresando.

Luego se dieron cuenta de que tenía un papel en la mano, un papel que había encontrado encima de un mueble. Se miraron y, aunque ardían en deseos de acercarse para leer, no se atrevieron. En la hoja había escrito:

Ella ha traicionado tu confianza y tu amor, Martin. Merecía ser castigada.

Verano de 2010. España

*H*acía calor. Bajaba despacio por las calles de adoquines, bordeadas de balcones floridos y de farolillos, en dirección a la plaza Mayor, y se cruzaba con decenas de personas felices en la cálida noche española. «Qué curioso —se dijo— que un simple partido de fútbol pueda aportar felicidad a millones de personas durante unas cuantas horas».

Las calles olían a jabón, a colonia, a tufo de cerveza, vino y alcohol, a puro, a los petardos que hacían estallar los niños y al calor almacenado durante el día en las paredes. Cabeceando entre la multitud que bailaba, cantaba y le lanzaba a gritos su alegría a la cara, percibía la histérica habla de los presentadores de la televisión que llegaba desde los balcones, intercalada con el alborozado clamor de todas las ciudades de España.

La plaza Mayor estaba rodeada de arcadas por los cuatro costados y sus fachadas estaban adornadas con frescos del siglo XVIII. Con sus vivos colores, evocaba tanto las *piazzas* italianas que varias marcas de pasta la habían elegido como decorado para sus anuncios. La idea le suscitó una sonrisa, una fantasmagórica sonrisa que quizá se debía también al hecho de que estaba borracho desde las cinco de la tarde y ya era más de medianoche. En la plaza había, sin embargo, mucha gente y un número considerable de niños. Se dejó caer en la única silla que había libre.

—Has bebido —dijo Pedro mientras dejaba la cerveza en la mesa y lo observaba con sus grandes ojos azules, risueños y saltones.

—Mmm… ¿Qué tomas?

Pedro señaló su vaso vacío, donde solo quedaban unos restos de espuma.

—Lo mismo.

Vio que su amigo se disponía a hablarle de la selección de Francia. Le gustaba pincharlo con el asunto.

—¿Qué, han echado al entrenador? —preguntó Pedro.

—Todavía no —repuso Servaz.

—Y a ese jugador que lo insultó y los que se declararon en huelga durante el entrenamiento, ¿los van a sancionar?

Su nuevo amigo sacudía la cabeza con una incredulidad casi admirativa ante la inconmensurable estupidez que había demostrado la selección del país vecino. Servaz esbozó una sonrisa casi estática. Solamente existía un país en el mundo en el que unos jugadores millonarios eran capaces de hacer huelga durante un mundial: el suyo. De repente, le entró sed. Se levantó, medio tambaleante, y entró en el café para pedir una caña y un carajillo de coñac. Acodado en la barra, observó los gestos rituales del camarero que ponía el azúcar en el fondo del minúsculo vaso, luego añadía dos granos de café, una pizca de limón, un poco de coñac y lo llevaba a un punto próximo a la ebullición bajo el pitorro de vapor de la cafetera, antes de encenderlo con el mechero y verter el café negro encima. Servaz admiraba el rito y entornaba los ojos, con aquel aire de absoluta seriedad que pregonaba su grado de borrachera.

Cuando salió, con el ardiente vaso posado en un platito, Pedro seguía allí, repasando a voces el partido por enésima vez con sus vecinos. Servaz se acercó a su silla y falló al querer dejarse caer en ella. Con el café caliente y el coñac desparramados por la camisa, estalló en risas, tendido en el suelo, sin reparar en las miradas que le dirigían desde las otras mesas.

—Ya es suficiente —dijo Pedro—. Es hora de volver.

Cogió al policía por las axilas y lo arrastró hacia las callejuelas adyacentes. Era más bajo que él, pero más fuerte. Apoyado en su hombro, Servaz elevó la cabeza y, entre los techos, contempló la noche estrellada, una noche como un poema de García Lorca. Se había tomado las vacaciones completas y todos los días libres acumulados, y en la policía judicial nadie había rechistado, después de lo sucedido. Poco antes de su marcha, habían encarcelado a Sarah Lillenfeld y Virginie Croze y detenido a otros miembros del Círculo. El proceso seguía su curso, pero sin él. Con el equipaje a punto, había pasado a ver a Ziegler, que tenía diez días de baja como consecuencia de la agresión sufrida e iba a volver a comparecer ante la comisión de disciplina de la gendarmería. No estaba claro cuál sería la sanción esa vez. Sabía que Irène estaba a un tris de presentar su dimisión y le apenaba la perspectiva. Ella misma le había explicado que había pirateado el sistema informático de la cárcel donde estaba recluida Lisa Ferney y que utilizaba a esta como cebo. Tenía la extraña convicción de que, un día u otro, el suizo y ella se pondrían en contacto. Después había proseguido camino y encontrado refugio en aquel pueblecito del otro lado del Pirineo, en el Alto Aragón, provincia de Huesca, situado a cuatro horas de carretera de Toulouse. Nadie iría a buscarlo en aquel lugar remoto, en aquella región de asfixiante belleza por cuyas solitarias carreteras apenas circulaba un alma, donde nadie lo conocía. Allí, era el Francés, excepto para Pedro y unas cuantas personas más a quienes se jactaba de considerar amigos, pese a que los conocía desde hacía tan solo dos semanas. Ese mismo Pedro, aun cargando con él, se paraba cada tres metros para celebrar la victoria de España con la práctica totalidad del pueblo.

Unos días atrás Servaz había recibido una llamada del director, que le comunicó que habían descubierto el origen de la filtración a la prensa. En realidad, no había sido una filtración proveniente de la policía. Habían vuelto a interrogar al encargado del cibercafé —el tal Patrick de mirada fría y obstinada tras las gafas— y este había admitido que llamó a la prensa en cuanto se fueron. Por lo que parecía, fue el propio periodista quien adivinó la identidad de Servaz gracias a la descripción del encargado. Cuando este le dijo que los policías habían recibido un e-mail enviado desde su cibercafé, que buscaban a un hombre alto con un ligero acento extranjero y que parecían asustados, el periodista se acordó enseguida del caso criminal más famoso de los últimos años.

—Tienes suerte —dijo Servaz con voz pastosa mientras caminaban cogidos del brazo.

—¿Por qué?

—De vivir aquí.

Pedro se encogió de hombros. Luego entraron en el hostal y recorrieron el pasillo hasta llegar al patio interior. Rodeado de galerías de blancas paredes y barandillas de madera barnizada decoradas con macetas y muebles antiguos, olía a limpio y a jazmín. Subieron las escaleras hasta el tercer piso, donde Pedro empujó la puerta de su habitación, que no cerraba nunca.

—Un día me contarás qué te ha pasado —dijo, depositándolo en la cama—. Me interesaría saberlo. Nadie se destruye de esta manera sin un motivo.

—Eres un… filósofo… amigo mío.

—Sí. Soy un filósofo. Seguro que no he leído tantos libros como tú —añadió Pedro, desplazando la mirada hacia los libros en latín alineados encima de la cómoda—, pero sí he leído unos cuantos. Y, sobre todo, sé leer en los corazones. Tú, en cambio, solo sabes leer las palabras.

Aparte de los libros, había poca cosa más en su exiguo cuarto: una maleta, algunas prendas de vestir, un *walkman* de los que ya nadie utilizaba excepto él y las sinfonías de Mahler. Esa era la ventaja de la música sobre los libros, que ocupa menos sitio, se decía siempre.

—Yo te quiero, hombre.

—Estás borracho. Buenas noches —dijo Pedro.

Después apagó la luz.

Servaz se despertó a las siete de la mañana con el estrépito de los martillos pilones, los bocinazos y las voces de los obreros que hablaban con una potencia comparable a la de los cantantes de ópera y, una vez más, se preguntó cómo hacían para dormir tan poco en aquel país. Se quedó quieto un rato observando el techo, inerte y vacío como una marioneta a la que hubieran cortado los hilos. Tenía la boca pastosa y el aliento cargado, y una espantosa migraña. Se levantó y se dirigió al cuarto de baño, sin prisa. Nadie lo esperaba en ninguna parte. Ya no había ninguna urgencia en su vida.

Dejó correr encima de la nuca y los hombros el agua tibia que caía de la ducha. Se cepilló los dientes y se puso la última camisa limpia. Luego llenó el vaso en el grifo y puso una aspirina.

Diez minutos más tarde, subía por la calle principal en medio del polvo levantado por las obras y después torcía por un porche para adentrarse en una estrecha y umbría callejuela en pendiente que desembocaba en el árido flanco de la colina. El pueblo despertaba a su alrededor. Por las ventanas abiertas, percibía los ecos de las casas. Aspiraba el olor del café y de las flores, acentuado por la mañana. Oía los gritos de los niños, las radios que seguían con su interminable celebración de la victoria. En torno a él había una vibración de energía, de vida. Pensó en todo ese clima de crisis económica, en todos esos periodistas que hablaban de cosas que ignoraban, de pueblos que no conocían, repitiendo sin cesar cifras y estadísticas, y también en todos esos banqueros, esos economistas, esos especuladores rapaces, esos financieros abyectos, esos políticos ciegos. Tendrían que haber ido allí para entender. Allí la gente vivía. Quería vivir, trabajar, existir y no tan solo sobrevivir.

«Al contrario que tú», se dijo.

Subió hasta lo alto de la colina. Por encima de los tejados, un avión procedente de Francia que volaba hacia el sur dejó una blanca estela en el pálido azul del cielo. Llegó a la basílica agazapada en medio de los pinos, adosada a la pared de roca y, tras bordear la larga columnata de la galería, subió unos escalones y entró en el claustro, lleno de sombra y frescor. Rodeando el estanque de verduzca agua, prosiguió el ascenso por el sendero que serpenteaba por la parte más redondeada de la colina hasta culminar en la cúspide de la peña. Surgió en pleno sol, por encima del templo y de la población. Desde allí se disfrutaba de una espléndida vista. Un gran Cristo de ocho metros de altura abría los brazos, prodigando su vana bendición a toda la región, hasta los Pirineos.

El panorama era magnífico. No era sin embargo la vista lo que lo atraía hasta allí cada mañana, sino la roca cortada a pico, y el vacío. La llamada del vacío. Era una tentación, una liberación posible. Acariciaba la idea desde hacía días, pero lo retenía un nombre: Margot. Él sabía mejor que nadie qué efectos producía perder de esa manera a un padre. También pensaba mucho en David. Una vez que se le ha abierto la puerta, el suicidio es un inquilino difícil de expulsar. Después de reflexionar largo y tendido sobre la cuestión, había llegado a la conclusión de que, si tomaba la decisión, lo haría allí. Sería la mejor manera. Una caída de treinta metros, sin posibilidad de fallar. Nada que ver con una muerte sórdida en una habitación de hotel. Un hermoso despegue en medio del sol y el azur, en un decorado perfecto.

Barajaba la idea desde hacía días, semanas tal vez. Era solo una idea. No tenía intención de pasar a la acción, no por el momento. La idea le resultaba reconfortante, de todas formas. Sabía que estaba cayendo en una depresión, que disponía de medios para tratarla… pero no tenía ganas. Había visto demasiados muertos, enterrado demasiadas personas, sufrido demasiadas traiciones. Estaba hastiado, cansado. Aspiraba al reposo y al olvido, pero todo volvía sin cesar, una y otra vez. Estaba harto de la cara de Marianne en su recuerdo, y de la de sus padres, y de otras personas… Tenía el convencimiento de que estaba muerta y de que, al igual que sucedía con las otras víctimas del suizo, jamás encontrarían su cadáver. Ella había querido salvar a su hijo… pero también lo había traicionado a él. Aun así, quería creer que su reencuentro había sido sincero, que no se había acostado con él solo por interés. No obstante, cada vez que pensaba en lo que habría tenido que soportar antes de morir, le resultaba intolerable, igual de insoportable que mirar el sol de cara.

Divisó la minúscula silueta de Pedro, que salía de su taller vestido con un mono, abajo, con un trapo en la mano. Pedro levantó la cabeza para mirar el cielo, en dirección a él pero sin verlo. Después él siguió con la mirada a los niños que se iban a bañar al río.

—Me han dicho que te encontraría aquí.

La voz le produjo un sobresalto. Se volvió. En condiciones normales se habría alegrado de verla, pero esa mañana no sabía si estaba contento, aliviado… o avergonzado. Había cambiado. Se había quitado los *piercings* y su cabello había recuperado su color natural. Parecía que tuviera algunos años más.

—¿Cómo me has encontrado?

—Parece ser que no solamente me has transmitido tu amor por los libros, sino también tus genes de investigador, papá.

Saltaba a la vista que había preparado de antemano la frase y eso le hizo sonreír. Estaba bronceada, vestida con un pantalón corto vaquero y una blusa sin mangas.

—Me acordé de que habíamos venido aquí con mamá y contigo, cuando era niña, y que te gustaba mucho este sitio. Pero no es el primer lugar donde he probado... no... Hace más de una semana que te busco.

Avanzó dos pasos y se inclinó... antes de retroceder maquinalmente.

—¡Ufff! Muy buena vista... ¡pero qué alto!

No se percató de que se ruborizaba de vergüenza, con un nudo en el estómago.

Hablaron. Durante los días y noches siguientes, hablaron. También bebieron, fumaron y rieron... e incluso bailaron. Aprendió a conocer a su hija y se dio cuenta de que no sabemos nada de los otros, y menos aún de los propios hijos. Margot había llegado con Elias, ese joven larguirucho y silencioso con un mechón que le comía la mitad de la cara. Aunque era persona de pocas palabras, a Servaz le cayó bien. A veces los acompañaba y otras los dejaba solos. Hubo días maravillosos en que estuvieron juntos como no lo habían estado nunca, y otros en que se pelearon. Como esa noche en que ella lo encontró borracho a más no poder después de haber pasado la velada con Elias. Él empezó a beber menos y al final paró. Parecía como si tuvieran todo el tiempo del mundo. Faltaba mucho para el mes de septiembre y él se planteó si tendría previsto trabajar durante el verano. En cierto momento, le preguntó cuándo se iban a ir.

—Cuando tú estés listo —respondió ella—. Vendrás con nosotros.

Los presentó a Pedro y a los demás, y en poco tiempo formaron una alegre pandilla. Elias empezó a hablar... un poco más, en todo caso. Aunque se acostaban tarde, Servaz se dio cuenta de que por la mañana se levantaba con más vigor y ya no se quedaba tumbado en la cama mirando el techo. Habían alquilado una habitación de la primera planta, debajo de la suya, que también daba al patio, y las mañanas en que él tardaba un poco en salir, Margot subía a llamar a la puerta. Dieron largos paseos en coche y a pie por la zona, descubrieron panorámicas que los dejaron embelesados, pueblos de piedra y pizarra intactos en medio de decorados de *western*. Se bañaron en ríos de aguas heladas. Fueron en bicicleta y en canoa. Charlaron con los lugareños y con los turistas, participaron en fiestas a las que los invitaban en el último momento. Ella hacía fotos y, por una vez, él no rehusaba salir en ellas. Descubrió, con asombro, que sonreía. Cuando volvían de sus excursiones, tenían siempre un hambre feroz.

Los días se sucedieron, radiantes, simples, ideales. No había nada planificado, nada que fuera imprescindible. Y luego, una mañana, un poco antes del amanecer, se despertó, muy calmado, se duchó y preparó la maleta. Esa noche había soñado con ella. Marianne estaba viva… en algún sitio… y lo necesitaba. Si Hirtmann la hubiera matado, habría encontrado alguna manera u otra de comunicárselo. Salió de la habitación. Todo el mundo dormía en el hostal, pero el día alumbraba ya el patio. Bajó, con la maleta en la mano, y respiró hondo para impregnarse por última vez del perfume de jazmín, de detergente, de cera y de despedida. Le había gustado aquel lugar. Después llamó a la puerta.

—Estoy listo —anunció cuando ella abrió.

Graus, Alto Aragón, julio de 2011 /
Morbihan, julio de 2012

De manera general, me he tomado bastantes libertades con la geografía. Algunos situarán Marsac en tal sitio, otros creerán identificarlo en tal otro, y todos acertarán y se equivocarán a la vez. No existe, por supuesto, ningún «Cambridge ni Oxford del suroeste». Mi suroeste es un país casi igual de imaginario que la maravillosa Tierra Media de Tolkien.

Me he tomado, asimismo, algunas libertades con la realidad del trabajo de la policía cada vez que me notaba igual de comprimido que con unos zapatos demasiado pequeños, y todavía más con la compleja maquinaria de la justicia. De todas maneras, estoy muy agradecido a diversas personas por los valiosos consejos prestados, las visitas guiadas y los flagrantes errores que evitaron que cometiera. Por orden de aparición, Sylvie Feucher, secretaria general del sindicato de comisarios y altos funcionarios de la policía, y Paul Mérault, Christophe Guillaumot, José Mariet e Yves Le Hir de la policía de Toulouse. Como siempre, los errores (voluntarios o involuntarios) que subsisten son de mi propia cosecha. Gracias también a Stéphane Hauser por sus consejos en materia de música. Espero que me perdone por no haberlos seguido siempre. Debo expresar también mi agradecimiento a mis editoras de XO, que, una vez más, han logrado el milagro de convertir el agua en vino, y a mis formidables equipos editoriales de XO y de Pocket; a mi esposa, que me facilita la vida, día tras día; y a Greg, primer lector, amigo, confidente, asesor y abogado del diablo a la vez. Finalmente, querría dedicar este libro a una persona que tuvo el mal gusto de fallecer diez días antes de la publicación de mi anterior novela: mi madre, Marie Sopena Minier. Para mí no fue fácil digerir que no le diera tiempo a leerla.